天国でまた会おう

Au revoir là-haut

Pierre Lemaitre

ピエール・ルメートル
平岡 敦 訳

早川書房

天国でまた会おう

AU REVOIR LÀ-HAUT
by
Pierre Lemaitre
Copyright © 2013 by
Éditions Albin Michel - Paris
Translated by
Atsushi Hiraoka
First published 2015 in Japan by
Hayakawa Publishing, Inc.
This book is published in Japan by
arrangement with
Éditions Albin Michel - Paris
through Japan Uni Agency, Inc., Tokyo.

装幀／坂川栄治＋坂川朱音（坂川事務所）

パスカリーヌに

息子ヴィクトールに、愛をこめて

「あの空で待ち合わせだ。神がぼくらを結びつけてくれる。
妻よ、天国でまた会おう……」
ジャン・ブランシャールが最後に記した言葉　一九一四年十二月四日

目次

登場人物

アルベール・マイヤール
エドゥアール・ペリクール …………元兵士

アンリ・ドルネー＝プラデル…………実業家。プラデル社の社長。アルベールとエドゥアールの元上官

マドレーヌ・ペリクール………………エドゥアールの姉

マルセル・ペリクール…………………富裕な実業家。マドレーヌとエドゥアールの父親

セシル……………………………………アルベールの恋人

モリウー将軍……………………………軍の大物

フェルディナン・モリウー……………プラデル社の出資者。モリウー将軍の孫

レオン・ジャルダン＝ボーリュー……プラデル社の出資者。代議士の息子

ラブルダン………………………………区長

リュシアン・デュプレ…………………プラデルの部下

アントナプロス…………………………密売人。通称「プロス」

ポリーヌ…………………………………ペリクール家のメイド

ベルモン夫人……………………………アルベールとエドゥアールの大家

ルイーズ・ベルモン……………………その娘

ジョゼフ・メルラン……………………役人

ウジェーヌ・ラリヴィエール
ルイ・エヴァール ………戦死した兵士

ジュール・デプルモン…………………架空の彫刻家

一九一八年十一月

1

一九一八年十一月

この戦争はすぐに終わるだろうと高をくくっていた者たちは、とっくの昔に死んでいた。そういうものだ、戦争というやつは。だからアルベールは休戦が近いという噂が十月に流れても、安易に信じまいとしていた。戦争が始まるころにも、ふざけた謳い文句《プロパガンダ》を聞かされた。例えば、ドイツ軍の銃弾はふにゃふにゃだから、軍服にあたっても熟《う》れすぎた梨みたいに潰れてしまい、フランス軍連隊を大笑いさせるだけだなんて。休戦の噂も似たようなものだと、アルベールは耳を傾けなかった。この四年間、ドイツ軍の弾を受けて笑い死にした連中を、山ほど見てきたじゃないか。

彼にはよくわかっていた。休戦を信じようとしないのは、験《げん》をかつぐようなものだと。和平を望む気持ちが強いほど、休戦の噂には用心する。不運を呼び寄せないためのお呪《まじな》いだ。それでも噂は日々、波のように、ますます頻繁に押しよせ、本当に戦争は終わりそうだと、いたるところで繰り返されるようになった。ほとんど信じがたいことだが、何年も前線に這いつくばっている最古参兵から復員させるべきだという論説すらあらわれた。いよいよ休戦の見とおしが現実味をおびてくると、もっとも悲観的な者たちのなかにも、生還の期待が芽ばえ始めた。すると戦う意欲も冷めてくる。第百六十三歩兵師団は、ムーズ川の反対側に全力で渡ろうとしているらしい。断固、敵と戦おうと、いまだ声高に語る者もいるが、フランドルで連合国側が勝利し、リールが解放され、オーストリア軍が敗走してトルコが降伏して以来、アルベールや彼の仲間のような下級兵士の目から見ると、みんな将校ほど戦闘に熱が入っていなかった。イタリア軍の見事な攻勢、トゥルネーのイギリス軍、シャティヨンのアメリカ軍……みんな有利に戦いを進めているようだ。兵士の大多数は時間かせぎをし始めた。アルベールのように装具一式を抱えて静かに腰をおろし、煙草を吸ったり手紙を書いたりして戦争が終わるのを待とうという者たちと、残された日々であともう少しドイツ野郎と殺し合いをしようといきり立っている連中とのあいだには、はっきりとした一線が引かれるようになった。

それは将校とそれ以外の兵士たちを分かつ境界線に、ぴったり符合していた。何も目新しいことじゃないさ、とアルベールは思った。お偉方はできるだけ多くの陣地を確保しようとする。そうすれば、交渉の席で優位に立てるから。あと三十メートル征服すれば、紛争解決の結果にも違いが出る。今日死ぬほうが昨日死ぬよりもずっと有益だなんて、彼らは本気で言い出しかねなかった。

ドルネー＝プラデル中尉も、そうした連中のひとりだった。彼のことを話すとき、みんな〝プラデル〟とだけ言う。名前も、貴族の出身を示す〝ド〟という小辞も、〝オルネー〟もなしだ。そんなふうに呼ばれるのを本人は、とても嫌がっているとわかっていながら、わざとしているのだ。どうせ彼が怒りを爆発させることはない。腹を立てるのは体面に関わると思っているような男だから。上流階級の慎みってやつだ。アルベールはプラデルが好きではなかった。たぶん、彼がハンサムだからだろう。すらりと背が高く、上品そうだ。ふさふさと波打つ濃褐色の髪、すっととおった鼻筋、形のいい薄い唇。おまけに目は深いブルーときている。アルベールにすりゃ、いけ好かない面《つら》だ。それにプラデルは、いつでもむすっとしていた。気が短いタイプなんだろう。平常心が保てない。アクセルを踏むか、ブレーキをかけるかのどっちかで、その中間がないのだ。家具を押しのけようとするみたいに肩から前に突進し、あっという間に近づいてきたかと思うと、いきなり腰をおろす。やつにとっては、それが普通のテンポなのだ。恐ろしく洗練された貴族的なものごしのなかに、驚くほど粗暴な一面が混じっているさまは、なんとも奇妙だった。まるでこの戦争の写し絵のようだ。たぶんそのせいで、彼は戦場に馴染んでいるのだろう。それにあのがっちりとした肩。ボートかテニスで鍛えたんだな、あれは。

もうひとつ、アルベールが不快だったのは、プラデルの体毛だった。黒い毛が指にまで生えている。襟元からもじゃもじゃとはみ出した胸毛は、喉仏の下に達していた。平和なときには胡散臭《うさんくさ》げに見えないよう、日に何度もひげを剃っていたに違いない。男っぽくて野性的な、どことなくスペイン風の体毛に、魅力を感じる女もいるだろう。でも、セシルに限って……まあ、セシルのことは別にして、アルベールはプラデル中尉が嫌いだった。やつは信用ならない。喜々として突撃を始めるような男だから。がんがん攻めて征服するのが、心底好きなやつなのだ。

けれどもここしばらく、やつはいつもより元気がなかった。休戦が近いと聞いて意気消沈し、愛国心の昂《たか》ぶりに水をさされているのだろう。戦争が終わると思っただけで、プラデル中尉は気力を失っていた。

彼の苛立ちぶりには、どこか不穏なものがあった。部隊の戦意が下がっているのが、我慢ならないのだ。塹壕《ざんごう》を歩きまわって部下たちにせっせと発破をかけ、最後の突撃でどれほど敵に痛手を負わせることができるかを滔々《とうとう》と語っても、不満げな反応が返ってくるだけだった。みんな用心深く、軍靴に顔がぶつかるほど大きくうなずいて見せている。単に死ぬのが怖いんじゃない。今になって死ぬのがやりきれないのだ。最後に死ぬなら、最初に死んだって同じことだ、とアルベールは思った。どっちみち、こんなに馬鹿馬鹿しいことはない。

ところが、まさしくそうなろうとしていた。

ここしばらく休戦の期待を抱きながら、穏やかな日々を送っていたのに、突然すべてがばたばたと動き始めた。ドイツ軍が何をしているか、近くから偵察して来いという命令がうえから下ったのだ。そんなこと、将軍じゃなくたってわかるだろうに。やつらもフランス軍と同じように、戦争が終わるのを待っているはずだ。とはいえ、偵察に出かけないわけにはいかなかった。そのあと事態がどう推移したのか、もはや誰にも正確に跡づけることはできない。

この任務を果たすのに、プラデル中尉はルイ・テリウーとガストン・グリゾニエの二人を選んだ。理由はわからないがひとりは若者で、もうひとりは年寄りだった。元気がいいのと経験豊かなのを組み合わせたのかもしれない。いずれにせよ、そんな工夫が生かされることはなかった。指名を受けてから三十分と、二人は生きていなかったのだから。普通なら、さほど遠くまで行く必要がなかった。北東ラインに沿って進んだあと、二百メートルほど先で鉄条網《てつじょうもう》を大型ペンチで切り、次の鉄条網まで這っていってちらりと敵に目をやる。そうしたらさっさと引きかえし、異常なしと報告すればいいだけだ。どうせ見るべきものは何もないと、みんなわかっているのだから。二人の兵士はこんなふうに敵に近づくのを、不安に思ってもいなかった。ここ数日の状況からして、ドイツ兵は彼らを見つけても放っておくだろう。勝手に偵察させて、勝手に帰らせる。なに、ちょっとした気晴らしみたいなものだ。ところが二人の偵察者は、思いきり体を低くして進み始めるや、兎《うさぎ》みたいに撃たれたのだった。

銃声が三発鳴り響いたあと、あたりは静まりかえった。敵にとっては、それで一件落着だった。すぐにみんな、二人のようすをたしかめようとした。けれどもすでに北側にむかっていたので、彼らがどこで倒れたのかはわからなかった。

アルベールのまわりで、兵士たちが一瞬息を呑んだ。それから叫び声があがった。ドイツ軍のクソ野郎はいつだってそうだ。薄汚いやつらめ！　野蛮人め！　おまけに相手は、若者と年寄りじゃないか。それで何が変わるわけでもないが、兵士たちはこう考えていた。ドイツ野郎どもは二人のフランス兵を殺しただけじゃない、彼らとともに二つの象徴《エンブレム》を打ち壊したのだと。要するに、みんないきり立っていた。

それから数分のうちに、砲兵隊が後方から思いがけず素早く、ドイツ軍の戦列にむかって七十五ミリ砲の一斉射撃を始めた。仲間が撃たれたことをどうして知ったのか、不思議なくらいの迅速さだった。

あとはもう、混戦の始まりだ。

ドイツ軍が応戦する。フランス側もすぐに全員が集まった。あんちくしょうどもに、仕返しだとばかりに。それが一九一八年十一月二日。それから十日とたたずして戦争が終わることを、まだみんな知らなかった。

しかも死者の日の攻撃とは（十一月二日はキリスト教で、すべての死者に祈りを捧げる日とされている）。何か象徴的なものを、感じずにはおれないだろう……

またしても重装備で、死刑台によじのぼるのか、とアルベールは思った（死刑台というのは、塹壕から出るのに使う梯子《はしご》のことだった。その先に待っているものは、死刑台と同じってわけだ）。そして敵の戦列に、頭から突っ込んでいくのだ。兵士たちは皆、縦列を組んだ。体をぴんと緊張させ、唾を飲むのも苦しそうだ。アルベールは三番目で、ベリーのうしろだった。全員そろっているかたしかめるかのように、若いペリクールがふり返った。目と目が合うと、ペリクールはにっこりした。愉快ないたずらをたくらんでいる子供みたいな笑顔だった。アルベールも笑い返そうとしたけれど、顔がこわばってうまくいかなかった。ペリクールは自分の位置に戻った。あとは突撃命令を待つだけだ。興奮の高まりは、肌で感じられるほどだった。フランス兵たちはドイツ野郎のふるまいに激高し、いまや一丸となって怒りをたぎらせている。頭上には砲弾が飛び交い、地面の揺れが腸《はらわた》まで伝わった。

アルベールはベリーの肩越しに前を見た。プラデル中尉が前哨《ぜんしょう》のなかに立ち、双眼鏡で敵の戦列を探っている。アルベールは列に戻った。あたりがこれほど騒がしくなければ、やつが何を心配しているのか考えてみたかもしれない。しかしひゅうひゅうという砲弾の音は絶え間なく続き、爆発の振動が足の先から頭まで震わせている。こんな状態で、集中なんかできるはずがなかった。

今はまだ、兵士たちは突撃命令を待っているところだ。そのあいだにここで、アルベールを観察しておくのも悪くないだろう。

アルベール・マイヤールはほっそりした、控え目な青年で、少しぐずなところがある。とても無口だが、数字には強い。戦争の前はパリ共同銀行の支店で経理係をしていた。仕事はつまらなかったけれど、母親のせいで辞められなかった。彼はひとり息子で、母親のマイヤール夫人は〝長〟と名のつく役職が大好きだった。だからアルベールも銀行の〝長〟になると信じていた。あの子はあんなに頭がいいのだから、遠からずトップにのぼりつめるわ。そう思うと、たちまち胸が熱くなった。権威を愛してやまないこの性向は、父親ゆずりだった。マイヤール夫人の父親は郵政省の課長補佐代理で、役所の階級《ヒエラルキー》こそが世界の隠喩《メタファー》だと思っていた。〝長〟と呼ばれる人ならば、マイヤール夫人は例外なく誰でも好きだった。それがどんな人物なのか、どういう出身の者なのかは、さして気にしていなかった。だから彼女はクレマンソーからモーラス、ポワンカレ、ジョレス、ジョッフル、ブリアンの写真まで持っていた……ルーヴル美術館で制服警備員の班長をしていた夫を亡くしてからというもの、彼女に大きな興奮をもたらすのはそうした偉人たちだった。アルベールは銀行の仕事にあまり興味がなかったが、マイヤール夫人には勝手に言わせておいた。あの母親が相手では、そうするのがいちばんだ。それでも彼には、自分なりに考えている計画があった。ここを出て、トンキンに行きたい。たしかにまだ、漠然とした希望にすぎなかったけれど。ともかく経理係を辞めて、ほかのことをするんだ。けれどもアルベールは、決断の速いほうではなかった。何をするにも時間がかかる。それにほどなくセシルがあらわれ、たちまち彼は夢中になった。セシルの目、セシルの口、セシルの微笑み。それから当然のことながら、セシルの胸とお尻も。ほかのことなど、考えられやしない。

今日、われわれの目から見ると、アルベール・マイヤールは特に背が高いほうではないだろう。けれども一メートル七十三という身長は、当時としてはまずまずだった。かつては女の子たちに見つめられたものだ。そしてようやく、セシルにも……初めはアルベールのほうが、せっせとセシルを見つめた。あんまりいつもじっと見ていたものだから、しばらくするとむこうもアルベールの存在に気づいた。そして今度はセシルのほうから、彼を見つめるようになった。アルベールは人好きのする顔をしていた。そしてソンムの戦いで、銃弾が右のこめかみをかすった。ひやりとしたけれど、丸括弧《まるかっこ》の形をした傷が残っただけですんだ。そのせいで目が少し脇に引っぱられ、かえって風采があがったくらいだ。次の休暇のとき、セシルは人さし指の先でうっとりとしたように傷痕を撫でた。けれどもアルベールは、気落ちしたままだった。彼は子供のころ、丸い青白い顔をしていた。瞼《まぶた》が重く垂れているせいで、悲しげなピエロのような表情だった。母親は自分の食費を削って、息子に赤身の肉を食べさせた。彼の顔色が悪いのは、血の気が少ないせいだと思いこんでいたから。そんなことは関係ないと、アルベールが口を酸っぱくして説明しても無駄だった。マイヤール夫人は、それで意見を変えるような人ではない。いつでもいろんな例や理由を見つけてくる。自分が間違っていると思うのが怖いのだ。手紙のなかでさえ、何年も前に遡ることを持ち出してくるのだから、まったくうんざりだ。戦争が始まるとすぐにアルベールが軍隊に志願したのも、母親が鬱陶《うっとう》しかったせいではないかと思うほどだ。息子の志願を知ったとき、マイヤール夫人は大きな叫び声をあげた。けれども彼女の感情表現はいつでもやたらに大袈裟《おおげさ》だったので、本当に恐ろしがっているのか芝居がかっているだけなのかを見分けるのは難しかった。マイヤール夫人はうめきながら髪の毛をむしったが、すぐにまた落ち着きを取り戻した。彼女は戦争について昔ながらのイメージを抱いていたので、たちまちこう確信したのだ。アルベールは〝あんなに頭がいいのだから〟、さっそく手柄をあげて昇進するに違いないと。そして彼が最前列に立ち、突撃する姿を思い浮かべるのだった。アルベールが英雄的な行為をなしとげるさまを、彼女は想像した。少尉、中尉、大尉と位をあげ、司令官か将軍になることさえも。それが人々の思う戦争だった。アルベールは母親の話を聞き流しながら、荷物の準備をした。

　セシルの反応は、まったく違っていた。戦争と聞いても、彼女は怖がらなかった。だってそれは、〝愛国者の義務〟だもの（彼女の口からこんな言葉を聞くのは初めてだったので、アルベールはびっくりした）。それに怖がる理由などない。戦争なんて、どうせほとんど形だけなんだから。たしかにみんなもそう言っていた。

アルベールは少し疑っていたけれど、結局セシルもマイヤール夫人と同じように、先入観にとらわれていた。彼女の話を聞いていると、戦争はすぐにでも終わるかのようだ。彼女の言うとおりかもしれない、とアルベールも思った。セシルはことが何であれ、手から口から総動員してアルベールに熱弁を振るった。彼女のことを知らなければ、あの勢いは理解できないだろうな、とアルベールは思った。われわれからすれば、セシルはきれいな女の子のひとりにすぎない。けれどもアルベールにとって、ことはまるっきり違っていた。肌の毛穴のひとつひとつが、まるで特別な分子でできているかのようだ。息には特別な香りがする。セシルは青い目をしていた。だから何だと思うだろうが、アルベールにはその目が深淵のように感じられるのだった。例えば彼女の口を想像し、いっときわれらがアルベールの立場になってみて欲しい。彼はその口から、やさしく熱烈なキスを受けた。興奮のあまり、もう爆発しそうだった。自分の口にセシルの唾液が流れこむのを感じ、彼は熱っぽくそれをすすった。彼女は奇跡を起こすことができる。セシルがただのセシルでないような、そんな気持ちにさせる奇跡を。まさしく、あれは……そう、彼女に言わせれば、戦争なんてすぐに片がつく。チョコレートボンボンを、ぱくりとひと口で食べるようなものだった。アルベールはセシルのためのチョコレートボンボンになりたかった。

もちろん今ではアルベールも、違った見方をしている。戦争とは本物の銃弾を使った途方もない宝くじ抽選会みたいなもので、そこで四年間を生きのびるのは奇跡に近いのだと。

終戦まであと一歩というところまできて、生き埋めになって果てるなんて、本当に不運としか言いようがないだろう。

けれどもそんなことが、まさに起きようとしていたのだった。

アルベールが生き埋めに。

〝不運なことだわ〟と母親なら言うだろう。

プラデル中尉は部隊をふり返った。そして左右の最前列にいる兵士たちと目を合わせ、救世主《メシア》然とした物腰でじっと見つめた。彼はうなずくと、深呼吸をした。

数分後、アルベールはわずかに背中を丸めて首をすくめ、砲弾や銃弾が音を立てて行き交う下を、力いっぱい銃を握りしめ、どたどたと走っていた。あたりのさまは、まるでこの世の終わりだった。軍靴が踏みしめる土は、ここ数日の大雨でぬかるんでいた。気力を奮い立たせようというのだろう、脇を走る男たちは気がふれたかのように大声を張りあげている。逆にアルベールのように腹がしめつけられ、喉をからからにさせながら必死に走っている者もいた。抑えかねた怒りと復讐心を武器に、みんな敵にむかって突進した。もしかしたらそこには、休戦が近いことを知った影響が倒錯的にあらわれたのかもしれない。今までさんざん苦しんできたんだ。それなのにたくさんの仲間が死に、たくさんの敵が生き残ったまま、こんなふうに戦争が終わるなんて。ならばいっそ大殺戮《さつりく》を繰り広げ、きっぱり片をつけようじゃないか。相手かまわず血祭りにあげてやる。

アルベールでさえも、死の恐怖に怯えながら、手あたりしだい敵を殺すつもりでいた。ところが、行く手を阻む障害が次々とあらわれる。彼は走りながら、右に逸れねばならなかった。初めは中尉が定めたラインに沿っていたが、銃弾や砲弾が降り注ぐせいで、ジグザグに進まざるをえなかった。すぐ前を走っていたペリクールが弾を受け、いきなり脚のあいだに倒れこんだ。アルベールは踏みつけそうになり、あわてて飛び越えた。彼はバランスを失ったまま、勢いで何メートルも走り続け、グリゾニエの死体に行き当たった。この老兵が思いがけず殺されたせいで、最後の大殺戮が始まったのだ。

まわりでは銃弾がうなり声をあげている。それでも仲間の死体を見て、アルベールはぴたりと立ちどまった。

グリゾニエの軍用コートだ、とアルベールはひと目でわかった。彼はいつでも、赤いボタンホールのついたコートを着ていたから。〝おれのレジオンドヌール勲章さ〟と彼は言っていた。グリゾニエは頭の冴えているほうじゃない。粗雑な男だが善人で、みんなに好かれていた。彼だ、間違いない。大きな頭は泥に埋まっている。もがき苦しんで倒れたみたいに、体はおかしなかっこうをしていた。そのすぐ脇には、若いルイ・テリウーの死体もあった。彼も泥にまみれ、胎児みたいに体を丸めていた。なんて痛ましいのだろう。この歳で、こんな死にざまを見せるなんて……

どうしてそんな気になったのか、アルベールは自分でもわからなかった。直感というやつだろうか。ともかく彼は老兵の肩に手をかけ、ぐっと押した。死体が傾き、うつぶせになった。アルベールが気づくまでに、数秒かかった。そして彼ははっと真実に思いあたった。敵にむかって進んでいるとき、背中に二発の銃弾を受けて死ぬわけないと。

アルベールは死体をまたぎ、腰をかがめたまま数歩進んだ。体を曲げようが伸ばそうが、弾が当たる確率はなぜか変わらない。それでもみな反射的に、なるべく弾を受けまいとする。常に神を恐れながら、戦争をしているかのように。今、ルイの死体が目の前にある。アルベールは口もとで、思わず両の拳を握った。ひどい話だ。こんなに若いのに。まだ二十二じゃないか。アルベールは泥にまみれた顔は見なかった。目は一心に、背中に注がれている。弾の跡がひとつ。グリゾニエの背中にあった二発と合わせ、全部で三発。数は合っている。

アルベールは立ちあがったとき、まだこの発見に茫然自失していた。そして、それが意味するものにも。休戦がすぐそこまで近づいている。今さらここでドイツ軍と一戦交えようとは、誰も思っていなかった。そんな兵士たちを突撃に駆り立てる唯一の方法は、彼らの怒りに火をつけることだ。それじゃあ二人が背中を撃たれたとき、プラデルはどこにいただろう？

おい、冗談じゃないぞ……

アルベールは驚きのあまり、思わずうしろをふり返った。すると数メートルむこうから、プラデル中尉がこちらにむかって突進してくるではないか。重装備で足をもたつかせながらも、必死の速さで走っている。

プラデルは顔をあげ、決然と体を動かしていた。とりわけアルベールが注視したのは、まっすぐ前を見つめる中尉の青い目だった。きっぱりと心を決めている目だ。すべてが、すべてのいきさつが、いっきに明らかになった。

その瞬間、アルベールにはわかった。自分は死ぬのだと。

彼は数歩歩きかけたが、もう頭も働かなければ、足も動かなかった。何もかもが、あまりにすばやく展開している。前にもお話ししたように、アルベールはてきぱきした男ではない。プラデルはもうあと三歩のところまで迫っていた。アルベールのすぐ脇には、砲弾が爆発した跡の穴が、大きく口をあけている。中尉が肩からぶつかってきた。アルベールは胸を直撃され、息が詰まった。あわてて体勢を立て直そうとしたけれど、彼は両腕を左右に広げたまま背中から穴に落っこちた。

滑り落ちるアルベールの目に映ったのは、スローモーション映像のように遠ざかるプラデルの顔だった。その視線には、いまやはっきりと挑戦と自信が見てとれた。

穴の底に着くと、さらにごろごろと転がった。体にまとった装具も、ほとんどブレーキの役目は果たさなかった。銃に脚を絡めてどうにか起きあがると、傾いた穴の内壁にすばやく体を寄せる。誰かに見られるか聞かれるかするのを恐れ、ドアに背中を押しつけるように。足をふんばってまっすぐに立つと（粘土質の土は、石鹼みたいにつるつると滑った）、彼は息をととのえた。乱れた頭のなかで、プラデル中尉の冷たい視線を何度も切れ切れに思い返した。うえでは戦闘がさらに広がっているらしい。乳白色の空はまるで花飾りを散りばめたように、青やオレンジ色に輝いている。味方側からも敵陣からも砲弾が雨あられと降り注ぎ、ひゅうひゅうと弾が宙を切る音や、爆発の大音響が絶え間なく続いた。アルベールは顔をあげた。穴の端から身を乗り出す、背の高いプラデル中尉の姿が、死の天使のようにくっきりと浮かんでいた。

アルベールは長いあいだ滑り落ちていたような気がしたが、実際のところ二人を隔てるのはせいぜい二メートルほどの距離だった。いや、もっと少ないかもしれない。けれどもそのあいだには、厳然たる違いがあった。プラデル中尉はうえで脚を広げ、両手をベルトにあててしっかりと立っている。その背後では、戦闘の閃光が断続的に続いていた。彼は悠然と穴の底を眺めた。微動だにせず、アルベールを見つめた。口もとにうっすらと笑みを浮かべながら。彼を穴から引きあげようというそぶりはまったくない。アルベールは息苦しかった。気が動転して、顔から血の気が失せた。彼は銃を取って肩にあてた。足が滑りそうになるのを、かろうじて持ちこたえた。ようやく銃を穴の縁にむけたとき、そこにはもう誰もいなかった。プラデルは姿を消してしまった。

アルベールはひとりだった。

彼は銃をおいて、気力を奮い起こそうとした。ここでぐずぐずしているわけにはいかない。すぐさま穴の斜面をよじのぼり、プラデルのあとを追いかけねば。背中に銃弾を喰らわせ、喉もとに飛びかかるんだ。さもなければ仲間のところへ行き、わけを話そう。大声で訴えよう。ともかく、何かしなければ。けれどもどうしたらいいのか、彼にもよくわからなかった。とても疲れている。もうへとへとだ。だって何もかも、馬鹿げたことばかりじゃないか。まるで目的地に着いて、荷物を置いたみたいだ。あのうえまで、のぼりたいのにのぼれない。もうすぐ戦争にもけりがつきそうだったのに、気がつけばこんな穴の底にいる。彼は崩れるようにへたりこみ、両手で頭を抱えた。状況を正確に分析しようとしたけれど、心がいっきに砕けてしまった。シャーベットが溶けるみたいに。セシルが大好きなレモンシャーベット。彼女は食べると歯にしみると言って、子猫みたいな身ぶりをした。それがあんまりかわいらしいので、アルベールは抱きしめたくなったものだ。そういやセシルから最後の手紙が来たのは、いつのことだったろう？　それも彼が落ちこんでいる理由だった。誰にも話したことはないが、セシルの手紙は前よりそっけなくなっていた。たしかに戦争は、もうすぐ終わろうとしている。けれども彼女が書く手紙は、まるで戦争がすっかり終わったかのようだった。だからもう、励まし合う必要もないかのような。家族がそろっている者たちはそうじゃない。あいかわらず手紙は届いている。アルベールには、セシルしかいないのに……いや、たしかに母親もいる。けれどもマイヤール夫人の手紙には、もっとうんざりさせられるだけだった。いつもの口ぶりそのままだ。息子の代わりに、何でも自分が決められると思っている……そんなこんなでアルベールは、すっかり心をすり減らしていた。死んでいった仲間たちのこともあるけれど、それはあまり考えたくなかった。ただでさえ、失意の日々をすごしてきたというのに、ここでまたこんな目に遭うなんて。まさに気力をふり絞らねばならないときに。どうしてかはわからないが、彼のなかで突然何かが切れてしまった。腹のあたりだろうか。それは果てしない疲労感にも似て、石のようにずっしりと重かった。頑とした拒絶。

どこまでも無抵抗で穏やかなもの。彼は何かが終わったような気がした。アルベールは軍に志願したとき、皆と同じように戦争とはどんなものかと想像してみた。そして密かにこう思った。いざとなったら、死んだふりをするまでさ。ばったりと倒れこむんだ。何なら本当らしく見せるため、心臓のど真ん中を撃ち抜かれたみたいな身ぶりをして、うめき声をあげよう。そのまましばらく横たわって、戦闘が収まるのを待てばいい。夜になったら、本当に死んでいる仲間のところへ這っていき、身分証を盗む。それからまた何時間も、ひたすら這い続ける。闇から声が聞こえたら、止まって息をひそめる。こうして注意深く進んでいけば、いつか北にむかう街道に（場合によっては南へむかう街道に）出るだろう。道々、あたらしい身元について頭にたたきこんでおかなければ。やがて道に迷った部隊と出会い、その兵長は背の高い男で……もうおわかりだろう。要するにアルベールは銀行の経理係にしては、空想力豊かな男だった。たぶんマイヤール夫人の妄想癖が影響したのだろう。戦争がまだ始まったばかりのころ、彼はほかの多くの兵士たち同様、こんな感傷的なイメージを抱いていた。赤と青のきれいな軍服に身を包んだ部隊が、恐慌をきたした敵軍に列を組んで立ちむかっていく。きらめく銃剣を突き出す兵士たち。いたるところで立ちのぼる砲弾の煙は、敵軍が敗走を始めた証《あかし》だ。結局のところアルベールが志願したのは、スタンダールが描く戦争だった。しかし気がつけば、そこはもっと即物的で野蛮な殺戮の場だった。何しろ毎日千人の人間が、五十カ月にわたって殺され続けたのだ。それがどんなものかを知るためには、ちょっと体を起こして、塹壕のまわりの光景を眺めてみるだけでいい。草木が根こそぎなくなり、砲弾の穴が無数に口をあけている大地。そこに腐りかけた何百もの死体が転がっている。悪臭は一日中、胸にこびりついているだろう。戦闘がいったん止むと、野兎のように太ったネズミが、すでに蛆《うじ》のわいた死体から死体へと走りまわり、蠅《はえ》と残骸を奪い合う。

アルベールはそんな光景を嫌というほど見てきた。エーヌ県では担架係《たんか》だった。うめいたり、わめいたりする怪我人が見つからないときは、腐り具合もさまざまなあらゆる死体を集めていた。だからその手のことには詳しいのだ。彼のような鋭敏な心の持ち主には、耐えがたい仕事だ。

もうすぐ生き埋めになるという男にとってはなんとも不運なことながら、彼には閉所恐怖症の気《け》まであった。

アルベールは子供のころ、母親が部屋のドアに鍵をかけたまま出かけるかもしれないと思っただけで、吐き気がするほど胸が苦しくなった。けれども彼は黙って、じっと横になっていた。母親を苦しませたくなかった。つらいことばかりだと、いつも愚痴を言っていたから。しかし真っ暗な夜は、耐えがたいほどの恐ろしさだった。のちにも同じようなことがあった。そんなに昔ではない。セシルといっしょに、毛布にもぐったときだ。すっぽり体がくるまれたとき、呼吸ができなくなってパニックに襲われた。ときおりセシルが脚で挟んで、彼を押さえつけるものだから、なおさら恐怖は高まった。試してみたのよ、と彼女は笑って言った。つまりは彼にとって窒息死こそ、もっとも恐ろしい死に方というわけだ。まさかそんなことになるとは、さいわい彼は思っていなかった。彼に待ちうけていることに比べたら、たとえ毛布に顔が埋まっていようと、セシルのすべすべした太腿に挟まれて身動き取れなくなるなんて、天にも昇る心地よさだ。窒息死するかもしれないと考えただけで、アルベールはさっさと死にたくなっただろう。

いや、そのほうがよかったのかもしれない。今すぐにではないけれど、どのみち窒息死する運命だったのだから。この隠れ家から数メートルのところで、やがて砲弾が炸裂し、土を高く撥《は》ね上げるだろう。そしてアルベールを埋めつくすだろう。もう長くは生きられない。けれども、自分に何が起きたのかを理解するには充分な間がある。彼は必死に生きのびようとするだろう。実験用のマウスがうしろ脚をつかまれたとき、豚や牛が屠《ほふ》られようとしたときに感じる本能的な欲求に駆られ、無我夢中で抵抗をするだろう……しかし、それにはもう少し待たねばならない。肺が空気を求めてあえぎ、体が土から抜け出そうともがいて疲れはてるのを、頭が爆発しかけ、気がおかしくなるのを待たねば……いや、先取りはやめよう。

アルベールはふり返り、最後にもう一度うえを見あげた。結局のところ、さほど遠くはなさそうだ。ただ、彼にとってあまりに遠かった。彼は力を奮い起こし、ひたすらそれだけを考えようとした。うえまでのぼって、この穴から出るんだ。彼は装具と銃を取ると、疲れを押して斜面をよじのぼり始めたが、それは容易なことではなかった。どろどろになった粘土は滑りやすく、足をかけるところもない。何とか体を支えようと、指を土につっこみ、爪先で思いきり斜面を蹴ってみるものの、どうにもならなかった。体はまたずるずると落ちてしまう。彼は銃と背嚢《はいのう》をおろした。すっ裸にならねばならないとしたら、ためらわずにそうしただろう。彼は斜面にへばりつき、腹ばいになってまたのぼり始めた。その動作は、檻のなかのリスそっくりだった。虚空でもがいては、また同じ場所に落ちてしまう。彼はうなり、うめき、とうとう大声でわめき始めた。パニックに襲われた。涙がこみあげてくる。拳で粘土の内壁をたたいた。穴の縁はすぐそこなのに、くそったれめ、手を伸ばせばもう少しで届きそうなのに、数センチのぼるごとに靴底が滑って、またすぐ数センチさがってしまう。この忌々しい穴から抜け出すんだ、と彼は叫んだ。必ず抜け出てやる。そりゃ誰だって、いつかは死ぬさ。でも、今はごめんだ。これじゃあ、あまりに馬鹿みたいじゃないか。この穴を抜け出し、プラデル中尉を見つけ出すんだ。必要とあらばドイツ野郎のなかまでだって、追いかけていくからな。見つけ出して、ぶっ殺してやる。あの卑劣漢を殺すと思うと、気力が湧いてきた。

彼はそこではっと、忌まわしい事実に思いあたった。この四年数ヵ月、ドイツ兵どもの銃弾もかわし続けてきたっていうのに、まさかフランス軍将校に殺されるとは。

ふざけやがって。

アルベールはひざまずいて背嚢をあけ、中身をすべて取り出した。ブリキのカップを脚のあいだに置く。滑る内壁にコートを広げ、持ち物をみんな土に押しこんでいけば、足場代わりになるんじゃないか。アルベールはふり返った。ちょうどそのときだった、頭上数十メートルのところから砲弾の音が聞こえたのは。彼は不安になって、顔をあげた。四年にわたる戦場暮らしで、七十五ミリ砲と九十五ミリ砲、百五ミリ砲と百二十ミリ砲を聞き分けられるようになっていた……でも、これがどの砲弾なのか、よくわからなかった。きっと穴の底にいるからだろう。離れていたせいかもしれない。ともかくその砲弾は、今まで聞いたことのないような、奇妙な音を発していた。他の弾よりにぶい、こもったような音。ブーンという唸り声が響いたかと思ったら、いきなり耳をつんざく大音響が炸裂した。アルベールの頭が、一瞬いぶかった。何ごとだ。ものすごい爆発音じゃないか。地面がぐらぐらと揺れている。耳を聾する不気味な轟きが聞こえたあと、大地がいきなり持ちあがった。まるで火山の噴火だ。アルベールは体を揺さぶられ、びっくりして足もとをふらつかせながら宙を見あげた。あたりがいきなり暗くなったから。するとそこには空の代わりに、茶色い土の大波が頭上十メートルほどの高さまで、スローモーションのように広がった。うねる波頭はゆっくりとこちらにむかい、今にも彼を呑みこもうとしている。小石や土くれ、ありとあらゆるかけらがぱらぱらと降り注いでくるのは、波がすぐそこまで迫っているからだ。アルベールは思わず体を縮こまらせ、息をとめた。本当は、そんなことをすべきではなかったのに。反対に、手足は伸ばさねばならない。生き埋めになって死んだ者たちは、口をそろえてそう言うだろう。まだ二、三秒、間があった。アルベールはそのあいだ、空にたなびく土のカーテンを見つめていた。それはまるでいつ、どこになだれ落ちようか、タイミングをはかっているかのようだった。

と、そのとたん、土の波はアルベールのうえに押しよせ、彼を埋めつくした。

普段ならアルベールの外見を説明するには、ティントレットの描く肖像画に似ていると言えばことたりる。いつも悲しげな表情をし、口もとはきゅっと結ばれている。あごはしゃくれ気味で、黒々とした弓形の眉が大きな隈《くま》を際立たせている。しかし今、空を見あげ、迫りくる死を眺めている彼は、むしろ聖セバスチャンのようだった。引きつった顔には、恐怖と苦悩の表情がくっきりと刻まれている。いくら赦しを乞い願おうとも、それは無駄なことだろう。もともとアルベールには信仰心など、かけらもなかったのだから。それにこんな不運に見舞われたからといって、彼は神だのみなどはしない。たとえその暇があったとしても。

ものすごい轟音とともに、土の山が彼に襲いかかった。あんな衝撃を喰らったら即死に違いないと、誰しも思ったはずだ。アルベールは死んだ。それで終わりだと。ところが実際に起きたのは、もっと悲惨なことだった。まずは砂利や小石が雨あられと彼のうえに降りかかり、それから土が押しよせて、体を覆い始めた。土はどんどんと重くなり、アルベールは地面に張りついた。

土が積みあがるにつれ、彼は身動き取れないまま埋まっていった。

やがて光が途絶えた。

すべてが動きをとめた。

ここにあるのは、まったく別の世界だ。もう、セシルの存在しない世界。

パニックに襲われる前に、まずアルベールを驚かせたのは、戦闘の騒音がやんだことだった。まるですべてが突然、静まったかのように。ゲームセットの警笛を、神様が鳴らしたかのように。もちろん、少し耳を澄ませたならば、何も終わっていないと気づいたことだろう。まわりを覆いつくす土塊のせいで、音はくぐもっている。それでほとんど聞こえないのだと。しかし今のアルベールには、外の騒音に耳を傾け、戦闘が続いているかをたしかめるより、もっと別の気がかりがあった。なぜなら彼にとって重要なのは、戦争が終わろうとしていることだったから。

轟音がかすむや、アルベールははっとした。ぼくは土に埋まっていると思ったけれど、それはまだ抽象的な概念にすぎなかった。生き埋めになったんだと思ったとたん、事態が恐ろしく具体的に迫ってきた。

今、どれほど悲惨な状況にあるのか、彼を待ちかまえている死がどういうものなのかを考えたとき、自分は窒息死するのだとわかったとき、アルベールは理性を失った。一瞬にして、すべての理性が吹き飛んだ。頭のなかは、混乱の極みだった。意味もなくわめいて、残されたなけなしの空気を浪費した。生き埋めだ、生き埋めだと何度も繰り返した。この恐ろしい事実に気を取られるあまり、まだ目をあけることさえ思いつかなかった。彼がしたのは、ばたばたとでたらめな方向に体を動かすことだけだった。残っていた力のすべて、パニックのなかからこみあげてくるものすべてが、筋肉の動きへと変わった。そんなふうにもがいたせいで、膨大なエネルギーを使ったが、すべては無駄な努力だった。

突然、彼はもがくのをやめた。

手を動かせるのに気づいたからだ。ほんの少しだが、手を動かせる。彼は息をとめた。水を含んだ粘土質の土はうえから落ちてきたとき、腕や肩、うなじのあたりで殻のような形になったのだろう。彼が囚われているこの世界は、あちこちに数センチの空間を残してくれた。実際のところ、うえに積もっている土は大した量ではない。それはアルベールにもわかっていた。たぶん、四十センチくらいだろう。しかし、彼はその下に横たわっている。身動き取れなくなるには、充分な厚みだ。あとは死を待つしかない。

あたりの地面が揺れた。うえではまだ、戦闘が続いている。砲弾が大地を震わせた。

アルベールは目をあけた。まずは、そろそろと。暗闇だった。でも、真っ暗というわけではない。白っぽい、微かな日の光が入ってくる。ほとんど感じとれないくらいの光が。

彼は小刻みに息をしなければならなかった。肘を数センチ広げ、土をぐっと押しこめて脚を少し伸ばした。ひたすらパニックと闘いながら、注意深く顔を土から離し、息がつけるようにした。泡が弾けるように、土の塊がさっと遠のいた。彼はすばやく反応した。全身の筋肉がぴんと張って、体が縮みあがった。けれども、ほかには何も起きなかった。どれくらい、そうしていただろう？　とりあえずひと息ついたものの、空気は徐々になくなっていく。そのあいだにも、彼は迫りくる死がどんなものか想像していた。わかっていながら酸素が断たれるのが、どういうことなのか。ゴムの薄膜が破れるみたいに、小さな空間がひとつ、またひとつと潰れていくこと。そして不足する空気を追うかのように、むなしく目を見ひらくのがどういうことなのかを想像していた。彼はできるだけ息を詰め、何も考えまいとしながら、自分が今、どんな状況にあるかを頭からふり払いながら、一ミリ一ミリ手を伸ばし、前を探った。そのとき、指先に何かを感じた。青白い光は前より少し強くなったものの、まわりを見分けるには足りなかった。指がやわらかなものに触れている。土や粘土ではない。絹のような手触りで、少しざらりとしている。

その正体がわかるまでには、しばらく時間がかかった。

じっと焦点を合わせると、目の前にあるものが像を結んだ。巨大な口。唇の隙間から、どろりとした液体が流れ出ている。黄色い大きな歯、溶けかけた青っぽい目もあった……

胸が悪くなるような、気味の悪い馬の首だ。

アルベールは思わずぐいっとうしろにさがった。頭が粘土の殻にぶつかり、土が崩れ落ちて首にかかる。彼は身を守ろうと肩をそびやかした。動きをとめて息をつき、数秒がすぎた。

戦場には、朽ち果てた痩せ馬の死骸が無数に転がっている。砲弾が地面を穿《うが》ったとき、そのうちのひとつが埋まって、今アルベールの前に頭を突き出したというわけだ。青年と死んだ馬は、ほとんどキスをしそうなほど顔と顔を近づけていた。土が崩れたおかげで、アルベールは手が動かせるようになった。けれどもずっしりと重い土が、胸郭を圧迫していた。彼はそっと小刻みに息を継いだが、もはや肺も限界に来ていた。涙がこみあげるのを、彼は必死にこらえた。泣くなんて死を受け入れることだ、と彼は思った。

いっそのこと、あきらめてしまうほうがいいのかもしれない。どうせ長くはもたないのだから。

死の瞬間、これまでの人生がすべて、走馬灯のようによみがえるというのは間違いだ。それでも、いくつかの思い出が呼びさまされた。とても古い思い出が。父親の顔がくっきりと目に浮かぶ。今、父親といっしょに、土に埋もれているのだと言ってもいいくらいに。きっともうすぐ、むこうで再会するからだろう。父親は若かった。今のアルベールとほぼ同じ歳だ。三十歳と少し。もちろん、その少しが大事なところなのだけれど。美術館の制服を着て、口ひげをぴんと油で固めている。食器棚に飾った写真のとおり、真面目くさった顔だった。空気がなくなってきた。肺がきりきりし、体が痙攣し始めた。頭を働かせねば。でも、もうどうしようもない。彼はただ、狼狽するばかりだった。死の恐怖が、腸《はらわた》の奥からわきあがってくる。こらえていた涙があふれ出た。マイヤール夫人が非難のこもった目で彼を見つめた。アルベールにだって、どうにもしようがないんだ。穴に落っこちて、戦争が終わる直前に死ぬのはしかたない。馬鹿げているが、そういうこともある。けれども生き埋めになるなんて、言ってみれば初めから埋葬されたかっこうで死ぬようなものじゃないか。でもまあ、本当に彼らしい。いつだってみんなからはずれているのだから。いつだってちょっとばかりついてない。結局のところ戦死でもしなければ、どうなってしまうんだ、この男は？　マイヤール夫人がようやく微笑んだ。アルベールは死んだけれど、おかげでわが家にもひとり英雄ができた。それも悪くないわね。

アルベールの顔は真っ青だった。こめかみが恐ろしい勢いで脈打っている。全身の血管がいまにも爆発しそうなほど。彼はセシルを呼んだ。もう一度、身動きできないくらいぎゅっと彼女の脚に挟まれたかった。けれどもセシルの顔は、目の前によみがえらなかった。あまりに遠く離れているので、彼のもとまでやって来られないかのように。それがアルベールには、いちばんつらいことだった。今この瞬間、彼女に会えないこと、彼女がいっしょにいてくれないことが。ここにあるのは、セシルという名前だけ。彼が落ちこもうとしている世界には、肉体も言葉もないのだから。いっしょに来てくれと、彼女に懇願したかった。死ぬのが恐ろしくてたまらなかった。でも、どうしようもない。彼はセシルに会うこともなく、たったひとりで死んでいくのだ。

それじゃあ、さよなら、天国でまた会おう、セシル。ずっとあとで。

やがてセシルという名前も消え去ると、そこにプラデル中尉の顔が浮かんだ。嫌ったらしい笑みを浮かべた顔が。

アルベールは手足をばたつかせた。肺を満たす空気は、どんどん少なくなっていく。力をこめると、ひゅうひゅうという音がした。彼は咳きこみ、腹をぐっと締めた。もう空気はない。

彼は馬の頭をつかみ、べとべとする口に手を入れた。指の下で肉が崩れ落ちる。それから大きな黄色い歯を握ると、超人的な力をこめて口をこじあけた。なかから吹き出た腐った息を、アルベールは肺いっぱい吸いこんだ。こうして彼は、数秒間生きのびた。胃が引きつって、嘔吐した。あたりが震動し、再び全身が揺さぶられる。もう一度空気を求めて体をうえにむけようにも、それは望めなかった。

のしかかる土はとても重く、ほとんど光も見えない。戦場に降りそそぎ、炸裂する砲弾で、大地が揺れるだけだ。そのあとはもう、何も聞こえなくなった。もう、何も。ぜいぜいという喘ぎ声のほかは。

やがて大きな安らぎが彼を包んだ。彼は目を閉じた。

いきなり、苦しみがこみあげた。心臓が止まろうとしている。意識が遠のき、彼はがっくりと沈みこんだ。

兵士アルベール・マイヤールは息絶えた。

2

一九一八年十一月

　ドルネー＝プラデル中尉は猪突猛進する、決然とした人物だった。戦場では敵の戦列にむかい、まっしぐらに走っていく。何ものも恐れないその態度は印象的だったが、実際のところ彼はあまり勇敢な男ではない。少なくとも人が思うほど、勇気にあふれてはいなかった。ことさら英雄的なわけではないが、自分は戦争で死なないと彼はすぐに確信した。そう、彼には自信があった。この戦争はおれを殺すためのものではない、おれにチャンスを与えてくれるものだと。

　彼が百十三高地の奇襲という残酷な決断を下したのは、もちろんドイツ人を並みはずれて憎んでいるからだった。それはほとんど精神的な次元での憎悪だった。しかし奇襲決断の裏には、戦争がいよいよ終結にむかっているという事情もあった。こんな願ってもない戦争が、おれのような男に与えてくれるチャンスを利用する時間は、もうあまり残っていない。彼はそう考えたのだ。

　アルベールやほかの兵士たちも、薄々それは感じていた。あいつはどこから見ても、金を使い果たした田舎貴族だと。ドルネー＝プラデル家は過去三世代のあいだに、証券取引の失敗や倒産やらで、文字どおり破産に追いこまれた。先祖から伝わる過去の栄光のうち、いまだに残っているのは、荒れ不穏なこの果てたサルヴィエールの屋敷と名前の威光、一、二の遠縁、あまりあてにならない縁故、不当なもの世界でもう一度地位を築こうという貪欲なまでの意志だった。彼は今の不安定な立場を、不当なものだと思っていた。貴族としての確固たる地位を回復しようという野望に、彼はまさしくとり憑《つ》かれていた。そのためには、すべてを犠牲にしてもいいと思うほどに。父親は残された財産を使い果たしたあと、田舎の屋敷で心臓を撃ち抜き、みずから命を絶った。本当かどうかはわからないが、その一年後に亡くなった母親は、悲しみのあまりに果てたのだと言われている。ひとりっ子だった中尉は、ドルネー＝プラデル家最後の人間だった。〝名門の末裔〟だという思いが、彼の気を急かせた。おれが死んだら、もう誰もいないんだ。父親がどこまでも落ちぶれきっただけに、一家の再興は自分の双肩にかかっているのだと彼は早くから覚悟を決めた。そのために必要な意志と才能があると、確信もしていた。

かてて加えて、彼はなかなかのハンサムだった。もちろんそれは想像力を欠いた、退屈な美しさだろうが、ともかく女たちは彼に惹かれ、男たちは彼を嫉妬した。結局のところ、それは間違いのないことだ。だから誰でもこう言うだろう。あんなに美男子で名前もあるのだから、欠けているのは財産だけだと。本人もそのとおりだと思い、財産を築くことだけを目ざしていた。

モリウー将軍肝入りの任務完遂のため、中尉がさんざん苦労を重ねたわけも、これでよくわかろうというものだ。参謀部にとって百十三高地は癪《しゃく》の種だった。地図のうえの小さな点が、日々あざ笑っている。どうにも目障りで、しようがなかった。

プラデル中尉はそんなことに固執するタイプではなかったが、彼にも百十三高地を手に入れたい理由があった。彼は今、司令部という山のすそ野にいる。もうすぐ戦争は終わるだろう。あと数週間で、戦功をあげるには間に合わなくなる。三年間で中尉になれたのだって悪くはないが、ここで一発手柄をあげればもう確実だ。大尉として復員できる。

プラデルは自己満足に浸っていた。兵士たちを百十三高地征服に駆り立てるには、仲間の二人がドイツ軍によって平然と殺されたと思いこませればいい。そうすれば兵士たちは、怒りと復讐心に燃えあがる。なんと天才的な作戦だろう。

突撃命令を出したあと、彼は攻撃の指揮を曹長にまかせ、少しうしろに控えていた。ちょっとばかり後始末をしておかねばならない。それがすんだら部隊を追いかけ、いっきに敵の戦列へむかえばいい。駿足で皆を追い越し先陣に加わって、ドイツ兵どもを思う存分血祭りにあげてやる。

合図の警笛を吹き鳴らし、兵士たちが銃の装塡を始めると、突撃の流れがまずい方向に逸れないよう、彼は離れて右側に立った。その男を見たとき、彼は気が動転した。あいつ、何ていう名前だったろう。いつも悲しげな顔をしている。それにあの目、今にも泣き出しそうだ。マイヤール。そう、アルベール・マイヤールだ。右側で立ちどまり、きょとんとしている。塹壕から出たあと、どうしてこんなところに来てしまったのかと考えているのだ。馬鹿者め。

プラデルはアルベールが立ちどまり、引き返すのを見た。不審げにひざまずいて、老兵グリゾニエの死体を押している。

プラデルは攻撃が始まったときからずっと、あの死体を監視していた。目を離してはならない。できるだけ早く、始末しなくては。そのためにずっと死体の左側で、隊列監督をしていたのだ。あとで面倒なことにならないように。

なのにあの馬鹿野郎ときたら、走っている最中に立ちどまり、二つの死体を眺めていやがる。老人と若者の死体を。

プラデルはすぐさま、雄牛のように猛進した。アルベール・マイヤールはもう立ちあがっている。いま目にしたものに、ショックを受けているようだ。プラデルが自分に襲いかかろうとしているのを見て事態を察したのだろう、アルベールは逃げようとした。しかし彼の恐怖心よりも、中尉の怒りのほうが敏捷だった。あっと思ったときにはもう、プラデルの肩が胸にあたり、アルベールは砲弾の穴に転落して、底まで転がっていった。よし、穴はせいぜい二メートルほどの深さだが、抜け出すのは容易じゃない。体力も要るだろう。そのあいだにプラデルは、後始末を済ませることにした。

それさえ終われば、もう何も問題はない。

プラデルは穴の縁に立って、底にいる兵士を見つめた。こっちはどう始末をつけようか。しばらくためらったものの、ほっとひと息ついた。必要な時間は取れそうだ。またあとで戻ってくればいい。彼は横をむいて、数メートル後退した。

グリゾニエはいこじそうな死に顔で横たわっていた。とんだ邪魔者が入ったけれど、悪いことばかりじゃない。マイヤールが死体をひっくり返したおかげでルイ・テリウーの死体に近づき、仕事がやりやすくなった。プラデルはさっとあたりに目をやり、誰も見ていないかたしかめた。大丈夫。それにしても、なんという大殺戮だ！　この攻撃で、味方の兵員にも被害者がでるだろう。しかし、それが戦争だ。そもそもここは、哲学的考察をする場じゃない。プラデル中尉は手榴弾のとめピンをはずし、二つの死体のあいだに悠々と置いた。三十メートルほど離れて物陰に隠れ、両手を耳にあてる。手榴弾が爆発し、二人の兵士の死体が吹き飛ぶのを彼は眺めた。

こうして大戦の戦死者が二名減った。

そして行方不明者が二名増えた。

さて、次は穴に落ちたあの馬鹿者の始末をつけなければ。プラデルはもうひとつ、手榴弾を取り出した。手榴弾の扱いには慣れている。二カ月前にも、彼は投降してきた十五、六名のドイツ兵を集め、ぐるりと丸く並ばせた。どういうつもりなんだろうと、捕虜たちは目でたずね合い、首をかしげていた。プラデルは捕虜たちの真ん中に、手榴弾を投げこんだ。爆発まであと二秒。慣れた手つきだった。この四年間、フリースローの経験を積んできたのだから、正確なことこのうえない。自分たちの足もとで、何が起きようとしているのかわかったときにはもう、やつらは戦士たちの魂が集うという伝説のヴァルハラへ直行だ。ワルキューレ相手にせいぜい楽しむがいいさ、馬鹿どもめ。

プラデルが取り出したのは、最後の手榴弾だった。これを使ってしまったら、ドイツ軍の塹壕を吹き飛ばせなくなってしまう。残念だが、まあ仕方ない。

ちょうどそのとき砲弾が爆発し、土が大きく舞いあがってあたりに散らばった。プラデルはもっとよく見ようと体を起こした。穴は完全に埋まっていた。

土が山積みになっている。あいつはあの下ってわけか。ドジなやつだ。

プラデルにとってはもっけのさいわいだった。攻撃用の手榴弾を、ひとつ節約できたのだから。

彼はまたしてもせかせかと、前線へむかって走り始めた。さあ、ドイツ兵どもと急いで一戦交えるんだ。すばらしい別れのプレゼントをくれてやるからな。

3

ペリクールは走っている真っ最中になぎ倒された。銃弾が片脚にあたったのだ。彼は獣のようなうめき声をあげ、泥のなかに倒れた。耐えがたいほどの痛みだ。彼は大声で叫びながら、転げまわった。両手で太腿のあたりを握りしめたけれど、その下まで目が届かない。砲弾の破片で、脚がすっぱり切断されたのではないか？ 必死に体を起こした。激痛は続いていたが、彼はほっとした。脚はちゃんとついていた。つま先までしっかり続いている。やられたのは膝の下あたりらしい。血が流れていた。足の先に力を入れると激痛が走ったけれど、大丈夫、足は動く。銃弾や榴散弾が飛び交う喧騒のなかで、彼はただ〝脚はあるぞ〟とだけ考えていた。安心感でいっぱいだった。片脚になるなんて、ぞっとしないからな。

昔はよくふざけて、〝ちびっちょペリクール〟なんて言われた。言葉遊び《パラドックス》みたいなものだ。というのも一八九五年生まれの少年にしては、とびぬけて背が高かったから。一メートル八十三もあるのだから、かなりのものだ。そんなに背丈があると痩せて見える。彼は十五歳のときからすでにそうだった。学校では同級生から〝のっぽ〟と呼ばれていた。それは必ずしも親しみをこめたあだ名ではなかった。彼はあまり好かれていなかったから。

エドゥアール・ペリクールは、つきに恵まれた男だった。

彼が通った学校では、みんなが同じように裕福な家庭の子供たちだった。何ひとつ不自由なく、満ち足りた人生を送ろうとしている。何世代にも遡る先祖たちにつちかわれた自信が、そこには息づいていた。しかしエドゥアールの場合、事情はいささか微妙だった。なぜならそれらすべてに加え、彼はつきにも恵まれていたから。お金や才能だけなら、誰しもしかたないと思うだろうが、運がいいのは許せない。それじゃあ、あんまり不公平じゃないか。

たしかに彼は幸運なことに、自己防御の感覚にとりわけ秀でていた。危険が度を越えて大きくなったり、先の雲行きが怪しくなり始めると、虫の知らせを感じるのだ。彼にはそういうアンテナがある。そしてあまり被害を受けずにすむよう、必要な処置を講じるのだった。もちろん、一九一八年十一月二日、片脚を砕かれて泥のなかに横たわるエドゥアール・ペリクールを見たら、つきは離れた、風むきは変わったのではないかと思うだろう。しかし、実はそうとも言いきれない。ともかく脚はなくならなかったのだから。この先ずっと、脚を引きずることにはなるだろうが、二本の脚で歩き続けられる。

エドゥアールは急いでベルトをはずすと、それを止血帯代わりにして思いきり強く脚にまいた。それだけですっかり疲れはて、ぐったりと横になった。痛みは少し治まった。もうしばらくそうしているべきだろうが、ここはどうも危なそうだ。砲弾を喰らって、ばらばらにされてしまうかもしれない。あるいは、もっと悪いことに……そう、当時こんな噂が流れていた。夜中にドイツ兵が塹壕から出てきて、負傷したフランス兵に剣やナイフでとどめを刺すと。

エドゥアールは筋肉の緊張を緩めようと、うなじを泥に押し当てた。少しひんやりして気持ちがいい。背後にあるものが、逆さまに見えた。なんだか野原の、木の下にいるみたいだ。女の子といっしょに。でも女の子といっしょなんて、そんな経験は一度もなかった。顔見知りの女はといえば、美術学校の付近にある売春宿の娼婦たちくらいなものだ。

けれども思い出にふけっている間はなかった。おかしなふるまいをしているプラデル中尉の姿が、突然目に入ったからだ。脚を撃たれて地面に倒れ、痛みのあまり転げまわったり、血止めをしたりしているあいだに、ほかのみんなはドイツ軍の戦列めがけて走っていってしまった。ところが十メートルほどうしろに、プラデル中尉がじっと立っているではないか。まるで戦闘は終わったかのように。

エドゥアールは遠くから、中尉の横顔を逆さまに眺めた。両手をベルトにあて、昆虫学者が蟻《あり》の巣を覗きこむみたいに、足もとをじっと見つめている。喧騒のなかでも落ち着き払い、悠然としたものだ。やがて一件落着したか、心配いらなくなったかのように、中尉は姿を消した。どうして将校が突撃の途中で立ちどまり、足もとを見つめているんだ？　エドゥアールは唖然とするあまり、脚の痛みも一瞬忘れたほどだった。どうも怪しいぞ。このおれが、脚を撃ち抜かれたことだけでも驚きなのに。これまでずっとかすり傷ひとつ負わずに、戦場を走りまわってきた。それが今、脚を粉々にされて地面に横たわっているなんておかしいじゃないか。でもまあ、おれは兵士だし、ここは殺し合いの場なんだから、怪我をするくらいいたしかたない。しかし将校が砲弾の下で立ちどまり、じっと足もとを見ているのは……

エドゥアール・ペリクールは体から力を抜き、また仰むけに横たわった。膝のまわり、止血帯代わりに巻いたベルトのすぐうえあたりを両手で締めつけ、深呼吸をした。数分後、彼は体を曲げ、さっきプラデル中尉が立っていた場所に、再び目をむけずにはいられなかった……何もない。中尉はどこかへ行ってしまった。突撃の戦列はさらに前進し、爆発の轟音も何十メートルか遠ざかった。まだしばらくここで、傷の具合をたしかめていられそうだ。助けが来るのを待ったほうがいいか、這って後方へ避難したほうがいいか、ゆっくり思案していてもよかったろう。けれども彼は腰を曲げ、水から跳びあがった鯉みたいに身を反らせて、あの場所を凝視した。

とうとう彼は心を決めた。もちろん、容易なことではない。彼は仰むけのまま肘をついて上半身を起こすと、あとずさりし始めた。左脚を支えにして前腕に力をこめ、死体のようにぐったりとした右脚を、泥のなかにずるずると引きずりながら。一メートル進むにもひと苦労だった。どうしてこんなことをしているんだろう？　うまく説明はできなかった。ともかく、あのプラデルは油断ならない男だ。誰にもやつをとめられない。こんな格言もあるじゃないか。軍隊にとって真に危険なのは敵ではなく、階級《ヒエラルキー》だと。まったくそのとおりだ。政治に無関心なエドゥアールだったから、それが組織《システム》の特性だとまでは思わなかったが、考え方は同じだった。

彼は突然、動きをとめた。七、八メートルほど進んだところで大口径の砲弾が爆発し、その場に釘づけにされた。横たわっていたせいだろうか、爆発音がやけに大きく響いた。彼は棒を呑んだみたいに体を強ばらせたが、右脚はそれでも無反応だった。発作に襲われた癲癇《てんかん》患者のように、全身が硬直している。彼はさっきプラデル中尉が立っていた場所を、じっと見つめていた。と、そのとき、荒れ狂う波のように大量の土が宙に噴きあがった。今にも埋めつくされるのではないかと思うほど、すぐ近くに大きく広がって見えた。人喰い鬼のため息のような、こもった音をあげながら、土はあたりに降りそそいだ。爆発やうなる弾丸、空に散る照明弾も、間近に崩れ落ちる土の壁に比べれば、もはや物の数ではなかった。エドゥアールは身をすくませ、目を閉じた。体の下で大地が揺れている。彼はちぢこまって息をとめた。ああ、まだ死んでいなかったと気づいてほっとした。命拾いをしたようだ。

噴きあがった土はすべて下に落ちた。エドゥアールは塹壕に棲みつく太ったネズミのように、仰むけのまますぐにまたうしろむきに進み始めた。どこにそんなエネルギーがあったのか、自分でもよくわからない。ともかく彼は心の呼ぶ声に導かれるがまま、ずるずると這い進んだ。そして気づいたのだった。そこは土の波が崩れ落ちた場所だった。見ると鉄の先端が、粉のように降り積もった土の下から突き出ている。数センチくらいだろうか。あれは銃剣の先だ。その意味は明らかだった。あの下に兵士が埋まっているんだ。

生き埋めは昔からよく聞く話のひとつだが、実際目の前で見たことはなかった。そんな憂き目にあった兵士を救い出すため、エドゥアールがこれまで所属したほとんどの部隊には、シャベルやつるはしを備えた工兵がいた。しかしたいていは間に合わず、土のなかから掘りおこしたときにはもう、顔は紫色に変色し、目が飛び出しているという。さっき見かけたプラデルの姿が、一瞬エドゥアールの脳裏によみがえったが、ぐずぐず考えている間はない。

急いで行動しなければ。

エドゥアールは体をまわして、腹ばいになった。脚にずきんと激痛が走り、彼は思わずうめいた。ひらいた傷口が地面にこすれたのだ。しゃがれた叫び声をあげながら、彼は鉤爪のように曲げた指で地面を掻き始めた。これじゃあ間に合わない。下に埋まっている兵士は、とっくに窒息しかけているぞ……エドゥアールはすぐにそう気づいた。どれくらいの深さだろう？　せめて、何か掘るものがあれば。彼は右側に目をやった。死体が散らばっているだけだ。ほかには何もない。役に立ちそうな道具は、ひとつも落ちていなかった。地面から突き出ている銃剣を引き抜くことができたら、それを使って穴を掘れるのに。ほかに方法はなさそうだが、何時間もかかりそうだ。土の下から、助けを求める声が聞こえたような気がした。もちろん空耳だろう。たとえ深く埋まっていなかったとしても、こんな喧騒のなかでうめき声が聞こえるわけがない。エドゥアールはそれほど焦っていた。どんなに急を要するかと思うと、頭が沸騰しそうだった。生き埋めになった人間は、すぐに助け出さねば。さもないと、土のなかから引っぱり出したときにはとっくに死んでいる。突き出た銃剣のまわりを指で掘りながら、彼は思っていた。知っている男だろうか？　同じ部隊の仲間たちの名前、顔が次々と頭に浮かんだ。本当なら、そんなことを考えている場合ではないだろう。でも助ける相手が戦友ならいい、誰か話をしたことのある仲間、好感を抱いていた男ならいい。そう思えば、土を掘る手にもいっそう熱がこもる。彼は絶えず左右を見て、役立ちそうなものを探したけれど、やはり何も見あたらなかった。指が痛くてたまらない。ようやく十センチほど土を取り除いたが、銃剣はいくら揺すってもびくともしなかった。頑丈な歯みたいに、しっかり根を張っている。エドゥアールは落胆した。作業を始めてどれくらいたったろうか？　二分？　それとも三分？　地中の男はとっくに死んでいるだろう。不自然なかっこうをしているせいで、肩がまた痛み出した。こんな状態じゃ、おれだって長くは持たないぞ。あきらめが胸に広がる。もうくたくただ。息が切れる。腕の筋肉が張って、体が痙攣し始めた。彼は拳で地面をたたいた。そのとき、はっと気づいた。間違いない。動いたぞ。たちまち涙があふれ出した。彼は泣きながら両手で銃剣の先をつかみ、力いっぱい押したり引いたりを繰り返した。涙でぐしょぐしょの顔を、ときおり腕の外側でぬぐった。銃剣の動きが急に軽くなった。彼は揺さぶるのをやめ、再び土を掘り返し始めた。そして地中に手を突っこみ、力いっぱい銃剣を引っぱった。

勝利の雄叫びがあがる。ついに抜けたぞ。彼は一瞬、銃剣を凝視した。初めて見るものであるかのように、自分の目がまだ信じられないかのように。それから荒々しい手つきで、銃剣を地面に突き立てた。うなるような怒声をあげながら、土に刺しこむ。なまった切っ先で大きな円を描くと、刃を平らにしてシャベルで搔くように地面を掘り返し、出た土は手で取りのけた。どれくらい、時間がかかるだろう？　脚の痛みはますます激しくなる。やっと何かが見え始めた。手さぐりでたしかめると、それは布地だった。ボタンもついている。彼は無我夢中で土を搔いた。まるで猟犬だ。今度は上着が手に触れた。彼は両手、両腕を突っこんだ。土がさっと穴のなかに崩れ落ち、奇妙なものが手に触れた。何だろう？　目を凝らすと、ヘルメットが光っている。彼は指先で丸いカーブをたどった。仲間の兵士に違いない。〝やったぞ！〟エドゥアールはまだ泣いていた。同時に叫んでいた。それでも腕だけは抑えようのない力に突き動かされ、猛然と土を搔き出している。ようやく兵士の頭が見えてきた。三十センチも下ではない。まるで眠っているかのようだ。知っている男だった。名前は何だったろう？　もう死んでいる。そう思うとエドゥアールはつらくてたまらず、手をとめて戦友をじっと見おろした。おれも死んでいるんだ。おれもこの男と同じように死んでいる。今、見ているのはおれ自身の死なんだ。彼は一瞬、そんな気がした。

エドゥアールは泣きながら、体の残りを掘り出し続けた。するとてつもない苦しみが、彼の胸をふさいだ……兵士の顔の前には、なんと死んだ馬の首があった！　こんなふうに人と馬が、顔を突き合わせて埋まっているなんて、とても奇妙な図じゃないか。たちまち肩から胸、腰まで露《あら》わになった。エドゥアールは涙にかすむ目で眺めながら、絵に描いたらどうなるだろうと想像した。そうせずにはいられなかった。立って別の姿勢を取ることができたなら、もっとすばやくすませられたろう。それでも、ともかくやり遂げた。彼は大声で、とても馬鹿げたことを言った。まるで相手に聞こえているかのように、「安心しろ」と慟哭しながら言ったのだ。この兵士を抱きしめたかった。ほかの誰かに聞かれたら恥ずかしいようなことを言った。結局のところ、彼が嘆いているのは自分自身の死だったのだから。これまで感じ続けていた恐怖を思いかえし、彼は涙した。今なら認めることができる。この二年間、どんなに恐ろしかったことか。いつかただの負傷兵から、戦死者のひとりになるのではないか。もうすぐ戦争も終わる。戦友のために流すこの涙は、若さの涙、生命の涙だ。やはりおれはついていた。これから一生、片脚を引きずることになるかもしれない。けっこうじゃないか。命拾いをしたのだから。彼は兵士の全身をせっせと掘り返した。名字を思い出した。マイヤールだ。名前は聞いたことがない。みんな、ただマイヤールとだけ呼んでいた。

そのとき、ふと疑念が脳裏をよぎり、彼はマイヤールの顔に耳を近づけた。あたりには爆発の音が続いている。静まれ、よく聞こえないじゃないか。本当に死んでいるのだろうか。そう思って、彼はマイヤールの顔を平手打ちした。すぐ脇に横たわっていたし、体勢も悪くてうまく叩けなかったけれど。マイヤールの頭は衝撃でがくっと動いた。こんなこと、何の意味もない。この兵士はまだ完全に死んでいないかもしれないなんて、ろくでもないことを考えたものだ、エドゥアールは。しかし、もう遅い。いちど疑いが芽ばえたら、たしかめずにはおれない。そんなものを目のあたりにするのは、われわれにとって恐ろしいことだ。大声で彼を呼びとめたいと、誰しも思うことだろう。もう放っておけ、おまえは最善を尽くしたんだと。やさしく彼の手を取って握りしめ、興奮が静まるまでじっとさせておこうとするだろう。ひきつけを起こした子供をなだめるみたいに何か言葉をかけてやり、涙がとまるまで抱きしめてあげたいと思うだろう。そうやって、気持ちを落ち着かせようとするだろう。

ただそのとき、エドゥアールのまわりには誰もいなかった。彼に正しい道を示してあげられる者は、あなたもわたしも、誰ひとり。こうして彼の胸に、むくむくと疑念が湧いてきた。マイヤールはまだ完全に死んではいないのではという疑念が。エドゥアールは前にも一度、目にしたことがある。いや、話に聞いただけかもしれない。前線に流布する伝説のようなものだ。誰も証人はいない噂話のひとつ。てっきり死んだと思われた兵士が息を吹き返し、止まっていた心臓がまた動き出したのだという。

エドゥアールはそんなことを考えながら、痛みを押して使えるほうの脚を曲げ、なんとか体を起こしたのだった。首を伸ばすと、背後にだらりと伸びる右脚が見えた。けれどもそこには、恐怖と疲労、痛みと絶望が混じり合う靄《もや》がかかっていた。

彼は一瞬、はずみをつけた。

そしてほんの数秒、鷺《さぎ》のように片脚で立った。どうにかバランスがたもてればいい。彼は下に目をやると、すっと大きく息を吸って、そのまま全体重をかけてマイヤールの胸のうえに倒れこんだ。

肋骨《ろっこつ》の折れる、嫌な音がした。ぜいぜいとあえぐような声が聞こえる。エドゥアールは体の下で地面がせりあがったような気がした。そして椅子から転げ落ちるように、ごろりと下に滑った。けれども、隆起したのは地面ではなかった。マイヤールが寝返りを打つみたいに体をまわしたのだ。彼は腹の中身をすべて吐き出し、咳きこみ始めた。エドゥアールはわが目が信じられなかった。涙がまたこみあげてくる。たしかについている男だ、このエドゥアールは。みなさんもそう、お認めになるだろう。マイヤールはまだ吐き続けている。エドゥアールはその背中を、陽気にたたいた。泣き笑いがとまらなかった。こうして彼は今、荒れ果てた戦場に腰をおろした。かたわらには、死んだ馬の首。血まみれの片脚は、おかしなむきに曲がっている。疲労のあまり、今にも気絶しそうだった。いっしょにいるのは、死者たちのなかから生還し、ひたすらげえげえと吐き続ける男……

戦争のしめくくりとしては、こんなひと幕も悪くない。いや、すばらしい光景だ。けれども、これが最後ではなかった。ぼんやりと意識を取り戻したアルベール・マイヤールが、息を切らしながら体を横むきにしたとき、エドゥアールは上半身をぴんと伸ばして、煙草代わりにダイナマイトでも吸ったみたいに、天にむかって咆哮した。

まさにその瞬間、スープ皿ほどもある分厚い砲弾の破片が、彼に激突した。目もくらむようなスピードで。

それが神々からの返答だったのだろう、きっと。

4

二人の男は異なったやり方で、現世に浮上することとなった。

アルベールは嘔吐を続けながら、死者たちのなかから生還した。意識がぼんやりと戻りかけたとき、空には砲弾が筋を引いていた。この世に生き返ったという、何よりものしるしだ。彼にはまだよく理解できなかったが、プラデル中尉が始めた突撃は、すでに終わりかけていた。百十三高地は簡単に手に入った。敵は猛然と反撃したものの、長くはもたずに降伏した。死者三十八名、負傷者二十七名、行方不明者二名。それがこの突撃に関し、所定の手続きで確認されたことのすべてだ（ドイツ兵は計算に入っていない）。けっこうな効率ではないか。

アルベールは戦場で担架係に助けられたとき、エドゥアール・ペリクールの頭を膝にのせ、ハミングしながら静かに揺すっていたという。〝幻覚を見てるんだな〟と担架係は思った。肋骨はすべて折れるかひびが入るかしていたけれど、肺は無傷だった。痛みは耐えがたいほどだったが、結局のところそれもいいしるしだった。痛みを感じるのは、生きている証なのだから。とはいえ、元気いっぱいとは言いがたい。いったい何がどうしたのかたしかめたくても、そんなことはこの際、あとまわしにせざるをえなかったろう。

例えばの話、ペリクールがいささか乱暴な独自の蘇生術にとりかかるまで、アルベールの心臓はほんの数秒間とまっていただけだった。いかなる奇跡かありえない偶然、あるいは大いなる意志がそこには働いていたのだろう？　彼にわかったのはただ、機械はぶるぶると痙攣してまた動き始めたが、大事なところは何も壊れていなかったということだけだった。

医者はしっかり包帯を巻いたあと、医学でできるのはここまでだと言って、彼を大部屋の病室に送った。そこには死にかけている兵士や大怪我を負った者たち、ありとあらゆる障害者たちが詰めこまれていた。添え木こそあてているが傷の軽い者は、包帯を巻いた手でカードゲームに興じていた。


百十三高地の急襲により、休戦待ちでここ数週間のんびりしていた野戦病院に活気が戻った。とはいえ今回の突撃で、それほど大きな被害があったわけではない。だからほぼ四年間、てんやわんやだった野戦病院が、正常なリズムを取り戻したというところだろう。看護師を務めるシスターたちは、喉がかわいて死にそうな怪我人たちの世話にも少しはあたれるし、医者たちは負傷兵をいつまでもほっぽらかしにして、本当に死なせてしまわずにすむ。三日三晩一睡もしていない外科医が、大腿骨や脛骨《けいこつ》、上腕骨をのこぎりで切り続けるうちに、痙攣《けいれん》を起こしてのたうちまわることもない。

エドゥアールは病院に担ぎこまれるなり、二つの応急処置を受けた。右脚は何カ所にもわたって骨折しており、靭帯《じんたい》や筋も切れていた。一生、脚を引きずることになるだろう。けれども、もっと大きな手術が待っていた。顔に食いこんだ異物を取り除くため（前線の病院に備わった機材で出来る範囲だが）、傷口を調べる手術だ。まずはワクチンを接種し、気体の抜け道を確保してガス壊疽《えそ》を食い止めるのに必要な処置を施す。外傷創は大きく切り取って、化膿が広がらないようにした。あとのことは、つまりもっとも重要な処置は、設備の整った後方の病院にまかせねばならない。そのあとまだ患者が死亡していなければ、専門の病院に移すか検討することになる。

エドゥアールの緊急搬送命令が出されたが、それまでアルベールは戦友の枕もとに留まることが許された。彼の話は何度も語るたびに尾ひれがつき、たちまち病院中をめぐった。さいわい、エドゥアールは個室に入ることができた。建物の南端に位置する恵まれた一画だ。ここからは、瀕死の怪我人が発するうめき声が絶えず聞こえてくることもなかった。

エドゥアールはだんだんと目をあけているようになった。アルベールはそれに、ただそっと付き添った。どうしてあげられるわけでもないが、ともかく気の滅入る、つらい仕事だった。ときおりエドゥアールは、何か言いたげな表情や身ぶりをした。しかし一瞬のことだったので、アルベールにはそれがどんな意味なのかとらえようがなかった。前にも言ったように、アルベールは頭の回転があまり速いほうではない。あんな出来事があったあとでも、その点は変わらなかった。

エドゥアールは傷の痛みに悶え苦しんだ。あんまり暴れるので、ベッドに縛りつけねばならないほどだった。そこでようやくアルベールは気づいた。いちばん端の病室が割りあてられたのは、何もエドゥアールが静かにすごせるようにではなく、ほかの患者たちが彼のうめき声を一日中聞かされずにすむようにだ。四年間も戦場で辛酸をなめたというのに、アルベールはどこまでも世間知らずだった。

アルベールは戦友がのたうちまわる物音を、身もだえする思いで何時間もずっと聞いていた。わめいたり、うめいたり、すすり泣いたりと、苦痛と狂気の限界に絶え間なく置かれた男が発しうるありとあらゆる声が続いた。

銀行勤めのころは課長の前でろくすっぽ言いわけもできなかったアルベールだが、一生懸命弁護に励んだ。友が砲弾の破片を喰らったのは、目にゴミが入ったせいなんかじゃないんです、とかなんとか。彼にしては見事なものだった。ぼくもなかなかやるじゃないか、とアルベールは思った。実際には皆の哀れを掻き立てただけだったけれど、それで充分だ。移送されるまでできるだけのことをしようと、若い外科医はエドゥアールにモルヒネを投与することを認めた。最小限の量にとどめ、少しずつ減らしていくことを条件にして。エドゥアールをこれ以上、ここに置いておくなんて考えられない。彼には今すぐ、専門的な処置が必要なのに。移送は緊急を要した。


エドゥアールはモルヒネのせいで、目を覚ましてもぼんやりしていた。初めは感覚もはっきりせず、暑いのかも寒いのかもよく区別がつかなかった。知らない声が聞こえる。いちばんつらいのは、心臓の鼓動に合わせて胸から上半身に広がる、疼くような痛みだった。モルヒネの効果が薄れるにつれ、それは絶え間なく押しよせる苦しみの大波となった。頭はまるで共鳴箱だ。港に着いた船の浮き袋が岸壁にあたるみたいに、大波は轟くような鈍い響きを残した。

脚も痛んだ。忌まわしい銃弾によって砕かれた右脚。アルベール・マイヤールを助けるため、さらにみずからぼろぼろにしてしまった。しかしその痛みも、モルヒネのおかげで薄らいでいた。ああ、まだ脚はあるんだな。エドゥアールはただ漠然と、そんなふうに感じていた。たしかにひどい状態ではあったけれど、大戦から帰還した片脚に人々が求める役目を多少なりとも果たせるだろう。朦朧《もうろう》とした意識のなかに、さまざまな心像があふれた。彼はとぎれなく続く、混沌とした夢のなかにいた。

今まで見聞きしたこと、感じたことがすべて凝縮され、そこに脈絡《みゃくらく》もなく浮かんでは消えていった。現実もデッサンも油絵も、頭のなかでごちゃごちゃになっていた。想像の美術館では、人生もまたさまざまに形を変えるもうひとつの作品にすぎないかのように。ボッティチェリが描く繊細な美女たち。トカゲに噛まれた少年が驚愕の表情を浮かべるカラヴァッジオの絵。ところがそのあとには、マルティル通りの露店で野菜を売っている女の顔や（彼女の重々しい表情には、いつもはっとさせられた）、どういうわけか父親の襟元のカラーが思い浮かんだ。うっすらとピンク色に染まったカラーが。

そんなありふれた日常の光景、ボッシュの描く奇怪な人物、裸の人々、激高した戦士たちのなかに、『世界の起源』（女性の生殖器と腹部を大きく描いたギュスターヴ・クールベの作品）が繰り返しあらわれた。もっとも彼がこの絵を見たのは一度だけ、一家の友人宅でこっそり目にしたのだけれど。少しその話をしよう。戦争が始まるずっと前のことで、エドゥアールはまだ十一、二歳だったはずだ。彼は当時、サント＝クロティルド学院に通っていた。サント＝クロティルド——キルペリクとカレタナの娘、聖女クロティルダ。あいつは腐れ売女《ばいた》だとばかりに、エドゥアールはありとあらゆるかっこうで描いた。伯父のゴディギセルに縛りつけられているところ、夫のクロヴィスと背後位で交わっているところ、そしてこれは四九三年ごろだろうか、ブルグント族の王にフェラチオをしているところ。そのクロティルダを、ランス司教レミギウスが背後から犯している。こうしてエドゥアールは三度目の、そして最後の放校処分を受けた。それにしても、実に細かく描かれてるというのは、衆目一致して認めるところだった。あの歳で、何をモデルにしたのだろうかと思うほどだ……エドゥアールの父親は、芸術なんて梅毒患者の頽廃《たいはい》趣味だと思っていたので、苦々しげに口を結んだ。聖女クロティルダの一件がある前からエドゥアールは問題児で、とりわけ父親にとっては悩みの種だった。エドゥアールはいつでも絵を描くことによって、自己主張をしてきた。どの学校でもすべての教師が、いつかは黒板に高さ一メートルほどの戯《カリカチュア》画を描かれるはめになった。ペリクールとサインされているも同然だ。父親はつてをたよって、息子を受け入れてくれる学校を探した。エドゥアールはそうした学校の生活からインスピレーションを受けながら、何年かのうちに少しずつ新たなテーマを発展させていった。彼の〝聖なる時代〟と呼んでもいいだろう。その最高傑作が、音楽の女性教師のジュスト先生扮するユダヤの女ユディットが、アッシリアの将軍ホロフェルネスの切り落とした首を貪欲そうな表情で高く掲げる絵だった。ホロフェルネスの顔はといえば、数学教師のラピュルス先生にそっくりだ。二人ができているのは皆も知っている。この斬首の場面には、やがて彼らが別れることも象徴的に表現されていた。それまでのいきさつは、エドゥアールが黒板や壁、紙切れに逐一描くきわどいエピソードの数々で知られるところとなった。いたずら書きを没収した教師たちでさえ、校長にわたす前に回覧していた。授業中、このさえない数学教師を見ると、誰もが精力絶倫の卑猥な半獣神《サチュロス》を思い浮かべずにはおれなかった。エドゥアールは当時、八歳。旧約聖書の場面を描いた絵のせいで、呼び出しを喰らった。面談でも問題は片づかなかった。校長はデッサンをふりかざし、ユディットの絵なんか、と憤慨したような口吻《こうふん》で言った。するとエドゥアールはこう答えたのだった。たしかにこの女は、切り落とした首の髪をつかんでいます。でもこの首をお盆のうえに置いたなら、ユディットではなくサロメだと解釈すべきでしょうね。だったら首はホロフェルネスではなく、洗礼者聖ヨハネですけどと。エドゥアールには、こんなふうに知識をひけらかすようなところもあった。多くの見物人を驚かせる学者犬みたいに。

エドゥアールのインスピレーションが開花した時期は、マスターベーションをおぼえるのとともに始まったのは間違いないだろう。そこには創造性とイマジネーションにあふれるさまざまなテーマが見られる。彼の一大絵巻には、使用人たちも登場した。召使いまでが威厳をもって描かれ、学校のお偉方が眉をひそめるほどだった。広大な構図のなかで、多種多様な人物たちが奇怪な性の人間模様を繰り広げている。みんな大笑いしたけれど、そんなエロティックな空想の産物を目の当たりにして、誰しもわが身を少しは顧《かえり》みずにはおれなかった。思慮深い人たちは、気をつけねばいけないと思った。そこには何か、いかがわしい人間関係への嗜好がある。

エドゥアールは年中、絵ばかり描いていた。不良呼ばわりされたのは、わざと顰蹙《ひんしゅく》を買うようなことをするからだ。たいていは大目に見られていたが、ランス司教が聖女クロティルダの肛門を犯す絵には、さすがに学校も黙ってはいられなかった。それに両親もかんかんだ。父親は例によって、お金でスキャンダルをもみ消そうとしたが、ことが肛門性交《ソドミー》とあって学校側も折れなかった。みんながエドゥアールを非難したが、何人かの級友たち、とりわけ彼の絵に興奮していた連中と、姉のマドレーヌは別だった。マドレーヌはいつも面白がっていた。何といっても傑作は、司教がクロティルダに一発かます絵だ。もう昔の話だけれど、校長先生の顔やユベール神父のことを想像すると、本当に……彼女もサント＝クロティルド学院の女子部に通っていたので、騒動のことはよく知っていた。エドゥアールがいつもやりたい放題をしているのを笑っていた。彼女は弟の髪をくしゃくしゃと掻き乱すのが好きだった。それにはエドゥアールのほうから、やらせてあげねばならない。歳は下だったけれど、背は高かったから……彼が体を屈めると、マドレーヌはもじゃもじゃの髪に手を入れ、頭皮を力いっぱいこするのだった。エドゥアールがついには音をあげて、もうやめてくれと笑ってたのむまで。そんなところは、父親に見られないようにせねばならなかった。

エドゥアールに話を戻すなら、学校ではいつも問題児だったけれど、結局すべてけりがついた。両親が大金持ちだったからだ。ペリクール氏は戦争が始まる前から、すでに巨万の富を築いていた。不況で焼け太りするタイプだ。そういう者たちのために、不況はあるのではないかと思うくらいに。母親の財産が人々の話題にあがることは決してなかった。取り沙汰するまでもない。海水はいつから塩辛いのかとたずねるようなものだ。けれども母親は若くして、心臓の病で亡くなったので、父親がひとりですべての采配を振るった。彼は仕事で忙しく、子供の教育は学校や先生、家庭教師にまかせきりだった。それが担当のスタッフというわけだ。エドゥアールが並はずれて頭がいいのは、誰もが認めるところだった。持って生まれた画才も、美術学校の教師たちが驚くほどで、おまけにつきにも恵まれている。これ以上、何を望めるだろう。だからこそ彼は、ずっと挑発的な態度を取り続けたのだ。どんなにはめをはずそうと、最後には丸く収まるとわかっていればこそ、自由奔放にふるまえる。言いたい放題、言えばいい。しかもそれで安心できた。危険を冒せば冒すほど、どれだけ自分が守られているかわかるのだ。事実、ペリクール氏はどんな状況からも息子を救い出した。結局は自分のため、家名を傷つけたくないがためにしたのだけれど。しかし、容易なことではなかった。エドゥアールは次々に問題をおこし、皆が大騒ぎするのを楽しんでいた。とうとう父親も、息子の将来をあきらめた。エドゥアールのほうはそれをいいことに、美術学校に入った。やさしく見守ってくれる姉、決して彼を認めようとしない保守的な父親、たしかな才能。エドゥアールには芸術家として成功するために必要な条件が、ほとんどすべてそろっていた。いやまあ、ことはそううまくは運ばないだろう。しかしそれが客観的に見て、戦争が終わろうとしていたときの状況だった。ぐちゃぐちゃに砕けた、あの片脚を別にすれば。

もちろん、エドゥアールの枕もとで看病したり、下着を取りかえてあげたりしていたとき、アルベールはそんなことを、何も知らなかった。しかし彼は、ひとつだけ確信していた。一九一八年十一月二日を境に、エドゥアール・ペリクールの人生は突然その軌道を変えてしまったと。

それに比べれば怪我をした右脚も、たちまちものの数ではなくなるだろうと。


だからアルベールはいつも戦友に付き添い、みずから進んで看護師の助手役を務めた。看護師たちは感染症の予防対策や、ゾンデによる食べ物（牛乳ととき卵か肉汁を混ぜたもの）の注入を担当し、アルベールは残りすべてを引き受けた。濡らしたぼろきれで額を拭ったり、金銀細工でもするみたいに注意深く水を飲ませたり、あるいはシーツを替えたり。そんなとき彼は鼻をつまんで口を結び、顔をそむけてよそを見た。こんなふうに細々と世話をすることが、友のこれからに大事なのだと自分に言い聞かせながら。

彼は二つのことに、ひたすら注意を集中させた。折れた肋骨を動かさずに息をする方法を、むなしく求めること。搬送車の到着をまちわびながら、友に付き添うこと。

そうこうしながらも、アルベールは死者たちのなかからこの世に戻ったときのことを絶えず思い返していた。気がつくと、エドゥアール・ペリクールがうえに覆いかぶさっていた。けれどもその背景には、憎々しいプラデル中尉の姿が焼きついている。あいつを見つけたらどうしてやろうかと考えて、埒《らち》もなく何時間もすごした。プラデルが飛びかかってくるのが目に浮かぶ。穴に呑みこまれる感覚も、ほとんど身体的によみがえった。まだ平常心が戻っていないのだろうか、長いあいだ気持ちを集中させるのは難しかった。

それでも九死に一生を得たとき、アルベールの頭にははっきりとこんな言葉が浮かんだ。ぼくは殺されかけたんだ。

何を今さらと思われるかもしれないが、たわごとだとは言えないだろう。結局のところ世界大戦とは、ひとつの大陸をいっきに押しつぶそうとすることだ。しかし今回のことは、アルベールが個人的に狙われたのだから。エドゥアール・ペリクールを見ていると、窒息しかけた瞬間がまざまざとよみがえり、怒りが沸騰した。二日後、アルベールも殺人者になる心の準備ができた。四年間も戦場暮らしをしたのだ。潮時じゃないか。

ひとりのときは、セシルのことを想った。なんて遠く離れているんだろう。彼女が恋しくてたまらなかった。あんな出来事があったあとでは、今までと同じようには生きていけないが、セシルがいなければどんな人生も意味がない。アルベールはセシルの写真を見ながら思い出にふけり、数ある彼女の美点をひとつひとつあげていった。眉から鼻、唇、あごまで。ああ、あんな素敵な口が、よくもまあこの世にありえたものだ。でも、いつかそれを奪われるかもしれない。ある日、誰かがやって来て、彼女を奪いとってしまう。あるいは、セシルが自分から去っていくかも。結局アルベールなんて、大した男じゃないと気づいて。それに比べて彼女のほうは、あのすらりとした肩だけでも……そう考えるとアルベールは絶望的な気持ちになり、何時間も悲しみに暮れるのだった。くよくよしたってしかたないさ、と彼は思った。そして紙を取り出し、セシルに手紙を書こうとした。すべてを語るべきだろうか？　でも彼女が期待しているのはただひとつ。そんな話はもうやめにし、戦争にけりをつけることだった。

セシルや母親に（まずはセシル、時間があれば母親だ）何て手紙を書こうか考えていないとき、看護師役に忙殺されていないとき、アルベールはあれこれと反芻《はんすう》した。

例えば、土のなかで顔を突き合わせた馬の首がふと脳裏によみがえった。不思議なことに、時がたつにつれ、怪物のような印象は薄れていった。馬の口に溜まった空気を死にものぐるいで吸いこんだときの腐臭も、吐き気を催すほどではなかったような気がしてきた。穴の縁に立つプラデルの姿が、写真みたいにくっきりとよみがえる一方で、馬の首は細かなところまで覚えていたいのに、色も形もぼやけてしまう。いくら必死に思い返しても、馬の像《イメージ》は記憶から薄れていった。アルベールは喪失感を掻き立てられ、漠然とした不安に駆られた。戦争は終わろうとしている。まだ総括のときではないが、今、こうして失ったものの大きさをたしかめると恐ろしくなった。四年間、一斉射撃の下で身をかがめ、これからもずっと文字どおり体を起こすことなく、肩に見えない重みを感じながら歩き続ける人々。彼らと同じようにアルベールも、もう決して戻ってこないものがあると確信していた。それは心の平穏だ。何カ月も前から、ずっと感じていた。ソンムで初めて負傷したときから、流れ弾を恐れながら、担架係として戦場を駆けまわり怪我人を探した長い夜から、危うく一命を取りとめたあのときからも、言葉では言いあらわせない、ぴりぴりと肌で感じるような恐怖が、少しずつ自分にとり憑くのがわかった。生き埋めにされた恐ろしさは極めつきだった。彼の一部は、まだ土に埋まっている。体は外に出ることができたが、土のなかでもがき苦しんだ忌まわしい記憶は、あそこに埋まったままなのだ。この体験は彼の皮膚、身ぶり、視線に刻みこまれた。部屋を出るとたちまち不安でたまらなくなり、ちょっとした足音にも耳をそばだてる。ドアはまず細めにあけて注意深く外をたしかめ、つねに壁際を歩いた。背後に誰かいるような気がして、はっとすることも珍しくなかった。話す相手の表情をうかがい、もしものときに備えていつも出口の近くにいた。どんな状況でも、目はすばやく周囲をうかがっている。エドゥアールの枕もとにすわっていても、彼は窓から外を眺めずにはいられなかった。病室の重苦しい雰囲気に押し潰されそうになるから。いつも警戒を怠らず、何を見ても用心した。こんなことが一生続くのだ、と彼にはわかっていた。獣のような不安を抱えて生きていかねばならない。自分が妬みを感じていることに、ふと気づいてしまった男のように。ああ、これからは新たな病とつき合っていかねばならないのか。そう思って、アルベールはとても悲しくなった。

モルヒネの効果はてきめんだった。量は少しずつ減らされたものの、今のところ五、六時間に一本の割で投与が続いていた。おかげでエドゥアールの苦悶はおさまり、血も凍る絶叫混じりのうめき声が絶えず聞こえることもなくなった。眠っていないときでもぼんやりしていたが、ひらいた傷口を掻きむしらないよう、拘束したままにしておかねばならなかった。

あんな出来事がある前、アルベールとエドゥアールは特に親しいわけではなかった。顔を合わせることもあればすれ違うことも、ときどき遠くから微笑み合うこともあったが、せいぜいその程度だ。エドゥアール・ペリクールは数いる仲間のひとり、身近ではあるが目立たない仲間のひとりだった。けれども今、アルベールにとって彼は不思議な、謎の人物となった。

二人が病院に到着した翌日、アルベールはエドゥアールの荷物が戸棚の下に置かれているのに気づいた。がたがたの扉は、ちょっとすきま風が吹いただけでもあいてしまった。これじゃあ誰かが入ってきて、盗んでいかないとも限らない。アルベールは荷物を隠すことにした。エドゥアールの私物が入った布のカバンをつかんだときは気が咎《とが》めた。できればこんなことはしたくなかったと心から思った。カバンのなかをたしかめずにはいられないだろうから。今までじっと我慢していたのは、エドゥアールに対する敬意からだった。しかし、もうひとつ理由があった。それが母親を思い出させるからだ。マイヤール夫人は子供の持ち物を勝手に見る母親だった。アルベールは子供のころから、ささいな秘密を隠すためにあれこれ工夫を凝らしてきたが、マイヤール夫人はいつも最後にはそれを見つけだし、目の前に並べて息子を責め立てるのだった。《イリュストラシオン》誌から切り抜いた自転車競技選手の写真であれ、アンソロジーから書き写した詩の一節であれ、スービーズの小学校で休み時間に勝ち取ったビー玉であれ、マイヤール夫人はどんな秘密も裏切りと見なした。隣人からもらったトンキンの絵葉書をふりかざしながら、思いつくままにえんえんとひとりで熱弁を振るい続けた。恩知らずな子供の話を次々と引き合いに出し、自分勝手なわが子のことを嘆き、死んだ夫のもとに早く行きたい、そうすればほっとできるなどといつまでもくどくどとこぼし続けるのだった。あとのことは推して知るべしだ。

エドゥアールのカバンをあけたとたん、そんなつらい思い出もすぐに吹き飛んでしまった。ゴムひもできっちり表紙を閉じた手帳が、目に入ったからだ。ずいぶんあちこちに、持ち歩いたのだろう。手帳の中身はすべて、青い色鉛筆で描かれたデッサンだった。アルベールはぎしぎしきしむ戸棚の前で馬鹿みたいにあぐらをかき、デッサン帳を眺めた。そして描かれた場面に、たちまち魅了された。鉛筆でさっと素描されただけの絵もあれば、豪雨みたいに細かな線で丹念に陰影をつけた絵もある。百枚ほどもあるだろうか、デッサンはすべてこの戦場、前線の塹壕で描かれたものだった。そこには日常のあらゆる一瞬が切り取られていた。手紙を書く兵士たち。パイプをふかしたり、冗談に笑い興じたり、突撃に備えたり、飲んだり食べたりする兵士たち。さっと引いただけの輪郭が、疲れきった若い兵士の横顔になり、たった三本の線が、怯えた目をした顔を浮かびあがらせている。それは胃の腑を掻きむしられるような絵だった。何かのついでにちょっと鉛筆を走らせただけみたいなのに、そこのデッサン帳はいわば運命の宣言《マニフェスト》だった。それが本質を見事にとらえている。恐怖、悲惨、期待、絶望、疲労。このデッサン帳はいわば運命の宣言《マニフェスト》だった。

アルベールはページをめくりながら、胸がしめつけられた。そこにはひとりの死者もいなかったから。ひとりの負傷者も、ひとつの死体もない。みんな生きた兵士たちばかりだ。それがいっそう恐ろしかった。なぜならこれらの絵はすべて、同じひとつのことを訴えかけてきたから。この男たちは、もうすぐ死ぬのだと。

彼は感動に浸りながら、エドゥアールの荷物を片づけた。

5

モルヒネに頼ることに関して、若い医師は断固たる立場を取り続けた。いつまでもこんなふうに続けてはいられない。この種の麻薬に慣れてしまうと、深刻な後遺症が残る。ずっと服用はしていられない、いずれやめなければならないと。手術の翌日から、医者は投与の量を減らした。

エドゥアールはときおりゆっくりと目覚めた。意識が戻るにつれ、彼は再び苦痛に喘ぎ始めた。パリへの移送はいっこうに行われる気配がない。アルベールは若い医者に問い合わせた。

おれもお手あげなんだという身ぶりをして、医者は声をひそめた。

「三十六時間以内には、何とか……本当ならとっくに移送されているはずなんだが、わけがわからないよ。ともかく、次から次へと問題が出てくるからな。でもまあ、いつまでもここに置いておくのはよくないんだが……」

医者はとても心配そうな顔をしていた。アルベールはぞっとした。そしてひとつ、しっかりと心に決めた。ともかくできるだけ早く、友人を移送させなければと。

アルベールはあちこち奔走し、看護師のシスターたちにたずねた。病院は前より落ち着きを取り戻していたけれど、シスターたちはあいかわらず屋根裏のネズミみたいに駆けまわっていた。そんな彼の努力も、功を奏さなかった。ここは軍隊病院だ。誰が責任者なのかをはじめとして、何をたずねても答えが返ってくることはない。

アルベールはエドゥアールの枕もとに付き添い、彼が眠りこむのを待った。残りの時間は事務室をめぐったり、主な病棟への行き来ですごした。役所へ出むいたこともあった。

そんなある日、いつものように孤軍奮闘を終えて戻ってくると、廊下で二人の兵士が待っていた。ぴしっとした軍服、きれいにひげを剃った顔、自信に満ちた物腰。どこから見ても、司令部に所属する兵士なのは明らかだ。ひとりがアルベールに封印した書類を手渡した。もうひとりは気を落ち着けようとしてか、銃に手をかけている。ぼくが年中警戒してるのも故なしとはしないさ、とアルベールは思った。

「一度なかに入ったんだが」とひとり目の兵士が、弁解するような顔で言った。

そして親指で病室をさした。

「結局、外で待っているほうがいいかと思って。何しろ、臭いが……」

アルベールは部屋に入ると、封をあけかけた手紙を放り出し、エドゥアールのそばに駆け寄った。入院してから初めて、エドゥアールは目をしっかりとあけていた。シスターが立ち寄ったのだろう、枕が二つ、背中の下に押しこめられている。つながれた両手は、シーツに隠れて見えなかった。彼が頭を軽く揺すりながらあげるしゃがれたうめき声は、最後にごぼごぼという音に変わった。こんなふうに言うと、少しもよくなっていないように聞こえるかもしれない。しかしこれまでアルベールが目にしていたのは、ただわめいたり、激しく痙攣したり、ほとんど昏睡状態で眠っているだけの肉体だった。それに比べれば、今、見ているものはずっとましだ。

この数日、アルベールは怪我人に付き添い、椅子で眠った。その間、二人がどんなふうに心を通わせたのかはわからないが、アルベールがベッドの端に手を置くなり、エドゥアールは突然いましめの紐を引っぱって彼の手首をつかみ、必死の力で握りしめたのだった。そこにどんな気持ちがこめられているのか、ひと言では言いあらわせないだろう。戦争で傷つき、自分がどんな状態に置かれているのかもわからず、あまりの苦痛にどこが痛むのかさえ判然としない二十三歳の青年が抱く、ありとあらゆる恐怖、安心、期待、疑問がそこには凝縮されていた。

「おや、目を覚ましたのか」アルベールはできるだけ力強い口調でそう言った。

すると背後から声がして、彼は飛びあがった。

「出頭してもらわないといけないので……」

アルベールはふり返った。

兵士が床から拾った手紙を、彼に差し出していた。

アルベールは椅子に腰かけたまま、四時間近くも待っていた。彼のようなしがない一兵卒が、いったい何の理由でモリウー将軍のもとに呼ばれたのか、ありとあらゆる可能性を検討するのに充分な時間だ。軍功が認められて勲章がもらえるのか、それともエドゥアールのことで何か訊かれるのか？

すべて逐一、並べあげるのはやめにしよう。人それぞれに、想像して欲しい。

そんなふうに何時間も考えた結果も、廊下の端にプラデル中尉のひょろりとした人影が見えたとき、一瞬にして無に帰した。中尉はしばらくじっとこちらを見ていたが、やがて肩で風切るようにすたすたと近づいてきた。アルベールは喉にものが詰まったような感じがした。それが胃のほうまで降りてくる。吐き気を抑えるのにひと苦労だった。スピードこそ違え、それは彼がアルベールを砲弾の穴に突き落とそうとしたときとまったく同じ動きだった。中尉はアルベールのそばまで来ると、さっと目をそらして体ごとむきを変え、将軍の部屋をノックした。そしてドアのむこうに、たちまち姿を消した。

この出来事を受け入れ平常心に戻るには、時間がかかりそうだ。けれどもアルベールには、その暇がなかった。再びドアがあいて、彼の名前が大声で呼ばれた。彼はよろめきながら、神聖なるその部屋の奥へとむかった。コニャックと葉巻の香りが立ちこめているのは、間近に迫った勝利の前祝いだろう。

モリウー将軍はとても年老いて見えた。自分の子供や孫の世代をそっくり死へと送り出した老人たちは、みんな同じような顔をしている。ジョフルやペタンの肖像と、ニヴェルやリューダンドルフの肖像を混ぜ合わせれば、モリウーの出来上がりだ。目やにが出て充血した目、アザラシのような口ひげ、深く刻まれたしわ。自分の重要性を誇示する、天性の感覚を備えている。

アルベールは身がすくんだ。将軍は何かじっと考えこんでいるのか、ただぼんやりしているだけなのか、よくわからなかった。ナポレオン軍を破ったクトゥーゾフ的な側面だ。彼は机にむかい、書類に没頭していた。その背後、アルベールの正面にはプラデル中尉が立っている。そして表情ひとつ変えずに、アルベールを頭のてっぺんから爪先までじろりとねめつけた。脚を広げて両手をうしろにまわし、まるで見張るような姿勢で体をかすかに揺らしている。アルベールは言わんとする意味を理解し、姿勢を正した。体をしゃちほこばらせてうしろに反らすと、腰が痛くなった。重苦しい沈黙が続いた。ようやく将軍がアザラシのような顔をあげた。アルベールは自分がいっそう反《そ》り身になるのを感じた。このままいったら、サーカスのアクロバットみたいに一回転してしまうのではないか。普通なら将軍のほうから、もっと楽にするように声をかけてくれそうなものなのに、そんな気づかいはなかった。彼はアルベールをじっと見つめると、書類に目を落とした。

「兵士マイヤール」と将軍は大きな声で言った。

〝はい、将軍閣下〟とでも答えるべきだったろう。しかし将軍がどんなにゆっくりことを進めようとも、アルベールにはやはり追いつけそうにない。将軍は彼に目をやった。

「ここに書類があるのだが……」と彼は続けた。「十一月二日、きみたちの部隊が突撃を行ったとき、きみはわざと義務をまぬがれようとしたそうじゃないか」

まさかこんな話だとは、思ってもみなかった。いろいろな可能性を想像したけれど、これだけは予想外だ。

「きみは〝義務を逃れるために、砲弾の穴に逃げこんだ〟そうじゃないか……あの突撃では三十八名の勇敢な仲間が命を落としている。祖国のためにね。なのにきみは、なんと情けない男なんだ、兵士マイヤール。わたしが腹の底で何と思っているか、はっきり言ってやろう。きみは卑怯者だ！」

アルベールはショックのあまり、涙がこみあげてきた。何週間もずっと、戦争にけりをつけたいとひたすら望んできたのに、それがこんな形で終わるとは……

モリウー将軍はまだアルベールを見つめている。哀れなやつだ、臆病風に吹かれおって、と将軍は思った。こんなみじめったらしい腰抜けを見ていると、心底気が滅入った。

「だが敵前逃亡をどう裁くかは、わたしの領分ではない。わたしはただ戦うだけだからな、そうだろ？　だからきみのことは、軍法会議に委ねることにしよう、兵士マイヤール」

ぴんと伸ばしていたアルベールの体から力が抜けた。ズボンに添えた両手が震え始める。それは死を意味していた。逃亡兵の話や、前線から逃れるためにわざと怪我をする兵士の話は誰もが知っていて、目新しいものは何もない。軍法会議についても、さんざん聞かされた。とりわけ一九一七年、ペタン将軍が混乱を収めに戻ってきたときに。何名もの者たちが銃殺された。こと逃亡に関して、軍法会議は決して大目に見ることはなかった。数は多くないものの、全員がきっぱりと銃殺刑に処された。それに、とても迅速に。すばやい処刑も刑のうちというわけだ。アルベールに残された命は、せいぜい三日というところだろう。

説明しなければ、それは誤解なんだと。けれども、じっとこちらを見つめるプラデルの顔が、弁解の余地を与えてくれなかった。

これで二度目だ、やつがぼくを死に追いやるのは。多くの幸運が積み重なって、生き埋めからはからくも逃れることができた。けれども軍法会議にかけられたら……

肩甲骨のあいだや額から止めどもなく汗が流れ、目が曇った。震えが激しくなり、アルベールは立ったまま小便を漏らした。股間のあたりに広がった染みが脚のほうへとおりていくのを、将軍と中尉は眺めていた。

何か言わなくては。アルベールは言葉を探したけれど、見つからなかった。将軍が再び攻勢をかけた。将軍だから得意なのだろう、攻勢をかけるのは。

「ドルネー＝プラデル中尉がはっきりと証言している。きみが泥の穴に飛びこむのを目撃したと。そうだな、プラデル？」

「そのとおりです、将軍閣下。この目で見ました」

「で、兵士マイヤール?」

アルベールはひと言も発することができなかったにせよ、言葉を探したのは間違いではなかった。彼は口ごもった。

「違うんです……」

将軍は眉をひそめた。

「どういうことかね、違うというのは？　きみは最後まで突撃に参加したのか？」

「いえ、そういうわけでは……」

本当なら、〝いえ、将軍閣下〟と答えるべきだったろうが、こんな状況ではすべてに気を配るなど無理というものだ。

「きみは突撃に加わらなかった」と将軍は叫ぶと、拳でどんとテーブルをたたいた。「砲弾の穴に逃げこんだのだから。そうだな？　違うのか？」

いくら弁解をしてみても、これでは無理そうだ。将軍がまた拳でテーブルをたたくからなおさらだ。

「どっちなんだ？　兵士マイヤール」

電気スタンド、インク壺、デスクパッドがいっせいに跳ねあがった。プラデルの視線はアルベールの足もとにじっと注がれたままだった。執務室のすり切れたカーペットに、小便の染みが広がっていた。

「そうですが……」

「もちろんそうだろうとも。プラデル中尉がしっかり見ているんだから。そうだな、プラデル？」

「はい、見ました、将軍閣下」

「そんな卑怯な真似をしても、得るところなどなかったな、兵士マイヤール」

将軍は罰するかのように人さし指を突きつけた。

「そのせいで、きさまは死にかけたのだから。いずれは罰を受けることになるんだ」

人生にはつねに、真実の瞬間がある。たしかに、稀にではあるけれど。兵士アルベール・マイヤールの人生では、このあとに訪れたのがまさに真実の瞬間だった。彼の思いを凝縮させたひと言のなかに、それはあらわれていた。

「間違いなんです」

何とか説明しようという必死のひと言を、モリウー将軍は苛立たしげに手の甲で払いのけることもできたろう。しかし、それでは……彼はうつむいた。何か考えているらしい。アルベールは直立した姿勢のまま凍りついて、鼻先にたまった涙の滴を拭うこともできなかった。プラデルがそれをじっと眺めている。滴は膨らみ、みじめったらしく揺れたけれど、なかなか落ちようとしなかった。アルベールは音を立てて洟《はな》をすすった。滴は震えながら、まだ鼻先にくっついている。しかしその音で、将軍ははっとわれに返った。

「だがきみの場合、これまでの働きは悪くない……わけがわからんね」将軍は困り果てたように肩をすくめた。

たった今、何かが起きたのだ。でも何が？

「マイイのキャンプ」と将軍は読みあげ始めた。「それにマルヌか……なるほど……」

将軍は書類に身を乗り出した。アルベールにはもう、まばらな白髪しか見えなかった。その隙間にピンク色の地肌がのぞいている。

「ソンムで負傷……なるほど……ああ、エーヌでもか。担架係になって……」

将軍は水に濡れたオウムみたいに頭を揺すった。

ようやくアルベールの鼻先から涙の滴が落ち、床にはじけたところで彼ははっと気づいた。出まかせを言ってるな。

将軍ははったりをかましてるんだ。

アルベールはすばやく頭を働かせ、過去の経緯や現在の状況を検討した。将軍が目をあげてアルベールを見たとき、彼にはもうわかっていた。将軍の口から出た言葉は、驚くものではなかった。

「きみの働きを考慮しようじゃないか、マイヤール」

アルベールは洟をすすった。プラデルはじっと堪《こら》えている。やつは将軍に対し、一か八かの賭けに出たんだ。結果はわからない。うまく行けば、邪魔な証人のアルベールをやっかい払いできる。しかしタイミングが悪かった。銃殺はもうなしだ。プラデルは潔く負けを認めた。ただ黙って、うつむいている。

「一九一七年は、がんばったじゃないか」と将軍は続けた。「なのに……」

彼は悲しげに肩をすくめた。心のなかでは、もうどうでもいいと思っているのだろう。軍人にとって、戦争が終わるのは最悪の出来事だ。どう対処しようかと、モリウー将軍は考えあぐねたに違いない。しかし、事実はありのままに受け入れねば。敵前逃亡など、とんでもないことだが、休戦間近とあっては銃殺を正当化できないだろう。前とは状況が違うのだ。誰も認めやしないし、かえって逆効果になるかも。

アルベールは危うく命拾いした。銃殺はまぬがれたのだ。一九一八年の十一月、それはもう時代遅れだったから。

「ありがとうございます、将軍閣下」とアルベールは言った。

モリウーはあきらめ顔でこの言葉を受け入れた。ほかのときだったら、将軍にお礼を言うなんて、ほとんど侮辱しているようなものだろうが、今の場合……

この件は、もう終わりだとばかりに、モリウーは疲れはてた手で宙を払った。とんだ敗北を喫してしまった。さがってよろしい。

そのとき、アルベールに何が起きたのだろう？ たしかなことはわからない。危うく銃殺されかけたというのに、それだけではまだ足りないかのように、彼はこう言ったのだった。

「聞いていただきたい要望があります、将軍閣下」

「ほう、何かね？」

奇妙なことだが、要望と聞いて将軍は嬉しくなった。頼みごとをされるのは、自分がまだ何かの役に立てるということだから。彼は先をうながすように片方の眉をきゅっとあげ、続きを待った。アルベールの前に立つプラデルは緊張したのか、体を強ばらせている。まるでさっきまでとは別人のようだ。

「調査をお願いしたいのです、将軍閣下」とアルベールは言った。

「おいおい、調査だと？ それで、どんな？」

将軍は要望を受けるのが好きだったが、それと同じくらい調査を毛嫌いしていた。軍人とはそういうものだ。

「二名の兵士に関することです」

「その二名が、どうしたというんだ？」

「死亡しました、将軍閣下。どのようにして死んだのかを、たしかめたほうがいいかと思います」

モリウーは眉をひそめた。気に入らないな。死に方に、何か不審なところでもあるというのか？ 戦争では、きっぱりとしてわかりやすい、ヒロイックな死が求められる。だから負傷者も、しかたないとは言いながら、実はこころよく思われていなかった。

「ちょっと待ちたまえ……」モリウーは声を震わせた。「何者なんだね、その二名というのは？」

「兵士ガストン・グリゾニエとルイ・テリウーです、将軍閣下。彼らがどのようにして死んだのかを、調べていただきたいのです」

〝いただきたい〟という言い方はずいぶんとあつかましく聞こえたが、自然に口から出てしまったのだ。いざとなれば、彼にも底力はあった。

モリウーは目でプラデルにたずねた。

「百十三高地で行方不明になった二名です、将軍閣下」と中尉は答えた。

アルベールは呆気にとられた。

戦場に横たわった二人を、この目ではっきり見たじゃないか。たしかに死んでいたけれど、遺体はちゃんと残っていた。老人の遺体を、ひっくり返してみたくらいだ。二つの銃弾の痕は、今でも瞼に焼きついている。

「まさか、そんな……」

「おい、その二名は行方不明だと報告されているぞ。そうだろ、プラデル？」

「行方不明です、将軍閣下。間違いありません」

「だったら、きみは」老将軍はぴしゃりと言った。「行方不明者のことでわれわれを煩《わずら》わせるつもりか？」

それは質問ではなく、命令だった。将軍は怒っていた。

「まったく、何のたわごとだ？」彼はひとり言のようにぶつぶつと言った。けれどもあと押しが欲しくなったのか、いきなりこうたずねた。

「どうなんだ、プラデル？」

彼を証人にしようというわけだ。

「はい、将軍閣下。行方不明者のことで、われわれが煩わされるには及びません」

「そういうことだ」と将軍は言って、アルベールのほうを見た。

プラデルも彼に目をむけた。そのとき卑劣漢の顔に浮かんだのは、かすかな笑みではなかったろうか？

アルベールはあきらめた。今、望むのはただ戦争が終わること、そして無事パリに戻ることだけだ。できれば、五体満足で。そう思ったら、エドゥアールのことが脳裏によみがえった。彼は老いぼれ将軍に一礼すると（踵をかちっと鳴らしたりはしなかった。仕事を終えて帰宅する労働者みたいに、じゃあなと人さし指を立てなかっただけでも立派なものだ）、中尉の視線を避けながらさっさと廊下に出た。身内だけが抱くような胸騒ぎがしていた。彼は息を切らせ、すばやく病室のドアをあけた。

エドゥアールの姿勢は変わっていなかったが、アルベールの足音を聞くなり目を覚ました。そしてベッドの脇の窓を指さした。たしかに、めまいがするほどの悪臭が部屋に立ちこめている。アルベールが窓を少しあけると、エドゥアールはそれを目で追った。若い負傷兵は〝もっと大きく〟とか、〝いや、もっと狭く〟、〝もう少しだけ〟とか指で指示をした。アルベールは言われるがままに窓をひらいた。はっと気づいたときには、もう遅かった。舌がどうなっているのかを探ったり、何を言っているのかわからない自分の話し声を聞いて、エドゥアールはたしかめようとしたのだ。そして今、窓ガラスに映った自分の顔を見た。

砲弾の破片は、彼の下あごをそっくり吹き飛ばしてしまった。鼻の下はからっぽで、喉の奥や口蓋が丸見えだった。歯は上側しか残っていない。下にはぐちゃぐちゃになった深紅の肉塊があるだけ。その奥に何か見えるのは声門だろう。舌はちぎれ、気管が湿った赤い穴になって続いている……

エドゥアール・ペリクール、二十三歳。

彼は気を失った。

6

一九一八年十一月

翌日、朝の四時ごろ、アルベールはシーツを替えるため、エドゥアールを拘束していた紐をほどいた。エドゥアールは、いきなりベッドを降りた。窓から身投げするつもりだったが右脚に力が入らず、たちまちバランスを崩して床に倒れこんだ。彼は墓場からよみがえる亡霊のように必死の力で体を起こすと、目を見ひらき、両手を広げ、悲痛な叫び声をあげながら窓まで脚を引きずっていった。アルベールはすすり泣きながら彼を抱きかかえ、うなじをさすった。アルベールは友に対して、母親のようなやさしさを感じていた。手すきの時間はずっと話しかけて移送を待った。

「モリウー将軍なんて、ただのでぶ野郎さ」と彼はエドゥアールに語った。「そうだろ？　将軍だから何だって言うんだ。ぼくを軍法会議にかけようとしたんだぜ。それというのも、プラデルの馬鹿が……」

アルベールはひたすら話し続けた。しかしエドゥアールの目はとても虚ろだったので、話がわかっているのかどうか判断できなかった。モルヒネを減らしたせいで目覚めていることが多くなり、そのぶんアルベールはなかなか始まらない移送について問い合わせをする暇がなくなった。エドゥアールはいったんうめき始めると、もう止めどがなかった。声はどんどん大きくなり、しまいには看護師が駆けつけて次のモルヒネを投与するのだった。

翌日の昼すぎ、アルベールがまたしても何の収穫もなく戻ってくると──移送の準備が進んでいるのかどうかもわからなかった──エドゥアールが激痛に耐えかね、ひときわ大きなうめき声をあげていた。ひらいた喉は真っ赤にただれ、ところどころ粘り気のある膿《うみ》が出ているのがわかる。悪臭もますますひどくなっていた。

アルベールはすぐに病室を出て、看護師の控室に駆けつけたが、あいにくみんな出払っていた。「誰かいませんか?」と廊下で叫んだが、応答はなしだった。彼は病室に戻りかけてはっと足をとめ、また控室のほうへむかった。だめだ。そんなことはできない。いや、やってみなければ。右、左とあたりをうかがう。友のうめき声が、まだ耳に残っていた。彼はそれに背中を押され、部屋に入った。どこにあるのかは、わかっている。右の引き出しから鍵を取り出し、ガラスの戸棚をあけた。注射器、消毒用アルコール、モルヒネのアンプル。見つかったらおしまいだ。軍の備品を盗むのだから。モリウー将軍の赤ら顔が、見る見る目の前に近づいてくる。そのうしろから、プラデル中尉の忌まわしい姿も……ぼくがいなくなったら、エドゥアールの世話はどうなる? アルベールはそう思って不安にかられた。結局、誰もやって来なかった。アルベールは戦利品を抱え、汗びっしょりで控室を出た。こんなことをしてよかったのか、それは自分でもわからなかった。しかしエドゥアールの苦痛は、すでに限界を超えていた。

初めて注射をするのだから、勇気が要った。シスターたちの手伝いはよくしていたが、自分でやるとなると……悪臭に耐えながら防水シーツを替え、そして今度は注射だ……窓から飛びおりさせないよう、押さえつけるだけでもひと苦労なのに、と彼は注射器の準備をしながら思った。体を拭いたり、臭いをたしかめたり、注射をしたり。どこまでやらねばならないんだ？

アルベールはドアの前に椅子を置いて、誰かが突然入ってこないようにした。こうして、何とか事なきを得た。モルヒネの量には充分注意した。次にシスターが投与するときまで、ちょうど持つくらいに留めておかないと。

「これでぴったりだ。さあ、ずっとよくなるからな」

たしかに痛みは治まった。エドゥアールはぐったりして眠りこんだ。アルベールは友が眠っているあいだも話しかけ続けた。そして埒のあかない移送の問題について、じっくりと考えてみた。ここはひとつ、そもそものところに遡って調べてみたほうがいい。彼はそういう結論に達し、人事部へ行ってみることにした。

「きみが落ち着いているときにね」と彼は説明した。「わかるだろ。こんなことはしたくないけれど、きみがおとなしくしててくれるか、わからないからな……」

アルベールは申し訳なさそうにエドゥアールをベッドに縛りつけると、部屋をあとにした。

廊下に出るなり、彼は背後に気を配りながら壁際を進んだ。けれどもできるだけ留守をしなくていいよう、駆け足で目的地へと急いだ。

「そりゃ、今年一番の驚きだな」と男は言った。

名前はグロジャンという。人事部のオフィスはちっぽけな窓がひとつあるだけの、狭い部屋だった。ベルトで縛った書類を積みあげた棚は、今にも崩れ落ちそうだ。二つある机も、書類やリスト、報告書でいっぱいだった。グロジャン上等兵は疲れはてたような顔で、机についていた。

彼は大きな帳簿をひらくと、ニコチンで茶色く染まった人さし指で欄を追いながら不平たらしくこう言った。

「何しろ負傷者はたくさんいるからな。きみにはわからんだろうが……」

「いえ」

「いえって、何が？」

「いえ、わかりますよ」

グロジャンは帳簿から顔をあげ、アルベールをじっと見つめた。

失言だったな、とアルベールは思った。どうやって取り繕おうか。けれどもグロジャンはもう、調べに没頭していた。

「その名前には、聞き覚えがあるんだが……」

「もちろんですよ」とアルベールは言った。

「ああ、もちろんさ。えい、くそ。でも、どこに書いたのか……」

突然、彼は叫んだ。

「あったぞ」

グロジャンは勝ち誇ったような顔を見せた。

「ペリクール、エドゥアール。そうそう、これだ。覚えている」

彼は帳簿をくるりとまわしてアルベールのほうにむけると、太い人さし指でページの下を示した。

自分の正しさを、認めさせようというのだろう。

「それで?」とアルベールはたずねた。

「つまりきみの友達は、登録されているってことだ」

グロジャンは〝登録〟という言葉を強調した。彼の口から発せられると、それは重々しい判定のように聞こえた。

「ほら、言ったとおりだろ。ちゃんと覚えていたんだ。まだまだ、耄碌《もうろく》しちゃいないさ」

「それで?」

グロジャンは嬉しそうに目を閉じ、しばらくしてからまたひらいた。

「ここに登録されれば(彼は人さし指で帳簿をたたいた)、移送許可証が発行される」

「どこへ持っていくんですか、その移送許可証を?」

「兵站部《へいたんぶ》さ。車の手配をするのは彼らだからな……」

また兵站部へ行かねばならないのか。アルベールはすでに二度、問い合わせに出かけている。しかしエドゥアールの名前を記した書類は、証明書も許可証も何もなかった。まったくもう、頭がおかしくなりそうだ。彼は時間をたしかめた。続きはまたあとだ。戻ってエドゥアールのようすを見なければ。飲み物もあげねばならないし。水分をたくさん摂《と》らせるようにと、医者にも言われている。アルベールは戻りかけて、はっと思いなおした。おいおい、もしかして……

「移送許可証は、あなたがご自分で兵站部に届けるんですか?」

「ああ」とグロジャンは答えた。「誰かが取りに来ることもあるがね。ときによりけりさ」

「ペリクールの書類は、誰が届けたのか覚えていますか?」

答えは聞かずともわかっていた。

「もちろん。中尉だ。名前は知らんがね」

「痩せて背が高く……」

「そのとおり」

「……青い目をした」

「そうそう」

「間抜け野郎の……」

「そこまでは、なんとも……」

「もう一通、移送許可証を作るのには、時間がかかりますか？」

「副本というんだ、それは」

「なるほど。それじゃあ副本を作るのに、時間がかかりますか？」

グロジャンは本当にこの仕事がむいているのだろう。彼はインク壺を取り出し、ペン軸をつかんでさっと宙にかかげた。

「一筆書けば、それで完成さ」


病室には腐肉の臭いが立ちこめていた。エドゥアールを早急に移送させないと。プラデルの作戦は成功しかけていた。邪魔者は消せというわけだ。おかげでアルベールは、危うく軍法会議にかけられるところだった。エドゥアールには、墓場がすぐそこまで迫っている。このまま放っておいたら、朽ち果てるだけだ。プラデル中尉は、偉業の証人があまりいて欲しくないのだろう。

アルベールは副本を自分の手で兵站部に届けた。

早くても明日になるな、という答えだった。

それまでが、アルベールにはとてつもなく長く思われた。

若い医者は病院を去ったばかりだった。後任が誰なのかはまだわからない。外科医はたくさんいるし、ほかにもアルベールが知らない医者もいる。そのうちのひとりが病室に寄ったけれど、長居は無用といわんばかりだった。

「移送はいつ？」と医者はたずねた。

「今、調整中です。移送許可証がありますから。実は帳簿に登録されていたんですが……」

医者はすぐにさえぎった。

「それで、いつになりそうなんだ？　このぶんだと……」

「明日だということです……」

医者は疑わしそうに天井を見あげた。仕事柄、この手の患者は山ほど見ているのだろう。彼はうなずいた。まあ、いいだろう。そう、あとひとつ。医者はふり返ってアルベールの肩をたたいた。

「換気したほうがいいな」と彼は部屋を出ながら言った。「かなり臭うぞ、ここは」

翌日、夜が明けると、アルベールはすぐさま兵站部にむかった。途中、プラデル中尉に会わないかと、それだけが心配だった。あいつはエドゥアールの移送を巧みに妨げた。何だってやりかねない男だ。目立たないようにすることが、アルベールにとってとりわけ重要だった。それにエドゥアールを、できるだけ早く出発させなくては。

「今日ですよね？」と彼はたずねた。

担当官はアルベールに好感を持っていた。そんなふうに友達の世話をするなんて、すばらしいことだ。仲間を見捨て、自分のことしか考えないやつはたくさんいるのに。

どうなんです？　いや、悪いが今日は無理だ。でも、明日なら。

「何時ごろかわかりますか？」

担当官は手もとの書類を、しばらくあれこれ検討していた。

「わたしが思うに」と彼は目をあげずに言った。「ほかの収集場所から見て——いや、失礼。それがわれわれの言い方なんでね——搬送車がここに着くのは午後の初めってところだろうな」

「たしかですね？」

アルベールは藁をもつかむ思いだった。わかった、ともかく明日だ。けれどもこんなに遅くなったこと、もっと早く気づかなかったことで自分を責めた。何をまごまごしていたんだ。エドゥアールももっと気のきいた友達にあたっていれば、今ごろとっくに移送されていたのに。

ともかく明日だ。


エドゥアールはもう眠ろうとしなかった。ベッドにすわって、アルベールがほかの病室から集めてきた枕で体を安定させ、途切れなくうめきながら何時間もずっと体を揺すっている。

「痛むのか？」とアルベールはたずねた。

けれどもエドゥアールは、決して答えなかった。話せないのだからしかたがない。

窓は常に少しあけてあった。アルベールはその前で椅子に腰かけ、もうひとつの椅子に足をのせて眠った。エドゥアールを見張っているあいだの眠気覚ましに、ずいぶん煙草も吸った。それに、悪臭をごまかすためもあった。

「きみはもう、臭いも感じないんだよな。ついてるぞ……」

くそ、エドゥアールは笑いたくなったら、どうするんだろう？　あごをなくしたら、大笑いしたくなっちゃいけないんだ。それでもアルベールは、気になってしかたなかった。

「医者の話では……」アルベールは言ってみた。

夜中の二時か三時ごろだったろう。移送は今日の予定だ。

「医者の話では、むこうに着いたら人工の補綴《ほてつ》器具をつけてくれるそうだ……」

下あごの補綴器具というのがどういうものなのか、アルベールにはよくわからなかった。今、そんな話をすべきだったのかも自信がない。

けれどもエドゥアールは、それを聞いてはっと目覚めたらしい。頭を少し揺すり、叫び声をあげた。ごぼごぼと水が流れるような音だった。それから何か合図をした。彼が左利きだったのに、アルベールは今まで気づかなかった。そういえばあの手帳、あんなすばらしいデッサンをどうやって左手で描いたのだろうかと彼は素直に思った。

もっと早く彼に、絵を描くよう勧めてみるべきだった。

「きみのデッサン帳、持ってこようか？」

エドゥアールはアルベールを見つめた。そう、彼はデッサン帳を欲しがっている。けれどもそれは、絵を描くためではなかった。

なんとも奇妙な、真夜中の一場面だった。大きくえぐれて腫れあがったエドゥアールの顔。そのなかで目だけが、生き生きと表情豊かに輝いている。恐ろしいくらいに。アルベールにとっては、それがとても印象的だった。

　エドゥアールはデッサン帳をベッドのうえにそっと広げると、読みにくい大きな文字を書いた。手に力が入らないのだろう、まるで鉛筆が勝手に動いているみたいだ。アルベールは端がページからはみ出た文字に目を凝らした。眠くてたまらなかった。いつまでこんなことしているんだ。エドゥアールは必死の努力で、一、二文字を書いた。何という単語なのか、アルベールは精いっぱい考えた。さらにひとつ、またひとつと文字が続き、ようやく単語が完成しても、意味がさっぱりわからない。言わんとすることを推測するのに、また時間がかかった。エドゥアールはすぐにぐったりしたけれど、一時間もしないうちにまた体を起こしてデッサン帳をひらいた。急いでどうしても伝えたいことがあって、焦っているかのように。アルベールはぶるっと体を震わせ、すぐに椅子からおりた。そして眠気覚ましの煙草に火をつけ、なぞなぞ遊びの続きにかかった。徐々に文字が連なり、単語が並んだ。

　朝の四時ごろ、アルベールにもようやくわかってきた。

「それじゃあ、パリには帰りたくないってわけか？　だったら、どこへ行きたいんだ？」

　するとまた、筆談が始まった。エドゥアールはますます熱をこめてデッサン帳にむかった。紙に書きなぐられた文字は大きすぎて、うまく判読できないくらいだった。

「まあ、落ち着けよ」とアルベールは言った。「心配するな、ちゃんとわかるから」

　けれども本当は、自信がなかった。話が込み入っているらしいから。アルベールはあれこれ考えたあげく、夜明けの光が射し始めるころになってようやく理解した。エドゥアールは家に帰りたくないらしい。そうなんだな？　エドゥアールはデッサン帳に〝そうだ《ウイ》〟と書いた。

「あたりまえだよな」とアルベールは言った。「こんな状態、最初は見られたくないさ。誰だってちょっと恥ずかしいって思うだろう。そういうものだ。ほら、ぼくにしたって、ソンムで弾にあたったときは、セシルに捨てられちまうんじゃないかって、正直一瞬思ったものさ。でも、両親はきみを愛してるはずだ。きみが戦争で負傷したからって、見捨てたりしないさ。心配するな」

こんな的外れな慰めに、エドゥアールは落ち着くどころかますますいきり立った。そして喉の奥から、泡立つ滝のようなうめき声をあげた。彼があんまり体を揺するものだから、アルベールは縛りつけるぞと脅さねばならなかった。エドゥアールは自分を抑えようとしたが、それでも興奮と怒りがこみあげた。言い争いの最中にテーブルクロスを引っぱるみたいに、彼はアルベールの手からデッサン帳をむしり取った。そしてまた、ぐちゃぐちゃの文字を書き始めた。そのあいだにアルベールは煙草を一服し、友人の願いについて考えた。

エドゥアールが親しい人たちにこの状態を見られたくないのは、セシルのような恋人がいるからかもしれない。恋人をあきらめるなんて耐えがたい。それはアルベールにもよくわかった。彼は慎重に探りを入れてみた。

文字を書くのに集中していたエドゥアールは、首を大きく横にふった。恋人なんかいない。

けれども彼には姉がいた。姉のことがわかるまでにも、ずいぶんと時間がかかった。名前は判読できなかったが、それはまあどうでもいい。

しかし、姉が問題なのでもなかった。

どうしてエドゥアールは家族のもとに帰りたくないのか、その理由が何であれ、まずは彼を説得しなければ。

「きみの気持ちはわかる」とアルベールは続けた。「でもほら、補綴器具をつければ、だいぶ違ってくるだろうから……」

エドゥアールはかっとなった。痛みがぶりかえしたのか、文字を書くのはあきらめて、大声でうめき出した。精いっぱい我慢していたアルベールも、もう気力の限界だった。彼はあきらめて、またモルヒネを打った。エドゥアールはまどろみ始めた。数日間のうちに、ずいぶんたくさん与えてしまった。どうにか持ちこたえたのは、彼の体が頑健だったからだ。

午前中、着がえをさせて、食べ物をあげていると（アルベールは教えられたとおり、食道に挿しこんだゴムのチューブと小さな漏斗を使い、胃が拒絶反応を起こさないようゆっくりと食べ物を流しこんだ）、エドゥアールはまた興奮し始めた。体を起こそうとして、じっとしていない。アルベールはもう、どうしていいかわからなかった。エドゥアールはデッサン帳をつかむと、前と同じようにぐちゃぐちゃな文字をいくつか書き、鉛筆でページをたたいた。アルベールは何とか解読しようとしたが、うまくいかなかった。眉をひそめ、これは何だ、Eかい、それともBかいとたずねる。しまいにはやってられなくなり、声を荒らげた。

「なあ、かんべんしてくれ。家に帰りたくないっていうなら、それはしかたないさ。どうしてなんだか、わからないけどね。ともかくそれは、ぼくの手に余る。気の毒だとは思うけど、どうもしてやれないんだ」

するとエドゥアールはアルベールの腕をつかみ、ものすごい力でぐいぐいと押した。

「おい、痛いじゃないか」とアルベールは叫んだ。

エドゥアールは爪を食いこませた。アルベールの腕に激痛が走る。しかし、いつしか力は緩んだ。エドゥアールは両手をアルベールの肩にかけて抱き寄せると、大声でしゃくりあげながらすすり泣きを始めた。アルベールは前にもこんな声を聞いたことがあった。ある日、サーカスで水兵のかっこうをしたサルたちが、自転車に乗りながら涙を誘う鳴き声をあげていた。深い悲しみに満ちた、胸を引き裂くような鳴き声だった。エドゥアールの身に起きたのは、決定的なことだった。補綴器具云々の話じゃない。もう取り返しのつかないことなのだ……

アルベールはただ素朴な言葉をかけた。泣きたいだけ泣けよ、とか何とか。今はもう、そんなことしかできない。どうでもいいようなことを、話し続けることしか。エドゥアールは抑えきれない悲しみにとらわれているのだから。

「家に帰りたくないんだな。よし、わかった」とアルベールは言った。

彼はエドゥアールの頭がぐらりと揺れ、首筋に押しつけられるのを感じた。そう、帰りたくないんだ。嫌だ、嫌だ、帰りたくない。

アルベールは友を抱き寄せながら、こう思っていた。エドゥアールは戦争のあいだずっと、ほかのみんなと同じように、生き残ることだけを考えていただろう。なのに戦争が終わろうとしている今、彼はただひたすら消えてしまいたいと願っている。苦労して生きのびたあげくに死にたいと思うなんて、何という無駄骨だろう……

アルベールには今、はっきりとわかった。エドゥアールにはもう、自殺する力は残っていない。あれは一瞬のものだった。最初の日に窓から飛びおりていたら、それですべては片がついた。悲しみも涙も、これから続く果てしのない時間も、すべてが軍隊病院の中庭で終わっていた。しかしチャンスは失われてしまった。彼にはもうあの勇気はない。終身刑のように、苦しみに耐えながら生き続けるしかない。

それはアルベールのせいだった。初めから、すべてぼくのせいだったんだ。何もかもが。彼はうちひしがれ、もう少しで泣き出すところだった。なんて孤独なんだろう。エドゥアールにとって、今やアルベールが人生のすべてになってしまった。ぼくだけが頼りなんだ。エドゥアールは彼に人生を委ね、託した。もう自分ひとりでは、それを担うことも投げ出すこともできないから。

アルベールは責任の重みに茫然自失した。

「わかった」と彼は口ごもるように言った。「やってみる……」

深く考えずに言ったひと言だった。ところがエドゥアールは、雷に打たれたようにはっと顔をあげた。それは口も頬もあごもない顔だった。ただ目だけが相手を射すくめるように、らんらんと輝いている。アルベールは罠に捕らわれてしまった。

「やってみる」と彼は馬鹿みたいに繰り返した。「できるかもしれない」

エドゥアールは彼の手を握り、目を閉じた。そしてゆっくりうなじを枕にのせた。どうやら落ち着いたらしい。でも、まだ苦しいのだろう。うなり声は続いているから。気管のうえあたりに、血の混ざった泡がごぼごぼとわきあがっている。

できるかもしれない。

いつも〝ひと言多い〟のが、アルベールの悪い癖だった。調子づいたせいで、いく度やっかいごとを背負いこむはめになっただろう？　数えあげるまでもない。そのたびに彼は、じっくり考えてみなかったことを悔やんだのだった。その場の勢いに流され、安請け合いをしても、これまでならばささいな問題にすぎなかった。しかし今回は話が別だ。人ひとりの一生に関わることなのだから。

アルベールはエドゥアールの手を撫でた。彼をじっと見つめ、苦しみを和らげてやろうとした。

恐ろしいことに、アルベールはただペリクールとだけ呼んでいた男の顔を、どうしても思い出すことが出来なかった。いつも陽気に軽口をたたき、暇さえあれば絵を描いていたあの若者。百十三高地突撃の直前に見たその横顔と背中だけは記憶に残っているけれど、面とむかい合った顔は忘れている。あのときペリクールは、アルベールのほうをふり返ったはずだ。しかしそれも思い出せない。記憶はすっかり現在の姿、大きくえぐれた血まみれの肉塊に貪《むさぼ》られてしまった。アルベールにはそれがつらかった。

アルベールはふとシーツに目を落とした。ひらいたままのデッサン帳が置いてある。さっきはどうしてもわからなかった言葉が、今ははっきりと読み取れた。

〝父親〟

この言葉を見て、アルベールは深い淵に突き落とされたような気がした。彼にとって父親は、もうずっと昔から、食器棚に飾った黄ばんだ肖像写真でしかなかった。早死にしてしまったのは恨めしかったけれど、父親に対する気持ちはそれだけだ。しかし生きている父親に対しては、もっと複雑な思いがあるだろう。詳しく知りたかったが、もう遅すぎた。〝できるかもしれない〟と、エドゥアールに約束してしまったのだから。彼が何を言いたかったのか、もうたしかめようがなかった。眠り始めた戦友を見守りながら、アルベールは思案した。

エドゥアールは姿を消したがっている。それはしかたないだろう。でもどうやって、生きている兵士を行方不明にしたらいいのか？　ぼくはプラデル中尉とは違うんだから、そんなことわかるわけない。いったいどこから手をつけたらいいのか、見当もつかなかった。新しい身元をでっちあげるとか？

アルベールは決して頭の回転が速いほうではないが、経理係をしていただけあって理屈には強かった。エドゥアールが姿を消したがっているなら、戦死した兵士と身元をすり替えればいい、と彼は考えた。

そのための方法はひとつしかない。

人事部。グロジャンのオフィスだ。

でも、そんなことしたらどうなるだろう？　アルベールは想像をめぐらせた。危うく軍法会議を逃れた彼が、今度は書類をごまかして生きている人間を死んだことにし、死者をよみがえらせようとしているのだ。本当にうまく行ったとしての話だが……

いよいよ銃殺隊が待ってるぞ。考えるまでもない。

エドゥアールは疲れはて、ようやく眠ったところだ。アルベールは壁の時計に目をやると、立ちあがって戸棚の扉をあけた。

そしてエドゥアールのカバンに手を入れ、彼の軍隊手帳を取り出した。

正午まであと四分、三分、二分……アルベールは壁沿いに廊下を駆け抜けると、人事部のドアをノックし、返事を待たずにあけた。書類でいっぱいの机。そのうえで時計の針が、正午一分前をさしている。

「どうも」とアルベールは言った。

できるだけにこやかにふるまった。しかしもう昼だ。いくら愛想よくして見せても、腹ぺこ相手に功を奏するとは思えない。グロジャンは不満そうにぶつぶつと言った。今度は何の用かね？　しかもこんな時間に。ひと言、お礼を言いたくて。それを聞いて、グロジャンはすわりなおした。すでに椅子から腰を浮かせ、帳簿を閉じようとしているところだったけれど。〝お礼〟なんて、戦争が始まってこのかた、ついぞ言われたことがない。グロジャンはどう反応していいかわからなかった。

「いや、なに……」

アルベールはここぞとばかりに、歯の浮くようなせりふを並べた。

「大成功でしたよ、副本のアイディアは……本当にありがとうございます。おかげで友人は、今日の午後移送されることになりました」

グロジャンははっとわれに返って立ちあがり、インクの染みだらけのズボンで両手を拭った。お世辞はもういいから、ともかく昼食にしようというわけだ。そこでアルベールは攻撃に移った。

「あと二人ばかり、捜している仲間がいるんですが……」

「ほう……」

グロジャンはもう上着の袖に腕をとおしている。

「二人がどうなったのか、わからなくて。行方不明だと言う者もいれば、負傷して移送されたと言うものもいるし……」

「わたしに訊かれてもな」

グロジャンはアルベールの前を通りすぎて、もうドアにむかっている。

「帳簿に載っていると思うんですけど」アルベールはおずおずと言ってみた。

グロジャンはドアを大きくあけた。

「昼食のあとに、また来てくれ。そしたらいっしょに捜そう」

そこでアルベールは、いいことを思いついたというように目を見ひらいた。

「よろしければ、あなたが食事に行っているあいだに、ぼくが調べてみますが」

「いや、それはだめだ。うえから言われているんでね」

グロジャンはアルベールを外に押し出し、ドアに鍵をかけて立ちどまった。さっさと行けというのだろう。どうも、ではまたあとで、とアルベールは言って、廊下を歩き始めた。エドゥアールは一、二時間後には移送される。アルベールは両手をよじらせた。えい、くそ、どうすりゃいいんだ、と彼は何度も繰り返した。われながら情けなくてしかたない。それでもまだあきらめきれず、数メートル行ったところでふり返った。グロジャンは廊下に立って、アルベールが遠ざかるのを見ている。

中庭にむかううち、どうも妙だぞと思い始めた。ドアの前で待っているグロジャンの姿が脳裏によみがえった……でも、何を待っていたのだろう？　はっと気づいたときにはもう引き返していた。しっかり歩け、早く行かなくては。ドアの前に着いたとき、むこうに人影が見えた。プラデル中尉だ。アルベールは体を強ばらせたが、さいわい中尉はふり返ることなく消え去った。アルベールは気を取りなおし、耳を澄ませた。食堂にむかう人々の足音や笑い声、ざわめきが聞こえる。彼はグロジャンのオフィスの前で立ちどまると、ドア枠のうえに手をやった。思ったとおりだ。鍵をつかんで鍵穴に挿しこみ、かちっとまわす。そして部屋のなかに入ると、ドアを閉めた。退路は断たれた。砲弾の穴に落ちたときと同じだ。目の前には帳簿がある。床から天井まで、山積みされている。

銀行勤めをしていたので、こうした書類の扱いには慣れていた。レッテルが赤茶け、青いインクの文字が時とともに薄れかけた書類。しかし必要な帳簿を探し出すのに使える時間は、せいぜい二十五分だろう。アルベールは不安に押しつぶされそうだった。いまにもドアがあくのではないかと、しょっちゅう目をやった。誰かに見咎められたら、言いわけのしようがない。

正午半ごろ、ようやく追加の帳簿三冊が集まった。どれもずらりと名前が書きこまれている。すでに過去のものとなった記録。どうかしてる、人ひとりの命がこんなに簡単に失われていくなんて。あと二十分ほどで、適当な死亡者を見つけねばならない。優柔不断なアルベールは、そこで迷い始めた。どれを選ぶのかが、重大事であるかのように……なに、目についた最初の兵士でいいさ。掛け時計とドアをちらりと見る。なんだかそれが、部屋いっぱいに大きくなったような気がして。彼はひとりでベッドに縛られているエドゥアールのことを思った……

正午四十二分。

目の前にあるのは、病院で死亡したけれど、まだ家族に通知されていない者の帳簿だった。リストは十月三十日で終わっている。

ブリヴェ、ヴィクトール。一八九一年二月十二日生まれ。一九一八年十月二十四日死亡。連絡先、両親。ディジョン在住。

いや、ちょっと待てよ、とアルベールは思った。ためらいというより用心の気持ちから。今ぼくは友人に対して、全責任を負っている。うかつな真似はできない。わがことと同様に考えないと。適切に、効果的にことを進めるんだ。死亡した兵士とエドゥアールの身元をすり替えると、その兵士は生き返ることになる。当然、両親は息子の帰りを待ちわび、問い合わせもするだろう。調査が行われれば、足跡を遡るのは簡単だ。文書偽造および行使の罪で捕まったら（ほかにもどんな嫌疑をかけられるか、わかったもんじゃないぞ）、自分もエドゥアールもどうなるかと想像し、アルベールは首を横にふった。

体が小刻みに揺れ始めた。戦争前から恐怖に捕らわれたとき、アルベールはすぐにこんな反応をした。震えているみたいな反応を。時計に目をやると、時はどんどんと過ぎていく。彼は帳簿のうえで両手をよじり、ページをめくった。

デュボワ、アルフレッド。一八九〇年九月二十四日生まれ。一九一八年十月二十五日死亡。既婚、子供二人。家族はサン＝プルサン在住。

だめだ、どうしよう？　結局のところ、エドゥアールには何も約束したわけじゃない。〝やってみる〟と言っただけだ。そんな言葉、確約でも何でもない。そんなもの……アルベールはうまい表現を探したが、それでもページをめくり続けた。

エヴァール、ルイ。一八九二年六月十三日生まれ。一九一八年十月三十日死亡。連絡先、両親。トゥールーズ在住。

ああ、考えが足りなかった。注意不足なんだ。善意だけで、馬鹿みたいに突っ走ってしまい、その結果……母さんの言うとおりだ……

グジュー、コンスタン。一八九一年一月十一日生まれ。一九一八年十月二十六日死亡。既婚。自宅所在地、モルナン。

アルベールは目をあげた。掛け時計までが悪意いっぱいに、速度をあげている。そうとしか思えないじゃないか、もう一時だなんて。大きな汗の粒が二つ、帳簿に滴り落ちた。彼は吸い取り紙を探し、ドアを見た。吸い取り紙はない。そのままページをめくった。ドアがあいたら、何て言おう？

するとと突然、それが目に入った。

ウジェーヌ・ラリヴィエール。一八九三年十一月一日生まれ。一九一八年十月三十日死亡。誕生日の前日か。二十五歳になるところだった。連絡先は孤児院。

アルベールにとっては、まさに奇跡だった。両親は不明で孤児院育ちなら、身内は誰もいないも同然だ。

軍隊手帳を詰めこんだ箱は、さっきたしかめてある。ラリヴィエールの軍隊手帳は、ものの数分で見つかった。整理は悪くなかったようだ。午後一時五分。グロジャンはでっぷりと太っている。あのお腹なら、さぞかし食べるだろう。心配はいらない。一時半まで食堂から出てきやしない。それでも、急ぐにこしたことはなかった。

軍隊手帳には、半分に切ったラリヴィエールの認識票が貼りつけてあった。残りの半分は、死体につけたままだろう。あるいは十字架に打ちつけてあるか。それはどうでもいい。写真に写っているウジェーヌ・ラリヴィエールは、どこにでもいそうな若者だった。下あごを砕かれたら顔を見ても、彼かどうかなんてわかりはしない。アルベールは軍隊手帳をポケットに滑りこませた。ほかにも二冊ほど適当につかみ取ると、別のポケットに入れた。一冊だけ紛失したのではかえって目立つが、何冊もなくなれば混乱のなかだからしかたない、軍隊なんてそんなものだですまされる。彼は第二の帳簿をひらき、インク壺をあけた。ペンを取り、震えが静まるよう深呼吸をして〝エドゥアール・ペリクール（生年月日を確認し、登録番号とともにつけ加えた）、一九一八年十一月二日死亡〟と書き入れた。それからエドゥアールの軍隊手帳を裏返しにして、死亡者の箱に収めた。彼の身元と登録番号が書かれた認識票の半分も添えて。一、二週間もすれば、家族のもとに連絡が行くだろう。息子さん、弟さんは名誉の戦死を遂げましたと。通知書は書式化されている。戦死者の名前を書きこむだけ。簡単で、効率的だ。混乱に満ちた戦争のなかにも、遅かれ早かれ管理が行きわたる。

午後一時十五分。

残りはいっきに終わらせねば。グロジャンが仕事をするところを見ていたので、複写式証書のノートがどこにあるのかはわかっていた。使いかけのノートをたしかめると、エドゥアールの移送許可証の副本が最後に作られた書類だった。アルベールは山の下から新しいノートを引っぱり出した。どうせ数なんか、誰も調べやしない。下のノートのページが一枚欠けているとわかるころには、とっくに戦争も終わっているはずだ。次の戦争を始める時間だってあるかもしれない。彼はウジェーヌ・ラリヴィエール名義の移送許可証をすばやく書きあげた。最後に検印を押したとき、汗びっしょりなのに気づいた。

アルベールは大急ぎで帳簿をすべて片づけると、やり残したことはないか、ざっと部屋を見まわし、ドアに耳をあてた。遠くからもの音が聞こえるだけだ。彼は廊下に出て施錠し、鍵をドア枠のうえに戻して、壁づたいに立ち去った。

エドゥアール・ペリクールは今、祖国フランスのために戦死した。

死者たちのなかからよみがえったウジェーヌ・ラリヴィエールは、これから長い人生、そのことをずっと忘れないだろう。

エドゥアールは息苦しそうだった。あっちむきに、こっちむきにと何度も寝返りを打っている。足首と手首が縛られていなかったら、ベッドの端から端まで転がっていただろう。アルベールは彼の肩を抱き、手を握りしめて絶えず話しかけた。語りかけた。これからきみの名はウジェーヌだ。気に入ってくれるといいんだけど。ともかく、それしか在庫がなかったんでね。そんな話を聞いて、エドゥアールが面白がってくれれば……彼は笑いたくなったら、どうするんだろう？　アルベールはまだ、それが気になっていた。

ようやく到着だ。

アルベールはすぐにわかった。有蓋トラックが中庭にとまって、黒い煙を吐き出している。彼はエドゥアールを拘束する間も惜しんで部屋を飛び出すと、階段を駆けおりた。そして書類を手に、どこに行けばいいのかきょろきょろしている看護師に声をかけた。

「移送に来たんですよね」

看護師はほっとしたようすだった。仲間の運転手もやって来た。二人は木の縦枠に布を巻きつけた担架を重そうに持ちあげ、アルベールのあとについて廊下を進んだ。

「言っておきますが、なかは臭いますよ」アルベールは注意しておいた。

太った看護師は肩をすくめた。なに、慣れているさ。彼はドアをあけた。

「ほんとだな……」と看護師は言った。

アルベールでさえ、しばらく外にいてから戻ってくると、腐臭で喉がひりひりするくらいだった。

二人は担架を床に置いた。指示役の太った看護師は書類を枕もとに置き、ベッドの周囲をひとまわりした。ぐずぐずはしてられない。ひとりが足を、もうひとりが頭を持ち、一、二の三で行こう……

一で弾みをつけ、

二でエドゥアールを持ちあげ、

三で二人は患者を抱え、担架に寝かせた。その瞬間、アルベールは枕もとの移送許可証をつかみ、ラリヴィエール名義の書類とすり替えた。

「モルヒネはありますよね？」

「心配するなって。必要なものはそろっているから」と小柄なほうが答えた。

「患者の軍隊手帳です」とアルベールはつけ加えた。「これは別に渡しておきますね。だってほら、荷物がなくなってしまうかもしれないから」

「心配するなって」と言って、相手は軍隊手帳を受け取った。

階段をおりて、中庭に出た。エドゥアールは頭を揺すりながら虚空を見つめている。アルベールはトラックに乗りこみ、彼のうえに身をかがめた。

「じゃあな、ウジェーヌ。がんばれよ。きっとよくなるから」

アルベールは泣きたかった。背後で看護師が言った。

「さあ、もう行かないと」

「ええ、そうですね」とアルベールは答えた。

彼はエドゥアールの手を取った。これからもずっと、忘れることはないだろう。そのときの目。涙に濡れた目。こちらをじっと見つめるエドゥアールの目を。

アルベールは額にキスをした。

「それじゃあ、また」

彼はトラックをおりた。そしてドアが閉まる前に、こう叫んだ。

「会いに行くからな」

アルベールはハンカチを探しながら顔をあげた。三階のひらいた窓から、プラデル中尉がこの光景を眺めている。プラデルは悠然とシガレットケースを取り出した。

そのあいだに、トラックは走り出した。

病院の中庭を出るとき、トラックは黒い煙を吐き出した。工場の排煙のようにいつまでも宙に漂う煙のなかに、トラックのうしろ姿が消えていった。アルベールは建物をふり返った。プラデルはもういなかった。三階の窓は閉まっている。

一陣の風が吹き抜け、黒煙を払った。中庭はがらんとしている。アルベールも自分がからっぽになったような、もの悲しい気持ちだった。洟をすすり、ハンカチを取り出そうとポケットを手で探った。

「しまった」と彼は言った。

エドゥアールにデッサン帳を返し忘れていた。

やがてアルベールの胸に新たな心配が芽ばえ、しばらく心が休まらなかった。ぼくが死んだら、セシルもあんな形式的でそっけない通知書を受け取ったんだ。ただ死亡を告げるだけの紙切れを。そう思うと彼は、やりきれない気持ちになった。母親のほうは、言わずとも知れている。息子が死んだとあらば通知書がどうであれ、おいおいと泣きあかしたあと、それを居間の壁に貼りつけるだろう。

エドゥアールの家族に連絡すべきかどうか、アルベールはずっと悩み続けていた。新たな身元を手に入れたとき、ついでに盗んだ軍隊手帳をカバンの底から見つけて以来ずっと。

それは〝エヴァール、ルイ〟名義の軍隊手帳だった。生年月日は一八九二年六月十三日。

死んだ日付は覚えていなかった。戦争末期なのは間違いないが、いつだったか？　けれども連絡先の両親がトゥールーズに住んでいることは、はっきりと記憶に残っている。きっとこの青年は、お国訛りで話していただろう。数週間後、数カ月後、彼の足跡をたどることができず、軍隊手帳も見つからなければ、行方不明者として処理されて、〝エヴァール、ルイ〟の一件はそれで終わりだ。まるでそんな人間は、初めから存在していなかったかのように。やがて両親も死んだら、〝エヴァール、ルイ〟のことを覚えている者は誰もいなくなる。死者や行方不明者はこんなにたくさんいるのだから、アルベールが新たに作りだす必要などあるだろうか？　哀れな親たちが、ただ空しく泣き続けるだけなのに……

片やウジェーヌ・ラリヴィエール、片やルイ・エヴァール、それにエドゥアール・ペリクールをひとまとめにして託されても、アルベール・マイヤールのような一兵士にはひたすら憂鬱なばかりだ。彼はエドゥアール・ペリクールの家族について、何も知らなかった。書類に書かれた住所はパリの高級住宅街だが、わかっているのはそれだけだ。けれども息子の死を前にしたら、金持ちも何も関係ない。友人からの手紙のほうが、たいていは早く家族のもとに届いた。国のやることときたら、兵士を死に駆り立てるのは急ぐくせして、死亡を知らせる段になると……

アルベールはその手紙を、すらすらと書きあげられたかもしれない。うまい言葉が見つかるだろうと、自分でも思っていた。しかしそれは嘘の手紙なのだという考えが、どうしても頭から離れなかった。

息子さんは亡くなりましたと言って、苦しませねばならないのだ。本当は生きているのに。どうしたらいいだろう？　一方では嘘をつき、もう一方では良心の呵責を感じる。そんなジレンマに、彼は何週間ものあいだ苦しみ続けた。

デッサン帳をめくりながら、アルベールはとうとう心を決めた。彼はそれを枕もとに置き、いつも眺めていた。エドゥアールの描いたデッサンは、彼の生活の一部となっていた。でも、自分のものではない。返さなくては。彼は何日も前、二人が筆談で使ったページを注意深く破り取った。結局うまく書けないとわかっていた。それでもある朝、彼は書き始めた。

拝啓

わたしはアルベール・マイヤールといいます。息子さんのエドゥアールの友人です。こんなことをお知らせするのはとてもつらいのですが、息子さんは去る十一月二日の戦闘で亡くなりました。いずれ軍当局から正式の通知があるでしょうが、彼は祖国を守るため、勇猛果敢に敵に立ちむかい、英雄として亡くなったことを、ぜひお伝えしたいと思いました。

エドゥアール君からデッサン帳を預かっています。自分にもしものことがあったら、家族に届けて欲しいとのことでしたので、同封することにしました。

彼は今、戦友たちとともに、小さな墓地で安らかに眠っています。彼が手厚く葬られたことは間違いありません。

わたしは……

7

親愛なる友、ウジェーヌ……

まだ検閲が続いているのかどうか、手紙が開封され、中身を読まれているのかどうかはわからない。しかし、ないとは言いきれないだろう。アルベールは念のため、新しい名前で彼を呼んでいた。エドゥアールもそれに慣れていた。なんだか不思議な巡り合わせだ。あまり思い出したくない出来事だけれど、記憶は勝手によみがえってくる。

エドゥアールはウジェーヌという名の少年を二人知っていた。ひとりは小学校の同級生で、痩せたそばかすだらけの子だった。その後の消息は聞かないが、重要なのは彼でなく、もうひとりのほうだ。そちらのウジェーヌとは、両親に内緒で通っていた絵画教室で知り合った。そして多くの時間を、いっしょにすごすようになった。エドゥアールはどんなことも内緒で行わねばならなかった。さいわい姉のマドレーヌがいて、いつも何とかしてくれた。少なくとも、何とかなることについては。エドゥアールとウジェーヌは恋人どうしだった。二人はともに美術学校を受験した。しかしウジェーヌのほうは、あまり才能に恵まれていなかったのだろう、不合格になってしまった。やがて二人は疎遠になり、一九一六年、エドゥアールはウジェーヌの死を知ったのだった。

親愛なるウジェーヌ

きみがくれる便りを、ぼくは本当に楽しみにしている。でもこの四カ月、送ってくれるのはデッサンだけ。手紙はひと言もなしだね……きみは文章を書くのが好きじゃないから。それはよくわかるけど……

一九一八年十一月

たしかに絵を描くほうが簡単だ。言葉はうまく出てこない。それはエドゥアールだけのことかもしれない。なるべく手紙など書かずにすませたかった。でもあのアルベールは善意にあふれ、できるだけのことをしてくれた。彼のことはまったく恨んでいない……でもやっぱり……少しは……こんなことになったのも、結局のところ彼の命を救おうとしたからだ。自分の意思でしたことだけれど、どう言ったらいいだろう、何か不当な目に遭ったような、胸に残るわだかまりを、エドゥアールはうまく説明できなかった……誰のせいでもない。みんなの責任だ。でもこの事態を、どう呼ぶべきだろう。あの兵士マイヤールがいなければ、おれはこんな傷を負わず家に帰れたのに。そう思ったら泣けてきた。もう涙を抑えることができない。どうせこの病院では、みんなが大泣きしている。涙のたまり場なのだ、ここは。

苦痛や不安、悲嘆がいっとき治まると、エドゥアールは記憶を反芻した。アルベール・マイヤールの顔が薄れると、その背後からプラデル中尉の顔があらわれる。将軍と面談したとか、危うく軍法会議を逃れたとかいう話は、何のことやらわけがわからなかった……そんな状態が移送の前日まで続いた。モルヒネの影響で頭がぼんやりしていたので、はっきりとは覚えていない。ところどころ、記憶に穴もあいている。けれども鮮明に思い浮かぶのは、一斉射撃のなかでじっと動かず足もとを見つめているプラデル中尉の横顔だ。やがて中尉が遠ざかると、土の壁が崩れて……なぜかはわからないが、エドゥアールは確信していた。プラデルはあそこで起きたことに、何らかの形で関わっていると。あの状況なら誰だって、たちまち頭に血をのぼらせただろう。戦友を助けに行ったのに、今はすっかり気力が失せていた。今、考えていることすら、自分には直接関係ない、遙か彼方にある色あせた残像《イメージ》のような気がした。怒りもなければ希望もない。

エドゥアールはどうしようもなく落ちこんでいた。

……きみがどんな毎日を送っているのか、正直あまり見当がつかないんだ。お腹いっぱい食べているのか、少しは医者たちと話しているのか。そろそろ移植が始まるのかな。だといいけれど。ちょっと人から聞いたんだ。前にもそんな話をしたね。

移植の話は……もうとっくに出ていた。アルベールはまったくわかっていない。頭のなかで状況をとらえているだけだから。この数週間はひたすら感染症の抑止と〝漆喰の塗り替え〟――と外科医モドレ先生は言っていた――に費やされた。モドレ先生はトリュデーヌ大通りにあるロラン病院の外科医長で、エネルギッシュな赤毛の大男だった。彼はすでに六回にわたり、エドゥアールに手術を施していた。

「言ってみりゃ、きみとわたしは仲よしってことさ」

そのたびに彼は手術の理由とその限界について こと細かに説明し、〝総体的な戦略における位置づけ〟をした。だてに軍医をしているんじゃない。日夜救急診療所で、ときには塹壕のなかでまで、何百件となく切断や切除を行って培われた断固たる信念を備えていた。

エドゥアールが鏡を見てもいいと言われたのは、さほど前のことではない。最初に運ばれてきたとき患者の顔は、大きな傷が口をあけた血まみれの肉塊だった。口蓋垂《こうがいすい》と気道の上部、あとは前方に上の歯だけが奇跡的に残っているだけ。だから医者や看護師は今のエドゥアールを見て、よくぞここまで持ちなおしたと誇らしげだったろう。彼らは楽観視していたのだ。しかし患者が初めて自分の姿を目の当たりにしたときに抱く限りない絶望によって、彼らの自己満足も一掃された。

だから将来にむけた話をしなければ。患者の心にとって、それがいちばん大事な点だ。エドゥアールに鏡を見せる何週間も前から、モドレ医師は繰り返しこう言った。

「よく覚えておくんだぞ。今日のきみと明日のきみは、まったく別なんだ」

彼は〝まったく〟のところを強調した。それは大きな可能性に満ちた〝まったく〟だった。

そんな話もエドゥアールには、あまり効果がなさそうだ。モドレはそう感じていただけに、いっそう熱弁を振るった。たしかに戦争っていうのは、想像を絶する大量殺戮さ。でもものごとには、必ずいい面もあるものでね。戦争のおかげで上顎《じょうがく》顔面の外科が、格段の進歩を遂げたんだ。

「いやもう、とてつもない進歩さ」

エドゥアールは歯科用の機械療法装置や、鉄の軸が入った石膏製の頭部、ほかにもどことなく中世風の外観をした装置をいろいろと見せられた。どれも整形外科の最先端で使われているものだという。いうなれば、撒き餌《まえ》みたいなものだ。モドレはなかなかの戦略家だったので、まずは外濠を埋めるところから始めた。これからどんな治療をしたらいいのか、そうやって少しずつエドゥアールに納得させようというわけだ。

「デュフルマンタル式移植というのがある」

頭皮を細長い帯状に切り取って、それを顔面の下部に移植するんだ。

モドレは移植手術を受けた患者の写真を何枚か、エドゥアールに見せた。なるほど、とエドゥアールは思った。敵軍に顔をぐちゃぐちゃにされた男を外科医のところに持っていけば、醜い妖精《ノーム》のいっちょうあがりってわけか。

エドゥアールの答えは簡潔だった。

「嫌《ノン》です」彼はひと言大きな文字で、筆談ノートに書いた。

そこでモドレはしかたなく、補綴器具の話を持ち出した。なぜかそちらの方法は、あまり好みではなさそうだったけれど。硬質ゴム、軽金属、アルミニウム。新しいあごを作るのに必要なものは、すべてそろっている。頰については……エドゥアールは続きを待たずしてノートをつかむと、またしてもこう書いた。

「嫌《ノン》です」

「嫌だって？」と外科医はたずねた。「何が嫌なんだね？」

「何もかもです。おれはこのままでいい」

モドレは目を閉じた。そうだろうね、気持ちはよくわかる、とでもいうように。最初の数カ月は、しばしばこうした拒絶の態度が見られる。心的外傷《トラウマ》によって、鬱状態が続くのだ。でもそれは、時が解決してくれるだろう。たとえ顔面が損なわれようと、遅かれ早かれ分別は戻る。そういうものだ、人生とは。

しかし四ヵ月間いくら説得を重ねようと、兵士ラリヴィエールは首を縦にふらなかった。被害を最小限に食いとめるため外科医の先生におまかせしますと、ほかの患者なら例外なく言うところなのに、断固として拒否し続けたのだ。おれはこのままでいい。

彼はこう言って、ガラス玉のような頑固そうな目で相手を見すえた。

そして精神科医が呼ばれることになった。


それでもきみのデッサンを眺めていると、大事なことがわかるような気がする。きみが今いる部屋は、前よりも大きくて広々しているんじゃないかな？　中庭には木が見えるのでは？　もちろんきみがそこで快適に暮らしているだろうなんて、言うつもりはないさ。でもほら、ぼくはここからきみのために、何もしてあげられない。自分がとても無力だと感じているんだ。

シスター・マリ＝カミーユのクロッキー、どうもありがとう。

今までずっと、うしろむきや横顔しか見せてくれなかったけど、きみがひとり占めしたかったわけがわかったよ。だって彼女は、とってもかわいらしいからね。ぼくだってセシルがいなかったら……

一九一八年十一月

実を言えばこの病院に、シスターはひとりもいなかった。とてもやさしくて親切な、民間の女性たちだけ。けれども週に二回手紙を書いてくるアルベールのために、何か話題を見つけねばならなかった。最初に描いたデッサンはひどいものだった。手が震えていたし、目もよく見えなかったから。それに手術に次ぐ手術で、痛みも激しかった。何とか描いた横顔を、アルベールは〝若いシスター〟だと思いこんでしまった。だったらシスターでもかまわない、どうってことないさ、とエドゥアールは思った。名前はマリ＝カミーユということにした。アルベールが抱いているイメージを手紙の文面から想像し、彼が気に入りそうな女の子の顔で架空のシスターを描くことにした。

たしかに二人はともに命を懸けたあの事件で、すでに結ばれていたけれど、互いをよく知らなかった。それにうしろめたさや連帯感、遺恨、反感、同胞愛が微妙に混ざり合って、二人の関係を複雑なものにしていた。エドゥアールにはアルベールを恨む気持ちもぼんやりとあったけれど、家に帰らなくてもいいように代わりの身元を見つけてくれたことで、かなり和らげられていた。おれはもう、エドゥアール・ペリクールじゃない。これからどうなるのか、さっぱりわからないけれど、こんなざまで父親の目にさらされるのに比べれば、どんな暮らしだってまだましだろう。

そう言えば、セシルから手紙が来たんだ。彼女にとってもこの戦争は、あまりに長かったんだろう。ぼくが無事帰還したら楽しくすごそうって約束し合ってるけれど、手紙の口ぶりから察するに、すっかり疲れ果てたみたいでね。初めのうちは彼女も、今よりよく母のところへ行ってくれた。だんだん足が遠のいたからって、腹を立てたりしないさ。母のことは話しただろ。本当にやっかいだからな、ぼくの母親は。

馬の首の絵、ありがとう。迷惑をかけたね……でも本当によく描けている。すばらしいよ、あんなふうに目が飛び出しているところなんか。それに半びらきになった口も。馬鹿だと思うだろうけど、よく考えるんだ。あの馬は何ていう名前だったんだろうって。ぼくが名前を付けてあげなくちゃならないみたいに。

アルベールのために、何度馬の首を描きなおしただろう。そこは少し詰まりすぎだ、こっちに曲がってる、いやあっちだ、目はもう少し……何て言うか、そうじゃなくて。エドゥアール以外の者だったら、とっくに匙を投げていただろう。けれども命を救った馬の首をもう一度しっかり瞼に焼きつけることが、友人にとってどれほど大事なのか、彼にはよくわかっていた。うまく言葉にはできないけれど、そこにはエドゥアールにも関わる、何か別の大きなものが賭けられている。だから彼はこの要求に応えようと、アルベールがさかんに申しわけながり、山ほどお礼を並べながら、手紙で次々に送ってくる要領を得ない指示に従って、何十枚ものクロッキーを描いたのだった。もうあきらめかけていたとき、ダ・ヴィンチが描いた馬の首を思い出した。赤いチョークの絵で、たしか騎馬像のための下絵だ。彼はそれを手本に使った。アルベールは出来た絵を受け取り、飛びあがって喜んだ。

その手紙を読んで、エドゥアールはようやくうまくいったとわかった。

馬の首は友のところへ届いた。彼は鉛筆を置き、もうそれを手に取らないと心に決めた。

二度と絵は描かないと。

一九一八年十一月

こっちは、いつまでたっても片がつかない。信じられるかい？　休戦は去年の十一月に調印され、もう二月だというのに、まだ復員の手続きが済んでいないなんて。もう何週間ものあいだ、ただ無為にすごしている……みんないろんなことを言って、状況を説明するけれど、何が本当で何が間違いなのかもさっぱりさ。ここは前線と同じで、正しい知らせより噂のほうが早く駆けめぐる。パリッ子たちは《プティ・ジュルナル》紙片手に、ランス方面の戦場めぐりへ出かけるころだろうに、ぼくたちはますます悪くなる状況のなかで立ち枯れている。実はときどき思うことがある。一斉射撃のなかにいたときのほうが、ましだったんじゃないかってね。少なくとも何かの役に立っている、戦争に勝つために戦っているんだっていう気持ちにはなれたから。こんなことできみに愚痴をこぼすなんて、恥ずかしいと思っているさ。おまえは自分のしあわせがわかっていない、だから不平なんか漏らすんだって、きみは言うだろう。たしかにそのとおりだ。人は誰でも、自分勝手なものさ。

われながら脈絡のない手紙だな（途中でわけがわからなくなるんだ。学校でもそうだったよ）。これならいっそ、絵を描いたほうがいいかも。

エドゥアールはモドレ医師に手紙を書き、いかなる整形外科手術も受けるつもりはないと言った。そして出来るだけ早く退役し、市民生活に戻らせて欲しいと頼んだ。

医者は怒ったように言った。彼は右手に手紙を持ち、左手でエドゥアールの肩をがっちりつかんで鏡の前に立たせた。

「その顔でかね？」

エドゥアールは腫れあがった肉塊を、いつまでも眺めていた。かつて知っていた顔の名残りが、ヴェールで覆われたようにぼんやりと見てとれた。めくれあがった肉片が、乳白色のクッション状に折り重なっている。顔の真ん中にあいた穴は、組織を引き伸ばして裏返す施術により少しふさがり、前ほど火口には似ていなかった。あごの関節をはずして、頬と下あごを縮めて引っこめるサーカスの芸人が、そのまま顔をもとに戻せなくなったかのようだ。
「ええ」とエドゥアールは答えた。「この顔でね」

一九一八年十一月

8

喧騒はいつまでも続いた。何千人もの兵士が次々にやって来ては、名状しがたい混乱のなかに膨れあがっていく。復員センターは今にもはち切れそうだった。数百人ずつどんどんと除隊させていかねばならないのに、どこから手をつけたらいいのか誰にもわからなかった。組織は絶えず改編され、命令が行き交うばかりだ。疲れきった兵士たちは不満でいっぱいだった。彼らはわずかな情報にも飛びつき、たちまちうねるような怒号が沸きあがった。下士官たちはなす術《すべ》もなく、群集のあいだを足早に歩きまわっては、うんざりしたような口調で聞こえよがしに言った。「わたしにもわからないさ。きみたちと同じようにね。何を話せっていうんだ」そのとき警笛が鳴り響き、みんないっせいにふり返った。波が返すように、激高が伝わってくる。奥のほうで男がわめいていた。「書類だって？　おい、くそ、どんな書類だよ？」するとこんどは別の声が聞こえた。「こんなやつかい？　軍隊手帳か？」みんな反射的に胸のポケットや、ズボンの尻ポケットに手をあて、目でたずね合った。「四時間もここで待っているんだぞ、まったくもう」「ぶうぶう言うなよ。おれなんかもう三日だ」するとまた別の声が言った。「偉そうな口きくな、靴のことくらいで」しかし靴は、もう大きなサイズしか残っていないらしい。「じゃあ、どうするんだ？」男は興奮していた。ただの一等兵なのに、使用人に対するみたいに大尉に話している。よほど怒っているのだろう、彼は「どうするんだ？」と繰り返した。大尉はリストを確認し、名前にチェックをした。一等兵は怒ったように、悪態をつきながら引き返した。聞こえたのは〝くそ野郎どもめ……〟という言葉だけだった。大尉は何も聞こえなかったかのようにしていたが、真っ赤になって手が震えていた。あんまり人が多いので、そんなひと幕も群衆に押し流され、泡と消えた。肩を拳で小突き合いながら、口論をしている二人がいる。「おい、おれの上着だぞ」とひとりが怒鳴った。もうひとりは「ちくしょう」と言って、すぐにあきらめ立ち去った。ここでだめでも、またやるだけだ。盗難騒ぎは毎日のように、あちこちで起きていた。そのために、特別な部署を設けねばならないくらいに。苦情係なんてできやしないさ。考えてもみろよ。スープの列に並んでいる連中が、そんなことを言い合っていた。ぬるいんだよな。初めっからさ。どうなってるんだ、コーヒーは熱いのに、スープは冷めてる。初めっからさ。行列を作る以外の時間は、みんな情報交換にいそしんだ（「でもマコン行きの列車は、ちゃんと決まっているはずだ」とひとりが言った。「そりゃ、決まっているさ。ここには来てないだけでね。やれやれ、おれに訊かれたって困るさ」）。

昨日、ようやくパリへむかう列車が出た。四十七両編成で千五百名を運べるが、そこに二千名以上が詰めこまれた。もちろんぎゅうぎゅうだったけれど、みんな喜んでいた。ところが窓ガラスが割れて下士官が駆けつけ、〝器物破損〟だと言って何名かがおろされた。すでに十時間遅れていた列車が、さらに一時間遅れてようやく走り出すと、あちこちでどなり声があがった。出発した者からも、残った者からも。どこまでも続く平野のかなたに煙しか見えなくなると、人々はぞろぞろと前に進み出て、情報を得ようと知った顔を探し、異口同音にたずねた。復員したのはどこの部隊だ？　どんな命令でこうなった？　やい、ちくしょう、誰が命じるんだ？　何を命じるんだ？　まったくわけがわからない。ともかく待つしかなかった。半数の兵士たちは軍用コートにくるまり、地面に寝ころがって眠った。塹壕のなかよりは広々している。まあ、比較はできないが。ここならネズミはいないけれど、蚤《のみ》はたかったままだ。蚤は人についたまま、運ばれてくるから。「いつ家に帰れるのか、家族に手紙で知らせることもできない」とつぶやく兵士がいた。皺だらけの老人で、生気のない目をしている。彼は愚痴ばかりこぼしていたが、みんなあきらめ顔だった。そのうち臨時列車が来るだろうと思っていた。たしかに来ることは来たけれど、待っていた三百二十人を乗せていくかわりに、新入り二百名をつれてきた。いったいどこに入れればいいんだ。

手足を伸ばした兵士たちのあいだを、従軍司祭が横切ろうとした。彼は突き飛ばされ、コーヒーカップの中身が半分、地面にこぼれた。すると小柄な男が司祭にウィンクし、「こいつは意地の悪いこった、神様も」と冗談めかして言った。司祭は口を堅く結び、空いているベンチを探した。ほかのベンチも運ばれてくるはずだが、いつになるのかわからない。それまではベンチの奪い合いだった。すわっていた男たちが詰めてくれたので、司祭は腰かける隙間を見つけることができた。将校だったらとっとと追い払うところだが、相手が司祭では……

人混みにいるとアルベールは不安でたまらず、四六時中緊張のしっぱなしだった。どこかに腰を落ち着けようとしても、必ず誰かと体がぶつかった。喧騒や怒声にも心休まる暇がない。騒音が頭に鳴り響き、絶えずびくびくしながらうしろをふり返った。ときにはまるでハッチが閉まったみたいに、突然群衆のざわめきが止んで、地中で聞いた砲弾の爆発音のような鈍いこもった反響音に取って代わることもあった。

ホールの奥にプラデル大尉の姿を見かけて以来、それはさらに頻繁になった。プラデルは脚をひらいてすっくと立ち、両手をうしろにまわしたお得意のポーズで、この嘆かわしい光景を冷たく眺めていた。なんて見苦しい連中なんだと心痛めながらも、決して動じない男として。アルベールは彼のことを考えると激しい不安に襲われ、思わず目をあげて周囲の兵士たちを見つめた。プラデル大尉の話をエドゥアールに聞かせたくはなかったが、やつはなんだか悪霊のように、いたるところにあらわれるような気がした。いつもどこかすぐそばでこちらをうかがい、ぼくに襲いかかろうとしている。

たしかにそのとおりだ。人は誰でも、自分勝手なものさ。われながら脈絡のない手紙だな……

「アルベール！」

だってほら、ぼくたちはみんな、頭が混乱しているから。もし……

「アルベール、おい！」

伍長は怒って彼の肩をつかみ、標示板を指さしながらゆすった。アルベールはあわてて書きかけの手紙を折りたたむと、大急ぎで荷物をまとめた。そして書類を握りしめ、立ったまま一列になって待っている兵士たちのあいだを走り抜けた。

「きみはあまり写真と似てないな」

憲兵は四十がらみの男だった。表情は満ちたりているけれど（この四年間、どうやって食べてたのかと思うくらい見事な太鼓腹をしている）、疑り深そうだ。義務感が強い男なのだろう。しかし季節のものなのだ、義務感というのは。例えば休戦以来、義務感は前より高まっていた。それにアルベールは、格好のカモだった。相手に食ってかかるようなこともなく、ただ早く帰って眠りたいと思っている。

「アルベール・マイヤール……」と憲兵は、軍隊手帳をじっくり検分しながら言った。

下手をすれば、ページを透かして見かねないほどだった。明らかに彼は疑っていた。アルベールの顔を見て、どうもおかしいと思っている。「写真と似てないな」しかし写真は四年前のものだ。色あせ、ぼろぼろになっている……まあ、ちょうどいいさ、とアルベールは思った。それを言ったらこっちだって、疲れきってぼろぼろだからな。タイミングとしちゃ、悪くない。しかし憲兵の見方は違っていた。こんなときだけに、インチキをしたりごまかしたり、不正を働こうとする者はごまんといる。彼はうなずきながら、書類とアルベールの顔を交互に眺めた。

「昔の写真ですから」とアルベールは言い返した。

たしかに兵士の顔は怪しいが、〝昔の写真〟だと言われればそのとおりかもしれない。〝昔〟なんだから当然だと、誰もが思っている。それでもやはり、見すごすわけにはいかなかった。

「なるほど」と憲兵は言った。「〝アルベール・マイヤール〟か。ちょっと待てよ、マイヤール姓の者が二人いるんでね」

「アルベール・マイヤールが二人いるっていうんですか？」

「いや。でもA・マイヤールが二人いる。Aはアルベールかもしれないからな」

憲兵は鋭いところを見せたかのように、鼻高々だった。

「ええ、でもアルフレッドかもしれないし、アンドレかもしれない。アルシッドだっていますよ」とアルベールは言った。

憲兵は下から彼をにらみつけ、太った猫みたいに目もとに皺をよせた。

「だからって、アルベールじゃないとは言いきれんだろ?」

たしかにそのとおりだ。この確固たる仮説に、アルベールは何も言い返せなかった。

「で、どこにいるんですか? もうひとりのマイヤールは?」彼はたずねた。

「そこが問題なのさ。彼はおととい、ここを発《た》った」

「名前をたしかめずに出発させたんですか?」

憲兵は悲しげに目を閉じた。ああ、こんな単純なことを説明しなければならないなんて。

「もちろん、名前はたしかめたさ。しかしもう、ここにはない。書類は昨日、パリに送られたんでね。出発した者については、手もとに記録がある(彼はずらりと並んだ姓を、力強く指さした)。ほら、〝A・マイヤール〟と書いてあるだろ」

「もしその書類が見つからなければ、ぼくはひとりで戦争を続けるってわけですか?」

「わたしの一存で」と憲兵は続けた。「きみを通すこともできるがね。でも、それではわたしが叱られる。わかるだろ……誤った者を登録したら、責任を取らされるのはわたしだ。インチキをする連中が、どれほどいることか。書類をなくす連中も、あとを絶たないんだぞ。退役一時金の手帳を紛失したといって、二倍の手当をせしめようという輩を数えあげたら……」

「それがそんなに重大事なんですか？」とアルベールはたずねた。

憲兵は眉をひそめた。はは あ、こいつは過激派《ボルシェヴィキ》だなと言わんばかりに。

「この写真のあと、ソンムで負傷したんです」とアルベールは、言いわけがましく説明した。「きっとそのせいでしょう。だから写真とは……」

ここでひとつ慧眼《けいがん》を発揮してやろう。憲兵は写真と顔を交互に見比べた。一方から他方へ、目を動かす速度がどんどん速くなる。そして最後に、「そうかもしれんな」と言った。それでもまだ、どうも納得がいかなかった。背後ではほかの兵士たちが、いらいらし始めている。今はまだ小声でざわめいている程度だが、ほどなく騒ぎ出すだろう……

「何か問題でも？」

その声にアルベールは凍りついた。まるで瘴気を含んだような、なんとも耳ざわりな声だった。最初、視界に映ったのはベルトだけだった。アルベールは体が震えだすのがわかった。ズボンにちびらないようにしなければ。

「いえ、実は……」と憲兵は言って、軍隊手帳を差し出した。

アルベールはようやく顔をあげた。ドルネー゠プラデル大尉の悪意に満ちた青い目が、刺すように鋭く彼を見つめている。褐色の髪、濃い体毛、狂信的な顔つき。何も変わっていない。プラデルはアルベールから目を離さずに、軍隊手帳を受け取った。

「A・マイヤールという名前が、二つあるんです」と憲兵は続けた。「写真を見たら、疑わしいような気がして……」

プラデルはあいかわらず、書類を見ようとはしなかった。アルベールはうつむいた。そうするしかない、あの視線にはとうてい耐えきれなかった。そうやって五分がすぎた。鼻の先に汗の滴ができた。

「この男なら知っている……」とプラデルは言った。「とてもよく知っている」

「ああ、そうですか」と憲兵は答えた。

「アルベール・マイヤールに間違いない」

プラデルの口調は恐ろしいほどゆっくりだった。まるでひとつひとつの音に、全体重をかけているかのように。

「……その点は、疑問の余地がない」

大尉がやって来たとあって、ほかの兵士たちもたちまち静まった。まるで日食にでも遭遇したみたいに、みんな黙りこくっている。『レ・ミゼラブル』に登場するジャヴェール警部のように、人々を凍りつかせる気《き》を発しているのだ、このプラデルは。地獄の番人たちは、きっとこんな顔をしていることだろう。


きみに話そうか迷ったけれど、やっぱり思いきって知らせることにする。A・Pのことさ。さあ、あたるかな。実はあいつめ、大尉に昇進したんだ。そんなものさ。戦場では、兵士でいるより悪党になったほうがいい。やつは今、ここにいて、復員センターで指揮を執《と》っている。あいつに再会したとき、ぼくがどんなに衝撃を受けたことか……やっと再びすれ違って以来、ぼくがどんな夢を見るか、きみには想像がつかないだろうな。

「われわれは知り合いだろう？　兵士アルベール・マイヤール」

アルベールはようやく目をあげた。

「ええ、中尉……いや、大尉殿。知り合いです……」

憲兵はそれ以上なにも言わず、考えこんでいるようなようすでスタンプと帳簿を見つめた。あたりに不穏なさざめきが立ちこめた。

「きみの勇敢な戦いぶりも、よく知っているぞ、兵士アルベール・マイヤール」プラデルは相手を見下すような薄笑いを浮かべて言った。

彼はアルベールを頭のてっぺんから爪先までじろじろと眺め、その目を顔にとめるとゆっくり間合いを取った。アルベールは、足もとの地面が動いていくような気がした。まるで流砂のうえに立っているみたいだ。彼はパニックに襲われるあまり、思わず口をひらいた。

「戦争の利点は……」

周囲は静まりかえっている。プラデルは首を傾げ、黙って先をうながした。

「ひとりひとりの本性が……そこにあらわれるってことなんです」アルベールはなんとか言いきることができた。

プラデルの口もとに、再び薄笑いが浮かんだ。ときに唇は、定規で横に引いた一本線のようにも見えた。アルベールは不安のわけがわかった。プラデル大尉は、決して瞬きしないのだ。そのせいで、相手を射すくめるような目つきになる。あの手の動物は、涙も流さないんだろう、とアルベールは思った。そして思わず唾を飲みこみ、目を伏せた。


夢のなかで、ぼくはやつを殺している。銃剣で突き刺して。ときにはきみとぼくが、いっしょにいることもある。そしてやつをたっぷり痛めつけているんだ。軍法会議にかけられる夢もある。そして最後は、銃殺隊の前に立たされる。本当なら、目隠しは拒絶するところさ。勇敢に立ちむかわねば。でもぼくは、わかったと言う。銃を撃つのはやつひとりだからね。満足げな顔をして、笑ってぼくを狙うんだ……目が覚めてもまだ、やつを殺すことを夢見ている。でも、あのゲス野郎のことを思い出すとき、ぼくが考えるのはきみのことなんだ。こんな話をすべきじゃないのは、よくわかっているけれど……

憲兵は咳ばらいをした。

「いやまあ……大尉殿がご存じだとおっしゃるなら……」

ざわめきが戻った。最初はみんな小声だが、やがてがやがやと騒がしくなった。

アルベールがようやく目をあげると、プラデルの姿はなかった。憲兵はもう帳簿に取りかかっていた。

朝からみんな、喧騒のなかでわめき合っていた。復員センターには怒号が絶え間なく続いた。そうやって一日が終わると、苦悶する人々を落胆が襲った。窓口は閉まり、士官たちは夕食へむかう。疲れはてた下士官はカバンのうえに腰かけ、癖になっているのか、ぬるいコーヒーをふうふうと吹いた。事務局の机は片づけられてしまった。また明日だ。

列車は来ていない。もう来ないだろう。

今日のところはまだ。

でも、たぶん明日には。

それにぼくたちは、戦争が終わって以来、ただひたすら待っている。結局ここは、塹壕と大して変わらない。敵の姿は決して見えないけれど、ぼくらのうえにずっしりと重くのしかかってくる。みんなやつら次第ってことだ。敵、戦争、行政、軍隊。みんな、おんなじさ。さっぱりわけがわからないし、誰にも止めることができない。

やがて夜になった。すでに食事を終えた者たちは、食休みに考えごとをしたり、煙草を吸ったりしている。一日中、悪戦苦闘したあげく、大した成果もなかった。おれはなんて我慢強く、寛大なんだろうと思いながら。すべてが静まると、人々は一枚の毛布をいっしょに使ったり、余ったパンを分け合ったりした。みんな、靴を脱いだ。明かりのせいだろう、顔がやけに落ちくぼんで見える。なんだか、とても老けこんでしまったようだ。もうくたくただ。何カ月ものあいだ、ひたすら復員のために奔走しているのだから。この戦争から、決して抜けられないんじゃないか。カードゲームを始める者もいる。賭けるのは、サイズが小さすぎて交換できなかった軍靴だ。冗談を言って、笑っている。みんな、胸が一杯だった。

……戦争が終わったって、このありさまさ、ウジェーヌ。疲れはてた男たちはだだっぴろい共同寝室に詰めこまれ、着の身着のままで家に帰るのを待っている。声をかける者もいなければ、手を握ってあげる者もいない。凱旋門を建てようと新聞では言っているけれど、四方があいた寒い部屋にぼくらは押しこまれているのさ。〝フランスからの心よりの感謝を〟（これは《ル・マタン》紙で読んだんだ。誓って言うけれど、一語一句このとおりだった）だなんて、よけいな気づかいはいらないさ。五十二フランの退役一時金をけちり、服もスープもコーヒーも、満足に支給されないいんだから。ぼくたちは、泥棒扱いされているんだ。

「家に帰ったら」とひとりが煙草に火をつけながら言った。「さぞかしお祭り騒ぎだろうな……」誰も答えなかった。そんなわけないだろう、とみんな思っていた。

「故郷《くに》はどこだい？」別のひとりがたずねた。

「サン＝ヴィギエ＝ド＝スラージュさ」

「ふうん……」

そんな地名、聞いたことがない。けれどきれいな響きだった。

今日はこれくらいにしておこう。きみのことを考えている。早く会いたいな。パリに戻ったら、真っ先にそうするつもりだ。もちろん、セシルと再会したあとだけれど。そこはわかってくれるよな。お大事に。できたら手紙を書いてくれ。さもなければ、デッサンでも。とてもすばらしいよ、きみの絵は。全部とってある。そうとも。きみが大芸術家になったら、つまり有名になったらってことだけど、ぼくも金持ちになれるからね。

心からの握手を。

アルベール

一九一八年十一月

あきらめに満ちた長い夜が終わり、朝になると、人々は伸びをした。まだ夜も明けきらないうちから、下士官たちはハンマーの音を鳴り響かせて紙を貼り出した。人々はいっせいに駆けつけた。列車は金曜日、二日後に到着だ。パリ行きの列車が二便。みんなこぞって自分の名前や友達の名前を探した。アルベールは脇腹を肘で小突かれたり、足を踏まれたりしながらも、じっと我慢していた。そして何とか人混みをかき分け、人さし指でリストの名前を追った。二枚目にはない。横歩きで移動し、三枚目をたしかめる。ようやく見つけた。アルベール・マイヤール。ぼくに間違いない。夜の列車だ。

金曜日、午後十時発。

移送証明書にスタンプを押してもらい、仲間といっしょに駅に行くには、たっぷり一時間前に出なくてはならない。セシルに手紙を書こうと思ったけれど、すぐに気が変わった。まだ知らせないほうがいい。これまでも誤報がよくあったから。

ほかの兵士たちと同じく、彼もほっとしていた。通知は取り消されるかもしれないし、間違いかもしれないけれど、ともかくひと安心だ。

アルベールは手紙を書いているパリ出身の男に荷物を預け、晴れ間を楽しんだ。雨は夜のうちにあがり、天気は回復にむかっている。雲のようすを見て、みんな口々に予想をした。気苦労の種は尽きないけれど、毎朝こんなだったら、生きているのも悪くないと感じられる。収容所《キャンプ》を囲む柵に沿って、いつものように何十人もの兵士たちが並んで、ようすを見に来た村人や銃に触りたがる少年たちとおしゃべりをしていた。いったいどこからどうやって、見物人たちがやって来るのかわからないけれど。見物人と言ったって、普通の人々だ。こんなふうに閉じこめられ、柵越しに外の世界と話をするなんて奇妙な感じだった。まだ煙草は残っている。アルベールが手放せないもののひとつだ。さいわい朝は昼間より、熱い飲み物が容易にもらえた。疲れきった兵士たちの多くは、コートにくるまったままなかなか起きる決心がつかず、いつまでも横たわっているからだ。アルベールは柵にむかい、煙草を吸ってコーヒーをすすりながらしばらくそこに留まった。頭上を白い雲が流れていく。彼は収容所《キャンプ》の入口まで歩いて、あちこちで人々と言葉を交わした。けれども、何もたずねようとはしなかった。あとは名前を呼ばれるのを、心静かに待っていようと決めていた。もう走りたいとは思わない。ようやく家に送り返されるのだ。最後の手紙でセシルは、電話番号を教えてくれた。帰還の日がわかったら、そこに電話して伝言をできるようにと。その手紙を受け取って以来、アルベールは電話したくてたまらなかった。早く帰ってきみに会いたいとか、ほかにもいろんなことをセシルに話したかった。けれどもそこはアマンディエ通りの角で金物屋をやっているモレオンさんの家で、電話をしても伝言を残すだけだ。そもそも電話をかけるには、電話機を見つけねばならない。それならぐずぐずしていないで、さっさと家に帰ってしまおう。

柵の前にはたくさんの人がいた。アルベールは二本目の煙草を吸いながら、ぶらぶらと歩いた。町の人々が集まって、兵士たちと話している。彼らは悲しげな顔をしていた。息子や夫を捜している女たちは、写真を高く掲げていた。やれやれ、干し草のなかから針を一本見つけるようなものだ。父親はいっしょでも、たいていうしろに控えている。駆けずりまわるのはいつも女たちだ。人々のあいだをたずねて歩き、静かな闘いを続けるため、なけなしの希望を胸に毎朝床を出るのだった。いっぽう男たちは、とっくの昔にあきらめていたけれど。たずねられた兵士たちはうなずき、曖昧な答えをした。写真はどれもよく似ていたから。

肩をぐいっとつかまれた。アルベールは振りむくなり吐き気をもよおした。心臓がばくばくと警報を発している。

「マイヤール、捜していたんだ」

プラデルはアルベールの腕に手をかけ、ぐいっと引っぱった。

「ついてこい」

アルベールはもうプラデルの部下ではないが、有無を言わせぬ勢いに気《け》おされ、背嚢を抱きかかえてあたふたとあとを追った。

二人は柵に沿って歩いた。


若い女は彼らより小柄だった。二十七、八歳というところだろう。あまり美人じゃないな、とアルベールは思った。けれど、とても魅力的だ。そこはたしかに、難しいところだが。上着は白貂《アーミン》の毛皮らしいが、アルベールには自信がなかった。前に一度、セシルが高級ブティックのショーウィンドウで、こんな毛皮のコートを指さしたことがあった。店に入って買ってあげられないのが、とてもつらかった。若い女はそろいのマフをはめ、うしろが広がった釣り鐘型の縁なし帽をかぶっている。簡素だが金のかかった着こなしだ。率直そうな顔をし、色の濃い大きな目の端には、細かなしわが数本よっている。睫毛は長く真っ黒で、口はこぶりだった。やっぱりあまり美人ではないが、うまく整えている。それにとても気丈な女性だということはひと目でわかった。

彼女は動揺しているようすだった。手袋をはめた手に持った紙切れをひらいて、アルベールに差し出した。

アルベールは平静を装おうと、紙切れを受け取って目をとおすふりをした。しかし本当は、読むまでもなかった。何が書かれているか、よく知っている。決まり文句だから。彼の視線が言葉を捉えた。〝フランスのために死亡〟〝死因：戦闘中の負傷……〟〝付近に埋葬〟

「こちらのお嬢さんは、きみの戦友について話を聞きたいそうだ。戦死した兵士なんだが」大尉は冷たく言った。

若い女はもう一枚、紙を差し出した。アルベールは危うくそれを落としそうになり、あわててつかんだ。女は「あっ」と声をあげた。

それはアルベール自身が書いた手紙だった。

拝啓

わたしはアルベール・マイヤールといいます。息子さんのエドゥアールの友人です。こんなことをお知らせするのはとてもつらいのですが、息子さんは去る十一月二日の戦闘で亡くなりました。

彼は書類を若い女に返した。女は冷たくてやわらかい、しっかりした手を差し出した。

「わたしはマドレーヌ・ペリクールと申します。エドゥアールの姉です……」

アルベールはうなずいた。たしかにエドゥアールと彼女は似ている。まずは目が。けれどもそのあとは、どう続けていいのかわからない。

「ご愁傷さまです」

一九一八年十一月

「彼女はモリウー将軍のご紹介で、わたしに会いにいらしたんだ……」とプラデルは言って、マドレーヌ・ペリクールのほうにむきなおった。「将軍はお父上と親しいんですよね？」

マドレーヌは小さくうなずいたが、目はアルベールを見つめたままだった。モリウーという名を聞いて、アルベールは胃のあたりがずっしりと重くなった。いったいどんな結末が待っているのだろう？　彼は不安でたまらなかった。怖じ気立つあまり、膀胱が気になるほどだった。プラデル、モリウー……いや、すぐに一件落着するはずだ。

「ペリクールさんは」と大尉は続けた。「かわいそうな弟さんの墓前で、黙禱《もくとう》を捧げたいと思っておられる。でも、どこに埋葬されているのかわからないので……」

ドルネー＝プラデル大尉はこっちをむけと言うように、兵士マイヤールの肩に重々しく手をかけた。それは親しげな動作にも見える。きっとマドレーヌは大尉のことを、とても人間的だと思っただろう。控え目ながら威嚇するような笑みを浮かべてアルベールを見つめる、この悪党を。アルベールは心のなかで、モリウーとペリクールの名を結びつけた。それから、〝お父上と親しい〟という言葉も……大尉がこうした人間関係に配慮したのは、想像に難くない。とっくに見抜いている真実を明かすより、マドレーヌ・ペリクールに力添えをするほうがうまみがあると考えたのだ。彼はエドゥアール・ペリクールが戦死したという嘘から、アルベールが抜け出せないようにした。これまでの行動から見てもわかるように、拳を握ったままにしておくほうが有利だと思えば、いつまでもそうしておく男なのだ、プラデルは。

マドレーヌ・ペリクールは必死なまでの期待をこめて、一心にアルベールを見つめた。そして話をうながすかのように、眉をひそめた。アルベールは何も言わず、ただ頭をふった。

「ここから遠いのですか?」と彼女はたずねた。

とてもきれいな声だった。アルベールが黙っているので、プラデル大尉がしかたなさそうにゆっくりと言った。

「弟さんのエドゥアールを埋葬した墓地は、ここから遠いのか。ペリクールさんはそうたずねておられるんだ」

マドレーヌは目で大尉に問いかけた。頭が鈍いの、あなたの部下は? 人の話が理解できないのかしら? 彼女はくしゃくしゃと手紙をたたんだ。目が大尉からアルベールへ、アルベールから大尉へと行ったり来たりしている。

「かなり遠いです……」とアルベールは答えた。

マドレーヌは安堵の表情を浮かべた。かなり遠いというのなら、行って行けないわけではないのだろう。いずれにせよ、兵士はこう言っていた。場所は覚えていますと。マドレーヌはひと息ついた。無理もない。ここへたどりつくまでに、ずいぶんあちこち駆けずりまわった。こういう状況だけに笑みこそ浮かべなかったものの、ほっと安心していた。

「行き方を説明してくださいますか?」

「それは……」アルベールはあわてて答えた。「ちょっとややこしいので……野原の真ん中ですから、目印を見つけるにも……」

「では、案内していただけませんか?」

「今から?」とアルベールは不安そうにたずねた。「だったら……」

「ああ、いいえ。今からではありません」

マドレーヌ・ペリクールは勢いこんで答えたが、すぐに後悔して唇を嚙んだ。そして助け舟を求めるように、プラデル大尉のほうを見た。

そのとき、奇妙なことが起きた。誰もがはっと気づいたのだ。本当のところ、何が問題なのかを。ひと言、ぽろりと口に出してしまえば、それで終わりだ。それで状況は一変してしまう。

例によって、真っ先に反応したのはプラデルだった。

「ペリクールさんは弟さんの墓前で、黙禱を捧げたいと思っている……」

彼はゆっくりと、力をこめて言った。まるでひとつひとつの音に、固有の意味があるかのように。

黙禱を捧げるだって？　なるほどね。だったらなぜ、今からじゃいけないんだ？

どうして待つ必要がある？

彼女が目的を果たすには、少しばかり時間がかかるからだ。それにおもてだたないよう、細心の注意も必要だ。

この数カ月、戦没者の家族は前線に埋葬された兵士の亡骸《なきがら》を回収したいと言っていた。わたしたちの息子を返せと。しかしどうにもしようがない。遺体はいたるところに埋まっているのだから。国の北部や東部には、急いで掘った仮の墓がいたるところ点々としている。何しろ死体は待っていてくれない。たちまち腐り出すし、ネズミもたかる。休戦が決まるや、家族は声をあげたが、国は断固拒絶した。よく考えれば無理もない、とアルベールは思った。兵士たちの墓を掘り返していいことにしたら、たちまち何十万もの家族がシャベルやつるはしを手に、国の半分を穴だらけにしてしまうだろう。どんな大混乱が起きることか。そして何千、何万という腐りかけの死体が運ばれていくのだ。来る日も来る日も駅に棺桶が集まり、今でさえパリとオルレアンを連絡するのに一週間もかかる列車に、それが積みこまれることになる。とうてい、不可能じゃないか。だから、どだい無理な話なのだ。それでも家族は納得できなかった。戦争は終わったのにおかしいと言い張った。生き残った兵士の復員手続きすら、満足に進められない政府なんだ。二十万か三十万か四十万か、数もわからない死体を掘り出して移送するなど、手のつけようがないだろう……実にやっかいな問題だ。

だからみんな、ただ悲しみに沈むだけだった。親たちはどことも知れない野原の真ん中に立つ墓の前まではるばる行って、黙禱を捧げる。そしてうしろ髪を引かれる思いで、帰っていくのだ。

あきらめをつけた家族の場合は。

というのも、なかにはあきらめの悪い、頑固な家族もあったから。無能な政府の言いなりになんかならないぞと彼らは思い、別の手段に出た。エドゥアールの家族もそうだったのだろう。マドレーヌ・ペリクールは、弟の墓前で黙禱を捧げに来たのではない。

弟の遺体を捜しに来たのだ。

遺体を地中から掘り出し、持ち帰るために。

そんな話は前にも聞いたことがある。闇の死体回収を専門に請け負う連中もいるくらいだ。トラック一台、シャベル一丁、つるはし一丁あればいい。あとは肝っ玉さえ太ければ。夜中に墓へ行き、手早く片づける。

「いつなら大丈夫かね？」とプラデル大尉はたずねた。「いつならペリクールさんが黙禱を捧げに行けるんだ、マイヤール？」

「よろしければ、明日にでも……」とアルベールはうつろな声で答えた。

「けっこうです」とマドレーヌ・ペリクールは言った。「明日にしましょう。車でまいります。どれくらいの時間がかかりそうですか？」

「はっきりはわかりませんが。一時間か、二時間か……もしかしたら、もっと……何時にいらっしゃいますか？」とアルベールはたずねた。

マドレーヌはためらった。しかし大尉もアルベールも黙っているので、思いきってこう答えた。

「午後六時ごろ、むかえにあがります。それでいいですか？」

それでいいかって？

「夜に黙禱を捧げるんですか？」とアルベールはたずねた。

思わず口から出てしまったのだ。言わずにはおれなかった。意志が弱いのだ。

彼はすぐに後悔した。マドレーヌが目を伏せたから。アルベールの問いかけに、困っているのではない。計算しているのだ。彼女は若いけれど、世の中のことは知っている。それに金持ちなのは、ひと目でわかる。白貂《アーミン》の毛皮、小さな帽子、きれいな歯。今の状況でこの兵士から協力を取りつけるのに、どれくらいの金額を提示すればいいのか考えているのだろう。

アルベールはうんざりだった。こんなことでお金をもらおうとしているなんて、思われてたまるか……マドレーヌが口をひらく前に、彼は言った。

「わかりました。では、明日」

そしてくるりとうしろをむくと、収容所《キャンプ》の小道を引き返した。

9

一九一八年十一月

嘘じゃないさ、すまないと思ってる。またもやあのことを蒸し返すなんて……けれどもきみにははっきりわかってもらわねば。人はときに怒りや絶望、悲嘆にかられて決断をしてしまう。感情を抑えきれなくなることがあるんだ。わかるだろ、ぼくが何を言いたいのか。もう、どうしたらいいのかわからない。でも、何とかなるだろう……取り返しのつかないことなんかないはずだ。きみを説得できるとは思っていないさ。でもお願いだ、家族のことを考えてくれ。たとえ今のきみと再会したとしても、家族はきっと昔どおり愛してくれるだろう。昔に増してとまでは、言わないけどね。きみのお父さんはとても律儀で、とても献身的な人に違いない、きみが生きていると知ったら、お父さんがどんなに喜ぶか想像して欲しい。きみを説得できるとは思ってないけれど、ともかくそういうことなんだ。思うにここはひとつ、じっくり考えてみるべきじゃないかな。前にお姉さんのマドレーヌの絵を描いてくれたよね。とてもすてきな人じゃないか。きみが死んだという知らせを受けて、お姉さんがどんなに悲しんだか考えてくれ。そして今、なんたる奇跡か……

こんな手紙を書いても、何にもならないだろう。そもそも、手紙がいつ着くのかもわからない。二週間かかるのか、それとも四週間かかるのか。でも、賽《さい》は投げられた。アルベールは自分のために書いたのだし。エドゥアールが別人にすり替わる手助けをしたのは後悔していないが、最後までやり遂げないことにはどんな結果が待っているかわからない。けれども幸先は悪そうだ。彼は上着にくるまって、床に寝た。

アルベールは不安のあまり、夜中に何度も苛立たしげな寝返りを打った。

夢のなかで死体を掘り返していた。マドレーヌ・ペリクールはそれが弟ではないと、すぐに見抜いた。死体は大きすぎたり小さすぎたり、顔を見てすぐに別人だとわかったりした。それは老人の顔だったり、ときには掘り出した死体に死んだ馬の首がついていることすらあった。マドレーヌが彼の腕をつかみ、「弟をどうしたの？」とたずねる。ドルネー＝プラデル大尉も加勢した。とても青い彼の目が、懐中電灯のようにアルベールの顔を照らす。大尉の声はいつの間にか、モリウー将軍の声に変わっていた。「そうだぞ」と彼は怒鳴りつけた。「彼女の弟をどうしたんだ、兵士マイヤール？」

そんな悪夢にうなされながら、アルベールは夜明けとともに目を覚ましたのだった。

収容所《キャンプ》中がまだ眠っているあいだ、アルベールはぼんやりともの思いにふけった。薄暗い大きな部屋や仲間たちの重苦しい寝息、屋根を打つ雨音のせいか、考えはどんどんと不吉な、悪い方向へとむかった。今までのことは後悔していないが、もうこれが限界だ。嘘で固めた手紙を小さな手でくしゃくしゃとたたむマドレーヌの姿が、繰り返し脳裏に浮かんだ。ぼくがしているのは、本当に思いやりがあることなんだろうか？　これからでも、すべてなしにできるのでは？　何かをするにも、それを取り消すにも、それぞれ同じだけのわけがある。だって善意からついた嘘をごまかすため、今さら死体を掘り返しになんか行けないじゃないか。意志が弱いばっかりについた嘘かもしれないが、どちらでも同じことだ。もし死体を掘り返さず、すべてを告白したら、ぼくは告発されるだろう。どんな罰を受けるのかはわからないが、重罪であることは間違いない。とんでもない事態になるぞ。

　ようやく日が昇っても、アルベールはまだ何も決まらず、恐ろしいジレンマを断ち切るときを先延ばしにしていた。

　目が覚めたのは、脇腹を蹴られたからだった。アルベールはびっくりして、あわてて体を起こした。すでに部屋中が喧騒に満ちている。まだ呆然としたまま周囲を見まわすと、突然プラデル大尉の険しい顔が、うえから睨みつけているのが見えた。大尉はアルベールの鼻先まで、ぐっと顔を近づけた。

　プラデルはしばらくじっとアルベールを見つめていたが、やがて落胆のため息をつくと、平手打ちを喰らわせた。アルベールは反射的に身を守った。プラデルはにやりとした。わざとらしい、ぞっとするような笑みだった。

「おい、マイヤール、おかしな噂を聞いたぞ。きみの戦友エドゥアール・ペリクールが死んだそうじゃないか？　いや、本当にびっくりしたよ。というのも彼を最後に見たのは……」

　プラデルは古い記憶を呼び起こしているかのように、そこで眉をひそめた。

「……たしか軍隊病院だったからな。彼は移送されていくところだった。そのときはぴんぴんしていたよ。そりゃまあ、晴れやかな顔つきではなかったさ……はっきり言って、ちょっとばかし顔がやつれたように感じたがね。砲弾を歯で受けとめようとしたんだってな。なんて無謀なことを。わたしに相談してくれればよかったのに……だからって、まさか彼が死ぬとは考えられないな、マイヤール。そんなこと、思ってもみなかった。でも、間違いない。彼はたしかに死んだんだ。彼の死を家族に知らせる手紙を、きみが個人的に書いているくらいだから。なかなか名文じゃないか、マイヤール。すばらしいよ。古美術品並みだな、あれは」

マイヤールの名を口にするとき、プラデルは最後の音節を嫌ったらしく伸ばした。そのせいで、いかにも嘲り、馬鹿にしているような感じになった。まるで〝マイヤール〟が〝犬の糞〟か何かと同義語であるかのように。

彼は小声で、ほとんどささやくように話し始めた。怒り狂った男が、必死に自分を抑えようとしているみたいに。

「ペリクールがどうなったのかは知らないし、知りたくもないが、ご家族に力添えをするようモリウー将軍から頼まれたので、しかたなく考えたんだが……」

この言葉は、どことなく質問のようでもあった。ここまでアルベールには、口をはさむ余地がなかった。プラデル大尉も、彼にしゃべらせるつもりはなさそうだった。

「すると解決策は二つしかない。真実を話すか、てっとり早く片をつけるかだ。真実を話せば、きみは面倒なことになる。何しろ身分詐称だからな。どうやったのかは知らないが、ブタ箱にぶちこまれるには充分だ。間違いなく十五年は喰らいこむことになる。けれどもきみは百十三高地の件で調査委員会を立ちあげろなどと、またぞろ言いだすかもしれない……要するにきみにとってもわたしにとっても、最悪の解決策というわけだ。だとすれば、残る解決策はあとひとつ。戦死した兵士がひとり欲しいっていうんだから、戦死した兵士をひとりくれてやればいい。それで一件落着だ。そうだろ？」

アルベールは大尉が言った初めのほうを、まだ消化している最中だった。

「よくわかりません……」と彼は答えた。

マイヤール夫人はこんな状況で、よく怒りを爆破させたものだ。

「まったくアルベールときたら、いつもこうなんだから。決心しなければならないとき、男だってところを見せねばならないときは、人のことなど気にしてはだめよ。わかりませんとか……考えてみなければとか……たぶん大丈夫ですとか……相談してみますとか……さあ、アルベール。決心しなさい。いいこと、人生には……」などなどと。

プラデル大尉にはマイヤール夫人に通じるところがあった。けれども彼はマイヤール夫人よりすばやく一刀両断した。

「きみがすべきことを説明しよう。さっさと片づけろよ。今夜ペリクールさんに、〝エドゥアール・ペリクール〟だという保証付きの立派な死体を返すんだからな。わかっているのか？　昼間のうちに準備しておけば、何の心配もなく出かけられる。だが、さっさと考えろよ。もしブタ箱のほうがいいっていうなら、いくらでも相談に乗るがね……」


アルベールは仲間にたずねて歩き、野原の墓地をいくつも教えてもらった。そうやって得た情報を、彼は検討した。もっとも大きい墓地は、ここから六キロのピエールヴァルにある。そこなら選りどり見どりだろう。彼は徒歩でむかった。

それは森のはずれにある墓地で、四隅に数十の墓が集まっていた。最初はきれいに並べて墓を立てようとしたのだが、次々に戦死者が運びこまれるものだから、着いたはしから適当に埋めていくしかなかった。墓のむきもばらばらだった。十字架が立っている墓もあれば、立っていない墓もある。それに崩れた十字架の墓も。名前が書かれているもの、木の板にナイフで〝兵士〟と彫っただけのもの。〝兵士〟というだけの墓は、何十もあった。兵士の名前を記した紙を瓶に入れ、逆さにして地面に突き立ててある墓もあった。下に誰が埋葬されているのか、あとからわかるように。

アルベールのことだからして、ピエールヴァルの墓地でにわか造りの墓のあいだを何時間も歩きまわり、あれでもないこれでもないとぐずぐずしかねなかった。けれども彼ははっとわれに返った。どうしよう？　遅くなるぞ。復員センターまで帰る道のりもあるからな。さっさと決めなければ。ふり返ると、十字架に何も書いてない墓が目にとまった。「これでいい」と彼は言った。

塀から板をはがし、古くぎを何本か引き抜いておいた。アルベールは石を拾って、エドゥアール・ペリクールの認識票の半分を打ちつけると、結婚式で写真を撮るみたいに数歩下がって出来をたしかめた。

彼は良心の呵責に苛まれながら墓地をあとにした。たとえ善意で行ったことにせよ、嘘をつくのは嫌だったから。あの若い女のことを、エドゥアールのことを考えた。それに、たまたまエドゥアールの身代わりに指名されてしまった見知らぬ兵士のことを。もう、誰にも見つけてもらえない。今まではまだ、身元不明者のひとりだった。しかしこれからは、永遠に行方不明者のままだろう。

墓地から遠ざかり、復員センターに近づくにつれて、これから待ち受けている危険がドミノ倒しさながら、脳裏に次々と浮かんだ。ただ黙禱を捧げるだけなら、これでうまく行くだろうが、とアルベールは思った。マドレーヌ・ペリクールが弟の墓に詣《もう》でたいというなら、墓を用意してやればいい。それが本当にエドゥアールの墓かどうかは重要じゃない。要は心の問題なのだから。しかし墓を掘り返すとなると、話がややこしくなる。穴の底に目を凝らしたら、何が見つかることやら。身元不明の遺体だけならまだいい。どのみち、死んだ兵士に変わりはない。けれども遺体といっしょに何か出てくるかもしれない。身のまわりの品とか、それとわかる特徴とか。単に死体が大きすぎたり小さすぎたりすることだってありうるだろう。

しかしもう決めたことだ。アルベールはみずから墓を選んだ。よかれ悪しかれあとには引けない。彼はもう長いこと、運をあてにはしていなかった。

彼は疲れはてて復員センターに着いた。パリ行きの列車には、絶対に乗り遅れるわけにはいかない（本当に列車が来ればの話だが）。そのためには、遅くとも夜の九時には戻っていなくてはならなかった。収容所《キャンプ》はすでに沸き立っていた。何百人もの興奮した人々が早くも荷物をまとめ、歌ったり叫んだり、背中をたたき合ったりしている。もし予定の列車が着かなかったらどうなるだろうと、下士官たちは気が気でなかった。そんなことも、三回に一回はあったから。

アルベールは仮兵舎を出ると、ドアの前で空を見あげた。闇夜になってくれればいいけれど。

プラデル大尉は颯爽《さっそう》としていた。すばらしい伊達男ぶりだ。アイロンをかけたばかりの軍服。ぴかぴかに磨いたブーツ。あとはきらびやかな勲章でもぶらさげていれば、文句なしだろう。ほんの数歩歩いたかと思うと、もう十メートルも先にいる。アルベールはじっとしていた。

「早く来い」

夕方の六時をまわったころ、トラックのうしろにゆっくりとリムジンがまわりこんだ。軽やかなエンジン音が響き、消音器《マフラー》からふんわりとした煙が出るのが見えた。タイヤひとつの値段だけでも、アルベールが一年間暮らせるだろう。彼は貧乏を実感し、悲しくなった。

大尉はトラックのところまで行っても立ちどまらず、そのままうしろのリムジンにずんずんと近づいた。そっとドアがあく音がしたけれど、女は姿をあらわさない。

トラックの運転席に陣取っているのは、汗臭いひげ面の男だった。三万フランはしそうな、ベルリエCBAの新車だ。男の闇商売は、なかなか実入りがいいらしい。何度もやり慣れているのがひと目でわかる。自分自身で判断したことしか信じないタイプだ。男は窓越しにアルベールを頭のてっぺんから爪先までじろじろと見まわし、ドアをあけた。そしてトラックから飛びおりると、アルベールを脇に呼んでぐいっと腕をつかんだ。ものすごい握力だ。

「いっしょに来たら、あんたも共犯だぞ。わかってるのか?」

アルベールはうなずいて、リムジンをふり返った。消音器《マフラー》はまだふんわりとした白い蒸気を吐き出している。ちくしょう、みじめな数年間をすごしたあとだからか、あの穏やかな排気音がとても残酷に聞こえる。

「ところで」と運転手は声をひそめた。「あんたはやつらからいくらもらうんだ?」

この手の男に無欲なところを見せると、かえって反感を買いかねない。アルベールはそう思ってすばやく計算した。

「三百フラン」

「おめでてえな」

けれども運転手の顔には、うまく立ちまわった満足感があらわれていた。ケツの穴の小さいやつめ。自分の成功と同じくらい、他人の失敗が嬉しいのだろう。運転手はリムジンのほうに体をむけた。

「見ただろ？　あの女、毛皮なんか着こんで。たっぷり持ってるんだ。四百くらいふっかけたってよかったのに。いや、五百だって」

自分はいくらで引き受けたのか、今にも言いだしそうな勢いだった。いや、ここは慎重にふるまわねば。男はアルベールの腕を放した。

「さあ、ぐずぐずしちゃいられない」

アルベールもリムジンをふり返った。若い女はあいかわらず出てこない。ひと言挨拶かお礼の言葉があってもよさそうなものを、何もなしか。ぼくなんか、ただの使いばしりってわけだ。

アルベールが乗りこむと、男はトラックを発進させた。リムジンもうしろからついてくる。たっぷり距離をあけているのは、万が一憲兵がトラックをとめて訊問しても、リムジンのほうはそのまま知らないふりをして通りすぎて行けるようにだろう。

あたりはすっかり暗くなった。

トラックの黄色いヘッドライトが道を照らしだしているけれど、車のなかは足もとも見えないほどだった。アルベールは片手をダッシュボードのうえにつき、フロントガラスのむこうに目を凝らしながら、「右に曲がって」とか「こっちから」とか指示をした。道に迷うのが心配だった。墓地が近づくにつれ、不安感が高まった。そこで彼は覚悟を決めた。もしも面倒な事態になったら、走って森に逃げればいい。運転手は追いかけちゃこないだろう。さっさと車を出して、闇商売仲間が待っているパリに引き返すだけだ。

でもプラデル大尉なら、追ってくるかもしれない。やつは前にも反射神経のいいところを見せたからな。どうしよう？　とアルベールは思った。小便が漏れそうになるのを、彼は必死にこらえた。

トラックは最後の坂をのぼった。

墓地は道に沿って続いていた。運転手はあれこれ操作をして、車を坂道にとめた。帰りはクランクハンドルをまわさなくても、ブレーキを緩めれば車が下り始めてエンジンがかかるように。

エンジンがとまると、外套がうえからかぶさるみたいに、奇妙な静寂があたりを包んだ。大尉がすぐにドアから姿をあらわした。運転手は墓地の入口で見張りに立つことになった。そのあいだに墓を暴いて死体を掘り出し、トラックからおろした棺桶に納めれば、それでいっちょうあがりだ。

マドレーヌ・ペリクールのリムジンは闇のなかにうずくまり、今にも飛びかからんと身がまえる野獣のようだった。女はドアをあけ、おりてきた。とても小柄だ。なんだか昨日会ったときよりも、ずっと若そうに見えた。大尉は彼女を支えようと、体を動かしかけた。けれども彼がひと言発する間もなく、マドレーヌは決然とした足どりで歩き出した。こんな時間、こんなところにいるには、彼女はとても場違いだったので、男たちはただ黙っていた。マドレーヌは小さく顔を動かし、開始の合図をした。

さあ、始めよう。

運転手はシャベルを二本運び、アルベールはたたんだ防水シートを抱えた。掘った土をそのうえに置いておけば、てっとり早く埋めなおせる。

ぼんやり明るい夜の闇のなかに、土を盛りあげた何十もの墓が右から左へ並ぶのが見えた。まるで巨大なモグラが野原を掘り返したかのように。大尉は大股でずんずんと歩いた。死者に対しても自信たっぷりな男なのだ。そのうしろにアルベール、若い女、運転手と続いた。マドレーヌという名前は悪くないな、とアルベールは思った。祖母と同じ名前だ。

「どこなんだ？」

この通路、あの通路と、さっきからずっと歩いている……たずねたのは大尉だった。彼は苛立たしげにふり返った。ささやくような声だったが、腹を立てているのがよくわかる。こんなこと、さっさと片づけたいのだ。アルベールはあたりを探した。あれだと指をさしかけて、間違いに気づく。ここはどこなのだろう。彼は考えこんだ。やっぱりここじゃない。

「あちらです」ようやくアルベールは答えた。

「間違いないんだろうな？」運転手も疑わしそうにたずねた。

「大丈夫」とアルベールは答えた。「あちらです」

みんな葬式のように、小声で話し続けた。

「さあ、早く」大尉が急かした。

ようやく墓の前に出た。

十字架に小さなプレートが打ちつけてある。エドゥアール・ペリクールの認識票だ。

男たちが脇によけると、マドレーヌ・ペリクールは前に進み出た。彼女はそっと涙していた。運転手は早くもシャベルを置いて、入口の見張りにむかった。暗い夜だった。若い女のはかなげな人影がぼんやりと闇に浮かぶほかは、誰がどこにいるかもほとんどわからない。アルベールとプラデルも、彼女のうしろでうやうやしく頭《こうべ》をたれた。けれども大尉は、落ち着かなげにあたりを見まわした。この状況はどうも気に入らない。アルベールが主導権を握っているなんて。大尉は手を伸ばし、マドレーヌ・ペリクールの肩にそっと触れた。彼女はふり返ると大尉を見つめ、うなずいてうしろにさがった。大尉はアルベールにシャベルを一本手渡し、自分ももう一本のほうをつかんだ。マドレーヌが墓の前から離れると、二人は掘り始めた。

ずっしりと重い土で、掘るには時間がかかった。あわただしい前線の近くでは、遺体が深く埋められることはない。翌日にはネズミに嗅ぎつけられることすらあった。だからあまり掘らないうちに、何か見つかるはずだ。アルベールは不安でたまらず、ときおり手を休めては耳を澄ました。枯れかけた木のそばに、マドレーヌ・ペリクールが立っている。彼女も緊張気味らしく、まっすぐに体を伸ばしてせかせかと煙草をふかしている。アルベールはびっくりした。マドレーヌみたいな女性が、煙草を吸うなんて。プラデルもちらりと目をやり、さあ、遅くなるぞと言った。そして二人はまた仕事を続けた。

土の下にある遺体に触れないようシャベルを振るわねばならないのも、手間取る一因だった。掘った土が防水シートのうえに積みあがっていく。ペリクール家の人々は遺体をどうするつもりなんだろう、とアルベールは思った。自宅の庭にでも埋葬するのだろうか？　今日みたいに、夜のうちに？

彼はまた手を休めた。

「早くしろ」大尉が体を乗り出し注意した。

彼はそれをとても小さな声で言った。マドレーヌに聞かれたくないのだろう。遺体の一部らしいものが見えてきた。何だかはよくわからない。ここからが難しいところだ。遺体を傷めないよう、うえの土だけを取り除かねばならない。

アルベールはそろそろと始めたが、プラデルは痺れを切らせた。

「さっさとやれ」彼は声をひそめて言った。「もう危ないことは、何もないんだ」

屍衣代わりの上着がシャベルにひっかかり、一部が剝がれた。強烈な腐臭が鼻をつき、大尉は思わず顔をそむけた。

アルベールも一歩うしろにしりぞいたものの、腐りかけた死体の臭いは戦争中ずっと嗅いできた。とりわけ、担架係をしていたときには。病院でエドゥアールの看病をしていたときもだ。突然、彼のことを思い出し……アルベールは顔をあげて、マドレーヌのほうを見た。墓からかなり離れているのに、鼻にハンカチをあてていた。弟をとても愛していたんだな、とアルベールは思った。プラデルはぐいっと彼を押しのけ、穴から離れた。

大尉はすたすたとマドレーヌに近寄り、肩に手をかけて墓に背をむけさせた。アルベールは死臭に包まれ、ひとり穴のなかにいた。マドレーヌはいやいやをするように首をふり、こちらに近づこうとした。アルベールはどうふるまったらいいかわからず、ただじっとしていた。彼を見おろすプラデルの背の高い人影に、さまざまな記憶がよみがえった。同じような浅い穴の底で、今みたいに立ちつくしていたときのこと。あたりは寒かったけれど、恐怖の冷や汗が噴き出たこと。ぼくは穴の底にいて、大尉は両脚を広げ、うえから眺めている。するとあの出来事が思い出されて、喉が詰まるほどだった。今にもうえから土をかけられ、生き埋めにされるような気がして体が震え始めた。それでも彼は友のこと、エドゥアールのことを思って力をふり絞り、身をかがめて作業を続けた。

なんとも胸を引き裂かれる光景ではないか。アルベールはシャベルの先で、注意深く土を掻いた。粘土質の土が腐敗を妨げていたのと、死体が上着にしっかりくるまれていたせいで、まだ腐りきってはいなかった。布地には粘土が張りつき、脇腹が見えている。黒い腐った肉片がこびりついた黄色っぽい肋骨には、食べる部分が残っているからだろう、蛆がびっしりとたかっていた。

むこうで叫び声が聞こえ、アルベールは顔をあげた。マドレーヌがすすり泣いている。大尉は彼女を慰めながら、肩ごしにアルベールに合図した。おい、さっさとやれ。何をぐずぐずしているんだ？ アルベールはシャベルを投げ捨てると、穴から出て走り始めた。心はぼろぼろだった。もうたくさんだ。あの戦死した哀れな兵士も、人の苦しみを商売にする運転手も、誰の死体でもいいからさっさと棺桶に突っこもうとしている大尉も……それに、本物のエドゥアール。顔をめちゃめちゃにされ、死体みたいな腐臭を放ちながら、病室でベッドにくくりつけられていた彼のことも。必死に戦ったあげくがこれかと思うと、情けなくなった。

運転手はアルベールがやって来るのを見て、安堵のため息をついた。彼はまたたく間にトラックの幌をあげ、鉄棒をつかんで奥にある棺桶の取っ手にひっかけると、力いっぱい引き寄せた。運転手が棺桶の前、アルベールがうしろを持って、墓へとむかった。

運転手がずんずんと歩くものだから、アルベールは息を切らした。むこうは慣れているからいいものの、アルベールのほうは必死に早足で歩かねばならない。おかげで何度も手を滑らせたり、転びそうになったりした。ようやく墓の前に着くと、あたりには激しい悪臭が漂っていた。

それは金色の取っ手がついたオーク材製のすばらしい棺桶で、ふたには錬鉄の十字架が張りつけてあった。墓地に棺桶はつきものだとはいえ、まわりの景色にそぐわない豪華さだ。こんなしろもの、戦場ではそうそう目にしない。どてっぱらに穴をあけられた無名戦士というより、自宅のベッドで息を引き取るブルジョワのための棺桶だ。アルベールはしばしそんな哲学的瞑想にふけった。まわりでは、さっさと片づけようと急いでいた。

棺桶のふたをはずして脇に置く。

運転手は、死体が横たわる穴に飛びこんだ。体を乗り出して上着の端を素手でつかむと、目で助けを求めた。もちろん、視線はアルベールにむかっている。ほかに誰がいるっていうんだ？　アルベールは一歩前に出て、穴に入った。不安が胸にこみあげる。びくついているのがよほど態度に出ていたのだろう、運転手がたずねた。

「おい、大丈夫か？」

二人は同時に腰をかがめた。腐臭が顔を直撃する。服の端を持って一回、二回と勢いをつけ、いっきに死体を持ちあげて墓の脇に置いた。ぐしゃっと嫌な音がした。重くはなかった。もう子供の体重ぶんぐらいのものしか、残っていなかったから。

運転手はすぐにうえにあがった。アルベールもほっとしてそれに続いた。二人でまた上着の端をつかみ、死体を棺桶に投げこんだ。ぐしゃっという音も、今度はさっきより鈍かった。運転手はたちどころにふたを閉めた。もしかすると穴には、作業の途中にはずれた骨がまだ何本か残っているかもしれない。でもまあ、かまわないさ。死体の使い道から言って、これだけあれば充分だ。運転手も大尉も、そう考えているらしい。アルベールはマドレーヌ・ペリクールを目で捜した。彼女はもうリムジンに乗っていた。とてもつらい体験をしたばかりなのだ。ひどいとは言えないだろう。弟が蛆の群れになってしまったのだから。

ここではふたに釘を打たないことにしよう。大きな音がしすぎる。街道に戻ってからでいい。運転手はとりあえず、二本の太い布のベルトを棺桶のまわりに巻いてふたをとめ、臭いがトラックのなかにあまり広がらないようにした。急いでトラックまで引き返さねば。アルベールがひとりで棺桶のうしろを持ち、あとの二人が前を持った。大尉は煙草に火をつけ、ほっとしたように煙を吐いた。アルベールは疲れはてていた。腰のあたりがずきずきする。

棺桶をトラックの荷台に積みこむときも、運転手と大尉が前を担当した。うしろはいつもアルベール、そこが彼の定位置というわけだ。えいっと再びかけ声をかけて持ちあげ、荷台の奥に押しこんだ。鉄の床に棺桶がこすれる音がした。ともあれ、これで一段落だ。さっさと退散しよう。うしろでリムジンが鈍いエンジン音をあげていた。

マドレーヌがこちらにやって来る。今にも消え入りそうなようすだ。

「ありがとうございます」と彼女は言った。

アルベールは何か答えようとした。しかしその間もないうちに、マドレーヌは彼の腕を取った。手首をつかんで手をひらかせ、お札を何枚か握らせると、うえから自分の手で包む。そんな単純な動作がアルベールには……

マドレーヌはもうリムジンに引き返していた。

運転手は棺桶をロープで荷台の枠に縛りつけ、がたがたと動かないようにした。プラデル大尉がアルベールに合図した。墓地を指さしている。急いで穴を埋めなおさねばならない。墓が暴かれたままだったら憲兵の目にとまり、すわとばかりに捜査やら何やらが始まるだろう。

アルベールはシャベルをつかんで、小道を走り出した。けれどもふと疑念に駆られ、うしろをふり返った。

彼はひとりきりだった。

三十メートルほど先の街道から、走り去るリムジンのエンジン音が聞こえた。そのあと、坂道を下り始めるトラックの音も。

一九一九年十一月

10

一九一九年十一月

アンリ・ドルネー＝プラデルはゆったりとした革の肘掛け椅子に腰かけ、右脚をむぞうさに肘掛け越しに投げ出した。伸ばした腕の先に、年代ものの高級ブランデーを注いだ大きなグラスを掲げ、光にかざしてゆっくりとまわす。彼は人々の話を、わざと無関心そうに聞いていた。おれはいっぱしの〝すれからし〟だと言わんばかりに。彼はこんな類の、ちょっと俗っぽい表現が好きだった。まわりの耳を気にする必要がなければ、粗野な言葉づかいもしただろう。わけもわからず聞いている人々を前に、しれっとした顔で下品な罵詈雑言を並べ立てる快感に酔いしれたかもしれない。

それには、あと五百万フランは必要だ。

五百万フランあれば、なに恐れることなく好き勝手ができる。

プラデルは週に三日、パリのジョッキークラブに通った。特に気に入ったからではなく――むしろ、期待したほどではなかった――いつかのぼりつめようと飽かず夢見ている上流社会のシンボルだったから。グラスや壁掛け、絨毯、金箔、従業員の品位、馬鹿高い年会費がもたらす満足感に加え、さまざまな人々と知り合うチャンスが得られることも大きな魅力だった。何とか入会を認められたのは四カ月前だ。ジョッキークラブのボスたちは、彼を警戒していた。しかしここ数年は、死屍累々《ししるいるい》だ。新興の金持ちをすべてふるい落としていたら、クラブはホテルのロビーと変わらなくなってしまう。それにプラデルには、無視しがたいうしろ盾がいくつもついていた。義父には誰も異を唱えることができないし、モリウー将軍の孫フェルディナンとも親しい。フェルディナンは遊び好きの落ちこぼれだが、人脈だけはたっぷり持っていた。環がひとつ欠けただけで、鎖は用をなさなくなる。人材不足のご時世には、そんな事態に陥るものだ……少なくともドルネー＝プラデルには、由緒正しい名前があった。やまっ気《け》がふんぷんとするけれど、貴族の出に違いはない。こうして彼は最終的に、ジョッキークラブへの入会を許されたのだった。ともあれ現会長のド・ラ・ロッシュフーコー氏は、長身の若者が疾風のようにサロンを駆け抜けるさまも、それほど悪くないと思っていた。勝者はどこか醜いというけれど、プラデルの尊大な態度を見れば、なるほどそのとおりだ。いささか品はないが、彼は英雄だった。上流社会では美人と同じように、つねに英雄が必要とされる。今日日《きょうび》、彼くらいの歳の男たちは、たいてい腕の一本、脚の一本くらいは欠けている。どちらもそろっていれば、それだけでも見栄えは充分だ。

今までのところドルネー＝プラデルにとって、大戦はいいことずくめだった。彼は除隊するや、軍事物資の回収と転売事業に乗り出した。何百ものフランス車、アメリカ車、エンジン、トレーラー。何千トン分もの木材、布、防水シート、道具、鉄屑、ばらした部品。国はこうした用済みの物資を、処分せねばならなかった。そこでプラデルがまとめて買い上げ、鉄道会社や輸送会社、農業関連の企業などに転売したのだ。儲けはかなりのものになった。貯蔵庫の管理は、賄賂《わいろ》やリベートの温床だったからだ。交渉しだいでは、三台のトラックを一台分、五トンの物資を二トン分の値段で買いつけることができた。

モリウー将軍のあと押しと、国の英雄というステータスにより、ドルネー＝プラデルには多くの扉がひらかれた。退役軍人国家連合――この会は労働者のスト破りで政府に協力し、存在感を示した――で果たした役割も、彼に多くの補足的支持をもたらした。おかげで、すでに大量のストックを売りさばくことができた。借金で集めた数万フランでまとめ買いした物資が、転売によって数十万フランの利益をもたらした。

「やあ、来たな」

レオン・ジャルダン＝ボーリューだ。有能な男だが、生まれつき背が低かった。皆よりも十センチは小柄だろう。大した差ではないと言えるかもしれないが、その差が彼には耐えがたかった。だからこそ彼は、周囲の評価を追い求めた。

「やあ、アンリ」と彼は軽く肩を揺すりながら答えた。そうすれば、少しは背が高く見えると思っているのだ。

ジャルダン＝ボーリューにとってドルネー＝プラデルをファーストネームで呼ぶことは、何ものにも代えがたい喜びだった。そのためには、親を売ってもいいくらいだ。いや、もうとっくにそうしていたけれど。自分も皆と同じだと思いたいがために、皆と同じような口調を装っている。無造作な握手をしながら、プラデルはそう思った。そして声をひそめ、緊張気味にたずねた。

「それで？」

「あいかわらず、皆目《かいもく》だな」とジャルダン＝ボーリューは答えた。「何も伝わってこない」

プラデルは苛立ったように、片方の眉を吊り上げた。彼は部下に対し、言葉を使わずにメッセージを伝えるのがうまかった。

「ああ」ジャルダン＝ボーリューは謝った。「わかっているんだが……」

プラデルは恐ろしく気が短かった。

数カ月前、国は前線に埋葬されている兵士の亡骸を掘り出す作業を、民間会社に委託する決定をした。回収した遺体は、広大な戦没者追悼墓地に集める計画だ。〝できるだけ数は少なく、できるだけ大きな墓地を造ること〟が望ましいと、大臣命令も謳《うた》っていた。兵士の遺体は国中に散らばっている。前線から数キロ、ときには数百メートルのところにある仮の墓地に。そうした場所も、これからは農地にしていかねばならなかった。数年前、戦争が始まったころからすでに、戦死した兵士の家族は息子の墓前で黙禱を捧げたいと求めていた。墓地の再編計画は、希望する家族にいつか遺体を返すことも視野に入れていた。しかし広大な墓地がひとたび完成し、英霊たちが〝共に戦った戦友とともに〟眠ることになれば、家族の熱意も静まるだろうと政府は思っていた。個別に遺体を移送すれば国の財政にとって大きな負担になるし、衛生上の問題もある。膨大な費用のかかる大仕事だが、ドイツが賠償金を支払わない限り国庫はからっぽのままだ。

墓地の再編は愛国精神にもとづく一大事業だが、その先には悪くない儲け口が連なっていた。まずは何十万もの棺桶を作らねばならない。ほとんどの兵士が上着にくるまれただけで、そのまま地中に埋められたから。何十万もの遺体をシャベルで掘り出さねばならないし（細心の注意を払うようにと、命令書にもはっきり書かれている）、棺に納めた遺体を何十万回とトラックで出発駅まで運び、到着先の墓地で再び何十万回と埋めなおさねばならない。

この市場に食いこめたら、数千の死体を掘り返すのは一体数サンチームで中国人労働者にやらせればいい。手持ちの車で腐りかけの遺体を運び、それをセネガル人労働者がずらりと並んだ墓に埋める。立派な十字架は高値で売りつけよう。これで三年以内に、サルヴィエールにある一族の屋敷をきれいに修繕できる。金がかかるからな、あの屋敷は。

遺体ひとつにつき、八十フランの売り上げになる。経費は二十五フランほどだから、二百五十万フランの儲けが見こめるぞ。

役所がさらにうちうちで発注してくれれば、リベート分を差し引いても五百万近くまで持っていけるかもしれない。

こいつはでかい市場だ。こと商売に関して言うなら、戦争には多くの利点がある。終わったあとまでも。

プラデルは父親が代議士のジャルダン＝ボーリューから情報を得て、いろいろと先を読むことができた。復員するとすぐにプラデル社を設立した。ジャルダン＝ボーリューとモリウーの孫が五万フランずつ出資し、貴重な人脈を提供した。プラデルはひとりで四十万を負担し、社長に収まった。これで利益の八十パーセントが彼のものとなる。

市場入札審議会が今日ひらかれ、午後二時から多数決に入っている。プラデルは裏工作と十五万フランのリベートで、審議会を押さえていた。三人のメンバーは（そのうち二人は彼の配下にある）さまざまな提議を検討したうえで、まったく公平な立場から、プラデル社の見積もりが最良だと結論づけるはずだ。埋葬準備課の倉庫に預けられたプラデル社の棺桶見本も、祖国のために亡くなったフランス兵の威厳にもっともふさわしく、国の財政に適しているとされるだろう。これによってプラデルは、多くの地区を任される。うまくすれば十地区。いや、それ以上かもしれない。

「役所のほうは？」

ジャルダン＝ボーリューのちまちまとした顔に、笑みが広がった。

「そっちは大丈夫だ」

「大丈夫なのはわかってる」とプラデルは苛立ったように言った。「問題は、いつになるかだ」

気になるのは市場入札審議会の決議だけではない。今回の戦没者追悼墓地建設にあたっている年金省の担当部署には、緊急性や必要性に応じて競争入札を経ずに、業者と直接交渉する権限が与えられていた。そうなれば、プラデル社がいっきに市場を独占することも可能だ。ほとんど好きなだけ、費用を請求できる。死体ひとつにつき、百三十フランまでも……

プラデルはなにげない風を装った。緊迫した状況でも、大物はあわてず騒がずだとでもいうように。けれども実際は、とてつもなく苛ついていた。悲しいかなジャルダン＝ボーリューは、プラデルの質問にまだ答えられなかった。笑顔が凍りつく。

「それは、まだ何とも……」

彼は蒼白だった。プラデルはぷいっと目をそむけた。さっさと失せろ、という意味だ。ジャルダン＝ボーリューは撤退を決めこみ、誰か知り合いに気づいたふりをして、広いサロンの反対端にすごすごとむかった。プラデルはそのうしろ姿を眺めた。あいつ、靴の踵にインソールを入れてるな。背が低いことにコンプレックスを感じているせいで、冷静が保てないんだ。それさえなければ、もっと切れ者になれただろうに。プラデルが彼を計画に誘ったのは、有能だからというわけではない。ジャルダン＝ボーリューには、二つの貴重な取り柄があった。代議士の父親と、美人の婚約者だ。婚約者は褐色の髪ときれいな口もとをした娘だが、貧しい家の生まれだった（さもなければ、誰があんなチビを受け入れるものか)。ジャルダン＝ボーリューは数カ月後に、彼女と結婚する予定だった。でもこの女、あまり乗り気じゃなさそうだな、とプラデルは最初に紹介されたときに思った。美貌を売り物に、お金目当ての結婚をするのが嫌なのだ。こういう女を相手にすると、あとでしっぺ返しを喰らうことになる。ジャルダン＝ボーリュー家のサロンで彼女を見たら——馬を見るのと同じくらい女を見る目がある、とプラデルは自負していた——結婚式を待たずに落とせると確信しただろう。

プラデルは高級ブランデーのグラスに目を戻し、どんな作戦を取ろうかとまたしても考え始めた。それほどたくさんの棺桶を作るには、専門の下請け業者を数多く使わねばならないが、それは国との契約で固く禁じられている。しかしことが順調に運んでいる限り、誰も細かく調べようとはしないだろう。目をつぶっているほうが、みんなにとって得なのだから。重要なのは——その点では意見が一致している——数は少なくても充分に広い立派な墓地を、ほどほどの期間で国に提供すること、そうしてひとりひとりが、先の大戦を不幸な思い出として片づけられるようにすることなのだ。

ついでにプラデルも高級ブランデーを手に、ジョッキークラブのサロンで誰に気兼ねをすることなく、堂々とげっぷを出せるようになる。

こんなことを考えていたせいで、プラデルは義父が入ってくるのに気づかなかった。あたりが急に静まったので、彼は自分のヘマに感づいた。司教が大聖堂に入ってきたように、静寂のなかに軽いざわめきが漂っている。しまったと思ったときには遅すぎた。義父の前でこんなだらしないかっこうをしていれば、敬意に欠けると見なされる。それは許されることではないだろう。けれどもあわてて姿勢をととのえれば、義父に頭があがらないとみんなの前で認めたことになる。プラデルは挑発よりも屈辱を選んだ。そのほうが高くつかないと踏んだからだ。彼はありもしない肩の埃をはたきながら、できるだけなにげなく体をうしろにずらした。そして右脚を床におろし、愛想よく肘掛け椅子から立ちあがった。この屈辱はいつか晴らしてやるからなと、心のなかでリストに書きこみながら。

ペリクール氏はゆっくりとした温厚な足どりで、ジョッキークラブのサロンに入ってきた。彼は娘婿の小芝居には気づかなかったふりをし、いつかこの借りは返してもらおうと思った。そしてテーブルをまわっては、愛想のいい専制君主のやわらかな手で握手をし、威厳に満ちたようすで居合わせる人たちの名を呼んだ。こんにちは、バランジェ、やあ、フラピエ、そこにいたのか。こんばんは、ゴダール。ときには彼なりにユーモラスな表情を作って、おや……たしかきみはパラメード・ド・シャヴィーニュだったね、などと言うこともあった。けれどもプラデルの前まで来ると、謎めかしたしたり顔で瞬きをすると、そのままサロンを横切り、暖炉のほうへ行ってしまった。そしてわざとらしく満足げに手を広げ、暖炉にかざした。

ふり返ると、ペリクール氏の目に娘婿の背中が映った。こんな位置に陣取ったのも戦略のうちだ。背後から観察されていると感じると、とても落ち着かないものだから。彼ら二人の駆け引きを見れば、チェスの試合が今始まったところなのだとよくわかる。これから次々に、新たな展開があるだろうということも。

彼らが互いに抱く嫌悪感は本能的なものだった。それは静かに、しかし頑としてそこにある。二人はこれからもずっと、憎しみ合うだろう。ペリクール氏はプラデルが質《たち》の悪い男だとひと目で見抜いたが、マドレーヌが彼に夢中になることに異を唱えなかった。誰も口には出さないが、二人がいっしょにいるところを見ればすぐにわかった。プラデルは彼女にうまく取り入っていた。いずれ彼女は我慢できなくなるだろう。あの男が欲しい、欲しくてたまらないのだと。

ペリクール氏は娘を愛していた。もちろん、彼なりのやり方でだが。しかもそのやり方は、あまりあからさまなものではなかった。アンリ・ドルネー＝プラデルなんかに入れこまなければ、娘の幸福を素直に喜んだだろう。マドレーヌ・ペリクールは大金持ちの娘らしく、欲しいものは何でも手に入れないと気がすまなかった。とりわけ美人というほどでもないが、言い寄る男はたくさんいた。けれども彼女は馬鹿じゃない。亡くなった母親に似て怒りっぽいところはあるが、性格はしっかりしていて、誘惑に負けることはなかった。戦争前は、男たちをずいぶんと袖にした。どうせみんな彼女のことは、さして美人だと思っているわけじゃない。けれども持参金につられて近づいてくるケチな野心家どもだ。彼らを遠まわしにはねつける、有効な手も心得ていた。何度も求婚されるうち、いささか自信過剰になってしまったのだろう、戦争が始まったときは二十五歳だった彼女は、弟の死とともに戦争が終わったとき、三十歳になっていた。喪に服すのはつらかった。そんなこんなで、彼女はいっきに老け始めた。だからだろうか、三月にアンリ・ドルネー＝プラデルと出会い、七月に結婚したのだった。

そんなにすばやくことを運ぶとは、アンリのやつ、いったいどんな魔法をつかったのだろうと、男たちは不思議がっていた。たしかに見た目は悪くないが、でも……そう思ったのは男だけだ。女たちはよくわかっていたから。彼の物腰、波打つ髪、青い目、広い肩幅、浅黒い肌を見れば、マドレーヌ・ペリクールが手を出したくなったのも無理はない。そしてすっかり魅了されてしまったのだと。ペリクール氏はくどくどと言わなかった。初めから負け戦と決まっている。被害を最小限に食いとめる策を講じておくだけでよしとしよう。それはブルジョワ社会で、夫婦財産契約と呼ばれている。マドレーヌも反対のしようがなかったが、娘婿のほうは顧問公証人が用意した契約内容を見て不満げな顔をしていた。二人の男は賢明にも、ただ黙ってにらみ合っただけだった。マドレーヌは自分の財産をそのままひとりで保有し、結婚後に作られた資産についてはすべて夫と共同名義にする。彼女は、父親がアンリを信用していないのだとわかった。契約内容がいい証拠だ。でもこんなに財産があれば、慎重を期すのが習い性というものだ。だからって何も変わりはしないわ、とマドレーヌは笑って夫に説明した。いや大違いだ、とプラデルにはわかっていた。

初めプラデルは騙されたような、努力が充分報われなかったような気がした。多くの友人たちが結婚によって、おいしい思いをしていた。そう簡単に手に入るものではないし、巧妙にことを運ばねばならないが、うまくやりとげれば宝の山だ。あとはすべて好きにできる。しかし結婚はプラデルに、いささかの変化ももたらさなかった。たしかに暮らしぶりは申し分ない。彼は充分その恩恵に浴した。生活だけは立派な貧乏人だ（彼は自分で使えるお金から、すぐさま十万フラン近くを一族の屋敷の改修にあてた。それでも、やらねばならないことは山ほどある。何もかも崩れかけ、壊滅状態なのだから）。

財産こそ手に入らなかったものの、ほかに得るものは少なくなかった。まずはこの結婚により、ちょっとばかり気になっていた百十三高地の件に終止符が打たれた。たとえそれが蒸し返されても（忘れられたはずの古い事件に、ときおりそんなことが起きるから）、もう危険はない。彼は権勢を誇る、裕福な一家の娘婿なのだから。マドレーヌ・ペリクールと結婚することで、彼はある意味無敵の存在となった。

それにもうひとつ、とても大きな利点があった。一家のアドレス帳だ（彼の義父マルセル・ペリクールは代議士デシャネルの親友にして、ポワンカレやドーデ、そのほかたくさんの大物政治家とも親しかった）。プラデルは投資の最初の見返りに、とても満足していた。あと数ヵ月もすれば、義父にまっこうから立ちむかえるだろう。やつの娘をいただき、やつの人脈をしゃぶりつくしてやる。三年後、すべてが思いどおりに運んでいれば、ジョッキークラブの喫煙室に老人が入ってきたときも、堂々と寝そべっていられるようになる。

ペリクール氏は、娘婿がどうやって金を稼いでいるのか、つねに情報は集めていた。迅速にことをこなす、有能な男なのは間違いない。あの若さですでに三つの会社を経営し、数ヵ月で正味百万の利益をあげている。その面からすれば、時勢を読む目に長けていると言えるだろう。けれどもペリクール氏は、この成功に直感的な警戒心を抱いていた。あまりにうえばかり見ている人間は信用ならない。

有力者のまわりには、多くの人間が群がった。彼の顧客たちだ。金があれば取り巻きができる。プラデルも義父の業績には一目置いていた。学ぶところの多い、すごい男だ。あの頑固おやじ、まったく抜け目がない。なんという落ち着きだ。しっかり相手を選びながら、気前よく忠告や許可、推挙をふるまっている。周囲の人々は彼の助言を命令と、保留を禁止と受け取った。彼に何か断られても、腹を立てるわけにはいかない。手もとに残っているものまで、彼はとりあげることができるのだから。

そのとき、汗だくになったラブルダンが大きなハンカチ片手に喫煙室に入ってきた。プラデルは安堵のため息を抑え、いっきにブランデーグラスを空けると、立ちあがって彼の肩を取り、隣のサロンに引っぱっていった。ラブルダンはプラデルの脇で、太った短い脚をさかんにばたばたと動かした。まだ汗をかき足りないかのように……

ラブルダンは馬鹿なうえに愚かな男だった。それはとてつもなく粘り強いところにあらわれていた。

政治の世界では間違いなく美点だけれど、彼の粘り強さは単に方針変更ができず、想像力が欠けていることによる。馬鹿なだけに役に立つというのが、彼に対する評価だった。何をやってもぱっとせず、ほとんどいつも滑稽な役まわりだが、どこに連れていっても献身的に働く、馬車馬のよう男だ。彼になら、どんなことでもたのむことができる。賢くなれという注文だけは、いささか荷が重いだろうが。性格はすべて顔に書いてあった。愚直で臆病で凡庸で、ひどく食い意地が張っている。そしてとりわけ女好きだ。卑猥な言葉が口をついて出ないよう必死に抑えているものの、女と見ればじっとりとした物欲しげな目をむけずにはおれなかった。とりわけ若いメイドが好みで、うしろをむいたとたんにさっとお尻を撫でた。かつては週に三度も悪所通いをしていた。〝かつては〟と言ったのは、ラブルダンが区長をしている区の外にまで噂が広まり、たくさんの女たちが彼のもとに申請に押しかけるようになったからだ。彼は日にちを倍にして、窓口に立った。なかにはいつも一人、二人、何かの許可や優遇措置、サインやスタンプと引き換えに、彼がわざわざ売春婦のところへ行く手間を省いてくれる女がいた。ラブルダンがこの暮らしに満足しているのは、ひと目でわかった。お腹はいっぱい、金玉はやる気まんまん、次のテーブル次のケツと、一戦交える準備はいつでもできている。彼が区長に選ばれたのは、ペリクール氏が牛耳るひとにぎりの有力者のおかげだった。

「今度あなたには、市場入札審議会のメンバーになってもらいますよ」プラデルはある日、彼にそう告げた。

ラブルダンは審議会や委員会、代表団と名のつくものに加わるのが大好きだった。自分がいかに重要人物かの証だと思っているのだ。娘婿から指名されたということは、ペリクール氏本人の意向に違いないと思って、ラブルダンは従うべき指示を大きな文字でこと細かに書き留めた。プラデルはすべて命じ終えると、紙きれを指さした。

「そのメモはすぐに処分して……」と彼は言った。「あなただってそんなもの、デパートのショーウィンドウに貼り出されたくないでしょうが」

ラブルダンにとって、それは悪夢の始まりだった。任務を遂行しそこなうのではないかと思うと気が気ではなく、いく晩もかけて指示をひとつひとつ記憶した。しかし繰り返せば繰り返すほど、こんがらかってしまう。なんて忌まわしい審議会なんだ。メンバーに任命されたばっかりに、地獄の苦しみだ。

その日の会議で、彼は持てる以上の力を出し尽くした。考え、発言し、くたくたになって会議を終えた。くたくただったが、喜びにあふれていた。義務を果たした満足感とともに戻ってきたからだ。彼はタクシーのなかで、〝真情あふれる〟と自負する言葉をいくつか反芻した。なかでもいちばん気に入っているのは、次のようなものだった。「やあ、きみ、自慢するわけじゃないが、とてもいい知らせを持ってこられたと思うんだ……」

「コンピエーニュはいくらです?」といきなりプラデルが言った。

サロンのドアが閉まるなり、長身の若者は相手に話す間を与えず、射すくめるような目でにらみつけた。ラブルダンはあらゆることを想定していたが、これだけは予想外だった。つまりは例によって、何も考えていなかったということだが。

「ええと、それは……」

「いくらなんです?」プラデルは声を荒らげた。

ラブルダンにはわからなかった。コンピエーニュだって……彼はハンカチをしまうとあわててポケットをさぐり、四つに折った紙を取り出した。そこに討議の結果がメモしてある。

「コンピエーニュは……」とラブルダンは口ごもった。「そう、コンピエーニュはと……」

何につけてもせっかちなプラデルはたちまち痺れを切らし、ラブルダンの手からメモ書きをひったくって数歩離れると、緊張気味の目を数字にむけた。コンピエーニュは棺桶一万八千個。ランの工兵管区は五千。コルマールの広場は六千。ナンシーとリュネヴィルの工兵管区は八千……ヴェルダン、アミアン、エピナル、ランスはまだ未定だが……期待をうわまわる結果だ。プラデルは満足の笑みを抑えられなかった。ラブルダンはそれを見逃さなかった。

「明日の朝、また会おう」と区長は言った。「土曜日にもね」

今こそ用意していた言葉を言うときだ、と彼は思った。

「ところで、きみ、自慢するわけじゃ……」

しかしいきなりドアがあいて、「アンリ！」と呼ぶ声がした。隣の部屋から、興奮気味のざわめきが聞こえる。

プラデルはそちらにむかった。

サロンのむこう端で、人々が暖炉のまわりに集まっていた。ビリヤード室からも喫煙室からも、次々に人が走ってくる……

プラデルは叫び声を聞いて眉をひそめ、さらに数歩進んだ。心配というより好奇心のほうが強かった。

義父が暖炉に背中をもたせかけ、脚を前に投げ出して床にすわりこんでいる。真っ蒼な顔で目を閉じ、震える右手をチョッキの胸のあたりにあてていた。まるで心臓をむしりとるか、あるいは必死に押さえつけようとしているかのように。塩を持ってこい、と叫ぶ声がする。いや、吸引器だ、と別の声が言った。給仕長が駆けつけ、離れてくださいと皆に指示した。

図書室から医者が早足でやって来て、どうしましたとたずねた。落ち着き払っているのが印象的だった。みんなさっと場所を空け、もっとよく見ようと首を伸ばした。ブランシュ医師は脈を取ると、こう言った。

「おい、ペリクール、大丈夫か？」

それからプラデルを、さりげなくふり返った。

「大至急、車を呼んでくれ。一刻を争うぞ」

プラデルはすぐに部屋を出た。

まったく、何という一日だろう！

これから百万長者になろうという日に、義父が死にかけるとは。

いよいよ運がめぐってきたぞ。ほとんど信じがたいくらいに。

11

アルベールは頭が真っ白になっていた。うまく考えがまとまらない。いったいどんなことになるのか、想像もつかなかった。何とかイメージをつかもうとするのだが、とうていつかみきれるものじゃない。大股で歩きながら、ポケットに忍ばせたナイフの刃を無意識のうちに何度も撫でた。時がすぎていく。地下鉄の駅をいくつも通過し、通りをいくつも抜けた。しかし建設的な考えは何も浮かばなかった。こんなことをしているなんて、自分でも信じられない。けれどもぼくは今、やっている。どんなことだってやるつもりだ。

そう、忌々しいモルヒネのためだったら……初めから、どん詰まりだった。エドゥアールはモルヒネなしではいられないようになっていた。これまではアルベールが、どうにか手に入れてきた。けれども、今度こそ万事休すだ。あり金すべてかき集めても、必要な金額に達しなかった。友人が何日ものたうちまわったあげく、もうこんな苦しみには耐えられない、ひと思いに殺してくれと懇願したとき、アルベールも疲れはて、何も考えられなくなっていた。彼は台所で目についた手近なナイフをつかむと、ロボットのように通りに出た。そして地下鉄でバスティーユまで来ると、スデーヌ通りの脇のギリシャ人街に入っていった。エドゥアールのためにモルヒネを見つけねば。そのためには、人殺しだってする覚悟だった。

そのギリシャ人に会ったとき、初めてはっと思いあたった。三十歳くらいの、馬鹿でかい体をした男で、がに股で歩いて来た。一歩ごとに息を切らせ、十一月だというのに汗をかいている。アルベールは男の突き出た腹、ウールセーターの下で揺れる重たげな胸、雄牛のような首、たるんで垂れた頰を呆気にとられて眺めながら、このナイフじゃ役に立たないなと思ったのだった。刃渡りは少なくとも十五センチか、いや二十センチは必要だろう。状況は最悪だ。彼はみずからの準備不足を呪った。「おまえはいつもそうなんだから」と母親によく言われていた。「段取りってものがないんだよ。まったく不注意ばっかりで……」そして母親は神様が証人だとばかりに、天井を仰ぎ見るのだった。新しい夫の前では（というのは言葉のあやで、正式に籍を入れているわけではないが、マイヤール夫人は夫婦同然にふるまっていた）、いっそう息子の愚痴を言った。義父のほうは――サマリテーヌ百貨店の売り場主任だった――ただ足もとに目を落としているだけだったが、それでも悔しいことに変わりはない。アルベールは二人を前にすると、いくら奮起してもうまく抗弁できなかった。やっぱり彼らの言うとおりだと、日々認めざるをえなかったから。

みんながみんなぐるになって、自分につらく当たっているような気がした。本当に生きづらいご時世だ。

待ち合わせ場所は、サン＝サバン通りの角にある公衆トイレの脇だった。どんなふうにことを運ぼうか、アルベールはまったく考えていなかった。ギリシャ人とは知り合いの知り合いをたどって、カフェの電話から連絡を取った。ギリシャ人は何もたずねなかった。フランス語は二十語も話せないのだろう。名前はアントナプロス。みんなはプロスと呼んでいる。本人もだ。

「プロスだ」と彼はやって来るなり言った。

こんな並はずれた体格のわりに、彼は驚くほどすばやく動いた。ちょこまかとした歩きかただが、すばやいことに変わりはない。ナイフは短すぎるし、男は敏捷だし……アルベールの計画は散々なものだった。ギリシャ人はあたりをちらりと見まわすと、アルベールの腕を取って公衆トイレに引っぱりこんだ。水はとっくの昔から流れないのだろう、ひどい悪臭が立ちこめている。けれどもプロスは、まるで気にしていないようだ。この不潔な場所が、彼の待合室ってわけか。閉所恐怖症のアルベールにとっては、二重の苦しみだった。

「金は？」とギリシャ人はたずねた。

彼は札をたしかめたいというように、アルベールのポケットを目で示した。そこにナイフが入っているとも知らずに。こうして公衆トイレで握手をしていると、ナイフの刃が短すぎることはますます明らかだった。アルベールは反対側のポケットが見えるようわずかに体をまわして、二十フラン札をちらつかせた。プロスは納得したような身振りをして、こう言った。

「五本だ」

電話でもそういう話になっていた。ギリシャ人はうしろをむいて、戻ろうとした。

「ちょっと待って」とアルベールは叫んで、男の袖をつかんだ。

プロスは立ちどまり、不安げに見つめた。

「もっと必要なんだ……」とアルベールは小声で言った。

彼は身ぶり混じりで、とてもゆっくりと発音した（外国人にはいつも、そんな話し方をした。まるで相手の耳が聞こえないみたいに)。プロスはもじゃもじゃの眉をひそめた。

「十二本」とアルベールは言った。

そして札束をすべてポケットから出した。でも、全部使いきってしまうわけにはいかない。これでまだあと三週間近くも暮らさねばならないのだから。プロスは目を輝かせ、アルベールを指さしてうなずいた。

「よし、十二本。待ってろ」

男は外に出た。

「だめだ」アルベールは男を引きとめた。

公衆トイレの悪臭は、もう我慢の限界だった。閉所に閉じこめられた不安感も、刻一刻と高まっていく。こんなところは早く離れたいという一心で、彼は思わず強い口調になった。何とかしてギリシャ人について行かなければ。それが今ある唯一の作戦だった。

プロスは首を横にふった。

「しかたないな」アルベールはそう言って、男の前を敢然《かんぜん》と通りすぎようとした。

ギリシャ人はアルベールの袖をつかみ、一瞬ためらった。アルベールは見るも哀れなようすをしている。それがときに、彼の強みとなった。無理に表情をつくらなくても、おのずと情けない顔になるのだ。復員後、八カ月がすぎても、まだ退役軍人の服を着ている。除隊のとき、服をもらうか五十二フランをもらうか選ぶことになった。寒かったので、彼は服を選んだ。実際のところ、国は古い軍服の上着を大急ぎで染めなおし、元兵士たちに押しつけていたのだ。その晩、雨に濡れたら、早くも染めが流れ落ち、みじめな細長い筋を作った。アルベールは引き返して、五十二フランのほうにしたいと言ったけれど、もう遅すぎた。やはり前もって、よく考えないと。

アルベールは履き古した軍靴と、二枚の軍用毛布もそのまま使っていた。剝げ落ちた染色の跡ばかりでなく、貧乏暮らしの痕跡が彼にはこびりついていた。復員兵に特有の疲れきってやつれた顔、落胆とあきらめの表情をしているのだ。

ギリシャ人はそんな憔悴した顔つきをしげしげと眺め、意を決したようにつぶやいた。

「わかった。急げよ」

この瞬間から、アルベールは男を襲うつもりでいた。あとは出たとこ勝負でいくしかない。

二人はスデーヌ通りを抜けて、サラニエ小路まで行った。

「待ってろ」プロスはあらためてそう言うと、歩道に入った。

アルベールは周囲に目をやった。人気《ひとけ》はない。午後七時をまわり、明かりと言えば百メートルほど先にあるカフェだけだった。

「ここでだ」

きっぱりとした命令口調だった。

ギリシャ人はアルベールの返事を待たず、さっさと遠ざかった。

しかし何度もふり返っては、客がおとなしくその場で待っているかをたしかめた。アルベールはなす術《すべ》もなく、ギリシャ人のうしろ姿を眺めていた。けれども彼が右に曲がるや、すばやく歩道に飛びこんだ。そしてプロスが消えた場所から目を離さないようにしながら、全速力で走った。そこは何か食べ物の強烈な匂いが漂う、荒れ果てた建物だった。ドアをあけて廊下を進むと、地下室に続く階段があった。アルベールは階段を数段くだった。汚れたガラス窓から、街灯の明かりがわずかに射しこんでいる。ギリシャ人がしゃがんで、壁に作りつけた棚のなかを左手で漁っているのが見えた。入口を隠すのに使っていた木の扉が、脇に置いてあった。アルベールは一瞬も立ちどまらずに地下室を突っ切り、扉を両手でつかんで（思っていたよりもずっしりと重かった）、ギリシャ人の頭にたたきつけた。ゴーンと銅鑼《どら》を鳴らすような音がして、プロスは倒れこんだ。アルベールはこのときになって初めて、自分が何をしたのかに気づき、恐ろしくて逃げ出したくなった……

そこではっとわれに返った。ギリシャ人は死んだのだろうか？

アルベールは身をかがめ、耳を澄ませた。プロスの重い息づかいが聞こえる。重傷を負ったのかどうかはわからないが、頭からひと筋血が流れていた。アルベールは茫然自失のあまり、気が遠くなりそうだった。彼は両の拳を握り、「がんばれ、しっかりしろ」と何度も自分を励ました。しゃがんで棚に手を伸ばし、なかから靴の箱を取り出す。まさに奇跡だ。箱には二十ミリグラムと三十ミリグラムのアンプルがぎっしりと詰まっていた。薬の服用量については、よくわかっている。

箱のふたを閉めて立ちあがったとき、プロスの腕が弧を描くのが見えた……少なくともやつのほうは、準備がよかったらしい。手にしていたのは、鋭い刃のついた本物の折りたたみ式ナイフだったから。刃はアルベールの左手に達した。とてもすばやいナイフさばきだったので、手がかっと熱くなったようにしか感じなかった。アルベールは片脚を宙にあげ、くるりと体を回転させた。踵がこめかみに命中する。ギリシャ人の頭が壁にぶつかり、再び鈍い銅鑼のような音を立てた。アルベールは靴の箱を抱えたまま、まだナイフを握っているプロスの手を軍靴で何度も踏みつけた。それからいったん箱を置き、両手で木の扉をつかんで、頭をがんがんとたたき始めた。ようやく彼は手をとめた。夢中でたたいたのと恐怖とで息が切れた。ずいぶん血も出ている。手の傷はとても深そうだ。上着がざっくりと切り裂かれていた。血を見るたびに恐ろしくなる。このときようやく痛みを感じ出し、応急処置をしなければと気づいた。地下室を漁ると、埃まみれの布きれが見つかった。彼はそれを左手にぎゅっと巻きつけた。眠っている野獣に近寄るように、恐る恐るギリシャ人のうえに身を乗り出した。重い、規則正しい息づかいが聞こえた。こいつ、よほどの石頭に違いない。アルベールは箱を腕に抱え、震えながら建物をあとにした。

こんな傷では、地下鉄や市街電車に乗るわけにはいかなかった。彼は仮の包帯と、上着に付いた血を何とか隠すと、バスティーユでタクシーを拾った。

運転手はほぼ同い年だろう。真っ蒼な顔をした客を、運転しながら不審げにじっと見つめている。アルベールはシートの端に腰かけ、体を揺すりながら腕をお腹に押しつけていた。狭い車内に閉じこめられている不安に耐えきれなくなり、彼が勝手に窓をあけたとき、運転手はますます訝《いぶか》しんだ。この客、おれの車のなかで吐くんじゃないだろうな？

「ご気分が悪いんですか？」

「大丈夫です」とアルベールは、なけなしの元気を総動員して答えた。

「気分が悪いようなら、ここでおろしますから」

「いいえ」アルベールは必死に言い返した。「疲れているだけですよ」

それでも運転手は、心のなかで疑念をつのらせた。

「お金は持っているんでしょうね？」

アルベールは二十フラン札を一枚、ポケットから出して、運転手に見せた。運転手はひと安心したが、それも長くは続かなかった。この仕事は長い。いろいろと経験を積んでいるし、ともかくこれは彼の車なのだ。とはいえ商売気も、下品なくらい持ち合わせていた。

「すみませんね。何せあなたみたいなお客さんは、たいてい……」

「どういうことですか、ぼくみたいっていうのは？」アルベールはたずねた。

「つまり、復員兵ってことですが……」

「じゃああなたは、復員兵じゃないってわけだ？」

「ええ、まあ、でもこっちで、わたしなりに戦ってたつもりです。わたしは喘息持ちだし、片方の脚がもう片方より短いものですから」

「それでも動員された者は、たくさんいますよ。なかには片脚がもう片方より、はっきり短くなって帰ってきた者もいる」

運転手はむっとした。いつだってそうなんだ、復員兵は戦争に行ったことを鼻にかけ、誰かれかまわず説教を垂れたがる。みんなうんざりしてるんだよ、英雄とやらにはね。そもそも本当の英雄は、みんな死んじまってるのさ。そう、彼らは、本当の英雄は。だいいち、塹壕の体験談をとくとくと語る輩には、警戒したほうがいい。大方が内勤で戦争をすごした連中だからな。

「わたしたちが、みずからの義務を果たさなかったとでも？」と運転手はたずねた。

節約、節約で送る暮らしについて、復員兵なんかにはわからないってことか。アルベールはそんなせりふを、何度も聞かされたことがある。そらで覚えているくらいだ。石炭やパンの値段もさんざん聞かされた。そういった類のことは、容易に記憶に残った。復員してから、ずっと思い知らされてきた。静かに暮らすには、勝利者の肩章は引き出しにしまっておくほうがいいと。

タクシーはシマール通りの角でようやく彼をおろして十二フランの料金を請求し、アルベールがチップを渡すのを待ってから出発した。

この一画にはたくさんのロシア人が住んでいるが、医者はフランス人だった。マルティノー先生だ。アルベールは六月、エドゥアールの発作が始まったころにマルティノー先生と知り合った。エドゥアールが入院のあいだにどうやってモルヒネを手に入れていたのかはわからないが、ともかくすっかり中毒になっていた。アルベールは彼を諭《さと》そうとした。きみはまずいことになってるぞ。このままじゃ大変だ、治療しなくてはと。けれどもエドゥアールは聞く耳を持たなかった。移植を断固拒絶したのと同じように、とても頑なだった。アルベールには理解できなかった。知り合いに、両脚のないやつがいるんだが、と彼はエドゥアールに言った。フォブール＝サン＝マルタン通りで宝くじ券を売っている男だ。シャロンのフェヴリエ兵舎臨時病院に入っていたそうだ。移植手術について、いろいろと話してくれたよ。もとのとおりとはいかないが、何とか見られる顔になるさ。けれどもエドゥアールは耳を傾けようとせず、キッチンテーブルでトランプのひとり遊びをし、鼻で煙草を吸うばかりだった。彼は絶えず、ひどい悪臭を発散させていた。喉がぱっかりあいているのだから無理もない……飲み物は漏斗《じょうご》で流しこんだ。アルベールは彼のために、中古の食物粉砕機を見つけてきた（前の持主が移植手術の失敗で死亡した。絶好のチャンスだ！）。おかげで少し世話の手間が省けたが、それでも苦労の連続だった。

エドゥアールは六月の初めにロラン病院を退院したが、その数日後、深刻な憂鬱症の兆候を示し始めた。頭のてっぺんから爪先までぶるぶると震え、汗が噴き出し、少しものを食べただけでもすべて吐いてしまう……アルベールにはなす術もなかった。モルヒネの禁断症状はとても激しかったので、初めはエドゥアールをベッドに縛りつけ——去年の十一月、入院していたときと同じだ。戦争が終わったからって、それが何だって言うんだ——ドアに目張りをせねばならなかった。さもないと家主がやって来て、ひと思いに彼の苦しみを（そして自分たちの苦痛も）静めかねない。

エドゥアールは見るも恐ろしいありさまだった。まるで悪魔にとり憑《つ》かれた骸骨だ。

近くに住んでいるマルティノー先生が、注射に来てくれることになった。冷ややかで無愛想な男で、一九一六年には塹壕で百三十件もの切断手術をしたという。注射のおかげで、エドゥアールは少し落ち着きを取り戻した。マルティノー先生をつうじて、アルベールはバジルと知り合った。バジルは薬を調達してくれるようになった。きっと薬局や病院、診療所を荒らしまわっているのだろう。薬専門で、欲しいものは何でも見つけてきてくれる。ほどなくアルベールにとって、すばらしいチャンスが訪れた。処分したいアンプルがひと箱あると、バジルが持ちかけてきたのだ。セールというか在庫整理というか、まあそんなもんだ。

アルベールは投与の日付や時間、回数や量を紙に細かくメモし、エドゥアールが薬を使いすぎないように気をつけた。彼なりに注意も促したが、さほど効果はなかった。しかしこの時期、少なくとも体調は回復してきた。アルベールがデッサン帳と鉛筆を用意しても、もう絵を描くことはなかったけれど、あまり泣かなくなった。長椅子に日がな一日寝ころがって、ただぼうっとしている。そうこうするうちに九月の末、薬のストックが尽きてしまったが、エドゥアールはまったく止めようとしなかった。六月には一日六十ミリグラムだったのが、三カ月後には九十ミリグラムにまで増えていた。この先どうなるのだろうと、アルベールは不安だった。エドゥアールはあいかわらず閉じこもってばかりで、意思表示もほとんどしなかった。アルベールはモルヒネを買うお金を求めて駆けずりまわった。

家賃や食費、石炭を買うお金も工面しなければならない。服を買うなんて、問題外だった。高くてとても手が出ない。お金は目のくらむような速さで消えていった。持っているものは手あたりしだい、公営質屋に質入れした。アルバイトで働いていた時計屋の太った女主人、モネスティエ夫人と寝たことすらあった。給料をあげてもらうのと引き換えに（もっともこれは、アルベールの言い分だ。この件では彼も、殉教者ぶっているところがあった。半年も女っ気なしですごしたあとだから、そんなに嫌だったわけではあるまい……モネスティエ夫人は巨大なおっぱいの持ち主で、アルベールも扱いに困ったが、彼女はやさしかったし、夫を裏切るのに金の出し惜しみはしなかった。夫は後方勤務だったゲス野郎で、戦功十字章を持っていないやつはみんな脱走兵だと言ってはばからなかった）。

いちばん金がかかるのは、もちろんモルヒネだった。相場は高騰していた。何もかもが値上がりしていたから。麻薬もほかのものと同じだ。値段は物価に応じて変化する。政府はインフレ抑制のため、〝国民服〟を百十フランで売り出した。だったら一本五フランのモルヒネ〝国民アンプル〟があってもいいじゃないか、とアルベールは思った。〝国民パン〟や〝国民石炭〟、〝国民靴〟、〝国民家賃〟、それに〝国民職〟も作れるぞ。でもこんな考えは、過激派的《ボルシェヴィキ》だと見なされるだろうか？

銀行に戻って働くことはかなわなかった。代議士たちが胸に手をあて、国は〝兵士の皆さんに対し、敬意と感謝を捧げねばならない〟と高らかに誓っていた時代は、すでに遠い過去だった。アルベールが受け取った手紙には、国の経済情勢に鑑み、再雇用をすることはできないと書かれていた。そのためには、〝五十二カ月にわたる過酷な戦争のあいだ、わが社のために貢献してくれた〟人々を解雇せざるをえなくなるからと。

アルベールは金を稼ぐため、まずはフルタイムの仕事を見つけねばならなかった。

バジルの逮捕により、状況はいっそう行きづまった。捕まったとき、彼は麻薬でポケットを一杯にし、薬局店主の血で肘まで真っ赤だったという。

あてにしていた売人がいなくなってしまった。アルベールはいかがわしいバーをまわって、あれこれ住所を聞き出した。モルヒネを手に入れるのは、結局のところさほど難しいことではないとわかった。物価の高騰によって、パリはあらゆる密売の合流点となった。そこではどんなものでも見つかる。こうしてアルベールは、ギリシャ人に行きあたったのだった。

マルティノー先生は傷口を消毒し、縫い合わせてくれた。アルベールは激痛に、歯を食いしばった。

「いいナイフだったようだな」

医者はひと言そう言っただけで、あれこれたずねることもなくドアをあけた。診療所は四階だった。ほとんど家具もない、がらんとした部屋で、カーテンは年中閉めっぱなしだ。本を詰めたぼろぼろの箱があちこちに積み重ねられ、カンバスの絵を裏返しにして、何枚も壁に立てかけてある。肘掛け椅子がひとつあるだけ。入口の廊下が待合室代わりで、古ぼけた椅子が二つ、むかい合わせに置いてあった。部屋の奥に病院用のベッドがひとつ、それに手術の器具がなければ、医者は公証人だと言ってもいいような風貌だった。請求された診察費は、タクシー代よりも安かった。

部屋を出るとき、アルベールはなぜかふとセシルのことを思った。

彼は歩いて帰ることにした。体を動かしているほうがいい。セシル。かつての生活、かつての希望……こんなノスタルジーに浸るなんて、馬鹿げている。けれども片手に靴の箱を抱え、左手は包帯でぐるぐる巻きにし、あっという間に過去の思い出と化したさまざまな事柄を脳裏に浮かべながら通りを歩いていると、何だか無国籍者になったような気がした。今夜からはならず者か、もしかしたら殺人者かもしれない。こんな転落の人生をどう食いとめたらいいのか、アルベールにはまったくわからなかった。無理だな、奇跡でも起きない限り。いや、そんなものあてにできるか。だって奇跡なら、復員後に一、二度起きているじゃないか。結局、悪夢に変わってしまったけれど。例えば、セシルのこともそうだ。そんなふうに思ったのも、たった今セシルのことを考えていたからだ……彼女の件では最大の厄介事が、奇跡的にやって来た。それをもたらしたのはアルベールの新しい義父だった。初めから用心してかかるべきだったのだ。アルベールは銀行から再雇用を断られたあと、新しい仕事を探しまわった。ネズミ駆除の会社に入ったこともあった。ネズミ一匹殺して二十五サンチームじゃ、とうてい金持ちにはなれないわね、と母親は言った。どのみち彼にできたのは、ネズミにかじられることくらいだった。何も驚くにはあたらない。あいかわらず不器用だったから。つまりは軍隊から戻って三カ月たっても、彼は一文無しだった。セシルにとっちゃ、とんだお荷物だ。マイヤール夫人だって、しかたないことだと思っていた。セシルはあんなに美人で上品なのに、アルベールにはまるで将来性がないのだから。マイヤール夫人だってセシルの立場なら、同じようにしただろう。そんなわけでアルベールは、細々としたアルバイトで食いつないでいた。みんなが話題にする復員手当を心待ちにしていたけれど、政府はなかなか支払うことができなかった。そして三カ月後、奇跡が起きた。義父がサマリテーヌ百貨店のエレベータボーイの職を見つけてきてくれたのだ。

経営者側は〝お客様のために〟、もっとじゃらじゃらと勲章をぶらさげた古参兵が欲しかったが、まあいいだろう、手近なところから選ぶしかない。というわけでアルベールは採用された。

彼はなかが透けて見えるエレベータを操作し、階を告げた。誰にも言わなかったけれど（友人のエドゥアールにだけは、手紙で告げた)、この仕事があまり気に入っていなかった。どうしてなのだろう? そのわけがはっきりわかったのは、六月のある午後、エレベータの扉があいたむこうに、セシルが肩の張った若い男と立っているのを見たときだった。彼女からの手紙を受け取り、ひと言〝わかった〟と返事を書いてから、一度も会っていなかった。

最初の一瞬が、まずは失敗だった。アルベールは彼女に気づかないふりをし、エレベータの操作に集中した。セシルと恋人の行先は最上階だった。エレベータは各階ごとにとまり、いつまでたっても着かなかった。アルベールはしわがれた声で、それぞれの売り場を案内した。まさに責め苦だ。セシルの洒落《しゃれ》て上品な新しい香水の香りを、嫌でも嗅がねばならなかった。金の匂いがした。男も金の匂いをぷんぷんとさせている。とても若い男だ。もしかしたら、セシルより歳下かもしれない。アルベールには、それがとてもショックだった。

セシルと出会ったこと自体より、こんな芝居がかった制服姿を見られたことのほうが屈辱的だった。まるでオペレッタに出てくる兵隊だ。玉房《ポンポン》の肩章までくっつけて。

セシルは目を伏せた。彼のことを恥ずかしがっているのがよくわかる。両手をこすり合わせながら、じっと足もとを見ていた。肩の張った若い男は感心したように、エレベータのなかをしげしげと眺めていた。現代技術の驚異に目を奪われているのだろう。

砲弾の穴に生き埋めにされたときを除けば、アルベールにとってこんなに長い数分間はなかった。それにこの二つの出来事は、なんとなく似ているような気がした。

セシルと恋人は下着売り場でおりた。結局彼らは、一度も目を合わせることはなかった。アルベールは一階までおりると、そのままエレベータから出て制服を脱ぎ、給料の清算もしてもらわずに帰った。一週間、ただ働きをしたのと同じだった。

　数日後、セシルは彼があんな召使いみたいな仕事をしているのを見て、哀れを催したのだろうか、婚約指輪を返してきた。郵送だった。アルベールはそれを、もう一度送り返そうかと思った。施しなんかして欲しくない。それじゃあぼくは、だぶだぶのお仕着せを着ていても、そんなに貧乏に見えたのか？　けれども状況は、本当に抜きさしならなかった。安煙草がひと箱一フラン五十もするんだから、倹約せざるをえない。石炭は馬鹿みたいな値段になっていた。指輪は公営質屋に持っていこう。休戦以来、市営信用金庫と称している。そのほうが共和国らしい響きだからな。

　がんばって質屋から取り戻したい品も、いろいろあったのに。

　こんな出来事があったあと、アルベールが見つけられたのは、せいぜいサンドイッチマンの仕事くらいだった。彼は広告板を前後にさげ、町を歩いた。それは死んだロバくらいの重さがあった。広告にはサマリテーヌ百貨店の商品の値段や、ド・ディオン・ブトン社製自転車の性能が謳われていた。またセシルとすれ違うのではないかと思うと、気が気ではなかった。カーニヴァルみたいな制服もつらかったけれど、カンパリの広告に挟まれているところを見られるなんて、とうてい耐えがたい。

　きっとセーヌ川に飛びこみたくなるだろう。

12

一九一九年十一月

どうやらひとりきりになったようだ。ペリクール氏はそう思って再び目をあけた。とんだ大騒ぎだった……皆の前で気を失っただけでも屈辱的なのに、それではまだ足りないかのように、ジョッキークラブではみんなあんなにあわてふためいて……

そのあと自宅に運ばれ、マドレーヌ、娘婿、家政婦につき添われた。家政婦はベッドの足もとで、心配そうに両手をこねまわしていた。ホールの電話はずっと鳴りっぱなし。ブランシュ医師は点滴と注射をし、司祭のような口調で延々と注意事項を並べた。何もわからなかったものだから、やれ心臓だ、過労だ、心労だ、パリの空気だと好き勝手なことを言って。大学勤めがさぞかし性《しょう》に合っているんだろう、あの手の輩は。

ペリクール家はモンソー公園に窓が面する大邸宅を所有していた。ペリクール氏はその大部分を娘のマドレーヌに譲った。マドレーヌは結婚後、三階を自分好みに改装し、夫といっしょに暮らした。ペリクール氏は六部屋からなる最上階ですごしたが、実際に使っているのは広々としたひと部屋と——そこが書斎と仕事部屋も兼ねていた——浴室だけだった。浴室は小さいが、男ひとりには充分だ。

彼にとっては広い屋敷も、つまるところそれですべてだった。妻が死んでからというもの、一階の馬鹿でかい食堂以外、ほかの部屋には足を踏み入れなくなった。客を迎えるとしても、どうせ彼ひとりなのだから静かなものだ。あっさり片づいてしまう。壁の窪《アルコーヴ》みに収めたベッドは、深緑色をしたビロードのカーテンで隠されている。彼がここに女を迎えることはなかった。女が欲しくなったらよそへ行く。この部屋は自分だけの場所だった。

マドレーヌは父親が運びこまれてくると、そばに辛抱強くつき添った。彼女が手を取ると、ペリクール氏はうんざりしたように言った。

「何だ、まるでお通夜じゃないか」

ほかの娘だったら言い返すところだが、マドレーヌはただ微笑んだだけだった。父娘がこんなに長時間、二人っきりでいることはめったになかった。こいつ、やっぱり美人じゃないな、とペリクール氏は思った。お父さん、老けたわ、と娘は思った。

「それじゃあ、行くわね」とマドレーヌは言って立ちあがった。

娘は呼び鈴の紐を示し、父親はわかった、心配しなくていいと目で答えた。マドレーヌはグラス、水のボトル、ハンカチ、錠剤をたしかめた。

「明かりを消してくれ」とペリクール氏は言った。

けれどもすぐに彼は、娘を立ち去らせたことを後悔した。

気分はだいぶよくなっていたのに――ジョッキークラブでの不調は、もはや過去の記憶にすぎなかった――前触れもなく押しよせたあのうねりを、彼は再び感じた。それは腹のあたりをとらえ、胸から肩へと進んで頭に突き抜けた。心臓がどきどきして、今にも胸からはじけ飛びそうだ。ペリクール氏は呼び鈴の紐に手を伸ばしかけ、途中でやめた。おまえは死なない、最期の時はまだやって来ないと言う声が頭のなかで聞こえた。

部屋は薄明のうちに沈んでいた。彼は本棚、絵画、カーペットの模様を、初めて見るかのように眺めた。まわりにある、ほんの些細なものまでもが突然目新しく思え、それだけにいっそう自分が年老いて感じられた。胸が苦しくてしかたない。いきなり喉がものすごい力でしめつけられ、目に涙がこみあげた。彼は泣き始めた。ただひたすら涙がこぼれた。こんな悲しみを、かつて感じたことがあっただろうか？　きっと子供のころ以来だろう。でもそれは、奇妙な安堵をもたらしてくれた。彼は悲しみに身をゆだね、なに恥じることなく涙が溢れるがままにさせた。まるでやさしい慰めの言葉であるかのように。彼はシーツの端で顔を拭い、息をととのえたものの、何をしても無駄だった。涙は流れ続け、悲しみは胸を満たし続ける。歳のせいだろうか？　しかし自分でも、心底からそうは思えなかった。彼は半身を起こして枕にもたせかけ、ナイトテーブルのうえからハンカチを取り、顔をシーツの下に隠して洟をかんだ。誰かがその音を聞いて心配し、やって来ると嫌だったから。泣いているところを見られたくなかったのだろうか？　いや、そうではない。もちろん、見られたくはない。こんな歳になった男が、声をあげて泣いているなんて、みっともないとは思うけれど、ただひとりでいたかっただけだ。

喉をしめつける力は少し緩んだものの、息づかいはまだぎこちなかった。少しずつ涙がおさまったあとに、ぽっかりと大きな穴が残った。疲れ果てていたが、眠気はやって来なかった。彼はいつもよく眠れた。生まれてこのかたずっと、どんなにつらい状況でも。例えば、妻が死んだときだって、ものは食べられなくなったけれど、ぐっすりと眠った。妻のことは愛していた。たくさんの長所を備えた、すばらしい女性だった。あんなに若くして亡くなるとは、なんて不公平なんだろう！　そう、眠気が訪れないのは尋常じゃない。彼のような男にとっては、気がかりな事態だった。心臓のせいじゃないさ、とペリクール氏は思った。ブランシュはまるでわかっちゃいない。これは不安が原因だ。何かがうえから脅かすように、じっと見おろしている。彼は仕事のこと、午後の約束のことを思い返し、不安の理由を探した。たしかに一日中、調子が悪かった。朝から吐き気がして。でもそれは、株式仲買人と議論したせいではない。腹を立てるようなことはなかったし、特に変わったことも起きなかった。いつもの仕事だ。三十年間この仕事をしてきて、株式仲買人たちを何十人となくやっつけてきた。毎月最後の金曜日には銀行家や仲買人たちと総括会議を行う。ペリクール氏の前ではみんな、気をつけの姿勢を取っていた。

気をつけの姿勢か。

その表現に彼は胸を突かれた。

どうしてこんなに苦しいのか、その理由に思いあたったとき、またいっきに涙がこみあげた。彼はシーツを噛んで歯を食いしばり、絶望のうめき声をいつまでもあげ続けた。こもったような、激しいうめき声だった。今、彼が感じているのは、並はずれた恐ろしいまでの悲しみだ。こんなに激しい悲しみを感じ得るなんて、自分でも思っていなかった。それはきっと……彼はあとの言葉が続かなかった。はかり知れない不幸によって脳味噌が溶け出し、何も考えられなくなったかのように。

彼は死んだ息子のために泣いていたのだ。

エドゥアールが死んだ。エドゥアールはちょうどあの瞬間、死んだところだったのだ。わが子、わが息子が死んだのだ。

あの子の誕生日のことすら、今までろくに考えなかった。思い出は風のように過ぎ去り、すべてが積み重なって、ちょうど今日、爆発したんだ。

息子が死んだのは、一年前に遡る。

結局エドゥアールはわたしにとって、今初めて本当に存在したのだ。そう思うと悲しみはいっそう大きくなった。息子をどれほど愛していたのか、彼は突然わかった。たしかにおもてにはあらわれない、消極的な愛し方だったけれど。彼はそれを理解した。もう二度と息子に会えないという、耐えがたい現実を意識した日に。

いや、まだまださ。涙と胸苦しさ、喉をしめつける痛みがそう言った。

罪深いことに、おまえは息子の死を知って、気苦労から解放されたように感じたじゃないか。

小さかったころのエドゥアールが目に浮かび、一晩中眠れなかった。まるで初めて体験することのように、記憶の奥深くからよみがえる思い出に口もとが緩んだ。どれもとりとめのない、ばらばらな思い出だった。エドゥアールが天使に扮装したのは（もっともあの子は、悪魔の耳もしっかりつけていたけれど。何でも茶化さないではいられないんだ。あれはたしか、八歳のときだった）、デッサンのせいで校長先生に呼び出しを受けたときよりもずっと前だったのか、今はもう覚えていない。それにしてもエドゥアールのデッサンときたら、なんと恥ずかしく、なんと才能豊かだったことか。

ペリクール氏は何ひとつ取っておかなかった。おもちゃもクロッキーも油絵も水彩画も。マドレーヌなら、おそらく？　いや、そんなことたずねるわけにはいかない。

こうして、思い出と後悔で夜はすぎた。エドゥアールがいたるところにいた。子供のころ、少年のころ、大人になったエドゥアールが。それにあの笑い。生き生きとした歓喜。相手かまわず挑発し、傍若無人にふるまうことさえなければ……ペリクール氏は息子のせいで、苦労の連続だった。よからぬ道に入りこんでしまうのではないかと、心配でしかたなかった。不品行を憎悪する気持ちは、妻の影響だろう。ペリクール夫人は紡績で財を築いたド・マルジ家に生まれた。彼女の財産と結婚したペリクール氏は、ド・マルジ家の文化的土壌も受け継ぐことになった。そこではいくつか、忌み嫌われているものがあった。例えば芸術家がそうだ。けれども当時、ペリクール氏は、芸術家を志す息子の気持ちにもなんとか慣れようとしていた。よくよく考えれば市庁舎や政府のために絵を描くことで、人生の目標を達成させた人々もいるではないか。そう、ペリクール氏が決して許すことができなかったのは、息子が何をしているかではなく、息子がどんな人間かだった。エドゥアールは甲高い声とひょろりと痩せた体つきをし、やけに服装を気にかけ、大袈裟な身ぶりをした……一目瞭然じゃないか、彼は文字どおり女みたいだった……ペリクール氏は心の奥底でさえ、あえてその言葉を口にしたことはなかった。息子を人前に出すのが恥ずかしかった。声には出さずとも、そのおぞましい言葉が皆の口もとに浮かぶのがわかったから。彼は決して悪い人間ではない。ただとても傷つき、辱められていた。人並みに認められるべき希望を、わが子に踏みにじられたような気がしていたのだ。誰にも打ち明けたことはないが、娘が生まれたときはとてもがっかりした。男が息子を欲しがるのは当然のことだと思っていた。父親と息子のあいだには、秘められた固い結びつきがある。息子は父親のあとを継いでいくのだから。父親が築いたものを息子は継承し、あらたな成果をあげる。それが太古の昔から続く人生のあり方だ。ペリクール氏はそんなふうに考えていたのだった。

マドレーヌはかわいい子供だった。ペリクール氏は娘を愛したが、辛抱強く待っていた。

けれども息子はなかなか授からなかった。何度も流産が続き、時がすぎた。ペリクール氏は待ちきれなくなってきた。そんなとき、エドゥアールが生まれたのだった。ようやく息子ができた。まるでみずからの意志でなしとげたかのような気持ちだった。しかも、妻はほどなく亡くなってしまった。彼はそこに、新たな予兆を感じとった。最初の数年間、息子の教育に全力を注いだ。息子に大きな希望を託し、その存在が彼の支えとなった。やがて失望が訪れた。エドゥアールは八、九歳になっていただろうか、明らかな事実を認めざるをえなくなった。それは挫折だった。まだ人生をやりなおせない歳ではないが、それは自尊心が許さなかった。敗北なんて認められない。彼は失意と遺恨のなかに閉じこもった。

そして息子が死んだ今（でも、どんなふうにして死んだのだろう。彼はそれを知らなかった。たずねてみもしなかった）、彼は自分を責めるようになった。厳しい言葉で追いつめ、ドアを閉ざし、顔をそむけ、拒絶したことを。ペリクール氏は息子に逃げ場を失わせた。もう戦争で死ぬしか、道は残っていなかったのだ。

息子の死が知らされても、彼は何も言わなかった。あのときのことは、よく覚えている。マドレーヌは泣き崩れた。彼は娘の肩を抱き、手本を見せた。威厳を保ちなさい、マドレーヌ。威厳を。娘には話せなかった。自分でもわかっていなかった。けれどもエドゥアールが死んだことで、絶えず抱いていた疑問に答えが出るだろう。わたしのような男が、あんな息子にどうしたら耐えられるかという疑問に。それも今、終わった。エドゥアールという横道は閉ざされ、秩序が戻った。世界は安定を取り戻したのだ。妻が死んだときは、不公平だと思った。死ぬには早すぎるじゃないかと。けれども息子はそれよりもっと若くして死んだのだということに、彼は思いいたらなかった。

また悲しみがこみあげてくる。

泣いてもろくに涙も出ない。わたしは思いやりのない男だ。いっそ、死んでしまいたかった。彼は人生で初めて、自分よりも誰か別の人間になりたいと思った。


朝、まだ目をあけないうちから、彼は疲れきっていた。顔には悲嘆の跡があらわれていた。いつもは決してないことなので、マドレーヌはどうしたのかと心配だった。彼女は父親のうえに身をのり出し、額にキスをした。彼がそのとき感じたものは、とうてい口では言いあらわせないだろう。

「そろそろ起きるかな」と彼は言った。

まだ寝ていなくては、とマドレーヌは言いかけた。けれどもやつれて決然とした父親の顔を前に、黙って引きさがった。

一時間後、ペリクール氏は部屋から出てきた。ひげを剃り、着がえも終えている。何も食べていないのだろう。薬も飲んでいないと、マドレーヌにはわかった。力なく肩を落とし、顔は真っ青だ。彼はコートを着ていた。使用人たちが驚いたことに、玄関ホールの椅子に腰かけている。すぐに帰る予定の訪問客が、コートを置くのに使っている椅子だ。彼はそこからマドレーヌに手をあげた。

「車をまわしてくれ。出かけよう」

わずかな言葉のなかに、さまざまな思いがこめられている……マドレーヌは指示を出し、部屋に戻って着がえてきた。グレーのコートの下に、腰のまわりに襞《ドレープ》をよせた黒いブラウスを着て、同じように黒い釣り鐘型の帽子をかぶっている。ペリクール氏は娘があらわれたのを見て、わたしを愛してくれていると思った。それは〝わたしの気持ちがわかっている〟という意味だった。

「では、行くとするか……」と彼は言った。

歩道に着くと、ペリクール氏は運転手に戻っていいと言った。彼が自分で運転するのは珍しかった。ひとりになりたいとき以外、なるべく避けていた。

墓地に行ったのは一度きり、妻が亡くなったときだけだ。

マドレーヌが弟の遺体を持ち帰り、一家の墓に納めたあとも、ペリクール氏は足を運ばなかった。何としてもエドゥアールを〝帰らせたい〟と言ったのは彼女だった。ペリクール氏はどうでもよかったのだ。息子は祖国のために死に、愛国者たちといっしょに埋葬されている。それがものの秩序というものだ。しかしマドレーヌは、どうしてもと言い張った。彼はしっかりと説明した。〝わたしのような立場にある〟人間が、固く禁じられた行為を娘にさせるなど、まったく論外だと。彼が〝固く〟とか〝まったく〟とかいう言葉を多用するのは、あまりいい兆候ではない。それでもマドレーヌはひるまなかった。だったら、わたしひとりでやるわ。もしもの場合は、何も知らなかったって言えばいいから。わたしもそう認めて、責任はすべてとりますと。二日後、マドレーヌは封筒を受け取った。なかには必要なお金と、モリウー将軍に宛てた簡単な紹介状が入っていた。

夜の墓へ行くため、賄賂をばら撒いておいた。墓地の管理人、墓掘り人夫、運転手。一家の墓をあけ、二人がかりで棺をおろすとドアを閉めた。マドレーヌはしばらく黙禱を捧げたが、早くするように誰かに肘をつかまれた。エドゥアールの遺体はなかに納めたのだから、いつでも好きなときに来ればいい。こんな時間に墓参りをしていたら、人目につくからと。

こうしたいきさつについて、ペリクール氏は何も知らなかった。たずねてみもしなかった。墓地へむかう車のなかで、彼は夜中のあいだに思いめぐらしたことについて、ぼんやりと考えていた。娘は隣でじっと黙っている。これまでは何も知りたいとは思わなかったのに、今日はどんな些細なことまで、すべて聞かせて欲しかった……息子のことを考えると、今にも泣き出しそうになった。さいわい、すぐにいつもの威厳を取り戻した。

エドゥアールの遺体を一家の墓に納めるためには、まず掘り出さねばならなかったはずだ。そう思ったら胸が詰まった。エドゥアールの亡骸が横たわっているところを想像しようとした。けれどもそれは兵士としてではなく、上着にネクタイ、磨いた革靴というかっこうで死んでいるエドゥアールだった。まわりにはロウソクが立っている。なに、馬鹿なことを。彼は自己嫌悪に駆られ、頭をふった。現実に戻ろう。何カ月もたった死体は、どんななのだろう？　どうやって掘り出したのか？　いくつもの場面が思い浮かんだ。ありふれた想像だ。けれどもそこから、ひとつの疑問が湧きあがった。夜のあいだに、考えつくせなかった疑問が。どうして息子が自分より先に死んだことに、今までまったく驚かなかったのだろう？　もっと早くそう思わなかったのが不思議なくらいだ。世の道理に反したことなのに。ペリクール氏は五十七歳だった。裕福で、尊敬されている。戦場で戦った経験はまったくない。今まで、すべて順風満帆だった。結婚生活も。彼は今、生きている。そして、自己嫌悪に陥っている。

マドレーヌが車のなかで選んだのは、不思議なことにまさにこの瞬間だった。彼女はうしろに次々に過ぎ去る通りを車の窓ガラス越しに眺めながら、父親の手に自分の手をそっと重ねた。娘はわたしの気持ちを理解している。そう思うと心が和んだ。

あの娘婿の件もある。マドレーヌはエドゥアールが戦死した野原の墓地へ（どんな状況で死んだのだろう？　それについてもまったく知らなかった）遺体を捜しに行き、プラデルといっしょに戻ってきた。そして次の夏、彼と結婚したのだった。当時はまったく気づかなかったけれど、今にして思うとそこには奇妙なバランスが働いていた。息子を失ったこと。娘婿として受け入れねばならなかった男の出現。ペリクール氏はこの二つを結びつけていた。どうかしている。まるで息子が死んだ責任を、プラデルに負わせているみたいじゃないか。馬鹿げた話だが、そんなふうに感じずにはいられなかった。一方が姿を消したとき、もう一方があらわれた。だとすればそこには力学的な因果関係が、つまり彼にとっては自然な因果関係が成立するのだった。

マドレーヌはドルネー＝プラデル大尉とどのようにして出会ったのか、彼がどんなにやさしく、思いやりがあったかを父親に説明しようとした。しかしペリクール氏は聞いていなかった。すべてに耳をふさぎ、目をつむっていた。どうして娘はよりによってあんな男と結婚したのだろう？　彼にとってはまったくの謎だった。息子の生と死について、何もわかっていなかった。娘の人生と結婚についても、何もわかっていない。人間は、まったく理解のつかないことばかりだ。墓地の管理人は右腕がなかった。ペリクール氏は管理人とすれちがうとき、ふと思った。きっとわたしは、心に障害があるんだ。

墓地はすでに人々のざわめきに満ちていた。屋台の物売りも出ているな、とペリクール氏は抜け目ない実業家らしく思った。墓に供える菊の花束が、どっさりと売られている。季節の商売としては悪くない。今年は政府が率先して、死者の日である十一月二日、全国で同時刻に追悼式典を開催するよう呼びかけたからな。国中がいっせいに黙禱を捧げることになる。ペリクール氏はリムジンから、準備のようすを眺めた。リボンを張ったり柵を設けたり、平服の楽隊が静かにファンファーレの練習をしたり。馬車や車がどかされたあとの歩道は、きれいに洗い清められていた。ペリクール氏はそれらを見ても、とりわけ感動はなかった。彼の悲しみは、純粋に個人的なものだった。

車を墓地の入口前にとめると、父娘は腕を組んで一家の納骨堂へしずしずとむかった。よく晴れた日だった。通路の両側に続く墓には、すでにあふれんばかりの花がたむけられていた。冷たく明るい陽光が、その美しさを際立たせている。ペリクール氏とマドレーヌは、何も持たずに来てしまった。二人とも花を買おうとは、思いもしなかった。墓地の入口でいくらでも売っていたのに。

一家の墓は破風《はふ》に十字架がついた、石造りの小さな霊廟だった。飾り鋲を打った鉄扉のうえに、〃ペリクール家〃と書かれている。その両側には、墓に納められている人々の名前が彫られていた。といっても、ペリクール氏の両親からだけれども。ペリクール家は一世紀に満たない、新興の資産家だった。

ペリクール氏はフロックコートのポケットに手を入れたまま、帽子もとらなかった。そこまで気がまわらなかった。ただ息子のことに思いをめぐらせるだけで、涙がこみあげてくる。まだ涙が残っていたなんて、自分でも意外だった。少年だったエドゥアール、青年だったエドゥアールが思い出された。息子の笑い方、甲高い声、そんな忌み嫌っていたこともすべて、懐かしくてしかたなかった。昨晩も、長いこと忘れていた場面、エドゥアールの子供時代に遡る出来事が脳裏によみがえった。あのころはまだ息子の性向について、ぼんやりとした疑いを抱いているだけだった。そして息子の稀有な画才を前に、控え目ながら満足感にも浸っていた。当時のデッサンがありありと目に浮かんだ。エドゥアールは時代の申し子だった。あの子の想像力は機関車や飛行機といったエキゾチックなイメージに満ちていた。ある日、ペリクール氏は猛スピードで走っているレーシングカーの絵を見てびっくりした。目を見張るようなリアリズムだ。こんな角度から自動車をとらえてみたことは、ペリクール氏自身まったくなかった。動かないただのデッサンに、どうすればこれほどまでの躍動感がこめられるのだろう？　まるで今にも飛び出してきそうじゃないか。本当に不思議だ。エドゥアールはまだ九歳だった。あの子のデッサンは、いつも動きに満ちていた。花にもそよ風が感じられる。そう言えば、花の水彩画もあった。ペリクール氏は花のことなど、まるで関心がない。感想をたずねられても、花びらがとても繊細ですねと答えるくらいしかできないだろう。しかし芸術音痴のペリクール氏にも、水彩画の構図には何か独創的なものがあるとわかった。あのデッサンはどこにやっただろう？　マドレーヌがまだ持っているのでは？　けれども彼は、もう一度見たいとは思わなかった。それより記憶のなかに留めておくほうがいい。あのイメージが抜け出してしまわないように。とりわけくっきりと目に浮かぶのは、ひとつの顔だった。エドゥアールはありとあらゆる種類の顔を描いた。そのなかには繰り返しあらわれる、お気に入りの顔だちがあった。それが〝スタイルを持つ〟ということなのだろうか、とペリクール氏は思った。若者の純粋そうな顔。肉づきのいい唇と、つんとした形のいい鼻をし、あごはくっきりと二つに割れている。しかしとりわけ印象的なのは、わずかに斜視気味の、冷たい奇妙な目だろう。それが何を意味するのか、今なら言葉で言いあらわすこともできる……でも、誰に話すというんだ？

マドレーヌは少し先の墓が気になるふりをして、数歩離れて父親をひとりにした。彼はハンカチを取り出して目を拭った。墓には妻の名も刻まれている。レオポルディーヌ・ペリクール、旧姓ド・マルジ。

しかしエドゥアールの名前はない。

それに気づいてペリクール氏は唖然とした。

考えてみれば当然だ。息子はここに葬られていないことになっている。名前を刻めるはずもない。けれどもペリクール氏には、まるで運命が息子の正式な死を認めまいとしているように思えた。たしかに死亡通知書は届いた。息子はフランスのために死んだと、そこにははっきり書いてある。だとしたら、息子の名を掲げることもできないこの墓はいったい何なのだろう？　彼はいく度も問いなおし、本当に大事なのはそこじゃないと自分に言い聞かせた。それでも、釈然としない思いはぬぐい去れなかった。

死んだ息子の名を、〝エドゥアール・ペリクール〟という名をこの墓に刻むことが、なぜか急にとても大事なことに思えてきた。

彼は左右に首をかしげた。

マドレーヌが戻ってきて、腕を取った。そして二人は墓をあとにした。

土曜日は、次々にかかってくる電話を受けてすごした。ペリクール氏の健康状態に命運がかかっている者たちからの電話だ。それなら、もうよくなったんですね？　とか、いや、脅かさないでくださいよ、とか。ペリクール氏はそっけなく応じた。それは皆にとって、すべてがもとに復したしるしだった。

ペリクール氏は日曜日を休息にあて、ハーブティーやブランシュ医師が処方した薬を飲んですごした。書類の整理をしていると、銀のトレーにのせた郵便物のわきに包みがひとつあるのに気づいた。女性好みの包装紙から見て、マドレーヌが父親のために置いておいたのだろう。なかには手帳と、ずっと以前に開封された手書きの手紙が入っていた。

何の手紙かはすぐにわかった。彼はお茶をひと口飲むと、手紙を幾度も読みなおした。友人がエドゥアールの死について触れた一節には、しばらく立ちどまった。

（……）それはちょうどぼくたちの部隊が、勝利のためにとても重要な敵陣の攻撃にかかったときでした。常に先頭に立っていた息子さんは、心臓の真ん中に銃弾を受け即死しました。苦しまなかったことは、はっきりと断言できます。息子さんは祖国の防衛こそが最高の義務だと、常々言っていました。だから英雄として亡くなったことに、満足していることでしょう。

ペリクール氏はいくつもの銀行、植民地貿易の代理店、工場を経営する実業家の性《しょう》として、何ごとにつけまずは疑ってかかることにしていた。だからこんな出来合いの物語など、ひと言も信じてはいなかった。家族を慰めるため、状況に合わせて適当に作りあげた俗っぽい英雄譚みたいなものだ。エドゥアールの友達はきれいな字をしていたが、鉛筆書きの手紙は古びるにつれ、やがて薄れていくだろう。下手な嘘など誰も信じなくなるように。彼は手紙をたたんで封筒に戻すと、机の引き出しにしまった。

それから手帳をひらいた。使い古した品だ。厚紙の表紙をとめるゴムはぴんと張っている。まるで探検家の日記さながら、世界を三周くらいしたかのようだ。息子のデッサン帳だと、ペリクール氏はすぐにわかった。そこには前線の兵士たちが描かれていた。今すぐ、すべてをめくってみることは、とうていできそうもなかった。この現実、重い罪悪感とむき合うには、まだしばらく時間がかかるだろう。彼は装備を整えた兵士の絵に目をとめた。ヘルメットをかぶり、広げた脚を前に伸ばして腰かけている。肩を落とし、少しうつむきかげんになったその姿は、疲れきっているように見えた。口ひげがなかったら、エドゥアール自身だと言ってもいいくらいだ、とペリクール氏は思った。戦争のあいだ、ずっと会っていなかった。あの子もこの数年で、老けこんでしまっただろうか？　ほかの兵士と同じように、口ひげを伸ばしたかもしれない。手紙は何回書いただろう？　デッサンはすべて青鉛筆で描かれている。それしか持っていなかったのだ。マドレーヌが慰問品を送っていたはずでは？いや違う、何を言ってるんだ。「息子に荷物を送るので、手伝ってくれ……」と秘書のひとりにたのんだじゃないか。彼女の息子も前線で、一九一四年の夏に行方不明になった。秘書は言いつけられた仕事を終えると、顔を輝かせてオフィスに戻ってきた。戦争のあいだずっと、わが子に送るようなつもりで、エドゥアールに荷物を送り続けてくれた。荷物のしたくができました、と秘書は言った。ごくろう、とペリクール氏は答えた。そして紙を取り、〝元気で、エドゥアール〟と書いた。署名をどうするかで迷った。〝パパ〟はやめておこう。でも〝ペリクール〟ではおかしい。結局彼はイニシャルを添えた。

ぐったりと疲れた兵士の絵を、もう一度見てみた。あの子がどんなふうに生きてきたのか、本当のところはもうわからないだろう。ありふれた作り話で満足するしかないのだ。例えば娘婿が語るような話。またぞろヒロイックな物語。エドゥアールの友達の手紙と変わらない嘘っぱちだ。エドゥアールについて知ろうとしても、みんな嘘ばかりだろう。もう何もわからない。すべてが、失われてしまった。彼はスケッチ帳を閉じると、上着の内ポケットに入れた。

マドレーヌはおくびにも出さなかったものの、父親の反応に驚いていた。突然の墓参り、思いがけない涙……エドゥアールと父親を隔てる峡谷は、太古の昔から厳然として存在する地質学的な事実であるかのように、ずっと感じていたから。いわば二人は異なったプレートにのった二つの大陸だ。近づこうとすれば必ずや大津波が起きる。彼女はすべてに立会い、身をもって体験してきた。父親のなかでただの疑念にすぎなかったものが、エドゥアールの成長とともに拒絶や否定、怒り、敵意に変わるのを、彼女は目の当たりにした。いっぽうエドゥアールの衝動は、反対の動きをたどった。彼はまず愛情と保護を求め、それが徐々に挑発や激怒へと変わっていた。

そして戦争が勃発した。

エドゥアールの命を奪ったあの戦争は、思えばすでに家のなかで、もっと前から始まっていたのだ。ドイツ人のように厳格な父親と、落ち着きがなくて浮薄で、魅力的な息子とのあいだで。マドレーヌはまずさりげなく隊を移動させることから始めた。エドゥアールが八、九歳のころだ。両陣営は不安をあらわにした。はじめは父親も心配し、胸を痛めていた。さらに二年がすぎて息子が大きくなると、もはや漠然とした疑いではすまなくなった。すると父親は軽蔑したように、冷ややかな態度をとるようになった。エドゥアールは父親に反抗し、わざと騒ぎを起こした。

二人を隔てる溝は広がり、やがて沈黙へといたった。それがいつ始まったことなのか、マドレーヌにもはっきりとはわからない。ともかく二人は言葉を交わさないようになった。むきになって争うのではなく、静かな敵意のなかにこもり、無関心を装うことのほうを選んだのだ。局地戦が続く密かな内戦状態だったこの紛争に変化が訪れた時期を探るには、もっと過去にまで遡らねばならないだろう。しかしマドレーヌは思い出せなかった。何かきっかけになる出来事があったはずだが、よく覚えていなかった。ただエドゥアールが十二、三歳のころ、ある日ふと気づくと、父親と息子は彼女をあいだに置いてしかコミュニケーションを取らないようになっていたのだった。

　マドレーヌの青春期は、ひたすら外交官役を務めることに費やされた。互いに相譲らない敵のあいだに挟まれ、仲裁をしたり、双方の苦情に耳を傾けたり、憎しみを和らげたり、いつ何どき起きかねないぶつかり合いを未然に防いだりしなければならない。二人のことにかかずらうあまり、自分の容姿を気にしている余裕がなかった。彼女は醜かった。いや、正確に言うなら月並みだった。しかし彼女の年ごろで月並みだというのは、ほかの多くの娘たちよりもきれいでないということだ。まわりには見とれるような娘たちが、いつもたくさんいた（金持ちの男は、かわいい子供を産んでくれるきれいな女と結婚するものだ）。それでマドレーヌは、ある日思い立った。ぱっとしない外見を何とかしようと。彼女は当時、十六、七歳だった。父親は娘の額にキスをして顔を眺めたけれど、しっかり見てはいなかった。きれいになるにはどうしたらいいのかアドバイスしてくれる女性が、この屋敷にはいなかった。彼女は自分で工夫したり、ほかの娘を観察して真似したりしなければならなかった。いくらやっても、そっくりにはできなかったけれど。そんなこと、もうどうでもよくなっていた。若さが失われようとしている。わたしだって美しくなれたかもしれない。少なくとも個性的にはなれただろう。しかしその源が消えかけているとわかった。誰もそんなこと、気にかけていないんだ。しかしお金はある。ペリクール家はお金に不自由はしていなかった。それはあらゆるものの代わりになる。だから彼女は化粧もマニキュアもヘアメイクも服の仕立ても、専門のスタッフにまかせた。こんなにいらないというくらいに。マドレーヌは不美人なのではなく、愛に恵まれない若い娘だった。愛情に満ちたまなざしをむけてほしいと思う男性、しあわせな娘になるために必要な自信を少しでも与えることのできるたったひとりの男性は、いつも忙しくしている。いわゆる仕事で多忙な男だ。敵、事業、戦うべきライバル、株価、政治的影響。心配事はいくらでもある。それに加えて、黙殺すべき息子のこともあった（彼にとって多くの時間を取られる仕事だ）。だからこそ彼はマドレーヌが髪型を変え、新しいドレスを着たときでさえ、こんなふうにしか言えなかった。「ああ、マドレーヌ、そこにいたのか。気づかなかったよ。居間に行ってなさい。わたしは仕事があるから」と。

やさしいけれども無愛想な父親。それに比べてエドゥアールは、輝くばかりだった。十歳、十二歳、十五歳と、いつも生気にあふれていた。素顔を隠してみんなを煙に巻くエドゥアール。なんて途方もない、燃えたぎるような創造力だろう。彼が壁に描いた高さ一メートルもあるデッサンを見て、使用人たちは大声をあげた。手伝いの女たちは顔を赤らめて思わず吹き出し、ばつが悪そうに廊下を通りぬけた。悪魔が勃起した陰茎を両手でつかんでいる絵。しかしその顔は、驚くほどペリクール氏にそっくりだった。マドレーヌは目をこすり、すぐにペンキ屋を呼んだ。帰宅したペリクール氏は、職人たちが作業をしているのを見てびっくりした。大したことじゃないのよ、パパ。ちょっとトラブルがあって、とマドレーヌは説明した。彼女は十六歳だった。ありがとう、おまえ。家のことを気づかってくれる者がいると助かるよ。ひとりで何もかもはできないからね。たしかにペリクール氏は努力を重ねたものの、すべて失敗に終わった。子守、家庭教師、執事、住みこみで子供の面倒を見るアルバイト女子学生。みんな逃げ出した。何たる暮らしだ！　あの子、エドゥアールには、どこか悪魔的なところがある。ともかく、普通じゃないんだ。普通《ノーマル》。それはペリクール氏がずっとよりどころにしてきた、大事な言葉だった。そこには確固たる血統を示す意味がこめられているから。

ペリクール氏がエドゥアールに対して抱く反感は、いよいよ根深いものになった。そのわけはマドレーヌにもよくわかった。エドゥアールが女のような立居《たちい》振舞《ふるまい》をするからだ。もっと〝普通の〟笑い方をするようにと、何度弟に言っただろう。どんなに諭しても、最後は涙で終わったけれど。ペリクール氏の反感があまりに激しいので、二つの大陸は近づかないほうがいいのだとマドレーヌも思うようになった。そう、これでいいんだ。

エドゥアールの死を知らされたとき、ペリクール氏が密かに安堵したのもしかたない。マドレーヌはそれを受け入れた。彼女にはもう父親しか残っていなかったし（おわかりのとおりマドレーヌには、『戦争と平和』に登場する公女マリヤ・ボルコンスカヤ的な側面が少しばかりあった）、ともかくこれで戦争が終わるのだからと。たとえつらい終わり方にせよ、もう戦いを見なくてもすむ。彼女はエドゥアールの遺体を取り戻したいと、ずっと思っていた。死んだ弟が不憫でならなかった。あれでは、どこか遠いよその国に埋められているのと変わらない。そう思うと吐き気がするほどだった。でも、容易にはかなわないだろう。政府が認めていないのだから。彼女は熟考を重ね、それから（今回は父親に倣って行動した）いったん心を決めると、もう何があってもあきらめなかった。まずは情報を集め、必要な手順を慎重に進めて関係者を見つけ出し、出発の準備をした。父親の同意はなくてもいい。彼女は弟が戦死した場所へ、遺体を捜しに出かけた。そして持ち帰った遺体を、いつか自分も埋葬される墓に納めたのだった。このときに出会ったドルネー＝プラデル大尉と、のちに彼女は結婚した。誰でも自分なりに、何とか目的を果たすものだ。

ところがここに来て、父親がジョッキークラブで倒れた。しかも、いつになく沈みこんでいる。今までまるで無関心だった墓参りに突然行くと言いだし、涙まで流すなんて。いろいろ考え合わせると、マドレーヌは父親のことが気がかりでしかたなかった。胸が痛んだ。戦争は終結し、和解が成立した。片方の陣営は、死んでしまったけれど。しかしそれは、むなしい平和だった。一九一九年十一月、屋敷は寂寞《せきばく》としていた。

一九一九年十一月

昼が近づくとマドレーヌは上階にあがり、父親の部屋をノックした。ペリクール氏は考えごとをしながら、窓際に立っていた。空には一面、乳白色の雲がたれこめている。通行人たちは菊を持ち、軍歌がこだまのように何度も聞こえた。父親がそんなふうにもの思いにふけっているのを見て、マドレーヌは気ばらしになるだろうと昼食に誘った。食欲はなさそうだったけれど、ペリクール氏はうなずいた。結局彼は何にも手をつけず、料理を下げさせると、心配げにグラスの水を半分あけた。

「ところで……」

マドレーヌは口を拭い、目で先をうながした。

「エドゥアールの友人だが、例の……」

「アルベール・マイヤール」

「ああ、そうだった……」ペリクール氏はなにげないふりをした。「その男には……」

マドレーヌは父親を励ますように、にっこりとうなずいた。

「お礼はしたわよ。ええ、もちろん」

ペリクール氏は黙った。思っていること、言おうとしていることをこんなふうに先取りされるのが、いつも苛立たしくてしかたなかった。今度は彼のほうが、公女マリヤの父ニコライ・ボルコンスキィ公爵にでもなりたいところだろう。

「いや」と彼は続けた。「わたしが言いたいのは、何ならその男を……」

「家に招待しようって?」とマドレーヌは言った。「ええ、もちろん、とてもいい考えだわ」

そのあと二人は、しばらくじっと黙っていた。

「ただ、なにも……」

マドレーヌはおかしそうに片方の眉を吊りあげ、今度は続きを待った。けれども言葉は途切れたままだった。重役会でなら、ペリクール氏は目の動きひとつでどんな相手でも黙らせた。けれども娘の前では、話を最後まで終えることもできなかった。

「ええ、そうね、パパ」マドレーヌは笑いながら言った。「べつに大声で触れまわることもないわ」

「わが家だけの問題だからな」とペリクール氏は念を押した。

彼が〝わが家だけ〟と言うとき、娘婿は入っていない。そこはマドレーヌも理解していたし、特にひどいとは思わなかった。

ペリクール氏は立ちあがって、ナプキンを置いた。曖昧な笑みを娘にむけると、部屋を出ていきかける。

「ああ、それから……」彼はふと思い出したように、一瞬立ちどまった。「ラブルダンに電話してくれ。会いに来るようにと」

ペリクール氏が電話で人を呼ぶのは、急を要する場合だった。


二時間後、ペリクール氏はどっしりとした大きな客間でラブルダンを迎えた。彼は区長が入ってきても、自分から歩み寄って握手を交わそうともしなかった。二人はしばらく立ったままだった。それでもラブルダンの顔は、喜びに輝いていた。いつものように大急ぎで駆けつけた。今からもう、どんなことでもするつもりだった。お役に立てるなら、何なりと。まるで客を前にした娼婦だ。

「すまないね……」

話はいつもこんなふうにして始まった。ラブルダンは早くも、体を小刻みに震わせていた。わたしの手を借りたいなら、お貸ししますよとばかりに。ペリクール氏は、自分の人脈が娘婿に利用されていることを知っていた。それに近ごろラブルダンは、市場入札審議会のメンバーに抜擢されたそうじゃないか。審議会が扱っている戦没者追悼墓地の件についてはつぶさに追っているわけではないが、適宜情報を集め、要点は押さえてある。いずれにせよ、すべてを知る必要が生じたら、ラブルダンが洗いざらい話すだろう。てっきりその件で呼び出されたと思い、準備もしているようだ。

「追悼記念碑の計画は、どこまで進んでいるんだね？」とペリクール氏はたずねた。

ラブルダンはびっくりしたように唇を鳴らし、目をまん丸に見ひらいた。

「それはですね、総裁《プレジダン》……」

彼は誰にでも総裁《プレジダン》をつけた。今どき、みんなが皆、何かの総裁《プレジダン》だから。イタリア語で言う先生《ドットーレ》みたいなものだ。ラブルダンは手軽で便利な方法が好みだった。

「総裁《プレジダン》、実を言いますと……」

彼はおどおどした。

「どうしたんだ」とペリクール氏はうながした。「はっきり言いたまえ。そのほうがいい」

「それがですね……」

想像力に乏しいラブルダンは、下手な嘘ひとつつけない。しかたなく、彼は覚悟を決めた。

「全然進んでいないんです」

言うべきことは言ったぞ。

すでに一年前から、この計画ではひどい目に遭ってきた。来年には、無名戦士の墓が凱旋門の下に造られる。それはけっこうなことだけれど、まだ不充分だとみんな思っていた。区民も退役軍人会も、自分たちの追悼記念碑を欲しがっている。区議会で議決までして。

「委員も任命したっていうのに」

どんなに真剣に取り組んでいるか、ラブルダンはアピールした。

「でも、障害がたくさん出てきまして。そうなんです、総裁《プレジダン》。ご想像もつかないくらいの障害が」

あまりの困難に、ラブルダンはもう息も絶え絶えだった。まずは実務的な問題がある。募金の準備をととのえ、デザインのコンペをひらき、審査員を集め、用地を見つけねばならない。しかし空いている土地など、もうどこにもなかった。しかも計画の予算は、すでに見積もってしまった。

「とってもお金がかかるんですよ、この手の計画は」

延々と議論をしたけれど、必ず何か間に合わないことが出てくる。隣の区より堂々とした記念碑にしたいという者もいれば、やれプレートがいい、壁画がいいという者もいる。みんなそれぞれ案を出しては、自分の経験で意見を言うのだから……ラブルダンは果てしのない議論や話し合いについていけなくなると、拳でテーブルをたたいて帽子をかぶり、売春宿へ癒やされに行くのだった。

「ともかく問題はお金なんです……金庫はからっぽですからね、ご存じのように。ですから、すべては民間の募金にかかっています。でも、どれくらい集まるでしょう？　記念碑にかかる費用の半分しか集まらなかったとしたら、残りはどうすればいいんです？　責任を取るのはわたしたちなんですよ」

どうです、そんなことになったら大変でしょうとばかりに、ラブルダンはわざとらしく間を置いた。

「〝事業は終了、お金はお返しします〟なんてわけにはいきませんよ。そうでしょう？　かといって、充分なお金が集まらないのでちゃちなものを作ったのでは、有権者に顔むけできません。それは最悪ですよ。そうでしょう？」

ペリクール氏もそれはよくわかっていた。

「いやまったく」ラブルダンは、責務の重さに打ちのめされたように続けた。「一見簡単そうに見えて、その実とんでもない大仕事なんです、これは」

さて、言うべきことは言った。ラブルダンはペリクール氏の目の前で、ズボンをずりあげた。何か飲み物でもいただけますかね、と言わんばかりの表情で。なんて軽蔑すべき男なんだろう、とペリクール氏は思った。しかしときには、意外な反応をすることもある。例えばこんな質問だ。

「でも総裁《プレジダン》……どうしてそんなことをおたずねになるんです？」

いやはや、愚か者にも驚かされる。質問自体は、なかなか鋭かった。ペリクール氏は、彼の区に住んでいるのではないのだから。それなのに、どうして追悼記念碑の話に首を突っこむのか。この直観は的を射ている。ラブルダンからすれば、ただの気まぐれに思えるだろう。ペリクール氏は頭のいい相手に、決して本心を見せることはなかった。こんな痴《し》れ者にだって、気を許すわけにはいかない……たとえ正直に打ち明けようにも、話が長くなりすぎる。

「ひとつ善行を行いたくてね」と彼はそっけなく言った。「きみの区で建てる記念碑だが、わたしが費用を持とう。全額だ」

ラブルダンはぽかんと口をあけて、目をしばたたいた。いやはや、何とも……

「だから用地を見つけてくれ」とペリクール氏は続けた。「必要ならば、建物を取り壊してもいいだろう。そのほうが簡単かもしれんな。金がかかるのはしかたない。コンペを始めて、審査員を集めるんだ。形だけの審査員をね。でも、決めるのはわたしだ。わたしがお金を出すのだから。事業の広報活動については……」

ペリクール氏は銀行家として、辣腕《らつわん》を振るってきた。財産の半分は株式証券所からもたらされ、あとの半分はさまざまな会社の経営から得ていた。例えば政界に進出することも、簡単にできただろう。同じ実業家たちのなかには、政治に魅せられた者もたくさんいたけれど、結局そこでは何も得られなかった。ペリクール氏がこれほどまでに成功したのは、自分の得意分野がよくわかっていたからだ。政治は選挙という不確かな、ときには馬鹿げた状況に左右される。そこが彼にはむいていなかった。そもそも政治的な感性も、持ち合わせていなかった。政治に必要なのはエゴだ。しかし彼が操る道具はお金だった。お金はおもてに出たがらない。だからペリクール氏も慎みを美徳と心得ていた。

「広報活動については、もちろんわたしが表立つわけにはいかない。何か適当な慈善事業団体を立ちあげろ。そのために必要な金も出す。期限は一年。来年の十一月十一日に落成式ができるように。記念碑には、きみの区で生まれたすべての戦死者の名が刻まれるようにするんだ。わかったな？　全員だ」

いろいろなことをいっぺんに聞かされたので、ラブルダンはすぐに理解できなかった。ようやくすべてを把握し、これから自分は何をすべきか、どんなに急いで命令をやりとげねばならないかがわかったときにはもう、ペリクール氏は立ちあがって手を差し出していた。ラブルダンもあわてて手を出したが、それは勘違いだった。ペリクール氏はただ彼の肩をたたいただけで、自室にひきあげてしまったから。

一九一九年十一月

ペリクール氏は窓辺に立ち、見るともなく通りを眺めながらまたもの思いにふけった。一家の墓にエドゥアールの名がないのはしかたない。

だったら記念碑を建てさせよう。オーダーメイドの記念碑を。

そこにあの子の名前を掲げればいい。戦友たちに囲まれて。

彼はきれいな広場に建つ記念碑を思い浮かべた。

あの子が生まれた区の真ん中に建つ記念碑を。

13

どしゃぶりの雨のなか、アルベールは片手に靴の箱、左手に包帯を巻いて、小さな中庭に面した柵を押した。中庭には古タイヤや裂けた幌、壊れた椅子などが山積みにされている。こんなガラクタがどうしてここに集まったのか、何かの役に立つのだろうかと首をかしげるほどだ。いたるところ泥だらけだが、アルベールは敷石のうえを歩こうともしなかった。先日の増水で敷石が押し流され、あいだが空いてしまったからだ。足を濡らさずにわたるには、ぴょんぴょんと飛び移らねばならない。ゴム長靴は、履きつぶしたきり買ってなかった。ガラスのアンプルが詰まった箱を抱えて、そんなダンスのまね事をするのは……アルベールはつま先立ちで中庭を抜けると、小さな建物に入った。そこの二階を家賃二百フランで借りていた。パリの平均的な相場からすれば、格安の値段だ。

六月にエドゥアールが退院してからほどなく、二人はここで暮らすようになった。

その日、アルベールは病院まで迎えに行った。懐はさみしかったけれど、タクシーを奮発した。終戦以来、町ではありとあらゆる傷痍者《しょういしゃ》を見かけたが――その点で戦争は、驚くほどの想像力を発揮した――顔の真ん中に穴があき、片脚を引きずって歩く長身の怪物《ゴーレム》を前にして、ロシア人のタクシー運転手はぎょっとしていた。アルベール自身、これまでも毎週見舞いに行っていたけれど、なかなか慣れなかった。外に出れば病室にいるのと、状況もまったく違う。まるで動物園の動物を、往来で散歩させているようなものだ。道々、二人はじっと黙ったままだった。

エドゥアールにはどこにも行先がなかった。当時アルベールは小さなアパートを借りていた。すきま風の入る七階の部屋で、トイレと水道は廊下にあった。彼は洗面器の水で体を洗い、できるだけ公衆浴場に行っていた。エドゥアールはうつろなようすで部屋に入ると、窓際の椅子に腰かけ、通りと空を眺めた。そして右の鼻孔から煙草を吸った。もうここから動くつもりはないんだな、とアルベールにはすぐにわかった。これからは毎日の生活が、こいつの世話で明け暮れるようになると。

共同生活には、すぐに無理が出てきた。瘦せ細ったエドゥアールの長身は――こんなにがりがりなのは、屋根のうえで見かける灰色の野良猫くらいだ――それだけで部屋をいっぱいに占めてしまう。ひとりでも狭いというのに二人では、すし詰めの塹壕と変わらない。精神衛生上も最悪だ。エドゥアールは床に毛布を敷いて眠り、動かない片脚を前に伸ばして、窓に目をむけたまま、日がな煙草を吸っていた。アルベールは出かける前に、食べ物のしたくをしておいた。流動食、ピペット、ゴム管、漏斗。エドゥアールは手をつけることもあれば、つけないこともあった。一日中、同じ場所にじっとしている。傷口から血が流れるように、少しずつ魂が抜け出しているのではないか？　こんな哀れな男の傍にいるのがつらくて、アルベールはあれこれ口実を作っては外に出た。本当は安食堂へ夕食に行くだけなのだが。しかしあの不気味な男と二人っきりで話していると、気が滅入ってしかたなかった。

アルベールは不安だった。

これからどうするのか、エドゥアールにたずねてみた。いったいどこに身を寄せるつもりなんだろう？　何度もそんな話をし始めるものの、友人が瞳を潤ませ落ちこむのを見てすぐに切りあげた。めちゃめちゃになった顔のなかで生気が感じられるのは、目だけだった。その目が取り乱したように、力をなくしている。

そこでアルベールも覚悟を決めた。しかたない。エドゥアールが元気になって生きる意欲を取り戻し、何か始める気を起こすまで、しばらくは全面的に面倒を見ることにしよう。何カ月もかかるかもしれない。しかしこの回復期が月単位では数えきれないとは、思いたくなかった。

紙と絵の具も用意したけれど、エドゥアールはお礼の身ぶりをしただけで、包みをあけはしなかった。ずうずうしく居候を決めこんでいるふうではない。いうなれば彼はからっぽの封筒だった。野心も欲望も、とうになくしてしまった。考えることすらしていないのでは？　たとえアルベールが、いらなくなったペットを捨てるみたいに、彼を橋の下につないでさっさと逃げ出しても、恨めしいとすら思わないかもしれない。

そういえば〝憂鬱症〟という言葉を聞いたことがある。アルベールはいろいろたずねてまわり、ほかにも〝鬱病〟、〝神経衰弱〟、〝倦怠〟という表現があることを知った。だからって、大して役に立ちはしない。何よりもの実例が、目の前にあるのだから。エドゥアールは死を待っている。どんなに時間がかかろうとも、それが唯一可能な結末なのだ。何が変わるわけじゃない。ただある状態から、別の状態へと移るだけ。あきらめてそれを受け入れればいい。寝たきりになって誰とも会うことなく、黙ってお迎えを待つばかりの老いぼれたちのように。

アルベールは絶えず話しかけた。つまりは、ボロ屋でぶつぶつとひとり言を言っている老人と変わらない。

「なあおい、ぼくはついてたよ」彼は卵と肉汁を混ぜた流動食を作りながら、エドゥアールに話しかけた。「話し相手に関しては、もっとへそ曲がりの気難し屋にあたってたかもしれないからな」

彼は友人の気を晴らそうと、いろいろ試してみた。彼が少しでも元気になれば、最初の日から疑問だったことがわかるかもしれないから。エドゥアールはどんなふうに大笑いするのだろう？　今のところはせいぜい喉を震わせ、鳩が鳴くようなクークーという鋭い音を立てるだけだ。それを聞くと、居心地の悪い気分になった。吃音者《きつおん》が言葉に詰まっているみたいで、いらいらさせられる。さいわいエドゥアールは、めったにそんな声を出さなかった。特に疲れるようなのだ。けれどもアルベールは、エドゥアールがどう笑うのか、気になってしかたなかった。生き埋めにされて以来、ほとんど強迫観念になりかけていることが、ほかにいくつもあった。いつ何どき、何が起こるかわからないと、つねに不安と緊張にさらされている。考え始めると頭から離れなくなって、くたくたに疲れてしまうような、妄想じみたこともあった。死んだ馬の首を、どうしてももう一度再現したくなったのもそうだった。彼はわざわざ額縁を買って、エドゥアールが描いたデッサンを飾った。部屋の飾りといえば、それくらいだった。友人がまた絵を描き始め、ただ無為に日々をすごさないように励まそうと、アルベールは馬の絵の前に立って両手をポケットに入れ、わざとらしいくらいに褒めそやした。いやあ、本当にすばらしい。才能があるよ、このエドゥアールは。もし望むなら……しかし、努力の甲斐もなかった。エドゥアールはもう一本煙草に火をつけ、右だか左だかの鼻孔で吸いながら、トタン屋根と煙突をじっと眺めるばかりだった。それが窓から見える景色の、ほとんどすべてだった。彼はまったく無気力だった。入院していた数カ月間、何も始めようとはしなかった。その間、彼はエネルギーの大半を、医者たちの命令に逆らうことに費やした。単に新たな状態を拒絶していたからではなく、明日のこと、将来のことが思い描けなかったから。砲弾の破片とともに、時間は突然とまってしまった。今のエドゥアールは、壊れた時計よりも役立たずだ。時計ならば壊れていても、一日に二度は正しい時間をさすのだから。彼は二十四歳だった。負傷してからすでに一年、かつての自分にはどうしても返れない。何ひとつ、取り戻すことはできなかった。

エドゥアールは体を強ばらせ、ひたすらむきになって盲目的な抵抗を続けた。ほかにも、そんな兵士がいるという。見つかったときと同じように手足を折り曲げ、小さく縮こまったままのかっこうで固まりついたままの兵士が。おかしなことを考えつくものだ、戦争ってやつは。エドゥアールが拒絶するものを、モドレ医師の顔は具現化していた。薄汚いやつさ、というのが彼の意見だった。患者よりも、医学の発展や外科手術の進歩が大事なんだと。なるほど間違いとは言いきれないが、それだけではないだろう。しかしエドゥアールは、はっきりさせたかった。顔の真ん中に穴があいてるんだ、賛否両論を秤にかけてはいられない。彼はモルヒネにすがった。処方してもらうためには、どんなことでもした。彼に似つかわしくない駆け引きまでも。哀願、ごまかし、抗議、偽装、盗み。モルヒネをやり続ければ、いずれ死ねると思っていたのだろう。そう簡単にいくものか。必要な量は、日々、増えていった。エドゥアールが移植も補綴器具もすべて拒絶するものだから、とうとうモドレ医師は彼を追い出すことにした。そんな連中がいるものだ。せっかく苦労して治療にあたり、最新の外科技術を提案しても、今のままでいいと言い張るやつらが。おまけに砲弾を撃ったのが、まるでわれわれだとでも言うようににらみつけるのだから。何人もの精神科医が動員されたけれど（エドゥアールは相手の話を聞こうとせず、ひと言も答えなかった）、あれこれ理論を持ち出して、この種の負傷者に見られる強固な拒絶反応だと言っただけだった。そんな説明はどうでもいいとばかり、モドレ医師は肩をすくめた。それならもっと努力のしがいがある患者に、時間と技術をあてたほうがいい。彼はエドゥアールのほうを少しも見ずに、退院許可書にサインをした。

エドゥアールは処方箋とわずかな量のモルヒネ、それにウジェーヌ・ラリヴィエール名義の書類を持って病院をあとにした。そして数時間後、アルベールのちっぽけなアパートで、窓辺の椅子に腰かけたのだった。終身刑を宣告されたあと、独房に入ったみたいに、この世界がすべてずっしりと背中にのしかかってきたような気がした。

何をどう考えたらいいのかわからない。それでもエドゥアールは、アルベールの話に耳を傾け、意識を集中させようとした。暮らしをどうするかだって？　ああ、たしかにお金のことは心配だ。だけど、おれにどうしろっていうんだ？　こんな木偶《でく》の坊《ぼう》に何ができる？　話はわかるが頭がついていかない。ざるから水がこぼれるみたいに、すべて流れ落ちてしまう。ふと気づくと、もう夜だった。アルベールが仕事から帰っている。あるいは、昼間のこともあった。体がモルヒネを求めている。それでも彼は努力し、これからどうなるのか必死に想像しようとした。両の拳を握りしめたけれど、何の役にも立たなかった。とりとめもない考えが浮かんでは、ほんのわずかな隙間からまた流れ落ちていく。そのあとにはまた、いつ果てるともしれないもの思いが始まるのだった。昔のことが、脈絡もなく次々によみがえった。繰り返しあらわれるのは母親だった。母親の記憶はほとんどない。だから思い出すのも、わずかなことだけだった。彼はそこにすがりついた。五感に凝縮したかすかな記憶。母親がつけていた麝香《じゃこう》の香水、彼はその香りを呼びさまそうとした。薔薇色のドレッサー、玉房《ポンポン》のついたクッション、クリーム、ブラシ。ある晩、寝ているエドゥアールを母親がのぞきこんだ。たれさがったサテンの飾り紐を、彼はしっかりとつかんだ。母親が秘密めかして身をかがめ、金のメダイヨンをひらいて見せたこともあった。けれども母親の声は、まったく覚えていない。どんな話をしたかも、どんな目をしていたかも。記憶のなかにいる母親は、ぼんやりとした影でしかない。まだ生きている、ほかの知り合いたちと同じように。そう気づいてエドゥアールは呆然とした。自分が顔を失くしてから、ほかの人々の顔も消えてしまった。母親の顔、父親の顔、同級生や恋人や先生の顔、それに姉のマドレーヌの顔も……姉のこともよく思い出した。顔はぼんやりかすんだまま、笑いだけがよみがえってくる。あんなにはじけるような笑いは、ほかに知らない。姉の笑い声が聞きたくて、よく馬鹿なことをした。なに、難しいことじゃない。デッサン一枚、しかめっ面ふたつで充分だ。例えば、誰か召使いの漫画《カリカチユア》とか。召使いたち自身も笑っていた。エドゥアールの絵に悪意がないことは、見ればわかったから。とりわけマドレーヌを笑わせたのは、変装ごっこだった。エドゥアールは変装が大好きで、また実にうまかった。やがてそれは女装趣味へと変わった。エドゥアールの化粧姿に、笑い声がぎこちなくなった。マドレーヌ自身は、べつだん驚かなかった。でも「パパが見たら、どうなるかと思って」と彼女は言った。マドレーヌはどんな些細なことにも目を配り、注意を怠らなかったが、ときには彼女の手に余る事態もあった。そして夕食は重く凍りついた。エドゥアールが睫毛のマスカラを拭き忘れたふりをして、食堂におりてきたのだ。ペリクール氏はそれに気づくなり、さっと立ちあがってナプキンを置き、食事の席から立ち去るよう息子に命じたのだった。へえ、どうして、とエドゥアールは、わざと怒ったように叫んだ。ぼくが何をしたっていうんだ、ここには笑うやつなんか、誰もいないのに。

顔はすべて、自分自身の顔まですべて消え去った。もう、どれひとつ残っていない。顔のない世界で、何にすがり、誰と闘えばいいんだ？　エドゥアールにとってそれは、首を切られた人影たちの世界だった。その代わり、体だけが異様に大きくなっている。父親のどっしりとした体のように。小さい子供だったころの感覚が、泡のように湧きあがってきた。それは父親と触れたとき体に走った、畏《おそ》れと感嘆が混ざった甘美な震えだったり、父親が笑いながら「そうだろ、ぼうや」と言う口調だったりした。大人同士の議論やエドゥアールには理解できない話題について息子を証人に立てようと、父親はよくそんなふうに声をかけた。なんだかおれの想像力は衰え、ありきたりのイメージに堕しているみたいだ。例えば絵本で見た人喰い鬼の、真っ黒い大きな影に父親が先導されているような気がすることがある。そして父親の背中。広い恐ろしいあの背中は、父親の身長に追いつき、ついには追い越すまで、とても大きく思えたものだ。あの背中はそれだけで、無関心や軽蔑、嫌悪を見事にあらわしていた。

エドゥアールはかつて父親を憎んでいたが、それも今は終わった。二人の男は、互いに軽蔑し合うなかで再び結びついた。エドゥアールの人生は瓦解しようとしている。なぜなら、生きる支えだった憎しみが、もうないのだから。ここでも彼は、戦いに負けたのだ。

こんなふうに思い出や苦しみを反芻して日々がすぎ、アルベールは外出と帰宅を繰り返した。話し合わねばならないとき（アルベールは年中、話し合おうとしていた）、エドゥアールは夢から覚めた。もう夜の八時だ。しかし明かりもつけなかった。アルベールは蟻のように働き、熱心に話した。とりわけ話題にしたのは、お金の苦労だった。アルベールはバラック・ヴィルグランに毎日通った。生活困窮者に低価格の日用品を提供するため、政府が作った店だ。あっという間に売り切れちまうんだ、と彼は言った。モルヒネの値段について、アルベールが口にすることはなかった。それがエドゥアールに対する、彼なりの気づかいだった。お金全般の話をするときも、ほとんど陽気な口調だった。こんなものいっときの苦労で、いつか笑い話になるとでもいうように。前線の兵士たちもそうだった。彼らは恐怖を紛らわすため、戦争なんて兵役の一種にすぎないと言い合った。つらい務めだが、ときがたてばいい思い出になると。

さいわいお金の問題はいずれ解決される、とアルベールは思っていた。遅れているが、それだけのことだ。エドゥアールの障害年金が出れば経済的負担は軽減され、友人の生活に必要な費用はまかなえるだろう。彼は祖国のために命を懸け、健常者と同じようには働けなくなってしまった。でも戦争に勝利し、ドイツ軍をひれ伏させた兵士のひとりなんだからと……アルベールはそんなことを、とめどなくしゃべり続けるのだった。さらに復員手当、兵役給与、傷痍軍人手当、労働不能保障年金も加えれば……

するとエドゥアールは首を横にふった。

「どうして?」とアルベールはたずねた。

そうか、エドゥアールは手続きをしていないんだな。書類に記入して、送っていないんだ。

「手続きならぼくがやろう」とアルベールは言った。「心配しなくていい」

エドゥアールは再び首をふった。アルベールがまだ怪訝な顔をしているので、彼は筆談用の黒板に近寄り、チョークでこう書いた。〝ウジェーヌ・ラリヴィエール〟

アルベールは眉をひそめた。エドゥアールは立ちあがると、背嚢からしわくちゃの印刷物を取り出した。〝特別手当および年金受給申請書〟と書いてあり、審査に必要な書類のリストがついている。アルベールは、エドゥアールが赤でアンダーラインを引いた書類に目をとめた。〝負傷および疾患の原因を証明する診断書〃、〃収容された医療施設の帳簿記録〃、〃移送カード〃、〃入院した病院の証明書〃……

脳天に一発喰らったかのような衝撃だった。

考えてみれば、当然のことじゃないか。ウジェーヌ・ラリヴィエールなんて百十三高地の負傷者リストには入っていないし、軍隊病院の入院記録にもない。エドゥアール・ペリクールなる男が軍隊病院に運びこまれたのち、傷がもとで死亡した。そのあとウジェーヌ・ラリヴィエールがパリに移送された。確認できるのはそれだけだ。少し調べてみたって、それでは筋が通らないとわかるだろう。軍隊病院に収容された負傷者エドゥアール・ペリクールと、二日後に軍隊病院からトリュデーヌ通りのロラン病院に移送された負傷者ウジェーヌ・ラリヴィエールが同一人物のはずない。つまり、必要な書類をそろえるのは不可能だった。

エドゥアールは他人になり変わってしまった。もう、何も証明できない。手当はまったく受け取れないのだ。

帳簿まで遡って詳しく調べられ、筆跡の違いや書類の偽造が明らかになったら、年金をもらうどころか牢屋行きだ。

戦争によってすっかりいじけていたアルベールの心は、今度こそ完全に打ちのめされた。こんなことってあるか、不公平じゃないか。いや、それどころか、存在までもが否定されている。ぼくが何をしたっていうんだ？　と彼は思った。気も狂わんばかりだった。復員以来くすぶり続けていた怒りがいっきに爆発し、彼は壁に思いきり頭突きを喰らわせた。馬の首の絵を飾った額が落ち、ガラスの真ん中にひびが入った。アルベールは呆然として床にすわりこんだ。額にできたコブは、二週間近くひかなかった。

エドゥアールはまだ目を潤ませていた。でも、アルベールの前であまり涙は見せられない。ただでさえこのところ、自分の身の上を思ってよく泣いているから……それはわかっている。だから彼は、アルベールの肩に手を置くだけにした。申しわけない気持ちでいっぱいだった。

とり急ぎ、二人がいっしょに住める場所を見つけねばならない。偏執狂と障害者の二人が。アルベールが使える予算はほんのわずかだった。国のほとんど半分に被害をおよぼした戦争中の破壊行為について、ドイツはすべて補償するだろうと、新聞は声高に報じていた。それまでは物価があがり続ける。年金も手当も、まだ支給されない。交通機関は混乱を極め、物資の供給もままならない。そんなわけで闇商売が横行し、みんなやりくり算段して暮らしていた。うまい話があれば分け合い、知り合いの知り合いをたどってつてを探し、情報交換をした。こうしてアルベールは、ペール小路九番の民家前に行きついたのだった。母屋のほうにも、すでに三人の間借り人がいた。庭にはかつて倉庫に使われ、今は物置になっている小屋があり、その二階があいていた。もともと住宅用の部屋ではないが、広さは充分だ。それに石炭ストーブは、天井が低いぶんよく暖まるだろう。一階には水道が通っているし、大きな窓が二つ、それに衝立もあった。羊飼いの娘や羊、蒲《がま》の穂が描かれた衝立で、真ん中の裂け目は太い糸で繕ってある。

トラックを借りると高いので、アルベールとエドゥアールは手押し車に荷物を積んで引っ越しをした。九月の初めのことだった。

新しい大家のベルモン夫人は一九一六年に夫を、その一年後に兄を戦争で亡くしていた。まだ若くてきれいだが、苦労を重ねたせいでそうは見えなかった。娘のルイーズと暮らしていて、〝若い男性が二人〟も来てくれれば心強いと言っていた。こんな小路の広い家に女所帯で暮らしているので、今いる三人の間借り人だけではもしものときに頼りにならない。三人とも年寄りだからと。彼女はわずかな家賃と、家事の手伝いをして貰う手間賃で、つましい生活を送っていた。暇な時間は窓辺にじっと腰かけ、夫が積みあげたガラクタを眺めている。もう使うあてもなく、ただ庭で赤く錆びていくばかりだ。アルベールが窓から身を乗り出すと、必ずベルモン夫人の姿が見えた。

娘のルイーズは、とてもはしっこい少女だった。歳は十一。猫のような目をし、顔一面そばかすだらけだが、不思議な魅力がある。石清水《いわしみず》みたいに跳ねまわっていたかと思ったら、次の瞬間にはじっと考えこみ、版画のように動かない。それにルイーズは、ほとんど口をきかなかった。アルベールは彼女の声を、三回も聞いていないだろう。それに決して笑わない。けれども彼女はとても、きれいだった。このままの調子で成長を続けたら、さぞかし男たちが取り合いをするだろう。いったいどのようにしてなのか、アルベールはついぞわからなかったけれど、ルイーズはエドゥアールの心もうまくつかんでしまった。普通なら、彼は誰とも会おうとしない。ところがこの少女は怖いものなしだった。初めの数日、彼女は階段の下にいて、こちらをうかがっていた。子供というのは好奇心が強いものだ。特に女の子は。それは誰でも知っている。新しい間借り人について、彼女は母から聞いているのだろう。

「外見に問題があるらしいのよ。だからまったく外出しないんですって。世話をしているお友達がそう言ってたわ」

もちろんこんな類の話ほど、十一歳の少女が興味をそそられるものはない。でも、そのうち飽きるだろう……とアルベールは思っていた。ところがいっこうに、そんな気配はない。やがて階段のうえまで来て、ドアの前のステップに腰かけ、ちょっとでも隙があればなかを覗こうと待ちかまえているではないか。だからアルベールは、思いきってドアを全開にした。少女は目をまん丸にし、口をぽかんとあけたまま声もなく、戸口で唖然としていた。たしかにエドゥアールのご面相は、大した見ものだと言わざるをえまい。真ん中にぱっくり穴があいているのだから。うえしか残っていない歯は、実際より倍も大きく感じられる。こんなもの、今まで目にしたことがないだろう。アルベールはそれをエドゥアールに、単刀直入にぶっつけた。「ほら、怖がってるじゃないか。そんな顔を見るのは、誰だって初めてだからな。せめてほかの連中には、もっと気をつけろよ」彼がこんなことを言ったのは、エドゥアールに移植を決意させるためだろうって？　とんでもない。それが証拠にアルベールは、わざわざドアを指さした。エドゥアールを見てびっくりした少女が、逃げ出していったドアを。エドゥアールのほうは平然として、鼻孔から煙草をもう一服しただけだった。そしてもう片方の鼻孔を手でふさぎ、同じ道筋を通って煙が出てくるようにした。喉からなんてとんでもない。だってエドゥアール、とアルベールは言ったものだ。正直、クレーターが噴火しているみたいで、ぞっとしないからな。鏡を見てみりゃわかるさ、などなどと。アルベールがエドゥアールと暮らし始めたのは、まだ六月の半ばだったけれど、すでに二人はお互い、長年連れ添った夫婦みたいにふるまっていた。生活は苦しく、お金はいつも足りないけれど、苦労をともにすればそれだけ親密になるものだ。まるで溶接したように。アルベールは友の身に起きた悲劇に、とても心を痛めていた。いつだって、あのときのことを考えていた。もし彼が助けてくれなかったら、ぼくは死んでいただろう……しかも休戦の数日前に。エドゥアールのほうも、アルベールが二人分の生活を支えるためにどれほど孤軍奮闘しているかよくわかっていた。だから少しでも負担をかけまいと、家事を手伝うようになった。まるで本当の夫婦みたいだった。

最初に逃げ出してから数日後、ルイーズがまたやって来た。エドゥアールの姿に何か、強い感銘を受けたみたいだ、とアルベールは思った。彼女は部屋の戸口にしばらく立っていたが、いきなりエドゥアールに近づき、人さし指を顔に近づけた。エドゥアールは気おされたように――アルベールはそんな彼を、奇妙なものでも見るみたいに眺めた――大きくひらいた淵のまわりを少女が指でなぞるがままにさせた。少女は一心に集中していた。まるで宿題でもやっているかのようだ。例えば、フランスの形を覚えるために、地図の輪郭を鉛筆で丹念にたどっているみたいな。

二人の交流が始まったのは、このときからだった。ルイーズは学校から帰るとすぐにエドゥアールのところへ行くようになった。彼女はエドゥアールのために、数日前や一週間前の古新聞をあちこちから集めてきた。新聞を読んで記事を切り抜くのだけが、エドゥアールの日課だった。アルベールは切り抜きを集めたファイルに、ちらりと目をやった。戦死者や追悼式、行方不明者リストに関する記事だった。悲しいことだ。エドゥアールはパリの日刊紙ではなく、地方紙ばかり読んでいた。どのようにしてかはわからないが、ルイーズは彼のためにそれを見つけてきた。ほとんど毎日のように、《ルエスト＝エクレール》や《ジュルナル・ド・ルーアン》、《レスト・レピュブリカン》のバックナンバーが、エドゥアールの前に山積みされた。エドゥアールが安煙草を吸いながら切り抜きをしているあいだに、ルイーズはキッチンテーブルで宿題をした。ルイーズの母親は無反応だった。

九月半ばのある晩、アルベールはサンドイッチマンの仕事を終え、くたくたになって帰宅した。午後いっぱい、バスティーユ広場とレピュブリック広場をつなぐ大通《グラン・ブールヴァール》りを、広告板をさげて歩きまわった（片側は精力剤ピンク丸薬の広告〝短時間で効果抜群〟。反対側はジュヴェニルのコルセットの広告〝フランス全国に二百店舗〟)。部屋に入ると、エドゥアールは古ぼけた長椅子《オットマン》に横たわっていた。数週間前、譲り受けた長椅子で、ソンムで知り合った友達の荷車を使って運んだ。最後の力をふり絞り、残った片腕で弾を撃ちまくった男だ。それが生きのびる唯一の方法だった。

エドゥアールはいつものように、鼻孔で煙草を吸っていた。ところが鼻の下から首もとまで、紺色の仮面がすっぽりと覆っているではないか。ギリシャ悲劇の俳優がたくわえたあごひげさながらに。つやつやとした紺色のなかには、小さな金色が点々としていた。まるで絵の具が乾く前に、スパンコールを撒き散らしたかのようだ。

アルベールは驚きを露わにした。するとエドゥアールは芝居がかって片手をあげ、〝どうかな、これ?〟とたずねるような顔をした。実に奇妙な光景だった。アルベールはエドゥアールの世話をするようになって初めて、彼が人間的な表情を浮かべるのを見た。いやまったく、ほかに何ともいいようがない。それはとてもきれいだった。

とそのとき、左のほうから押し殺したような小さな音が聞こえ、アルベールははっとふり返った。階段のほうへ逃げていくルイーズのすがたが、一瞬かろうじて見えた。そういえば、まだ彼女の笑い声を聞いたことがなかった。

それからも仮面作りは続き、ルイーズもやって来た。

数日後、エドゥアールは真っ白な仮面をかぶった。にっこり微笑んだ、大きな口が描かれている。そのうえにはきらきら輝く、にこやかな彼の目があった。スガナレル(モリエールの芝居に登場する従僕)と言おうか、パリアッチョ(イタリア語で道化師のこと)と言おうか、まるで喜劇役者のようだ。エドゥアールは読み終えた新聞を紙粘土にして白いマスクを作り、ルイーズといっしょに色を塗ったり絵を描いたりした。初めはただの遊びだったけれど、たちまち毎日の日課になった。ルイーズは神託を下す巫女さながら、色ガラスや布きれ、色とりどりのフェルト、駝鳥《だちょう》の羽根、模造蛇革など、見つけるがままに運びこんだ。新聞だけでなく、あちこち駆けまわってこんな仮面の材料を集めてくることが大事な仕事となった。アルベールだったら、どこに行けばいいのかもわからないだろう。

エドゥアールとルイーズは、仮面作りで時をすごした。エドゥアールは同じ仮面を二度とかぶらなかった。新しい仮面ができると、用ずみになった古い仮面は部屋の壁にずらりと飾られた。狩りの獲物か、仮装衣装店の商品を陳列するように。

アルベールが靴の箱を抱えて階段の下に着いたときはもう、夜の九時近かった。

ギリシャ人に切られた左手は、マルティノー先生に包帯を巻いてもらったけれど、まだずきずきと痛んだ。なんだか複雑な気分だった。力ずくで奪い取ってやった。これだけ蓄えがあれば、すこしほっとできる。モルヒネの調達はアルベールのような男にとって、気苦労の多い大変な仕事だった。彼はただでさえ感じやすく、情緒不安定だというのに……同時に彼は、思わずにおれなかった。ぼくは友を二十回も、百回だって殺せるくらいのモルヒネを手にしているんだと。

彼は三歩進んで、三輪自動車の残骸を覆う防水シートを持ちあげ、荷台にまだ山積みになっているガラクタの山をおしのけ、そこに大事な箱を置いた。

道々、ざっと計算してみた。今の服用量でもずいぶん多いくらいだが、エドゥアールがこのまま同じように使ったとしても、半年くらいは心配なさそうだ。

14

アンリ・ドルネー＝プラデルはすぐ目の前にある冷却装置《ラジエータ》の栓についた小さなコウノトリの像と、隣にすわっているデュプレのでっぷりした体格を、無意識のうちに比べていた。何か共通点があるからではない。それどころか、まったく対極的だと言ってもいい。だからこそプラデルは、それらを比べてみたのだ。はっきり対照させるために。先端が下につきそうなほど大きな翼、すらりと伸びた優美な首、その先についている意志の強そうな嘴《くちばし》。それがなければ飛翔しているコウノトリは、カモとさして変わらないだろう。しかしコウノトリのほうがもっとどっしりとして……もっと……（プラデルは言葉を探した）もっと〝究極的〟だ。おれが何を言いたいかは、神のみぞ知るってところだが。翼についたあの縞模様、と彼は感嘆した……まるで襞《ドレープ》どりみたいだ……そして、かすかに曲げた脚までも……コウノトリは車の前をすれすれに飛びながら、風を切って道をひらき、斥候兵《せっこうへい》役を務めているかのようだった。すばらしいじゃないか。プラデルはこのコウノトリを、いくら眺めても見飽きなかった。

それに比べてデュプレは、でっぷりと太っていた。斥候兵ではなく、歩兵ってところだ。いかにも下っ端然とした表情だが、本人はそれを忠誠や律儀、義務感の証だと思っている。どれもくだらないことばかりだ。

この世には二種類の人間しかない、とプラデルは思っていた。ただ牛馬のように、最後までがむしゃらに働き続けねばならない、その日暮らしの人々。そしてすべてを司《つかさど》る選り抜きの人々。彼らの〝主観的要素〟によって、社会は動いていくのだ。プラデルはかつて軍の報告書のなかでこの言葉を知り、気に入って自分でも使うようになった。

元軍曹のデュプレは、第一のカテゴリーを見事に体現している。勤勉、凡庸、頑固。才能には欠けるが命令に忠実だ。

イスパノ゠スイザ社がＨ６Ｂ（六気筒エンジン、最高出力百三十五馬力、時速百三十七キロ）のために選んだエンブレムのコウノトリは、ジョルジュ・ギヌメールが率いた飛行中隊の名でもある。ギヌメールは稀に見る逸物《いちもつ》だった、とプラデルは思った。力量はおれにひけをとらない。でも彼は戦死したが、おれはまだ生きている。そこが大事なところだ。飛行機乗りのヒーローより、間違いなくおれのほうがすぐれていた証だから。

片やデュプレのような男がいる。彼はつんつるてんのズボンをはき、パリを発ったときからずっと膝に書類をのせたまま、クルミ材の木目がすばらしいダッシュボードに黙って見とれていた。プラデルは儲けの大部分をサルヴィエールの屋敷の修復にあてようと決めていたけれど、この車だけはその決意に反して買ってしまった。片やアンリ・ドルネー゠プラデルは、マルセル・ペリクールの娘婿で大戦の英雄。三十歳にして百万長者となり、成功の頂点に立つことが約束されている。そして今、オルレアネ地方にむかう街道を時速百十キロで走っている。すでに犬一匹と雌鶏二羽を撥ね飛ばした。

あいつらも、人のために働くだけの動物だ。話はいつもそこに戻ってくる。飛翔する者たちと、地べたに這いつくばって死ぬものたちのことに。

デュプレは戦争中、プラデル大尉の部下だった。プラデルは彼が復員すると、わずかな金で雇い入れた。一時的な金額だったはずが、そのままずっと続くことになった。農民出身のデュプレは、自然現象には逆らえないと身に沁みて知っていた。だから復員後もこんなふうに服従し続けるのは、当然のなりゆきだと思っていた。

到着したのは昼近くだった。

プラデルは三十人ほどの職人たちが驚嘆のまなざしをむけるなか、大きなリムジンをとめた。庭のど真ん中に。誰がご主人様なのかを見せつけるために。主人、それは注文主だ。お客と言ってもいい。そう、お客が王様なんだ。

木材製造加工業者のラヴァレは、三世代にわたって細々と仕事を続けてきた。そして天の助けのように、戦争が勃発した。おかげで塹壕や連結壕を設置、補強、修復するため、何百キロメートルぶんもの腕木、足場、支柱をフランス軍に納入することになり、十三人だった職人も四十人以上に増えた。ガストン・ラヴァレもすばらしい車を持っていたが、特別な折にしか出さなかった。ここはパリと違う。

プラデルは庭でラヴァレと挨拶を交わした。デュプレの紹介はしなかった。あとで何かの折に、〝その件はデュプレと話し合ってくれ〟とでも言えばいい。ラヴァレはふり返り、うしろをついてくる実務担当者に軽く会釈するだろう。それが紹介代わりだ。

商談にかかる前に、軽く腹ごしらえでもどうかとラヴァレは言って、大きな作業場の右側に立っている家の玄関を指さした。プラデルは断りの身ぶりをしかけたが、エプロンをつけた若い娘が髪を撫でつけながら、彼らが来るのを待っているのが見えた。娘のエミリーが食事を用意しました、とラヴァレはつけ加えた。プラデルも、それならと応じることにした。

「でも、のんびりはしてられないからな」

埋葬準備課に提示した立派な棺桶の見本も、この作業場から送られたものだった。最高級オーク材のすばらしい棺で、ひとつ六十フランもする。あれが市場入札審議会の目をひきつける役目は、もう充分果たした。きれいごとはここまでにして、現実的な話に入ろう。実際に調達できる棺桶を選ばなくては。

プラデルとラヴァレは中央の作業場にいた。うしろにはデュプレと職工長が控えている。職工長はこの機会にと、自慢の作業服を着ていた。彼らはずらりと並んだ棺桶を見てまわった。それはまるで、兵士たちの硬直した死体そのもののようだった。質は見るからによくない。

「われらが英雄たちには……」ラヴァレはクリ材の棺桶に手を置きながら、もったいぶって言い始めた。「これなど手頃かと」

「そんなものを押しつけられてたまるか」とプラデルはさえぎった。「三十フラン以下のはどれだ？」

近くで見たら、ラヴァレの娘はけっこう不細工だったし（髪なんか整えても無駄だ。あんなに野暮ったくては）、白ワインは甘ったるくてぬるかった。おまけに料理は食べられたものじゃない。ラヴァレはプラデルの訪問を、異国の王様でもやって来るみたいに準備していたのだろう。職人たちは絶えずちらちらと目くばせしたり、肘をつつき合ったりしている。それがプラデルには、癇《かん》に障ってしかたなかった。さっさとすませよう。夕食までにはパリへ戻りたいし。先週、ちょっと見かけたヴォードヴィル女優のレオニ・フランシェを、友人が紹介してくれることになっていた。すごい女だとみんな言っている。どこがどうすごいのか、早くこの目でたしかめたかった。

「三十フランなんて、話が違いますよ……」

「話はあくまで話さ。実際にどうするかは、また別問題だ。さあ、いちから始めよう。だが、急いでな。やらなくちゃならないことは、ほかにもたくさんあるんだ」

「でも、プラデルさん」

「ドルネー＝プラデルだ」

「ああ、はい。そうお呼びしたほうがよければ」

プラデルはじっとラヴァレを見つめた。

「いいですか、ドルネー＝プラデルさん」ラヴァレは教育家然と、相手をなだめるように続けた。

「その値段の棺桶だって、もちろんありますがね……」

「だったら、それにしよう」

「……しかし、そうはいかないんです」

プラデルはびっくり仰天したような身ぶりをした。

「輸送の問題がありますからね」と木材製造加工業者は、もったいぶった口調で言った。「近所の墓地に持っていくのなら、そりゃ大丈夫ですよ。でも、あなたが注文なさる棺桶は、長距離を運ばねばなりません。まずはここからコンピエーニュやランまで持って行きますよね、いったんおろして積みなおし、遺体の回収場所へ運んだあと、もう一度戦没者追悼墓地へ再輸送するんです。その道のりを全部合わせたら……」

「何も難しいことはないと思うが」

「三十フランでお売りできるのは、耐久性の低いポプラ材製です。すぐに壊れるか潰れるか、ばらばらになってしまいます。長距離を運ぶようには作られていないんです。せめてブナ材でないと。それなら、四十フランで何とかしましょう。ぎりぎりの線ですが、まとめ買いですから。普通なら四十五フランの品ですよ……」

プラデルは左をふり返った。

「あれはどうだ?」

ラヴァレは棺桶に近寄ると、大口をあけて笑った。やけにけたたましい作り笑いだった。

「これはカバノキですね」

「値段は?」

「三十六フラン……」

「こっちは?」

プラデルは安物の棺桶を指さした。ぞっとするようなしろものの、ひとつ手前といったところだ。

「マツです」

「いくらだ?」

「ええと……三十三フラン……」

けっこう。プラデルは棺桶に手をあて、競走馬にするみたいに軽くぱんぱんとたたいた。顔にはほとんど賞賛の表情が浮かんでいる。褒めたたえているのは棺桶の質か、手ごろな値段か、はたまた自らの才覚か、そこのところは何とも言えないけれど。

ここはひとつプロらしいところを見せねば、とラヴァレは思った。

「ご忠告しておきますが、この棺桶では必ずしも条件に適いませんよ。いいですか……」

「条件だって？」とプラデルはさえぎった。「どんな条件だ？」

「輸送ですよ。またしてもそこ、すべては輸送にかかっているんです」

「平らに並べて送るんだから、最初は何も問題ないさ」

「ええ、最初はね……」

「着いたらそれを積みなおす。これも問題ない」

「いえ、そうはいきません。いいですか。もう一度言いますが、難しいのは棺桶の取扱いが始まるところからなんです。トラックからおろし、置いて移動し、納棺する……」

「なるほど。でもそこからはもう、きみの関わる問題ではない。納品すればきみの仕事は終わりだ。そうだろ、デュプレ？」

プラデルは、実務を担当するデュプレをふり返った。このあとのことは、おまえの役目だぞとばかりに。プラデルは返事を待っていなかった。ラヴァレは言い返そうとした。店の信用に関わるし、そもそも……けれどもプラデルはさっとさえぎった。

「三十三フランと言ったな？」

ラヴァレは急いで手帳を取り出した。

「大量注文なのだから、三十フランになるのでは？」

ラヴァレは鉛筆を探していたが、それが見つかるまでのあいだに、棺桶ひとつにつきさらに三フランをもらい損ねたようだ。

「いやいや、それはだめです」と彼は叫んだ。「三十三フランというのは、注文数を考慮した金額です」

今度ばかりはラヴァレも、絶対に譲れなさそうだ。彼は胸を張った。

「三十フランなんて無理です。問題外だ」

急に背が十センチも高くなったかと思うほどだった。一歩もあとに引かないぞ、三フランのためなら命を張る覚悟はできているとばかりに、真っ赤な顔で鉛筆を震わせている。

プラデルは長いことうなずいていた。ああ、なるほど、よくわかった……

「いいだろう」彼はようやく妥協した。「それじゃあ、三十三フランで」

突然の降伏に、みんな呆気にとられた。ラヴァレは手帳に数字を書きつけた。思いがけない勝利にかえって恐ろしくなり、疲れきった体に震えが走った。

「ところで、デュプレ……」とプラデルは、もの思わしげな顔で言った。

ラヴァレ、デュプレ、職工長、みんな再び身がまえた。

「コンピエーニュとランは百七十センチだったたな」

入札の額はサイズによって変わった。一メートル九十のものから（とても少数だ）、一メートル八十（数百個）、さらに下がって契約の大半が一メートル七十だ。もっと小さい一メートル六十や一メートル五十のものも多少はあった。

デュプレはうなずいた。一メートル七十、ええ、そのとおりです。

「一メートル七十が三十三フランだったら」とプラデルはラヴァレにむかって言った。「一メートル五十だったら？」

この新たな申し出に、みんな唖然とした。予定より小さな棺桶だって？　それが具体的に何を意味するのか、誰も想像がつかなかった。ラヴァレも想定外のことだったので、計算してみなければならなかった。彼は再び手帳をひらき、長々と比例算を始めた。みんな、じっと待っていた。プラデルは、まだマツ製の棺桶の前に立っていた。もうたたいてはいないが、ぐるりと眺めまわしている。新入りの娘相手に、たっぷりお楽しみを期待しているかのように。

ラヴァレは答えが出たらしく、ようやく目をあげた。

「三十フランですね……」と彼はうつろな声で答えた。

「ほう、なるほど」プラデルはそう言うと、わずかに口をあけて考えこんだ。

どういうことなのか、みんなようやく想像がつき始めた。身長一メートル六十の兵士の死体を、一メートル五十の棺桶に入れるのだ。職工長は死体の首を曲げ、あごを胸にくっつけさせるところを想像した。デュプレは死体を横むきに寝かせ、脚を軽く折ればいいだろうと思った。ガストン・ラヴァレは何も考えなかった。彼はソンムの戦いで同じ日に二人の甥を亡くしている。家族は遺体の回収を要請し、彼みずから棺を作った。どっしりとしたオーク材製で、大きな十字架と金の取っ手がついている。大きすぎる遺体をどうやって小さすぎる棺桶に入れるのかなんて想像したくなかった。

それからプラデルは、何かの場合に備え、いちおう参考までにたずねるが、とでもいうように続けた。

「じゃあラヴァレ、一メートル三十の棺桶だったらいくらでできる？」
一時間後、基本同意書にサインがなされた。棺桶二百個が、毎日オルレアン駅に出荷されることになった。単価は結局二十八フランまで下げられた。プラデルはこの交渉にとても満足していた。浮いた差額で、イスパノ＝スイザを買ったお金をちょうど埋め合わせることができた。

一九一九年十一月

15

運転手がもう一度やって来て、奥様、車の準備ができました、いらしてくださいと告げた。ありがとう、エルネスト、いま行くわ、とマドレーヌは身ぶりで示し、いかにも残念そうな声でこう言った。

「ごめんなさい、イヴォンヌ。もう行かなくては……」

イヴォンヌ・ジャルダン＝ボーリューは、ええ、わかった、わかったわと手を振ったけれど、いっこうに立ちあがるそぶりは見せなかった。いいかげんにしてよ、出かけられないでしょう。「うらやましいわ」

「なんてすばらしい旦那様かしら」とイヴォンヌは、感嘆したように繰り返した。

マドレーヌ・ペリクールは静かに微笑むと、謙遜したように指先を眺めながら、心のなかで〝この売女《ばいた》〟と叫んだ。けれども彼女は、ただこう答えただけだった。

「あら、あなたは恋人に不自由していないでしょ……」

「わたしなんか……」とイヴォンヌは、わざとらしいあきらめ顔で言った。

彼女の兄レオンは、男にしては背が低すぎるが、イヴォンヌはまずまずの美人だった。もちろん、

一九一九年十一月

娼婦がお好きならばってことだけど、とマドレーヌはまた心のなかでつけ加えた。大きな口は好色そうで品がなく、卑猥な行為を連想させた。男たちは間違っていない。イヴォンヌは二十五歳にして、ロータリークラブの半数とすでに関係があった。いや、マドレーヌは誇張している。ロータリークラブの半数というのは、少しばかりオーバーだ。しかし、ひと言弁護するならば、彼女がこんなに手厳しいのにもれっきとした理由があった。イヴォンヌはほんの二週間前、マドレーヌの夫アンリと寝た。そのあとすぐ、妻のところに押しかけて、相手がどんな顔をするか見てやろうというのだから、恥知らずにもほどがある。夫を寝取ったことよりも、ずっと質《たち》が悪いだろう。それ自体は、何も特別なことではなかったから。アンリのほかの愛人たちは、もう少し我慢強かった。勝利の喜びを味わう機会がむこうからやって来るのを待つか、偶然出会ったふりをするくらいには。結局はみんな、おんなじだけど。満足そうに微笑んで、猫なで声を出す。「ああ、なんてすばらしい旦那様かしら。とってもうらやましいわ」って。愛人のひとりは先月、こんなふうに言い放ちさえした。「大事にしなさい。さもないと、誰かに取られちゃうわよ……」

ここ数週間は、あまり夫と顔を合わせることもない。やれ出張だ、会合だと飛びまわっていて、妻の女友達と楽しむ暇もないらしい。政府の下請け事業の話で、忙殺されているのだ。

夫が遅く帰ってくると、マドレーヌは求めた。

朝、夫は早く起きる。その前にも、マドレーヌは求めた。

残りの時間、夫は別の女たちと寝ている。出張に出かけ、電話をかけ、メッセージを残す。嘘のメッセージを。夫が浮気をしていることは、みんなが知っている（五月の末、彼がリュシエンヌ・ドールクールといっしょのところを見られて、たちまち噂は広まった）。

ペリクール氏はこの状況に、心を痛めていた。娘がプラデルと結婚したいと言ったときから、「おまえが不幸になるだけだぞ」と忠告していたが、その甲斐はなかった。娘はただ父の手を握っただけだった。しかたないな、と彼は言った。ほかにどうしようもない。

「さあ」とイヴォンヌはくすくす笑いながら言った。「もう引きとめないわ」

やるべきことはすませた。マドレーヌの固まりついた笑顔を見れば、メッセージが伝わったのは明らかだ。イヴォンヌは大満足だった。

「ありがとう、いらしてくれて」とマドレーヌは立ちあがりながら言った。

いいえ、いいのよ、何でもないわ、というようにイヴォンヌは手をふった。二人はキスを交わした。唇は宙にむけたまま、頬と頬を合わせるキスだった。それじゃあ、失礼するわね。またそのうち。この女、間違いなくいちばんの売女だわ。

思いがけない訪問客のせいで、ずいぶん遅れてしまった。マドレーヌは大きな柱時計をたしかめた。結局、これでよかったのかもしれない。午後七時半。この時間なら、あの男はもう帰宅しているだろう。


車がペール小路の入口に着いたときは、八時をまわっていた。モンソー公園とマルカデ通りのあいだは一区分も離れていないが、そこには天と地ほどの差があった。お屋敷町と貧民街、豪奢と困窮。ペリクール家の屋敷前にはいつも、パッカード・ツイン・シックスかキャデラック五一V8エンジンがとまっている。けれども今、ぼろぼろになった木の柵の隙間から見えるのは、壊れかけた手押し車と古タイヤの光景だった。マドレーヌはそんなことで怖じ気づきはしなかった。彼女は母親からリムジンを、父親からは手押し車を受け継いでいる。父方の祖先は、つつましい家の出だったから。たとえ二つの家系の源流まで遡るものだろうと、貧しさの記憶はマドレーヌのなかに刻まれていた。欠乏や貧窮はピューリタニズムや封建制のようなもので、決してあとかたもなく消え去りはしない。その痕跡は、何世代にもわたって残り続けるのだ。運転手のエルネストはと言えば――ペリクール家では、運転手はみんなエルネストと呼ばれている。初代の運転手がエルネストだったから――マドレーヌが遠ざかるのを眺めながら、内心の嫌悪をあらわにして中庭を見やった。運転手という仕事ができたのは、まだほんの二世代前だった。

マドレーヌは柵に沿って進み、家の呼び鈴を鳴らした。しばらくじっと待っていると、ようやく女がドアをあけた。歳はよくわからない。アルベール・マイヤールさんにお話があるのですが、とマドレーヌは言った。女はぽかんとしていた。目の前にいる、きれいに化粧をした金持ちそうな若い女が、マイヤールさんに話ですって？　白粉の香りが遠い昔の記憶のように、ほんのり匂ってくる。マイヤールさんに、とマドレーヌは繰り返した。女は黙って庭を指さした。あっち、あの左側。マドレーヌはうなずくと、家主の女とエルネストが見つめるなか、虫食いだらけの柵をしっかりした手で押した。彼女はためらうことなく、泥のなかをすたすたと歩き出した。そして倉庫だった小屋の前まで行くと、なかに入った。けれどもそこで、さっと立ちどまった。階段のうえから、誰かおりてくる足音がする。目をあげると、それは石炭バケツを手にした兵士マイヤールだった。マイヤールも階段の途中ではっと立ちどまり、「ああ、いや、何か？」と言った。途方に暮れているようすだった。かわいそうなエドゥアールの遺体を掘り出した日、墓地で会ったときと同じように。

アルベールは口を半開きにして、凍りついていた。

「こんにちは、マイヤールさん」とマドレーヌは言った。

そして青白い顔と、やけに興奮気味のようすをちらりと眺めた。前に女友達が、絶えず体を震わせている子犬を飼っていたことがあった。特に病気ではなく、性質のようなものらしい。ともかくその子犬は、頭のてっぺんから足の先まで四六時中ぷるぷると震えていた。そしてある日、心臓発作で死んでしまった。アルベールを見たとき、とっさにその犬のことを思った。マドレーヌはとても静かな声で話した。アルベールがあんまりびっくりしているので、いきなり泣き出すのではないか、地下室に逃げこんでしまうのではないかと心配しているかのように。アルベールは片足をあげてふらふらしながら、黙って唾を飲みこんだ。そして怯えたような、心配そうな顔で階段のうえを見あげた……ああ、この表情、とマドレーヌは思った。背後で何か起きるのではないかと、年がら年中びくびくしている。去年、墓地で会ったときからもう、とても取り乱して途方に暮れたようだった。しかしそこには、自分の世界を持っている男のやさしい素朴な表情があった。

アルベールはこの状況から逃れられるなら、寿命を十年だってくれてやっただろう。階段の下では、マドレーヌ・ペリクールが頑として待ちかまえている。二階では死んだはずの弟が、インコさながら青い羽根のついた緑の仮面をかぶり、鼻孔から煙草を吸っている。彼はそのあいだに、がっちり挟みこまれてしまったのだ。どうやらぼくは、生まれついてのサンドイッチマンだったらしいな。アルベールはまだ挨拶をしていなかったのに気づき、石炭バケツを布巾みたいにふると、黒い手を差し出した。そしてすぐに謝り、手を背中にひっこめて、最後の数段をくだった。

「あなたのお手紙に住所が書いてあったので」とマドレーヌは静かな声で言った。「お訪ねしたところ、今こちらに住んでいるとお母様が教えてくださったので」

彼女はにっこり笑ってあたりを指さした。彼女の口から出ると、物置小屋も中庭も階段も、まるでブルジョワのアパルトマンのように聞こえる。アルベールは何も言えず、ただうなずいただけだった。彼女がやって来たのは、ちょうど靴の箱をあけ、モルヒネのアンプルを取り出そうとしていたところだった。たまたまエドゥアールが自分で石炭を取りにおりてきていたら、いったいどんなことになっていただろう…そんなささいな偶然で、人は運命の馬鹿馬鹿しさを知るのだ。

「ええ……」とアルベールは言った。何が〝ええ〟なのか、自分でもわからないまま。

いや、いや、だめですと、本当は言いたかった。うえにお招きして、飲み物でもどうぞなんていうわけにはいきません。マドレーヌ・ペリクールはそれを、無作法だとは思わなかった。びっくりしてあわてているのだろうと、彼の態度を解釈した。

「実は」と彼女は切り出した。「父があなたとお会いしたいと」

本心からそうたずねているようだ。声が緊張している。当然でしょと言うように、マドレーヌは肩をすくめた。

「ぼくと、どうして？」

「弟の最期に立ち会った方だからです」

彼女はやさしく微笑みながらそう答えた。年寄りの希望なので、わがままも聞いてあげねばならないのだというように。

「ああ、なるほど……」

最初の動揺が治まると、アルベールは急に心配になってきた。一刻も早く、マドレーヌに帰ってもらわねばならないぞ。エドゥアールが心配して、おりてくる前に。いや、もしかしたらうえで彼女の声を聞き、数メートル先に誰がいるのか感づくかもしれない。

「わかりました……」とアルベールは答えた。

「明日でいいですか？」

「ああ、いや、明日は無理です」

マドレーヌ・ペリクールは、きっぱりした返答に驚いた。

「つまり」とアルベールは言いわけをするように続けた。「よろしければ、別の日のほうが。明日は……」

どうして明日では都合が悪いのか、アルベールは説明できなかった。単にもう少し、落ち着きを取り戻す時間が欲しかったのだ。母親とマドレーヌ・ペリクールがどんな会話をしたのか想像し、彼は青ざめた。なんだか恥ずかしかった。

「それでは、いつならご都合がよろしいですか？」とマドレーヌはたずねた。

アルベールはもう一度、階段のうえをふり返った。うえに女がいるんだわ、とマドレーヌは思った。だから気まずそうにしているんだ。彼女はトラブルにさせたくなかった。

「じゃあ、土曜日では？」マドレーヌは早く話を決めようと、そう提案した。「ご一緒に夕食でも」

彼女は食いしんぼうらしく、明るい声を出した。たまたま思いついたことだけど、きっと楽しいひとときがすごせるわ、とでもいうように。

「ええ、まあ……」

「よかったわ」彼女は話を決めた。「それでは、午後七時に。それでいいですか？」

「ええ、まあ……」

一九一九年十一月

マドレーヌはにっこりした。

「父もきっと喜びます」

社交辞令の儀式が終わると、次はどうしようか、二人は一瞬考えこんだ。そして初めて会ったときのことを、脳裏によみがえらせた。二人とも恐ろしい、禁じられた秘密を抱えている。戦死した兵士の遺体を掘り返し、密かに持ち帰ったのだ……あの死体は、どこに納めたのだろうとアルベールは思い、唇を噛んだ。

「家はクールセル大通りです」とマドレーヌは手袋をはめながら言った。「プロニー通りの角ですから、すぐにおわかりになるでしょう」

アルベールはうなずいた。午後七時、はい。プロニー通りの角、すぐにわかるんですね。土曜日に。

そして沈黙が続いた。

「では、おいとまします、マイヤールさん。どうもありがとうございます」

マドレーヌはうしろをむいてからもう一度彼をふり返り、まじまじと見つめた。真面目そうな表情が、いかにもこの男らしい。でもそのせいで、実際よりも老けて見えた。

「父にはあのことについて、詳しい話をしていません……ですから……できれば、なるべく……」

「ええ、わかりました」とアルベールは急いで答えた。

マドレーヌは感謝をこめて微笑んだ。

アルベールはふと心配になった。今度も彼女は、お札を手に握らせるつもりじゃないだろうか。ぼくの沈黙と引きかえに。そう思ったら侮辱されたような気がして、彼はさっさと階段をのぼり始めた。けれどもうえに着いたとき、石炭もモルヒネのアンプルも持ってこなかったのを思い出した。

彼はまたとぼとぼとおりていった。考えが少しもまとまらない。エドゥアールの家に招待されたら、どういうことになるのだろう？

不安で胸が締めつけられるようだった。長いシャベルで石炭バケツを満たしていると、リムジンを発進させるくぐもった音が通りから聞こえた。

16

一九一九年十一月

エドゥアールは目を閉じると、安堵の長いため息をついた。筋肉がゆっくりと弛緩し始める。落としそうになった注射器を危ういところでつかみ、近くに置いた。手はまだ震えているけれど、締めつけられるような胸の苦しみはもう引き始めていた。モルヒネを打ったあとは、しばらくぼんやりと横になっているだけだ。眠りはめったに訪れない。ゆったりと水に浮かんでいるような感じだった。船が遠ざかるように、少しずつ興奮が退いていく。今までずっと、海には無関心だった。大型客船を見て、旅情をそそられることもない。けれども至福のアンプルには、それがこめられているらしい。薬が喚起するイメージは、なぜか海を感じさせた。オイルランプか薬用酒《エリキシル》のように、人々を独自な世界に誘うのだ。注射器や針はエドゥアールにとって単なる外科の道具、必要悪にすぎないけれど、アンプルは生き生きとした活気に満ちていた。彼は手にしたアンプルを光にかざし、透かしてみた。そうすると、なかがよく見えた。澄んだ泡がすばらしい効力や、豊かな想像力を発揮するわけではない。けれども彼はそこから、多くを汲み取った。安らぎ、平静、慰め。日々の大半が、そんなぼんやりとかすんだような状態ですぎていった。時間はもう、厚みをなくしていた。彼はひとり、次々に注射を打っては、オイルの海に漂った（またしても、海のイメージだ。きっとそれはまだこの世に生まれる前、羊水に浸っていたころの記憶から来ているのだろう）。けれどもアルベールは、とてもしっかりした男だった。彼は毎日ちょうど必要な分量しか、エドゥアールに与えなかった。きちんとノートに記録をし、毎晩帰宅すると学校の先生みたいにページをめくりながら、残りの量と日数を声に出して数えあげる。エドゥアールはやらせておいた。ルイーズが仮面を作るのと同じように。まあいい、みんなおれを気づかってくれるんだ。

家族のことはほとんど考えなかった。マドレーヌのことだけは、ほかの者たちよりも気になったけれど。姉の思い出は、いくつも残っている。吹き出しそうになるのを必死に抑えているところや、くすくすと忍び笑いをしているところ。それに曲げた指先で、彼の頭をこすったり。それは二人の共犯関係を示す証だった。姉には悪いことをしたと思う。おれが戦死したという知らせを受けて、さぞかし悲しんだことだろう。大事な人を亡くした女性が皆悲しむように。そのあとは、時が解決してくれる……誰でもいつかは、喪の悲しみに慣れるのだから。

鏡に映ったこの顔に、比べうるものは何もない。

死は絶えずエドゥアールの前にあって、彼の傷口を掻きむしった。

マドレーヌのほかに、誰がいただろう？　そう、数名のクラスメートたち。でも彼らのうち何人が、まだ生きているのか？　強運のエドゥアールでさえこの戦争で死んだのだから、ほかの連中については、何をか言わんやだ……あとは父親も残っているけれど、あの男のことはどうでもいい。どうせ陰気で横柄な顔で、仕事に励んでいるはずだ。息子の死亡通知だって、延々と続く彼の歩みをとめることはない。いつものように車に乗り、「証券取引所へ」とか「ジョッキークラブへ」とかエルネストに言うだけだろう。決めねばならないことがあるから、あるいは選挙の準備に入ったからと。

エドゥアールはまったく外出せず、一日中部屋にこもったまま、悲惨な思いに浸っていた。いや、必ずしも悲惨とまでは言いきれないだろう。彼が落ちこんでいるのは、困窮のなかでただみじめに暮らすしかないからだった。人はどんなことにも慣れるというけれど、エドゥアールは決して慣れなかった。気力が残っているときは、鏡の前に立って顔を映してみた。やっぱり、何も変わっていない。あごが砕けて舌がちぎれ、むき出しになった喉に、人間らしさを見出すことはできなかった。それにこの大きな歯。焼灼《しょうしゃく》された肉はすでに固まっているけれど、ぱっくりとあいた傷口が与える衝撃はそのままだ。だからこそ、移植は役立つのだろう。醜さを和らげるのではなく、人をあきらめに導くために。悲惨についても同じことだ。エドゥアールは裕福な環境に生まれた。倹約をする必要はなかった。お金はいくらでもあるのだから。彼は無駄づかいをする子供ではなかったが、通っていた学校のクラスメートたちのなかには、贅沢好きの浪費家がたくさんいた……いくらエドゥアールが無駄づかいをしないといっても、彼をとりまくのは何不自由ない、ゆったりとした安逸な世界だった。広い部屋、深々とした腰かけ、豊富な食べ物、高価な服。ところが今いる部屋ときたら、床板はがたがたで窓は薄汚れている。石炭も満足になく、飲むのは安ワインがいいところだ……まったくひどい生活じゃないか。やりくりはすべて、アルベールにかかっていた。彼のことを責められやしない。モルヒネを手に入れるのだって、ひと苦労だったろう。どうやったのかはわからないが、お金もかかったに違いない。本当にいい友達だ、あいつは。あの献身ぶりには、胸が痛んだ。しかも文句ひとつ、泣き言ひとつ言わず、いつも陽気にしている。もちろん本当は、不安なんだろうけれど。二人がこれからどうなるのか、想像もつかなかった。しかしこのまま行ったら、将来は決して明るくないだろう。

エドゥアールは足手まといだったけれど、将来を悲観してはいなかった。彼の人生は賽《さい》のひとふりでいっきに崩れ落ちてしまった。崩壊とともに、すべてを失った。恐怖心さえも。耐えがたいのは悲しみだけだ。

けれどもここしばらく、調子がよくなってきた。

ルイーズと仮面作りをしていると楽しかった。器用な娘だ。アルベールと同じようにせっせと動きまわり、地方紙を集めてきてくれた。今はまだあまりに漠然とした話なので、秘密にしているけれど、いずれ暮らしむきがよくなるかどうかは、あの古新聞にかかっている。あれを読んで思いついたアイディアに。彼は毎日、体の奥底から興奮が湧きあがるのを感じていた。考えれば考えるほど、いたずらをたくらんでいたときのような少年時代の幸福感がよみがえってくる。漫画《カリカチユア》、変装、挑発。今はもう、かつてみたいにわくわくするような歓喜はないものの、お腹の底に〝何か〟が戻ってくる感じがした。彼は心のなかで、あえてその言葉を発すまいとした。しかし、わかっている。〝何か〟とは喜びだ。おもてには出すまいと慎重にこらえている、断続的な喜び。そのアイディアがまとまったとき、信じがたいことにエドゥアールは今の自分を忘れ、戦争前の自分に戻ったような気がした……

エドゥアールはようやく起きあがると、息をととのえ気持ちを落ち着けた。針を消毒して、注射器をブリキの缶にしまい、ふたをしめて棚に置く。それから椅子をつかんでうえを見あげ、ちょうどいい位置まで動かした。片脚が曲がらないせいで、椅子のうえにあがるのはひと苦労だった。天井に取りつけた揚げ戸に腕を伸ばしてそっと押すと、天井裏に手が届いた。立てないほどの低い天井裏で、蜘蛛の巣や煤でいっぱいだが、彼は宝物の入ったバッグをそこからそっとおろした。それはルイーズが物々交換で手に入れてきたという、大きなデッサン帳だった。いったい何と交換したのかは謎だったけれど。

彼は長椅子に腰かけると、鉛筆を削った。削りかすはバッグのなかに突っこんであった紙袋に入れ、あたりに散らないようにした。今はまだ、秘密にしておかないと。いつものように、まずは描き終えたページをぺらぺらとめくった。彼は出来栄えに満足し、自信が湧いてきた。すでに十二枚の絵があった。兵士たち、女が数人、子供ひとり。兵士はさまざまだった。傷ついた者、勝利した者、死にかけている者、ひざまずいている者や横たわっている者。この兵士は、腕を伸ばしている。われながらとてもうまく描けたぞ、この伸びた腕は。できれば会心の笑みを浮かべたいところだが……

エドゥアールは仕事にかかった。

今度は女だ。立って、胸を露わにしている女。胸を出す必要があるだろうか？　いや、ないな。彼は下絵に手を入れ、乳房を覆った。彼はまた鉛筆を削った。本当ならもっと先の尖った鉛筆と、きめの細かな紙が要るのだが。テーブルは高さが合わないので、膝のうえで描かねばならなかった。板が傾く製図台が欲しいところだ。けれども、いらいらするのはいい兆候だった。仕事に意欲を燃やしている証だから。彼は顔をあげ、少し離れて出来をたしかめた。大丈夫、立っている女の感じがよく出ている。襞《ドレープ》も悪くないぞ。いちばん難しいところだ。そこにすべての意味合いが、こめられているのだから。襞《ドレープ》と視線に。それがこつなんだ。この瞬間、かつてのエドゥアールが戻っていた。

おれの計画どおりなら、大金持ちになれる。しかも、年が暮れる前に。アルベールのやつ、びっくりするぞ。

いや、驚くのはあいつだけじゃない。

17

「冗談じゃない、廃兵院《アンヴァリッド》でつまらない式典が行われるだけなんて」

「でも、フォッシュ元帥が参列するんでしょ……」

するとプラデルは、むっとしたようにふり返った。

「フォッシュ？　それがどうしたっていうんだ？」

彼はブリーフ姿で、ネクタイを締めているところだった。マドレーヌは笑い出した。いくら憤慨しても、ブリーフをはいただけのかっこうでは……たしかに、引きしまったきれいな脚をしているけれど。彼はネクタイを締め終えようと、鏡の前にむかった。ブリーフの下で、丸く力強いお尻の輪郭が露わになった。夫は急いでいるのだろうか、とマドレーヌは思った。でも、そんなことどうでもいいわ。時間なら、わたしはいくらでもあるのだから。二人のための時間もある。我慢強く待ってもいいし、執拗にねばってもいい。彼女はどちらも得意だった。あとは愛人たちと、好きなだけ楽しみなさい……彼女は夫のうしろにまわった。プラデルは彼女の気配を感じなかった。はっとしたとたん、まだ冷たい手がブリーフのなかにするりと潜りこんできた。手は目ざす場所にすばやく達すると、おもねるような、悶えるような動きを続けた。マドレーヌは夫の背中に顔を寄せ、甘ったるい、蓮《はす》っ葉《ぱ》そうな口調でささやいた。

「あら、言いすぎよ。フォッシュ元帥だって……」

プラデルは考える時間稼ぎに、ネクタイを締め終えた。そう、よく考えれば、タイミングが悪い。すでに昨晩……そして今朝もなんて……必要な余力は残っていた。だから問題はそこではない。今みたいなときでも妻が欲望を燃えあがらせれば、こっちはいつも相手をしなければならない。それで夫婦円満ならけっこうだし、お勤めの代わりにほかで別の楽しみが待っている。もくろみどおりだが、楽じゃなかった。彼は妻のあそこの臭いに、どうしても慣れることができなかった。口に出せる問題ではないが、妻だってわかってくれてもよさそうなものを。けれども、彼女はときに皇后のようにふるまい、彼のほうは立場をわきまえた使用人のようにふるまった。まあいい。実を言えば、さほど不快なことではなかったが……あてる時間は自分で決めたかった。ところが、マドレーヌが相手だと立場が逆転し、いつも彼女が主導権《イニシアティブ》を握ることになる。マドレーヌは「フォッシュ元帥」と繰り返した。夫にその気がないのはわかっていたが、彼女はやめなかった。手が温まってくる。怠けものだが力強い蛇のように、大きくなるのがわかった。彼は決して拒絶しない。その日も拒絶しなかった。しかも強烈だった。彼はふり返り、彼女を立たせてベッドの端に寝かせた。ネクタイも外さず室内履きも脱がなかった。彼女は夫にしがみつき、さらに数秒とどめておいた。彼はじっと体をあずけ、それから起きあがった。こうしてことはすんだ。

「でも七月十四日の革命記念日には、盛大に祝ったわ」

プラデルは鏡の前に戻った。さあ、ネクタイを締めなおさねば。彼は続けた。

一九一九年十一月

「七月十四日に大戦の勝利を祝うっていうのか！　とんでもない。それじゃあ、あんまりだ……そして休戦記念日の十一月十一日は、廃兵院《アンヴァリッド》でお通夜ってわけか。内輪だけが集まって！」

彼はこの言いまわしが気に入った。彼はぴったりの表現を見つけると、ワインの風味を試すようにその言葉を舌のうえで転がした。内輪だけの記念祭か。こいつはいい。彼はさっそく使ってみようとばかりにふり返ると、腹立たしげな口調で言った。

「大戦の終結を祝うのに、内輪だけの記念祭だなんて！」

悪くないぞ。マドレーヌはようやく起きると、またネグリジェを着た。着がえは夫が出かけたあとにしよう。何も急ぐ用事はない。それまで、服の片づけでもしていればいい。

彼女はミュールをつっかけた。夫がこう続ける。

「今じゃ祝賀会は過激派《ボルシェヴィキ》の手に握られているんだ。そうだろ」

「やめてちょうだい、アンリ」とマドレーヌは、戸棚をあけながらうわの空で答えた。「そんな話、うんざりだわ」

「賭けに加わろうとしている傷痍軍人たちもいる。おれに言わせれば、英雄に敬意を表するための日は、十一月十一日の休戦記念日しかない。さらに言うなら……」

マドレーヌは苛立たしげにさえぎった。

「アンリ、もうそこまでにして。七月十四日でも十一月一日でも、あるいはクリスマスだって、あなたにはどうでもいいんだわ」

プラデルは妻をふり返って、じろりとねめつけた。あいかわらずブリーフ姿だが、今度はマドレーヌも笑う気にはならなかった。彼女は夫をじっと見つめた。

「わかってるわよ」と彼女は続けた。「観客の前で演じる前に、リハーサルをしたいんでしょ。退役軍人会だか、通っているクラブだか知らないけど……でもわたしは、あなたのコーチじゃないわ。怒ったり憤ったりしてみせるのは、興味のある人たちの前でやってちょうだい。わたしをうるさがらせないで」

マドレーヌはまた片づけを始めた。手も声も震えていない。彼女はよくこんなふうにそっけなく、話を終わらせてしまうことがあった。父親と同じように。この二人は本当に似たもの親子だ。プラデルは別に、腹が立ちもしなかった。彼はズボンをはいた。よくよく考えたら、妻の言うとおりかもしれない。十一月一日だろうが、十一月十一日だろうが……しかし、七月十四日は大違いだ。プラデルはこの国民的な記念日が大嫌いだった。なにが啓蒙思想だ革命だと毒づいてはばからない。深く考えてのことではなく、貴族たる者にふさわしい、当然のふるまいと思っていたからだった。

プラデルが今住んでいるのが、新興の富裕層であるペリクール家の屋敷だからということもある。義父はド・マルジ家の娘と結婚したが、それだってもとをただせば毛糸仲買人の末裔ではないか。貴族を示す〝ド〟という小辞は、金で買ったものだ。さいわいその名を受け継ぐのは男だけだから、ペリクールはいつまでたってもペリクールのままで、ドルネー＝プラデルと肩を並べるにはあと五世紀はかかるだろう。いや、もっとかもしれない。そもそも五世紀もしたら、ペリクール家の財産なんてとっくになくなっている。このおれが中興の祖となるドルネー＝プラデル家は、サルヴィエールの屋敷で広々としたサロンにお客を迎えていることだろうが。それには、ぐずぐずしていられない。もう九時じゃないか。夕方までには現場へ行き、明日は午前中いっぱい職人に指示を出したり、作業の確認をしなくてはならないからな。彼らのうしろについて見積もりをたしかめ、価格をさげさせねば。

屋根組と七百平方メートルにわたるスレートぶきが終わったところで、それだけでも大変な金額だった。今はぼろぼろになった西翼にかかっているが、いちからすべて始め、列車も川船もないようなところへ、はるばる石材を求めて行くことになる。そのための費用をまかなうのに、英雄たちを墓から掘り出すのだ。

プラデルが出かける前のキスをしに行くと（彼はいつも額にキスをした。妻の唇には、あまり口をつけたくなかったから）、マドレーヌはほんの形だけネクタイの結び目をなおした。彼女は少しうしろにさがって、夫に見とれた。たしかに、あの売女たちの言うとおりだわ。夫は本当にハンサムだ。さぞかしかわいい子供を授けてくれるだろう。

18

一九一九年十一月

アルベールはペリクール家に招待されたことが、ずっと頭から離れなかった。エドゥアールの身元をすり替えた件でも、これまで心休まるときがなかった。警察に見つかって逮捕され、監獄に入れられる夢をよく見たものだ。牢屋に閉じこめられて悲しかったのは、エドゥアールの面倒を見る者が誰もいなくなることだった。けれども同時に、ほっとする気持ちもあった。エドゥアールはときどきアルベールに対して、漠然とした恨みを感じることがあったが、アルベールのほうもこんながんじがらめの生活を送らねばならないのは、エドゥアールのせいだと思っていた。どうしても病院を出たいと友は言い張り、傷痍軍人の年金がもらえないという悲惨な事実が明らかになった。ようやくショックが治まると、アルベールはいつもの日常生活が戻ったような気がしていた。そこにマドレーヌ・ペリクールがやって来て、家に招待したいと告げたのだ。せっかく落ち着いていたアルベールの心は千々に乱れ、昼も夜も不安が続いた。エドゥアールの父親の前で夕食を食べ、息子の死についてひと芝居打つのだから。やさしそうな姉の視線にも耐えねばならない。配達人にチップを渡すみたいに、手にお札を握らせたりさえしなければ、いいお姉さんだ。

招待を受けた結果、どんなことになるか、アルベールは延々と思案した。エドゥアールは生きていますとペリクール家の人々に告白したら（ほかにどうしろっていうんだ？）、彼を家族のもとに連れ帰らねばならないのでは？　本人はもう二度と足を踏み入れたくないと思っているのに。それはエドゥアールに対する裏切りだ。でも、どうして彼は家に帰りたがらないのだろう？　あんなお金持ちの家に。くそ！　ぼくだったら大喜びなんだが。マドレーヌみたいな姉だって欲しいくらいだ。去年、軍隊病院で、エドゥアールの話を聞いたのが間違いだった。彼は絶望のあまりあんなことを言ったけれど、受け入れるべきではなかったんだ……今さら、どうしようもないけれど。

それに真実を告白したら、あの名もない兵士の遺体はどうなる？　きっと今ごろ、ペリクール家の墓に眠っているのだろうけれど、そんな邪魔者をいつまでも置いといてくれやしない。じゃあ、どうすればいいんだ？

司法当局に訴えられたら、すべてはぼくの責任にされる。ペリクール家の墓から、もう一度哀れな兵士の遺体を回収するはめになるかも。でも、そのあとは？　軍隊の帳簿を偽造したことまで、調べられるのでは？

そもそもエドゥアールに内緒のままペリクール家に行って、お父さんやお姉さんに会うのは、不誠実ではないか？　もしエドゥアールが知ったら、どんな反応をするだろう？

でも話せば話したで、それも裏切り行為では？　もう自分の家族ではないと思っている人たちと（会いたくないっていうのは、そういうことだ）、ぼくが夜をすごしているのを知りながら、ひとりここで待っていなければならないのは、さぞかしつらいだろう。

急な用事ができたと言って、断りの手紙を書こうか？　それなら別の日にと、言われるだけだ。どうしても行けないわけをでっちあげても、また誰かが迎えに来て、エドゥアールを見つけたら……

アルベールはもう、どうしたらいいのかわからなかった。頭のなかがぐちゃぐちゃになり、いつまでも終わらない悪夢のなかにいるようだった。真夜中、ほとんど眠らないエドゥアールは片肘をついて体を起こし、心配そうに友の肩をつかんでそっと揺すった。アルベールは何でもないという身ぶりをしたが、彼は問いかけるような顔で筆談用のノートを差し出した。アルベールとは反対に、彼には眠りが必要だった。悪夢は繰り返し訪れた。

アルベールは散々考えた末、ペリクール家には行くけれど（さもないと、ここまで追いまわされるだろう）、真実は伏せておくことにした。それがいちばん無難な解決策だ。彼らの望みどおりにしてやろう。エドゥアールがどのように死んだかを聞かせてやる。そうすれば、もう二度と会わなくていい。

ところが手紙にどう書いたのか、アルベールはよく覚えていなかった。どんな作り話をしたのか、思い出さなくては。胸を一発撃ち抜かれた、小説さながらの英雄的な死。でも、どんな状況で？　それにマドレーヌは、プラデルのやつを介してぼくのところまでやって来た。あいつが彼女に何を話したか、わかったものじゃないぞ。どうせ自分の得になるような、はったりを利かせたに違いない。ぼくの話とプラデルの話が違っていたら、みんなどちらを信用するだろう？　ぼくが嘘つきにされかねない。

考えれば考えるほど、記憶は混乱した。幽霊が食器棚の皿をかたかたと鳴らすように、再び悪夢が一晩中、アルベールの眠りを妨げた。

それに服装という、難しい問題もある。普段のかっこうでは、ペリクール家を訪れるのにふさわしくないだろう。いちばんいい服でも、三十歩先から臭うくらいだから。

クールセル大通りを訪問すると決めたら、しかるべき服装のことも考えねばならない。思いつくのは、シャンゼリゼ大通りの下でサンドイッチマンをしている同僚から借りることくらいだった。アルベールよりもほんの少し小柄だが、何とかなるだろう。でもズボンはできるだけ下にさげておかないと、道化師みたいになってしまう。シャツはエドゥアールが二枚持っている。それを借りようかと思ったが、やめておいた。家族に気づかれるかもしれないから。同僚に借りたシャツはやはり小さすぎて、ボタンホールが少しひらいてしまった。あともうひとつ、靴をどうするかも思案のしどころだった。誰かに借りようにも、彼のサイズに合う靴は見つからなかった。自前でなんとかするしかないが、踵の減ったドタ靴は擦り切れるほど磨いても、ペリクール家に履いていけるほどきれいによみがえることはなかった。彼はこの問題をあらゆる方向から検討した結果、新品の靴を一足買うことにした。モルヒネにあてるお金が浮いて、少し余裕があったからだ。すばらしい靴だった。バタの店で三十二フランした。包みを抱えて店を出てきたとき、彼は思った。そういえば復員してからずっと、新しい靴が欲しかったんだ。趣味の善し悪しはおしゃれな靴で決まると、彼はつねづね考えていた。スーツや外套が古びているのは、まあしかたない。しかし、男は靴で判断される。そこに妥協の余地はない。明るい茶色の革靴。それを履くことができるのが、今回の出来事でたったひとつの喜びだった。

アルベールが衝立の裏から出てくると、エドゥアールとルイーズは顔をあげた。二人は新しい仮面を作り終えたところだった。アイボリー色の仮面で、ちょっと尊大そうに尖らせた、ピンク色のきれいな口が描かれている。頬のところに貼りつけた二枚の黄色い落ち葉は、まるで涙のようだ。全体的に見れば、悲しげな感じはまったくない。世俗を離れた隠遁者というところだ。

しかし本当の見物《みもの》はこの仮面ではなく、衝立の裏からあらわれたアルベールの出で立ちだった。結婚式に出かける肉屋の小僧じゃあるまいに。

ははあ、女の子とデートだな、とエドゥアールは思って嬉しくなった。

色恋沙汰の話題は、彼らの冗談の種だった。当然だろう、若い男二人なんだから……しかし二人とも女っ気なしときては、話すだけつらくなる。アルベールは時計屋のモネスティエ夫人と、ときどきこっそり関係を持っていた時期もあったけれど、楽しさよりも苦しさのほうがだんだん強くなってきた。誰もぼくを愛してくれないと、かえってひしひし感じたから。アルベールは関係を絶つことにした。モネスティエ夫人は少しねばったけれど、やがてあきらめた。若くてきれいな女の子はあちこちで見かけた。店のなか、バスのなか。たいていは恋人がいなかった。たくさんの男が、戦争で死んでしまったから。彼女たちはいい男がいないかと、いつも物色していた。けれどもアルベールみたいな男では、魅力ある結婚相手と言えるわけない。何しろ染めの剝げた軍用コートを着て、雌猫さながらびくびくとうしろをふり返ってばかりいるのだから。これでよく戦争に勝てたものだ。

貧乏生活も厭わない女の子が見つかったとしても、どんな将来を約束してあげられるだろう？〝ぼくと暮らそうよ。今、下あごのない傷痍軍人の戦友がいっしょだけどね。部屋にこもりっきりで、モルヒネを打ってる男さ。カーニヴァルの仮面をかぶってね。でも心配いらない。一日三フランの生活費があるし、破れた衝立できみのプライバシーも守れるから〟なんて言えるだろうか？

おまけにアルベールは内気ときているから、たとえ状況が彼にとってよかったとしても……

そんなわけで彼は、もう一度モネスティエ夫人に会いに行ったけれど、彼女にだってプライドがあった。夫を裏切っているからといって、誇りまで捨てねばならないことはない。もっともそれは、いささかご都合主義のプライドだった。というのは実際のところ、もうアルベールがいらなかったのは、新しい店員とよろしくやっていたからだ。奇妙なことにその男は、アルベールが覚えている限り、サマリテーヌ百貨店のエレベータでセシルといっしょにいた若者とよく似ていた。数日分の給料をふいにして、出なおしを決めた日のことだ……

ある晩、彼はそんないきさつをすべてエドゥアールに打ち明けた。ぼくも女の子と普通につき合えそうもないなと言って、エドゥアールを愉快がらせようとしたのだ。しかし、ことはそう単純ではなかった。アルベールはやりなおせるが、エドゥアールには無理だ。アルベールはまだ若い女の子と出会うチャンスがある。何なら、若い未亡人だっていい。何しろ今は、山ほどいるから。あんまりしまり屋ではない女を、探しまわらねばならないけれど。でも、エドゥアールを選ぶ女がいるだろうか？たとえ彼が女を愛するとしても。結局この話題では、二人とも気まずくなってしまった。

そのアルベールが、突然めかしこんであらわれたのだ。

ルイーズは賞賛するようにひゅうっと口を鳴らし、近寄ってアルベールが身をかがめるのを待ち、ネクタイの結び目をなおしてあげた。アルベールをからかってやろうと、盛りあがっている。エドゥアールは自分の太腿をたたき、すごいぞとばかりに親指を立てて、喉の奥から鋭い唸り声をあげた。ルイーズも負けずに、口に手をあてて笑いながらこう言った。「アルベール、そのかっこう、本当に似合ってるわ……」まるで一人前の女みたいな口をきく。でも、何歳なんだろう、この少女は？二人があんまりほめるものだから、アルベールはかえって少し傷ついた。とりわけこんな場合、悪意のないからかいでも嫌なものだ。

もう出かけることにしよう。もう少し考えてみなければならないからな、とアルベールは思った。

思案を終えたらあとはあれこれ悩まずに、ペリクール家に行くか行かないか、きっぱり決断すればいい。

彼は地下鉄に乗り、最後は徒歩で屋敷にむかった。近づけば近づくほど、お腹のあたりが重くなってきた。ロシア人やポーランド人がひしめく区を出ると、堂々たるお屋敷や、普通の三倍もありそうな広い大通りが見えてきた。モンソー公園の正面まで来ると、ペリクール家の大邸宅はすぐそこだった。たしかに、これなら間違えようもない。前にとまった立派な車を、ぱりっとした制服制帽姿の運転手が、競走馬にブラシをかけるみたいにせっせと磨いていた。アルベールは動揺のあまり心臓が高鳴った。彼は急いでいるふりをして家の前をすぎた。あたりの通りを大まわりし、公園を抜けて引き返すと、屋敷の正面が斜めに見えるベンチに腰かける。心底、圧倒されていた。エドゥアールがあそこで生まれ育ったなんて、うまく想像できなかった。まるで別世界だ。そしてこのぼく、アルベールは、想像しうるもっとも大きな嘘を抱えて、今日この屋敷にやって来た。ぼくは悪人だ。

大通りでは、女たちがやけに忙しげなそぶりで馬車をおりた。そのあとから、荷物を抱えた召使いも戻ってくる。配達の車が勝手口の前にとまり、運転手が召使いと話し始めた。取りすました召使いは主人の代理だといわんばかりに、野菜の木箱やパンのかごを厳しい目つきで点検していた。少し先の歩道を、マッチ棒のようにひょろりとした若い上品そうな女が二人、腕を組んで笑いながら、庭の鉄柵に沿って歩いていった。大通りの角で、新聞を小脇にはさみシルクハットを手に持った男が二人、挨拶を交わしている。これはどうも、またそのうちに。外見からして、判事かなにかだろう。男のひとりがさっと一歩退いて、道をあけた。セーラー服を着た男の子が、輪まわしをしながらそこを走り抜けた。男の子を呼びながら大急ぎでついてきた乳母が、二人の男にあやまった。花屋の車がやって来て、結婚式ができるくらいの花束をおろした。もちろん、結婚式ではないけれど。部屋がたくさんあるので、毎週これくらい届けさせているのだ。招待客がいるときは、前もって準備しておかねばならない。たしかにお金はかかるけれど、こんなにたくさんお花を買うなんて楽しいわ、とにこにこ笑って言うのだろう。わたしたち、お客様をお迎えするのが大好きなんですと。アルベールはこうした人々を、もの珍しそうに眺めた。水槽のガラス越しに、魚とは思えないようなエキゾチックな魚を見たときのように。

あとまだ二時間近く、暇をつぶさねばならない。

ベンチに腰かけたままでいようか、もう一度地下鉄に乗ろうか。でも、どこへ行けばいいんだ？以前はパリの大通《グラン・ブールヴァール》りが好きだったが、広告板を前後にさげて歩きまわるようになってからは、もううんざりだった。彼は公園をぶらついた。まだ早かったけれど、時がすぎるのを待った。

気がつくと、不安がどんどんと高まり始めた。午後七時十五分、彼は汗びっしょりになって遠ざかり、地面を見つめながら方向を変えた。七時二十分、まだ決心はついていない。七時三十分ごろ、屋敷前の歩道を通りすぎ、もう家に帰ろうと決心した。そうしたら、きっと迎えが来るだろう。やって来た運転手は、女主人みたいにお上品じゃないぞ。絶えず考えていた山ほどの言いわけが、またしても頭のなかで渦巻き始めた。自分でも何がどうしたのかわからないうちに、六段もある玄関前の石段をのぼりきって呼び鈴を鳴らしていた。両方の靴をふくらはぎにそっとこすりつけて埃を拭ったとき、ドアがあいた。心臓が胸のなかで、狂ったように飛び跳ねる。そして気がつくと、大聖堂のように天井が高い玄関ホールに入っていた。いたるところ鏡だらけで、何もかもが美しい。メイドも美人だった。褐色の短い髪をした、光り輝くような娘だ。ああ、その目、その唇、金持ちの家では何もかもが美しいんだ、とアルベールは思った。そう、貧しい者たちまでもが。

白と黒の大きなタイルを市松模様に張った、広い玄関ホールの両側には、五つの電球がついた二台のスタンドライトが置かれ、石造りの堂々たる階段へ続く通路を照らしていた。白い大理石でできた二本の手すりは、シンメトリックな渦巻状のカーブを描いて上階へむかっていく。アール・デコ調のどっしりとしたシャンデリアは、まるで天上から降り注ぐかのような黄色い光を放っていた。きれいなメイドはアルベールをじろじろと眺め、名前をたずねた。アルベール・マイヤールです。彼はあたりを見まわした。これでよかったんだ。いくら努力をしたところで、オーダーメイドの三つ揃いと高価な靴、有名ブランドのシルクハット、それにタキシードか燕尾服でも身につけてなければ、何を着たってどうせただの田舎者に見えてしまうんだから。これはもう、桁違いの別世界だ。何日も不安にさいなまれ、いらいらしながらずっと待ってきたけれど……アルベールはただ、笑うしかなかった。そう、自分を笑っている、自分のために笑っている。口に手をあて、心の底からおかしそうに。その笑いがあまりに自然だったので、きれいなメイドもつられて笑い出した。ああ、その歯、その笑い。先の尖ったピンク色の舌まですばらしい。ここに入ってきたとき、彼女の目を見ただろうか？ それともあの黒く輝く目に、今ようやく気づいたのだろうか？ 二人とも、自分でも何を笑っているのかわからなかった。メイドはあいかわらず笑いながら、顔を赤らめ横をむいたけれど、職務は果たさなければと、左のドアをあけた。そこは広い控えの間だった。グランドピアノ、中国の大きな壺、古い本が詰まったサクラ材の書架、革の肘掛け椅子。メイドはお好きなところにどうぞというように、部屋を指さした。そしてなんとかひと言、「すみません」と言った。どうしても笑いがとまらなかったから。アルベールは両手をあげた。いえいえ、いいんです。笑っていてください。

　そして今、彼は部屋にひとり残された。ドアは閉まった。マイヤール様がいらしたと、伝えてまいります。馬鹿笑いが収まると、あたりは静まりかえった。部屋の堂々たる豪華さが、それでも重々しくのしかかってくる。彼は観葉植物の葉に触れ、メイドのことを考えた。もし、思いきって……本の背表紙に目をやり、寄木細工を人さし指で撫で、グランドピアノのキーをひとつ押してみようかためらった。彼女が仕事を終えるまで、待ってもいいのでは？　いや、わからないぞ。もう恋人がいるかもしれない。彼は肘掛け椅子にすわってみた。深々と体を沈めてからまた立ちあがり、今度はソファを試した。すべすべした、きれいな革製だ。ローテーブルにのっている英語の新聞を眺め、うわの空で動かした。あのかわいいメイドに、どうアタックしたらいいだろう？　帰りぎわに、耳もとでひと言ささやく？　それとも忘れ物をしたふりをしてもう一度呼び鈴を押し、紙切れを手渡そうか？　でも、何て書いておこう。自分の住所とか？　だいいち、何を忘れたことにするんだ？　傘は持っていないし。彼は立ったまま、《ハーパーズ・バザー》や《ガゼット・デ・ボザール》、《ロフィシアル・ド・ラ・モード》といった雑誌のページをぱらぱらとめくり、それからソファにすわった。やっぱり、仕事が終わって出てくるところを待ち伏せしたほうがいいかもしれない。さっきみたいに笑わせられるぞ。ローテーブルの隅に、きれいな革装のアルバムがある。彼女を夕食に誘ったら、いくらかかるだろう？　そもそも、どこへ行けばいいのか？　またしてもジレンマだった。彼はアルバムを手に取り、表紙をめくった。いつも行く安食堂ならぼくはいいけど、若い女の子をあそこへ誘うわけにはいかない。特に彼女みたいな、大きなお屋敷に勤めている子を。料理だって、銀のナイフとフォークで食べているはずだし。突然、お腹がきゅっと痛んだ。たちまち手のひらが汗で濡れ、べとべとになった。吐かないように唾を飲みこむと、胆汁の味が口のなかに広がった。目の前に結婚写真があった。マドレーヌ・ペリクールとドルネー＝プラデル大尉が並んで写った写真が。

やつだ、間違いない。アルベールは確信した。

それでも、いちおうたしかめてみなければ。彼はアルバムのページを次々にめくった。ほとんどすべての写真に、プラデルが写っている。雑誌くらい大きな写真もあって、花束を持ったくさんの人々と、控え目に微笑むプラデルがいた。大袈裟に騒ぎ立てないでくれと言いながら、皆の賞賛にまんざらでない宝くじ当選者のようだ。彼の腕に抱かれたマドレーヌは、喜びに顔を輝かせている。現実の生活では決して誰も着ない、この日一日のためだけに買ったドレスだ。タキシードや燕尾服、背中を露わにしたすばらしい衣装、ブローチや首飾り、クリーム色の手袋。新郎新婦は手をつなぎ合っている。やっぱりやつだ、プラデルだ。豪華なご馳走が並んだ立食テーブル。花嫁の隣にいるのは、父親のペリクール氏だろう。微笑んではいるけれど、気難しそうな表情だった。いたるところ、エナメルの靴と胸あてつきのシャツがひしめいている。奥に見えるのは更衣室だろうか、銅のレールにシルクハットがずらりと並んでかけてあった。手前には、シャンパングラスのピラミッド。お仕着せ姿のウエイター、白い手袋、ワルツを奏でるオーケストラ。祝福の言葉をかける人々に囲まれた新郎新婦……アルベールは熱に浮かされたようにページをめくった。

《ゴーロワ》紙から切り抜いた記事が貼ってあった。

壮麗な結婚式

大いに期待の集まる、いかにもパリらしい出来事だった。さもありなん。この日、優雅と勇気がひとつになったのだから。大方の読者諸氏は、先刻ご存じのことだろう。まだ知らない方々のためにひと言説明するならば、それは著名な実業家マルセル・ペリクール氏のひとり娘マドレーヌ・ペリクール嬢と、英雄的な愛国者アンリ・ドルネー＝プラデル氏との結婚式にほかならない。

オートゥーユ教会での挙式は、内輪だけのとても簡素なものだった。コワンデ猊下のすばらしい演説を聞く機会を得た参列者は、数十名の家族、近親者のみ。しかし披露宴はブーローニュの森のはずれ、ベルエポック建築の優美さと近代的な設備をあわせ持つアルムノンヴィルの旧狩猟小屋で行われた。その日一日、テラスや庭、サロンは優美で華やかな人々で常にあふれかえった。そして六百人を超える招待客たちが、美しい新婦の姿を賞賛したのだった。ウエディングドレス（チュールと厚地のサテン製）は、一家の友人であるジャンヌ・ランヴァンから贈られたものである。花婿として選ばれた幸福なアンリ・ドルネー＝プラデル氏は、古い家系に遡る一族の出で、〝プラデル大尉〟として知られる人物にほかならない。休戦直前、ドイツ軍から百十三高地を奪還した勇者である。彼は大戦中に打ちたてた数多くの戦功により、四度にわたる受勲に輝いている。

ペリクール氏の親しい友人である共和国大統領レイモン・ポワンカレその人もお忍びで、そっとこの席に姿を見せた。それはほかの名だたる招待客たちが――ほんの一例を挙げるなら、ミルラン氏、ドーデ氏といった大政治家や、ジャン・ダニャン＝ブヴレ、ジョルジュ・ロシュグロスといった大芸術家――必ずや後世に語り継がれるだろうこの類まれなる祝いの宴を堪能できるようにという気づかいだった。

アルベールはアルバムを閉じた。

プラデルに対する憎しみは、自己嫌悪にまでなっていた。いまだあいつを恐れている自分が情けなかった。プラデルという名前を聞いただけで、動悸がしてくる。こんなパニックが、いつまで続くのだろう？　この一年間、思い返すことなどなかったが、頭の片隅ではいつもあいつのことを考えていた。忘れられるわけないだろう。あたりを少しでも見まわせば、アルベールの暮らしのいたるところに、あいつの痕跡が残っているのだから。いや、彼の暮らしだけではない。エドゥアールの顔も、朝から晩まで部屋に閉じこもってすごす毎日も、もとはといえばすべてあの瞬間から来ているのだ。この世の終わりかと思う戦場のなかを、男がひとり走ってくる。凶暴な目で、まっすぐ前をにらみながら。他人が死のうが生きようが、彼にとってはどうでもいい。途方に暮れているアルベールに、男は全力で体当たりする。やがて奇跡的な救出劇があった。そのあとのことは、すでに知ってのとおりだ。真ん中がえぐれたあの顔。まるで戦争だけでは足りないかのように、不幸な人々にはいつまでも苦しみが続く。

アルベールはぼんやりと前を見た。つまりはこれが結末ってわけか。この結婚が。

ぼくの人生は何なんだ？　哲学者という柄ではないが、そんなことも考えた。それにエドゥアールのことも。姉のマドレーヌはぼくら二人を殺した男と、何も知らずに結婚してしまった。

アルベールは夜の墓地を思い出した。その前の晩、白貂《アーミン》のマフをはめた若い女があらわれたときのことも。輝かしいプラデル大尉が、救世主然として脇に立っていた。墓地にむかうとき、アルベールは汗臭い運転手の隣に腰かけた。運転手はくわえたシケモクを、舌で左右に動かしていたっけ。マドレーヌ・ペリクールとプラデルは、二人っきりでリムジンに乗っていた。あのとき、怪しむべきだったんだ。〝でもアルベールは、何も気づきやしないのよ。年中びっくりしてばかりで。いつかちゃんと大人になれるのか、心配なくらいだわ。戦争からも、何ひとつ学ばないんだから。絶望的ね〟とマイヤール夫人なら言うだろう。

さっきこの結婚のことを知ったとき、心臓は目もくらむようなリズムを刻んだ。けれども今、胸のなかから溶けてなくなろうとしている。

喉の奥から胆汁の味がこみあげ……アルベールはまたしても吐き気に襲われた。彼は必死にこらえながら、立って部屋を出ていこうとした。

ようやく気づいたのだ。プラデル大尉がここにいると。

マドレーヌといっしょに住んでいる。

これはやつの罠だ。いっしょに食事をしようと誘ったのは。

やつの前で夕食を取りながら、あの鋭い視線を受けとめねばならない。モリウー将軍の部屋で、銃殺に怯えていたときのように。無理だ、そんなこと。この戦争は、決して終わらないのだろうか？

今すぐ、立ち去らなくては。降伏するんだ。さもないと死んでしまう。もう一度、殺されてしまう。だから、逃げなくては。

アルベールはさっと飛びあがると、走って部屋を横切り、ドアの前まで行った。そのとたん、ドアがあいた。

目の前でマドレーヌが微笑んでいる。

「ここにいらしたんですか」と彼女は言った。

マドレーヌはなんだか感心しているみたいだった。でも、どうして？　アルベールが気力を奮い起こし、ここまでやって来たからだろう、きっと。

彼女は頭のてっぺんから爪先まで、しげしげとアルベールを眺めずにはおれなかった。今度はアルベールがうつむいた。擦り切れたつんつるてんのスーツに、真新しいピカピカの靴なんて、もう最悪じゃないか。彼は今、はっきりとそう自覚した。あんなに欲しかった靴、とても自慢だった靴なのに……それは貧しさをいっそう際立たせていた。

ぼくの滑稽な姿が、ここに集約されている。こんな靴、大嫌いだ。自分も大嫌いだ。

「さあ、こちらに」とマドレーヌは言った。

そして親しげに、彼の腕を取った。

「父もすぐにおりてきます。あなたにお会いするのを、楽しみにしていたんですよ……」

19

「これは、ようこそ」

ペリクール氏はアルベールが想像していたよりも小柄だった。権勢家は体も大きいと、誰しも思いがちだ。彼らが普通の人と変わらないのを見て、みんなびっくりする。実のところ、やはり並の人間とは違うのだが。アルベールにはそれがよくわかった。ペリクール氏は、射るような目で相手を見つめる術《すべ》を心得ていた。ほんの少し握手の時間を長びかせたりとか、微笑んでみせたりという術も……誰でもできることではない。鋼のような意志の持ち主なのだろう。度はずれた自信だ。この世界を代表するのは、彼らのような人々なのだ。そして戦争がもたらされるのも、彼らによってだった。アルベールは恐ろしくなった。こんな人物を前に、どうやって嘘をつきとおしたらいいんだ？　彼はサロンのドアを眺めた。いつなんどきプラデル大尉があらわれるのではないかと、びくびくしながら……

ペリクール氏はとても慇懃《いんぎん》な物腰で肘掛け椅子を指さし、三人は腰をおろした。瞬きひとつですべて用がたりるとでもいうように、たちまち使用人があらわれて、移動式のバーキャビネットと軽食を運んできた。使用人たちのなかには、あのきれいなメイドもいた。アルベールは彼女を見ないようにした。そのようすを、ペリクール氏は興味深そうに眺めた。

エドゥアールはどうしてここに帰りたくないのだろう。アルベールにはそのわけが、まだよくわからなかった。きっとなにか、やむにやまれぬ事情があるに違いない。けれどもペリクール氏を見て、漠然とながら思った。こんな男の前からは、逃れたくなるものかもしれないと。まるで特殊な合金でできたような、厳《いかめ》しげな男だった。何か期待するのも無理だろう。手榴弾や砲弾、爆弾のように、破片ひとつであっというまに人を殺すことができる。アルベールの脚が彼の気持ちを、雄弁に物語っていた。脚は立ちあがりたくて、うずうずしている。

「マイヤールさん、お飲み物は何をさしあげましょうか？」とマドレーヌは、にっこり笑ってたずねた。

アルベールは呆然としていた。何を飲むかって？　そんなことわからない。懐具合に余裕があれば、ここぞというときにカルヴァドスを奮発することもあるけれど、あれは庶民の酒だ。金持ちの家でたのむものじゃない。こんな場合にどうしたらいいかとなると、皆目見当がつかなかった。

「シャンパンでは？」マドレーヌが助け舟を出した。

「ああ、はい……」とアルベールは答えた。本当は発泡酒が大嫌いだったけれど。

合図のあと、長い静寂が続いた。やがて執事がアイスペールを持ってやって来ると、ものものしい栓抜きの儀式が始まった。ペリクール氏は待ちきれなくなり、さあさあ、早く注いでと身ぶりで示した。こんなことをしていたら、一晩中かかってしまうぞ。

「それであなたは息子のことを、よくご存じだったのですよね？」ペリクール氏はアルベールのほうに身を乗りだし、ようやく本題に入った。

アルベールはこの瞬間、はっと気づいた。ああ、今夜はその話が目的だったんだ。ペリクール氏は娘のいる前で、息子の死についてたずねることにした。プラデルはこのショーに参加しない。家族だけの問題だから。アルベールはほっとした。テーブルに目をやると、シャンパングラスのなかで泡がはじけていた。どこから始めようか？　何を話したらいいんだ？　前もって考えてはあったものの、最初の言葉が見つからなかった。

ペリクール氏は不安になったのか、こうつけ加えた。

「息子の……エドゥアールの……」

ペリクール氏はふと疑問に思った。この男は本当に、息子のことを知っていたのだろうか？　たしかに手紙を書いたのは彼だが、戦場でどんなことが行われていたのか、わかったものではない。戦死した仲間の家族に手紙を書く役を、適当に割り振っていたかもしれない。みんなで毎日当番を決め、ほとんど同じ文句を繰り返していたのかも。ところがアルベールの答えには、真情があふれていた。

「ええ、ぼくは息子さんととても仲がよかったんです」

息子の死について知りたかったことは、もうどうでもよくなった。元兵士の若者が何を語ってくれるのか、そのほうが重要だ。彼は生前のエドゥアールについて、話そうとしているのだから。泥にまみれたエドゥアール。食事のとき、煙草の配給を受けるときのエドゥアール。兵士たちがトランプに興じてすごす晩、少し離れたものかげに腰かけ、デッサン帳にむかって鉛筆を走らせるエドゥアール……しかしアルベールが語ったのは、想像のなかのエドゥアールだった。実際には塹壕のなかですれ違うことはあっても、さほど親しかったわけではない。

ペリクール氏にとってそれは、思っていたほどつらくはなかった。そんな息子のようすを聞くことは、楽しい気さえした。思わず微笑みもこぼれた。マドレーヌは、父親がこんなふうに心から笑うのをひさしぶりに見た。

「実を言うと、息子さんはふざけるのが大好きでした……」

アルベールは大胆になって語り始めた。そうそう、あんなことも、こんなことも……別段、なにも難しくない。いろいろな戦友たちの思い出を、悪口にならないよう注意して、エドゥアールにあてはめていけばいいのだから。

ペリクール氏にとっては、初めて知る息子の姿だった。びっくりするようなことばかりだ（あの子が本当に、そう言ったんですか？　ええ、お話ししたとおりですよ）。しかし、意外だとは思わなかった。結局、わたしは息子のことを何も知らなかったのだから、どんな話でも受け入れるしかない。食堂、シェービングクリーム、たわいもない冗談、滑稽な兵士。どれも馬鹿馬鹿しい話ばかりだ。けれどもアルベールはようやく活路を見出し、きっぱりとそこに狙いを定めた。喜びすら感じていた。彼はエドゥアールに関するそうした逸話の数々で、何度もうまく笑いを取った。ペリクール氏は目を拭った。アルベールはシャンパンの勢いで、話が脱線しているのも気づかずにしゃべりまくった。話は脱線に脱線を繰り返した。猥談のことから凍傷にかかった足のことへ、トランプのことから兎みたいに大きなネズミのこと、看護兵が回収に行けなかった死体の悪臭のことへと。アルベールが戦争について語ったのは、これが初めてだった。

「いえね、ある日エドゥアール君は、こんなことも言ってましたよ……」

アルベールはつい調子に乗って、余計な口まで滑らしそうになった。寄せ集めで作ったエドゥアールの横顔を、台なしにしかねないことまでも。さいわいペリクール氏を前にしていたので、はめをはずさずにすんだ。いくらにこにこと笑っていても、彼の野獣のような灰色の目には、冷やりとさせられるものがあった。

「それで、息子はどんなふうに死んだのですか？」

質問は、ギロチンの刃が落ちる音のように響いた。アルベールは唇の動きをとめたまま、しばらく黙っていた。マドレーヌが何でもないように、愛想よく彼をふり返った。

「銃弾にやられたんです。百十三高地の突撃で……」

アルベールはそこで言葉を切った。〝百十三高地〟と言えば充分だろうと感じて。彼らはこの言葉に、三人三様の感慨を抱いた。マドレーヌは、弟の死を告げる手紙を手に、復員センターでプラデルと初めて会ったとき、彼から聞いた説明を思い出した。ペリクール氏は、百十三高地のせいで息子は死に、未来の娘婿は戦功十字章を授かったのだと、あらためて思わずにはおれなかった。アルベールにとってそれは砲弾の穴、全速力で突進してくるプラデル中尉の姿と続く一連の光景だった……

「一発の銃弾です」とアルベールは、できるだけ自信たっぷりに続けた。「ぼくたちは百十三高地の突撃にかかったところでした。息子さんはもっとも勇猛果敢なひとりとして……」

ペリクール氏は思わず身を乗りだした。アルベールは言葉を切った。マドレーヌも身を乗りだした。どうしたのかしら、うまい言葉が見つからないなら助け舟を出しましょうかとでもいうように。今までアルベールは、ペリクール氏の顔をまともに見ていなかった。このとき初めて、驚くほどはっきりとわかったのだ。エドゥアールと父親は目もとがそっくりだと。

アルベールはしばらくこらえていたが、いきなり声をあげて泣き始めた。

彼は両手で顔を覆い、すみませんと口ごもるように繰り返しながら泣き続けた。苦しくてたまらなかった。セシルと別れたときだって、これほど悲嘆に暮れなかったのに。戦争の終わりと孤独の重みがすべて、この苦しみのなかでひとつになっていた。

マドレーヌがハンカチを差し出した。アルベールは謝りながら泣き続けた。話は途切れたまま、みんなそれぞれの悲しみに沈んだ。

アルベールは音を立てて洟をかんだ。

「すみませんでした……」

まだ始まったばかりの夜は、真情に満ちたこの一瞬とともに終わった。ただ一度会って、夕食を共にするだけなのだから、これ以上何を望めるだろう？　あとはどんな話が続こうが、いちばん大事なことはアルベールの口から、皆の名のもとに語られた。ペリクール氏は、こんなふうに話が途切れたのが少し心残りだった。口もとまで出かけていた質問をまだしてなかったから。エドゥアールは家族の話をしていただろうか？　まあ、いい。答えはわかっているのだから。

彼は疲れきりながらも、堂々とした態度で立ちあがった。

「さあ、きみ」彼はアルベールに手を差し出し、ソファから立たせた。「食事にしよう。いつまでもめそめそしてはいられん」

ペリクール氏は、アルベールが貪るように食べるのを眺めた。青白い顔、素朴そうな目……こんな連中で、よくもまあ戦争に勝てたものだ。エドゥアールに関する話のうち、どれが真実だろう？　選ぶのは自分だ。マイヤール君が語ったのはエドゥアール自身の人生というより、息子が戦争のあいだずっとどんな環境のなかで暮らしていたかだ。大事なのはそこじゃないか。死と隣り合わせの日々を送り、夜は足を凍らせ、冗談を言っている若者たち。

アルベールはゆっくり、がつがつと食べ続けた。ようやく食事にありついたぞ。次々に運ばれてくるのは、名前もわからない料理ばかりだった。できればお品書きでも、目の前に置いておきたいところだ。エビのムースはあんな名前、煮こごりはこんな名前というふうに。これはスフレらしいぞ。あんまり貧乏ったらしい真似をして、笑いものにならないよう注意しなければ。ぼくがエドゥアールの立場だったら、たとえ顔の真ん中がえぐれていたって、一瞬のためらいもなくこの家に戻って、おいしい料理やすばらしい装飾、豪奢な雰囲気を満喫するのに。黒い目をしたかわいいメイドもいることだし。もっともひとつ、どうしても気になって、食事を心底楽しめないことがあった。召使いが出入りするドアが背後にあるせいで、あくたびにびくっとしてついふり返ってしまうのだ。そんな挙動のせいでなおのこと、料理の到着が気になってしかたない、いやしい男のように見えてしまった。

今、聞いた話のうちどこまでが真実なのか、もうわからないだろう、とペリクール氏は思った。息子の死について、ほんの少し触れたところについてもだ。しかし、それはさして重要ではない。そんなふうにあきらめることから、服喪は始まるのだから。妻の死を悼んだときはどうだったろう？　ペリクール氏は食事のあいだ、思い返してみた。けれどもそれは、遠い昔のことだった。

アルベールが話を終え、食事も終わりに近づくと、やがて静寂が訪れた。広い食堂に、かちかちと食器の鳴る音だけが鈴の音《ね》のように響いている。なんだかせっかくの機会を生かし損ねたような気がして、皆が皆自分を咎める気まずいひとときだ。ペリクール氏はもの思いにふけっている。マドレーヌが話の接ぎ穂にとたずねた。

「ところでマイヤールさん、よろしければおうかがいしたいわ……どんなお仕事をなさっているんですか？」

アルベールは口に入れた若鶏の肉を飲みこむと、ボルドーワインのグラスを取って、これはすばらしいとかなんとか、時間稼ぎにつぶやいた。

「広告です」と彼はようやく答えた。「広告業界にいます」

「それは面白そうね」とマドレーヌは言った。「それで……具体的にはどんなことを？」

アルベールはグラスを置くと、咳ばらいをした。

「厳密に言うと、広告の仕事をしているわけではないんです。勤めているのは広告会社ですが、ぼくは経理係なので」

ちょっとまずかったかな。アルベールは二人の顔を見てそう思った。あんまり今風じゃない、地味な仕事だ。また話題が途切れてしまう。

「でも、すぐ近くから見てますから」アルベールは相手のがっかりしたようすに気づき、そう言い添えた。「とても……興味深い分野ですよね」

アルベールに言えるのはそれだけだった。彼は賢明にも、デザートやコーヒー、食後酒はあきらめた。ペリクール氏は頭をほんの少しかしげ、じっとアルベールを見つめている。マドレーヌは面白くもない会話を、ごく自然に途切れなく続けた。なるほど、こんな状況に慣れっこなのだろう。

アルベールは玄関ホールに立った。あの若いメイドが、コートを持ってやって来るかもしれない。

「わざわざいらしていただき、本当にありがとうございました」とマドレーヌが言った。

あらわれたのは、きれいなメイドではなかった。同じくらい若いけれど、もっと醜くて田舎臭い。きれいなほうの子は、もう勤務時間が終わったのだろう。

ペリクール氏はさっき見た靴のことを思い出し、アルベールが染めなおしたコートを着ているあいだにそっと床に目を落とした。マドレーヌは見ないようにしていたが、靴のことはすでに気づいていた。ぴかぴかに光った新品だが、安物だった。ペリクール氏は考えこんでいた。

「マイヤールさん、さっきおっしゃっていましたよね。経理係をしていると……」

「はい」

この男を、もっとよく観察しておくべきだったな。本当のことを言っているときは、それが顔にあらわれる……残念ながら、もう遅すぎた。

「実は」とペリクール氏は続けた。「経理に明るい人間がひとり、必要でね。知ってのとおり、金融業界は大発展を遂げています。国も力を入れにゃならん。今は好機にあふれているんです」

アルベールとしては、これが数カ月前、彼をお払い箱にしたパリ共同銀行の支店長のせりふであってくれればと思うしかなかった。

「現在の報酬がいかほどかはわからないが」とペリクール氏は続けた。「その点は心配いりません。もしわれわれのところに来ていただけるなら、最高の待遇をしましょう。わたしが直々に話をつけます」

アルベールは口を結んだ。思ってもいない申し出に啞然として、息が詰まりそうなほどだった。ペリクール氏は笑顔で彼を見つめている。その傍らでマドレーヌも、砂場で遊んでいるわが子を見つめる母親のように、やさしく微笑んでいた。

「つまり……」とアルベールは口ごもった。

「われわれは、有能で意欲に満ちた若者を必要としているんです」

その表現にアルベールは恐れをなした。ペリクール氏の口ぶりときたら、まるでぼくがパリ高等商科学校出のエリートみたいじゃないか。それではいくらなんでも買いかぶりすぎだ。それにペリクール邸から生きて無事に帰れるだけでも、奇跡だと思わなければ。プラデル大尉の影が廊下をうろちょろするペリクール家には、たとえ仕事のうえでも、もう近づかないほうがいい……

「ありがとうございます」とアルベールは答えた。「でも、今の仕事で満足していますから」

ペリクール氏は両手を挙げた。ああ、そうだろう、気にしないでいい。ドアが閉まると、彼はしばらくじっともの思いにふけった。

「じゃあ、お休み」とようやく彼は言った。

「お休みなさい、パパ」

ペリクール氏は娘の額にキスをした。男たちは皆彼女に対し、そんなふうにする。

一九一九年十一月

20

アルベールが落胆しているのは、エドゥアールにもすぐにわかった。彼はむっつりした顔で外出から戻ってきた。デートは思いどおりに行かなかったんだな。せっかく新品のきれいな靴をはいていったのに。いや、むしろあの靴のせいかもしれない、とエドゥアールは思った。本当のおしゃれはどういうものか、彼はよく心得ていたから。だからアルベールの足もとを見たときには、ぜひともうまくいって欲しいと願ったのだった。

アルベールは部屋に入ると、内気そうに目をそらした。こんなこと、めったにない。それどころかいつもなら、元気だったかとばかりにエドゥアールを見つめた。今晩みたいに仮面をつけてなくとも、彼を正面から平気で見られるというように、わざとらしいほどじろじろとした目で。ところが今日はそそくさと、靴を箱にしまっている。まるで宝物を隠すみたいだが、まるで元気がなかった。つまらない宝物だった。靴を買おうという誘惑に負けてしまったことを、彼は後悔していた。大変な出費だった。あり金すべてはたいてしまった。ペリクール家にめかしこんで行くために。かわいいメイドまで、大笑いしたじゃないか。彼はじっと動かなかった。エドゥアールには、打ちのめされたように立ちつくすその背中しか見えなかった。

だからこそエドゥアールは、よし、やろうと思ったのだった。計画がすべて完了するまで、何も言わないつもりだった。それには、まだまだほど遠い状況だ。すでにできあがったものにも、満足がいっていたわけではない。こんな危ない橋を渡れるほど、アルベールの精神は図太くないし……打ち明けるのはなるべくあとにしようという、当初の心づもりに従うべき理由はいくらでもあった。

しかし今、ここで言ってしまおうと決めたのは、友人があまりに悲しそうだったからだ。いや、実のところそれは、胸の底にあった本当の理由を隠すための方便にすぎない。エドゥアールは待ちきれなかったのだ。子供の横顔を描き終えたあの午後からずっと、彼は言いたくてうずうずしていた。

そうしよう。れっきとした理由があるんだから、しかたないさ。

「夕食はすませてきた」とアルベールはすわったまま言った。

そして洟をかんだ。ふり返りたくない。見世物になるのはいやだ。

エドゥアールは胸が高鳴るような、勝利のひとときを味わった。アルベールに対する勝利ではない。人生に挫折して以来初めて、力が湧いてくるのを感じた。未来が自分の手にかかっていると、勝てると思うことができた。

アルベールは目を伏せて立ちあがり、石炭を取ってくると言った。エドゥアールは彼を抱きしめてあげたかった。唇があれば、キスもしていただろう。

アルベールはいつも下におりるとき、タータンチェックの大きなスリッパをはいた。すぐ戻るから、と彼はつけ加えた。そう言っておかねばならないかのように。まるで老夫婦だ。いちいちどんな意味かなんて考えずに、ただ習慣で言葉をかけ合っている。

アルベールが階段をおり始めると、すぐさまエドゥアールは椅子にあがり、天井の揚げ戸をあけてバッグをおろした。椅子をもとに戻し、さっと埃を払って長椅子《オットマン》に腰かける。ソファの下から取り出した新しい仮面をかぶり、デッサン帳を膝に置いて、彼は友の帰りを待った。

準備はたちまち終わったので、とても長い時間に感じられた。耳を澄ませていると、やがてアルベールが階段をあがる足音が聞こえた。石炭を詰めたバケツのせいで、ずっしりとした足音だった。大きなバケツなので、とても重くなるのだ。ようやくアルベールがドアをあけた。彼は目をあげ、驚愕した。バケツが手からすべり落ち、大きな金属音をたてる。あわててバケツをつかもうとするものの、手は宙を切るばかりだった。気が遠くなるのをこらえようと、必死に大きく口をあけた。脚ががくがくして、もう立っていられない。彼はふらふらと床にひざまずいた。

エドゥアールがかぶっていたのは、ほとんど実物大の馬の首だった。

紙粘土を固めて作った首は、完璧な出来栄えだった。茶色の色合い、黒い斑点。毛並は、やわらかな栗色のパイル地で再現されている。頬は瘦せこけ、たれさがっていた。角張った鼻梁が長く伸びた先には、鼻孔がぽっかりとあいていた……産毛の生えた上下の大きな唇ときたら、本物と見まがうほどだ。

エドゥアールが目をつぶると、まるで馬が本当に目をつぶったかのようだった。アルベールは今まで、エドゥアールと馬が似ているなんて思ったこともなかった。

彼は感動のあまり涙を浮かべた。幼馴染《おさななじみ》か兄弟に再会したかのよう。

「驚いたな」

アルベールは泣き笑いをしながら、「驚いたな」と繰り返した。ひざまずいたまま馬を眺め、「驚

一九一九年十一月

いたな」と……馬鹿みたいだと自分でもわかっていたけれど、すべすべした大きな口にキスをしたくなった。けれども近づいて人さし指を伸ばし、さっと唇に触れるだけにした。エドゥアールは、前にルイーズも同じようにしたのを思い出し、感動で胸がいっぱいになった。ほかに言葉が見つからない。二人の男はただ黙ったまま、それぞれの世界に浸った。アルベールは馬の首を撫で、エドゥアールはその愛撫を受けた。

「この馬の名前は、もうずっとわからないだろうな……」とアルベールは言った。

どんなに大きな喜びにも、わずかな悔いが残る。人生はいつも、なにかもの足りずにすぎていく。

アルベールはそのとき初めて、エドゥアールの膝にあるデッサン帳に気づいた。まるでそれが今、忽然とあらわれたかのように。

「じゃあ、また始めたのか？」

心からのひと言だった。

「わからないだろうな、ぼくがどんなに嬉しいか」

アルベールはひとりで笑い続けた。努力がようやく報われたのを見て、大喜びしているみたいに。

彼は仮面を指さした。

「それに、これも。いやまったく、すばらしい晩だよ」

おいしいものには目がないんだとでもいうように、アルベールはデッサン帳を示した。

「ちょっと……見てもいいかな？」

彼が隣に腰かけると、エドゥアールは荘重な儀式さながら、ゆっくりとデッサン帳をひらいた。

最初の何枚かを見ただけで、アルベールはがっかりした。失望はとても隠しきれなかった。ああ…

…いいじゃないか……とてもいいよ……とりあえず、口ごもるようにそう言ったものの、嘘っぽく聞こえないようにどう誉めたらいいのかわからなかった。だって何なんだ、これは？　大きな紙に、兵士がひとり描かれている。しかしとても醜かった。アルベールはデッサン帳を閉じ、表紙を指さした。

「おいおい」と彼は驚き顔で言った。「こいつをどこで見つけたんだ？」

話題を変えても、その場しのぎだった。ルイーズさ。そりゃそうだな。デッサン帳を手に入れるくらい、あの少女にはお茶の子さいさいだ。

そのあとは、またデッサンを見なければならなかった。何て言おうか？　アルベールはうなずくだけにしておいた。

彼は二枚目の絵に目をとめた。石柱のうえの彫像を描いた、細密な鉛筆画だった。ページの左側には正面の図、右側には側面の図がある。ヘルメットをかぶって銃を肩から斜めに下げ、前進する兵士の像だ。ちょうど出発するところだろう。うえを見あげた目は、遠く彼方へむいている。ぴんと伸ばした指先は、女の手を引いていた。上っ張りを着た女は兵士のうしろで、子供を抱いて泣いていた。兵士も女も若かった。絵の下にタイトルがある。〈出征〉。

「よく描けてるよ」

アルベールに言えるのはそれだけだった。

エドゥアールは気分を害したようすもなかった。うしろにさがって仮面をはずし、それを目の前の床に置いた。馬が床から首を出して、毛むくじゃらの大きな口をアルベールのほうに突き出しているかのようだった。

エドゥアールはそっと次のページをめくり、見てくれと身ぶりで示した。〈攻撃始め！〉というタイトルだった。三人の兵士がタイトルどおり、攻撃に出る場面だ。彼らはひとかたまりになって、敵陣にむかっていた。ひとりは長い銃剣を宙にかざし、もうひとりはその脇で、手榴弾を投げようと腕をふりあげている。あとのひとりは少しうしろで、銃弾か砲弾の破片にあたったところらしく、膝をたわめて体を弓なりに反らし、今にもひっくり返りそうだった。

アルベールはさらに次々とページをめくった。〈立て、死者たちよ〉、〈国旗を守って死にゆく兵士たち〉、〈戦友〉……

「どれも記念像じゃないか……」

ためらいがちの質問だった。というのもアルベールはあらゆることを予想していたが、これだけは思いつかなかったから。

エドゥアールはうなずいて、目を絵にむけた。そう、たしかに記念像さ。満足げな表情だった。いや、まったく、たしかに記念像そのものだ。アルベールはそんな顔をして、あとは胸の奥にしまった。すばやく前にエドゥアールの荷物のなかから見つけたデッサン帳のことは、とてもよく覚えている。すばやくとらえた場面が青鉛筆で見事に描かれていた。あの手帳は彼の戦死を知らせる手紙といっしょに、家族のもとへ送ったのだった。戦場の兵士たちという点では、たった今見た絵と同じだけれど、かつてのデッサンには真実味がこもっていた。あれは本物だ……

アルベールは芸術のことなど何も知らない。感動する作品と、そうではない作品があるだけだ。今、目の前にある絵はとてもよく描けているし、丹念な仕事ぶりだけれど……言うなれば、それは……彼は言葉を探した……それは硬直していた。ああ、わかった。つまりこの絵には、本当らしさが欠けているんだ。ここに描かれているものは、アルベールもよく知っている。彼自身、こうした兵士のひとりだった。だから彼にはよくわかった。これらの絵は、戦場に行ったことのない者が頭のなかで勝手にこしらえたイメージだと。そう、これはわかりやすい絵、人を感動させようとして描かれた絵だ。でも、少し感情をおもてに出しすぎている。アルベールは慎み深い人間だった。ところがこの絵の表情は、つねに大袈裟だった。何というか、形容詞で描かれたような絵だった。彼はさらにページをめくった。〈英雄に涙するフランス〉は、泣きぬれた娘が死んだ兵士を抱く絵だった。その次は〈犠牲に思いをはせる孤児〉。少年がすわって、手のひらに頬をあずけている。その傍らには、少年の夢なのか想像なのだろう、死にかけた兵士が横たわっている。兵士は、片手を下にいる少年のほうに伸ばしている……何も知らない者でも、ずいぶん単純だと思うだろう。まったく醜悪な絵だった。実際に見てみないと、わかってもらえないだろう。〈ドイツ兵のヘルメットを押しつぶす雄鶏〉は、嘴を空にむけ、翼を広げて襲いかかろうとしている……

アルベールには、まったくいいとは思えなかった。がっかりするあまり、声も出ないほどだった。彼はそっとエドゥアールのようすをうかがった。エドゥアールは大事そうにデッサンを眺めている。不細工なわが子でもかわいくてたまらず、自慢に思っている親のように。エドゥアールは戦争で、才能まで失ってしまったのだろうか？　アルベールはそう思うと悲しかった。たとえそのときは、自分の気持ちをはっきりと理解していたわけではないとしても。

「でも……」と彼は言い始めた。

ともかく、何か話さなくては。

「でも、どうして記念像なんだ？」

エドゥアールはデッサン帳の最後をめくって、はさんであった新聞の切り抜きを取り出し、なかの一枚を見せた。太芯の鉛筆で文章が囲んである。〝……ここでもまた町や村、学校、そして駅までも、誰もがみな追悼記念碑を作りたいと思っている……〟

切り抜きは、《レスト・レピュブリカン》紙の記事だった。ほかにもまだ、たくさんある。アルベールは切り抜きを集めたファイルをひらいてみたことがあるが、それが何を意味するのかはわからなかった。ある村、ある同業組合の戦死者リスト。ここでは追悼式が行われ、あそこでは軍隊のパレードや、寄付の募集が行われている。すべては追悼記念碑を作ろうというアイディアに、結びついていたのか。

「なるほどね」とアルベールは答えたものの、実際のところどういうことなのか、よくわからなかった。

するとエドゥアールは、ページの端に書いた計算式を指さした。

〝記念碑三万個×一万フラン＝三億フラン〟

今度はアルベールにも、少し話が見えてきた。たしかに大変な金額だ。いやもう、ひと財産と言っていい。

これほどの大金があったら何が買えるのか、想像もつかないほどだ。蜂がガラスにぶつかってはね返るように、アルベールの想像力は数字の持つ意味をとらえかねていた。

エドゥアールはアルベールの手からデッサン帳を取って、最後のページを示した。

愛国の記念

われらが英雄たちと

一九一九年十一月

フランスの勝利を讃えた
石柱、記念碑、記念像
カタログ

「戦没者の追悼記念碑を売ろうってことなのか？」

そういうことだった。エドゥアールはこの思いつきが自慢らしく、太腿をたたきながら喉を鳴らした。どこから、どうやって出てくるのかわからないが、なんとも例えようのない、耳ざわりな音だった。

そんなにみんな、記念碑を作りたがっているのだろうか？　アルベールにはそこのところがよくわからなかったけれど、三億フランという数字は彼の想像力にぐいぐいと入りこんできた。例えばそれはペリクール邸のような〝屋敷〟だったり、〝リムジン〟や〝豪華ホテル〟だったりした……アルベールは思わず赤面した。〝女〟のことも頭をかすめたから。魅力的な笑みをしたメイドが、一瞬目に浮かんだ。お金があれば、女の子とつき合いたくなるのは本能だ。

先を見ると、本物の活字そっくりの細かな文字でこう書かれていた。〝…そしてあなたの町、あなたの村の若者たちが、敵の侵略に対しわが身を挺《てい》して戦ったことを、悲しみのなかでいつまでも記憶にとどめておかねばならないと思っておられることでしょう〟

「すばらしいじゃないか」とアルベールは言った。「とてもいい考えだろうけど……」

つまらない絵だと感じたわけが、よくわかった。これは感性を表現するためではなく、大衆の気持ちを代弁するために描かれたものだからだ。興奮とヒロイズムを求める人々を喜ばせるために。

広告文はさらに続いた。〝あなたの仲間たち、後世に模範として示すべき英雄たちにふさわしい記念碑をお選びいただけるよう、以下のような各種タイプがご用意してあります。材質は大理石、花崗岩、ブロンズ、ガルヴァノ＝ブロンズ……〟

「でも、そう簡単にはいかないぞ、きみの計画は……」とアルベールは続けた。「絵を描くだけじゃ記念碑は売れないからな。売れたら、作らなくちゃならない。それにはお金も、人手も要る。工場があって、原材料を集めて……」

鋳造所を建てるとなると、大仕事じゃないか。アルベールはそこまで思って啞然とした。

「……記念碑ができたら運んで、現地に設置しなくては……これだって大変な費用だ」

結局いつも、そこに返るのだ。お金の問題に。いくら商売の才覚があろうと、熱意だけではやっていけない。アルベールはやさしく微笑んで、友の膝をぽんとたたいた。

「なあ、よく考えなくちゃ。きみが仕事を始めようっていうのは、とてもいい考えだと思うけどね。でも、これはきみがむかうべき方向じゃないだろう。記念碑を作るなんて、そう簡単にできやしない。でも、それはかまわないさ。大事なのは、きみが意欲を取り戻したってことなんだ。そうだろ？」

いや、違う。エドゥアールは拳を握って、靴を磨くみたいに何度も宙に突き立てた。言わんとすることは明らかだ。違う、急ぐんだ！

「いやまあ、急ぐと言われてもな……」アルベールは答えた。「どうかしてるぞ」

デッサン帳の別のページに、エドゥアールはすばやく数字を書いた。記念碑三百個。それから三百を斜線で消して、四百と書きなおした。なんたる熱狂ぶりだ！　彼はさらに〝四百×七千フラン＝三百万〟と続けた。

間違いない、彼は完全に頭がおかしくなってしまったんだ。できもしない計画を立ててるだけではまだ足りず、今すぐそれを実行に移そうだなんて。三百万か。もちろんアルベールだって、それ自体には文句はない。むしろ、もろ手をあげたいくらいだ。けれどもエドゥアールは、明らかに地に足がついていない。たった三枚のデッサンを描いただけで、もう大量生産に入った気でいるのだ。アルベールは跳躍する前のように、ぐっと息を詰めた。穏やかに話さなくては。

「よく聞いてくれよ。こんな計画、現実的じゃないと思うけど。四百個の記念碑を作るだなんて、きみは本気でそれが……」

ウッウッウッ！　エドゥアールがこんな音を立てるのは、大事な話があるときだ。二人が知り合ってから、まだ一、二回きりだろう。それは命令だった。怒っているわけではないが、話を聞いて欲しいのだ。エドゥアールは鉛筆を取った。

「記念碑は作らない」と彼は書いた。「売るだけだ」

「何だって」アルベールは思わず大声になった。「おかしいじゃないか。売るんだったら、作らなきゃならないだろ」

エドゥアールはぐっと顔を近づけ、両手でアルベールの顔を押さえた。まるで唇にキスをしようとしているかのように。彼は首を横にふった。目が笑っている。

「売るだけだ……」エドゥアールは鉛筆を取って、そう書いた。

ずっと待ち望んでいた瞬間は、しばしば思いがけない機会に訪れるものだ。それが今、アルベールの身に起ころうとしていた。アルベールが最初の日からずっと頭を悩ませていた疑問に、大喜びしたエドゥアールが突然答えたのだ。彼は笑い始めた。そう、初めて笑った。

それは普通の笑いと、ほとんど変わらなかった。喉から響く、甲高い女性的な笑い。小刻みに震えるような、本物の笑いだった。

アルベールは口を半開きにして息を呑んだ。

そしてデッサン帳のページに目を落とした。エドゥアールが最後に書いた言葉に。

「売るだけだ。作らない。お金をもらったら、それでおしまいだ」

「つまり……」とアルベールはたずねた。

エドゥアールが答えようとしないので、彼は苛立った。

「それから？」アルベールはもう一度たずねた。「どうするんだ？」

「それから？」

またしてもエドゥアールの笑い声が響いた。さっきよりももっと大きく。

「お金を持って、とんずらさ」

21

まだ朝の七時前で、凍てつくような寒さだった。一月の終わりからは、気温が氷点下に下がることはなかったけれど――せめてもの、さいわいだ。さもなければ、つるはしを持ち出すことになりかねない。でもそれは、規則で厳しく禁じられている――湿った冷たい風が絶えず吹きすさんでいた。戦争が終わったというのに、こんな冬を送らねばならないなんて、ご苦労なことだ。

アンリ・ドルネー＝プラデルは、立ったまま待ちたくはなかった。車のなかにいたほうがいい。もっともこの車では、外より快適とは言いがたい。暖められるのは上か下のどちらかで、両方いっぺんとはいかなかった。どのみちこのところ、いらいらさせられることばかりだ。何ひとつ、順調に進んでいかない。こんなに仕事に打ちこんでいるのだから、少しはほっとできてもよさそうなものを。そうだろ？　でも、まあしかたない。いつだって障害や不測の事態はつきものだ。ひとりであちこち、かけずりまわるしかない。自分ですべて片づけるのが簡単だ。デュプレにすっかりまかせられないなら……

もちろん、そんな言い方は正しくない。プラデルもそれは認めていた。デュプレは一生懸命やっている。勤勉で仕事熱心だ。あいつの働きぶりは、考慮してやらんといけないな。そうすれば、おれの気分も落ち着くだろう。けれども彼は今、誰のことも腹立たしくてしかたなかった。

疲れているせいもあるだろう。真夜中のうちに、発たねばならなかったし、あのかわいいユダヤ女に、精力を吸いつくされてしまった……プラデルがユダヤ人嫌いなのは言うまでもないが——ドルネー＝プラデル家は、中世以来の反ドレフュス派なのだ——やつらの娘っこはいざとなると、とんでもなく淫らな売女になる！

彼は苛立たしげにコートの前を合わせなおすと、デュプレが県庁のドアを叩くのを眺めた。

守衛は着がえを終えたところだった。デュプレが車を指さしながら説明すると、守衛は身を乗りだし、日が照っているかのように手を目のうえにかざした。話はとおっているはずだ。戦没者追悼墓地から県庁まで知らせが届くのに、一時間とかからない。部屋の明かりが次々に灯り、再びドアがあいた。プラデルはようやくイスパノからおりると、すばやくポーチを抜け、道案内をしようとする守衛を追い越して、きっぱりと腕をふりあげた。わかってる、わかってる、わが家みたいなものさ、ここは。

県知事のガストン・プレルゼックは人の意見に耳を貸さない、頑固な男だった。いや、わたしはブルターニュの出じゃないと、四十年間みんなに言っている。彼は一晩中、眠れなかった。何時間ものあいだ、頭のなかで、奇怪な光景が続いた。兵士たちの死体が中国人と混ざり合い、棺桶が勝手に動き出していく。なかには、これ見よがしにせせら笑いを浮かべる棺桶まであった。彼は知事という重職にふさわしい尊大そうなポーズで、客を迎えることにした。暖炉の前に立って片腕をマントルピースに置き、もう片方の手は上着の内ポケットに入れて、あごをぐっとうえにむける。知事たる者、重要なのだ、このあごが。

しかしプラデルは、知事もあごも暖炉もまったく気にしていなかった。彼は知事のポーズには目もくれず、挨拶すらしないで、来客用の肘掛け椅子にすわりこむと、いきなりこう切り出した。

「どういうことですか、これは？」

知事はこの言葉にひるんだ。

二人はすでに、二度会っていた。政府の計画が始まるに際し、実務的な会合がひらかれたときと、墓地の建設工事開始の式で、市長の挨拶やら黙禱やらが行われたときだ……プラデルの仕事は、はかどっていなかった。まさに遅々として進まずといったところだ。ドルネー＝プラデルがマルセル・ペリクールの娘婿だということは、知事だって知っているはずだ（そもそも、知らない者などいるだろうか？）。それにペリクール氏が内務大臣の同期生にして友人であり、娘の結婚式には共和国大統領その人までもがやって来たことも。プレルゼックは今回の件を取り巻く複雑な交友関係、人物関係は、あえて想像しないことにした。そんなこんなで、彼は眠れなくなってしまったのだった。このトラブルの裏にはたくさんの重要人物がいて、彼らが示す圧力がある。知事というプレルゼックの立場も、いまや風前の灯《ともしび》だった。建設中のダンピエール戦没者追悼墓地にむけて、近辺各地から次々に棺桶が集まり始めたのは、まだ数週間前のことだ。しかし埋葬が行われているようすを見ると、プレルゼック知事はたちまち不安になった。いくつか問題が出始めたところで、彼は本能的に保身を図ることにした。けれども今、何かが耳もとで囁いている。恐慌をきたすあまり、つい先走りすぎたのではないかと。

一行は黙って車を走らせた。

プラデルも内心、少しがっつきすぎただろうかと思っていた。うんざりだな。

知事は咳きこんだ。車ががたがた道を行くと、今度は頭をぶつけたけれど、誰も気づかいの言葉をかける者はいなかった。後部座席に腰かけたデュプレも、今までさんざん頭をぶつけてきたので、どう身構えたらいいのかもうわかっていた。広げた膝を手でぐっと押さえておくのだ。

県庁の守衛から電話で連絡を受けた市長は、ダンピエール戦没者追悼墓地の鉄柵の前で、帳簿を抱えて待っていた。さほど大きな墓地にはならないだろう。墓の数は九百ほどだ。役所がどのように用地を決めたのかはわからないけれど。

プラデルは遠くから市長を眺めた。引退した公証人か教師のような感じだ。つまり、最悪ってことだ。あいつら、自分の職務や特権を大事にするからな。気難しい連中だ。どちらかというと公証人のほうかな、とプラデルは思った。教師はもっと痩せている。

彼は車をとめて、外に出た。知事も隣にいる。皆、黙って握手をした。重苦しいひとときだ。

仮の鉄柵扉を押しあけると、目の前には石ころだらけでむき出しの平地が広がっていた。そこにまっすぐな線が何本も、きっちり直角に交わるように引かれているところは、いかにも軍隊らしい。工事が終わっているのは、通路のいちばん端だけだ。シーツをめくるように、墓地は少しずつ墓石や十字架に覆われていく。入口の近くに、仮設の管理小屋がたっていた。何十本もの白い十字架が、荷台のうえに積み重ねてある。その先の上屋《うわや》には、防水シートに包まれた棺桶が山積みされていた。百個くらいはあるだろう。普通なら、棺桶は埋葬のテンポに合わせて到着する。棺桶が溜まっているということは、埋葬が遅れているのだ。プラデルは背後のデュプレをちらりと見た。たしかに、順調に進んではいませんね、とデュプレは認めた。スピードをあげねばならない理由が、もうひとつ増えたな、とプラデルは思った。彼は思わず早足になった。

ほどなく日がのぼるだろう。

一行は市長のあとについて歩いた。周囲、数キロ内には木が一本も生えてない。墓地は戦場を思わせた。このいまいましいE十三番の墓がどこにあるのか、「E十三、ええとE十三は……」と市長はつぶやいた。このいましいE十三番の墓がどこにあるのか、本当はよく知っている。昨日、一時間近くもこの墓地ですごしたのだから。しかし捜しもせずにまっすぐそこへむかうのは、良心に背くような気がした。

ようやく一行は、大きな穴のあいた墓の前で立ちどまった。薄く土がかかった下に、棺桶が見えた。棺桶の下部は土を払い、少しうえに持ちあげて、記載内容が読めるようになっていた。〝エルネスト・ブラシェ――第百三十三歩兵連隊伍長――一九一七年九月四日、祖国のために戦死〟

「それで？」とプラデルはたずねた。

市長がまるで魔術書か聖書のように帳簿をひらいて、知事の前に差し出した。知事はそれを指さし、もったいぶったようすで読み始めた。

「E十三区画、シモン・ペルラット――二等兵――第六部隊――一九一七年六月十六日、祖国のために戦死」

知事はぱたんと音を立てて帳簿を閉じた。プラデルは眉をひそめた。それで？　ともう一度繰り返したかったが、結局彼は黙っていた。そんな話、好きに解釈すればいい。そこで知事は先を続けた。市と県に管轄がまたがることでもあり、ここは知事としてはっきり言っておかねば。

「おたくの作業班は、棺桶と墓の区画をきちんと照合していないようですね」

プラデルは問いかけるように、知事をふり返った。

「作業はあなたが雇った中国人が行いました」と知事はつけ加えた。「ところが彼らは、正しい場所を捜さず……目についた穴にはしから棺桶を放りこんでいるんです」

するとこんどはデュプレのほうに、プラデルは目をやった。

「どうしてそんなことをしているんだ、中国人作業員は？」

答えたのは知事だった。

「字が読めないからですよ、ドルネー＝プラデルさん……この仕事をさせるのに、あなたは字が読めない連中を雇ってしまったんです」

プラデルは一瞬、たじろいだが、すぐに勢いよく言い返した。

「そんなこと、どうでもいいじゃないですか。息子の墓参りに来た親が、いちいち墓を掘り返したりしますか？　なかにいるのがわが子かどうか、たしかめるために」

知事も市長も唖然としたが、デュプレだけは驚かなかった。プラデルの性格は心得ている。仕事を始めて四ヵ月、彼がその場しのぎで切り抜けるのを目にしてきた。なかにはずいぶん大問題もあった。この仕事には、特殊なケースが数多い。例えば間違いなくことを進めるには、人手がもっと必要なのに、ボスは雇おうとしなかった。いや、これでいい、と彼は言った。人手はもう充分ある。それに、きみがいるじゃないか、デュプレ、そうだろ？　きみにまかせて大丈夫だな？　そんなわけだ、遺体を入れ違えたからって、今さらびっくりするようなことじゃない。

いっぽう知事と市長のほうは、大いに憤慨していた。

「いや、ちょっと待った……」

そう言ったのは市長だった。

「わたしたちには責任があります。これは神聖な職務なんですから」

さっそくこんな大言壮語か。誰を相手にしているのか、わからせてやる。

「ええ、もちろん」とプラデルは、相手をなだめるように言った。「神聖な職務、まさしくそのとおりです。でも、ご存じのように、これは……」

「ええ、たしかに存じておりますとも。これは、戦場で亡くなった人々に対する冒瀆だってね。だからわたしは、作業を中止させようとしているのです」

国の担当部署に電報で連絡しておいてよかった、と知事は思った。これで、わたしの立場は守られる。やれやれだ。

プラデルは長いこと考えこんでいた。

「わかりました」ようやく彼は口をひらいた。

市長はため息をついた。こんなに容易に勝利が得られるとは、想像していなかった。

「すべての墓を掘り返し、確認しましょう」と知事は、断固たる強い口調で続けた。

「承知しました」とプラデルは言った。

プレルゼック知事はあとを市長にまかせた。ドルネー＝プラデルがこんなに協力的だと、かえってとまどってしまう。前に二回会ったときには、自分勝手に仕事を進める男だという印象だったのに。

今日みたいなものわかりのよさは、まったく感じなかった。

「わかりました」とプラデルは繰り返し、コートの前を合わせなおした。

わたしは逆境にはくじけないし、市長の立場も理解していますとも。

「それでは、墓を掘り返してください」

彼はうしろへさがって立ち去りかけると、最後にもうひとつ確認しておかねば、というようにつけ加えた。

「もちろん、作業が再開できるようになりしだい、連絡していただけますね？　おい、デュプレ、中国人はシャジエール＝マルモンにまわしたまえ。むこうも遅れているのでね。結局のところ、今回の件はむしろよかったのかもしれん」

「ちょっと待ってください」と市長が叫んだ。「墓を掘り返すのは、おたくの作業員にやってもらわねば」

「いや、だめですよ」とプラデルは答えた。「中国人の仕事は埋葬です。そのために、賃金が払われているんです。墓を掘り返す仕事も、彼らにやらせられればいいのですが。でも政府には、一回の作業工程ごとに請求書を送っていますからね。そうなると、請求書を三枚書かねばなりません。一枚目は埋葬作業、二枚目は掘り返し作業。そしてあなたがたが正しい場所と棺桶の仕分けを終えたら、三枚目はもう一度埋葬しなおす作業にです」

「そんなわけにはいかん」と知事は叫んだ。

この件で、全責任を負っているのは知事だった。調書にサインするのも、支出の報告をするのも、国から割りあてられた予算を管理するのも、予算オーバーのときに叱責されるのも、すべて彼だ。そもそもここに都落ちしてきたのも、管理を怠ったからだった。やたらに偉ぶる某大臣の愛人と、まずいことになったのだ。問題はこじれてモラルが問われ、一週間後にダンピエール赴任となった。今度はそんなはめに、なりたくないからな。植民地でキャリアを終えるなんて、願い下げだ。おれは喘息もちなんだ。

「三枚も請求書を書くなど、とんでもない！」

「そこはお二人で、何とかしてください」とプラデルは言った。「わたしは中国人作業員の処遇を考えねばなりません。ここで仕事を続けさせるか、ほかに送るかです」

市長は顔を歪めた。

「そうなると」

彼は大きく腕を動かして、朝日がのぼりかけた墓地を指さした。陰鬱な光景だった。草も木も生えていない広大な土地が、寒々とした乳白色の空の下にどこまでも続いている。雨で固められた小山が点々とし、シャベルや手押し車があちこちに打ち捨てられていた……とても悲しげな景色だ。

市長は再び帳簿をひらいた。

「そうなると……」と彼は繰り返した。「すでに百十五人の兵士が埋葬されていますが……」

彼は数字を確認し、うんざりしたように顔をあげた。

「誰が誰なのか、すべてまったくわからないということになります」

市長は泣き出すんじゃないか、と知事は思った。まるでここは、涙を流すべきときだとでもいうように。

「これらの若者たちは、フランスのために命を捧げたのです」と市長は続けた。「彼らに敬意を払わねばなりません」

「ほう、そうですか？」とプラデルはたずねた。「あなたは敬意を払っていると？」

「もちろんです。それに……」

「だったら、説明していただきましょう。どうしてこの二カ月間、あなたの市にある墓地で、文盲の作業員がでたらめに埋葬するのを放置しておいたのですか？」

「でたらめな埋葬をさせたのは、わたしではない。彼らはあなたの中国人……作業員ですよ」

「でもあなたは軍当局から委任を受け、帳簿を預かっているじゃないですか」

「市の職員が一日二回、巡回に来てましたよ。でもここで、一日中すごすわけにはいきませんからね」

市長は、救助を待つ遭難者のような目を知事にむけた。

沈黙が続く。

みんな、責任のなすり合いだ。市長、知事、軍当局、身分登録簿管理者、戦没者追悼墓地を管轄する年金省。この件には、たくさんの人間があいだに入っているので……

責任の所在を明らかにしようとすれば、全員がそれぞれ応分に負うことになる。中国人は別にして。彼らは字が読めないのだからしかたない。

「では、どうでしょう」とプラデルが提案した。「今後はよく気をつけるということで。そうだな、デュプレ？」

デュプレはうなずいた。市長は肩を落としている。目をつぶらねばならないのか。間違った名前が墓碑に刻まれるのを、黙って放置したまま、ひとりでこの秘密を抱えこまねばならないなんて。この墓地は彼にとって悪夢になりそうだ。プラデルは市長と知事を順番に見つめた。

「この一件については、内密にしておきましょう……」と彼は、ひそひそ話でもするような口調で言った。

知事は唾を飲んだ。電報はもう、国の役所に着いたところだろう。あれは植民地への異動願いになってしまうのか。

プラデルは手を伸ばし、途方に暮れている市長の肩にかけた。

「家族にとって大事なのは」と彼は続けた。「自分たちだけの場所を持つということなんです。そうでしょう？　いずれにせよ、彼らの息子はこの墓地にいるんです。そこですよ、いちばん重要なのは」

これで一件落着だ。プラデルは車に戻ると、腹立たしげにドアを閉めた。しかしいつものように、怒り出しはしなかった。車を出すときは、かなり落ち着いていた。

プラデルとデュプレは黙ったまま、景色が通りすぎるのをただいつまでも眺めていた。

今回も、なんとか切り抜けた。しかし二人は彼らなりに、疑問を抱いていた。あっちでもこっちでも、トラブルだらけじゃないか。

プラデルはようやく口をひらいた。

「引き締めねばいけない。そうだろ、デュプレ。頼りにしてるからな」

22

一九一九年十一月

だめだ《ノン》。そして人さし指が車のワイパーみたいに、けれどももっとすばやく動いた。とてもきっぱりとして、有無を言わせない〝だめ《ノン》〟だった。エドゥアールは目を閉じた。アルベールの答えは予想どおりだった。彼は怖がりの小心者だ。何の危険もない、ちょっとしたことを決めるのだって、何日も悩んでいるんだから、ありもしない戦没者記念碑を売りつけ、金だけ持ってとんずらだなんて！

エドゥアールに言わせれば、すべてはアルベールがあまりぐずぐずしないで受け入れるかどうかにかかっているのだった。というのも、うまいアイディアというのは生ものだからだ。毎日せっせと新聞を読んでいると、それが肌で感じられる。いずれ市場には記念碑がどっと売り出され、芸術家や鋳造所がこぞって注文に飛びつくだろう。そうなったら、もう遅すぎる。

今、決意するか、あきらめるかだ。

アルベールは、はなからあきらめている。人さし指の動きがそれを示している。だめだ《ノン》。

それでもエドゥアールは、ねばり強く仕事を続けた。

追悼記念像のカタログは、一ページ一ページ出来あがっていった。ついこのあいだも、ルーヴル美術館にあるサモトラケのニケから着想を得て、兵士のヘルメットをかぶった〈勝利の女神像〉を完成させたばかりだ。こいつは大うけしそうだ。ルイーズが午後にやって来るまではずっとひとりきりなので、考える時間はたっぷりあった。エドゥアールは次々に浮かぶ疑問に答えを出し、一筋縄ではいかない（それは認めねばならなかった）計画を練りあげた。問題点をひとつひとつ解決するのは思っていたよりはかどらず、絶えず新たな問題も出てきた。前途多難ではあるけれど、彼は成功を固く信じていた。失敗するわけがない。

真に大ニュースと言うべきは、エドゥアールが思いがけず熱心に、ほとんど夢中になって取り組んでいる点だろう。

彼は喜々としてこの計画に飛びこみ、どっぷりと浸かった。それだけが生きがいだった。人を煽動する喜び、挑発的な精神を取り戻し、本来の自分に返った。

アルベールもそれは喜んでいた。こんなエドゥアールは初めてだ。塹壕のなかで、遠くから眺めていたころを除けば。彼が再び生き生きし始めたのを見て、アルベールは心底努力が報われる思いがした。彼の計画については、あまり心配はしていなかった。どうせ実現不可能だろうから。アルベールの目からすれば、荒唐無稽もいいところだ。

こうして二人のあいだで、力くらべが始まった。いっぽうが押せば、もういっぽうは守る。

なにごとにつけ最後に勝つのは、力まかせにぶつかるのではなく、力を抜いて敵をかわす者だ。アルベールも〝だめだ《ノン》〟と言い続けていれば、いずれは思いどおりになる。こんな馬鹿馬鹿しい計画を撥ねつけるのはかまわないが、エドゥアールをがっかりさせるのはつらかった。せっかく戻りかけた活力の芽を摘み、未来になんら展望のない空しい生活に彼を逆戻りさせるのはかわいそうだ。

別のことに意欲を持たせねば……でも、何に？

そこで毎晩アルベールは、友人が見せる新しいデッサン、新たな石柱や新たな記念像の絵を、一生懸命褒めまくった。本心からではなかったけれど。

「いいアイディアだろ」とエドゥアールは筆談ノートに書いた。「お客が自分で記念碑をデザイン出来るようにするんだ。国旗と兵士の組み合わせで、ひとつ記念碑ができる。国旗の代わりに勝利の女神像を置けば、また別の記念碑になる。特別な才能がなくても、誰でも簡単に創造性を発揮できるんだ。きっと大あたりするぞ」

なるほど、とアルベールは思った。エドゥアールには非難すべき点も多々あるけれど、たしかに着想は天才的だ。とりわけ、災厄を招く思いつきにかけては。他人になりすまし、国からの手当がもらえなくなり、安楽に暮らせる家にも帰ろうとせず、移植手術も拒否し、モルヒネ中毒になり、そして今度は戦没者追悼記念碑の詐欺でひと儲けしようとしている……エドゥアールの思いつきは、まさに疫病神だった。

「ぼくに何を持ちかけているのか、本当に自分でわかっているのか？」とアルベールはたずねた。

彼は友の前に立った。

「冒瀆行為じゃないか……追悼記念碑のお金を盗むだなんて。墓を暴くみたいなものだ。言ってみれば……祖国を辱めることだ。だってそうした記念碑を作るのに、お金がどこから出ると思う？　政府も少しは補助をするだろうが、大部分は戦没者の家族が払うんだぞ。奥さんや両親、子供、それに戦友たちも。きみに比べりゃ殺人鬼ランドリュだって、純真無垢な子供みたいなものさ。国中から追いかけられるはめになるぞ。全国民を敵にまわすんだ。捕まったら最後、裁判なんて形だけ。どうせ初めからギロチン台が、きみのために立てられている。きみは首がちょん切られてもいいだろうさ。その顔が気に入っちゃいないんだから。でもぼくは自分の顔が、けっこう名残り惜しいんでね」

アルベールはぶつぶつ文句を言いながら、家事に戻るのだった。まったく、何て馬鹿げた計画だ。けれども、彼は布巾を手にふり返った。ペリクール邸に行って以来、気になってしかたないプラデル大尉の顔が、またしても目の前にまざまざと浮かんできたのだ。そしてなんとか復讐してやりたいと、ずっと前から頭のなかで計画を練っていたことを思い出したのだった。

時は訪れた。

そうだ、一目瞭然ではないか。

「ぼくはこう言いたいね。プラデル大尉をあの世に送ることこそ、人として果たすべき責務《モラル》だって。ぼくらが今、こんな暮らしを送っているのだって、もとをただせばみんな、やつのせいなんだから」

エドゥアールはこの新たなアプローチに、あまり納得したようすではなかった。紙のうえに手をかざしたまま、疑り深げにしている。

「なんだ、忘れちまったみたいだな、プラデルだよ」とアルベールはさらに言った。「あいつはぼくたちと違い、勲章をじゃらじゃらぶらさげて、英雄として帰ってきた。士官年金ももらってる。やつは戦争からたっぷり恩恵を受けているのさ……」

こんな過激なことを考えていいのだろうか、とアルベールは自問した。たずねたときには、答えが出ている。プラデルの命を奪うのは、それほど自明なことに思えた。

彼は思いきってこう言った。

「やつは戦功もあげれば勲章も受けている。そうすりゃ、さぞかしいい結婚ができるだろうよ。いや、まったく、やつみたいな英雄はひっぱりだこさ。ぼくたちがじわじわとくたばっていくとき、やつは事業にも乗りだしてる……きみはそんなの正しい《モラル》と思うのか？」

ところが驚いたことに、期待した支持はエドゥアールから得られなかった。彼は眉をひそめると、紙のうえに身を乗りだした。

「もとはといえば」とエドゥアールは書き始めた。「それはすべて戦争のせいだ。戦争がなければ、プラデルのようなやつもいない」

アルベールはもう少しで息が詰まるかと思った。たしかに落胆もしたけれど、それよりなによりひどく悲しかった。やはり認めざるをえないだろう、エドゥアールはどうかしてしまったのだと……

二人はこの話題をことあるごとに繰り返したけれど、最後はいつも同じ結論にいたるだけだった。アルベールは倫理《モラル》の名のもとに、復讐を夢見ていた。

「きみはそれを個人的な問題にしている」とエドゥアールは書いた。

「ああ、そうとも。ぼくの身に起きたのは、とても個人的なことだと思うからね。きみは違うのか？」

そう、エドゥアールは違った。復讐では、彼の目ざす正義の理想は満たされない。ひとりの人間に責任を負わせるのでは、彼は満足できなかった。国には平和が戻ったけれど、エドゥアールは戦争に対し宣戦布告をしていた。彼なりのやり方で。言いかえれば、彼なりのスタイルで。倫理《モラル》は彼の領分じゃない。

もうおわかりだろう、彼らはそれぞれ、自分の物語を追おうとしていたのである。しかしそれはもう、二人同じではなかった。これからは、ひとりひとり物語を書かねばならないのだろうかと彼らは思った。それぞれ自分なりのやり方で、別々に。

だったらほかのことを考えよう、とアルベールは思った。例えば、ペリクール邸のかわいいメイドのこと。彼女の姿が、まだ脳裏から離れなかった。ちくしょう、なんてきれいな舌をしてるんだ。あるいは、もう履く気がしなくなった新しい靴のことも考えた。彼はエドゥアールのために、野菜ジュースと肉汁の流動食を作っていた。エドゥアールは毎晩、記念碑の計画について繰り返した。まったく強情なやつだ。アルベールも譲らなかった。倫理《モラル》で押しても成果なしなら、理性に訴えかけよう。

「よく考えろよ。きみの計画を実行するには、会社を設立しなくてはならない。書類もいろいろ書かなくては。その点は考えたのか？　カタログを発送しても、ろくにお金が集まらないうちに、たちまち捕まってしまうさ。逮捕されてから死刑になるまで、ひと息つく間もないだろうよ」

何を言われても、エドゥアールの決意は揺るがなかった。

「場所だって必要だ」アルベールはさらに追い打ちをかけた。「事務所を構えなくては。きみが黒人の仮面でもかぶって、客を迎えるのか？」

エドゥアールは長椅子《オットマン》に寝そべり、記念碑や彫像の絵をせっせと描き続けた。一種の文体練習だった。醜悪なものを見事に描きあげるなんて、誰にでもできることではない。

「それに電話も要る。電話を受けたり、手紙を書いたりする従業員も……お金を受け取るなら、銀行に口座もつくらなくては……」

エドゥアールは黙って微笑まずにはおれなかった。声に不安をにじませて、必死に話している。まるでエッフェル塔を解体して、百メートル先に建てなおすとでもいうように。怯えきってるな。

「きみにすりゃ、すべて簡単なことなんだろうよ」とアルベールはつけ加えた。「そりゃそうだよな、

一九一九年十一月

家から一歩も出なけりゃ……」

アルベールはしまったと思って唇を嚙んだが、もう遅すぎた。

もちろんそれは正論だが、エドゥアールは傷ついた。マイヤール夫人がよく言っていたものだ。「悪気はないんですよ、アルベールは。こんなに心のやさしい子は、いないくらいだわ。でも、人づき合いが下手で。だからなかなか、ものにならないんだわね」と。

断固拒絶するアルベールの気持ちをわずかに揺るがせるものが、ひとつだけあった。それはお金だ。エドゥアールが約束する大金。たしかに使いでがありそうだ。戦死者追悼の気運が国中で盛りあがっている。生還した兵士のほうは、それと同じくらい嫌われ者だというのに。金銭的な議論には説得力がある。お金がどれほど稼ぐに難く使うに易いか、家計をあずかるアルベールにはよくわかっていた。煙草、地下鉄の切符、食料。何を買うにも細かく計算しなくてはならない。だからエドゥアールが魅力たっぷりに持ち出した数億フラン、車、大邸宅は……

それに女も。

そちらの問題では、アルベールもだいぶ苛立ち始めていた。ときどきひとりで発散させることもあるが、やはり愛が欲しかった。つき合う相手がいないのはわびしいものだ。

馬鹿げた企てに身を投じる恐ろしさのほうが、女に対する欲望よりも（もちろんそれも激しかったけれど）やはり強かった。せっかく戦争で生き残ったのに監獄で果てるなんて、そんな危険を冒すに値する女なんているだろうか？　雑誌にのっている女の子を見ると、たしかにこれならひと勝負打って出てもいいと、思わないでもなかったけれど。

「考えてもみろ」ある晩彼は、エドゥアールに言った。「ドアが音を立てても飛びあがるぼくが、そんな計画に加われると思うかい？」

初めエドゥアールは黙々とデッサンを続け、計画がおのずと進展するのを待っていた。しかし、時がたてばうまくことが運ぶわけではないとわかってきた。それどころか、話し合えば話し合うほど、アルベールは反対理由を見つけ出してくる。

「たとえきみがでっちあげた追悼記念碑が売れて、どこかの町役場が前金を払ったとしても、いくらになるっていうんだ？　今日は二百フラン、明日は二百フラン。それが宝庫って言えるかい！　こんな危険を冒して、もうけた金額が三フラン六スーだなんて、冗談じゃないぜ。大金を持って逃げるには、全額いっぺんに入らなくては。そんなの不可能だ。やっぱりうまく行くわけないさ、きみの計画は」

アルベールの言うとおりだった。記念碑を買った客は遅かれ早かれ、背後にあるのは幽霊会社だと気づくだろう。そうしたら、手に入っただけのわずかな金を持って逃げ出さねばならない。エドゥアールは思案の末、とうとう打開策を見出した。彼には完璧に思える打開策を。

来年十一月十一日、パリに……

その晩、アルベールは仕事帰りに、かごに入った果物が歩道に落ちているのを見つけた。傷んだ部分を取り除き、果肉でジュースを作った。肉汁は毎日のことで、しまいにはうんざりしてくるが、アルベールはほかにこれと言って思いつかなかった。エドゥアールは出されたものを食べるだけ。その点では気難し屋ではなかった。

アルベールはエプロンで両手を拭い、紙に身を乗りだし――戦争から戻って以来、視力が落ちてしまった。お金に余裕があれば、眼鏡を買いたかった――顔を近づけねばならなかった。

来年十一月十一日、パリに〝無名戦士〟の墓が造られる。同じ日、あなたがたの町にも記念碑を建て、皆で式典の一翼を担って、この気高き行いを国中で戦死者を悼む大きな機会としようではないか。

こうすれば、注文はすべて今年の年末までに届くさ……とエドゥアールは言った。

アルベールは困ったように、首を横にふった。きみはまったくイカれてる。そしてアルベールはフルーツジュース作りに戻った。

延々と続く議論のなかで、エドゥアールはさかんにアルベールを焚きつけた。売り上げ金で、二人とも植民地に逃げられる。不動産事業に投資をしよう。一生、暮らしには困らなくなる。エドゥアールは雑誌から切り取った写真や、ルイーズが持ってきた絵葉書をアルベールに見せた。コーチシナ（フランス統治時代のベトナム南部）の光景。森の開拓地。現地民が積みあげる丸太の前で、ヘルメットをかぶり、でっぷりと太った入植者たちが尊大そうな笑みを浮かべている。ヨーロッパ製の自動車が白いスカーフを風になびかせた女を乗せ、太陽が照りつけるギアナの谷を走っている。カメルーンの大河。トンキンの庭。陶器の鉢からあふれ出た、葉の厚い植物。サイゴンの水運会社。フランス人居留地の輝くネオン。きらびやかな総督邸。夕暮れに写した劇場の中庭には、タキシードを着た男たち、イブニングドレス姿の女たちが集っている。シガレットホルダー、冷えたカクテル。オーケストラの音楽まで聞こえてくるかのようだ。安逸な暮らしが待っている。仕事は容易で、たちまちひと財産作れるだろう。南国の雰囲気は、甘い憂いに満ちている。アルベールはもの珍しげに眺めた。それ以上の興味はなさそうなふりをしていたけれど、コナクリ（ギニアの首都）の市場の写真には、ついつい必要以上に見入ってしまった。まるで彫像のような若い黒人の女たちが、胸を露わにした官能的な姿でもの憂げに歩いている。アルベールはまたエプロンで手を拭うと、料理に戻りかけた。

彼は突然立ちどまった。

「カタログを印刷して、町や村に送るお金はどうするつもりなんだ？」

アルベールが山ほど発する質問に、エドゥアールは答えを用意してあった。しかし、この質問には答えられなかった。

アルベールはだめ押しをするように財布を取り出すと、テーブルクロスのうえに小銭を並べ、数え始めた。

「ぼくは十一フラン七十三しか出せないぞ。きみはいくら出せる？」

そこまでしなくてもいいだろうに。相手を傷つけるだけの、卑怯で残酷なやり方だった。エドゥアールは一銭も持っていないのだから。これ以上追いつめてもしかたない。アルベールは小銭を片づけると、料理に戻った。その晩は二人とも、もう言葉を交わさなかった。

とうとうエドゥアールは友を説得できないまま、万策尽きてしまった。

だめなものはだめ。アルベールはあとに引かないだろう。

こうして時がすぎた。カタログはほとんど完成している。少し修正を加えれば、あとは印刷して発送するだけだ。しかしそれ以外のことは、まだすべてこれからだった。会社の立ちあげ。膨大な作業。しかも手もとには一銭の金もない……

結局エドゥアールに残されたのは、使われずに終わった何枚かのデッサンだけだった。彼は落胆した。今度は涙も出なかった。平静を装っていたけれど、侮辱されたような気分だった。侵すべからざる現実《レアリスム》を盾に、会計士からだめだしを喰らったのだ。芸術家とブルジョワの果てしなき戦いが、ここでもまた繰り返された。父親相手に敗れた戦いも、争点はほとんど変わらない。芸術家なんて、ただ夢を見ているだけの役立たずだ。アルベールの言葉の陰から、そんな声が聞こえるような気がした。父親もアルベールもおんなじだ。彼らの前に立つと、人生の落伍者だ、無意味なことに打ちこんでいる愚か者だと決めつけられているみたいだった。エドゥアールはアルベールを忍耐強く説得したけれど、うまくいかなかった。二人は仲が悪いのではない、ただもののとらえ方が違うのだ。エドゥアールはアルベールのことを狭量でスケールの小さい、野心も狂気も持ち合わせていない男だと思っていた。

アルベール・マイヤールはマルセル・ペリクールの同類にすぎない。お金のあるなしを別にすれば、同じ人間だ。彼らはエドゥアールの生き生きとした才能を、自信たっぷりに払いのける。やつらはおれを殺そうとしているんだ。

エドゥアールはわめいた。アルベールも言い返した。争いが始まった。

エドゥアールはアルベールをにらみつけながらテーブルを拳でたたき、恫喝するようなしゃがれた咆哮を発した。

戦争のあとは牢屋行きだなんて、そんなのごめんだ、とアルベールは叫んだ。

エドゥアールは長椅子《オットマン》をひっくり返した。長椅子は猛攻に耐えられなかった。アルベールはあわてて駆け寄った。大好きな椅子だ。この部屋でただひとつ、少しは洒落た家具だったのに。エドゥアールは力いっぱい怒声をあげた。ひらいた喉から、唾液がほとばしり出た。火山の噴火みたいに、腹の底から湧きあがってくるのだ。

アルベールは長椅子の破片を集めながら、エドゥアールにむかって言った。おい、家中壊してしまう気か。そんなことしたって、何にもならないぞ。ぼくたちには実現できる計画じゃないんだ。

エドゥアールは大声でうめきながら、部屋を歩きまわった。彼は肘で窓ガラスを壊すと、わずかしかない食器を外に放り出すと脅した。アルベールは彼に飛びかかり、体を押さえた。二人はひっくり返り、床を転がった。

互いの胸に憎しみが芽ばえていた。

アルベールは逆上のあまり、エドゥアールのこめかみを一撃した。エドゥアールは相手の胸に不意打ちを喰らわせた。アルベールは突き飛ばされた勢いで壁に激突し、気を失いかけた。二人はいっせいに、むかいあって立ちあがった。エドゥアールがアルベールを平手でたたくと、アルベールは拳で応戦した。エドゥアールの顔面に。

ところが、エドゥアールは真正面にいた。

アルベールの握り拳は、顔の穴にすっぽりと入ってしまった。

ほとんど、手首のところまで。

そして、そのまま凍りついた。

アルベールはぎょっとしたように、友の顔に呑みこまれた拳を見つめた。まるで拳は顔の端から端まで、貫通してしまったかのようだった。拳のうえから、エドゥアールの目が唖然としてこっちを見ている。
二人はそのまま数秒間、動けなかった。
とそのとき、叫び声が聞こえ、二人は同時にふり返った。部屋の戸口でルイーズが手を口にあて、
泣きながらこちらを見つめている。少女はたちまち走り去った。
二人は体を離した。お互い、言うべき言葉も見つからなかった。ふうふうと、荒い息が続いた。罪
悪感でいっぱいの、気まずい時間が続いた。
いよいよこれで終わりだな、と二人ともわかっていた。
まるで顔面を破裂させたかのように、なかにはまりこんだ拳。共同生活で培われた関係をもってし
ても、それを忘れることはできないだろう。あの動き、あの感覚、あの恐ろしい一体感。何もかもが
現実離れして、目がくらむようだった。
二人が抱いている怒りは、お互い同じではなかった。
怒りのあらわれ方が違っていた、と言うべきかもしれない。
エドゥアールは翌朝、荷物をまとめた。どうせ背嚢ひとつだ。そこに衣類だけ詰めて、ほかにはな
にも持っていかなかった。アルベールはかける言葉も思いつかないまま、仕事に出かけた。彼が最後
に見たのは、エドゥアールのうしろ姿だった。立ち去る決意をつけかねているみたいに、のろのろと
荷造りをしている。

一九一九年十一月

アルベールは広告板を背負い、悲しい思いを抱きながら一日中大通りを歩いた。
夜、部屋に帰るとひと言だけ、〝いろいろと、ありがとう〟と書置きがあった。

なんだか部屋が、からっぽになってしまったみたいだ。セシルが去ったあとの人生みたいに。人はどんなことからも立ちなおる。それはわかっているけれど、アルベールは戦争に勝ってからというもの、今度は毎日少しずつ負け戦をしているような気がしていた。

23

ラブルダンは両手を広げて机にあて、食卓にノルウェー風オムレツ（アイスクリームをメレンゲで包み、焼き目をつけたデザート）が運ばれたときと同じ満足げな表情をした。秘書のレイモン嬢はアイスクリームとおよそ何の共通点もないが、こんがり焼いたメレンゲとなら多少似ていないこともない。ブロンドに染めた髪は赤毛に戻りかけ、顔色はとても青白い。そして顔の形は少し角張っていた。上司の部屋に入ってラブルダンがこんな体勢でいるのを見ると、レイモン嬢は決まってうんざりしたようなあきらめ顔になった。彼女が前に立つや、ラブルダンの右手がスカートのなかに滑りこむからである。こんなに太った男にしては、信じがたいほどのすばやさだった。ほかのことは何をやらせても、ぐずでのろまだと思われているのに。そこでレイモン嬢はさっと腰を動かすのだが、ラブルダンはことお触りにかけては、先見の明と言ってもいいほどの直感にめぐまれていた。彼女がどんなに身をかわしても、ラブルダンの手は必ず目的を果たした。レイモン嬢はしかたなくただ小さく身をよじらせ、未決書類のファイルを置くと、やれやれといわんばかりのため息をついて部屋を出ていくのだった。何とかこんなことはやめさせようと、ささやかな抵抗は試みるのだが（もっとぴっちりしたワンピースやスカートを身につけるとか)、それはラブルダンの悦びを倍増させるだけだった。速記や清書といった秘書の能力は、正直あまりぱっとしないけれど、彼女の忍耐力はそうした欠点を補って余りあった。

ラブルダンはファイルを開くと、舌を鳴らした。これでペリクール氏も満足だろう。

それは〝一九一四年―一九一八年の大戦戦没者追悼記念碑建立にあたり、その計画案をフランス国籍芸術家から公募する〟ための規定書だった。

この大部な書類のなかでラブルダンがみずから書いた文章は、たったひとつだけだった。第一条の第二文。彼はそれを誰の助けも借りず、どうしても自分で書きたかった。完璧に吟味された言葉、大文字の選び方ひとつひとつまでが、彼の手によるものだ。ラブルダンは誇らしさのあまり、この文は特に太字で書くようにと命じたのだった。〝**この記念碑は、勝ち誇れしわれらが死者たちの、苦難と栄光の記憶を表現するものでなくてはならない**〟。なんという律動感。ラブルダンは舌を鳴らした。

彼はもう一度自画自賛をしたあと、ほかの条項にもさっと目をとおした。

ちょうどいい用地も見つかった。かつて市営車庫があったところで、幅四十メートル、奥行き三十メートル。記念碑のまわりに公園も造れるくらいの広さだ。規定書には、記念碑の規模が〝選定された用地に見合った〟ものでなくてはならない、という一項もある。追悼する戦没者の名前をすべて記すためには、充分なスペースも必要だ。計画はほぼ完了した。十四人の審査員は議員、地元芸術家、軍人、退役軍人会代表、戦没者遺族などで構成されているが、すべてラブルダンに何らかの恩義があるか、彼に特別のはからいを期待している者たちのなかから慎重に選ばれていた(ラブルダンは審査委員会の議長を務め、投票権も有している)。高い芸術性と愛国精神を兼ね備えたこの事業を率先して推進したことは、任期中になしとげた業績報告書の冒頭に置かねば。これで再選は、ほぼ間違いなしだ。スケジュールは決まっている。公募はほどなく始まり、用地の造成は開始された。主要なパリの新聞、地方紙で告知がされるだろう。まさに順風満帆といったところだ……

何も欠けていない。

ただし第四条に、一カ所だけブランクがあった。〝記念碑建立の予算額は……〟

ペリクール氏はそこのところで、考えこんでいた。何か善行をしたかったが、あまり大袈裟なことは嫌だった。集めた情報によれば、この種の記念碑をひとつ建てるのにかかる金額は六万から十二万フランだという。著名な芸術家のなかには、同じような品で十五万、十八万と要求する者もいる。どの水準に合わせよう？　金額の問題ではないが、計算はしておかねば。よく考えよう。ペリクール氏は息子に目をやった。一カ月前、マドレーヌがエドゥアールの写真を額に入れて、暖炉のうえに飾ってくれたのだ。マドレーヌはほかにもたくさん写真を持っていた。彼女はそのなかから〝平均的〟だと思うもの、つまりおとなしすぎないし挑戦的すぎないものを選んだ。まずまずだ。マドレーヌは、父親の生活に起きている変化に動揺していた。それがどこまで広がっていくのか、心配もしていた。そこで彼女は機転を利かせ、ある日はエドゥアールのデッサン帳をそっと父の机に置き、またある日は写真を飾ったのだった。

ペリクール氏は二日間我慢したあと写真に近づき、それを机の隅に置いた。いつごろの写真なのか、どこで撮ったものなのか、マドレーヌにたずねるつもりはなかった。父親なら、わかっているはずだ。エドゥアールは十四歳だろう、とペリクール氏は思った。つまり一九〇九年だ。木の手すりの前でポーズを取っている。背景は写っていないが、山荘のテラスで撮った写真らしい。毎年冬、息子にスキーをさせていた。場所ははっきり覚えていないが、いつも同じスキー場だった。北アルプスか、あるいは南アルプスか、ともかくアルプスだったのは間違いない。息子はセーター姿でポーズを取り、太陽がまぶしくて目を細めている。カメラマンがしかめっ面でもして見せているのか、満面の笑みを浮かべて。それが今度はペリクール氏を楽しませた。かわいらしい、やんちゃな少年だ。この日はこんなに笑っているのに、何年もあとになると、息子といっしょに笑うことなどなくなってしまった。そう思うと胸が張り裂けそうだった。彼は思わず額を裏返した。

するとマドレーヌの字で、〝一九〇六年、ビュット＝ショーモン公園にて〟と下に書いてあった。

ペリクール氏は万年筆のキャップをはずすと、二十万フランと書き入れた。

24

一九一九年十一月

迎えにやって来た四人はジョゼフ・メルランの風体容貌を誰も知らなかったので、最初は列車が着いたら駅長に呼び出しのアナウンスを流してもらうか、彼の名を書いたプラカードでも掲げようかと思った……しかし国の役所から派遣された担当官を出迎えるのに、それでは無遠慮で失礼にあたるかもしれない。

そこで四人はホームの出口あたりに集まって、待ちかまえることにした。どのみち、シャジエール＝マルモン駅でおりる客はさほど多くない。せいぜい三十人程度だ。そのなかにパリから来た国の役人がいれば、すぐわかるだろう。

ところが、そうはいかなかった。

おりた客は三十人どころか、ほんの十人たらずだった。しかし、中央官庁からの派遣員らしき人物は見あたらない。最後の客がドアを抜けると、駅はからっぽになった。四人は顔を見合わせた。トゥルニエ曹長は踵をかちっと鳴らした。シャジエール＝マルモン市役所の助役で戸籍の管理をしているポール・シャボールは、音を立てて洟をかんだ。行方不明者家族の代表としてやって来た退役軍人国家連合のロラン・シュネデールは、長いため息をついた。今までどれほど必死に感情を抑えていたかが、よくわかるようなため息だった。そして、四人も駅舎を出た。

デュプレは現状をふり返ってみただけだった。今回の視察は、結局中止になったらしい。けれどもそれに備えるため、ほかにも六カ所ある現場の準備をするよりも多くの時間を使ってしまった。あちこちの現場を、絶えず飛びまわらねばならないのに。まったく気が滅入る。四人は外に出ると、車にむかった。

彼らは皆、同じ気持ちでいた。国の担当官が来なかったのはがっかりだが……安堵もしていた。もちろん、恐れることは何もない。備えは充分できているが、視察は視察だ。いつなんどき風むきが変わるかわからない。そんな前例は、いくらでもあった。

ダンピエール墓地で中国人作業員の一件があって以来、デュプレは、アンリ・ドルネー＝プラデルはずっとぴりぴりしていた。下手に近づきたくないくらいに。デュプレは、絶えず矛盾した命令を背負いこまされることになった。もっと早く進めろ、人員は減らせ、ばれさえしなければ規則など守らなくていいと。雇われたときには、すぐに給料をあげてやると約束したのに、それはいっこうに果たされなかった。そのくせ、「なあ、デュプレ、おまえをあてにしているからな」としょっちゅう繰り返した。

「せめて電報くらい打って欲しいね」とポール・シャボールが不満げに言った。

デュプレはうなずいた。まったく、おれたちを何だと思っているんだ？　みんなフランス共和国のために尽くしているんだぞ。少なくとも連絡はすべきだろう。

駅を出た四人が車に乗りこもうとしていると、こもったしわがれ声が聞こえた。皆、いっせいにふり返る。

「きみたち、墓地から来たのかね？」

それはかなり年配の男だった。頭はとても小さく、体は大きい。けれども食べ終わったあとの家禽のがらみたいに、体のなかはすかすかな感じがした。手足はやけに長く、赤ら顔で額は狭い。短く刈った髪は、眉毛につながるかと思うほど下まで生え、目つきはどこか悲しげだ。おまけに着ている服はスペードのエースそっくりの、戦前に流行ったぼろぼろのフロックコートだった。この寒いのに、コートの前はあけている。下に着ている茶色いビロードのジャケットはインクの染みだらけで、ボタンは二つにひとつが欠けていた。灰色のズボンはよれよれ。そしてなにより目を引くのは、とてつもなく巨大な古靴だった。

四人はただ黙って、呆気にとられていた。

リュシアン・デュプレが真っ先に反応した。彼は一歩前に出ると、手を差し出してたずねた。

「メルランさんですか？」

国から派遣された担当官は、歯に挟まった食べかすを取り除こうとするみたいに、舌先をちっちと鳴らした。それが入れ歯の動く音だとわかるまでに、しばらく時間がかかった。苛立たしい癖だ。車で墓地にむかうあいだもずっとそれを続けているものだから、爪楊枝でもあげたくなるくらいだった。着古した服、汚らしいドタ靴。どこから見ても予想がついたし、駅を出発するとすぐにたしかめられた。そう、男は案の定、臭かった。

ロラン・シュネデールは道々、この地方の軍事戦略的な地理条件について、ここぞとばかりにひとくさりぶったが、ジョゼフ・メルランはろくに聞いていないようだった。そして話をさえぎり、こうたずねた。

「昼は……チキンが食べられるかな？」

鼻にかかった、とても不快な声だった。

一九一六年、ヴェルダンの戦いが始まると――十カ月にわたる戦闘で、三十万人の死者が出た――前線からほど近く、まだ道が遮断されていなかったシャジエール＝マルモンの地は、戦死した兵士を埋葬する格好の場所となった。近くにある病院からも、死者はたくさん運ばれた。軍事拠点の変動や思いがけない戦略的条件から、この広大な地域はあちこちで何度も戦禍をこうむった。現在、ここには二千人以上が埋葬されていると言われるが、正確な数字は誰にもわからない。五千という説だって、あながちありえない数字ではないだろう。ともかく先の戦争は、あらゆる記録を塗りかえた。仮の墓地に関する帳簿、地図、図面は膨大な量になったが、十カ月間に千五百万発から二千万発の砲弾が、頭上に降り注いでくる状況で――三秒に一発の割合になる日もあった――劣悪な条件のもと、予想の二百倍もの死体を埋めるのだから、資料も地図もいきおい不完全なものとなる。

国はダルムヴィルに広大な墓地を造り、そこに周辺の墓地、とりわけシャジエール＝マルモンの墓地から遺体を移すことにした。掘り返し、新たな墓地に運んで埋めなおすべき遺体がどれくらいあるのかわからないので、一括した契約金を定めるのが難しい。そこで政府は出来高払いにした。入札を行わない直接契約をプラデルは勝ち取った。遺体が二千体見つかれば、サルヴィエールの屋敷で厩舎の骨組みが半分は修理できる、と彼は見こんだ。

三千五百体ならば、骨組みすべてだ。

四千体を超えたら、鳩小屋の改修もしよう。

デュプレはシャジエール＝マルモンに、二十名ほどのセネガル人作業員をあてた。プラデル大尉は（デュプレは習慣から、いまだに彼のことをそう呼んでいた）お偉方に取り入ろうと、現地で追加の作業員を何人か雇うことを認めた。

作業は近親者から請求が出て、確実に見つかりそうな遺体の掘り出しから始まった。

家族たちがシャジエール＝マルモンに押し寄せ、涙やうめき声が絶えず列をなした。悲嘆にくれた子供や年老い痩せ細った親たちは、泥に濡れないよう通路代わりに並べた板のうえを、バランスを取りながら歩いた。間の悪いことに、一年のこの時期、しょっちゅう雨が降っていた。ただし、利点もあった。大雨ならば誰もうるさいことを言わず、発掘がすばやくすむ。見に来た家族に遠慮して、この作業はフランス人にやらせた。だってそうだろう、セネガル人が発掘しているのを見たら、ショックを受ける家族もいる。息子の遺体を掘り返すのは、黒人にやらせるような下賤な仕事だと思われているのかと。子供たちは墓地に到着し、大柄な黒人たちが雨の下でつるはしを振るったり、ケースを運んだりしているのを遠くから眺めると、驚いたように視線を釘づけにした。

やって来る家族の列は、いつまでも途切れなかった。

プラデル大尉は毎日電話してきては、こうたずねた。

「おい、デュプレ、その馬鹿騒ぎはもうすぐ終わるのか？　次はいつ始められる？」

いちばんの大仕事が、やがて始まった。ダンピエールの戦没者追悼墓地に移す、残りの兵士全員の遺体を掘り返す作業だ。

簡単な仕事ではなかった。問題なく身元が確認できる遺体もある。名前を記した十字架がまだ墓に立っていたり、ほかにも身元を示すものがたくさん出てきたりで。

それに多くの兵士は、切り離した認識票の半分を身につけたまま埋まっていた。しかし、全員ではない。それどころか、ときには、遺体が身につけていたもの、ポケットに入っていたものから、文字どおり捜索を始めねばならないこともあった。そうした遺体は別にして、調査結果待ちのリストに入れられた。墓の土が混ぜ返されていて、ほとんど手がかりがない場合は、〈身元不明兵士〉に加えられる。

作業はかなり進んでいた。およそ四百体がすでに掘り出された。トラックいっぱいに積まれた棺桶が次々に到着した。作業員は四人一組になり、棺桶を集めて釘を打つチームと、墓穴の近くまで運んでから、ダルムヴィルの戦没者追悼墓地へ移送するトラックに積みこむチームに分かれた。ダルムヴィルでも、埋葬を担当するのはプラデル社の作業員だった。そのうち二人は、リスト作りや記載事項の確認にあたった。

国の役所から派遣されたジョゼフ・メルランは、行列を率いる聖者のように墓地に入っていった。水たまりに踏み入った巨大なドタ靴が泥を撥ねあげた。このときになって初めて、四人は彼が古びた革のショルダーバッグをかけていたことに気づいた。どんなに資料が詰まっているかわからないが、ショルダーバッグはメルランの長い腕の先で紙きれのように揺れていた。

メルランは立ちどまった。そのうしろで、行列が不安そうに凍りつく。彼はあたりのようすを、しばらくじっと見つめていた。

墓地にはつんと鼻をつく激しい腐臭が、風に流される雲のようにいつも漂っていた。朽ちかけた棺桶を燃やす煙の臭いも、そこには混ざっていた。地中から掘り出されたぼろぼろの棺桶は、規定によりその場で燃やすことになっていた。灰色に汚れた空が、低く垂れこめている。そこかしこで作業員たちが棺を運んだり、墓穴をのぞきこんだりしている。エンジンをかけっぱなしにした二台のトラックに、作業員が腕を伸ばして棺桶を積んでいた。メルランはちっちと入れ歯を動かし、大きな口にしわをよせた。

こんな光景を見るために、派遣されてきたのだ。

メルランは四十年間公務を続け、退職間際になって墓地の巡回を担当することになった。植民地省、食糧省、商業省の事務次官事務局、産業省、郵政省、農業・食糧省と三十七年間渡り歩き、どこへ行っても鼻つまみ者で、やがて追い出された。今まで就いたポストのなかで、うまくいったためしがない。メルランは人好きのする男ではなかった。むっつりしていて、少しもったいぶったところもある。気難し屋で、年中機嫌が悪く、軽口などたたける相手ではない……見た目も異様なら性格も悪く、傲慢で狭量な態度で同僚たちからは嫌われ、上司からは反感を買ってばかりいた。彼が赴任して仕事を始めると、すぐに周囲から浮いてしまった。変人で感じが悪く、古臭い。みんな彼のいないところで笑いものにしたり、あだ名をつけたり、冗談のネタにしたりと、要するに何でもありだった。けれどもメルランは、決して不正を働くようなことはなかった。それどころか、仕事のうえでは日々さまざまな成果をあげていた。冷や飯食いばかりのキャリア、せっかくの誠実な仕事ぶりも報われることなく、ただ疎んじられるだけの経歴を覆いつくそうとするかのように。あちこちの部署にまわされるのは、終わりのない新入生いじめだと言ってもいい。彼は何度もこらえきれなくなり、世界中の人々を敵にまわす覚悟でステッキをふりまわし、怒鳴り散らすことがあった。それを見ると、みんな震えあがった。とりわけ女たちは。それはそうだろう。女たちは誰も、彼に近づこうとしなかった。二人っきりになるのもごめんだ。こんな男を置いておくわけにはいかない。おまけに何と言うか、いささか臭いとあってはなおさらだ。まったく不快な男だった。結局どこの職場も、長く置いてはもらえなかった。彼の人生にはいっときだけ、輝きを見せた期間があった。七月十四日の革命記念日にフランシーヌと出会ってから、十一月一日の万聖節にフランシーヌが砲兵隊の大尉と立ち去るまでのあいだだ。もう三十四年も前の出来事である。彼が墓地の視察でそのキャリアを終えることになったのも、驚くにはあたらないだろう。

最後にメルランが、退役軍人年金および手当支給担当省に行きついて一年になる。そこでもあちらの部署、こちらの部署とたらいまわしにされたが、そんなある日、戦没者追悼墓地から聞き捨てならない話が聞こえてきた。作業がきちんと行われていない。ダンピエールの墓地でおかしなことがあると、知事が知らせてきたのだ。知事は翌日すぐ、それを取り消したが、当局の関心を引くこととなった。役所としては祖国の息子たちが条文に定められた条件で立派に埋葬されるよう、国が納税者のお金を適切に支出していると確認しなければならない。

「こりゃひどい」メルランは散々な光景を眺めながら言った。

こうして調査役に指名されたのが彼だった。誰もやりたがらないこの仕事には、うってつけじゃないかとみんな思った。墓地の管理なんて。

トゥルニエ曹長がその言葉を耳にとめた。

「何ですって？」

メルランはふり返って、曹長を見つめた。ちっちっ。フランシーヌと大尉のことがあって以来、軍人が大嫌いだった。彼はまた墓地の光景に戻った。自分が今、どこにいるのか、ここで何をするのか、突然気づいたかのような表情で。ほかの者たちは、まだ当惑気味だった。デュプレが思いきってこう言った。

「よろしければ、まず……」

けれどもメルランは墓場の前に立つ木さながら、ただじっとしていた。この痛ましい景色は、彼がいつも受け続けている迫害と奇妙に呼応していた。

そこで、彼はさっさと片づけ、こんな雑役はやめにしようと決意した。

「うんざりだな」

今度はみんな、はっきりと聞こえた。この言葉をどう解釈したらいいのかは、誰もわからなかったけれど。

一九一五年十二月二十九日の法律規定に適合した戸籍簿、一九一六年二月十六日の通達で示された記入用紙作成、一九二〇年七月三十一日の予算案第百六項で規定された権利継承人の尊重、ふむ、なるほど、とメルランは言いながら、こっちには印をつけたりあっちにはサインをしたりし続けた。雰囲気はまだ緊張していたけれど、すべては普通どおり進んでいった。視察官が悪臭を発していることを別にすればだが。戸籍簿を保管している小屋で彼と額を突き合わせているのは、まったく耐えきれなかった。冷たい風がひゅうひゅうと吹きこむけれど、窓をあけておくことにした。

メルランは墓穴をひとめぐりすることから視察を始めた。ポール・シャボールはあわてて腕を伸ばし、彼のうえに傘をかざした。けれども視察官は、予測不能な動きをするらしい。彼が突然、方向転換をするものだから、助役の善意も功を奏さなかった。しかたない、自分の雨よけに専念しよう。メルランはそんなこと、まるで気づいていなかった。頭から雨が滴り落ちている。彼は墓穴をじっと見つめた。何を調べたらいいのだろうと、考えこんでいるような顔で。ちっちっ。

そのあと一行は、棺桶のほうへむかい、作業の手順をこと細かに説明した。メルランは眼鏡をかけた。レンズは傷だらけで、灰色に曇っていた。まるでソーセージの皮だ。彼は記入用紙、リスト、棺桶に貼ったプレートを比べ、よし、これでいい、とつぶやいた。ここで一日中、すごすわけにはいかない。彼はポケットから大きな懐中時計を取り出すと、誰にも断らずに、決然とした足どりでずんずんと管理小屋へむかった。

十二時、メルランは視察報告書の記入を終えた。彼の仕事ぶりを見ていると、ジャケットにインクの染みが散らばっているわけがよくわかった。

あとは全員がサインをするだけだ。

「各自がここで、その義務を果たしています」とトゥルニエ曹長は軍人らしく、満足げに言った。

「そのようだな」とメルランは答えた。

最後は儀礼どおり全員が小屋のなかに立ち、ペンホルダーを順番にまわした。埋葬の日に、聖水を撒く灌水器をまわすように。メルランは太い人さし指を帳簿にあてた。

「家族の代表はここに……」

退役軍人国家連合は政府に協力を惜しまず、あらゆるところに勢力を伸ばしていた。メルランは陰気な目でロラン・シュネデールを見つめた。

「シュナイダー（彼はわざとそう発音した）か。少しばかりドイツ風の響きがあるな」

相手は威嚇するように、さっと身構えた。

「まあいい」メルランはそれをさえぎり、新たな帳簿を指さした。「戸籍管理担当の助役はここに…

……」

メルランの指摘で、すっかり座が白けた。サインは沈黙のうちに終わった。

「それでは」とシュネデールは気を取りなおして言った。「あなたのご意見では……」

けれどもメルランは、すでに立っていた。シュネデールより、頭二つぶんくらい背が高い。彼はシュネデールのほうに身を乗りだし、大きな灰色の目でじっと見つめると、こうたずねた。

「レストランへ行こう。チキンは食べられるだろうな？」

チキンはメルランの人生で、たったひとつの楽しみだった。とても汚らしい食べ方で、インクの染みにべとべとした別の染みも加わった。ジャケットは決して脱ごうとしなかった。

食事のあいだ、みんなそれぞれ好き勝手な話題を持ちだした。シュネデールだけはまだ、メルランにどう言い返そうか考えていたけれど。メルランは皿に鼻先をつっこんで、ぶつぶつ不平を言ったり、ちっちっと入れ歯を鳴らしているだけだった。そんな態度を前にすると、せっかくの善意もしぼんでしまう。でもまあ、視察は終わったんだ。国から派遣されたのは不愉快な男だったけれど、あたりはたちまち安堵の雰囲気に包まれた。ほとんど躍りあがりたいくらいだ。遺体の発掘を始めるのは、そう簡単なことではない。さまざまな問題に突きあたる。この種の作業では、何ひとつ予定通りに行くものはなかった。計画書の項目がどんなに細かく規定されていようが、作業に取りかかるなり直面する現実をすべて考慮に入れてはいないのだ。いくら真面目に取り組んでも、思いがけないことが必ず起こる。そのたびに判断を下して解決し、いったんあと戻りしてまた何とか始めねばならない……

さあ、急いであの墓地をからっぽにして、作業を終わらせよう。視察は終了し、大丈夫、問題なしと確認された。ふり返ってみると、やはりみんな少し不安だった。ほっとしたせいか、けっこう飲んだ。どうせここは、経費で払うんだ。シュネデールでさえ、さっきの侮辱は忘れることにした。こんな下品な役人は無視して、コート＝ド＝ローヌのお代わりをしたほうがいい。メルランはチキンを三度皿に取り、がつがつと食べた。太い指が油だらけになっている。彼は食べ終えると、まったく使わなかったナプキンをテーブルに放り出し、ほかの会食者にはかまわず席を立ち、さっさと店から出ていった。みんな不意打ちを喰らって、大あわてだった。急いで最後のひと口を飲むこみ、グラスをあけると、お勘定をたのんで金額を確かめ、払いを済ませると、椅子をひっくり返さんばかりにして戸口にむかった。一行が外に出ると、メルランは車のタイヤめがけて用をたしている真っ最中だった。

駅にむかう前に墓地に寄り、メルランのショルダーバッグと帳簿を取ってこなければならなかった。列車は四十分後に出る。墓地にぐずぐずしている間はなかった。食事のあいだだけは止んでいた雨も、またざあざあと降り始めていたことだし。メルランは車のなかで、誰にもひと言も話しかけなかった。食事をふるまわれたお礼などひと言もなし。まったく気のきかない男だ。

ひとたび墓地に着くと、メルランはすばやく歩いた。大きなドタ靴は、水たまりのうえに張り出した通路の板をぐいぐいとしならせる。痩せこけた赤犬が一匹、小走りにメルランとすれ違った。メルランは歩みを緩めずいきなり左脚に体重をかけると、大きな右足で犬の横腹を蹴りつけた。犬はきゃんと叫んで一メートルも宙を飛び、仰むけに落下した。犬が起きあがる間もなく、メルランは水たまりに飛びこんだ。踝まで足を水に沈め、犬が動けないようドタ靴で胸を押さえつける。溺れかけた犬は、いっそう激しく吠えながら水のなかでもがき、嚙みつこうとした。みんなは啞然としてそれを眺めていた。

メルランは身をかがめると、右手で犬の下あごをつかみ、左手で鼻づらをつかんだ。犬は甲高いうめき声をあげ、ますますあばれた。メルランは犬をがっちりと押さえたまま、腹にもう一発蹴りを入れ、鰐《わに》を相手にしているかのように大口をあけさせると、突然手を離した。犬は水たまりを転げて頭をもたげると、腹ばいになったまま逃げていった。

水たまりは深かったので、メルランの靴はすっかり沈みこんでしまった。しかしそんなこと、まるで気にしているようすはない。メルランは、木のタラップに並んだ四人をふり返った。みんな呆気にとられるあまり、足もとがふらついている。彼は長さ二十センチほどの骨を眼の前にふりかざした。

「こいつはよく知っている骨だ。でもチキンじゃないからな」

ジョゼフ・メルランは不愉快な、嫌われ者の役人で、仕事に恵まれていたとは言えないが、熱心で注意深く、ひと言で言えば誠実な男だった。

彼は何も見逃さなかったが、墓場の視察には気が滅入っていた。誰も引き受けたがらないこの任務をまかされてから、視察した墓地はこれで三つ目だった。戦争のことは、食糧制限や植民地省の業務報告を通してしか知らなかった彼は、最初に訪れた墓地で打ちのめされた。年季の入った人間嫌いも、ぐらつくほどに。大量殺戮そのものが、衝撃だったのではない。地球上ではいつだって、災害や疫病でたくさんの人が死んでいる。戦争はその二つが合わさった程度のものだ。メルランの胸を打ったのは、死者たちの年齢だった。災害で死ぬのは誰でも同じだ。疫病でまず死ぬのは、子供や老人だろう。けれども、若者をこんなに大量に殺すのは戦争だけだ。それに気づいたからといって、自分がこんなにショックを受けるとは思っていなかった。フランシーヌと暮らしたころのメルランは、すっかり失われたわけではなかった。バランスの悪いすかすかの巨体には、死者たちと同じ若者の心がわずかに残っていたのだ。

役人としての能力は、たいていの同僚たちよりずっとすぐれている。だからメルランは戦没者追悼墓地を初めて訪れたときから、どうもおかしいとは感じていた。帳簿には怪しげな点が山ほどあるし、粗雑なつじつま合わせの跡も見られる。でも、しかたないだろう。これはとても手間のかかる仕事だ。哀れなセネガル人たちは、ずぶ濡れになって働いている。信じがたい大殺戮だった。掘り出して、移送しなければならない死体の数を考えたら……そんなに気難しい、頑固なことは言っていられない。ここは目をつぶってすませよう。悲惨な状況なのだから、見て見ぬふりも少しは必要だ。メルランはいろいろと不正が行われているのも、黙認しておくほうがいいと考えた。片をつけよう。ともかく、この戦争に片をつけるんだ。

ところがここ、シャジエール＝マルモンの墓地では、胸苦しいほど不安を感じた。証拠を二、三つき合わせてみるだけで、当惑してしまう。焼却されずに、そのまま墓穴に放りこまれた古い棺桶の残骸。掘り返された墓の数に対する発送された棺桶の数。ずいぶんといい加減な報告書を書いている日もあった……このままでいいのかどうか、さすがに疑問を感じていたところに、ダンサーみたいに飛び跳ねるあの犬とすれ違った。見れば口に兵士の尺骨《しゃっこつ》を咥《くわ》えているじゃないか。そこでいっきに血の気が失せた。ここはひとつ、はっきりさせなくては。

ジョゼフ・メルランは列車に乗るのをあきらめ、確認作業や説明を求めることに午後を費やした。シュネデールは真夏のように汗をかき始め、ポール・シャボールは絶えず洟をかんだ。トゥルニエ曹長は視察官から声をかけられるたびに、かちっと踵を鳴らしている。習い性となるというやつで、特に意味はないのだろうが。

みんな、じっとリュシアン・デュプレを見つめている。彼は昇給の淡い期待が遠のくさまを思い浮かべていた。

メルランは計算書やリスト、明細目録を調べるのに、誰の助けも借りなかった。彼は棺桶のストック、倉庫、墓穴と何度も移動した。

そしてまた、ストックへと戻った。

彼が近寄っては遠ざかり、また戻ってきて頭を掻き、計算問題の鍵を探しているみたいにまわりをきょろきょろと見まわすのを、みんな遠くから眺めるだけだった。威嚇するようなあの態度。おまけにひと言も発しないのだから、まったくいらいらさせられる。

ようやく、彼はこう言った。

「デュプレ！」

ほどなく真実の瞬間がやって来る、と誰もが感じた。デュプレは目を閉じた。プラデル大尉に、こう言われていたのだ。「視察官は作業を眺め、点検する。何か気づかれるだろうが、それはどうでもいい。そうだろ？　だが、棺桶のストックはしっかり隠しておけ……あてにしているからな、デュプレ。大丈夫だな？」

デュプレはそのとおりにした。ストックを市の倉庫に運ぶのは、二日がかりだった。まさか国から派遣された視察官が、あんなさえない風采のわりに、計算や検算、データのつき合わせが得意だったとは。彼はすばやくことをすませた。

「棺桶がたりないな。しかも大量に。どこに隠したのか、教えてもらおうか」

何もかも、あの間抜けなワン公のせいだった。あいつはときどきここへ、死骸を漁りに来ていたが、よりによって今日もだなんて。今までは、石を投げて追い払っていた。たたき殺すべきだったんだ。

下手に情けをかけるとどうなるか、よく肝に銘じておかねば。

夕方、現場から作業員が引きあげてあたりが静まり、ぴんと緊張感が張りつめたころ、市の倉庫から戻ってきたメルランはこう言った。まだやることがあるので、今夜は戸籍簿の小屋に泊まることにする。なに、どうということないと。そして決意の固い老人らしい、すたすたとした足どりで通路へむかった。

デュプレはプラデル大尉に電話しようと走りながら、最後にもう一度ふり返った。

帳簿を手にしたメルランは、墓地の北で立ちどまったところだった。彼はようやくジャケットを脱いだ。帳簿を閉じてジャケットで包み、地面に置く。それからシャベルをつかみ、泥だらけのドタ靴で地面に思いきり押しこんだ。

25

一九一九年十一月

彼はどこへ行ったのだろう？　ぼくに話したことはないが、まだつき合いのある友達がいて、そこに転がりこんだとか？　でも、モルヒネがないのにどうするんだ？　手に入れるあてでもあるんだろうか？　結局は、実家に帰る決心をしたのかもしれない。それがいちばん分別《ふんべつ》のある解決策だ……もっともエドゥアールは、およそ分別とは無縁だけれど。そもそも戦争前の彼は、どんな若者だったのだろう？　夕食に招かれたとき、もっとペリクール氏にたずねればよかった。ぼくのほうから質問をしたって、かまわないのだから。軍隊で知り合う前の彼について、訊いてみたかった。

ともかく、どこに行ったんだ？

四日前、エドゥアールが出ていってからというもの、アルベールは朝から晩までずっとこんなことを考えていた。いっしょに暮らしていたときのことを脳裏によみがえらせ、老人のようにくどくどと反芻した。

正直、エドゥアールがいなくて寂しくはなかった。むしろほっとしたくらいだ。彼がいたせいで、がんじがらめにされていた。そんな束縛が急になくなり、解放された気分だった。ただ、どうしても心配だった。なにもぼくの子供ってわけじゃないんだし、と思うものの、エドゥアールは誰かに頼らずには生きていけない、半人前の頑固者だ。小さな子供みたいなものじゃないか。追悼記念碑でひと儲けしようなんて、馬鹿げた考えにとり憑《つ》かれたものだ。アルベールはそこに、何か異常なものを感じた。ただ思いついただけなら、まあわからないでもない。世の中に一矢報《いっし》いたいのだろう。誰にでもそんな気持ちはある。けれどもアルベールの理に適った議論にもいっこうに耳を貸そうとしなかったのは、どうにも不可解だった。彼には現実的な計画と、ただの夢との区別がつかない。結局は、地に足のついていない子供なんだ。金持ちにはえてして、そんなところがあるのかもしれない。現実感覚を欠いているようなところが。

パリは湿って身にしみる寒さだった。アルベールは広告板を変えて欲しいと頼んだ。分厚くて、一日の終わりには重みがこたえる。しかし、何も要求を通す術《すべ》はなかった。

朝、地下鉄の近くで木の広告板を受け取り、昼食の時間にそれを交換する。従業員の大部分はまだきちんとした職のない復員兵で、ひとつの区に十人ほどがいた。そこに監視役がひとりつく。それがまた陰険な男で、アルベールが立ちどまって肩を揉んでいると必ずどこかに隠れていて、さっさと歩かないと首にするぞと脅すのだった。

それはある火曜日、オスマン大通りのラ・ファイエット駅とサン＝トーギュスタン駅のあいだを歩いているときだった（前には〝ラヴィア——ストッキングの染色と再生に〟、うしろには〝リップ……リップ……リップ……万歳——勝利の懐中時計〟の広告板をさげて）。夜中のあいだ止んでいた雨は、午前十時ごろからまた降り始めた。アルベールはパスキエ通りの角まで行ったところだった。立ちどまってポケットからハンチングを取り出すことすら禁じられていたので、そのまま歩くしかなかった。

「そうさ、歩くのが仕事だ」と監視員は言っていた。「きみは歩兵だったんじゃないのか？　まあ、それと同じことだな」

けれども、冷たい雨は激しく降り続いている。しかたない。アルベールは左右にちらりと目をやると、建物の外壁に体を寄せ、膝を折って広告板を地面におろした。そして身をかがめ、革ひもをはずそうとしたとき、建物が倒れかかってきた。建物の正面が頭上を直撃する。

激しい衝撃のあまり、がくんと頭が反った。それにつられて、体全体がうしろによろける。後頭部が石の壁面に激突し、広告板が崩れ落ちて革ひもがよじれ、アルベールの胸を圧迫した。彼は息を詰まらせ、溺れかけているみたいにもがいた。ただでさえ重い広告板が、アコーデオンのようにうえから覆いかぶさり、身動き取れなかった。彼が体を起こそうとしたとき、首に絡みついた革ひもが締まった。

恐ろしい考えが、はっと脳裏に浮かんだ。砲弾の穴に落ちたときと、おんなじじゃないか。体は動かせず、息もできない。ぼくはこのまま死ぬんだ。

アルベールはパニックに襲われた。でたらめに手足をばたつかせる。叫ぼうとしたけれど、声が出なかった。すべてが速く、あまりに速く進んでいた。誰かが踝《くるぶし》をつかんだような気がする、残骸の下から、引っぱり出そうとしている。首にかかった革ひもが、さらに強く締まった。彼は空気を求め、革ひもの下に指を入れようとした。誰かが片方の広告板を思いきりたたき、振動が頭のなかで伝わった。突然、光が射した。革ひもがはずれ、アルベールはむさぼるように息をした。むせこんで、吐きそうになるくらいに。身を守らねば。でも、何から？　彼は必死にもがいた。まるで敵に怯えた盲目の猫みたいだ。そっと目をあけたとき、ようやくわかった。てっきり崩れ落ちた建物だと思ったものは、人間の形をしていた。目を見ひらいた凶暴そうな顔が、ぐっと突き出されている。

アントナプロスは叫んだ。

「この野郎！」

頬がたれさがったギリシャ人の顔は、怒りに燃えていた。その目は、まるでアルベールの頭を端から端まで射ぬこうとするかのようだ。ギリシャ人は殴りつけただけではまだ足らず、体をひねって腰を浮かすと、広告板の残骸にどすんとすわりこんだ。男の巨大な尻が押しつぶした板の下には、髪の毛をつかまれたアルベールの胸があった。ギリシャ人はこうして獲物を押さえこみ、拳で頭を殴り始めた。

一発目は眉のうえあたりに決まった。二発目は唇を裂いた。アルベールの口のなかに、たちまち血の味が広がった。ギリシャ人の巨体にのっかられ、体も動かなければ息もできない。ギリシャ人は殴打のテンポに合わせてわめき続けた。一発、二発、三発、四発。アルベールは息を詰まらせたまま、その声を聞いていた。体をまわそうとしたらこめかみに激しい衝撃があって、すっと気が遠くなった。

騒音やざわめきがあたりを包んでいる……

通行人たちがやって来て、怒鳴っているギリシャ人をなんとか押しのけて横むきに転がし――三人がかりだった――ようやくアルベールを救い出して歩道に寝かせた。警察を呼ばなくては、と誰かが言うと、ギリシャ人は飛び起きた。そうか、こいつは警察沙汰にされたくないんだ。気を失って血の海に横たわる男を、ぶっ殺そうとしていたのか。「この野郎！」と叫びながら、拳をふって指し示している男を。ともかく落ち着こうと呼びかける声がして、女たちは血まみれで気絶した男を見つめながらうしろにさがった。勇敢な男二人が、ギリシャ人を押さえつけている。ひっくり返ったまま、起きあがれずにもがいている亀のようだ。ああしろ、こうしろと、みんな口々に叫んでいるが、何をどうしたらいいのか誰にもわからなかった。こりゃ、女がらみだな、などと、訳知り顔で説明する者もいた。いいからこいつを押さえてくれよ。ほら、手伝ってくれ。やたら力が強いんだ、このギリシャ人は。必死に体をひっくり返そうとしているかっこうなんか、まるでクジラだ。でも、あんまり体がでかすぎて、かえって危険はなさそうだがな。ともかく、早いとこ警察に来てもらわないと、ともうひとりが言った。

「やめろ、警察はだめだ！」とギリシャ人は、手足をばたつかせてわめいた。

〝警察〟という言葉を聞いて、怒りの火に油が注がれたらしい。ギリシャ人は腕をふりあげ、押さえている男のひとりを突き飛ばした。女たちはいっせいに歓喜の叫びをあげながらも、一歩うしろにさがった。喧嘩のなりゆきなどどうでもいいかのように、さらに背後からこうたずねる声がした。トルコ人か――とんでもない。ありゃ、ルーマニア語だな――いや、違う。ルーマニア語はもっとフランス語に似ているんだ、と言葉に詳しい男が反論する。あれはトルコ語さ――ああ、トルコ語か。だったらおれの言ったとおりじゃないか、と最初の男が嬉しげな声を出した。そうこうするあいだにも、ようやく二人の警官が、何ごとだとたずねながらやって来た。馬鹿なことを訊くものだ。何ごとかなんて、一目瞭然じゃないか。男をひとり、みんなで押さえつけている。四メートル先で気絶しているもうひとりの男を、殺しかけていたからだ。ふむ、ふむ、なるほど、と警官は言った。間違いないようだな。実際のところ、はっきりは見ていないんです。あっという間の出来事でしたから。今までギリシャ人を押さえていた通行人は、警官の制服姿を見て手をゆるめた。ギリシャ人はその機を逃さず、さっと転がり仰むけになると、すぐに起きあがった。そうなるともう、誰にも止めようがなかった。まるでスピードをあげる機関車だ。轢き殺されてはたまらんとばかりに、みんな脇によけた。なかでもいちばんすばやかったのは、警察官だった。ギリシャ人はアルベールに襲いかかった。けれどもアルベールは無意識のうちに、再び危険が迫っているのを察知したらしい。アントナプロスがのしかかってくる瞬間、今度はアルベールが横むきに転がり——実のところ彼自身は目を閉じたまま、夢遊病者のように頭を揺らしていただけで、肉体が勝手に反応したのだが——立ちあがって走り出すと、歩道をジグザグに進みながら遠ざかっていった。そのあとを、ギリシャ人が追いかける。

野次馬たちは、みんながっかりした。

アクションシーンが再開したと思ったら、登場人物がいなくなってしまったのだ。逮捕や訊問まで見届けようと思っていたのに。おれたちだってひと役買ったのだから、事件の結末を知る権利があるだろうに。落胆していないのは、警察官たちだけだった。しかたないというように、彼らは手をあげた。なるようになれだ。できればあの二人には、遠くまで追いかけっこを続けて欲しい。パスキエ通りを越えれば、おれたちの管轄じゃなくなるから。

けれども追いかけっこは、あまり長続きしなかった。アルベールはよくたしかめようと、袖で顔を拭った。まるで死神に追いかけられているみたいに、必死に走り続けた。体が重すぎるギリシャ人よりもずっと速く。ほどなく二人のあいだには、通り二本分、三本分、さらには四本分のひらきができた。アルベールは右に、左にと曲がった。同じところをぐるぐるまわって、またばったりアントナプロスと出会いさえしなければ、ひやりとさせられたけれど危機は切り抜けた。歯を二本折られ、目のうえが割れ、全身血腫だらけで、肋骨のあたりが痛むのを別にすれば。

血まみれでよろよろと歩く男がいれば、ほどなくまた警官がやって来るだろう。通行人たちだって、不安そうに遠ざかっていく。ギリシャ人はもう充分引き離したはずだし、ぼくはよほど酷いありさまなんだろうと思い、アルベールはスクリブ通りの噴水で立ちどまり、水で顔を洗った。そのときになって、殴られたところが痛み始めた。特に割れた目のうえが。血は止まりそうにない。いくら袖口で額を押さえても、傷はいたるところにあった。

帽子をかぶって身なりをととのえた若い女が、ハンドバッグを抱きしめひとりで腰かけていた。アルベールが待合室に入ってくるなり、女は視線をそらした。しかし相手に見られないでいるのは難しかった。その場にいるのは二人だけだったし、椅子はむかい合わせに置かれていたから。彼女は身をよじらせ、何も見えない窓の外に目をやったり、咳をして手を顔にあてたりした。男は見るも無残なありさまだが、それより自分が見られるほうが不安だった。男の出血はまだ止まっておらず――すでに頭のてっぺんから足の先まで血まみれだ――よほどひどい目に遭ったらしいのが、顔つきからもよくわかった。十五分ほどすると部屋のむこう端から足音と声が聞こえ、ようやくマルティノー医師があらわれた。

若い女は立って歩きかけたが、すぐに足をとめた。医者はアルベールの状態を見て、合図した。アルベールが進み出ると、女は黙って椅子に戻り、罰を受けたみたいにまた腰かけた。

マルティノー医師は何もたずねず、ただあちこち触診して、簡単に診断を告げただけだった。「顔はひどく骨折しているな……」歯茎の傷には綿をあてて、歯医者に診てもらうように言い、目のうえの傷を縫った。

「十フランだ」

アルベールはポケットをひっくり返し、椅子の下に転がり落ちた硬貨をよつんばいになって拾った。医者はそれをすべて取りあげた。十フランにはほど遠かったが、医者はあきらめ顔で肩をすくめると、黙ってアルベールを出口にむかわせた。

たちまちアルベールはパニックに襲われ、表門の扉のノブにしがみついた。まわりの世界がぐるぐるとまわり始める。動悸が速まり、吐き気がした。今にもこの場に崩れ落ち、流砂のなかにいるみたいに、地面に沈みこんで行きそうだ。めまいがする。彼は心臓発作に襲われたかのように目を見ひらき、胸を押さえた。管理人があわてて飛んできた。

「うちの前の歩道に吐かないでくださいよ」

アルベールは答える力もなかった。管理人は縫い合わせた目のうえの傷口に気づいて、なるほどというようにうなずき、空を見あげた。まったく、人間ほど痛がりな動物もいないな。

パニックは長くは続かなかった。激しかったけれど、短かった。前にも同じような発作を経験している。去年の十一月から十二月、生き埋めにされたあとの数週間に。土に埋まって窒息死しかけている夢を見て、夜中に飛び起きることもあった。

歩き始めると、通りが揺れていた。まわりの世界が、前とは違ったような気がした。なんだか現実感が薄れてぼんやりし、ゆらゆらととらえどころがない感じだ。アルベールはよろめきながら地下鉄の駅へむかった。ちょっとした物音やきしみにも飛びあがった。いつなんどきプロスの巨体があらわれるのではないかと心配で、しつこいくらいふり返った。まったくついてない。パリみたいな町なら、昔の友達に二十年間一度も会わないことだってあるのに、よりによってあのギリシャ人に出くわすなんて。

歯がずきずきと痛み始めた。

カルヴァドスでも飲もうとカフェに入ったけれど、注文する段になって、マルティノー医師にあり金すべて払ってしまったのを思い出し、そのまま店を出た。地下鉄に乗ろう。薄汚れた雰囲気に息が詰まり、不安がこみあげて胸を締めつけた。地上に出ると、疲れきって家まで歩いた。そしてわが身に起きたことをくよくよと思い返し、震えながらその日一日をすごした。

ときには、どす黒い怒りにとらわれることもあった。最初に会ったときに、あの薄汚いギリシャ野郎をきっぱり殺してしまえばよかった！　けれどもアルベールは、いつも思っていた。自分の人生は災厄そのものなんだと。どうせぼくは、けちな男だ。抜け出すなんてできない。闘う意欲が、どこかで挫けてしまったんだ。

アルベールは鏡をのぞいた。顔はぱんぱんに腫れあがり、血腫は青く変色している。これじゃあ、まるで徒刑囚だ。かつてエドゥアールも鏡に顔を映し、悲惨な状況をたしかめたのだった。アルベールは冷ややかな思いで鏡を床に投げつけ、破片を集めて捨てた。

翌日はなにも食べなかった。午後いっぱい、馬術用の馬みたいに部屋を歩きまわった。あのできごとを思い返すと、そのたびに恐怖にとらわれた。馬鹿げた考えも、いろいろ浮かんでくる。ギリシャ人はぼくを見つけ出した。今度は雇い主のところへ行ってぼくの住所を聞きだし、ここにやって来るかもしれない。モルヒネのお金を払わせるか、ぼくを殺すために。アルベールは窓際に走ったけれど、プロスがやって来る通りはそこから見えなかった。下をのぞくと家主の家の窓には、いつものようにベルモン夫人の姿があった。ぼんやりと思い出に浸りながら、虚ろな目で外を眺める姿が。

お先真っ暗だな。仕事はないし、ギリシャ人は追いかけてくる。引っ越しをして、別な仕事を探さねばならない。容易なことじゃないぞ。

いや、大丈夫だ、とアルベールは思うようになった。ギリシャ人が捜しにやって来るなんて、ありえない。とんだ妄想だ。そもそもやつに何ができる？　一族郎党を動員して、モルヒネのアンプルを取り返しに来るっていうのか？　とっくに売り飛ばされているだろうに。とんだお笑い草だ。

頭ではそう思うものの、体のほうがついて来なかった。アルベールは震え続けた。恐怖はどんな理屈も受けつけない、非合理なものだった。時がたち夜になると、亡霊のように恐怖が湧きあがった。荒唐無稽な妄想が、わずかに残っている理性を打ち砕き、かっと頭にのぼった。

アルベールはひとりで泣いた。アルベールの人生をもとにすれば、涙の物語が書けるだろう。彼が人生や将来をどうとらえるかで、絶望の涙は悲しみから恐怖へと変わった。冷や汗、落胆、動悸、悲観、息切れ、めまいが次々にやって来る。もうこの部屋から、決して出られない、と彼は思った。でも、ここに留まったままでもいられない。ここぞとばかりに涙があふれ出す。逃げるんだ。その言葉が、突然脳裏に響いた。逃げるんだ。夜のせいだろうか、この考えは徐々に果てしなく大きくなり、ほかのあらゆる展望を押しつぶすまでになった。もうここで、未来を思い描くことなんかできない。この部屋だけではない。この町、この国では。

アルベールは引き出しに駆け寄り、植民地の写真や絵葉書を取り出した。ゼロからやりなおそう。次の瞬間、エドゥアールの姿が閃光のようにひらめいた。アルベールは戸棚に飛んで行って馬の首の仮面を取り出し、高価な骨董でも扱うみたいに注意深くかぶった。するとたちまち安心感が広がった。もう大丈夫、ぼくは守られている。彼は自分を映してみようと、ゴミ箱から鏡の破片を拾い出した。

なるべく大きな破片を探したけれど、うまく映せなかった。そこでアルベールは、窓ガラスの前に行った。馬の顔をした自分を見ていたら、恐怖がすっと治まり、体がほんのり暖かくなって筋肉の緊張がほぐれた。彼はなにげなく視線を落とし、庭のむこう側を眺めた。窓にはもうベルモン夫人の姿はなかった。奥の部屋から射す光が、ガラスを照らしているだけだ。

突然、すべてが明らかになった。

アルベールは馬の仮面をはずす前に、深呼吸しなければならなかった。なんだか不快な寒気がした。火が消えたずっとあとまで熱が残っているストーブのように、アルベールのなかにはまだ余力があった。仮面を抱えてドアをあけ、ゆっくりと階段をおりて防水シートをあげてみるくらいには。案の定、アンプルを入れた靴箱が消えていた。

アルベールは通路を数メートル歩いて、中庭を横切った。あたりは真っ暗闇だった。彼は馬の首をしっかり抱きしめ、呼び鈴を押した。

ベルモン夫人がやって来るまでに、ずいぶんと間があった。彼女は来客がアルベールだとわかると、黙ってドアをあけた。アルベールは家主のあとについて廊下を抜け、よろい戸を閉めた部屋に入った。ルイーズがベッドでぐっすりと眠っていた。彼女の背丈ぎりぎりの、小さなベッドだった。そのせいか、少し脚を曲げている。アルベールはベッドをのぞきこんだ。眠っているときも、少女はとてもきれいだった。床ではエドゥアールがシーツにくるまり、寝そべっていた。白いシーツは薄暗がりのせいで象牙色に見えた。エドゥアールは目を大きくあけ、アルベールを見つめている。傍らにはモルヒネのアンプルが入った箱があった。アルベールはモルヒネの管理をずっとしてきた。だからひと目見て、あまり使いすぎてはいないとわかった。

彼は緊張を和らげようと、にっこり笑って馬の首の仮面をかぶり、エドゥアールに手を差し出した。

深夜零時ごろ、窓の下に腰かけたエドゥアールの脇で、アルベールは膝にのせた記念碑の絵をしげしげと眺めていた。彼はちらりと友の顔を見た。完敗だ。

アルベールは言った。

「じゃあ、もう少し詳しく説明してくれ。記念碑の計画についてだが……どうだろうな？」

エドゥアールが新しい筆談ノートに書いているあいだ、アルベールはデッサンをぺらぺらとめくった。二人は問題点を検討した。この計画では、すべて解決可能なものばかりだった。幽霊会社は設立しなくとも、銀行口座をひらくだけでいい。事務所はなくても、私書箱ですむ。大事なのは、限られた時間のなかで魅力的な宣伝活動を行うこと。そしてたくさんの前払い金を集めたら……お金を持ってすばやく逃げ去ることだ。

ただし考えねばならない問題が、ひとつだけ残っている。いざ実行に移すには、お金が必要だ。必要な資金の問題で、アルベールは先日までこの計画に否定的だった。実現できるわけないと言って激怒するほどだったのに、どうして今はささいな障害だと思うようになったのか、エドゥアールにはよくわからなかった。きっとそれはあの青痣やふさがりかけの傷、目のまわりの隈と関係があるのだろうが……

エドゥアールは数日前、アルベールが外出したあと、気落ちしたように帰ってきた晩のことを思い返した。あれは女がらみだったんだろう。失恋だな。アルベールは一時的な怒りのあまり、この計画を引き受ける決心をしたのかもしれない。だとしたら、明日か明後日にでも、やっぱりやめると言いだすのではないか？　しかし、エドゥアールに選択の余地はなかった。ここで一発勝負に出たければ（もちろん彼は、ぜひともそうしたかった）、友人はよく考えたうえで決めたのだと信じて、冷静に見守るしかない。

話し合いのあいだ、アルベールは普段と変わらず理性的に見えた。言うこともいちいちもっともなことばかりだ。ただ会話の真っ最中に、突然体じゅうがぶるぶると震え出すことがあった。そんな気温ではないのに、やたらに汗をかくことも。特に手のひらがびしょびしょになった。このときアルベールのなかには、二人の男がいた。ひとりは生き埋めにされたことのある、兎のように臆病な元兵士。もうひとりは理性的で計算が得意な元経理係。

それにしても、計画の資金はどうするつもりなんだろう？

アルベールは穏やかに彼を見つめる馬の首を、長いことじっと眺めていた。温かい、やさしげな馬の目に励まされた。

アルベールは立ちあがった。

「なんとか手に入ると思う……」と彼は言った。

彼はテーブルに近づき、そのうえをゆっくりと片づけた。

紙とペンホルダー、インクを前に腰かける。そしてしばらく考えたあと、紙の左上に自分の名前と住所を書いてから、下にこう続けた。

一九一九年十一月

拝啓

先日、お招きいただいた際には、貴社の経理係にというありがたいお誘いをいただき、大変ありがとうございました。
あのお申し出がまだ有効でありますなら、ぜひとも……

一九二〇年三月

26

一九二〇年三月

アンリ・ドルネー＝プラデルはものごとを単純に判断し、細かなニュアンスなど解さなかった。そういう男ほど、容易に自分の意見を通すものだ。あまりに素朴な口ぶりに、相手のほうが馬鹿馬鹿しくなって議論を投げ出してしまうから。例えば、レオン・ジャルダン＝ボーリューのことがある。あいつはおれより背が低いから、おれより馬鹿に決まってる、とプラデルは思わずにいられなかった。もちろん、そうとは限らない。ただレオンは身長にコンプレックスを持っているせいで、能力を発揮しきれないだけだった。プラデルが優位に立つのには、身長の問題のほかにもあと二つ理由があった。イヴォンヌとドゥニーズという名の理由が。つまりはレオンの妹と妻、そしてどちらもプラデルの愛人だった。妹はもう一年前から、妻は結婚式の二日前からの関係だった。前日か当日の朝だったら、プラデルとしてはもっと刺激的だったろう。きわどい状況ほど興奮する。しかし二日前だって、なかなか立派な戦果だ。その日以来、彼は親しい友人たちに、こう言ってはばからなかった。「ジャルダン＝ボーリュー家であとおれが落としてないのは、おっかさんだけってことだな」この冗談は大うけだった。というのも母親のジャルダン＝ボーリュー夫人はあまり気をそそられるようなご婦人ではないし、とても貞節だったから。いつも下品なプラデルは、こうつけ加えるのを忘れなかった。「あれじゃあ、こっちが願いさげだがね」

要するにプラデルは、度しがたい馬鹿のフェルディナン・モリウーと、身長コンプレックスにとらわれているレオン・ジャルダン＝ボーリューという、彼からすれば取るに足らない二人を出資者に選んだのだった。こうしてプラデルはフリーハンドを確保し、いかにも彼らしい迅速なやり方で今まで事業を進めてきた。〝出資者〟は、配当金を受け取るだけで満足していた。プラデルは二人に、何も知らせなかった。これは〝おれの〟会社なんだからと。いちいち説明しなくとも、たくさんの障害をうまくかいくぐってきたのだ。これからも、それは変わらない。

「ただ」とレオン・ジャルダン＝ボーリューは言った。「今回はちょっとばかり面倒そうだぞ」

プラデルはレオンの低い背丈をじろじろと見た。彼とは立ったまま話し合うようにしていた。そうすればむこうは、天井を仰ぐみたいに顔をあげねばならなくなる。

レオンはぱちぱちと瞬きをした。言わねばならない大事なことがあるのだが、プラデルが相手だとひるんでしまう。レオンはこの男を憎んでいた。妹が彼と寝ていると知ったときは腹が立ったけれど、笑ってやりすごした。実はぼくがけしかけたんだ、だから共犯だとでもいうように。けれども妻のドゥニーズに関する噂を聞いたときは、笑ってなんかいられなかった。屈辱のあまり、死にたいくらいだった。あんな美人と結婚できたのは、財産があるからだ。妻が今もこれからも貞節であり続けるなどという幻想は、まったく抱いていなかった。しかし、相手がよりによってドルネー＝プラデルだったのが、何よりもつらかった。ドゥニーズは常々夫を軽蔑していた。金にものを言わせて目的を果たした夫を恨んでいた。結婚した当初から、見下すような態度を示した。寝室を別にしたいとドゥニーズが言ったとき、レオンは反対のしようがなかった。彼女は毎晩、部屋に鍵をかけてしまった。わたしはレオンと結婚したんじゃない、彼に買われたんだ、とドゥニーズは思っていた。彼女が冷たい性格だったのではない。ただ当時、女性はまだとても蔑視されていた。そこのところをわかっていただきたい。

レオンは仕事でプラデルと頻繁に会わねばならず、そのたびにプライドが傷つけられた。哀れな夫婦関係だけでは、まだ足りないかのように！　レオンはプラデルを恨んでいた。だから国から好条件で請け負った彼らの事業が傾いても、知らんぷりを決めこむつもりだった。出資金は失うが、それで破産するわけではない。プラデルが溺れ死ぬのを、喜んで見ていよう。ところが今度は、単にお金の問題だけではすまなかった。彼の評判に関わることだ。あちこちから聞いた噂は、穏やかならぬものだった。ドルネー＝プラデルを見捨てれば、こっちまで道連れにされるかもしれない。冗談じゃないぞ！　みんなそれとなくほのめかすだけだし、誰もたしかなところはわかっていないようだが、法律に関わることだとしたら立派な犯罪だ……犯罪だって！　レオンにはグランドゼコール時代の同級生で、警視庁で要職についている友人がいた。

「おい、どうもまずいことになっているらしいぞ……」と彼は心配そうな口調で言っていた。

正確なところ、何が問題になっているのだろう？　そこはどうしても、突きとめられなかった。警視庁の友人にもわからないらしい。もしかしたら、はっきり言いたくないのかも。裁判所に出廷を求められたらどうしよう。ジャルダン＝ボーリュー家の一員が、裁判にかけられるなんて！　レオンはそう思っただけで気が動転した。自分は直接何もしていないだけに、なおさら不安だった。無実だってことを、証明しなければ……

「面倒そう？」とプラデルは落ち着きはらって訊きかえした。

「何がそんなに面倒そうだっていうんだ？」

「そこがぼくにも、よくわからないんだ……説明するのはきみのほうだろ」

プラデルは口もとにしわを寄せた。さて、どういうことだか。

「報告書が問題なんだとか……」レオンは続けた。

「ああ、きみが言ってるのはそのことか」とプラデルは叫んだ。「それなら大丈夫。もう片づいたから。誤解だったんだ」

そんな答えでは、レオンは納得できなかった。

「ぼくが聞いたところでは……」

「ほう？　何を聞いたっていうんだ？　えっ？　何を聞いたんだ？」

それまではわざと愛想よくふるまっていたプラデルが、いきなり激しい口調になった。レオンはこの数週間、彼を観察し、想像をめぐらせた。プラデルがやけに疲れているように見えたから。ドゥニーズが関係しているのではないかと思わずにはおれなかった。けれどもプラデルは、心配事を抱えているらしい。愛人とのお楽しみで疲れているなら、それは幸福な疲労感だろう。けれどもプラデルはいつもぴりぴりして、前よりもずっと怒りっぽいし辛辣だ。今日だって、突然、激高したりして……

「問題が片づいたなら、どうして怒り出すんだ？」レオンは思いきって言ってみた。

「うんざりだからだよ、レオン坊や。いちいち説明しなきゃならないのが。すべておれひとりでやっているのに。フェルディナンときみは配当金をもらってるだけじゃないか。せっせと計画を立てて指示を出し、監視し、金勘定をしてるのは誰だ？　きみかい？　はっはっ、まさかな」

とても不快な笑い声だった。レオンはどんなことになるのか心配しながらも、とぼけてこう続けた。

「ぼくだって、協力したいと思っているんだ。なのに、きみが拒絶するんじゃないか。誰の手も借りないと、いつもきみは言っている」

プラデルは深いため息をついた。どう答えよう？ フェルディナン・モリウーは大馬鹿だし、レオンは仕事なんかまかせられない役立たずだ。結局、名前や人脈、お金をのぞいたら、おまえには何も残っていないじゃないか。えっ、どうなんだ、レオン？ おまえなんか寝取られ亭主《コキュ》、それだけだ。

プラデルはレオンの妻と、二時間前に別れてきたばかりだった……いやはや、ひと苦労だ。別れぎわにはいつも、しがみついてくる彼女の腕を、両手で引き離さねばならないのだから。そしていかにもつらそうな顔を、延々としてみせる……正直、この一家にもうんざりしてきたな。

「ちょっとばかしややこしくて、きみの手には負えないんだよ、レオン。ややこしいが、深刻なことではないから、心配するな」

プラデルは自信たっぷりに見せようとしたが、かえってそれは逆効果だった。

「でも」とレオンはねばった。「警視庁で聞いたところでは……」

「いいかげんにしろよ。警視庁で何を言ってるんだ？」

「心配な事態になっていると」

レオンは、しっかり説明してもらうまでは引きさがらない覚悟だった。今回は妻の浮気とか、プラデル社の株が急落するとか、そんなこととはわけが違う。彼はもっと危険な渦のなかに、無理やり巻きこまれるのを恐れていた。なにしろ政治問題が、絡んできたらしいからな。

レオンはさらに続けた。

「墓地っていうのは、とてもデリケートな場所なんだ……」

「なるほど。だったら〝とてもデリケート〟に扱わないとな」

「そのとおりさ」とレオンは心配そうに答えた。「今はちょっとでもへまをしたら、スキャンダルになりかねない。特に内閣が……」

ああ、新内閣のことか！　去年十一月、休戦以来初めての選挙で、国民団結連立内閣《ブロック・ナショナル》が圧倒的多数によって成立した。ほとんど半数が退役軍人からなり、とても愛国的、国家主義的なところから、フランス軍の軍服の色にちなんで〝青い水平線内閣〟と呼ばれていた。

レオンがいくら〝嗅ぎまわった〟ところで（とプラデルは言っていた）、いまさらどうにもならない。彼の見立ては核心を突いていた。

プラデルはこの連立政権のおかげで国と有利な契約を結び、急速に財を築くことができた。サルヴィエールの屋敷は、四カ月で三分の一以上の修復が終わった。一日四十人もの職人が作業にあたった日もあるくらいだ……けれどもこれら多数派をなす議員たちは、最大の脅威でもあった。戦争の英雄たちが集まっているのだから、〝大切な死者たち〟に関する問題には厳しい態度で臨むだろう。それについては、偉そうな御託を述べるに違いない。復員兵の退役一時金も満足に支払えず、勤め口だってみつけてやれないのに、ご大層な教訓ばかりたれる。

プラデルが出席を要請された年金省でも、そんな話を聞かされた。召喚でなく、〝出席要請〟だ。

「ドルネー＝プラデルさん、すべて予定通り、順調にすすんでいますか？」

相手はマルセル・ペリクールの娘婿だから、口の利き方は気をつけている。将軍の孫や代議士の息子も出資者に名を連ねているから、まさしく腫れ物に触るようだ。

一九二〇年三月

「県知事からの報告書なんですが……」

年金省の担当官は記憶を探っているふりをし、突然笑い出した。

「ああ、そう、プレルゼック知事ですか。いえ、大したことではありません。ほら、おわかりでしょう、どこにでも面倒な小役人がいるものです。まあ、避けがたい災難みたいなもので。でも、報告書は処理済みなのでは？　知事も申しわけないって言ってましたよ。ええ、そうなんです。もう過去の話なんです、本当に」

それから打ち明け話のような口調で続けた。いやむしろ、秘密を共有するような口調で。

「それでも少しばかり、気をつけてください。当省の小役人も調べていますから。気難し屋の、偏執狂的な男です」

それ以上のことはわからなかった。〝少しばかり、気をつけて〟か。

メルランとかいうやつのことは、デュプレから聞いている。ほじくり返すのが大好きで、旧弊な役人らしい。汚らしくて、怒りっぽいとか。どんな男なのか想像がつかないが、ともかくプラデルが知らないタイプだ。山の底辺にいる、キャリアも将来性もない役人で、質《たち》が悪いことに、恨みだけはたっぷり抱えている。何を言っても無視されるだけだし、そもそも発言の機会もない。所属している省のなかでさえ、馬鹿にされているような男だ。

「ええ、たしかに」と年金省の担当官は言った。「それでも、気をつけるに越したことはありません……そうした人間は、えてして有害な力を発揮しますから……」

あとにはいつまでも沈黙が続いた。はじける寸前まで伸ばしたゴムのように。

「そんなわけですから、すばやく適切にことを進めてください。〝すばやく〟というのは、国がやらねばならないことはほかにもあるからです。〝適切に〟というのは、現内閣はわが国の英雄たちに関することにとても厳格だからです。おわかりいただけますね……」

　無料アドバイスというわけだ。

　プラデルはわかりましたという表情で、にっこり微笑んだだけだった。しかしリーダーのデュプレを初めとした現場監督全員を、すぐさまパリに招集した。そして恫喝やら警告、厳しい指示、ときには特別手当の約束までして、引き締めをはかった。しかしそれは、どんなに大変なことか。発掘を請け負った野原の墓地は、十五カ所以上もある。埋葬を請け負った大墓地は七カ所。もうすぐ八カ所になるのだから。

　プラデルはレオンをじっと眺めた。こうやってうえから見おろしていると、突然兵士マイヤールのことを思い出した。あいつが砲弾の穴に落ちたときも、数カ月後、マドレーヌの望みをかなえるために、名もない兵士の墓を掘り返したときも、同じようにうえから見おろしたのだった。

　もう一年以上も前のことだが、今でもあれは神の恩寵だったような気がする。モリウー将軍がおれのところに、マドレーヌ・ペリクールを差しむけたのは。まさに奇跡、すばらしいタイミングだ。あの出会いが、成功の始まりだったのだから。目の前のチャンスを、うまくつかみとること。すべてはそこにかかっている。

　プラデルはレオンを思いきりにらみつけた。レオンはすくみあがった。穴に沈んでいく兵士マイヤールそっくりだ。こいつはほっとひと息つく間もなく、生き埋めにされるような男なんだ。

けれども今のところは、まだ利用価値はある。プラデルはレオンの肩に手をかけた。

「何も問題ないさ。たとえあったとしたって、きみの親父さんが役所に働きかければ……」

「でも……」とレオンは声を張りあげた。「そうはいかないんだ。だってほら、ぼくの父は〈自由活動《アクシオン・リベラル》〉党の代議士だけど、年金省の大臣は〈共和連盟《フェデラシオン・レピュブリケーヌ》〉党だから」

たしかにそうだ、とプラデルは思った。この能無しめ。女房を貸すくらいしか、役に立たないってわけか。

27

不安と苛立ちのなかで四日間待ったあと、顧客のウスレー氏がようやく来店した。

今まで数フランを盗むのがせいぜいだった人間が、二週間のうちに百フラン、千フランと多額の盗みに手を染めるようになれば、目もくらんでこようというものだ。アルベールが顧客と雇い主からお金をかすめ取るのは、一カ月のうちにこれで三度目だった。一カ月間眠れない日が続き、体重が五キロも減った。二日前に銀行のホールでペリクール氏とすれ違ったとき、病気ではないかと心配されたくらいだ。まだ仕事を始めたばかりなのに、ペリクール氏は休暇を取ったらどうかと言ってくれた。ありがたい気づかいだが、上司や同僚からどんなに悪く思われることか。そもそも、ペリクール氏直々の推薦で採用されたのだし……ともかく、休暇を取るなんてとんでもない。アルベールがここにいるのは働くため、つまりは金庫の中味をたっぷりいただくためなのだから。無駄にしている時間はない。

手形割引興業銀行で誰からお金を盗もうかと考えたとき、アルベールには選択肢が多数あった。結局彼はもっとも昔から銀行で使われている、もっとも確実な手口を選んだ。顧客を狙い撃ちにするのだ。

ウスレー氏は理想的な標的だった。シルクハット、レリーフ印刷の名刺、金の握りがついたステッキ。戦争でもうけた男の甘い香りがふんぷんとしている。もちろんアルベールは、不安でたまらなかった。だから唾棄すべき相手を標的に選べば、ことは簡単だろうと素朴に考えた。そんな判断をするところが、いかにもアマチュアらしい。本人のために言い添えるなら、彼がそんなに不安がるのにはれっきとした理由があった。彼が銀行から金を騙し取ろうとしているのは、予約金詐欺の元手を捻出するためだ。つまりは盗んだお金をもとにして、さらに大金を盗み取ろうというのだから、犯罪の初心者なら誰だって頭がくらくらしてくるだろう。

最初の盗みは雇われた五日後、七千フランだった。

からくりは会計帳簿にあった。

客から四万フランを受け取り、口座に預金する。けれども会計帳簿の入金欄には三万三千としか記入せず、差額の七千フランは革鞄に詰めて、その晩持ち帰る。こうした操作は、大銀行ほどやりやすい。週一回の帳簿照合のときまで、何をやっても気づかれないからだ。株の貸借対照表、利息の計算、証券取引決済、融資、返済、手形交換決済、普通預金などなど、ひととおり点検を終えるのに三日は要する。すべてはこの時間差にかかっていた。監査の初日が終わるのを待って、すでに確認が済んだ別の口座からお金を引き出し、翌日の監査に備えて詐取した口座のお金を埋めておく。こうすれば、どちらの口座も監査員には異常がないように見える。この操作を次の週も繰り返す。今回は信用取引や投資、次回は手形割引や株式とところを変えながら。〈ため息橋《ポン・デ・スピール》〉と呼ばれる古典的な詐欺で、神経を使うが手口は単純で、専門知識さえあればあくどい手練手管は必要ない。アルベールのような男には理想的だ。いっぽうこの方法には、大きな欠点もある。際限なくエスカレートし、毎週毎週、監査係との恐ろしい鬼ごっこを続けねばならないという点だ。だから、数カ月以上続いた例はない。犯人は遠からず海外に逃亡するか、たいていはその前に捕まってしまうからだ。

お金に困ったあげくに盗みを働いてしまった者の常として、アルベールも借りておくだけにしようと心に決めていた。追悼記念碑の予約金が入ったら、逃げる前にまず銀行に返そう。そう素直に思っていたからこそ、実行することができたのだ。けれどもほかに急を要することが次々出てきて、そんな考えはたちまち吹き飛んだ。

最初の横領を決行すると、たちまち罪悪感でいっぱいになり、前から慢性的に心配性で神経過敏だったものがいっそうひどくなった。偏執狂的な性格が高じて、何を見ても恐ろしく感じられる。この時期、アルベールはいつも熱っぽく、体を痙攣させていた。ちょっとしたことで震えだし、いつも壁際に沿って歩き、絶えず拭っていなければならないほど手に汗をかいた。おかげで仕事にも支障が出るくらいだった。目はようすをうかがうように、ドアのほうを何度もちらちらと見ているし、机の下の脚はいつでも逃げ出せるように構えている。

同僚たちもおかしいと思っていた。人に危害を加えるようなことはなさそうだが、どうやら病気らしい。復員兵はいろいろと病的な症状を示す者が多いから、みんなも慣れていた。それにアルベールにはうしろ盾がある、愛想よくしておいたほうがいいだろう。

予定した七千フランではまったく足りないと、アルベールは最初からエドゥアールに言っていた。カタログの印刷代、封筒や切手の代金、あて名書きの手間賃。問い合わせの手紙に返事を書くためのタイプライターも必要だし、私書箱を開設するのにも費用がかかる。七千フランぽっちじゃ雀の涙だ、とアルベールは断言した。経理係の言うことだからたしかだろう。エドゥアールは曖昧な身ぶりをした。ふうん、そうかもしれないな、とでもいうように。アルベールは計算をしなおした。最低二万フランは必要だ。間違いない。エドゥアールは悠然と答えた。それじゃあ、二万で行こう。盗むのはきみじゃないからな、とアルベールは思った。

父親のペリクール氏に招待された晩のことは、エドゥアールに何も話していない。姉のマドレーヌもいっしょに夕食をとったことや、悪の源であるプラデルとマドレーヌが結婚していたことも。だからペリクール氏の誘いを受け、彼が設立して筆頭株主である銀行で経理係をするとは打ち明けられなかった。サンドイッチマンは辞めたけれど、アルベールはあいかわらずがっちり板ばさみにされていた。せっかく親切にしてくれたのに、恩を仇で返さねばならない父親のペリクール氏と、横領の成果を山分けする息子のエドゥアール・ペリクールのあいだで。エドゥアールには、またとない幸運を口実にした。昔の同僚にばったり会ったら、銀行でひとつポストがあいていると言われてね。面接もうまく行ったから……エドゥアールは、こんなに都合よく奇跡が起こるなんておかしいとは思わなかったらしい。金持ちの生まれだからな、そこはおっとりしているんだろう。

できればアルベールは、銀行の仕事をずっと続けたいところだった。出勤して席につく。たっぷり入ったインク瓶や削った鉛筆、会計簿のまっさらなページ。コートや帽子をかけた木の外套かけは、なんだかもうぼくのもののようだ。それにすべすべした新品の袖カバー。すべてが落ち着きと安らぎをもたらしてくれる。なんのかんの言っても、快適な暮らしじゃないか。彼は昔の生活に戻ったような気がした。給料だって悪くないし、この仕事を続けていれば、ペリクール家のかわいいメイドと仲よくなるチャンスだってあるかもしれない……そう、つましくも幸福な人生を送ることができる。それなのにアルベールは今夜、吐き気がするほどの熱に浮かされながら、五千フランの札束を詰めたショルダーバッグをさげて地下鉄に乗ったのだった。気温はかなり低かったので、汗をかいている乗客は彼ひとりだった。

アルベールが帰宅を急いでいるのには、ほかにもうひとつ理由があった。片腕で荷車を引き、運送屋をしている友人が、印刷屋からカタログを運んでくることになっていた。

中庭に入ると、紐で縛った包みがいくつも置いてあった……着いたんだな。すごいぞ、ついにできたんだ。ここまでは準備段階、これからいよいよ本番だ。

アルベールはめまいがした。思わず閉じた目を再びあけると、ショルダーバッグを地面に置いて、包みのひもをほどいた。

〈愛国の記念〉カタログ。

とてもインチキとは思えない。

そもそもこれは、アベス通りのロンド兄弟印刷店で作った正真正銘のカタログだ。どこをとっても信頼感に満ちている。一万部を印刷した。費用は八千二百フラン。アルベールはうえから一部抜き出して、なかをたしかめようとしていたとき、馬のいななきのような声がして思わず手をとめた。それは階段から聞こえた、エドゥアールの笑い声だった。狂女の不気味な哄笑を思わせる、小刻みに振動《ビブラート》する甲高い笑い声、止んだあとまで空中に漂っている笑い声だ。アルベールはショルダーバッグをつかんで階段をのぼった。ドアをあけると、大歓声が彼を迎えた。「ラァフゥウルゥゥゥ」（とても文字には書き写せないが）という声は、待ちかねたアルベールの到着に安堵した気持ちの表現だった。

この叫び声に劣らず、目の前に広がる光景も驚くべきものだった。今夜のエドゥアールは、鳥の頭をかたどった仮面をかぶっていた。下むきに曲がった長い嘴は半びらきになって、奇妙なことに真っ白な二列の歯がのぞいている。そのせいか、表情は陽気で獰猛そうだ。赤い色合いも、野生の鳥らしい攻撃的な印象を強めていた。仮面は額のところまですっぽりとエドゥアールの顔を覆い、楽しそうに動く目が二つあいた穴からのぞいていた。

アルベールも嬉しそうに新たな札束を取り出して見せたが、エドゥアールとルイーズにすっかり主役の座を奪われてしまった。床は一面、カタログの冊子で覆われていた。エドゥアールは長椅子に色っぽく寝そべり、紐で縛った包みのひとつに素足をのせている。ルイーズはその端にひざまずき、エドゥアールの足指に真っ赤なエナメルを塗っていた。よほど集中しているのか、アルベールが入ってきてもほとんど目をあげなかった。エドゥアールは歓喜の笑い（ラァフゥウルゥゥゥ）を轟かせると、満足げに床を指さした。出し物が大成功したあとのマジシャンのように。

アルベールもにっこりせずにはおれなかった。彼はショルダーバッグをおろして、コートと帽子を脱いだ。身の危険を感じず、少し気持ちが落ち着くのは、この部屋にいるときくらいだった……夜を除いては。今でも、夜はずっと動揺が続いた。だからパニックになったときに備えて、馬の首を横に置いて眠らねばならなかった。

エドゥアールは傍らに置いたカタログの包みに片手をあて、アルベールを見つめた。そして片方の手で拳を握り、ガッツポーズをした。ルイーズはあいかわらず黙ったまま、今度はカモシカの皮で足指のエナメルをこすって磨き始めた。まるでそこに命がかかっているみたいに、一心に集中している。

アルベールはエドゥアールのそばに腰かけ、カタログを一部手に取った。

それは象牙色のきれいな紙に印刷された、十六ページの薄っぺらな冊子だった。縦の長さは横の倍ほど。大きさの違うディドヌ書体の文字がとてもしゃれている。
表紙には簡潔に、こう書かれている。

> **鋳造工芸品カタログ**
> 愛国の記念
> われらが英雄たちと
> フランスの勝利を讃えた
> 石柱、記念碑、記念像

表紙をめくった裏には、ページの左上に見事な飾り文字でこう書かれていた。

ジュール・デプルモン❄✠
彫刻家
フランス学士院会員
ルーヴル通り五十二番
私書箱五十二
パリ（セーヌ県）

「何者なんだ、そのジュール・デプルモンっていうのは？」カタログのアイディアを聞いたとき、アルベールはそうたずねた。

エドゥアールは天を見あげた。さあ、誰だか。ともかく、本当らしく見えるだろ。戦功十字章、教育功労勲章、ルーヴル通りという住所。

「とはいっても……」アルベールは、この人物がどうも気がかりだった。「そんなやつ、実在しないって、すぐにばれちまうぞ。本当に〝フランス学士院会員〟かどうか、簡単に調べられるんだから」

「だからこそ、誰も調べないんだ」とエドゥアールは書いた。「フランス学士院会員と言われれば、頭から信じてしまう」

それでもアルベールは懐疑的だったけれど、印刷された名前を前にすると、たしかに誰も疑わないだろうと認めざるをえなかった。

末尾には短い注もついていて、略歴が示されていた。いかにも学士院会員の彫刻家らしいもので、芸術の世界に詳しい人たちでもこれなら納得するだろう。

ルーヴル通り五十二番は、私書箱を開設した郵便局の所在地だ。偶然にも、割りあてられた私書箱の番号も五十二だった。おかげで、いかにも念入りに準備した緻密な企画であるような印象を与えている。

表紙の下部には小さな文字で、簡潔にこう記されている。

価格はフランス本国内の駅留め送料込みの金額です。
見本の絵に書かれた碑銘は、価格に含まれておりません。

一ページに掲げられた案内文は、まさに詐欺そのものだった。

全国市町村長殿

大戦が終結してすでに一年以上がすぎた今、フランスおよび植民地における数多くの市町村で、名誉の戦死を遂げた兵士たちを讃え、彼らの記憶をそれにふさわしい形で後世に伝えようという声が高まっています。

しかしいまだ大部分の市町村では、実現されていないのが現状です。これは愛国心の欠如ではなく、財政的な制約によるものでしょう。それゆえわたくしは芸術家として、そして元兵士として、この賞賛すべき目的を果たす一助となることこそ、わが義務だと考えました。追悼記念碑を建立せんとする皆さまのためにわが経験と技術を生かすべく、このたび〈愛国の記念〉を企図した次第です。

戦地に散った大切な人々の思い出を永遠に残すため、わたくしはここにその主題と寓意を集めたカタログをご提供いたします。

来る十一月十一日、すべての犠牲者を代表した一〈無名戦士〉の墓がパリに建立されます。特別な出来事は、特別な形で迎えようではありませんか。この国家的な一大行事に皆さまがご自身の発意をもって参加できますよう、わたくしはこのたび特別に作成した作品すべてを三十二パーセントの割引料金でご提供いたします。さらに皆さまの最寄り駅までの送料を無料といたしましょう。

制作、運送の期間を考慮し、さらには皆さまにご満足いただける品質を期すため、注文の受け付けは本年七月十四日の到着分をもって締め切らせていただきます。遅くとも一九二〇年十月二十七日までにお届けできるようにいたしますので、前もってお作りいただいた台座に設置するお時間は充分かと存じます。七月十四日時点で、ご注文がわれわれの制作可能限度を超えた場合、申しわけありませんが先着順の受付といたします。

この二度とない機会に、大切な人々が命を捧げた英雄的な行いを、あらゆる犠牲的な行為の範としていつまでも子々孫々の眼前に残していただけるよう、愛国心あふれる皆さまにお願いいたします。

敬具

ジュール・デプルモン

彫刻家

フランス学士院会員

国立美術学校出身

一九二〇年三月

「この割引だが……どうして三十二パーセントなんだ？」とアルベールはたずねた。

経理係らしい質問だ。

「いかにも、熟慮のうえでつけた価格だっていう感じがするからね」とエドゥアールは書いた。「購買意欲をそそるだろ。こうすれば、お金はすべて七月十四日までに届く。翌日には、さっさと高飛びだ」

次のページには、きれいな枠で囲んだなかに、短い注意書きがあった。

今回の記念像はすべて古色仕上げの彫金細工ブロンズ製、もしくはブロンズ風彫金細工鋳鉄製でご提供いたします。

これら威厳に満ちた材質により、記念碑には趣味のよい格別な味わいが生まれることでしょう。比類なきフランス軍兵士の姿と、われらが大切な死者たちの勇気を褒めたたえるシンボルを象《かたど》るのに最適かと存じます。

作品の品質には万全を期しておりますゆえ、五、六年に一度のお手入れにより永久に保たれます。

台座は信頼できる石工とご相談のうえ、各自ご用意いただければと存じます。

そのあとには、作品のカタログが続いた。正面、横面、全体像。縦、横の寸法や、可能な組み合わせについても示されている。〈出征〉、〈攻撃始め！〉、〈立て、死者たちよ〉、〈国旗を守って死にゆく兵士たち〉、〈戦友〉、〈英雄に涙するフランス〉、〈ドイツ兵のヘルメットを押しつぶす雄鶏〉、〈勝利〉などなど。

小予算用に準備された安い三種を除けば（〈戦功十字章〉、九百三十フラン。〈葬儀の松明〉、八百四十フラン。〈兵士の胸像〉、千五百フラン）、ほかはすべて六千から三万三千フランのあいだだった。

カタログの最後には、こう注記されている。

〈愛国の記念〉はお電話でのお問い合わせは受け付けておりませんが、お手紙をいただければ、できるだけお待たせせずにお返事いたします。今回は大幅割引をしておりますゆえ、ご注文の際には予約金として総額の五十パーセントを〈愛国の記念〉宛てにお送りいただくようお願いいたします。

理論上は注文一件につき、二千から一万一千フランが入る計算になる。あくまで、理論上は。アルベールは懐疑的だったが、エドゥアールは何も疑っておらず、自分の太腿をぱんぱんとたたいた。ひとりは大喜び、もうひとりはそれと同じくらいに不安がっている。

エドゥアールは片脚を引きずっているので、カタログの包みは大部分がまだ下に置きっぱなしになっていた。いや、たとえ運べそうだと思ったとしても……要するにそれは、しつけの問題だ。彼にはいつも、意のままに使える者がいた。その点では戦争のあいだが、特別だったにすぎない。彼はおどけたような目で、残念ながら手伝えないんだという合図をした。ほら、爪のせいでね……彼は手をふった。エナメルが……まだ乾いてなくて……

「わかったよ」とアルベールは言った。「ぼくが行く」

アルベールはさほど腹を立ててはいなかった。手作業や家事をしながらだと、考えごとがはかどったから。彼は何度も往復して、部屋の奥にカタログの包みを丹念に積み重ねた。

二週間前、アルバイト募集の広告を出した。書かねばならない宛名は一万件もある。形式はすべて同じだ。

市町村の役所宛てにして、あとは市町村名と県名を書けばいい。

宛名は『市町村事典』で調べたが、パリとその周辺地域は除外した。あまりに近すぎると、架空の会社だとばれるかもしれない。それよりどこか片田舎の、小さな町のほうがいい。封筒一枚につき、十五サンチームの手間賃を払うことにした。失業者があふれているご時世だからして、字のうまい人間を五人ほど集めるのは難しくなかった。アルベールは五人とも女性を選んだ。女のほうが、余計な質問をしないだろうと思ったのだ。単に女性と接したかっただけかもしれないが。彼女たち自身は、印刷業者に雇われているのだと思っていた。すべてを十日ほどで片づけねばならなかった。アルベールは先週、女たちのところに封筒とインク、ペンを届けた。明日、銀行の仕事が終わったあと、回収を始めよう。彼はそのために、背嚢を引っぱり出しておいた。ずいぶんと酷使したものだ、この背嚢も。

そうしたら封筒にカタログを入れ、封をする作業だ。ルイーズも手伝ってくれることになっている。もちろん少女は、何が行われているのかわかっていなかったが、とても熱中していた。この仕事が楽しかったのだ。友達のエドゥアールがすっかり明るくなったから。それは彼が作る仮面を見ればわかった。どんどんと色鮮やかになり、どんどんととてつもなくなっていく。あと一、二カ月もしたら、狂気の沙汰へといたるだろう。ルイーズはわくわくしていた。

少女はだんだん母親と違ってきたな、とアルベールは思った。外見が、というわけではない。そもそもアルベールは、人の顔がよく覚えられなかった。誰と誰が似ているかもよくわからない。しかしベルモン夫人が窓辺に腰かけ、いつも浮かべている悲しげな表情は、もうルイーズの顔には見られなかった。蛹《さなぎ》のなかから、美しい蝶が抜け出してくるように。ときおりアルベールは、ものかげから少女を盗み見た。はっとするほど魅力的だと思うと、なんだか泣きたくなった。マイヤール夫人も言っていたものだ。「この子ったら、放っておくといつまでも泣いているんだから。これじゃあ、娘が生まれたのと変わらないわ」

アルベールは準備のできた封筒を、ルーヴルの郵便局で投函した。消印と所在地が一致するようにという配慮からだった。こうして彼は何日ものあいだ、あちこちを飛びまわった。

すると期待感が高まってきた。

アルベールは最初の入金があるのを心待ちにした。彼の思うとおりにさせていたら、最初の数百フランが入ったところでそれを握りしめ、さっさと逃げ出してしまっただろう。もちろんエドゥアールは、そんな話に耳を貸さなかった。彼は百万フランに達するまで、ここを動かない覚悟だった。

「百万だって？」とアルベールは叫んだ。「まったくどうかしてるぞ」

二人は納得のいく目標金額について議論を始めた。まるで二人とも、計画の成功自体は疑っていないかのようだったが、実のところそれだってまだまだ確かではない。エドゥアールはうまく行くと信じていた。絶対だ、と彼は大きな文字で書いた。アルベールはといえば、世捨て人の障害者を受け入れ、勤め先から一万二千フランも横領し、彼からすれば死刑か終身刑にも値するような詐欺に手を貸した以上、成功を信じるしかほかに道はなかった。彼は今から出発に備え、ル・アーヴル、ボルドー、ナント、マルセイユ行きの列車の時刻表とにらめっこをして夜をすごした。チュニス、アルジェ、サイゴン、カサブランカのうちどこへ行く船に乗るかで、港もおのずと決まってくる。

エドゥアールはまだ絵を描いていた。

〈愛国の記念〉カタログが完成したあと、本物のジュール・デプルモンならば市場調査の結果を待つあいだどうするだろうかと彼は考えた。

そして思いついた答えは、コンペティションに応募することだった。

財政状態に余裕があり、工業生産による記念像を使わずにすませられる大きな市町村のなかには、独自の記念碑を作るためにデザインの公募を始めているところもあった。八万から十万、ときには十五万フランもの予算で作品を募集する広告が、新聞にいくつも出ていた。なかでももっとも条件がよく、エドゥアールの関心を引きつけたのは、彼が生まれた区が出した公募だった。採用された芸術家には、二十万フランの予算が与えられるという。そこで彼は暇つぶしに、ジュール・デプルモンの名で、〈感謝〉と題した、三つの場面からなる大作で応募してみることにした。いっぽうには〈戦場に軍を率いるフランス〉、もういっぽうには〈敵軍に襲いかかる勇猛果敢な兵士たち〉。これら二つの場面が、中央に置かれた〈祖国のために死んだ子らに戴冠する勝利の女神〉に収斂するという構成だ。中央の大きく広がる寓意的な場面では、襞《ドレープ》のあるゆったりとした布をまとった女が、勝ち誇った兵士の頭に右手で冠をかぶせ、悲しみの聖母を思わせる悲嘆にくれた目を死んだフランス軍兵士にむけている。

エドゥアールはとりわけ遠近法に念を入れ、主要な場面の仕上げにかかった。これで応募は万全だ。彼はそう思って、くすくすと笑った。

そんなエドゥアールのようすを見て、アルベールはからかうように言った。

「七面鳥だな。きみの笑い声ときたら、まるで七面鳥だ」

エドゥアールはもっと大声で笑いながら、またせっせと絵にむかった。

28

一九二〇年三月

　モリウー将軍は、少なくとも二百歳は老けこんだように見えた。軍人にとって戦争とは生きがいであり、若さの源である。それを取りあげられたら、あとに残るのは時代遅れの老人にすぎない。体はといえば、まず目につくのがでっぷりとした腹だろう。その上方に、ちょこんと口ひげがのっている。要は一日の大半をうたた寝してすごしている、たるんで生気のない肉塊ということだ。いびきがまたうるさいときている。手近な肘掛け椅子にすわりこむときから、まずは喘ぐようなため息をつき、数分後にはもう太鼓腹が飛行船さながらに膨らみ始める。吸いこむ息に合わせて口ひげが震え、吐き出す息に合わせてたれた頬が震え、それが数時間続くのだった。どろりとかたまりついたこのマグマには、どこか太古の昔を思わせる、印象深いものがあった。それでも誰ひとり、彼を起こそうとはしなかった。それどころか、近づくまいとする者さえいた。

　戦争が終結して以来、モリウー将軍は数えきれないほどの委員会や分科会のメンバーに任命された。彼はいつも真っ先にやって来た。会場が二階や三階にあるときは、汗をかきかき、息を切らしながら駆けつけると、肘掛け椅子にどっかとすわりこむ。そして皆の挨拶にぶつぶつと何ごとかつぶやいたり、無愛想にうなずいたりして答えると、ほどなく眠りこんでうなり声をあげ始めるのだった。採決のときになって誰かが遠慮がちに起こし、将軍はどう思われますかとたずねると、ああ、そう、決まってるじゃないか、わたしはもちろん賛成だともと答える。目に黄色い涙を溜めながら、もちろん、もちろんと。たしかにそれはたいへんな問題だと言わんばかりに、顔は真っ赤にして口もとは震わせ、目をまん丸に見ひらいて。将軍をメンバーから外そうとする動きもあったけれど、大臣がぜひともと言うのだった。こんな場所ふさぎで役立たずの老いぼれ軍人が、思いがけず洞察力らしきものを発揮することもあった。例えば今日のように――というのは四月の初めで、花粉症に悩む将軍はものすごいくしゃみを連発していた。まるで休火山のように、眠りながらでもくしゃみをする――うたた寝の合間に孫のフェルディナン・モリウーがやっかいな問題に巻きこまれかけていると小耳に挟んだときなどだ。モリウー将軍は内心、誰のことも評価していなかった。彼の目から見れば、孫のフェルディナンも軍隊で栄えあるキャリアを選ばなかった落ちこぼれだったが、それでもモリウーを名のっている。名前こそ将軍がとりわけ大事にするものだった。彼は後世のことを気づかっていた。いちばんの夢はと問われれば、自分の写真がラルースの小百科事典にのることだと答えるだろう。そのためには、家名にほんのわずかな傷でもついてはならない。

「何、何、どうしたって？」と彼は飛び起きてたずねた。

よく聞こえるように、大声でもう一度繰り返さねばならなかった。フェルディナンが出資しているプラデル社の問題なんですと。将軍にもわかるようにと、近くにいた者が説明をした。ほら、戦死した兵士の遺体を戦没者追悼墓地に集める仕事を、国から請け負った会社ですよ。

「何のことだ？　遺体……戦死した兵士？」

それでもフェルディナンが関わっているとあって、将軍は必死に話を理解しようとした。彼の脳味噌はどうにか問題を整理して、頭のなかに位置づけた。そこには〝フェルディナン〟、〝戦死した兵士〟、〝遺体〟、〝墓〟、〝異常〟、〝事件〟といった言葉がちりばめられている。将軍にとっては、多すぎるくらいだ。何しろ平時には、理解が格段に遅くなる。彼の副官で、サラブレッド然とした少尉はそのようすを見て、苛立った付添人のようにため息をついた。それでも少尉はじっと堪えて、噛んで含めるように説明した。お孫さんのフェルディナンは、プラデル社に出資しているのです。たしかに彼は配当金を受け取っているだけですが、会社がらみのスキャンダルが公になれば、将軍の名前も取り沙汰されるでしょう。お孫さんは心配されていますし、将軍の評判にも傷がつきます。モリウー将軍は鳥みたいに目を丸くした。おいおい、ラルース小百科はどうなるんだ。お先真っ暗じゃないか。冗談じゃないぞ！　彼は動転のあまり、思わず立ちあがろうとした。

椅子の肘掛けをつかみ、腰を浮かす。ふつふつと怒りがこみあげた。せっかく勝ち戦で終わったというのに、誰もわたしをそっとしておいてくれんのか？

一九二〇年三月

ペリクール氏は毎日疲れきって起き、また疲れきって寝た。歩くのもやっとだな、と彼は思った。それでも仕事は休めない。絶えず人と会っては命令をくだし続けたが、すべて機械的にやっていた。娘の部屋に行く前に、ポケットからエドゥアールのデッサン帳を出し、机の引き出しにしまった。彼はいつもそれを手もとに置いていた。第三者の前でひらくことは、決してなかったけれど。どの絵も、記憶に焼きついている。絶えず持ち歩いていたせいで、しまいにはぼろぼろになってきた。綴じなおすなり、何か修復が必要だ。けれども、手作業とは無縁のペリクール氏には、どうしたらいいのかまるでわからなかった。マドレーヌもいるけれど、ほかのことで頭がいっぱいだし……ペリクール氏はひしひしと孤独を感じた。彼は引き出しを閉め、部屋を出て娘のもとへむかった。どうしてこんな結果になってしまったのだろう？　彼は誰からも恐れられる人物だった。その代わり、友達はひとりもいない。みんな、知人というだけの関係だ。だったら、マドレーヌは？　いや、娘とは友達のように話せない。それにあの子は今……あんな状態だ。自分も父親たらんとしていたころの記憶を、彼は一生懸命よみがえらせようとした。結局、父親にはなりきれなかったけれど。驚いたことに、ほとんど何も覚えていなかった。仕事だったら、十五年前に買収した会社の重役をすらすらと挙げられるほどの記憶力を誇っているのに、家族のこととなるとすっかり忘れている。それでも彼にとって家族がどれほど大切かは、言うまでもなかった。息子が死んだ今だから、というだけではない。彼が苦労ずくめでこんなに働いたのは、家族があればこそだ。わが家族たちのため、皆を守るため、皆がなに不自由なく……要するにそういうことだった。ところが家族との思い出は、なぜか記憶に残り難かった。どれもこれも、区別がつかないほどだ。クリスマスの食事も復活祭も誕生日会も、ただ同じことが何度も繰り返されただけのように思える。区切り目と言えば、妻が生きていたころのクリスマスと、亡くなってからのクリスマス、戦前の日曜日と、現在の日曜日というくらい。結局、わずかな違いでしかない。妻の妊娠についても、まったく覚えていなかった。たしか、四回あったはずだが、みんなひとつに混ざっている。出産に至ったのがどれで、途中で流産してしまったのがどれかも、よくわからない。たまたま似たような状況があったとき、いくつかの場面がふとよみがえるくらいだ。マドレーヌが椅子に腰かけ、すでに膨らみ始めたお腹のうえで両手を組んでいるのを見たときがそうだった。妻もこんなかっこうをしていたな。そう思ったら嬉しくなった。ほとんど、誇らしいくらいだった。

みごもっている女は皆、どこか似ているものだとは考えなかった。これは勝利なのだと思うことにした。自分にはやさしい心がある、家族愛がある証拠なのだと。やさしい心があるからこそ、娘にわざとらしい気づかいはしたくなかった。ありのままでいい。いつもどおりにしよう。すべてを引き受けるなんて、もうできないのだし。彼はすでに、あまりに待ちすぎていた。

「じゃまじゃないかな?」とペリクール氏はたずねた。

父娘は見つめ合った。二人のどちらにとっても、安心な状況ではなかった。マドレーヌが心配しているのは、エドゥアールの死に悲嘆する父親がいっきに老けこんだからだった。ペリクール氏の心配は、娘の妊娠が心から喜べないことにあった。妊娠した女たちが見せる熟れた果実のような充足感が、マドレーヌにはなかった。あの輝き、ときに雌鶏を思わせる自信たっぷりで勝ち誇ったような、穏やかな表情が。マドレーヌはただ太っただけだった。体じゅうが、顔にいたるまでいっきに膨れあがった。さらに母親に似てくるのかと思うと、ペリクール氏は胸が痛んだ。みごもっているときでさえも、妻は決して美人とは言えなかったからな。娘がしあわせなのかも疑わしい。ただ、満足しているだけのように感じられた。

いいえ(マドレーヌはにっこりした)、じゃまなんてことないわ、ぼんやりしていただけだから、と彼女は答えた。でも、本当はじゃまだったのだろう。マドレーヌはぼんやりしていたのではない。ペリクール氏がこんなに気をつかったのは、娘に話すべきことがあったからだ。マドレーヌもわかっていたし、父親が切り出すのを恐れていた。だから作り笑いをし、近くに来てすわるようにと手のひらで示したのだった。父親は腰かけた。今日もまた、いつものように阿吽《あうん》の呼吸ですませておくこともできた。二人だけの問題なら、そうしていただろう。さりげない世間話のなかで、それぞれ必要なことを理解したら、ペリクール氏は立って娘の額にキスをし、部屋をあとにする。言いたいことはしっかり相手に伝わったと確信して。けれども今日は、言葉に出さねばならなかった。もはや二人だけの問題ではなかったから。自分たちの私生活に第三者が関わる状況が入りこんでいることに、彼らはお互い苛立っていた。

マドレーヌは二人で話すとき、よく父親の手に自分の手を重ねた。けれども今日は、そっとため息をついただけだった。正面からぶつからねばならない。言い争いにもなるだろう。そんなこと、したくはないけれど。

「モリウー将軍から電話があってね……」とペリクール氏は切り出した。

「あら、そう……」とマドレーヌは微笑みながら答えた。

ペリクール氏はどうふるまおうか迷ったが、自分にいちばんふさわしいと思うようにした。父親として堂々とした、毅然たる態度を示そう。

「おまえの夫のことなんだが……」

「つまり、パパの娘婿ってことね……」

「そう言ったほうがよければ……」

「そのほうがいいわ、わたしは……」

ペリクール氏は子供が生まれるとき、自分に似た男の子ならいいと思っていた。娘だと似ていることが、かえって癇に障る。女は男と違い、いつも搦《から》め手で攻めてくるから。例えば今だって、油断のならないもの言いだ。何かへまをやらかしたなら、それはわたしの夫ではなく、あなたの娘婿なんでしょうと言わんばかりだ。彼はいまいましげに唇をつぼめた。〝自分の状況〟も考慮せねばならない。

注意しなければ。

「ともかく、まずいことになっている……」と彼は続けた。

「まずいことって、何が？」

「仕事のすすめ方さ」

この言葉を発した途端、ペリクール氏はもう父親の立場ではなくなっていた。そう、問題は解決可能なものだ。商売の世界でなら、あらゆる事態を経験している。最終的に決着をつけられなかったトラブルなんて、ほとんどなかったではないか。それに一家の長とは企業のトップみたいなものだと、彼は常々思っていた。けれども今、目の前にいるのは、なんだか自分の娘とは思えない、やけに大人びた見知らぬ女だった。ペリクール氏は急に自信がなくなった。

彼は無言の怒りにかられ、苛立ったようにうなずいた。かつて娘に言いたかったことが、脳裏によみがえってくる。彼女の結婚について、あの男について、どう思っているか。けれどもマドレーヌは、それを言わせようとしなかったのだった。

マドレーヌは父親が情け容赦なくかかってくるのを感じて、組んだ両手をじっとお腹にあてた。ペリクール氏はそれを見て黙った。

「そのことなら、もう夫と話したわ、パパ」と彼女はようやく言った。「一時的に大変なこともあるけれどって言ってたわ。彼の言葉どおりよ、〝一時的に〟っていうのは。でも重大な問題ではないから、大丈夫だと……」

「彼が大丈夫と言ったって、そんなものはあてにならん。何の意味もないんだ、マドレーヌ。彼は都合のいいことだけを話している。おまえを守りたいからだろうがね」

「あたりまえだわ。わたしの夫なんだから……」

「まさしくおまえの夫だ。なのにおまえをかくまうどころか、危険にさらしている」

「危険にさらすですって！」とマドレーヌは叫んで笑い出した。「それじゃあわたしは、今危険にさらされているってわけ？」

彼女は大声で笑い続けた。ペリクール氏はむっとしないでいられるほど、立派な父親ではなかった。

「マドレーヌ、わたしは彼を支えるつもりはない」と彼は言い放った。

「支えて欲しいなんて、誰もパパに頼んじゃいないでしょ。どうしてそんなことを？　それに……何のために？」

二人とも、同じように自分を偽っていた。

マドレーヌはとぼけているだけで、事態はよくわかっていた。戦没者追悼墓地の一件は、思ったほど簡単な話ではない。夫はますます苛立って怒りっぽくなったり、ぼんやり放心したりするようになった。夫としてのお務めはいらなくなったところなので、マドレーヌからすればちょうどいい。それにこのところ、愛人たちも彼には不満でいっぱいらしい。先日、イヴォンヌも言っていたわ。「ねえ、あなたの旦那様、なんだか最近、近寄りがたいわね。お金儲けができるタイプじゃなかったのよ、結局……」

どうやら政府から請け負っている仕事で、思いがけない不都合が生じているらしい。まだ公にはなっていないが、役所からかかってくる電話で夫が話す言葉の端々を、マドレーヌはしっかり聞いていた。夫はやけにもったいぶった声を出していた。いえ、そんなことありませんよ。とっくに片づいてますから、ご心配にはおよびません。そして電話を切ったあとは、眉間に深いしわをよせていた。ただの嵐にすぎない。マドレーヌはもう、慣れっこだった。父親がありとあらゆる嵐を通り抜けるのを、子供のころからずっと見てきたから。さらに世界大戦もあった。警視庁や国の役所から電話が二本あったくらいで、おたおたしないわ。父は夫のことが好きではない。それだけのことだ。夫がやろうとしていることが、父は気に入らないのだ。男同士のライヴァル心だろうか。雄鶏同士のライヴァル心。マドレーヌはお腹のうえで組んだ手に力をこめた。メッセージは受け取ったわ。ペリクール氏はしぶしぶ立ちあがった。ドアにむかう途中、ふり返る。どうしても、そうせずにはおれなかった。

「おまえの夫は、好きになれん」

言ってしまった。結局、さほど難しいことではなかった。

「わかってるわ、パパ」とマドレーヌは微笑みながら答えた。「どうでもいいじゃない。わたしの夫なんだから」

彼女はそっとお腹をたたいた。

「パパの孫は、きっと男の子よ。間違いないわ」

ペリクール氏は口をひらきかけたが、そのまま部屋をあとにした。

男の子か……

彼は初めから、そんなふうに考えまいとしていた。だって、時期が悪いではないか。息子の死と孫の誕生を、結びつけたくなかった。むしろ女の子ならいいと思っているくらいだ。それならもう、問題は生じない。今からもうひとり男の子が誕生するまでに、時がすぎて記念碑も建てられる。記念碑ができれば、わたしの苦悶や悔恨も終わるだろう。彼はそんな考えに、必死にしがみついていた。もう何週間も、まともに眠れていない。そのあいだにも、エドゥアールを失った悲しみは大きく膨れあ

一九二〇年三月

がり、仕事にも支障がでるほどだった。例えば最近も、彼が所有している会社のひとつ〈フランス植民地社〉の重役会のとき、部屋に射しこんで長テーブルの天板を輝かせる陽光に目を奪われた。何でもない、ただの光線なのに、それがまるで催眠術のようにペリクール氏の心をとらえたのだった。みんなも一瞬、はっとしたけれど、ペリクール氏の顔にあらわれたのは放心ではなく、うっとりとした表情だった。皆、彼を見た。会議はそのまま続いたが、そこにはもう社長の力強い目、相手の心を射抜くような鋭い視線はなかった。突然、ガス欠になってがたがたと揺れ出す車のように、議論はだんだんとだれ始め、とうとう何も結論がでないままおひらきとなった。実のところペリクール氏の目を奪ったのは、太陽光線そのものではなく、宙を舞う埃だった。きらきら光る微細な小片を見たとたん、彼はいっきに過去へ引き戻された。十年前だろうか、それとも十五年？　覚えていないっていうのは、嫌なものだ。エドゥアールが一枚の絵を描いた。あの子が十六歳のときだ。いや、十五歳かも。その絵には、さまざまな色をした小さな点がひしめいているだけだった。線は一本もなく、ただ点ばかり。なんとかという技法で、ペリクール氏はその名前が舌先まで出かかっていたけれど、結局思い出せなかった。たしか、野原に娘たちがいる絵だった。おかしな描き方だと思っただけで、何が描かれているかまではよく見なかった。馬鹿だったな、あのときは。エドゥアールは自信なさげに立っていた。父親のペリクール氏は、取りあげた絵を両手で持っていた。まったく意味のない、突飛なものででもあるかのように……

わたしはあのとき、何て言ったのだろう？　ペリクール氏は皆が黙っている重役会の部屋で、自分自身にうんざりして首を横にふった。そしていきなり立ちあがると、誰のほうも見ずに黙って部屋を出て、そのまま自宅に帰ってしまった。

マドレーヌの部屋を出るときにも、彼は首をふっていたけれど、意図は同じではなかった。むしろほとんど正反対だ。さっきは怒りを感じていたのだから。娘を助けようとすれば、その夫を助けることになる。そんなこと、体が受けつけないだろう。モリウーがいくら愚かな老いぼれだからといって（ずっとそうだったわけではないけれど）、彼が娘婿の事業について知らせてきた噂は、とても心配なものだった。

ペリクールの名前も、いずれ出るだろう。何かの報告書が問題らしい。危ない報告書だ。それは今、どこにあり、誰が読んだのだろう？　そもそも、書いたのは何者なんだ？

でも、心配しすぎではないか？　とペリクール氏は思った。どのみち、わたし自身の問題ではないのだから。娘婿は、わたしの姓を名のっているわけじゃない。娘もさいわい、夫婦財産契約で守られている。あのドルネー＝プラデルの身に何が起こるかはわからないが（ペリクール氏はこの大仰な名前を心のなかで呼ぶときでさえ、ひとつひとつの音を軽蔑したように発音した）、どのみち彼とわたしたちのあいだには天と地のひらきがある。マドレーヌに何人子供ができようと（今回もそうだしこの先だって、女っていうのはいつどうなるか、わからないからな）、全員に将来の充分な備えをしてやるくらいは、このペリクールにできるじゃないか。

しごく客観的で、理にかなった考えだ。そう思ったら心が決まった。娘婿は溺れ死ぬかもしれない。しかしこのわたし、マルセル・ペリクールは陸《おか》に留まり、しっかり目をひらいていよう。娘と孫たちを助けるのに必要な浮き袋をたずさえて。

しかし、あの男は別だ。彼がいくらもがいているのを見ても、小指一本あげるものか。頭を押さえねばならなくなったら、何もためらわないだろう。

ペリクール氏は長年実業界に君臨するなかで、多くの人間を葬り去ってきた。しかし今回ほど、胸が沸き立ったことはなかった。

彼はにっこりとした。あの不思議なときめきがある。多くの解決策のなかから、もっとも効果的なひとつを選んだときに感じるときめきが。

29

一九二〇年三月

　ジョゼフ・メルランはよく眠れたことがなかった。不眠症患者のなかには、不運の原因が一生わからないままの者もいるけれど、彼ははっきりと自覚していた。おれの人生には、落胆の雨が降り続いていて、決してそれに慣れることができないからだ。毎晩、彼はむなしく終わった会話をもう一度頭に思い浮かべた。仕事のなかで受けた侮辱を思い返しては、最後は相手をやりこめるところを想像し、幻滅や失敗を反芻した。そんなことをしていたら、いつまでも眠れないに決まっている。彼のなかには何か、自己中心的なところがあった。ジョゼフ・メルランの人生の震央《しんおう》、それはジョゼフ・メルラン自身なのだ。天涯孤独な身の上で、猫一匹飼っていない。ただ自分のことだけを、日々考えている。枯葉がからっぽの芯に絡みつくように、彼の生活はそれ自体のまわりをめぐっていた。例えばメルランは眠れない長い夜にも、戦争について考えたことは一度もなかった。戦争のことは四年間ずっと、不愉快な事故としかとらえていなかった。物資統制で苛立ちは募り、もともと怒りっぽい性格はさらに度を増した。役所の同僚で、とりわけ家族が前線で戦っている者は、この気難し屋が列車の料金やチキンの品不足のことしか心配していないのを見て呆気にとられた。

「でも、いいですか」と人は憤慨して彼に言った。「やはりこれは戦争ですからね」

「戦争？　戦争がどうした？」とメルランはうんざりしたように答えた。「そんなもの、これまでいくらでもあったじゃないか。どうして今回だけ、関心を持たなきゃいけないんだ。前の戦争だっていいだろうに。さもなきゃ次の戦争でも」

彼は敗北主義者と思われていた。みずから負けを認めるなんて、裏切り行為も同然だ。軍隊に行っていたら、たちまち銃殺刑に処され、一巻の終わりだったろう。銃後ではそこまではないにせよ、彼が戦況に無関心なものだから皆の顰蹙を買い、ドイツ野郎というありがたくないあだ名まで頂戴《ちょうだい》した。そしてこのあだ名は、のちのちまで残った。

戦争が終わって墓地の視察官に任命されると、ドイツ野郎の名は時に応じてコンドルに、ハイエナに、あるいは猛鳥になった。そして彼はまた、眠れない夜をすごすようになった。

シャジエール＝マルモンはプラデル社が発掘を委託されている墓地のうち、メルランが最初に訪れたところだった。

上層部は彼の報告書を読んで、憂慮すべき状況だとわかった。しかし、誰も責任を取ろうとしなかった。報告書はうえへうえへとあがっていき、中央省庁の局長まで行きついた。ほかの省庁の局長たち同様、事件をもみ消すのはお得意だ。

その間、メルランは毎晩ベッドのなかで、上司に呼び出されたときに言うべき言葉を念入りに考えていた。ありのままの事実と、その重大な結果を述べることになるだろう。何千人ものフランス軍兵士が、小さすぎる棺桶に埋葬されているのだと。彼らの身長は一メートル六十から一メートル八十までさまざまだが（メルランは手に入る軍人手帳を参照して、この墓地に埋葬されていた兵士たちの身長について統計的なサンプルを作った〉、全員が一メートル三十センチの棺桶に入れられていたのだ。そのためには、首を折ったり足を切ったり踝を砕いたりしなければならない。要するに兵士の遺体を、切り分けられる商品のように扱っているのである。報告書には、なんとも忌まわしいその方法について、詳しく述べられていた。〝作業員たちは解剖学的な知識も、しかるべき機材も有していないため、平らな石のうえにのせた骨をシャベルの先や靴の踵で砕くしかありませんでした。それでもあまりに大きな兵士の遺体が、小さな棺に入りきらないことも珍しくありません。その場合は入る分だけを詰め、残りはゴミ箱代わりの棺桶に放りこんで、いっぱいになったところでふたをして、〈身元不明兵士〉と書いて処理するのです。これでは、墓参りに来る遺族のために、故人の完全な遺体を納めるなど望むべくもありません。さらには、この事業を請け負った会社が求める効率に合わせるため、作業員たちは手近な遺体の一部だけを棺桶に納めるにとどめ、墓を丹念に掘り返して残りの骨を探すことはしていません。遺体の身元確認や解明の手がかりになる書類や物品の探索も、規則が定めるとおりに行われておらず、もはや誰のものか突きとめようのない骨があちらこちらに見られるのが現状です。遺体発掘に関する命令書に重大で組織的な違反があっただけでなく、棺桶の引き渡しについても会社に割りあてられた契約にまったく合致しておらず、云々〟ご覧のとおりメルランの文章は、二百語以上からなることも珍しくない。その点では省内で、職人芸だと見なされていた。

この報告書は、まさに爆弾的な威力を発揮した。

プラデル社のみならず、何かと注目されるペリクール家も不安を感じていた。もちろん役所は大あわてだ。お役所仕事というのは、いつだって前例に基づいて進められる。つまりは後手後手にまわるものだから。話が広まれば、スキャンダルになりかねない。今後、この件に関する情報は、中央省庁の局長までひとっ飛びにあげられることとなった。メルランが騒ぎを起こさないよう、上司を通じて釘をさした。報告書は細かく読ませてもらった、とてもよく書けている。早急に適切な対応をするから大丈夫だと。四十年近く役所勤めをしているメルランは、すぐにぴんときた。ははあ、おれの報告書はうやむやにされたってことか。彼はべつだん驚かなかった。政府の取引のなかには、闇の部分がたくさんあるのだろう。微妙な問題というわけだ。役所の仕事にじゃまなものは、すべて排除される。じゃまものになったって何もいいことはないと、メルランにもわかっていた。さもなきゃ花瓶を置きかえるみたいに、もう一度どこかへ異動させられるか。ありがたいこった。でも職務に忠実な人間として、職務を果たしただけだ。非難される筋合いはないと、彼は感じていた。

いずれにせよ、もう定年も近い。彼は長年待ち望んだ引退を、ひたすら夢見ていた。求められているのは、形だけの視察だ。帳簿にサインをして検印を押すこと。だからサインをして検印を押し、あとは食糧不足が解消して、市場の店先やレストランのメニューにチキンが戻ってくるのをじっと待つだけだ。

そんな思いでメルランは家に帰り、生まれて初めて申し分のない夜を迎えることができた。こんなふうにすっきりと気持ちを落ち着けることが、必要だったかのように。

彼は悲しい夢を見た。腐りかけた兵士たちが、墓穴の底にすわって泣いている夢だ。みんな助けを求めているのに、喉から声が出てこない。兵士たちの慰めは、あたりにひしめくセネガル人だけだ。寒さに身をすくませる裸のセネガル人は、どこか蛆虫のようだった。彼らは水から引きあげた溺死人にコートをかけるみたいに、兵士たちのうえにシャベルで土をかけていた。

メルランは不安感でいっぱいになりながら、目を覚ました。自分に関わりのないことでこんなに動揺するなんて、彼には初めての体験だった。とっくの昔に終わった戦争が、今ごろになってようやく彼の生活に入りこんできたかのようだった。

　そのあとに起きたことは、奇妙な錬金術の結果だった。メルランを人生の蹉跌《さてつ》へと追いやった墓地の悲惨な雰囲気、この件は終わりだと圧力をかけてくる行政当局のいまいましいやり口、彼の持ち前の厳格さがそこでひとつになった。おれみたいに実直な役人が、見て見ないふりなんかできるか。若くして死んだ兵士たちとおれは何の共通点もないけれど、彼らは不正の犠牲者で、その不正を正せるのはおれだけだ。そんな考えが、たちまち頭から離れなくなった。殺された若い兵士たちに、とり憑《つ》かれてしまったのだ。恋情のように、嫉妬心のように、癌のように。悲しみはやがて憤りへと変わり、彼は怒り心頭に発した。

　任務を中止しろという命令が、うえから出ているわけではない。そこでメルランはダルゴンヌ＝ル＝グランの視察にむかうと当局に申し出たうえで、反対方向のポンタヴィル＝シュール＝ムーズ行きの列車に乗った。

　駅からはどしゃぶりの雨のなか、墓地まで六キロの道のりを歩いた。彼は大きな木底靴をはき、道の真ん中の水たまりを怒ったようにばしゃばしゃと進んだ。車がいくらクラクションを鳴らしても、まるで聞こえないかのように、道をあけようとしなかった。結局車は彼を追い越すため、片側の車輪を路肩に寄せねばならなかった。

　鉄柵の前に奇妙な人物が、威嚇するような顔で立った。握った拳をコートのポケットに突っこんだ巨漢。すでに雨はあがっているが、コートはまだびしょびしょだった。けれども、彼を見る者は誰もいなかった。ちょうど正午になったばかりで、墓地は閉まっている。鉄柵にかかった墓地管理課の掲示板には、家族、近親者のために、身元不明の遺体から見つかった物品のリストが長々と掲げられていた。市役所へ行けば、実物をたしかめることができる。若い女の写真。パイプ。為替の控え。下着から切り取ったイニシャル。革の煙草入れ。ライター。丸眼鏡。〝愛するきみへ〟と始まるけれど署名のない手紙。ささいな、悲しくなるような財産目録……メルランは胸を打たれた。なんてつましい形見の品だろう。みんな、信じがたいほどに貧しい兵士たちばかりだった。

メルランは柵にかかった鎖に目を落とすと片脚をあげ、靴の踵で南京錠を一撃した。雄牛も倒すほどの勢いだ。墓地に入ると、今度は管理小屋の木の扉を蹴りあける。墓地に残っていたのは、風にはためくシートの下で昼食をとっている十数人のアラブ人だけだった。彼らはメルランが入口の鉄柵と、管理小屋の扉を破るのを遠くから見ているだけで、立ちあがってやめさせようともしなかった。男の体格と自信たっぷりなようすに気おくれしているのだろう。彼らはただ黙々とパンを食べ続けた。

ここは〈ポンタヴィルの四角地〉と呼ばれているが、実際に四角いわけではない。森のはずれに位置する野原で、そこに約六百名の兵士が埋葬されている。

メルランは戸棚を漁って、帳簿を探した。作業の詳細が、逐一書かれているはずだ。彼は日々の作業記録を調べながら、ときおり窓の外にすばやく目をやった。発掘は二カ月前に始まっている。目の前に広がる墓地には墓穴や土の小山が点々とし、シートや板、手押し車、道具を置いておく仮屋が散らばっていた。

管理の形式は整っている。ここにはシャジエール＝マルモンで目にした、反吐が出るような出鱈目《でたらめ》ぶりは見られなかった。食肉業者のゴミ箱みたいに遺体の破片を詰めた棺桶が、これから使われる新しい棺桶のあいだに隠されているのを、メルランはシャジエール＝マルモンで突きとめたのだった。

帳簿の確認を終えると、次はあたりをぶらぶらと見てまわる。自分の直感を信じて、シートを持ちあげてみたり、身元を記したプレートをたしかめたりしたあと、本格的な調べに入るのだ。帳簿と墓のあいだを、何度も往復しなければならなかった。けれども仕事に集中するうちに第六感が働き出し、不正や違反が隠れていそうなところ、異常を感じさせるところが少しでもあれば、ぱっとひらめくようになった。

省庁の担当官が棺桶や遺体を掘り返さねばならないなんて、この任務だけだろう。けれどもきちんと確認するためには、ほかに方法はない。それにメルランの巨体なら、おあつらえむきだった。木底靴でシャベルを踏めば、いっきに三十センチも地面にめりこむし、つるはしも彼の大きな手で持てば、まるでフォークのようだった。

メルランは土を掘り返し、丹念に調べ始めた。時刻は正午半だった。

午後二時、メルランが墓地の北端で、山積みになった棺桶の前に立っていると、現場監督があらわれた。ソヴール・ベニシュと名のる五十がらみの男で、アル中らしい青白い顔をし、ブドウのつるみたいにひょろひょろだった。男は助手らしい二人を引きつれ、近づいてくる。三人組は激高していた。あごを揺さぶり、大声を張りあげて、居丈高に怒鳴っている。ここは関係者以外、立ち入り禁止だからな、勝手に入ってもらっちゃ困るんだ。さっさと出て行け。けれどもメルランがそちらを見もしないものだから、声は一段と大きくなった。どうしてもいすわるっていうなら、警察を呼ぶぞ。いいか、ここは政府の管理下にある場所なんだ……

「わたしだ」とメルランは、三人のほうをふり返ってさえぎった。

そして沈黙のあと、こう続けた。

「ここでは、わたしが政府だ」

彼はズボンのポケットに手を入れると、しわくちゃの紙を取り出した。あまり信任状らしく見えないが、それを言ったら本人だって、国の役所から派遣されたようには思えない。どう考えたらいいのだろう？　ただでかいだけの体、しわくちゃで染みだらけの服、巨大なドタ靴。何もかもが強烈な印象を与えた。どうもうさんくさいが、みんなあえて逆らわないことにした。

メルランは三人をじろりとねめつけただけだった。まずはプラム酒の悪臭をぷんぷんさせているソヴールを、それから二人の子分を。ひとりは細長い顔の男だった。その顔に不釣り合いなほどもじゃもじゃとした口ひげは、煙草で黄色くなっている。さかんに胸ポケットをたたいているのは、平静を装うためだろう。もうひとりはアラブ人で、歩兵隊時代の靴、ズボン、縁なし帽をいまだに身に着けていた。まるで閲兵《えっぺい》でもするみたいに、しゃちほこばって立っている。自分がいかに重要人物か周囲に認めさせようとする人間は、よくこんなポーズをするものだ。

「ちっちっ」とメルランは入れ歯を鳴らし、信任状をポケットにしまった。

それから、棺桶の山を指さした。

「いいかね」と彼は続けた。「政府は今、疑問を抱いている」

アラブ人の体がさらに強ばった。口ひげはポケットから煙草を取り出した（箱ごと出すのではなく、煙草を一本だけ抜き取った。もらい煙草をされてはたまらないと言わんばかりに）。この男の何もかもが、しみったれてけち臭かった。

「例えば」と言って、メルランは三枚の身元記入カードを見せた。「政府はこれらの兵士がどの棺に対応しているのか、疑問を抱いている」

メルランの大きな手のなかにあると、記入カードはまるで郵便切手のようだ。彼が投げかけた疑問に、三人は当惑しきったようすだった。

ずらりと並んだ墓から兵士を掘り返せば、いっぽうには棺桶の列、もういっぽうには身元記入カードの束ができる。

理屈上は、どちらも同じ順番のはずだ。

しかし記入カードのうち一枚でも間違ったり抜けたりしていたら順番がずれて、棺には中身と異なるカードが割りあてられることになる。

メルランの手に、どの棺桶にも対応しないカードが三枚あるとすれば……それだけ順番がずれているということだ。

彼はうなずいて、すでに引っ搔きまわされた墓地の一部を眺めた。二百三十七名の兵士の遺体が掘り出され、八十キロ先に送られている。

ポールがジュールの棺に入っていて、フェリシアンはイジドールの棺という具合に、延々続いているのだ。

二百三十七番目まで。

今となってはもう、どれが誰なのか突きとめようがない。

「誰のかとおたずねなんですね、そのカードが?」ソヴール・ベニシュはもごもごと言うと、うろたえたようにあたりを見まわした。ちょっと待ってくださいよ……

そのとき、ベニシュははっと思いついた。

「そうそう、ちょうどこれから取りかかろうとしていた分ですよ」

ソヴール・ベニシュは二人の助手をふり返った。なんだか二人とも、急に縮んでしまったみたいだった。

「そうだな、おい」

どういう意味なのか、二人にはさっぱりわからなかったけれど、考えている間はなかった。

「ハッハッ」とメルランは笑い声をあげた。「みくびっちゃいかん」

「みくびるって、誰を?」とベニシュはたずねた。

「政府をだ」

メルランは狂人のような表情をした。ベニシュは、もう一度信任状を見せてくれと言えなかった。

「それじゃあ、この三人はどこにいるんだ? 仕事が終わってもまだ三人分余ってたら、名前はどうするつもりなんだ?」

そこでベニシュは、面倒な技術的説明にかかった。帳簿に記入するためには棺の整理がすべてついたあとにまとめてカードの作成をしたほうが、〝より確実だ〟と考えたんです。というのも、カードに記入するには……

「くだらん」とメルランはさえぎった。

ベニシュは自分でも言いわけがましいと思っていたので、うなだれるしかなかった。口ひげの助手が胸ポケットをたたいた。

続く沈黙のなかで、メルランは広々とした戦没者追悼墓地の奇妙な光景を思い浮かべた。遺族たちがそこかしこで垂らした両手を組み、黙禱を捧げている。けれどもメルランだけには、土中の遺体が

一九二〇年三月

震えおののくのが、まるで透視するように見える。死んだ兵士たちが自分の名を悲痛な声で叫ぶのが聞こえるのだ……

すでにこうむってしまった被害については、取り返しがつかない。これら兵士たちの身元は、永遠に失われてしまった。名前を記された十字架の下に、無名兵士が眠っている。

しかしせめて今からでも、きちんと作業を進めなければ。

メルランは仕事のやり方を一新させ、でかでかと命令書を書き、横柄な命令口調で言い渡した。こっちに来て、よく聞けよ。いいかげんな仕事をしていたら、罪に問われるかもしれないんだぞ。罰金を取られ、仕事はくびだ。彼はこう言って脅した。立ち去りぎわ、「馬鹿者どもめが」と言うのが皆にもはっきりと聞こえた。

メルランが背をむけるなり、すべてがまた繰り返される。いつまでたっても、いたちごっこなのだ。そうわかっていても、彼は意気消沈するどころか、ますます怒りを募らせるのだった。

「こっちへ来い。おまえだ。さっさとしろ!」

声をかけられたのは、煙草で黄色くなった口ひげの男だった。歳は五十がらみ。あんまり顔が細いので、目はまるで魚みたいに、頬の両端に張りついているかのようだった。男はメルランの一メートル手前で凍りついた。ポケットをたたくのはやめ、煙草をもう一本取り出そうとしている。

メルランは何か言いかけたが、そのまましばらく黙っていた。舌先まで出かけた言葉がなかなか思い出せず、いらいらしているかのように。

口ひげの助手は口をひらいたが、声を発する暇はなかった。メルランがいきなり平手打ちを喰らわせたからだ。平たい頬を打つ音は、鐘の音《ね》さながらよく響いた。男は一歩あとずさりした。皆の視線が二人に集まった。ベニシュは、強壮剤代わりの安ブランデーをしまってある小屋から出てきたところだった。彼が声を張りあげたときには、作業員たちも皆ざわつき始めていた。口ひげの男は啞然として頰を押さえている。メルランのまわりに、たちまち人垣ができた。下手をしたら、どんな目に遭わされるかわからない。けれども彼は老人だし、視察の初めから皆ににらみを利かせていた。あんなに大きな体にごつい手、とてつもないドタ靴をはいている。結局彼はやすやすと人垣を遠ざけ、一歩踏み出して獲物に近づくと、もう片方の手で男の首を押さえて、絞め殺さんばかりに力をこめる。拳を握ったままの手をポケットから出し、胸ポケットを漁って、「ハッハッ」と笑い声をあげた。

「おい、ちょっと」よろめきながらやって来たベニシュが叫んだ。

メルランは血の気が失せ始めた男の首をつかんだまま、握り拳を現場主任のほうに突き出し、手をひらいた。

金のブレスレットがあらわれた。小さなプレートは裏側をむいている。メルランが手を放すと、口ひげ男はごほごほと咳きこんだ。メルランはベニシュのほうにむきなおった。

「なんていう名だ、おまえの手下は？　名前は？」と彼はたずねた。

「ええと、それは……」

ソヴール・ベニシュは観念して、申しわけなさそうに助手を見た。

「アシッドです」彼は小声でしぶしぶ答えた。

ほとんど聞こえないくらいの声だったが、そんなことはどうでもいい。

メルランはブレスレットをくるりとまわした。表か裏かの賭けをしているコインのように。

プレートに彫られていた名前はロジェだった。

30

一九二〇年三月

午前中いっぱい、すばらしいこと続きだった。毎日、こうあってほしいものだ。すべて実に幸先がいい！

なんといっても、まずは作品だ。審査委員会が選び出した五点は、いずれ劣らぬ堂々たる出来栄えだった。愛国心が凝縮された、傑作ぞろいと言っていい。観る人の涙を誘わずにはおかないだろう。そこでラブルダンは、勝利の仕上げにかかった。ペリクール総裁《プレジダン》に計画案を見せるのだ。そのため区役所の技術課に特注して、広々とした区長室に錬鉄製の横木を設《しつら》えさせた。前に一度観に行ったことがあるグラン・パレの展覧会みたいに、デッサンを吊り下げて展示すれば、さぞかし見栄えがするはずだ。ペリクール氏は両手を背中で組み、厚紙に貼ったデッサンのあいだをゆっくりとまわりながら、こちらの一枚（〈涙のなかで勝利するフランス〉という題で、ラブルダンがいちばん気に入った作品だ）の前でうっとりしたり、あちらの一枚（〈勝ち誇れる死者たち〉）をじっくりと眺めて迷ったりすることだろう。総裁《プレジダン》がこちらをふり返るときの顔が、ラブルダンには今から目に浮かぶようだった。きっと賞賛にあふれながらも、どれを選んだらいいかと困惑しているに違いない……そこでこのわたしが、とっておきのひと言を発するのだ。重々しくて含蓄に富んだ、熟慮のうえのひと言、わたしの審美眼と責任感を示すにふさわしい的確なひと言を。

「総裁《プレジダン》、わたしの意見を言わせていただくなら……」

そしてペリクール氏の肩に手をかけんばかりにして、〈涙のなかで勝利するフランス〉に近づこう。

「この荘厳な作品は、われらが同胞者たちが胸に抱く苦悩と誇りをあますところなく代弁しているように思うのですが」

ものものしい言葉づかいが、見事な効果をあげている。いや、完璧だ。まずは〝荘厳な作品〟というところなど、実に巧みな表現を思いついたものだ。〝同胞者たち〟は選挙民というよりずっと響きがいいし、決めは〝苦悩〟というところだ。ラブルダンはわれとわが才能に、しばし呆然とするほどだった。

午前十時ごろ、区長室に横木の設置が終わると、いよいよ作品展示にかかった。横木にまっすぐとめるためには、脚立《きゃたつ》にのぼらねばならない。そこで秘書のレイモン嬢が呼ばれた。

彼女は区長室に入るなり、何の用事かを察して、無意識のうちに両膝をぴたりとそろえた。ラブルダンは口もとに笑みを浮かべて脚立の下に立ち、あくどい商人のように両手をこすり合わせた。

レイモン嬢はため息をつきながら脚立を四段のぼり、身をくねらせた。いや、まったく、昼前のすばらしいひとときだ。作品の設置が終わると、秘書はスカートを押さえながらすばやくおりた。ラブルダンはうしろにさがって、出来栄えをたしかめた。ふむ、右端が左に比べて、ちょっと下がっているようだぞ。そうは思わないかね？　レイモン嬢はあきらめ顔で目をつむり、またのぼり始めた。ラブルダンは脚立に駆け寄った。彼は秘書のスカートの下に、こんなに長くいたことはなかった。すべてが整ったとき、区長は興奮のあまり、今にも卒倒しそうなほどだった。

ところがなんたることか、準備完了したところで、ペリクール氏が約束を取り消してきた。応募作品は自宅で観るので、使いの者に持たせてほしいと。やれやれ、骨折り損というわけか、とラブルダンは思った。彼は辻馬車で使いのあとを追ったが、期待に反して審査の場には立ち会えなかった。マルセル・ペリクールはひとりになりたいからと。もう正午近かった。

「区長さんにお食事をお出しして」とペリクール氏は命じた。

ラブルダンが若いメイドに駆け寄ると、相手は困ったような顔をした。褐色の髪をした小柄な美人で、ぱっちりとした目と、ひきしまった形のいい胸をしている。ポルトをひと口いただけるかな、とラブルダンはたずねながら彼女の左の乳房を撫でた。メイドは顔を赤らめただけだった。ここの仕事は給料もいいし、まだ新入りだ。ラブルダンはポルトが運ばれてきたとき、右の乳房に攻撃を仕掛けた。

何のかんの言っても、すばらしい午前じゃないか！

マドレーヌが客間を覗くと、区長は太った体を椅子に投げ出し、大いびきをかいていた。傍らのローテーブルにチキンの煮こごりを食べ終えた皿や、シャトー＝マルゴの空き瓶が散らばっているのが、いっそう淫らでだらしない雰囲気を醸している。

彼女は父親の書斎へむかい、控え目にドアをたたいた。

「入りなさい」とペリクール氏はためらわず答えた。娘だというのは、ノックの仕方でいつもわかったから。

ペリクール氏は応募作のデッサンを本棚に立てかけ、肘掛け椅子からすべていっぺんに眺められるよう家具を片づけた。そうやってもう一時間以上も、作品をじっと見比べていた。ときおり立ちあがっては近づき、細部を確認してはまた椅子に戻った。

最初に感じたのは失望だった。これしかなかったのか？　どれも見たことがあるようなものばかりだ。しかももっと大きい。彼は値段を考えずにはおれなかった。計算に長けた頭で、サイズと費用を比較する。まあ、しかたないだろう。選ばなくては。けれども、やはりがっかりだ。この計画がどういうものかは、よくわかっている。そして今、応募作品を前にして……それならわたしは、何を期待しているのだろう？　結局これは、どこにでもある普通の記念碑だ。わたしを絶えず呑みこもうとする新たな感情の波を、静めてくれるようなものではない。

マドレーヌも当然のことながら、同じ印象を抱いた。戦士は誰もが同じように見える。記念碑だってそうだ。

「どう思う？」とペリクール氏はたずねた。

「少し……大袈裟すぎるかしら」

「抒情的ってことだな」

そして二人は黙った。

ペリクール氏は玉座から廷臣たちの亡骸を眺める王様のように、肘掛け椅子に陣取っていた。マドレーヌはデッサンを一枚一枚、細かく観てまわった。いちばんいいのはアドリアン・マランドレーの〈殉教者たちの勝利〉だということで、二人の意見は一致した。この作品の特徴は、残された妻たち（弔いのベールをつけている女）や孤児たち（両手を組んで祈りながら、兵士を見つめている小さな男の子）が兵士自身とひとつになり、すべてが犠牲者として描かれているところだった。作者の鑿《のみ》はフランス全体を、殉教の祖国として描いていた。

「十三万フランだ」とペリクール氏は言った。

費用のことにも、触れないわけにいかなかった。

そんな言葉は聞こえていないかのように、マドレーヌは別の作品に身を乗りだしていた。彼女はそれを手に取ると、明るいほうにむけた。父親も近寄ってくる。〈感謝〉と題されたこの作品を、ペリクール氏は気に入っていなかった。マドレーヌも大仰すぎると思った。いや、大仰というより馬鹿げた、つまらない絵だわ。でも……何かひっかかるものがある。三つの場面のうちのひとつ、「敵軍に襲いかかる勇猛果敢な兵士たち」の背景に描かれた、死にゆく若い兵士。その顔はとても純粋そうで、ふっくらとした唇と、少し尖った高い鼻をしていた……

「ちょっと待って」とペリクール氏は言った。「見せてごらん（今度は彼が身を乗りだし、近くからじっくり眺めた）。たしかに、そのとおりだな」

兵士はエドゥアールの作品にあらわれた若い男たちと、どことなく似ていた。まったく同じというわけではない。エドゥアールが描く若者はわずかに視線を横にそらしていて、まっすぐ前を見つめていることはなかった。それにあごが割れている。けれども漠然とした類似が感じられた。

ペリクール氏は立ちあがって、眼鏡を折りたたんだ。

「美術では、よく同じような主題が見られるものだが……」

彼はわけしりな口ぶりで話した。美術にはマドレーヌのほうが詳しかったけれど、彼女はあえて言い返さなかった。結局それは、ささいな事柄にすぎない。本当に大事なことではないのだから。父親にとって必要なのは、記念碑の建立だ。それがすんだら、何か別のことに関心をむけねば。例えば、娘の妊娠に……

「ラブルダンが客間で眠っているわよ」とマドレーヌは笑いながら言った。

そうだ、彼のことを忘れていた。

「あいつは寝かせておくのがいちばんさ」とペリクール氏は答えた。

よくわかったというように、彼は娘に頭を下げた。マドレーヌはドアにむかった。一列に並んだ計画案のデッサンは、離れて見ると壮観だった。どれほどの大きさになるかも想像がつく。彼女は、図面に記された寸法もたしかめておいた。十二メートル、十六メートル。そして高さは……

それにしても、あの顔は……

ペリクール氏はひとりになると、再び絵の前に行った。エドゥアールのデッサン帳もめくってみたが、そこに描かれている人物はまた違っていた。彼らは息子が塹壕のなかで実際に出会った男たちだが、ふっくらとした唇の若い兵士は理想化された人物だ。ペリクール氏は息子の〝恋愛の好み〟と呼ぶものについて、こと細かに想像しないようにしてきた。心の奥底でそっと考えるときでさえ、〝性的指向〟という言葉は決して使わなかった。事実はそのとおりにせよ、彼にとってあまりに直截的でショッキングだったから。しかしペリクール氏は、このときふと思った。あのかすかに斜視ぎみの、あごの割れた若者は、エドゥアールの〝恋人〟だったのではないかと。自分でも意外な考えが、突然湧いてくることがある。けれどもそれは長年心のなかでくすぶり続けていたものが、顔を出しただけなのだ。ペリクール氏はエドゥアールの恋愛を、頭のなかに思い描いてみた。以前ほど、スキャンダラスには感じなかった。ただ、困惑させられるだけで。なるべくならば、想像したくない……現実的にとらえすぎないようにしよう……息子は〝ほかの者たちと同じ〟ではない。ただそれだけのことだ。ほかの者と同じ男は、まわりにいくらでもいる。会社の従業員、仕事仲間、顧客、誰や彼やの息子や兄弟。しかし昔のように、彼らがうらやましいとは思わなかった。あのころ彼らに抱いていた引け目も、まったく感じなかった。彼らがエドゥアールより、どれだけすぐれているというんだ。今、ふり返ってみると、わたしはなんと愚かだったことか。

再びペリクール氏は、ずらりと並べたデッサンの前にすわった。すると目の前の光景が、心のなかで徐々に変化していった。これらの計画案に、新たな長所を見出したというわけではない。どれもがあいかわらず、あからさまに自己主張をしている。変わったのは彼の目のほうだった。ひとつの顔をいつまでも注視していると、見え方が変わってくることがある。さっきまではきれいだと思っていた女が平凡に感じられたり、あの醜い男にどうして気づかなかったのか不思議なほどの魅力を発見したり。見慣れてくると、記念碑にはどれも心落ち着かせるものがあった。材質のせいだろうか。石造り、ブロンズ製、どれもどっしりとして、容易に壊れそうもない。しかしエドゥアールの名前がないペリクール家の墓には、それが欠けていた。永遠性の幻影が。ペリクール氏にとって記念碑建立というくわだては、彼を、彼の存在を凌《しの》ぐものでなければならなかった。彼よりも力強くなければ、彼の悲しみを普通の大きさにまで引き戻してくれるものでなければならない。

出願書には作者の経歴、予算、工期日程を記した見積書が添えられている。ペリクール氏はジュール・デプルモンの計画案書類に目を通したが、何も理解できなかった。作品の側面、背面、全体図、町に設置したときの想像図などをめくった……背景の若い兵士はそこにも、真剣な面持ちで描かれている……もういいだろう。ペリクール氏はドアをあけ、なかなか目を覚まさない相手に呼びかけた。

「おい、ラブルダン」彼はいらいらして大声をあげると、区長の肩を揺すった。

「えっ、どうした。誰だ?」

ラブルダンはやにだらけの目をあけた。どこにいるのか、ここで何をしているか、まだ思い出さないらしい。

「こっちへ来い」とペリクール氏は言った。

「わたしが? どこへ?」

ラブルダンは頭をすっきりさせようと顔をこすりながら、ふらふらと書斎へついて行った。さかんに言いわけの言葉をつぶやいているが、ペリクール氏は聞いていなかった。

「これだ」

ラブルダンは落ち着きを取り戻し始めた。決定した計画案は、彼が推薦するつもりだったものと違うと、そこでようやく気づいた。まあいい。考えてあったあの台詞は、どの案にもぴったりだからな。

彼は咳ばらいをした。

「総裁《プレジダン》、わたしの意見を言わせていただくなら……」

「どうした?」ペリクール氏は、区長のほうを見もせずにたずねた。

眼鏡をかけなおし、机の端に立ってペンを走らせている。彼はこの決定に満足していた。何か誇るに足ること、自分にとってすばらしいことを成し遂げようとしているのだと感じて。

ラブルダンは深呼吸すると、胸を反らせた。

「総裁《プレジダン》、たしかにこの荘厳な作品は……」

「ほら」とペリクール氏はさえぎった。「この小切手で計画を決定し、作業の準備に入ってくれ。もちろん、作者と契約条件をつめて。工事にあたる会社もだ。書類を県庁に提出しろ。少しでも問題が出てきたら、電話するんだぞ。わたしが話をつける。ほかには？」

ラブルダンは小切手を受け取った。いえ、ほかに何もありません。

「そうそう」とペリクール氏は言った。「作者と会いたいのだが。この……（彼は名前を確認した）ジュール・デプルモンと。連れてきてくれ」

31

家の雰囲気は、とても幸福感に満ちているとは言えなかった。けれどもエドゥアールは平気そうだ。そもそも彼はいつだって、ふるまい方がほかの人間とは違う。この数カ月、いつも大笑いしていた。彼に道理を説こうというのが、どだい無理なのだろう。事態の重大さが、まるでわかっていないかのようだ。アルベールはますます増えていくモルヒネの消費量についても、あまり考えないことにした。四六時中見張っているわけにはいかないのだし、こっちはただでさえ解決のつかない問題をすでに山ほど抱えているんだ。アルベールは銀行で働き始めるとすぐに、手付金の受け取り用に〈愛国の記念〉名義で口座をひらいておいた……

六万八千二百二十フランが入っている。立派な結果じゃないか……

ひとり三万四千フランだ。

アルベールは今まで、こんなお金を持ったことがなかったけれど、利益とリスクを比較してみなければ……労働者の年収五年分に満たないお金を騙し取った罪で、三十年も刑務所にぶちこまれたのでは、まったく割に合わない。もう六月十五日。追悼記念碑大バーゲンは、あと一カ月で終了だというのに、ほとんど何もなしだ。

「どういうことだ、何もっていうのは？」とエドゥアールは書いた。

暑い日だったけれど、彼はすっぽりと顔を覆う大きな黒人の仮面をかぶっていた。頭のてっぺんには、牡羊みたいに渦を巻いた角が二本ついている。涙点からは青白く光る点線が二本、うれし涙みたいに下にたれて、扇状に広がるまだらのあごひげまで続いていた。全体は黄土色、黄色、輝く赤色で、額の端には深緑色のすべすべとした小さな蛇が丸く絡みついている。それはあまりに真に迫った出来だったので、まるで本物の蛇が自分の尾に嚙みついて、エドゥアールの頭のまわりをくるくるとまわっているかのようだった。色鮮やかで、生き生きとした陽気な仮面は、モノクロに塗られた（たいていは真っ黒と言ってもいいくらいだ）アルベールの心と対照的だった。

「ああ、何もさ」とアルベールは叫んで、友に計算書を差し出した。

「待つんだ」とエドゥアールはいつものように答えた。

ルイーズはわずかにうつむいただけだった。紙粘土に両手を突っこんで、ゆっくりとこねている。次の仮面を作るための材料だ。彼女は夢見るような表情で、琺瑯《ほうろう》びきの洗面器を眺めた。二人が言い合いをしても、知らん顔だ。今までもさんざん聞いてきたから……

アルベールはきっちり計算してあった。戦功十字章十七個、葬儀の松明二十四個、胸像十四個。これでは儲けなどないも同然だ。記念碑については、たった九個だ。しかもそのうち二個の予約金は、半額ではなく四分の一しか支払われず、残りはもっと待ってほしいと言われている。注文の受付完了を示す受領証は三千枚も刷ったのに、そのうち使われたのは六十枚だけ……

エドゥアールは百万フラン集まるまでは国外逃亡しないと言っているけれど、今手もとにあるのはその十分の一にも満たない。

詐欺がばれる瞬間は、日々近づいている。もしかしたら警察は、もう捜査を始めているかもしれない。アルベールはルーヴルの郵便局に郵便物を取りに行くたび、背骨に冷たい震えが走るのを感じた。私書箱をあけたとき、近づいてくる足音が聞こえようものなら、ズボンのなかにちびるかと思ったものだ。そんなことがもう二十回もあった。

「ともかくきみは」と彼はエドゥアールに言った。「自分でひどい目に遭わないと、人の話を信じようとしないんだ」

アルベールは預金通帳を床に放りだすと、上着を引っかけた。ルイーズは紙粘土をこね続けている。エドゥアールは首をかしげた。アルベールは怒りのあまり息を詰まらせ、憤懣《ふんまん》やるかたなくなると、外に飛び出して夜遅くまで帰らなかった。

ここ数カ月は苦悶の日々だった。銀行ではみんな、彼が病気だと思っていた。驚くにはあたらない。復員兵はそれぞれ、心に傷を負っている。あのアルベールは、とりわけショックが大きかったようだ。いつも気が立っていて、妄想に駆られているような反応をして……それでも彼は悪いやつじゃない。同僚たちはそう思って、いろいろと忠告してあげた。足をマッサージするといい、赤身の肉を食べなくては、科《しな》の木の花の煎じ薬を試してみたかい？　アルベールは毎朝鏡にむかってひげをそりながら、墓から掘り返した死人みたいな顔をしていると思うだけだった。

エドゥアールはといえばその時間、嬉しそうにくすくすと笑いながら、もうタイプライターを打っていた。

二人の思いは、同じではなかった。とてつもない計画が成功する待望の瞬間、二人は一体となって陶酔を分け合うはずだったのに、かえって気持ちが離れてしまった。

エドゥアールはあいかわらず浮世離れした世界にいた。成功を信じて疑わず、あとのことなど何も考えていないのだろう。問い合わせの手紙に、喜々として返事を書いている。ジュール・デプルモンになりきって、商売上手の芸術家らしい文章をひねり出すのは楽しかった。いっぽうアルベールは、不安と後悔に苛まれていた。さらに恨めしさも加わってたちまち痩せ細り、見る影もなくなった。

今までにもまして壁際をこそこそと歩き、夜はよく眠れなくなった。家ではいつも馬の首を傍らに置いて、手をかけている。できれば仕事へも、持っていきたいくらいだった。毎朝、銀行へ出勤しなければならないと思っただけで、胃がきりきりと痛んだから。アルベールにとってこの馬は、最後の頼みの綱、守護天使だった。銀行から横領した約二万五千フランは、最初の手付金が入ったときに戻した。エドゥアールは文句を言っていたけれど、初めに決意したとおりにした。それでも、絶えず監査員の先まわりを続けねばならなかった。お金は返しても文書偽造の事実は残るので、見つかれば横領がばれてしまうからだ。前の偽造を隠蔽するには、つねに新たな偽造を繰り返すしかなかった。追いつめられ、調べられて、すべてが露見したら……さっさと逃げなければ。銀行に返済してしまったので、残りはひとり二万フランだ。アルベールは狼狽した。今にして思うと、軽率すぎたな。不意にギリシャ人に出くわし、ひどい目に遭わされたあとパニックに襲われて、見境をなくしてしまった。

〝まったくアルベールらしいわ〟マイヤール夫人がこの事態を知ったなら、きっとそう言ったことだろう。〝あの子は生まれつき臆病なんだから。いつだって、いちばん意気地のない解決策を選んでしまうのよ。そのおかげで戦争から無事戻れたんだって言うかもしれないけど、平和なご時世では情けないだけだわ。いつか結婚するなら、相手の女の子は図太い神経の持ち主じゃないとね〟

アルベールははっと思い浮かんだ母親の姿を、あわてて脳裏から追い払った。〝いつか結婚するなら……〟か。ペリクール家のメイド（ポリーヌという名前だった）のことを考えたら、急にひとりで逃げ出したくなった。もう、誰にも会いたくない。二人が捕まったあとは、どうなるのだろう？　そんな想像をしていると、昔のことが不思議と懐かしく感じられた。それは病んだノスタルジーだった。前線にいたころ、退却の時期、平和になってから。いつも心配事の連続だったけれど、今よりずっと単純で、ほとんど幸福な時期だったように思えた。馬の首を眺めていると、砲弾の穴すらすばらしい逃げ場所みたいな気がする。

なんだってこんなに、話がややこしくなっちまったんだ……

もっとも、出だしは好調だった。カタログを全国の市町村役場に送るや、問い合わせが殺到した。手紙が十二通、二十通、二十五通と届いた日もあった。エドゥアールは不眠不休で返事書きにあたった。

彼は手紙が届くと、歓喜の叫びをあげた。そして〈愛国の記念〉のレターヘッド入り用箋をタイプライターにセットし、蓄音機《グラモフォン》で『アイーダの凱旋行進曲』をかけ、風むきをたしかめるみたいに指を立てると、ピアニストのようにうっとりとしながら猛然とキーをたたき始めた。彼がこの計画を立てたのは、金儲けのためではない。一世一代の挑発行為をやってのけ、幸福感に浸りたいからだった。顔のない男は世の人々をからかい、笑いものにしてやろうと思ったのだ。彼は異様な幸福感に包まれていた。失いかけたかつての自分を、ようやく取り戻すことができる。

客からの問い合わせは、ほとんどが実際的な側面に関することだった。固定の仕方、保障、梱包の仕様、必要とされる台座の技術的な企画……エドゥアールの筆のもと、ジュール・デプルモンはすべてに答えた。それぞれの要求に合わせて、納得のいく詳しい説明をした。信用するにたる回答だ。市町村の幹部や事務局兼任教員たちは、自分たちの計画について理解を求めた。国は記念碑購入に、〝英雄たちを褒めたたえるため、町が払う努力と犠牲に応じた〟、形ばかりの協力しかしてくれないからだ。この詐欺の不道徳な側面が、こうしてはからずも明らかになった。市町村当局ができることには限りがある。それゆえ主要な部分は……人々の寄付に頼ることになった。個人、学校、教区、家族が少しずつお金を出し合い、町の中心や教会の隣に建てられる追悼記念碑に、兄弟や息子、父親、いとこの名前を刻んで、永遠に残そうというのだ。しかし充分な金額がなかなか集まらず、〈愛国の記念〉が贈る特別企画を利用できないかもしれない。そこで多くの手紙が、支払い条件の調整を求めてきた。〝六百六十フランの手付金で、ブロンズ製の予約〟はできるだろうか？　その場合、手付金は規定の五十パーセントではなく四十三パーセントとなる。〝けれども資金は、一朝一夕には入りません。最終的な支払期日は確実に守るとお約束します〟、〝目下、小学校の生徒たちを動員して、住民たちへの募金活動を行っているところです〟と手紙は説明していた。あるいは、こんな手紙もあった。〝マルサント夫人から、遺産の一部を町に寄付していただけることになっています。もちろん夫人には、いつまでもお元気でいて欲しいと思いますが、これはシャヴィル＝シュール＝ソーヌの町が立派な記念碑を買うための、充分な保証と言えましょう。当地は五十名の若者を失い、二十人の孤児に生活を援助しなければならないのです〟

七月十四日という締切日が間近に迫り、しり込みしている町も多いようだ。議会で審議する時間もほとんどないし。けれども企画自体は、とても魅力的だったということだ。

ジュール・デプルモンことエドゥアールは、どんな要望にも気前よく応じた。特別割引、期限延長、何も問題なしですと。

たいていエドゥアールは、相手の選択眼を褒めまくることから始めた。客の望みが〈攻撃始め！〉であれ、〈葬儀の松明〉であれ、〈ドイツ兵のヘルメットを押しつぶす雄鶏〉であれ、きっとそれをお選びいただけるだろうと密かに思っておりましたと認めるのだ。美術学校の古臭い教師たちを真似て、もったいぶった滑稽な告白をするのが愉快でたまらなかった。

モチーフの混合案についても（例えば〈勝利〉と〈国旗を守って死にゆく兵士たち〉を組み合わせたいと言ってきたなら）、ジュール・デプルモンは必ず感心して見せた。相手方の芸術的センスをここぞとばかりに賞賛し、斬新ですばらしい配合に驚かされたと明かすのだった。問い合わせの内容に応じ、彼はくるくると顔を変えた。財政面での問題には同情して、大いに理解のあるところを示し、技術者としては優秀で知らないことはなく、自分の作品に精通している。いえ、大丈夫、モルタル・コンクリートで何の問題もありません。ええ、石柱はフランス積みレンガで作れます。花崗岩でも、まったく問題ありません。もちろん〈愛国の記念〉がご提供する作品はすべて承認ずみで、内務省の検印入り証明書をつけて受け渡されます。彼の筆にかかれば、どんな問題にも簡単で納得のいく実践的な解決策がたちまち見つかった。彼は国のささやかな補助金を得るために必要な書類のリストにもわざわざ触れたうえで（市町村議会の議事録、記念碑の図面、芸術的観点から審議した委員会の意見書、費用の見積書、財源の計画書）、的確なアドバイスを与え、手付金の払い込みを確認した立派な受領証を発行した。

最後の仕上げはそれだけでも、巧妙な詐欺事件の年報に掲載されるに値するものだった。〝あなたがお選びになった作品はまことに趣味のいい、すばらしいものだと感心しております〟と書いたあと、エドゥアールはそれとなくためらいを感じさせる遠まわしな表現で、客が示したどんな組み合わせにも適合するよう決まってこう書き加えるのだった。〝あなたの計画にはすぐれた芸術性と深遠なる愛国精神が結びついていることに鑑み、今回すでにご提示した割引に加えて、さらに十五パーセントの割引をいたしましょう。ただしこれは特別なご奉仕ゆえ決して公になさらず、代金は一括前納でお願いいたします〟

エドゥアールは自分で書いた手紙を眺めては、満足げにくすくすと笑った。返事を書くのに忙殺されるほどたくさんの問い合わせが来ているのだから、計画の成功は間違いないとエドゥアールは言うのだった。手紙は次々に届き、私書箱はいつもいっぱいだった。

けれどもアルベールは不満をもらした。

「ちょっとやりすぎなんじゃないか？」と彼はたずねた。

いかにも情け深そうな口ぶりで客を騙すなんて、捕まったときどれほど重い罪に問われるか容易に想像がついた。

エドゥアールは王様然として胸を張った。

「情け深いのはけっこうさ」彼はアルベールに答えてすばやく書いた。「言うだけはタダだからな。彼らは励ましを求めているんだ。すばらしい事業に参加している。そう、彼らは英雄なんだ。そうだろ？」

アルベールは少しショックを受けた。記念碑のためにお金を出し合う人々を英雄だなんて言って、嘲笑うなんて……

エドゥアールは突然、仮面を脱いで、顔を露わにした。ぽっかりとあいた恐ろしい穴のうえから、じっとこちらを見つめる目は、この顔にただひとつ残っている生き生きとした人間らしい痕跡だった。

彼の不気味な顔を見ることは、アルベールもあまりなくなっていた。エドゥアールはいつもとっかえひっかえ仮面をかぶっていたから。インディアンの戦士や神話上の鳥、陽気そうな猛獣の仮面をつけたまま眠ることさえあった。夜中に何度も目覚めるアルベールは、そっとエドゥアールに近づき、若い父親が子供を扱うように仮面を脱がせた。薄暗い部屋のなかで、彼は眠っている友を見つめた。すべて真っ赤なのを除けば、どことなく烏賊《いか》か蛸《たこ》を思わせる顔に、あらためて衝撃を受けながら。

エドゥアールはこうやって大量の問い合わせに、せっせと返事を書き続けていたけれど、その間、確定的な注文はいっこうに入らなかった。

「どうして？」とアルベールは虚ろな声でたずねた。「どうなっているんだ？ 問い合わせの回答に、納得していないかのようじゃないか……」

エドゥアールは勝利のダンスを踊るようなしぐさをした。ルイーズはぷっと吹き出した。アルベールは吐き気をこらえながら、計算書をつかんで確認した。

そのころの精神状態は、あとになっても思い出せないくらいだった。たちまち不安がこみあげてきて、すべてを押し包んでしまうから。けれども五月の末、最初の振り込みがあったときには、やはり嬉しさがこみあげた。アルベールはまず銀行に返す分にあてたいと主張したが、エドゥアールはもちろん反対した。

「銀行に金を返して、何になるっていうんだ？」と彼は大きな筆談帳に書いた。「どのみち、騙し取った金を持って逃げるんじゃないか。銀行から盗むほうが、まだ不道徳じゃないさ」

アルベールもあとに引かなかった。前に一度、手形割引興業銀行の名前を、エドゥアールに言ってしまったことがあった。彼は父親の仕事について何も知らないらしく、銀行の名前には無反応だった。ペリクール氏は親切に、今の職を世話してくれた。だからアルベールとしては、これ以上騙すようなことはしたくなかった。しかしエドゥアールの前で、そう主張するわけにはいかなかった。もちろんアルベールの道徳心は、自分勝手なものだ。つましい暮らしのなかで、戦死者の追悼記念碑を建てるためにお金を出した見知らぬ人々を、騙そうとしているのだから。けれども、ペリクール氏とは個人的な知り合いだ。同じには考えられない。それにあのかわいらしいポリーヌのこともある……要するにアルベールはペリクール氏に、恩義を感じずにはいられなかった。

エドゥアールはアルベールの並べるおかしな理屈にあまり納得はいかなかったけれど、最初の振込みを銀行の返済にあてることにはしぶしぶ同意した。

そのあと二人は、自分なりのささやかな買い物を楽しんだ。この先に待っているはずの華やかな未来にむけた前祝い代わりに。

エドゥアールが買ったのは高級蓄音機《グラモフォン》とたくさんのレコードだった。なかには、軍隊行進曲も何枚かあった。彼はわざと滑稽に作った兵士の仮面をかぶり、ルイーズを引きつれ、片脚を引きずりながら、いちに、いちにと部屋を歩くのが楽しみだった。オペラもあったけれど、アルベールはまったく理解できなかった。モーツァルトの『クラリネット協奏曲』は何日間か、すり切れるほど繰り返しかけ続けた。エドゥアールはいつも同じ服装だった。二本のズボン、二枚のジャージー、二枚のセーターを順番に使い、アルベールが一週間おきに洗濯した。

アルベールは靴を買った。さらにスーツ一着、シャツ二枚も。今回は品質第一で、いいものを選んだ。絶妙の思いつきだったと言えるだろう。というのもちょうどその直後、彼はポリーヌに再会したのだから。それからというもの、事態はますます混迷の一途をたどった。彼女に対しても、いったん嘘をついたら最後、延々と前に走り続けねばならない。記念碑の件でも同じだ。しかし食い殺そうと身がまえている野獣を前に、絶えず逃げ出さざるをえない状況で、いったいどうしろというのか？　だからこそ彼はライオンの仮面を（神話に登場するライオンだが、その点は強調されていなかった）、どこかに片づけてくれと頼んだのだった。とてもよくできていてすばらしいけれど、悪夢を見るんでね。エドゥアールは言われたとおりにした。

というわけで、ポリーヌである。

話は銀行の重役会の決定と絡んでいる。

ペリクール氏は仕事にあまり熱が入っていないようだと、しばらく前からもっぱらの噂だった。前より姿を見かけなくなった。彼に会った人々は、ずいぶん老けこんだと言っている。娘が結婚したからだろうか？　何か心配事、負わねばならない責任があるのかも。しかし息子が死んだせいだとは、誰も思わなかった。戦死を知った翌日だって、いつもどおり自信に満ちたようすで、重要な株主総会に出席していたから。不幸にもめげずに職務を果たす姿を、みんな頼もしく思ったものだ。

しかし、あれから時がたった。ペリクール氏も昔とは違う。先週だって会議の途中に、突然帰ってしまった。失礼する、あとはわたし抜きで続けてくれ。大事な決定事項はもうなかったけれど、今まで頭取が不在になることはなかった。彼はむしろすべてをひとりで決め、皆で議論するのはささいな問題に関してだけ、それすらも結局のところ彼が初めから結論は出しているのだった。ところがその日、ペリクール氏は午後三時ごろに帰ってしまった。しかし自宅に戻ったのではないと、しばらくしてからわかった。医者に寄ったのだという者もあれば、女の存在をほのめかす者もいた。本当はどこにいたのかを証言できるのは、墓地の管理人だけだろう。もちろん、彼がこうした会話に加わる機会はなかったけれど。

会議の議事録には、ペリクール氏のサインをもらわねばならない。命令事項の承認を得たら、できるだけすみやかに実行に移すのだ。ペリクール氏はぐずぐずするのが好きではなかったから。そんなわけで午後四時ごろ、書類を自宅に届けることになった。だったら、アルベール・マイヤールにやらせよう。アルベールと頭取のあいだにどんな関係があるのか、銀行では誰も知らなかったが、彼がペリクール氏のおかげで就職できたことだけは間違いない。その点でも馬鹿げた噂が流れたが、アルベールを見ればまさかあり得ない話だとわかった。突然、顔を真っ赤にしたり、ちょっとした物音にも飛びあがったり、いつもびくびくして苛立っている。おかしな男だ。副頭取はみずからペリクール邸に出むいてもよかったが、使い走りのような仕事をするのは地位にふさわしくないと思い、アルベールに行かせることにした。

命令を受けるなり、アルベールは震え始めた。まったく、わけがわからない。副頭取はともかく彼にコートを手渡し、出口へむかわせた。あんまり取り乱しているので、心配になるほどだった。途中、書類をなくしでもしたら大変だ。タクシーを呼んで往復の料金を払い、彼から目を離さないよう運転手にそっと頼んでおいた。

「止めて!」車がモンソー公園の角に着くと、アルベールは言った。

「でも、まだもう少し……」と運転手は答えた。

運転手は難しい任務を与えられていたが、さっそく面倒な事態になった。

「いいから止めてくれ」とアルベールは叫んだ。

客が激怒しているときは、追い払うのがいちばんだ。運転手はアルベールが車をおり、遠ざかるのを待った。ところが彼はむかうはずの住所と反対方向に、ふらふらと歩き始めるではないか。料金は前払いでもらっているのだから、ここはさっさと退散するに限る。正当防衛ってわけだ。

そんなことにも、アルベールは気づいていなかった。プラデルに出くわすのではないかという考えで、銀行を出発してからずっと頭がいっぱいだったから。その場面が、今から目に浮かぶようだ。大尉はアルベールの肩をぐいとつかみ、身を乗りだしてこうたずねるだろう。

「これはこれは、兵士マイヤールじゃないか。ドルネー＝プラデル大尉を訪ねてくれたのか？　そいつは嬉しいね……さあ、こっちへ来たまえ……」

プラデルはそう言いながら、アルベールを廊下に引っぱりこむ。見るとそこは地下室で、訊問が始まろうとしている。プラデルはアルベールに平手打ちを喰らわせ、しばりつけて拷問する。アルベールは白状せざるをえないだろう。プラデルはアルベールが銀行からお金を横領し、二人でとてつもない詐欺を始めたと。エドゥアール・ペリクールと暮らしている、銀行からお金を横領した、二人でとてつもない詐欺を始めたと。するとプラデルは大笑いし、天を仰いで神々の怒りを呼び覚ます。たちまち神々は九十五ミリ砲の砲弾が撥ね飛ばすのと同じだけの土を、アルベールのうえに降り注ぐ。そのときおまえはもう穴の底にいて、馬の首の仮面をしっかりと抱きしめ、不能者たちの楽園へともにむかわんとしているだろう。

アルベールは初めてペリクール邸を訪れたときと同じように、うしろをふり返ってためらいがちに引き返した。プラデル大尉に出くわすのではないかと思うと、身がすくんだ。ペリクール氏には合わせる顔がない。お金を盗んでしまったのだから。マドレーヌの前にだって出られやしない。弟のエドゥアールは生きていると、教えてあげるべきだろうに。必死に抱えているこの書類を、何とか屋敷に入らずペリクール氏に届ける方法はないだろうか？ 誰か、代わりの者を見つければいいんだ。

運転手を帰してしまったのは失敗だった。車を通り二本分くらい先にとめて、運転手に書類を届けさせることもできたのに。運転手が戻るまで、ぼくが車の番をして……

そのときだった、ポリーヌがあらわれたのは。

アルベールは肩を塀すれすれに寄せ、むかいの歩道に立っていた。ポリーヌがいる。彼女に頼もうと思いつくより前に、別の不安が先に立った。ポリーヌこそが、不安のもとだった。いつも彼女のことばかり考えていたから。馬鹿みたいな靴をはいたアルベールを見て大笑いした、かわいいメイドのことを。

アルベールはうかつにも、たちまち虎穴《こけつ》に入ってしまった。

ポリーヌは勤務時間に遅れそうなのか、急いでいた。歩きながら、早くもコートの前をあけている。ふくらはぎまである明るい青色のワンピースと、腰の下でゆったりとしめたベルトが見えた。服に合わせたスカーフも巻いていた。彼女は玄関前の石段を早足でのぼると、屋敷のなかに姿を消した。

数分後、アルベールは呼び鈴を押した。ドアをあけたポリーヌは、彼を覚えていた。アルベールは得意げに胸を反らせた。最初に会ったあとに買った、新しい靴をはいていたから。新しいコートにきれいなシャツ、ネクタイも高級そうだわ、とポリーヌは目ざとく気づいた。しかしあいかわらず顔だけは、まるで粗相でもしたみたいに情けない、滑稽な表情だった。

その頭のなかで何が起きたのかはわからないが、ともかくポリーヌは笑い出した。半年前とほとんど同じ場面が、今またここで繰り返された。しかし状況は、いささか異なっている。二人はむかい合っていた。まるで彼女のほうが、アルベールに会いに来たかのように。それはある意味、間違いとは言い切れない。

やがて沈黙が続いた。ポリーヌはなんてきれいなんだろう。本当に愛くるしい顔をしている。二十二、三歳くらいだろうか。ぞくぞくするような微笑み。光沢のある唇のあいだから、きれいに並んだ白い歯がのぞいている。あの目。うなじを際立たせる流行りのショートヘア。それから胸だ。白いブラウスのうえにエプロンをつけているけれど、どんな胸をしているのかは、容易に想像がついた。褐色の髪。セシルに出会ってから、褐色の髪の女に心惹かれたことはなかったのに。ほかの女には、目もくれなかった。

ポリーヌは、彼が両手で握りしめている書類に目をやった。アルベールは訪問の理由を思い出した。会いたくない人たちと顔を合わせるのを、恐れていたことも。もうなかに入ってしまった。それなら急いで、立ち去る算段をしなければ。

「銀行から来ました」彼はひと言そう言った。

ポリーヌは口をぽかんとあけた。思いがけず、何か効果があったらしい。銀行という言葉だな。よし、もうひと押ししよう。

「ペリクール頭取にです」と彼は続けた。

彼は大物気分になって、さらにこうつけ加えずにはおれなかった。

「直接お渡ししなければなりません……」

ペリクール氏は不在だった。お待ちください、とメイドは言って、客間のドアをあけた。アルベールは現実に立ち戻った。ここで待つなんて狂気の沙汰だ。なかに入っただけでも……

一九二〇年三月

「いえ、けっこうです」

アルベールは書類を差し出した。二人とも、それが汗でぐっしょり濡れているのに気づいた。アルベールは袖で拭こうとして、書類を床に落としてしまった。二人はあわてて四つん這いになり、散らばった紙を拾い始めた。その光景といったら……

こうしてアルベールは、ポリーヌの人生に入っていったのだった。もう二十五だって？　とてもそうは見えない。ヴァージンではないけれど、身持ちは悪くない。一九一七年に婚約者を亡くして以来、誰ともつき合ったことはないというのが本人の弁だった。ポリーヌは上手に嘘をついた。アルベールとはすぐにうちとけたものの、それ以上先へはなかなか行こうとしなかった。彼女にとっては、真剣な問題だったから。人好きのする、純朴そうな顔は気に入っていた。アルベールを見ていると、母性本能がくすぐられる。それに銀行の経理係なら、仕事だって立派なものだ。重役とも知り合いだから、将来有望だろう。

アルベールがどれくらい稼いでいるのか、ポリーヌは知らなかったけれど、悪い額ではないはずだ。さっそくしゃれたレストランに招待してくれたから。豪華というほどではないが、料理はおいしくて、ブルジョワの客が集まる店だ。少なくとも帰りは、タクシーで送ってくれたし。アルベールは彼女を劇場にも誘った。実は自分も初めて行くのだとは言わず、エドゥアールに相談してオペラを選んだ。けれどもポリーヌは、ミュージックホールのほうが面白いと思った。

アルベールのお金はどんどんと飛んでいった。給料だけではとうてい追いつかない。わずかな戦利品の取り分も、かなり使ってしまった。

手付金はもう、ほとんど入らないっていうのに。アルベールは思い悩んだ。ひとりで飛びこんでしまったくこの罠から、誰の助けもなく、どうやって抜け出せばいいんだ？

ポリーヌを誘うため、このままお金を使い続けるとしたら、ペリクール氏の銀行からまた借りねばならないかもしれない。

32

一九二〇年三月

アンリ・ドルネー＝プラデルは没落した家の出だった。彼は若いころ、わが家が衰退していくさまを目の当たりにした。瓦解はひたすら続いた。だから今、運命に対し最後の勝利を収めようとしているとき、落ちこぼれ役人なんかにじゃまされてなるものか。まさしくそんな事態になりかけている。けちな視察官ふぜいは追い払ってしまおう。いったい何様のつもりなんだ？

おもてむきはこうやって自信たっぷりでいたけれど、その裏には必死の自己暗示が隠されていた。成功を信じ続けなければ。強運の持ち主には、危機のときほどチャンスなんだ。おれがこの窮地をうまく脱せないはずはない、とプラデルは思っていた。戦争のときが、何よりの証拠だ。彼は敵を恐れていなかった。

ただし今回は、いささか状況が違っていた……

プラデルが不安だったのは障害の性質ではなく、それが次々に続くことだった。

ペリクールとドルネー＝プラデルという名に配慮して、これまでは行政当局もあまりうるさいことは言わなかった。しかし例の木端《こっぱ》役人が、新たな報告書を出してきたというじゃないか。ポンタヴィル＝シュール＝ムーズの墓地をいきなり視察して、物品の盗難や不正売買を見つけ出したとか……

そもそも届出なしに視察するなんて、許されているのだろうか？

ともかく今回は当局も、甘い顔はしていなかった。そちらに出むいて説明したいとプラデルは申し出たけれど、受け入れられなかった。

「もみ消せるわけないだろ……ことがことだからな」と電話の相手は言った。「今までは、ちょっとした技術的な問題だったが。いや、それだって……」

相手は困惑げに声を潜めた。人に聞かれたくない隠し事について、話しているかのように。

「……契約で定めた規格に合わない棺桶は……」

「だからそれは、説明したじゃないか」プラデルは声を荒らげた。

「ああ、わかってるさ。製造上のミスだっていうんだろ……でも今回の、ポンタヴィル＝シュール＝ムーズの件は話が別だ。そうだろ。何十名もの兵士が、違う名前で埋葬されている。それだけだって困った事態なのに、彼らの貴重な私物が行方不明になっているんだから……」

「おいおい」とプラデルは、わざとらしいほど大きな笑い声をあげた。「今度はおれを墓荒らし扱いするのか？」

続く沈黙が、彼に重くのしかかった。

事態は深刻だ。盗まれた品はひとつや二つではなく……

「体制そのものが問われているんだ……墓地全体の管理が問題だと。報告書はとても厳しい指摘をしている。そりゃまあすべて、きみのあずかり知らないことだろうさ。けれども罪に問われているのは、きみ個人じゃないんだ」

「はっはっ！　それはよかった」

けれども本当は、笑っていられるような気分ではなかった。個人的であろうがなかろうが、危機は重くのしかかっている。デュプレを呼んで、たっぷり絞りあげてやればよかった。ともかくあいつは、いつかひどい目に遭わせてやる。

いや、ナポレオンが戦争に勝ったのは戦略を変えたからだ、とプラデルは思い出した。

「そうは言うが、政府が出す金額で、非の打ちどころない有能な人員を集められると、本気で信じているのか？　あんなはした金では、厳選した作業員だけを雇うなんてできるわけないだろう」

プラデルも心の底では、手っ取り早く安あがりの連中を雇ってしまったとわかっていた。しかし現場監督はしっかりしていると、デュプレは断言していたのに。くそったれめ。それに作業員は、きちんと統率されていたはずじゃないか。

年金省の役人は、電話のむこうで急にそわそわし始め、嵐の空みたいに暗雲たちこめる話で会話を締めくくった。

「中央官庁だけでは、もうこの件を扱いきれないんだ。これからは大臣官房まで、情報をあげねばならない」

いよいよ正式に見放されたってわけか。

プラデルはがしゃんと電話を切ると、怒りを爆発させた。中国の磁器をつかんで、寄木細工の小卓にたたきつける。ふざけやがって！　あいつらにはたっぷり甘い汁を吸わせてやったのに、今になって責任逃れをしようっていうのか？　彼はクリスタルガラスの花瓶を腕で払った。花瓶は壁にぶつかって、粉々に砕けた。省の高官連中がどれほどおれの施し物を受けたか、恐れながらと訴え出てやろうか？

　プラデルはひと息ついた。腹が立ってしかたないのは、それだけ事態が深刻だからだ。役人たちに鼻薬を嗅がせたのは事実だ。高級ホテルに泊めて若い女を世話したり、豪華な食事や葉巻の箱詰でもてなしたり、あれこれの支払いを肩代わりしたり。でもそんな言い訳は通用しないと、自分でもわかっていた。収賄を告発すれば、自らの贈賄を認めることになる。自分の足に銃弾を撃ちこむようなものだ。

　物音を聞きつけたマドレーヌが、ノックもせずに入ってきた。

「どうしたのよ？」

　プラデルはふり返り、戸口に立つ妻を見た。ずいぶんと腹が張ってきたな。妊娠六カ月だが、臨月だと言ってもいいくらいだ。見られたもんじゃない。なにも、今日に始まったことではないけれど。しばらく前から、妻には何の欲望も感じなくなっていた。それはむこうも同じだった。マドレーヌが日々興奮していたのは、大昔の話だ。あのころは妻というより、愛人みたいにふるまっていた。欲望をたぎらせ、絶えず求めてきた。すべて、遠い過去のことだった。けれどもプラデルは、これまでにも増してマドレーヌに執着していた。正確に言うなら彼女にではなく、待望の息子を産む未来の母親に。ドルネー＝プラデル・ジュニアは、その名、財産、先祖伝来の屋敷を誇りに思うだろう。息子はおれみたいに、人生を賭けた闘いをしなくても済む。父親が積みあげた遺産を、きっとうまく活用するはずだ。

　マドレーヌは顔を突き出し、眉をひそめた。

　難しい状況のなかでも、ただちに決断を下すことができるのは、プラデルの長所と言っていいだろう。彼は考えうる対策をすべて一瞬のうちに検討し、妻が残された最後の手段だと思いあたった。そして彼がもっとも嫌悪する、もっとも似合わない表情を作った。あまりの事態に困り果てている男の表情を。落胆の長いため息をついて肘掛け椅子にすわりこみ、腕をだらりとさげる。

たちまちマドレーヌは、心が揺れるのを感じた。夫のことは誰よりわかっている。打ちひしがれた芝居など、わたしには通用しないわ。それでも彼は、お腹の子供の父親だ。二人は結びついている。あと十数週間で生まれるというのに、新たな面倒事はごめんだ。マドレーヌは平穏を求めていた。彼自身のことはとっくに見捨てているけれど、夫という存在は、今はまだ有用だ。

いったいどうしたの、とマドレーヌはたずねた。

「仕事のことで」プラデルは曖昧に答えた。

ペリクール氏も同じ言い方をする。面倒な説明をしたくないとき、父親も〝仕事のことだ〟と言った。それですべて話がつくとでもいうように。それは男の言葉づかいだった。こんなに便利なものもない。

プラデルは顔をあげると、口を尖らせた。やっぱりハンサムだわ、とマドレーヌは思った。夫が望むとおり、彼女はさらにたずねた。

「それで？」と彼女は近寄りながら言った。「どういうこと？」

プラデルは高くつく告白をする決心をした。しかしいつだって、目的は手段を正当化する。

「きみのお父さんの手を借りたい……」

「何のために？」とマドレーヌはたずねた。

プラデルはさっと手で宙を払うようなしぐさをした。ややこしい話だから……

「そうなの」とマドレーヌは笑いながら言った。「説明するにはややこしすぎるけれど、とりなしを頼めるくらいには単純だってわけね」

プラデルは窮地に陥った男らしく、目で答えた。誘惑するときにもよく使う、決めの表情だ。彼がにっこり微笑めば、それで女はいちころだった……

マドレーヌがさらに問い詰めたら、プラデルは新たな嘘をついただろう。彼は絶えず嘘をついていた。そんな必要がないときまでも。それがすっかり性《しょう》になっているのだ。マドレーヌは夫の頬に手をあてた。いんちきをたくらんでいるときも、彼はハンサムだった。狼狽を装う表情のせいか、いつもより若々しく、端正な顔つきがいっそう際立って見えた。

マドレーヌはしばらくもの思いにふけっていた。夫の話なんか、ろくに聞いたことがなかった。最初からそうだ。彼を選んだのは話をするためではない。さらに妊娠してからというもの、夫の話すことは実体のない蒸気みたいに、ただ宙に漂うだけになった。彼がこんなふうに困惑と動転を演じているときでも――愛人たちの前では、もっとうまくやって欲しいものだわ――マドレーヌはただなんとなくやさしく眺めていた。それは他人の子供に対して抱くようなやさしさだった。彼はハンサムだ。生まれてくる子供も、彼みたいだったらいい。こんなに嘘つきじゃないけれど、これくらい美しかったら。

やがてマドレーヌは、黙って部屋を出た。赤ん坊がお腹の内側をとんとんと蹴るたびいつも浮かべる、微かな笑みとともに。そしてすぐさま父親の部屋にあがった。

ペリクール氏はあいかわらず活動的だったものの、息子の死についてあらためて考えるようになって以来、家をあけることが少なくなり、だんだんと早く帰宅し、遅く出かけるようになった。

一九二〇年三月

今は午前十時。

ペリクール氏はノックの仕方で娘だとわかると、立ちあがってドアをあけに行った。そして額にキスをし、お腹を指さしながら微笑んだ。具合はいいのかい？　マドレーヌは小さく身ぶりをした。まずまずね……

「アンリに会ってほしいの、パパ」と彼女は言った。「何か問題を抱えているとかで」

娘婿の名前を聞いただけで、ペリクール氏はいつの間にか構えるような姿勢になっていた。

「自分ひとりで、その問題を解決できないってわけか？　いったい、どんな問題なんだね？」

マドレーヌはプラデルが思っている以上に知っていたけれど、父親に説明できるほどではなかった。

「政府との契約のことで……」

「またか？」

ペリクール氏は自分の主義を曲げまいとするときの、非情な声で言った。そうなると、簡単にはひとの話を受け入れない。何を言っても、頑として聞かなかった。

「パパが夫を嫌っているのは知ってるわ。そう言ってたわよね」

マドレーヌは、べつだん腹を立てているようすはなかった。穏やかな笑みさえ浮かべている。日頃は彼女から決して頼みごとなどしない。だから安心して、最強の切り札を見せた。

「彼に会ってほしいの、パパ」

ほかのときみたいに、お腹のうえで両手を重ねるまでもなかった。父親はもう、承諾の身ぶりをしている。わかった、ここへ来るように伝えなさい。

娘婿がドアをたたいたとき、ペリクール氏は仕事をしているふりすらしなかった。プラデルは、部屋のむこう端にいる義父を見た。父なる神さながら、机を前に鎮座している。彼と来客用の肘掛け椅子とのあいだには、果てしない距離があった。いつものプラデルなら困難に直面すると、力をみなぎらせて猛進しただろう。障害が大きければ大きいほど荒々しく、誰かれかまわず倒していく。しかしその日、彼は殺してやりたい相手の力を必要としていた。そんな従属状況は我慢ならない。

二人の男は知り合ってからずっと、互いをできるだけ無視しようと闘ってきた。ペリクール氏は娘婿と顔を合わせても、軽く頭を動かして挨拶するだけだった。プラデルのほうも同じ動作で返した。出会った最初の瞬間から、お互い優位に立つ日を待ちかまえていた。両陣営はボールの打ち合いを続けた。プラデルがペリクール氏の娘をものにすれば、次はペリクール氏が夫婦財産契約を結ばせる……マドレーヌが妊娠を父親に告げたのは、父娘二人きりのときだったので、プラデルはその場に立ち会えなかったけれど、彼は決定的なポイントを稼いだ。これで状況は逆転だろう。マドレーヌの子供がいる限り、プラデルも安泰というわけだ。この子の誕生で、ペリクール氏はおれに協力せざるをえなくなる。

そんな娘婿の考えを見抜いているかのように、ペリクール氏は曖昧に微笑んだ。

「それで？」と彼は陰気な声でたずねた。

「年金省の大臣にお口添えしていただけますか？」プラデルははっきりとした声でたずねた。

「口添えするのは簡単だ。彼は親しい友人だから」

ペリクール氏は少し考えこんだ。

「いろいろと面倒も見てやったし。個人的なことがらでね。もう昔の話だが、彼の名前に関わるような問題だ。言うなれば、わたしの手の内にあるひとりだな、年金大臣は」

プラデルは、こんなにたやすく勝利が得られるとは思っていなかった。おれの読みは、期待以上にあたっていたようだ。ペリクール氏は下敷きに目を落とし、無意識のうちにそれを認めていた。

「何があったんだ？」

「つまらないことなんですが……つまり……」

「つまらないことなら」とペリクール氏は、顔をあげてさえぎった。「どうして大臣をわずらわせるんだ？　それにわたしも」

プラデルにはこの一瞬が、たまらない快感だった。敵が立ちむかってくる。おれを窮地に陥らせようとしている。しかし最後には、屈せざるをえないだろう。時間があるなら、この心地よい会話をいつまでも続けていたかったが、今は急を要するときだ。

「もみ消さねばならない報告書がありまして。わたしの事業について、でたらめの報告書が……」

「でたらめなら、どうして恐れるのかね？」

プラデルは思わずにやりと笑みを漏らす誘惑に、打ち勝てなかった。じいさんはまだ闘おうっていうのか？　顔面に一発お見舞いされないと、黙って言うなりになれないんだな？

「込みいった話なんです」と彼は答えた。

「つまり？」

「つまりこの一件をもみ消すよう、大臣に口添えをしていただきたいのです。問題になっているようなことが二度と起きないように、お約束いたします。ちょっとした怠慢の結果にすぎませんから」

ペリクール氏は娘婿の顔を、しばらくじっと見つめていた。本当にそれだけかね、とでも言いたげな表情で。

「誓って、間違いありません」とプラデルは言った。

「きみの誓いなど……」

プラデルは笑みを消した。老人がくどくどと粘るのが、苛立たしくなってきた。それじゃあ、選択の余地があるとでもいうのか？　あと少しで臨月を迎える娘がいるのに？　孫の将来を台無しにする危険を冒そうというのか？　馬鹿馬鹿しい！　プラデルは最後にもう一歩、引いてやることにした。

「わたしと、あなたの娘さんの名において、お願いしているんです……」

「この件に、娘を巻きこまないで欲しいな」

とうとうプラデルは、我慢しきれなくなった。

「でも、まさしくそういうことなんですよ。わたしの名前や仕事がかかっている以上、娘さんの名前や、お孫さんの将来も……」

ペリクール氏も負けずに、大声をあげることもできた。しかし彼は人さし指の爪で、静かに下敷きをたたいただけだった。こんこんという、乾いた小さな音がした。騒がしい生徒に、教師が注意をうながすように。ペリクール氏はとても落ち着いて見えた。声のようすからも、平静を保っているのがわかる。しかし顔は笑っていなかった。

「これはきみだけの問題だ。ほかの誰にも関わりがない」とペリクール氏は言った。

プラデルは不安の波が押し寄せるのを感じた。いや、考えてもしかたない。どうして老人が、口添えを断れるっていうんだ？　実の娘を見放すわけがない。

「きみが抱えているトラブルのことは、とっくに聞いている。たぶん、きみよりも先にね」

こんなふうに話が始まるのは、プラデルにとって悪くない兆候だ。ペリクールがおれを侮辱しようとするのは、譲歩する準備ができてるってことだからな。

「別に驚くべき内容ではなかった。きみがろくでもない男だってことは、初めからわかっていたからね。貴族の出だろうが、そんなことは何の関係もない。きみは良心のかけらもない、金の亡者だ。今から言っておこう、きっと悲惨な最期を迎えるだろうよ」

プラデルは立ちあがって、出ていこうとした。

「まあ、聞きたまえ。わたしはきみの出方を予想し、じっくり考えた。この件をどう見ているか、話そうじゃないか。数日後、大臣はこの一件について報告を受ける。きみがしたことは、あらいざらい明らかになる。大臣はきみが国と交わした契約を、すべて破棄する手続きに入るだろう」

プラデルは会談が始まったときみたいに、勝ち誇ってはいなかった。彼は目の前を、呆然と眺めていた。まるで家が洪水に呑まれていくかのように。あれはおれの家だ、おれの命なんだ。

「きみは国全体に関わる契約で、不正を働いた。捜査は迅速に行われるだろう。国が被った物的損害がどれほどにのぼるか、はっきりするはずだ。きみはそれを個人的な資産から弁済しなければならない。わたしの計算によれば、きみの持ち金ではとうてい賄《まかな》えないだろう。きみは妻に助力を頼まざるをえないが、わたしはうんと言うつもりはない。その点に関してわたしは、法的な権利を有しているからね。そうなるときみは、一族の家屋敷を手放さねばならないだろう。どのみち、もうきみには必要のないものだ。政府はきみを法廷に召喚する。退役軍人・遺族会は訴訟を起こすに違いない。政府もそのなかで、損害賠償を請求することになるだろう。そうすればきみは、監獄で一生を終えることになるのだから」

プラデルが義父に助力を頼もうと決めたのは、のっぴきならない状況だとわかっていたからだ。けれども今、聞かされたのは、最悪の事態だった。次々に問題が積み重なって、行動する時間がなかったのだ。そのときプラデルの脳裏に、ふと疑念が湧いた。

「もしかして、あなたが……」

手近に銃があれば、彼は答えを待ちはしなかったろう。

「まさか。どうしてそんなことを？　きみは誰の手を借りずとも、破滅する運命にあったんだ。きみに会ってくれと、マドレーヌに頼まれた。だからこうして会っているが、それはきみにこう言うためだったんだ。わたしも娘も、きみの問題にいっさい関わるつもりはないとね。娘はきみとの結婚を望んだ。それはしかたない。しかし、娘を道連れにはさせん。これからもずっと、目を光らせていく。きみがすべてを失っても、わたしはいっさい手をさしのべるつもりはない」

「戦争を始めようっていうんですか？」とプラデルは叫んだ。

「わたしの前で、大声を出さないで欲しいな」

プラデルはその言葉を聞き終わらないうちに部屋を出ると、乱暴にドアを引いた。閉まる音が屋敷中に鳴り響くほどの勢いで。けれども、そのとおりにはならなかった。ドアには空気圧式のクローザーがついていたので、カタカタカタというぎくしゃくした動きで、ゆっくりと閉まっていったから。こもった音とともにドアが閉まりきったとき、プラデルはもう一階にいた。

机についていたペリクール氏は、まったく動いていなかった。

33

一九二〇年三月

「ありがとう。すてきね、ここ……」ポリーヌはまわりを見まわしながら言った。

アルベールは何か答えようとしたけれど、胸がいっぱいで言葉が出ない。彼はただ両手を広げ、足をつかえさせながら不器用に踊り続けただけだった。

二人はつき合い始めてからずっと、外で会っていた。ポリーヌはペリクール邸の屋根裏部屋を与えられ、住みこみで働いていた。職業紹介所からは、「外部の人を入れてはいけませんからね」とはっきり言い渡されている。つまりは恋人と二人っきりですごしたいなら、よそへ行けという意味だ。ここではだめ、厳格な家なのだからと。

アルベールだって、ポリーヌを家には連れていけなかった。エドゥアールは決して外出しないから。そもそも、彼に行くところなどないし。アルベールは最初からポリーヌに嘘をついていたので、たとえエドゥアールがひと晩、部屋をあけてくれると言っても、どうしようもなかった。ぼくはペンションに住んでいるんだ、と彼女に言ってあった。でも大家のおばさんはとっつきにくくて疑り深い人でね。それにきみのところと同じで、人を入れてはいけないんだ。でも、いずれ引っ越すつもりだ。何とかするよ。

ポリーヌは不満そうでも、待ちきれないというふうでもなかった。むしろほっとしているらしい。どっちみちわたしは、〝そんな女〟じゃないわ。つまりは簡単に寝ないということだ。彼女は〝真剣な交際〟を望んでいた。つまりは結婚ということだ。どこまでが本心でどこまでが見せかけなのか、アルベールには区別がつかなかったけれど、彼女にその気がないならしかたない。それでもペリクール邸まで送っていった帰り際はいつも、門に身を寄せて熱烈なキスをした。脚を絡ませ、狂ったように愛撫し合う。ポリーヌはアルベールの手を取り、なかなか帰すまいとした。この前の晩などは力いっぱい抱きつき、しゃがれた長い咆哮をあげて、彼の肩に嚙みついたくらいだ。アルベールはタクシーに乗ったとき、もう爆発寸前だった。

こうして迎えた六月二十二日を境に、〈愛国の記念〉はいっきに飛翔した。

突然、お金が天から降り始めた。

ばさばさと。

口座の金額は一週間で四倍になった。三十万フラン以上だ。その五日後には五十七万、六月三十日には六十二万七千になり……それでも勢いは止まらない。戦功十字章は百個以上、松明は百二十個、兵士の胸像百八十二個、混合式記念碑百十一個の注文が入った。おまけにジュール・デプルモンは、彼が生まれた区が建てる記念碑案の公募も勝ち取り、区役所から十万フランが口座に振り込まれた……。

新たな振り込みを添えて、注文は日々届いた。エドゥアールは午前中いっぱいかけて、せっせと受領証を書いた。

この思いがけない賜物は、二人に奇妙な効果をおよぼした。自分たちがしたことの大きさに、まるで今初めて気づいたかのようだった。すでに大金が集まっている。エドゥアールが定めた百万フランという目標額も、このぶんならまんざら夢ではなさそうだ。締め切りの七月十四日まではまだ間があるし、〈愛国の記念〉の銀行口座は膨れ続けているのだから……毎日、一万、五万、八万とお金が入ってくる。信じられないくらいだ。ある朝など、いっぺんに十一万七千フランも入った。

エドゥアールは歓喜の雄叫びをあげた。アルベールがアタッシュケースいっぱいの金を初めて持ち帰った晩、エドゥアールはお札を両手でつかみ、恵みの雨とばかりに部屋中に撒き散らした。自分の取り分をこの場で少しもらっていいか、と彼はたずねた。アルベールもにこにこしながら、もちろんかまわないと答えた。翌日エドゥアールは、二百フラン札をらせん状に貼り合わせて、すばらしい仮面を作った。お金の渦巻装飾とでも言おうか、まさに効果満点だ。傷口が燃えて、顔全体が煙で覆われているかのようだった。アルベールは魅了されつつも、腹立たしかった。お金でそんなことをするものじゃない。何百人もの人々を騙してはいたが、アルベールはまだ道徳心を完全に捨てきったわけではなかった。

エドゥアールは嬉しそうに足を踏み鳴らした。金勘定はいっさいしないけれど、注文用紙だけはトロフィーのように大事に取っておき、毎晩ゴムのピペットで白ワインをちびちびやりながら読み返していた。彼にとってこの書類は、祈りの文句を記した時禱書《じとうしょ》のようなものだった。

初めはアルベールも、次々と転がりこんでくる大金に有頂天だった。それがいったん落ち着くと、危険の大きさが気になりだした。お金があふれればあふれるほど、首に巻かれた紐が締まっていくような気がした。口座の金額が三十万フランになったところで、頭のなかは早くも逃げることでいっぱいだった。けれどもエドゥアールは反対した。百万の線は絶対に譲れないと。

それに、ポリーヌのこともある。どうしたらいいんだ？

恋するアルベールは彼女におあずけを喰らわされ、ますます欲望をたぎらせていた。あきらめるなんて、心の準備ができていない。とはいえポリーヌとのつき合いは、そもそも砂上の楼閣《ろうかく》だった。次々と嘘をつき続けねばならない。〝ポリーヌ、ぼくが銀行で経理係をしているのは、お金を盗むためだったんだ。というのは友人と（顔には二目と見られない大怪我を負っている、そうとうにイカレたやつさ）フランスの半分をカモにして、あくどい詐欺を働いているところでね。うまくいったら二週間後の七月十四日に、地球の裏側に高飛びするつもりなんだけれど、きみもいっしょに来てくれないか？〟今さらこんなことを言ったら、愛想を尽かされるに決まっている。

アルベールは彼女を愛しているのかって？　それはもう、気も狂わんばかりに。しかしポリーヌに対する激しい欲望と、逮捕されて裁かれ、刑を宣告される恐怖と、彼のなかでどちらが大きかったかはわからない。一九一八年、プラデル大尉の厳しい視線に耐えながら、モリウー将軍と話をしたあとしばらくは、銃殺刑に処される夢にうなされたものだ。それ以来、忘れていた銃殺の夢を、また毎晩のように見るようになった。ポリーヌと楽しんでいる夢か、十二人全員がプラデルの顔をした銃殺隊に殺される夢か、どちらにしても結果は同じ。身も心も疲れはて、汗ぐっしょりになって飛び起きる。そして彼は手さぐりで馬の首を捜すのだった。彼の不安を静めてくれるのはそれだけだった。

計画の成功によって湧きあがった喜びは、やがて二人のなかでさまざまな理由から、奇妙な落ち着きへと変化した。長い時間をかけた大仕事が終わった。けれども一歩さがって見れば、思っていたほど大事なことではなかったのかもしれないと感じたときの、醒めた落ち着きへと。

ポリーヌをどうするかはさておき、アルベールの話は高飛びのことばかりだった。お金は次々に入ってくるのだから、エドゥアールにも反対する理由がない。彼はしぶしぶ譲歩した。〈愛国の記念〉キャンペーンは、たしかに七月十四日で終わりにする。そうしたら十五日に出発しよう。

「どうして翌日まで待つんだ？」とアルベールは大あわてでたずねた。

「わかった。じゃあ、十四日だ」とエドゥアールは書いた。

アルベールはさっそく船会社のパンフレットを広げ、指でコースをたどった。夜行列車でパリを出れば、翌日早々マルセイユに着く。そこからトリポリ行きの最初の客船に乗ろう。休戦条約が結ばれた数日後に軍の人事部から盗んできたルイ・エヴァールの軍隊手帳を、さいわいまだとってあった。アルベールは、翌日さっそくチケットを買った。

三枚だ。

一枚はウジェーヌ・ラリヴィエール用に、あとの二枚はルイ・エヴァール夫妻用に。

ポリーヌにどう話をしようか、まだ何も考えていなかった。すべてを捨て、三千キロ先へいっしょに逃げようなんて、たった二週間で決心つけさせられるものだろうか？　アルベールにはだんだん疑わしく思えてきた。

六月はまさに恋人たちのための季節だった。楽園のように心地よい、穏やかな天気が続いた。ポリーヌの仕事が休みのときは、何時間も公園のベンチに腰かけて愛撫し合ったり話したりと、いつまでも続く宵を楽しんだ。ポリーヌは若い女らしい夢を語った。あんな部屋に住みたい、こんな子供が欲しい。彼女が思い描く理想の夫は、ますますアルベールに近づいた。けれどもそれは、ポリーヌが知っているアルベールだった。外国へ逃げようとしているペテン師という実像とは、どんどんとかけ離れるばかりだった。

お金はあることだし、とりあえずアルベールはペンションを探し始めた。ポリーヌがいいと言ったら、迎え入れられる部屋を。ホテルはやめておこう。今の状況では、うまい選択とは言えない。

二日後、ものわかりのいい二人の未亡人姉妹がやっているこぎれいなペンションが、サン＝ラザール地区に見つかった。二部屋は真面目な公務員に貸していたが、二階の小部屋は人目を忍ぶカップルのために取ってあった。姉妹は昼だろうが夜だろうが、愛想よくそこを客に貸した。それもそのはず、壁にはちょうどベッドの高さに、覗き穴が二つあいていたから。ひとりにひとつというわけだ。

ポリーヌは初め、ためらっていた。「わたし、そんな女じゃないわ」という決まり文句で。けれども、結局うんと言った。二人はタクシーに乗った。アルベールがドアをあけると、そこはポリーヌが夢見ていたとおりの部屋だった。高級そうな厚手のカーテン、しゃれた壁紙。小さな丸テーブルや低い肘掛け椅子のおかげで、いかにも寝室という雰囲気がしなかった。

「すてきね……」とポリーヌは言った。

「うん、悪くない」アルベールは答えた。

要するに彼は、どうしようもない愚か者だったということか？　ともかく、何もわかっていなかった。部屋に入ってあたりを眺め、コートを脱ぐまでに三分。アンクルブーツは紐のせいで、もう一分かかった。それでもう、部屋の真ん中にすっ裸のポリーヌがにこやかに両手を広げ、自信たっぷりに立っているじゃないか。感涙にむせぶほど真っ白な胸、すばらしいカーブを描く腰、きれいに整えられた陰毛……どれひとつをとってみても、場慣れしているのは明らかだ。彼女は何週間も本心を隠し、習わしどおりの手順を踏んだ。本当は早くことを進めたくて、うずうずしていたのに。アルベールがかなう相手じゃない。さらにあと四分で、もうアルベールは快感にうめいていた。大丈夫だろうか。ポリーヌは心配そうに顔をあげたけれど、すぐに安心して目を閉じた。アルベールは余力が残っているらしいから。彼がこんな場面を味わうのは、セシルとともにすごした出征前夜以来だった。もう、何世紀も昔のことだ。彼がいつまでも終わらなかったので、とうとう朝の二時、ポリーヌはこう言わねばならなかった。ねえ、少し眠りましょう。二人は小さなスプーンみたいに体を丸めて抱き合った。ポリーヌがすでに眠ったころ、アルベールは彼女が目覚めないよう小さな声で泣き始めた。

アルベールがポリーヌと別れて帰宅したときは、すでに夜も遅かった。小さなペンションの一室でポリーヌとベッドをともにした日からは、エドゥアールと顔を合わせることが少なくなった。ポリーヌが休みの晩、彼女に会いに行く前に、お札が詰まったアタッシュケースを持って部屋に寄った。何万、何十万フランというお金が入ったスーツケースが、使わなくなったベッドの下に押しこまれている。エドゥアールの食べ物があるのをたしかめ、明日の仮面の準備をしているルイーズにキスをした。ルイーズは気のない返事をした。その目には、わたしたちを見捨てるのねとでもいうような、恨みがましい表情があった。

ある金曜日の晩――というのは七月二日なのだが――七万三千フランが詰まったアタッシュケースを持って帰宅すると、部屋はからっぽだった。

色とりどりのさまざまな仮面が壁にかかった誰もいない部屋は、美術館の倉庫のようだった。樹皮の細かな破片で作ったトナカイが、馬鹿でかい角の下からこちらをじっと見つめている。アルベールはあちこちふり返った。真珠やガラス玉で飾り立てた、蛇のような口のインディアン。嘘がばれた男みたいに、ぴんと鼻が伸びた奇妙な顔。あんまり恥ずかしそうなので、悪事はすべて許してあげたくなるくらいだ。どの仮面も、ショルダーバッグをさげて戸口に立つアルベールを、気の毒そうに眺めていた。

彼がどんなに大あわてしたか、想像がつくだろう。この部屋に引っ越してきて以来、エドゥアールが外出することは一度もなかった。それにルイーズの姿も見えない。テーブルに書置きもなければ、急いで出ていったような形跡もなかった。アルベールはベッドの下にもぐりこんだ。スーツケースはあるけれど、お金が減っていてもわからない。お札がぎっしり詰まっているので、五万フランぐらい持ち去っても気づかないだろう。もう七時だ。アルベールはスーツケースを戻して、ベルモン夫人のところへ駆けつけた。

「週末、娘をどこかへ連れていきたいと言うので、そうさせてあげることにしたわ……」

特別のことではないとでもいうような、淡々とした口調だった。事実だけをそっけなく伝える新聞記事みたいだ。この女はまったく現実離れしている。

アルベールは不安でたまらなかった。エドゥアールは何をしでかすかわからない。彼が町を自由に歩きまわっているところを思い浮かべれば、うろたえずにはおれないだろう……二人がどんなに危険な状況にあるのか、エドゥアールには口を酸っぱくして説明した。できるだけ早く、逃げなくてはならないと。もしどうしても待つというなら（エドゥアールは百万という金額に固執し、その前に出発するなんて問題外だと思っていた）、よく注意しておかねば。とりわけ、目立たないように気をつけるんだ。

「いったん詐欺だとばれたら、捜査に時間はかからない」とアルベールは説明した。「銀行にはぼくの足跡が残っているし、ルーヴルの郵便局でも毎日目撃されている。ここにだって、郵便配達夫がたくさんの手紙を届けている。印刷屋にも顔を出しているからな。ぼくたちのせいで事件に巻きこまれたと知ったら、すぐに訴え出るだろう。警察にとっちゃ、ぼくたちを見つけるなんて朝飯前だ。数日、いや数時間ですむかも……」

エドゥアールも納得した。そう、数日だな。わかった、気をつけよう。高飛びまであと二週間だっていうのに、あいつは女の子を連れてどこかに出かけてしまった。まるであのめちゃめちゃになった顔が、そこらで見かける顔に比べて特に醜悪でもなければ、目立ちもしないかのように……

いったいどこへ行ったんだ？

34

「作者は今、アメリカにいると、手紙で連絡がありました」

ラブルダンはアメリカと言うとき、必ず複数形にした。大陸全体を示す言い方にしたほうが、大物らしく聞こえると信じているのだ。ペリクール氏はむっとした。

「七月の半ばには戻る予定です」区長は自信たっぷりに続けた。

「それでは遅いぞ……」

ラブルダンはそう言われるだろうと思っていたので、にっこり笑って答えた。

「大丈夫ですとも、総裁《プレジダン》。だって作者は今回の注文を受けて、大喜びしていますからね。さっそく仕事に取りかかってますよ。ちゃくちゃくと進めています。それにですよ、わが区の記念碑がヌイヨルク（ニューヨークのことを、ラブルダンはそう発音した）で設計されてパリで作られるのですよ。すばらしいシンボルになるじゃないですか……」

いつもならソースたっぷりの料理か、秘書のお尻を前にしたときにしか見せない貪婪《どんらん》そうな表情で、内ポケットから大きな封筒を取り出した。

なかった。

「作者が送ってきた追加の下絵です」

ペリクール氏が手を伸ばしたとき、ラブルダンは封筒を手放すタイミングを一瞬遅らせずにはおれなかった。

「いやもう、すばらしいなんてものじゃありませんよ、総裁《プレジダン》。まさに完璧です」

何をもったいぶって、こんなことを言うのだろう？　まったく意味がわからない。ラブルダンはただ大仰な台詞を口にしたいだけなのだ。中身など問題ではなく。けれどもペリクール氏は、いつまでもかかずらってはいなかった。ラブルダンの愚かさは丸い球のように、どちらのむきから見てもおんなじだ。理解しようとするだけ、期待するだけ無駄だった。

ペリクール氏はひとりになりたくて、封筒をあける前にラブルダンを追い払った。

ジュール・デプルモンは、新たに八枚の図を作成した。そのうち二枚は、一風変わった角度から描いたものだった。記念碑のすぐ下まで近寄り、うえを見あげているような構図だ。これにはペリクール氏も意表を突かれた。一枚は三つの場面の右面にある、〈戦場に軍を率いるフランス〉と題されたモチーフを、もう一枚は左面の〈敵軍に襲いかかる勇猛果敢な兵士たち〉を見あげている。

ペリクール氏は心奪われた。今までは静的にとらえられていた記念碑の様相が一変した。不思議な眺望のせいだろうか？　いや、逆に記念碑から見おろされ、今にも押しつぶされそうな感じがするせいかもしれない。

この印象を、どんな言葉で表現すればいいのだろう？　単純で月並みだが、すべてを言いつくすひと言が思い浮かんだ。この絵は〝生き生きと《レアリスム》〟している。ラブルダンの口からでも出てきそうな凡庸な表現だが、この二つの場面は臨場感に満ちあふれていて、かつて新聞で見た戦場の兵士たちの写真よりもさらに迫真的だった。

残りの六枚は、細部をクローズアップしたデッサンだった。襞《ドレープ》をよせた布をまとった女の顔、兵士の横顔。ペリクール氏にこの計画案の採用を決意させた兵士の顔は、残念ながら入っていなかった……。

彼はデッサンをめくっては、ほかの図面と見比べて時をすごした。完成した記念碑のまわりを巡り歩くところを想像したり、その内側に自分を投影したりした。そうとしか言いようがない。ペリクール氏は記念碑のなかで暮らし始めた。愛人を囲って二重生活を送るかのように、人目を忍んで記念碑のなかにこもり、何時間もすごすようになったのだ。何日かするうちには、この記念碑のことをすっかり知りつくし、図面に描かれていない角度まで想像できるようになった。

マドレーヌには何も隠さなかった。どうせ無駄な努力だ。父親が女を作ったとしても、彼女はひと目で見抜くだろうから。マドレーヌが部屋に行ってみると、床に丸くデッサンが並べられ、その真ん中にペリクール氏が立っていた。肘掛け椅子にすわった父親が、ルーペ片手にじっくりと細部に目を凝らしていることもあった。しかもデッサンが傷まないように、注意深く扱っていた。

とうとう額縁屋が呼ばれた。ペリクール氏はいっときもデッサンから離れがたかったので、その場でサイズを測らせた。翌々日にガラスの入った額縁が届き、晩にはすべてが完了した。その間、二人の職人がやって来て、書斎の壁を抜いた。こうして部屋は絵を額縁に入れる作業場から、記念碑のデッサン専用の展示室へとたちまちのうちに変貌した。

もちろんペリクール氏は、仕事も続けていた。会議に出たり、重役会で議長役を務めたり、株式仲買人や支店長と面談したり。けれども以前より、帰宅を急ぐようになった。彼はたいてい部屋に食事を運ばせ、ひとりで夕食をとった。

ペリクール氏のなかで、何かがゆっくりと熟していった。そしていくつか、気づくことがあった。昔の感情がよみがえった。妻が死んだときに感じたような悲しみが。あのころもこんなむなしさにとり憑かれ、不運を嘆いたものだ。エドゥアールに対する自責の念も、薄れ始めてきた。息子と和解することで、自分自身と、かつての自分と折り合いがつけられるようになった。

こうした気持ちの落ち着きが、ひとつの発見をもたらした。エドゥアールが前線で描いたデッサン帳や、記念碑の下絵から、ペリクール氏はみずから体験したことのないものを体で感じ取った。戦争の何たるかを。決して想像力豊かではない彼が、兵士の顔や躍動感に満ちた記念碑が発する感情を理解したのだ……それは一種の転移現象だろう。何も見ようとしない、感じようとしない父親だったことで、前ほど自分を責めなくなった。息子のこと、彼の生き方を認められるようになった。それだけに息子の死が、いっそうつらかった。休戦まで、あと数日だった。ほかの兵士たちは生還できたのに、エドゥアールが死んでいいはずないだろうに。戦友のマイヤールが言っていたように、本当に即死だったのだろうか？　彼はうちの銀行で働いているはずだ。もう一度呼び出して本当のことを聞きたいのを、ペリクール氏はこらえねばならなかった。それにあの男自身だって、死の瞬間にエドゥアールが何を感じたかまではわからないだろう。

ペリクール氏は記念碑の下絵を幾度も眺めるうち、右側に横たわる兵士にだんだんと心惹かれていった。マドレーヌが示した、あのなぜか見覚えのある顔ではなく、勝利の女神が悲嘆に暮れた目をむける死んだ兵士の姿に。作者は何か簡素で、奥深いものをとらえている。どうしてこんなに感情が高ぶるのだろう？　それは役割が逆転しているからだと気づいたとき、ペリクール氏は涙がこみあげるのを感じた。死んでいるのはわたしだ。そして勝利の女神たる息子が、胸を引き裂くような、つらく悲しい視線を父親に注いでいる。

夕方の五時半をまわったというのに、気温は昼間のままだった。レンタカーのなかは、うだるような暑さだ。道路側のウィンドウをあけても、生温かい不快な風が吹きこむだけで、冷気はいっこうに入ってこない。プラデルは苛立たしげに膝をたたいていた。サルヴィエールの屋敷を売れとペリクール氏に言われたことが、頭から離れなかった。そんなことになったら、この手で絞め殺してやるからな、老いぼれの悪党め！　実際のところ、あいつはこのトラブルにどれくらい関わっているのだろう？　もしかして、あいつが自分で焚きつけたのでは？　例の小役人が突然やって来て、しつこく嗅ぎまわるなんておかしいじゃないか。義父は本当に、何の関係もないのだろうか？　考え始めるときりがなかった。

こみあげる怒りと不安に苛まれながらも、デュプレの見張りだけは怠らなかった。部下は迷いを押し隠すように、むこうの歩道をさりげなく行ったり来たりしている。

プラデルは人目につかないよう、車の窓ガラスを閉めた。わざわざレンタカーまで借りて、通りのすぐ端で捕まったんじゃ無駄だからな……喉が締めつけられるようだった。少なくとも戦争では、誰を相手にすればいいかわかっている。来るべき試練に、集中しなければ。わかっているのに、ついついサルヴィエールのことを考えてしまった。あの屋敷を見捨ててなるものか。先週だって、行ってみた。修復は完璧だった。建物はすべてすばらしい外観をしている。堂々たる正面《ファッサード》の前に立つと、馬に乗って狩りに出かけるところや、息子の婚礼行列が戻ってくるところが、早くも目に浮かぶようだった……この希望を捨てるなんて、できやしない。決して誰にもじゃまさせないからな。

ペリクール氏と会ったあと、彼に残された銃弾は一発きりだった。

だがおれは射撃の名手だ、とプラデルは自分を励ますように心のなかで繰り返した。

反撃作戦を練る暇は、三時間しかなかった。しかも部隊員はデュプレひとり。しかたない。最後まで戦うのみだ。ここで勝利を収めたら――難しいが、不可能ではない――残る標的はただひとつ、あの薄汚い老いぼれペリクールだ。時間はかかるだろうが、必ず仕留めてやるからな。そう決意すると、再び意欲が湧いてきた。

デュプレはさっと顔をあげ、すばやく通りを横切ると、早足で反対方向に歩いていった。そして年金省の玄関ポーチを通りすぎ、前を行く男の腕をつかんだ。男は驚いたようにふり返った。プラデルはそのようすを遠くから眺め、男の値踏みをした。あいつがわが身かわいさで動く男なら、何だって可能だ。しかし見たところ、浮浪者みたいなかっこうじゃないか。面倒なことになりそうだぞ。

男は呆気にとられたように、歩道の真ん中に立ちつくした。デュプレよりも頭ひとつぶん大きい。プラデルが乗った車をデュプレがそっと指さすと、男はためらうように目をそちらにむけた。プラデルは、男が汚らしい大きなボロボロの靴をはいているのに気づいた。ドタ靴とその主がこんなに似ているなんて、初めて目にする光景だ。男とデュプレはようやくゆっくりと道を引き返し始めた。これでプラデルは先手を取ったが、勝利への内金というにはほど遠いだろう。

メルランが車に乗るなり、プラデルはそのとおりだとわかった。男は臭いうえに、とっつきにくい表情をしていた。思いきり身をかがめないと、車に体が入らなかった。乗ったあとも、まるで砲弾の雨が降ってくるとでもいうように、肩のあいだに首をすくめている。男は脚のあいだに大きな革のシヨルダーバッグを置いた。かつてはいい品だったろうが、今は見る影もない。そろそろ引退が近い歳だろう。何もかもが古びて、醜い男だった。頑固そうな目をし、好戦的で、だらしない。こんな男をよくもまあ雇っていると思うくらいだ。

プラデルは手を差し出したが、メルランは握手に応じず、ただ相手をじろりとにらんだだけだった。ここはさっさと本題に入ったほうがよさそうだ。

プラデルはまるで昔からの知り合いみたいにわざとうちとけた口調で、世間話でもするように話し始めた。

「あなたが二通の報告書を書いたんですよね……シャジエール＝マルモンとポンタヴィルの墓地についての」

メルランは何ごとか、ぶつぶつとつぶやいただけだった。この男は気に入らんな。金の臭いをぷんぷんさせて、どこから見てもペテン師だ。それにこうやって人目を避け、車のなかでおれに会おうとするなんて……

「三通だ」とメルランは言った。

「何ですって？」

「報告書は二通じゃない。三通だ。近々、もう一通提出する予定だから。ダルゴンヌ＝ル＝グラン墓地についての報告書を」

プラデルは男の口調から察した。どうやらおれの事業に、新たな締めつけが加わったらしい。

「でも……いつ行ったんですか？」

「先週だ。あそこもひどいもんだった」

「ひどいですって？」

前の二件については、言いわけを考えてあった。三件目についても、すぐにでっちあげなければ。

「ああ、うむ……」とメルランは言った。

彼はジャッカルのような息づかいと、とても不快な鼻声をしていた。普通、プラデルはどんなときでもにこやかで愛想がいい。いかにも信頼感を抱かせる男というように。けれども、ダルゴンヌの話には唖然とさせられた……あそこは大きな墓地ではない。墓は二、三百というところだろう。そこにヴェルダンへ移す遺体が眠っている。そこでどんな馬鹿騒ぎが持ちあがっているというんだ？　何も聞いていないぞ。プラデルは思わず外に目にやった。デュプレは、もといた反対側の歩道に戻っていた。両手をポケットに突っこみ、煙草を吸いながらショーウィンドウを眺めている。彼も苛立っているようだ。落ち着いているのはメルランひとりだった。

「作業員を監視しておくべきだったな……」とメルランは言った。

「まさしく。まさにそこが問題なのです。でも、こんなにたくさんの現場がありますからね。いったいどうすれば……」

メルランは同情するつもりなど微塵もなく、ただ押し黙っていた。プラデルからすれば、まずは彼の話をさせるのが重要だった。黙っている相手からは、何も引き出せない。いや、気になりますね。個人的には関わりのない、些細な問題なんですけど、ぜひお聞きしたい。プラデルはそんな態度を取った。

「要するに……何があったんですか……ダルゴンヌで？」

それでもメルランは、じっと黙ったままだった。質問が聞こえなかったのだろうか？　メルランはようやく口をひらいた。唇が動いた以外、顔の表情はまったく変わらなかった。どういうつもりなのか、外からは容易にうかがい知れない。

「きみは出来高払いで仕事を請け負っているんだな？」

プラデルは手のひらをうえにむけて、両手を大きく広げた。

「もちろん。あたりまえでしょう、仕事に応じてお金をもらうのは」

「きみが雇っている作業員たちも、出来高払いだと……」

プラデルは顔をしかめた。ええ、もちろんです。それがどうしたと？　だから何だっていうんです？

「だからこそ、棺桶のなかに土が入っていたというわけだ」とメルランは言った。

プラデルは目を大きく見ひらいた。何なんだ、そのでたらめは？

「なかに死体が入っていない棺桶があったってことだ」とメルランは続けた。「できるだけ多くの金を稼ごうと、きみの従業員たちはなかに誰も入っていない棺桶を運んで、埋めたんだ。死体の代わりに土を詰めて、重くした棺桶を」

プラデルはすばやく頭を働かせた。まったく愚かな連中だ、と彼は思った。うんざりする。さっそくデュプレを現地にやって、見張らせないと。少しでも多く稼ぐためには、どんなことでもしかねない馬鹿どもを。ちょっと目を離すとすぐこれだ。自分たちで片をつけろよ。おれはもう知らないからな。

メルランの声で、プラデルははっと現実にかえった。おれだって会社の社長として、巻き添えを食うんだ。責任を負わせる雑魚どものことは、あとでゆっくり考えよう。

「それに……ドイツ人のこともある」とメルランは言った。

彼はあいかわらず唇しか動かさなかった。

「ドイツ人ですって？」

プラデルはシートのうえで体を起こした。初めて希望の光が射した。だったらおれの領域だぞ。ことドイツ野郎どもに関しては、おれの右に出るものはいないからな。メルランは頭を動かした。いや、それはほんのわずかな動きだったので、初めはプラデルも気づかないくらいだった。やがて疑問が生じた。なるほど。でも、いったいドイツ人がどうしたっていうんだ？　やつらがここで、何をしているって？　そんな気持ちが顔にあらわれたのだろう、メルランは彼の疑念を見抜いたかのように答えた。

「ダルゴンヌへ行ってみればわかる……」

そう言ってメルランは、また言葉を切った。プラデルはあごを動かして先をうながした。さあ、白状しちまえよ、何の話なんだ？

「フランス人の墓のなかに」とメルランは続けた。「ドイツ人兵士の遺体が入っているんだ」

それを聞いてプラデルは、陸にあがった魚みたいに口をぱくぱくさせた。とんでもない事態だぞ。死体はしょせん死体だ。いったん死んでしまえば、フランス人だろうがドイツ人だろうがセネガル人だろうが、プラデルにとってはどうでもいいことだ。前線近くの墓地から外国兵の死体が見つかることは、たしかに珍しくなかった。道に迷った兵士もいれば、攻撃してきた部隊の兵士、斥候兵もいるし、軍隊は絶えず行ったり来たりしている……だからこそ、この点については厳しく言い渡されていた。ドイツ兵の遺体は勝利した英雄たちの遺体と厳格に区別し、国が造った戦没者追悼墓地の特別な一画に埋めるようにと。ドイツ政府、例えばフォルクスブンド・ドィチェ・クリークスグレーバーフュアゾルゲ——ドイツ戦没者埋葬地管理援護事業局——が、何万体にものぼる〝外国人の遺体〟の最終的な扱いについて、いずれフランス当局と話し合うだろう。けれどもフランス人兵士とドイツ人を混同するなど、まさに冒瀆行為だった。

フランス軍兵士の墓に、ドイツ人を埋葬するなんて。想像してみよう。遺族たちが黙禱を捧げている前に、彼らの息子を殺した敵兵が埋まっているのを。墓を暴くにも等しい、許しがたい出来事だ。スキャンダルになるのは間違いない。

「わたしが何とかします……」とプラデルはつぶやいた。この一大事がどれほどの広がりを見せるのか、いったいどう収拾したらいいのか、まったくわからないままに。

どれくらいの数に及ぶのだろう？　いつからフランス人の棺にドイツ人が入れられていたんだ？どうしてそれが判明したのか？

この報告書だけは、絶対人目に触れさせられないぞ。

何としてでも止めなければ。

プラデルはあらためてメルランをじっくりと眺めた。最初に思ったよりも、ずっと歳は行っているようだ。頬はこけているし、ガラス玉のような目は白内障の症状を示している。頭が小さいところはまるで昆虫のようだ。

「長年、役人を？」

そうたずねる声は横柄な、軍人口調だった。メルランには、それが非難のように聞こえた。このドルネー＝プラデルってやつは気に入らないな。想像していたとおりの男だ。口ばかり達者で悪賢くて、金は持っているが良心のかけらもない。最近よく聞く〝悪徳商人〟という言葉が、メルランの頭に浮かんだ。何の話かと気になったので、車に乗ってはみたものの、棺桶のなかにでもいるみたいに居心地が悪かった。

「いつから役人をしてるかって？」と彼は答えた。「一生だ」

それは誇りでもなければ悔恨でもなく、ほかの生き方など考えられなかった男の単なる自己確認だった。

「今の役職は？　メルランさん」

見てのとおりさ。しかしそれはメルランを、容易に傷つけるひと言だった。退職まであと数カ月だというのに、役人社会の底辺に留まっているのは、彼にとって心の痛手、屈辱だったから。もっぱら在職年数に応じ、かろうじてわずかに昇級したが、二等兵の軍服で退役する兵士のような立場だった……

「あなたは視察のなかで、すばらしいお仕事をなさいました」とプラデルは続けた。

いかにも感極まったかのようだった。もしメルランが女なら、プラデルはその手を握っただろう。

「あなたの努力と監視のおかげで、再び秩序を取り戻すことができるのです。不とどき者の作業員は……お払い箱にしますよ。あなたの報告書は大いに役立つでしょう。おかげでわれわれは、事態をしっかりと掌握することができたのですから」

プラデルの口から発せられた〝われわれ〟というのは、いったい誰のことなんだろう、とメルランは思った。答えはすぐにわかった。それはプラデルの持つ権力だ。彼自身、彼の友人、家族、人脈……

「きっと大臣も関心を抱くでしょう」とプラデルは続けた。「感謝すると言ってもいいくらいです。そう、あなたの能力と、あなたの慎みに感謝するはずです。というのもあなたの報告書はわれわれにとって必要不可欠なものであれ、事態が公になるのは誰にとっても好ましいことではありませんからね……」

今度の〝われわれ〟には権力や影響力を持つ人々、意思決定者、知り合いの名士たち、上流階級の人びとが含まれているのだろう。どれもこれも、メルランが毛嫌いしている連中だ……

「この点についてては、大臣とも個人的に話をするつもりですよ、メルランさん……」

いや、どうして……そこがなんとも悲しいところだった。メルランは、抑えられない勃起のように、自分のなかに何かが湧きあがってくるのを感じて身がまえた。長年屈辱に耐えたあとに、ようやく昇進がかなう。悪口を黙らせ、今までおれを馬鹿にしてきた連中に命令を下すのか……彼は何秒かのあいだ、激しく心ゆさぶられた。

プラデルは落ちこぼれ役人の顔を見て、よくわかった。ほんの少し昇進をちらつかせれば、こいつにはそれで充分だ。植民地の黒人どもが、ガラス玉で大喜びするみたいに。

「わたしも心を配っておきましょう。あなたの功績と能力が、決して忘れられないように。いやそれどころか、しかるべく報われるようにと」

メルランはうなずいた。

「なるほど、そこまで言うのなら……」と彼はこもった声で言った。

そして大きな革のショルダーバッグに屈みこみ、しばらくごそごそとなかを漁っていた。プラデルはほっとひと息ついた。解決の糸口が見つかったようだ。あとひと押し、昇進やボーナスでもちらつかせながら、報告書をすべて撤回させ、称賛に満ちた新たな報告書を書かせよう。

メルランはまだ延々とバッグのなかを探していたが、ようやくしわくちゃの紙を手にして顔をあげた。

「そこまで言うなら」と彼は繰り返した。「こいつもきれいにしておけよ」

プラデルは紙きれを受けとった。それは広告だった。なかを読むなり、彼は青ざめた。フレパズ社は〈中古の入れ歯を高価で買い取ります。壊れて使用できないものでもかまいません〉と謳っている。視察報告書は、いよいよダイナマイト級になってきた。

「なかなか悪くない商売らしい」とメルランは続けた。「現地の作業員にとっては、わずかな稼ぎだがね。入れ歯ひとつにつき数サンチーム。だが、塵も積もれば山となるだ」

彼はプラデルが持っている広告を指さした。

「それは持っていていいぞ。報告書にももう一枚、添えてあるから」

彼はすでにショルダーバッグをつかんでいた。もうこの話は終わりだと言わんばかりの口調だった。だって、そうじゃないか。さっきはちらりと期待したが、今さらもう遅すぎる。いくら昇進して新たな地位につこうが、どうせあと少しのことなのだから。ほどなく公職を退き、成功の夢もすべて捨てるのだ。おれがすごした四十年間は、どうしたって消し去ることはできない。それに課長席の肘掛け椅子にふんぞり返り、何をするっていうのだ？　今まで軽蔑してきた連中に、ただ命令を下すだけで。彼はショルダーバッグをぽんぽんとたたいた。よし、まだまだやる気はなくしちゃいない。

プラデルはさっと彼の腕を押さえた。

コートの下に、痩せた腕の感触があった。骨と皮ばかりだ。何かとても不快な感じがした。馬鹿でかい骸骨に、ボロ服を着せたような男だ。

「家賃はいかほどですか？　給料はどのくらい？」

この質問は、脅し文句のように発せられた。遠まわしな言い方はやめにして、話をはっきりさせよう。多少のことには動じないメルランも、思わずあとずさりした。プラデルは全身から凶暴さを発散させていた。そして恐ろしい力で、メルランの前腕をつかんでいる。

「給料はいくらもらっているんです？」と彼は繰り返した。

メルランは胸の動揺を収めようとした。もちろん、金額はそらで言える。月に千四十四フラン、年に一万二千フラン。それで細々と暮らしている。彼はひとりきり、名もなく貧しく死んでいくだろう。誰にも、何も残すことなく。どのみち、残す相手などいないのだけど。給料の問題は、役職よりも屈辱的だった。課長だ、部長だと言っても、しょせんは役所のなかだけのことだが、貧しさはそれと違ってどこにでもついてまわるから。お金のあるなしで、人生のすべてが決まってしまう。いつも頭から離れない悩みの種で、何をするにも影響する。貧しいほうが、惨めでいるよりもっとつらかった。いくら落ちぶれようが堂々としていられるが、貧窮は人をいじけさせる。下劣でさもしい、しみったれにするから。貧すれば鈍するとは、よく言ったものだ。貧困にあえぐとき、人は自尊心も誇りも捨ててしまう。

メルランはそんな状況にいた。未来には何の希望もない。彼は動揺が治まると、めまいがしてきた。プラデルは分厚い封筒を手にしていた。観葉植物の葉っぱみたいに大きなお札が、はちきれんばかりに詰まっている。体裁を取り繕うのはもうやめだ。元大尉はカントを読むまでもなく、どんな人間にも値段があることをよく心得ていた。

「はっきり言いましょう」と彼はメルランに切り出した。「この封筒に五万フラン入っています……」

今度はメルランがたじろいだ。退職間近の落ちこぼれにとっては、給料五年分の金額だ。こんな大金を前にしたら、誰も無関心ではいられないだろう。嫌でも勝手に想像が膨らんでしまう。頭のなかで計算が始まり、何が買えるかを思い浮かべる。マンションは？　車だったら？

「そしてこちらにも（と言ってプラデルは、内ポケットからもうひとつ封筒を取り出した）同じだけ入っています」

十万フランだって！　給料十年分じゃないか！　この申し出は効果てきめんだった。メルランはまるで二十歳も若返ったかのようだった。

彼は一瞬もためらわず、プラデルの手から文字どおり封筒をむしりとった。電光石火の早業だった。彼は床に身を乗りだすと、泣いているみたいに洟をすすり、ショルダーバッグに二つの封筒を詰めこんだ。底にあいた穴が広がらないよう、ふさいでいるかのように。

プラデルはひと言も発する間がなかったが、十万フランは大金だ。きちんと元は取らなくては。彼はもう一度メルランの腕を、骨が折れんばかりにつかんだ。

「報告書はすべて取り消すんだ」彼は恫喝するように言った。「あれは間違いでしたと上司に申し出ろ。何でもいいから、適当に言いわけを考えてな。だが、すべて自分の責任ってことにするんだぞ。わかったな？」

ああ、わかった、大丈夫。メルランは口ごもるようにそう言うと、涙目になって洟をすすり、車の外に転がり出た。彼の骨ばった巨体が、シャンパンの栓みたいに歩道に飛び出すのを、デュプレは眺めた。

プラデルは満足の笑みを浮かべた。

そして義父のことを考えた。さあ、これで見通しが立ったぞ。いちばん大事な問題を、じっくり検討することにしよう。あの老いぼれの息の根を、どうやって止めるかをな。

デュプレがいぶかしげな顔で身を乗り出し、主人と目を合わせようと車の窓ごしにこちらを見ている。

あいつはこの手で始末をつけてやるからな、とプラデルは思った。

35

一九二〇年三月

メイドは慣れないサーカスの真似事をさせられているようで、不愉快だった。鮮やかな黄色をした大きなレモンは、銀のトレーのうえでごろごろと動き、今にも落っこちそうだ。レモンはいったん階段を転げ落ちると、決まって支配人室の前まで達し、大目玉を喰らうはめになる。いやんなっちゃうわ、とメイドは思った。誰も見ていないので、彼女はレモンをポケットに入れ、トレーを腕の下に抱えて階段をのぼった（このホテルでは、従業員はエレベータを使ってはいけないことになっていた。それだけでも大変だっていうのに！）。

レモンを一個、歩いて七階まで運ばせるような客に、たいてい彼女はいい顔をしない。しかし、もちろんウジェーヌさんには違った。ウジェーヌさんは特別だ。彼は決してしゃべらなかった。何か用事があるときは、スイートルームのドアの前に、大きな文字でメモ書きした紙が置いてある。それを見たフロアボーイが、下に知らせるのだ。彼はいつも礼儀正しく、きちんとしていた。

でも、ほんとにイカレてるわ。

ウジェーヌさんの名はほんの二、三日で、ホテルじゅうに（ちなみに名前はリュテシアである）知れわたった。彼はスイートルーム数日分の料金を現金で前払いし、清算はしなくていいと言った。とても変わった人物で、誰も顔を見たことがない。声はと言えば、おかしなうなり声や甲高い笑い声を出すだけ。それを聞いた人は、ぷっと吹き出すか震えあがるかのどちらかだった。何をしている人物なのかはわからないが、毎回違う大きな仮面をいつもかぶり、ありとあらゆる奇行を演じた。彼が廊下でインディアンのダンスを踊っていたとき、清掃係の女たちは大笑いしたものだ。花を山ほど届けさせたこともあった……メッセンジャーボーイに言いつけて、むかいのデパート〈ボン・マルシェ〉へ細々《こまごま》としたものを買いに行かせた。羽箒《はねぼうき》、金色の色紙、フェルト、絵の具……それは仮面の材料だった。ほかにもある。なんと先週は、八人編成の室内楽団を呼んだのだ。彼は階段の下までおりてきて、受付の正面に立ったまま拍子を取っていた。楽団はその前でリュリの『トルコ人の儀式のための行進曲』を演奏すると、帰っていった。ウジェーヌさんは迷惑をかけたからと言って、従業員全員に五十フランずつチップを配った。支配人はみずから彼の部屋へ行き、お心遣いは大変ありがたいが、ああいう気まぐれはちょっと……と言った。ここは格式あるホテルですから、ウジェーヌ様、ほかのお客さまや手前どもの評判のことも考えていただかないと。ウジェーヌはうなずいた。彼は強情を張るような人物ではなかった。

とりわけ仮面のことには、みな不思議がっていた。最初にやって来たときは、ごく普通の仮面をかぶっていた。とてもよくできていて、顔面が麻痺しているだけなのかと思うくらいだった。表情は変わらないが、生き生きしている……クレヴァン蠟人形館の、硬直した顔よりもずっと。外へ出るときにはいつも、それをかぶっていた。もっとも彼が外出したのはほんの二、三回だけ、夜遅くにだった。どうやら彼は、誰にも見られたくないらしい。そんな時間に出かけるのは、どうせ悪所通いだろうと言う者もいた。だってそうだろ、ミサに行くわけじゃないさ。

噂はたちまち広まった。従業員のひとりがウジェーヌさんのスイートルームから戻ると、すぐにみんなたずねた――おい、今度は何を見た？　彼がレモンを注文したときも、みんなこぞって自分が持っていくと言った。メイドも用を済ませて下におりたら、質問攻めに遭うだろう。というのもほかのメイドたちは、驚くべき場面を目撃していたから。あるときはアフリカの鳥を象った仮面が、鋭い鳴き声をあげながら、ひらいた窓の前で踊っていた。またあるときは、観客に見立てて服を着せた二十脚ほどの椅子の前で、悲劇が演じられていた。もっとも役者はひとりだけ。竹馬に乗って、わけのわからない台詞をわめいている……そこで誰もが疑問に思った。ウジェーヌさんは頭がおかしいのでは？　それは衆目の認めるところだが、そもそも彼は何者なんだろう？

言葉が話せないのだと主張する者もいた。それが証拠に、彼はごぼごぼという音でしか意思表示をしないし、注文はルーズリーフの紙に書いている。顔面に怪我を負った復員兵だと言う者もいた。でも復員兵なら、たいていもっとつつましい暮らしをしている。彼みたいな金持ちには会ったことがないぞ。ああ、そのとおり、たしかに奇妙だ。気づかなかったな……どれもこれも的外れねと言ったのは、高級ホテル勤務三十年というベテランの布類整理係主任だった。臭うわね、ぷんぷん臭うわ。犯罪の臭いがする。これは逃亡中の犯罪者、大金を盗んだ大泥棒だと、彼女は主張した。それを聞いてメイドたちは、心のなかで笑っていた。ウジェーヌさんはきっとアメリカの有名な俳優で、お忍びでパリに滞在しているんだわ。

彼はフロントに軍隊手帳を見せていた。このクラスのホテルなら、警察の検査が入ることはめったにないが、客が身元を申告するのが決まりになっている。ウジェーヌ・ラリヴィエールという名前に聞き覚えのある者は、誰もいなかった。ちょっと偽名っぽい響きもあるし……みんな本名だとは信じていなかった。軍隊手帳なんて、あんなに簡単に偽造できるものもないわ、と布類整理係主任は言った。

いったいどこへ行くのか、夜、稀に外出する以外、ウジェーヌさんは七階の大きなスイートルームにこもりっきりだった。訪ねてくるのは、ホテルに来たときにもいっしょにいた、もの静かな少女だけ。いっぷう変わった、家庭教師みたいに生真面目そうな娘だ。ウジェーヌさんは自分の代わりに、彼女に話をさせるのかというと、そういうわけでもなかった。少女も恐ろしく無口だった。十二歳くらいだろうか。夕方近くにやって来ては、誰に挨拶するでもなくさっさとフロントの前を通りすぎてしまうが、一瞬見ただけでも美少女だとわかった。三角形の顔、高い頬骨、黒い生き生きとした目。質素だがこざっぱりとした服装をして、しつけもまずまずよさそうだ。ウジェーヌさんの娘だという者もいれば、養女だろうという者もいたが、この点についてもたしかなことは誰にもわからなかった。ウジェーヌさんは毎晩、ありとあらゆるエキゾチックな料理を注文したが、必ず肉のスープやフルーツジュース、果物のシロップ煮、シャーベット、液状の料理を添えた。そして午後十時ごろ、少女はひっそりと、おごそかな表情でおりてくる。ラスパーユ大通りの角でタクシーをとめ、乗る前に必ず料金をたしかめる。金額が高すぎると思うと、少女は交渉をした。しかし目的地に着いたとき、運転手は気づくのだった。彼女のポケットには、三十回分のタクシー代にもなりそうなお金があると……

メイドはウジェーヌさんが泊まっているスイートルームの前まで来ると、エプロンのポケットからレモンを取り出し、銀のトレーにそっとのせた。そしてドアをノックすると、制服を軽くたたいて身なりをととのえ、待ちかまえた。ところが誰も出てこない。彼女はもう一度、もっとひかえ目にノックした。客の要望には応えねばならないが、じゃまはしたくなかったから。やはり応答なしだ。しばらくすると、ドアの下からするすると紙が出てきた。〝レモンはそこに置いておいてください。ありがとう〟と書かれている。メイドは一瞬、がっかりしたけれど、すぐに顔を輝かせた。レモンをのせたトレーを置こうと身をかがめたとき、五十フラン札がドアの下から出てきたから。彼女はそれをポケットに入れると、くわえた魚を取り返されそうになった猫みたいに、そそくさとその場を立ち去った。

エドゥアールはドアを細めにあけ、手を伸ばしてトレーを引き入れた。ドアを閉めてテーブルの前へ行き、ナイフでレモンを二つに切る。

このスイートルームは、ホテルでいちばん大きな部屋だった。〈ボン・マルシェ〉に面した大きな窓からは、パリが一望できる。もちろん、ここに泊まるには大金が必要だ。スープ用のスプーンに絞ったレモンの汁に、いく筋もの光が射している。スプーンの底には、充分な量のヘロインを入れてあった。なんてきれいなんだろう、この色。虹色をおびて、かすかに青みがかった黄色をしている。夜に二度、外出したのは、これを手に入れるためだった。手ごろな値段で……よほど吹っかけられない限り、エドゥアールには相場より高いかどうかなどわからないけれど。どのみち、どうでもいいことだ。ベッドの下の背嚢には、アルベールのスーツケースからつかみ取ったお札が詰まっているのだから。あの働き蟻は高飛びに備え、貯めこんでいた。お金に無頓着なエドゥアールは、清掃係の従業員が背嚢からお金を盗んでも、気づかなかっただろう。誰だって、生きていかねばならないのだし。

出発は四日後だ。

エドゥアールは茶色い粉とレモン汁を注意深く混ぜ、微細な結晶の粒子が残っていないかをたしかめた。よし、溶けている。

四日。

実のところ、自分でもわかっていた。高飛びのことなど、一度も本気で考えたことはないと。記念碑を売りつけようなんて、とんだ笑い話じゃないか。これ以上ないというほど刺激的で愉快なペテンだ。おかげで死ぬしたくができるまでの、いい暇つぶしになった。それだけのことだ。こんな馬鹿げた騒ぎにアルベールを引きこんでしまったことも、後悔はしていなかった。遅かれ早かれ二人とも、ここから得るものがあるだろうと確信していたから。

粉がよく混ざると、エドゥアールは中身がこぼれないよう気をつけ、震える手でスプーンをテーブルにそっと置いた。火縄式ライターを取って芯を引き出し、親指でやすりのドラムを回転させる。火花はなかなか芯に燃え移らなかった。何度もかしゃかしゃとドラムをまわしながら、彼は広いスイートルームを眺めた。自宅にいるような気分だった。彼はずっと大きな屋敷で暮らしてきた。ここは慣れ親しんだ世界だった。こんな豪勢な暮らしをしているところを、できれば父親に見せたかった。どうだ、あんたより手っ取り早くひと財産築いたぞ。それにあんたと比べて、必ずしも汚い手を使ったわけじゃない。父親がどうやって金持ちになったのか、正確なところは知らないが、悪いことをしなければ金儲けなんてできやしないとエドゥアールは信じていた。おれはなにも人を殺したわけじゃない。幻想が失われる後押しをし、避けがたい時の流れを少しばかり速めた、ただそれだけだ。

やっと芯に火がついて、熱気が広がった。エドゥアールが炎にスプーンをかざすと、溶液がぱちぱちと音を立てながら煮立ち始めた。気をつけろ、注意深くいくんだ。すべてはそこにかかっている。溶液が充分混ざりあったら、冷えるのを待たねばならない。エドゥアールは立ちあがって、窓際へ行った。美しい光がパリを包んでいる。ひとりのときは仮面をつけていないので、窓ガラスに映った顔に思わずはっとした。そういえば、前にも同じようなことがあった。一九一八年、入院していた軍隊病院で、病室の空気を入れ替えて欲しいとアルベールに頼んで、窓をあけさせたときだ。あれは本当にショックだった。

エドゥアールはまじまじと自分の顔を眺めた。もう動揺はなかった。どんなことにも、いつかは慣れる。けれども悲しみだけは、昔のままだ。彼のなかにひらいた亀裂は、時がたつにつれて大きくなるいっぽうだった。今でもまだ、広がり続けている。彼は人生をあまりに愛していた。それが問題なのだ。これほど生に愛着を抱いていなければ、ことはもっと簡単だったろう。でも、彼は……

溶液の温度はちょうどよくなっている。でも、どうして父親の姿が、頭にこびりついて離れないのだろう？

二人の問題はまだ終わっていないからだ。

そう思ってエドゥアールは手をとめた。何かがひらめいたかのように。

どんな問題にも結末は必要だ。それが人生の定めだろう。耐えがたい悲劇だろうと、馬鹿馬鹿しい喜劇だろうと、いつかは決着をつけねばならない。しかし父親とのことでは、まだそれがなかった。二人は敵対して別れたまま会っていない。ひとりは死に、ひとりは生きているが、どちらも終わりの言葉を発していない。

エドゥアールは腕にベルトを巻いた。浮き出た血管に溶液を注入するあいだも、この町と光に感嘆せずにはおれなかった。閃光が輝き、彼は息を止めた。網膜の裏に光が炸裂する。これほどの崇高なものがあろうとは、思ったことがなかった。

36

リュシアン・デュプレがやって来たのは、ちょうど夕食の前だった。マドレーヌはすでに食堂におりて、席についたところだった。夫は留守なので、食事はひとりですることになる。父親は部屋に料理を運ばせていた。

「デュプレさん……」

マドレーヌはとても礼儀正しかったので、心から喜んでデュプレを迎えているように見えた。二人は広い玄関ホールでむきあった。デュプレはコートを肩にはおり、手に帽子を持ってしゃちほこばっている。おまけに床が白と黒の市松模様とあって、チェスの歩《ふ》の駒を思わせた。実際そんな役目を、彼は果たしていたのだけれど。

デュプレにとってマドレーヌは、得体の知れない女だった。もの静かで毅然としていて、彼女の前に立つと恐ろしくなる。

「おじゃまをして申しわけありません。ご主人を捜しているのですが」と彼は言った。

マドレーヌはにっこりした。用件にではなく、その口ぶりに。この男は夫の片腕だが、召使いみたいにへりくだったもの言いをした。彼女は力なく微笑んで、答えようとした。ところがその瞬間、お腹の赤ん坊が急に暴れ出し、マドレーヌは息が詰まってよろめいた。デュプレはさっと駆け寄り、抱きかかえた。どこに手を置いたものか、当惑しながら。この胴長だが力強い男の腕は、マドレーヌに安心感を与えた。

「誰か呼びましょうか？」とデュプレはたずね、玄関ホールの壁ぎわに並ぶ椅子のほうへ彼女を連れていった。

マドレーヌは心からの笑顔を見せた。

「まあ、デュプレさん、いちいち助けを呼んでたらきりがないわ。ほんとにいたずらっこなんですよ。運動が大好きで。特に夜は」

マドレーヌは椅子に腰かけ、両手をお腹にあてて呼吸を整えた。デュプレはまだ彼女のほうに、身を乗りだしていた。

「どうもありがとう、デュプレさん……」

彼とはほとんど話したことがない。顔を合わせたら挨拶をする程度だが、返事をするのは聞いたことがない。マドレーヌは突然、気づいた。従順な部下として控え目にしているけれど、この男は夫の暮らしを熟知しているはずだ。ということは、夫とわたしの夫婦生活についても知っているだろう。そう思うと不愉快だった。なんだか侮辱されたような気がする。この男にではなく、今の状況に。彼女は口もとを引き締めた。

「夫を捜しているのですか……」マドレーヌは話し始めた。

デュプレは体を起こした。長居は無用だ、さっさと引きあげたほうがいいと直感的に悟ったものの、時すでに遅かった。導火線に火をつけたのに、非常口にしっかり鍵がかかっているような状況だった。

「わたしもわからないんですよ、夫の居場所は。愛人たちのところは、まわってみたかしら?」

本気で助言をしようとしている、心のこもった口調だった。デュプレはコートのボタンをさっさとかけ終えた。

「名前を書きあげてもいいですが、ちょっと時間がかかりますから。愛人のところにいなかったら、夫がよく行く売春宿を順番に訪ねてみることね。まずはノートル＝ダム＝ド＝ロレット通り。夫のお気に入りなんですよ。もしそこにいなければ、サン＝プラシッド通りかウルシュリーヌ地区の店かしら。通りの名前は覚えてませんが」

マドレーヌは一瞬、言葉を切ってからまた続けた。

「でも、どうしてなのかしら。売女《ばいた》って、たいていキリスト教にちなんだ名前の通りに店を構えているのよね。悪徳が美徳に敬意を表してるってことなんでしょう、きっと」

こんな大邸宅に暮らす上品で孤独な妊婦の口から、〝売女〟という言葉が飛び出すのは、ショッキングとは言わないまでも、とても悲しいことだ。どれほど苦しみに耐えていることか……しかしそれは、デュプレの思い違いだった。マドレーヌは少しも苦しんでなどいない。傷ついているのは愛情《アムール》ではなく(そんなもの、とっくの昔に消え去っていた)、自尊心《アムール・プロプル》だ。

けれどもデュプレは決して負けたことのない、根っからの軍人だった。だからマドレーヌの言葉も、無表情で受けとめた。マドレーヌはつまらない役割を演じてしまったことに、自己嫌悪を感じた。ごめんなさいね、馬鹿なことを言って。彼女の身ぶりをデュプレはさえぎった。やめてください、謝ったりしないで。最悪だわ、この男に理解を示されたくなんかない。彼女はほとんど聞こえないくらいの声でさよならを告げると、玄関ホールから立ち去った。

プラデルは五のフォアカードで勝った。まあ、こんなもんだ。何をやってもうまく行く日があるものさ、とでも言いたげな表情だった。テーブルのまわりで、みんながどっと笑った。とりわけ、いちばん負けているレオン・ジャルダン＝ボーリューが。彼の笑いはフェアプレーと無頓着の、いい証拠ではないだろうか。一晩で五万フラン、なんだ、たったそれだけか……なるほど、たしかにそのとおりだった。彼は失った金額より、プラデルがこれ見よがしに大勝ちすることのほうがいまいましかった。こいつはおれから、何もかもぶんどるつもりなのか。二人は互いに同じことを考えていた。五万フランか、とプラデルはカードを集めながら計算した。この調子ならあと一時間で、落ちこぼれ役人にくれてやった金をすべて回収できるぞ。でかい木底靴をはいたあのじじいも、新しい靴が買えるだろうよ……

「アンリ……」

プラデルは顔をあげた。おまえの番だぞ、とみなが合図している。パスだ、と彼は言った。あの件では、少し悔やんでいた。どうして十万フランもやってしまったのだろう。半分か、もっと少なくても同じ結果を得られただろうに。焦って、急ぎすぎたな。まったく冷静を失っていた。うまくすりゃ、三万フランだって……さいわい、寝取られ亭主《コキュ》のレオンが来てくれた。プラデルはカードのうえからレオンに微笑みかけた。やつが金を払い戻してくれる。全額ではないが、少なくとも大部分は。やつの女房と、キューバ葉巻も加えれば、これでほぼ同等だ。やつを共同出資者に選んだのは、うまい考えだった。食べごたえのある太った家禽ではないけれど、なかなか得がたい楽しみを与えてくれる相手だからな。

さらに何回かゲームを続けたあと、プラデルの儲けは少し減って、四万フランになった。ここらでやめたほうがいいと、直感が耳もとでささやいた。彼はわざとらしく伸びをした。みんなもぴんときたのだろう、疲れたなとひとりが言ったのを合図に、おひらきとなった。午前一時前。プラデルとレオンは外に出て、車にむかった。

「ほんとにくたくただな」とプラデルは言った。

「もう遅いから……」

「いやむしろ、今つき合っている魅力的な愛人のせいなんだ（人妻だから、あんまりおおっぴらにしないでくれよ）。若くて、適度に淫蕩で。なにせむこうは、疲れ知らずだからな」

レオンは息を詰まらせ、歩を緩めた。

「あえて言うなら」とプラデルは続けた。「おれは寝取られ亭主《コキュ》に勲章を授けるべしと提案したいね。彼らはそれに値する。そうは思わないか？」

「でも……きみの奥さんは……」とレオンはうつろな声で、口ごもるように言った。

「ああ、マドレーヌか。あれは別だ。あいつはもう母親だからな。きみも同じ立場になればわかるさ。もう女って感じがしなくなる」

彼は最後の煙草に火をつけた。

「きみのところはうまくいっているのか、夫婦仲は？」

この瞬間、ドゥニーズが女友達の家に行くのを口実にして、ホテルでおれを待っていたら、最高にいい気分なんだけど、とプラデルは思った。その代わり、ノートル＝ダム＝ド＝ロレット通りにでも寄るとしよう。さほど時間もかからないし。

それでも一時間半はかかった……いつも同じ、疾風《はやて》のようなあわただしさだ。あいている女の子は二人。どちらかひとりを選んでもいいし、順番に二人と楽しんでもかまわない……

店を出て、クールセル大通りまで来たとき、プラデルはデュプレがいるのに気づいて笑みを凍りつかせた。こんな夜中にやって来たからには、いい話ではないだろう。いったいいつから待っていたんだ？

「ダルゴンヌ墓地が閉鎖されました」デュプレは挨拶もせずに告げた。まるでそのひと言で、状況がすべて説明しつくされるかのように。

「なに、閉鎖だって？」

「ダンピエールもです。それにポンタヴィル＝シュール＝ムーズも。ほかにも電話してみましたが、どことも連絡が取れません。たぶん、うちの現場はすべて閉鎖でしょう」

「でも……誰によって？」

「県庁ですが、もっと上からの命令らしいです。墓地の前には、憲兵が見張りに立っています」

プラデルは呆気にとられた。

「憲兵が？　いったい何の騒ぎだ」

「視察官が来るので、それまで作業は中止だそうで」

どういうわけだ？　あの落ちこぼれ役人め、報告書を撤回しなかったのだろうか？

「わが社の現場すべてと言ったな？」

繰り返すまでもないだろう。ボスはちゃんと理解しているはずだ。でも問題の規模がどれほどなのか、まだよくわかっていないのでは？　そこでデュプレは咳ばらいをした。

「大尉殿《モン・キャピテーヌ》、お願いがあります……何日間か、休みをいただきたいのですが」

「だめに決まってるだろう、こんなときに。おまえの手が必要だ」

プラデルは平常時と変わらない返答をした。しかしデュプレのほうは、同じ黙っているのでも、日頃の従順な沈黙とはようすが違う。やがて彼はいつもよりずけずけと、現場監督に命令するようなきっぱりとした声で言った。

「家族のところに戻らねばならないんです。むこうにどれくらいいることになるかは、まだわかりません。ご存じのように……」

プラデルは、墓掘り人の元締《キャピテーヌ》めらしい厳しい目でにらみつけた。デュプレの態度には驚いた。状況は思っていたより深刻なのだ、とようやくわかった。デュプレはプラデルの答えを待たず、ただうなずいただけでうしろをむき、立ち去ってしまったから。必要な連絡はしましたから、わたしの任務は終わりですと言わんばかりに。これを最後にさせてもらいますと。ほかの者だったらデュプレを怒鳴りつけただろうが、プラデルは歯を食いしばった。前に何度も思ったことが、またしても脳裏をよぎった。安い給料でこき使ったのは、間違いだったな。やつの忠誠心を、もっと奮い立たせるべきだった。今となっては遅すぎるけれど。

プラデルは懐中時計をたしかめた。午前二時半。

玄関前の階段をのぼると、まだ一階の明かりが灯っているのに気づいた。プラデルがドアをあけるよりも先に、褐色の髪をしたメイドが出迎えた。名前は？　そう、ポリーヌだ。なかなかかわいいじゃないか。どうしてだろう、まだものにしていなかったな。けれども、ゆっくり考えている暇はなかった。

「ジャルダン＝ボーリュー様から、何度もお電話がありました……」とメイドは言った。

プラデルの前で動揺しているのだろうか、彼女の胸が盛んに上下した。

「……でも、電話のベルの音で奥様が目を覚まされて、電話器の線を抜いておしまいになりました。そして旦那様をここでお待ちするよう、わたしに言いつけたのです。折り返し、至急ジャルダン＝ボーリュー様にお電話して欲しいとのことです」

デュプレの次はレオンか。別れてから、二時間もたっていないというのに。プラデルは無意識のうちに、メイドの胸を見つめていた。けれども、だんだんと不安が高まり始めた。レオンの電話は、墓地閉鎖の知らせと関係があるのだろうか？

「ああ、わかった」と彼は言った。

自分の声を聞いたら、気持ちが落ち着いた。馬鹿みたいにあわててしまったな。ともかく、確認してみなければ。おそらく一、二カ所墓地が、一時的に閉鎖されただけのことだろう。全部いっぺんに、なんてありえない。そんなことをしたら、ささいなトラブルがかえって大事件になってしまう。

ポリーヌは玄関の椅子で少し眠りこんでいたらしく、顔がむくんでいた。プラデルはほかのことを考えながら、まだ彼女を見つめていた。それはプラデルが若い女を見るときの目だった。彼に見つめられると、相手は居心地が悪くなる。ポリーヌは一歩退いた。

「ほかにご用はありますか、旦那様？」

プラデルが首を横にふると、メイドは逃げるようにして立ち去った。

彼は上着を脱いだ。レオンに電話しろだって！　こんな時間に！　毎日忙しく働きまわっているというのに、それでもまだ足りないかのように、あのチビの相手をしてやらねばならないなんて。

プラデルは書斎へ行って電話器の線をつなぎ、交換手に番号を告げた。そして電話がつながるや、大声でたずねた。

「どうしたんだ？　またあの報告書の話か？」

「いや」とレオンは言った。「あれとは別に……」

レオンの声に、あわてているようすはなかった。むしろ落ち着いている感じだ。夜中に電話してきたにしては、いささか意外だった。

「ガルドンヌに関する報告書が……」

「違う」とプラデルは苛立ったように言った。「ガルドンヌじゃない、ダルゴンヌだ。それに……」

プラデルははっと気づいて黙った。衝撃的な知らせだった。

ダルゴンヌということは、十万フラン払った報告書じゃないか。

「厚さ八センチにもなるものでね」とレオンは言い添えた。

プラデルは顔をしかめた。あの木っ端役人め、十万フランを抱えて飛んで帰ったくせに、そんなに分厚い報告書に、いったい何を書いたんだ？

「省内でも、初めて見るようなしろものさ」とレオンは続けた。「十万フラン分の高額紙幣も添付してあった。お札がページに貼りつけてあるんだ。ページごとの要約をした別冊までついている」

あいつめ、金を返したのか。驚いたな。

プラデルは頭が混乱するあまり、パズルのピースをつなぎ合わせることができなかった。報告書、省、金、閉鎖された墓地……

それを結びつける役は、レオンが担った。

「視察官はダルゴンヌ墓地の惨状について述べ、役人に対する贈賄を告発している。十万フランがその証拠だと。だとすれば、罪を認めたも同じだ。買収しようとしたのは、報告書の内容が事実だからさ。理由もなく公務員を買収なんかしない。しかも、こんな大金で」

最悪だ。

レオンはしばらく間を置いた。ことの重大さをプラデルがしっかり頭に刻めるようにと。彼の口調があんまり落ち着いているので、プラデルは一瞬、誰か知らない男と話しているような気すらした。

「ぼくの父は、昨晩知らされた」とレオンは続けた。「もちろん大臣は、一瞬も躊躇しなかった。彼だって、自分の身を守らねばならないからね。それですぐさま、現場の閉鎖を命じたんだ。当然のことながら、告訴の証拠固めや、墓地の実況見分を始めるのに必要な調べを、しばらく進めることになる。十日くらいかかるだろうが、そのあと大臣は、きみの会社を裁判所に出廷させるつもりだ」

「われわれの会社と言うべきじゃないか」

レオンはすぐには答えなかった。どうやら今夜に限って、いちばん大事なことは沈黙のなかで進んでいくらしい。デュプレの沈黙のあと、今度は……やがてレオンは言葉を続けた。まるで打ち明け話でもするように、とても穏やかで、とても抑制のきいた声で。

「いや、アンリ、すまない。実は言い忘れていたんだが……ぼくの持ち株はすべて、先月売ってしまったんだ。きみの成功を当てこんでいる小株主たちにね。きみが彼らをがっかりさせないといいんだが。だから今回の件は、もうぼく個人とは関係ない。きみに電話して知らせようと思ったのは、友達だからさ……」

そのあとまた、雄弁な沈黙が続いた。

このチビ野郎、殺してやる。この手でめった切りにしてやるからな。

「フェルディナン・モリウーも、彼の持ち分を売ったということだ」とレオンはつけ加えた。

プラデルは何も言い返さず、ただゆっくり受話器を置いた。この知らせに、文字どおり腑抜けてしまった。ジャルダン＝ボーリューを殺そうとしても、ナイフを持つ手に力が入らなかったろう。

大臣、墓地の閉鎖、贈賄の告発。すべてがいっきに暴走し始めた。

状況はもう、プラデルの理解を越えていた。

彼は呆然としたまま、時間もたしかめずに妻の部屋に入った。午前三時近いというのに、マドレーヌはベッドに腰かけていた。屋敷があんなに騒がしくては、眠れやしないわ。レオンが五分ごとに電話をかけてくるんだもの。彼によく言ってちょうだい……しかたなく電話の線を抜いてしまったけれど、かけなおしてくれたわよね？　それからマドレーヌは、度を失っている夫のようすに驚き、言葉を切った。彼が心配そうにしているところは、これまで何度も目にしてきた。そう、怒りっぽかったり、恥ずかしそうだったり、心ここにあらずだったり。ときには先月のように、追いつめられた男の泣き言を漏らすほど苦しめられていることもあった。それでも翌日にはもう、けろっとしていた。問題は片づいたのだ。けれども今夜は、いつになく真っ蒼で、引きつった顔をしている。彼の声がこんなに震えているのも初めてだ。何といってもいちばん気がかりなのは、嘘で取り繕おうというそぶりがほとんど感じられない点だろう。いつものずる賢そうな表情が、まったく浮かんでいない。たいていは二十歩手前からでも虚飾がぷんぷん臭うのに、今日は素顔をさらしている……

要するに、マドレーヌはこんな夫の姿を今まで見たことがなかった。

プラデルは真夜中に突然入って来たことを謝りもせず、ただベッドの脇に腰かけて打ち明け話を始めた。

できるだけ体裁を繕って、必要最小限の話に留めた。それでも、われながら嫌気がさすような出来事ばかりだった。小さすぎる棺桶、無能で貪欲な作業員、フランス語を話せない外国人労働者たち……さらにトラブルが続出した。まさかと思ったが、認めざるをえなかった。フランス人の棺桶にドイツ人の遺体が入っていたこと。土が詰まった棺桶や、遺品の不正売買。報告書を書いた役人を、お金で買収しようとしたこと。それでうまくいくと思ったんだ。たしかに下手なやり方だったけれど……

マドレーヌはうなずきながら、熱心に耳を傾けた。すべてが夫の責任というわけじゃない、と彼女は思った。

「でもアンリ、どうしてあなたひとりが悪いってことになるの？　そんなの、安易すぎるわ……」

プラデルはまず、自分自身に驚いていた。よくこんなにいろいろと、話すことができたものだ。ヘマをしたことまで打ち明けて。それにマドレーヌにも驚きだ。彼女は注意深く話を聞き、弁護こそしないまでもおれを理解してくれた。そしてもうひとつ、自分たち夫婦のあり方にも、彼は驚いていた。二人がお互い大人としてふるまうのは、知り合って初めてだったから。二人は淡々と、穏やかに話した。済まさねばならない家事について、あるいは旅行や夫婦間の問題について、意見を交わすように。二人は初めて理解し合ったのだ。

プラデルは今までと違った目で妻を眺めた。ずっしりと重たげに膨らんだ乳房に、彼ははっとした。薄いネグリジェ越しに、黒ずんだ大きな乳輪と丸い肩が透けて見える……プラデルは一瞬、妻を見つめた。マドレーヌはにっこりとした。それは心と心がかよい合う、強烈な瞬間だった。プラデルは激しく妻を欲した。欲望が高まると、気分もぐっとうわむいた。マドレーヌは、やさしく子供を守る母親のようだった。それがプラデルの性欲を刺激した。彼女のなかに逃げこみたい。彼女に包まれ、ひとつに溶け合いたい。深刻で重大な話題なのに、マドレーヌは何でもないことのように、淡々としたさりげない態度で聞いてくれた。プラデルも知らず知らずのうちに緊張を緩め、口調が和らぎ、ゆっくりになった。妻を眺めながら、この女はおれのものだと思った。すると不意に誇らしさが湧きあがった。手を伸ばして乳房に触れると、マドレーヌはやさしく微笑んだ。手がお腹に沿って滑り降りていく。マドレーヌの息づかいが激しくなった。苦しみもだえるような息だった。手の動きには、多少の計算も働いていた。プラデルは、まだ妻の扱いを心得ていたから。しかし、それだけではなかった。まるで初めて出会った女を相手にするような新鮮さがあった。マドレーヌの脚が広がる。しかし彼女は夫の手を握り、押しとどめた。

「今はだめ」と彼女は言った。けれども喘ぎ声には、逆の気持ちがこもっていた。

プラデルは力がみなぎるのを感じ、ゆっくりとうなずいた。自信が戻ってくる。

マドレーヌは背中の下に枕を入れて息を整え、体の位置をなおした。そして残念そうにため息をつくと、夫の浮き出た静脈を撫でた。本当にきれいな手をしているわ。

プラデルはじっくり考えた。ここらでまた、本題に戻らねば。

「レオンにも裏切られた。やつの父親から、いっさい援助は望めない」

マドレーヌはびっくりした。レオンも助けてくれないですって？　でも彼は、共同経営者なんでしょ？

「いや、もう違う」とプラデルは答えた。「フェルディナンもだ」

ああと言うように、マドレーヌは口を小さく丸めたけれど、声には出さなかった。

「長い話でね、説明しきれないんだが」とプラデルはそっけなく言った。

マドレーヌは微笑んだ。また昔の夫が戻ってきた。まったく変わっていない。彼女はプラデルの頬を撫でた。

「かわいそうに……」

彼女はやさしい、心のこもった声で話した。

「じゃあ、いよいよ深刻な事態ってことなのね？」

そのとおりと言うように、プラデルは目を閉じた。それから彼は目をひらくと、思いきってこう切り出した。

「きみのお父さんも、あいかわらず助けてくれる気はないらしいが……」

「ええ、わたしがもう一度頼んでも、断るでしょうね」

プラデルはまだ妻の手を握っていたけれど、腕はもう膝のあたりにたれていた。妻を説得しなければ。彼女が拒絶するわけない。そんなこと、とうてい考えられない。ペリクールのじいさんはおれを辱めようとした。目的はもう果たしたのだから、やつには（プラデルは言葉を探した）、やつにはそう、義務がある。現実に立ち戻る義務が。スキャンダルが持ちあがれば、やつの名前だって泥にまみれる。そうなったら元も子もないじゃないか。いや、スキャンダルというのは正確じゃない。せいぜいトラブルってところだが。あいつが娘婿を助けたくないのはしかたない。でも、それで娘を喜ばせられるなら、安いものだろうに。自分にはさして関わりのないことでも、いつもいろいろな人たちのあいだに入ってあげているのだし。マドレーヌもそれは認めた。

だした。

「ええ、たしかに」

けれども彼女のなかに、まだわずかなためらいがあるような気がして、プラデルはぐっと身を乗りだした。

「お父さんに頼みたくないのは……断られるのを恐れているからじゃないのか？」

「違うわ」マドレーヌは言下に否定した。「そうじゃないのよ」

彼女は手をふりほどき、指を軽くひらいて自分のお腹にあて、笑みを浮かべた。

「わたしが父に頼まないのは、頼みたくないからなの。アンリ、あなたの話は聞いたけれど、まったく興味のないことだわ」

「それはわかっているさ」とプラデルは答えた。「興味を持って欲しいと言ってるんじゃない。ただ……」

「いいえ、わかっていないわ。興味がないっていうのは仕事の話じゃなく、あなた自身のことなの」

彼女は少しも態度を変えずにそう言った。あいかわらず淡々として、にこやかで、とても親しげだ。

プラデルは冷や水を浴びせられたような気がした。もしかして聞き間違いじゃないだろうか？

「どういうことなのか……」

「いいえ、わたしの言いたいことは、充分理解できているはずよ。あなたが何をしているかじゃなく、あなたがどんな人なのかに関心がないの」

プラデルはすぐに立ちあがって、出ていくべきだったろう。けれどもマドレーヌの視線が、彼を引きとめた。これ以上、彼女の話は聞きたくないのに、判決を待たねばならない被告人のように、立ち去り難い状況だった。

「あなたの人となりについては、初めからあまり期待はしていなかったわ」とマドレーヌは続けた。「わたしたちの結婚生活についても。たしかにいっとき、あなたに恋したこともあったけれど、どんな結末を迎えるかはすぐにわかった。わたしはただ、それを長びかせただけ。あなたと結婚したのは、わたしも歳だったからよ。そこにちょうど、あなたからプロポーズされた。ドルネー＝プラデルという名前の響きもよかったし。あなたの妻になることが、こんなに馬鹿げていたなんて。一年中あなたの浮気で侮辱され続けなければ、その名で呼ばれるのも悪くないと思ったでしょうね。どうでもいいことだけど」

プラデルは立ちあがった。このときばかりは彼も、何か言い返したり嘘を重ねたりして、体裁を取り繕おうとはしなかった。マドレーヌは控え目な口調で話した。しかし彼女が言ったことは、決定的だった。

「あなたが今まで救われたのは、ハンサムだったからなのよ」

マドレーヌはベッドの端に腰かけて両手をお腹にあて、部屋を出ていこうとする夫をうっとりと眺めた。そして一夜の別れを惜しみ、やさしく温かい言葉を交わすかのように話した。

「でもあなたは、とてもかわいい赤ちゃんを授けてくれた。あなたに望んだのはそれだけ。その子はもうここにいるのだから（彼女がやさしくお腹をたたくと、こもった音が答えた）、あなたは好きにすればいい。たとえあなたがなきに等しいような人だろうと、わたしにはどうでもいいことなの。幻滅はするけれど、わたしはとっくに立ち直っている。だって、慰めがあるから。詳しいことは知らないけれど、思うにあなたの破滅はもう決定的でしょうね。もうそこから這いあがることはできない。でもわたしには、関係のないことだわ」

プラデルはこうした状況で、これまで何度となく物に八つ当たりした。花瓶、家具、窓ガラス、置物。けれども今夜は、ただ立ちあがって妻の部屋を出ると、ゆっくりドアを閉めただけだった。

廊下を歩きながら、数日前に訪れたサルヴィエールの屋敷を思い浮かべた。見事な正面《ファッサード》は修復がすんでいた。庭師たちが広々としたフランス式庭園の手入れを始め、塗装職人は広間や寝室の天井に取りかかろうとしている。小天使の装飾や木工細工も、修理を始めるところだった。

数時間のうちに、何人もの人々が次々にプラデルを見捨てていった。彼は打ちのめされながらも、この災厄を現実としてとらえようと絶望的な努力をした。しかしそれはどこまでいっても実体のない、ただの言葉やイメージにすぎなかった。

こんなふうにすべてが失われてしまうなんて、手に入れたときと同じくらいすばやく失くしてしまうなんて、彼にはどうしても理解できなかった。

彼が今の状況をようやく実感できたのは、ひとり廊下で叫んだひと言によってだった。

「おれは死んだんだ」

37

一九二〇年三月

最後の入金で、〈愛国の記念〉の銀行口座残高は十七万六千フランになった。アルベールはざっと計算した。慎重にやらなければ。あまりいっぺんにおろしすぎないほうがいい。しかしこの銀行では大口の取引が行われているので、一日で七、八百万フランがやりとりされることも珍しくない。数多くの商店やデパートの口座では、毎日四、五十万フラン、ときにはそれ以上のお金が動いている。

六月の末から、アルベールはもう見る影もなくなっていた。

朝は吐き気をこらえながら、ドイツ軍陣地を攻撃したあとみたいにくたくたになって仕事にむかった。今にも体の内側が、爆発しそうな状態だった。銀行前の広場に死刑台があっても、驚かなかっただろう。ああ、夜中のうちに司法当局が立てたギロチンで、裁判にかけられる間もなく処刑されるんだ。ペリクール氏を初めとした銀行員たちが、勢ぞろいする前で。

一日中、頭に霧がかかり、ぼんやりとしていた。話しかけられても、なかなか気づかない。声は不安の壁を越えていかねばならなかった。するとアルベールは、消火ホースで水をかけられたみたいに相手を見るのだった。「あっ、えっ、何ですか？」というのが決まって彼の第一声だった。みんな慣れっこだったので、もう気にしてはいなかった。

アルベールは前日に届いた支払金を、まずは午前のうちに〈愛国の記念〉の口座に預けた。そして脳味噌を覆うもやもやとした煙霧のなかで、現金でいくら引き出そうかを考えた。やがて昼休みで担当者の交替が始まると、代わりに入ったそれぞれの窓口でジュール・デプルモンのサインをし、昼食のあいだにお客本人が銀行にやって来たように見せかけて順番にお金を引き出した。現金を詰めこまれたショルダーバッグは、午後までに朝の四倍にも膨らんだ。

夕方、回転ドアにむかう途中で同僚に呼びとめられたり、お客が不審そうな目でこっちを見ていると感じると、またしてもズボンのなかでちびりそうになり、彼はあわててタクシーをとめて家に帰るのだった。

この前などは帰り際、ドアからそっと歩道を覗き、朝はまだなかった死刑台が昼のあいだに立てられていないか、地下鉄駅の前をたしかめたことすらあった。用心に越したことはないからな。

ほかの従業員たちが昼のお弁当を入れているカバンに、アルベールがその晩詰めこんでいたのは、九万九千フラン分の高額紙幣だった。どうして十万フランにしないのだろう？　何か縁起を担いでいるのか？　いや、まったくそうではない。これは趣味《エレガンス》の問題だった。美意識と言ってもいい。もちろん経理係なりのということだが、それでも美意識に変わりはなかった。というのもこの金額で、〈愛国の記念〉はちょうど百十一万一千フランを騙し取ったことになるからだ。ずらりと並ぶ一が、アルベールにはとても美しく思えた。エドゥアールが定めた目標金額を大きく上まわり、アルベールにとって個人的に勝利の日だった。七月十日の土曜日だった。彼は十四日の革命記念日まで、臨時に休ませてほしいと上司に願い出た。七月十五日に銀行があく時間には、トリポリ行きの船に乗っているはずだから、今日で銀行勤めも最後というわけだ。一九一八年、休戦が成立したときと同じく、よくぞ無事に危機を脱したものだと、アルベールはわれながら啞然とする思いだった。ほかの人間だったら、おれは無敵なんだと思ったかもしれない。けれどもアルベールは、自分が二度もうまく生きのびられるとはどうしても信じられなかった。植民地へむかう船に乗る日が近づいても、彼はまだ不安でいっぱいだった。

「それじゃあマイヤールさん、また来週」

「あっ、えっ、何ですか？　はい……どうも……さようなら……」

せっかくここまで生きのびたのだし、目標額の百万も超えたのだから、列車や船の切符を変更してもらい、出発を早めてもいいんじゃないだろうかとアルベールは思った。しかしそうなると、もっと悩ましい問題に直面せざるをえなくなる。

できるものなら、さっさと出発したいところだが……ポリーヌはどうする？

もう百回も、彼女に切り出そうとしたけれど、そのたび言えずに終わった。ポリーヌは本当にすばらしい。外見はサテンで心はビロード、それになかなか世知に通じている。彼女は庶民の娘だが、ブルジョワ暮らしを望んでいた。純白のウエディングドレス。マンション。子供は三人か四人。それが将来の夢だ。自分ひとりでなんとかできるなら、アルベールはポリーヌとの穏やかな暮らしを喜んで受け入れただろう。子供が四人、けっこうじゃないか。銀行の仕事だって、できれば続けたいところだった。けれども、今や彼は大詐欺師だ。いずれ国際的にも、名が知れわたるだろう。もう自分の意思では、どうにもならない。ポリーヌも結婚も、子供やマンション、銀行の仕事も。残る解決策はただひとつ。すべてを彼女に打ち明けて、いっしょに来るよう説得することだ。あと三日しかない。百万フランを詰めこんだスーツケースを手に、スイカみたいに顔が二つに割れた友人を連れ、フランス警察の半数を相手に逃避行を続けるなんて。

とうてい、うんとは言わないだろう。

ひとりで出発するしかない。

エドゥアールにアドバイスを求めても無駄だ。もちろん彼のことはとても好きだ。けれどもアルベールは相矛盾するさまざまな理由から、エドゥアールをエゴイストだと思っていた。

彼は二日に一回、お金を隠すのとポリーヌに会う合間を縫って、エドゥアールのもとを訪れた。ペール小路の部屋には誰もいなかったので、将来がかかっている大金を置いておくのは不用心だ。銀行の貸金庫にしまおうかとも考えたけれど、アルベールはどうも不安だった。それならサン＝ラザール駅の手荷物預かり所のほうがいい。

毎晩アルベールはスーツケースを受け取っては、食堂のトイレでその日に入った現金を詰めて、また手荷物預かり所の係員に渡した。セールスマンだということにしてあった。ガードルやコルセットをね。ほかには何も思いつかなかった。係員はわざとらしい目くばせをしたけれど、アルベールは控え目な身ぶりで応えただけだった。もちろんそれがまた、彼の評判を高めることになった。大急ぎで出発しなければならない事態に備えて、大きな帽子箱も預けておいた。なかにはエドゥアールが描いた馬の首の絵と（額縁のガラスは修理していないままだった）、薄紙で包んだ馬の仮面が入っている。緊急の場合には、スーツケースを置いてでも、この箱だけは持っていくつもりだった。

手荷物預かり所に寄ってからポリーヌに会うまでのあいだに、ホテル・リュテシアに行った。アルベールは不安でたまらなかった。なるべく目立たないようにしたいのに、パリの豪華ホテルだなんて……

「心配いらない」とエドゥアールは書いた。「目に見えるものほど、人は見ようとしないんだ。ジュール・デプルモンがいい証拠だ。誰も会ったものはいないのに、みんな彼を信用している」

そしてエドゥアールは、馬のいななきに似た笑い声をあげた。髪の毛が逆立つような笑いだった。

最初アルベールは、出発まであと何週、あと何日と指折り数えた。けれどもエドゥアールが正式な偽名ウジェーヌ・ラリヴィエールの名で一流ホテルに泊まり、奇行の数々を演じるようになってからは、あと何時間、あと何分と数えるようになった。一刻も早く七月十四日が来るように念じながら。パリを離れて午後一時マルセイユに着く。そこで翌日、船会社の〈SS・ダルタニアン〉号でトリポリにむかうのだ。

切符は三枚。

その晩、銀行ですごす最後の数分間は、出産なみの苦しみだった。一歩歩くにもひと苦労だ。そしてようやく外に出た。ああ、信じられるだろうか？　空は晴れ、ショルダーバッグはずっしりと重い。右を見ても死刑台はない。左を見ても警官はいない……

正面の歩道に、痩せて小柄なルイーズの姿があるだけだ。

その光景にアルベールははっとした。言うなれば、いつもは店の奥にいる商人と通りですれ違ったような感じだった。知り合いでも、こうして道で会うのはどことなく不自然な気がするような。ルイーズが迎えに来たことなど、これまで一度もなかった。アルベールは早足で通りを横切りながら、どうして銀行の番地がわかったのだろうと思った。でも少女は、話をいつも聞いていたからな。二人のしていることについて、きっと詳しく知っているはずだ。

「エドゥアールが……」とルイーズは言った。「すぐに行かないと」

「何だって？　エドゥアールがどうしたんだ？」

けれどもルイーズは答えず、手をあげてタクシーをとめた。

「ホテル・リュテシアへ」

アルベールは車に乗ると、ショルダーバッグを脚のあいだに置いた。ルイーズはまるで自分で運転しているみたいに、まっすぐ前を見つめている。アルベールにとってはさいわいなことに、ポリーヌは今夜、夜勤だった。明日はまた早くから仕事が始まるので、〝自分の家で〟寝ることになっていた。メイドにとってそれは、他人の家ということだったけれど。

「それで、どうしたんだ？」アルベールはしばらくしてからまたたずねた。「エドゥ……」

彼はバックミラーに映った運転手の視線に気づき、すぐに言いなおした。

「どうしたんだ。ウジェーヌは？」

ルイーズは顔を曇らせたままだった。子供の心配をする母親か、夫を気づかう妻のように。

少女はアルベールをふり返って、両手を広げた。目がうるんでいる。

「死んだかもしれない」

アルベールとルイーズは、できるだけさりげない足どりでホテルのロビーを抜けた。何も目立つことがないように。エレベータボーイは、二人の苛立ちに気づかないふりをした。まだ若いけれど、そこはすでにプロだった。

部屋に入ると、エドゥアールが床に倒れていた。背中をベッドにもたせかけ、脚を広げている。調子はとても悪そうだが、死んではいない。ルイーズはいつものように、冷静に行動した。部屋には吐物の悪臭が充満している。少女は窓をすべてあけ、浴室のタオルをすべて使って床を拭き始めた。

アルベールはひざまずいて、友人のうえに身を乗りだした。

「おい、聞こえるか？　大丈夫か？」

エドゥアールは頭を軽く揺すり、ひきつったように目をぱちぱちさせた。仮面はかぶっていない。大きくあいた傷口から強烈な腐臭がして、アルベールは思わずあとずさりした。彼は大きく深呼吸すると、エドゥアールの脇の下に手を入れて引っぱりあげ、ベッドに寝かせた。口もなければあごもない。大きな穴とうえの歯しかない男の頬を、どうやってぱんぱんとたたけばいいんだ？　アルベールは、なんとかエドゥアールに目をあけさせた。

「聞こえるか？」と彼は繰り返した。「おい、聞こえるか？」

まったく反応がないので、アルベールは強硬手段に出ることにした。立ちあがって浴室へ行き、大きなコップに水をくむ。

部屋に戻ろうとふり返ったとき、彼は驚きのあまりコップを落とし、へなへなと床にすわりこんだ。

洋服かけにガウンをかけるみたいに、ドアの裏に仮面がかかっている。

男の顔。それはエドゥアール・ペリクールだった。エドゥアールそっくりの顔。かつての彼が完璧に再現されている。欠けているのは目だけだ。

アルベールは今、自分がどこにいるのかわからなくなった。ここは塹壕のなかじゃないか。攻撃の準備を整えて、階段の近くに待機している。ほかの仲間たちも、前やうしろにみんないる。弓を張るみたいに緊張して、百十三高地に突撃をかけようと待ちかまえている。ほら、あそこでは、プラデル中尉が双眼鏡を覗いて敵陣を偵察しているぞ。前にいるのはベリーだ。その前は、あんまり話したことがない男だ。こっちをふりむいた。ペリクールが笑いかけた。輝くような笑み。いたずらをたくらんでいる少年のような表情だな、とアルベールは思った。けれども返事をする暇はなかった。ペリクールはもう前をむいてしまった。

その晩、アルベールの目の前にあったのは、まさしくあの顔だった。笑ってはいなかったけれど。アルベールは、まだ体がひくひくと震えていた。夢のなかでしか、再び見ることのなかった顔。それが今、ドアからこちらを見ている。昔のままのエドゥアールが、幽霊になってあらわれたかのように。記憶が次々に脳裏によみがえった。背中を撃たれて死んだ二人の兵士、百十三高地の突撃、肩にぶつかってきたプラデル中尉、砲弾の穴、体を埋めつくす土の大波。

アルベールはうめき声をあげた。

ルイーズがびっくりして戸口にやって来た。

アルベールは大きく息をしながら蛇口をひらき、顔を洗った。それからコップに水を汲みなおすと、エドゥアールの仮面を見ずに部屋に戻り、友人の喉にいっきに注ぎこんだ。エドゥアールはすぐに肘をついて体を起こすと、激しく咳きこみ始めた。アルベールが土のなかから掘り出されたときのように。

アルベールはエドゥアールの上半身を前に傾けた。また吐くかもしれないと心配したけれど、それは大丈夫だった。しばらく続いた咳は、やがて治まった。エドゥアールは意識を取り戻した。隈のできた目や、再び体がぐったりとしてきたところから見て、疲れきっているのだろう。息づかいは異常なさそうだ。アルベールはルイーズの目も気にせず友の服を脱がせ、シーツのあいだに寝かせた。ベッドはとても大きかったので、脇の枕にアルベールがすわり、反対側にルイーズがすわった。

ふたりはブックエンドのようにエドゥアールを挟んで、それぞれ彼の手を握った。エドゥアールは喉から嫌な音を立てながら眠りこんだ。

アルベールとルイーズがいる位置から、部屋の真ん中にある大きな丸テーブルが見えた。細長い注射器、二つに切ったレモン。広げた紙のうえには、土のような茶色い粉の滓《かす》が残っている。火縄式ライターの縛った芯は、カンマの形に曲がっていた。

テーブルの足もとには、血管を圧迫するゴムのベルトが落ちていた。

二人は黙ったまま、それぞれもの思いにふけった。アルベールも詳しくはないが、前にモルヒネを探していたころ、こうした品を持ちかけられたことがあった。次の段階はヘロインというわけか。エドゥアールは誰の手も借りずに買うことができた……

それじゃあ、ぼくは何の役に立つんだ？　アルベールは奇妙なことにそう思った。こんな面倒な一件に関わらなかったことを、残念がっているかのように。

エドゥアールはいつからヘロインをやっているんだろう？　アルベールは時代の流れについて行けない、古臭い親みたいな立場にいた。うかうかしていると、いきなり既成事実をつきつけられ、ときすでに遅しというわけだ。

あと三日で出発なのに……

でも三日前だろうが三日後だろうが、どんな違いがあるのだろう？

「行ってしまうのね？」

ルイーズも小さな胸で同じようなことを考えていたのだろう。もの思わしげな、ぼんやりした声でそうたずねた。

アルベールは沈黙で答えた。つまりは〝そうだ〟ということだ。

「いつ？」とルイーズは、彼を見ずにたずねた。

やはりアルベールは黙ったままだった。〝もうすぐ〟という意味だ。

するとルイーズはエドゥアールのほうをむき、人さし指を伸ばして、最初の日と同じことをした。ひらいた傷口、むき出しの粘膜のように赤く腫れあがった肉を、夢見るように指でたどっていったのだ……それから少女は立ちあがってコートを着ると、ベッドに戻ってアルベールに近づき、身を乗りだして頬に長いキスをした。

「さよならは言いに来てくれるわよね」

アルベールはうなずいて答えた。〝ああ、もちろん〟

それは〝いいや《ノン》〟という意味だった。

ルイーズは、わかったという身ぶりをした。

そしてもう一度アルベールにキスをすると、部屋を出ていった。

彼女がいなくなると、大きなエアポケットができたみたいだった。飛行機に乗っていると、こんな感じがするんだろうな、とアルベールは思った。

38

一九二〇年三月

あんまりいつもと違うので、レイモン嬢は息が詰まるくらいだった。要するに、区長の秘書として働き出して以来、初めてのことだ。ここ三回、彼女が区長室に入っても、ラブルダンはもの欲しげに横目で見なかった。いや、さらに……デスクのまわりをひとめぐりしたのに、彼は人さし指をあげてスカートの下に手を入れもしなかった……

この数日、ラブルダンは人が違ったようだった。目はガラス玉みたいに生気がなく、口もとはだらりとたれさがっている。レイモン嬢がサロメよろしく〈七つのヴェールの踊り〉をして見せても、きっと区長は目もくれなかっただろう。顔は真っ青で、動きは鈍重だ。今にも心臓発作を起こしそうな人のように。けっこうなことだわ。くたばっちゃいなさい、スケベおやじ。区長が突然、衰え出したのは、ここに職を得て以来、初めて得られた慰めだった。まさに天の恵みだ。

ラブルダンは立ちあがってのろのろと上着を着ると、帽子を持って、何も言わずに部屋を出た。シャツの裾がズボンからはみだしているところなど、絵に描いたような惨めったらしさだ。重い足どりは、これから屠《ほふ》られにむかう牛を思わせた。

ペリクール邸に着くと、旦那様は出かけておりますと告げられた。

「じゃあ、待たせてもらいます……」とラブルダンは言った。

そして客間のドアをあけると、手近な肘掛け椅子に腰をおろした。目が虚ろだった。三時間後、ペリクール氏が戻ってきたときも、彼はそのままじっとすわり続けていた。

「おい、どうしたんだね？」とペリクール氏はたずねた。

ペリクール氏の姿を見て、ラブルダンは狼狽した。

「ああ、総裁《プレジダン》……」と彼は言って、立ちあがろうとした。

ラブルダンはそれ以上、言うべき言葉が見つからなかった。〝総裁《プレジダン》〟というひと言で、すべて説明しつくしたと思っていた。

ラブルダンにはいらいらさせられるが、それでもペリクール氏は善良な農民のように彼に接していた。牝牛や愚か者にしか示さないような忍耐強さで、〝説明したまえ〟と声をかけるのだった。

ところが、今日のペリクール氏は冷ややかにラブルダンを眺め、さっさと立って説明するように促した。わかってください、総裁《プレジダン》、まさかこんなこと、思いもよりませんでした。あなただって、誰だって、想像もつかなかったはずです。

ペリクール氏は、無意味な言葉があふれ出るがままにした。そもそも、もう聞いていなかった。まずは勝手にしゃべらせておくしかない。ラブルダンは泣き言を続けた。

「なんとあのジュール・デプルモンは、存在しなかったんです」

ラブルダンの口調は、ほとんど感嘆するかのようだった。

一九二〇年三月

「何だって？　アメリカで活動中のフランス学士院会員が、存在しないわけないだろうに？　あのすばらしいデッサン、見事な記念碑の計画は、誰かが作ったはずじゃないか」

ことここに至り、ラブルダンとしても気力を奮い立たせないわけにはいかなかった。さもないと、頭は同じところを何時間もくるくるとまわったままだ。

「ともかく、存在しないというんだな」ペリクール氏はいったんそう認めた。

「そうなんです」とラブルダンは叫んだ。話が通じて、心底ほっとしていた。「ルーヴル通り五十二番という住所もでたらめでした。そこに何があったと思います？」

沈黙が続いた。こんな状況だというのに、ラブルダンは謎かけごっこがやめられなかった。馬鹿ほど効果を狙いたがる。

「郵便局ですよ！」彼はさらに声を張りあげた。「郵便局。住所じゃない、私書箱だったんです」

ラブルダンは巧みな計略に、目をくらまされていたのだ。

「それできみは、今になって気づいたというわけか……」

ラブルダンは非難を褒め言葉と受け取った。

「そうなんです、総裁《プレジダン》。実は（と彼は言って、みずからの鋭いアプローチを強調しようと、人さし指をあげた）ちょっとばかりおかしいと思いまして。たしかに受領証は届きました。タイプで打った手紙も。作者は今、アメリカに滞在中だと書かれていました。それから、追加で描かれた例のデッサンもね。しかし、わたしは……」

わたしは疑いを抱いたんですというように、ラブルダンは口を尖らせた。そのあとゆっくり首をふったのは、言葉では言いあらわせない〝わが鋭い眼力〟を表現するためだった。

「それじゃあ、お金を払ってしまったのだね?」とペリクール氏は冷たくさえぎった。

「いや、その、でも……しかたないでしょう? もちろん、支払いましたよ」

彼はきっぱりと言った。

「支払わなければ発注はできないし、発注しなければ記念碑はできません。ほかにどうしろっていうんです? 〈愛国の記念〉の口座あてに振りこみましたよ、しかたなく」

ラブルダンは身ぶり手ぶりで話しながら、ポケットから薄い冊子を取り出した。ペリクール氏はそれをひったくるように取り、苛立たしげにページをめくった。ペリクール氏の口もとに出かけた質問に、ラブルダンは先まわりして答えた。

「この会社も存在していません。この会社は……」

彼はそこで突然、言葉を切った。この二日間、ずっと頭のなかでひねくりまわしていた言葉を、ど忘れしてしまったのだ。

「この会社は……」と彼は繰り返した。おれの頭はちょっと自動車のエンジンみたいだからな。何度もクランクをまわすとまた動き出すんだ。「そう、架空の、この会社は架空のものだったんです」

うまい言葉が見つからないのはつらいものだ。でも、それは乗り越えた。彼はしてやったりとばかりに、にんまりとした。

ペリクール氏はまだ、薄いカタログをめくっていた。

「だが、これは大量生産品じゃないか」

「ええ……まあ」とラブルダンは答えた。ペリクール氏が何を言いたいのか、よくわからなかった。

「ラブルダン、わたしたちが注文したのは、この記念碑独自の作品だったのでは?」

「ああ、そうそう」とラブルダンは叫んだ。言い忘れていたけれど、その問題については答えを用意してあった。「そのとおりです、総裁《プレジダン》。まったく独自のものですとも。つまりフランス学士院会員のジュール・デプルモンは、大量生産品のデザインと、言うなれば〝オーダー〟品の制作と、両方を掛け持ちしているんです。何でもできるってことですよ、この男は」

そこで彼ははっと気づいた。いや、まったく虚構の人物について話していたのだった。

「つまり……何でもできたってことで」と彼は小声で言い変えた。作者はもう死んでしまったので、注文はこなせないとでもいうように。

ペリクール氏はカタログのページをめくり、掲示された作品のモデルを眺めるにつれ、とても大きな詐欺事件だとわかった。こいつは国中を巻きこむぞ。きっと大変な騒ぎになる。

ペリクール氏は、両手でズボンをひっぱりあげているラブルダンを無視して、さっさと自室に引きあげた。そして、われとわが失敗の大きさにむき合った。

額に入った記念碑のデッサン、下絵、図面が、まわりで彼を囃し立てているかのようだった。使ったお金は、あきらめがつく。彼のような人間にとって、騙されたことも大した問題じゃない。ペリクール氏を動転させたのは、自分の不幸を嘲笑われたことだった。お金や評判はどうでもいい。すべてを失ったわけではないし、恨みに駆られた行動は危険だというのが、ビジネスの世界の教えだった。しかし、と彼は思った。わたしの不幸を嘲笑するのは、息子の死を蔑《ないがし》ろにするのも同じことだ。かつてわたしがそうしていたように。あの追悼記念碑は、わたしが息子に強いた苦しみを贖うどころか、ますます大きくしようとしている。期待していた償いは、奇怪《グロテスク》な事件へと転じてしまった。

〈愛国の記念〉のカタログには大量生産の作品がひと揃い、魅力的な割引価格で示されている。これら架空の記念碑は、どれくらい売れたのだろう？　どれだけの家族が、こんな幻影のためにお金を払ったのか？　いくつの市町村が、人里離れた田舎道で追いはぎに遭うみたいに、むざむざとお金を巻きあげられたんだ？　よくもまあ、こんな大胆なことを。こんなにたくさんの不幸な人々を喰い物にするなんて、とんでもない話だ。

被害者はきっと、膨大な数にのぼるだろう。けれどもペリクール氏は、彼らに共感して救いの手を差し伸べようとするほど寛大な人間ではなかった。彼は自分のこと、みずからの不幸、わが息子のことしか考えていなかった。今まで父親らしいことはしてこなかった。これからも、決して父親にはなれない。それがいちばんの苦しみだった。しかし今回は自分が個人的に狙われたような、もっと身勝手な腹立たしさがあった。大量生産品にお金を払った連中は、どこにでもある詐欺に引っかかった間抜けにすぎない。けれどもわたしは、わざわざ独自の記念碑を注文した。これは、わたし個人に対する攻撃なんだ。

ペリクール氏の自尊心は、この敗北にひどく傷つけられた。

吐き気を催すほど、疲れきっていた。彼は仕事机の椅子にすわると、カタログをひらいた。無意識のうちに、両手でしわくちゃにしていたらしい。市長や町長にあてて書かれた趣意書に、じっくりと目を通す。とても巧妙な言いまわしだ。安心感を与え、いかにも公式の文書らしさがある。何といっても成功の決め手は、特別値引きを謳った点だろう。少ない予算しか組めない田舎町にとっては魅力的だ。飛びつきたくなるのも無理はない。それに七月十四日という、象徴的な締切日の設定も……

彼は顔をあげ、腕を伸ばしてカレンダーをたしかめた。

客が動き出して、契約相手を調べる暇はほとんどなかった。予約金と引きかえに、いかにも本物らしい受領証を受け取っていれば、割引期間の最終日である七月十四日まで心配を抱く理由はない。今日は七月十二日。あと数日が勝負だ。今はまだ誰も騒ぎ立てていないから、詐欺師たちは最後の予約金まですべてかっさらって高飛びをするだろう。いっぽう客のほうも慎重で疑り深い者ならば、騙されていないかどうか、いずれたしかめようとするはずだ。

それからどうなる？

もちろん、国中が大騒ぎだろう。一日か、二日か、三日後か、それはもう時間の問題だ。

そのあとは？

新聞はこぞって書きたて、警察はぴりぴりと緊張する。代議士たちは国の代表者面で、侮辱されたと声高に叫び、愛国心を誇示しようとする……

「くだらん」とペリクール氏はつぶやいた。

たとえ犯人を突きとめ、逮捕しても、予審にまず三、四年はかかる。裁判が始まるころには、みんな熱が冷めてしまうだろう。

わたし自身も、とペリクール氏は思った。

だからといって、怒りが和らぐわけではなかった。明日のことはどうでもいい。苦しいのは今日なのだから。

彼はカタログを閉じると、手のひらでしわを伸ばした。

ジュール・デプルモンとその共犯者たちが、いつか逮捕されたとしよう。そのとき彼らは単なるひとりの人間ではなく、社会現象、好奇心の対象となるだろう。ラウール・ヴィラン（一九一四年、社会主義者の政治家ジャン・ジヨレスを暗殺した犯人）がそうだった。ランドリュー（チャップリンの映画『殺人狂時代』のモデルにもなった連続殺人犯）もそうなろうとしている。

犯人たちは一般大衆の狂乱に委ねられ、被害者の手から離れてしまう。そうしたらこのわたし、ペリクールは誰を憎めばいいのだろう？　犯人がすべての人々のものになってしまったら。

もっと悪いことに、裁判のなかでは彼の名前もでかでかと出るだろう。そしてオーダーメイドの作品を注文したのが、不幸にも彼ひとりなら、名指しでこう揶揄されるだろう。ほら、あいつだ、詐欺に引っかかって十万フランも払ったのは。すっかり巻きあげられてお終いさ。そう思うと息が苦しくなった。なぜならみんなに、とんまなお人よしだと思われるだろうから。大成功を収めた実業家、誰もが一目置く銀行家の彼が、けちなペテン師にまんまといっぱい喰わされたなんて。

怒りのあまり言葉も出ない。

自尊心が傷つけられて、分別を失ったのだろう。

彼のなかで不可解な、なにか決定的なことが起きた。こんな罪を犯したやつらを、自分の手で捕まえたい。熱烈な願望を抱くなど、めったにないことなのに。捕まえてどうするのかはわからない。ともかく捕まえたい、ただそれだけだった。

犯罪者たち。組織化されたグループかもしれない。彼らはもう、国外に逃亡したのでは？　おそらく、まだだ。

警察よりも先に、見つけられるだろうか？

今は正午。

彼は呼び鈴の紐を引いた。娘婿を呼んでくれ。

大至急だ。

39

アンリ・ドルネー＝プラデルは午後の中ごろ、ルーヴル通りの郵便局に入って、壁にずらりと並ぶ私書箱が一望できるベンチを選んで腰かけた。二階にあがる大階段にほど近いあたりだ。

私書箱五十二番は十五メートルほど先にある。新聞を読みふけっているふりをしているものの、そういつまでもこの場所には留まれないとすぐにわかった。詐欺師たちは私書箱のふたをあける前にあたりをじっくり観察して、怪しげな点はないかを確認するだろう。そもそも彼らはこんな真っ昼間にはやって来ない。来るとすれば、むしろ午前中だ。こうしてこの場に待機していても、最悪の不安は拭い去れなかった。犯人たちにとって、今日ここに最後の支払いを受け取りに来るのは、危険が大きすぎる。むしろさっさと列車に乗ってヨーロッパのむこう端へむかうか、船でアフリカを目ざしているのではないか。

やつらは来ないだろう。

だが、おれに残された時間はわずかだ。

そう思うと、頭がおかしくなりそうだった。

部下には去られ、共同経営者に裏切られ、義父に否定され、妻に捨てられた。近づきつつある破滅を前に、もはや何の展望もなかった……人生最悪の三日間をすごし、もう死ぬしかないと思っていたときに、呼び出しがかかった。捜しにやって来たメッセンジャーから渡されたマルセル・ペリクールの名刺には、こうなぐり書きされていた。

〝至急、会いに来たまえ〟

ともかくタクシーに飛び乗り、クールセル大通りに着いて二階にあがると、マドレーヌとすれ違った……あいかわらず、うっすらと笑みを浮かべている。卵を産んでいるガチョウだな、まるで。二日前に冷たく死刑を宣告したことなど、覚えていないかのような表情だった。

「ああ、ようやく見つかったのね」

ほっとしたかのような口ぶりだ。あばずれめ。何しろ彼女は彼を捜しに、マティルド・ド・ボーセルジャンのベッドのなかまで、メッセンジャーを送ってきたくらいだからな。どこまでよく知ってるんだか。

「ごめんなさいね、お楽しみのじゃまをして。まだことが終わっていなかったかしら？」とマドレーヌはたずねた。

プラデルが黙って通りすぎようとすると、彼女はつけ加えた。

「そうそう、早くパパの部屋に行ってちょうだい……また男同士の話があるんだとか。本当に気の毒ね、あなたがたって……」

それから彼女は、お腹のうえでまた両手を組んだ。下から皮膚を押しあげるのは足だろうか、それとも踵、肘だろうか？　そんなふうに考えるのが楽しかった。この小さな生き物は、魚みたいに動いている。マドレーヌにとって赤ん坊と話すのは、至福のひとときだった。

時がすぎた。無数の客が窓口へ押しかけ、私書箱が次々にあけられる。けれども、プラデルが見張っている私書箱だけは別だった。彼は何度も場所を変えた。ベンチを移動したり、二階にあがって、煙草を吸いながら一階を見おろせる位置に陣取ったり。何もしないでいるのは、なぶり殺しにされるようなものだ。でも、ほかにどうしようもないだろう。ペリクールのじじいが恨めしくなった。あいつのせいでこんなふうに、ただじっと待っていなければならないのだから。それにしても、ずいぶん調子が悪そうだった。あいつのことだから、死ぬときも立ったままだろう。でも疲れが全身からにじみ出て、目のまわりには紫の隈ができて……しばらく前から元気がなさそうだったが、状態はさらに悪化しているようだ。去年の十一月に倒れて以来、やはり昔のようではないと、ジョッキークラブでも噂されていた。いつも無表情のブランシュ医師も、マルセル・ペリクールの話になると目を伏せた。それがすべてを語っている。たしかな徴候を前にして、証券取引所では彼のグループ会社の株価が下がったほどだ。その後、持ちなおしはしたけれど……

ようやく頑固じじいが落ち目になってきたときに、自分がしくじってしまった。それがわれながら情けなかった。せめて半年や一年後ではなく、すぐに死んでくれたなら……たしかに、遺言書は動かしがたい。そこは夫婦財産契約と同じだが、プラデルは女たちから欲しいものを引き出す能力にかけては、いまだ絶対の自信を持っていた。ただこれも、自分の女房にだけは通用しなくなってしまった（ひどい話だ）。しかしいざとなったら、遺留分から使わせてもらうつもりだ。マドレーヌが何と言おうが負けちゃいない。じじいの財産から、おれの取り分はいただくからな。兵士の誓いにかけて。

まったく無駄骨だった。おれは多くを望みすぎた、急ぎすぎたんだ……でもすんだことはしかたない。おれは行動の男だ。めそめそするのは趣味じゃない。

「面倒なことになる前に、先手を打たなくては」とペリクール氏は言った。プラデルはその前に腰かけていた。呼出し命令を告げる名刺を、まだ手に持って。

プラデルは何も答えなかった。言われたとおりだったから。墓地でのささいなトラブルは、まだ収拾のつけようがあった。それが公務員買収の告発によって、ほとんど取り返しのつかないものになってしまった。

ほとんど、ということは、まったく取り返しがつかないわけじゃない。

そうとも。ペリクールがおれに会いたがったのは、愛人のベッドのなかまで捜させ、来て欲しいと頼んだのは、どうしてもおれの手を借りたいからだ。

いったい何があったのだろう、ペリクールがこのおれを呼び出すなんて？　アンリ・ドルネー＝プラデルという名を口にすることすら、忌まわしいと思っているだろうに。それは見当もつかないが、ともかくおれは今、じじいの書斎にいる。もう立たされっぱなしじゃなく、ちゃんと椅子にも腰かけている。おれのほうからは、何ひとつ頼んじゃいないのに。ひと筋の光が、希望の光が射してきた。

プラデルはいっさい質問をしなかった。

「きみが抱えている問題は、わたしなしには解決できない」

プラデルは自尊心のせいで、最初のミスを犯した。思わず、疑わしげなふくれっ面をしてしまったのだ。ペリクール氏は娘婿が初めて見るような、激しい反応をした。

「きみはもう死んでいるんだ」と彼は叫んだ。「わかっているのか？　死んでいるんだ。きみが背負っている罪からして、国はすべてを取りあげるだろう。きみの財産、名声、すべてを。もう、二度と立ちなおれない。きみは監獄で生涯を終えることになる」

プラデルは大きな戦略的ミスのあとにも、すぐれた本能を発揮できる男だった。彼は立ちあがって、出ていこうとした。

「待ちたまえ」ペリクール氏は大声で呼びとめた。

プラデルはためらうようすもなくふり返ると、決然とした足どりで部屋を横切り、義父の机に両手をついて身を乗りだした。

「だったら、もうつべこべ言わないでいただきましょう。あなたはわたしが必要なんだ。どんな用事かは知りませんが、事態ははっきりしている。あなたが何を頼もうが、こちらの条件は同じだ。大臣はあなたの手の内にあるんでしたよね？　けっこう。それじゃあ大臣に、個人的にとりなしていただきましょう。わたしに対する非難を、すっかりゴミ箱に放りこむようにね。責任を負わされるのは、もうまっぴらだ」

そう言ってプラデルは肘掛け椅子にすわりなおすと、脚を組んだ。ジョッキークラブで、執事が高級ブランデーのグラスを持ってくるのを待っているときのように。こんな状況でいったい何を頼まれるのかと、誰しもびくびくするところだろう。けれども、プラデルは違った。この三日間、目前に迫った破滅のことを考え続けてきたせいで、肝が据わっていた。さあ、誰を殺せっていうんです？

ペリクール氏は洗いざらい説明せねばならなかった。追悼記念碑の注文や全国規模の詐欺のこと。自分が最大の被害者として、衆目にさらされること。プラデルが笑わなかったのは、賢明だったと言えるだろう。義父が何を望んでいるのか、彼にもわかり始めた。

「すぐに大騒ぎになる」とペリクール氏は説明した。「犯人が逃亡する前に警察に捕まったら、みんなのものにされてしまう。政府、司法当局、新聞社、被害者、退役軍人会……その前に犯人を見つけて欲しいんだ」

「見つけてどうするんです？」

「きみには関係ない」

きっとペリクール自身、何も決めていないのだろうとプラデルは思った。しかしそれはどうでもいい。

「どうしてわたしに？」

プラデルはあわてて口をつぐんだけれど、もう遅すぎた。

「悪党を見つけるには、同じ類の悪党がいちばんだからな」

プラデルは屈辱に耐えるしかなかった。ペリクール氏は少し後悔した。決して言いすぎではないが、逆効果になるかもしれない。

「それに時間が迫っている」彼はなだめるような口調でつけ加えた。「一刻を争うだろう。手っ取り早く使えるのは、きみだけだったんでね」

午後六時ごろ、すでに十回以上も場所を変えたあと、もう見込みはないと認めざるをえなかった。郵便局で待ち伏せしても、うまく行きそうもない。少なくとも、今日は。それに、明日があるかどうかは誰にもわからなかった。

ルーヴル通りの郵便局で、私書箱五十二番の客が来るのを待つ以外、どんな方法がプラデルに残されているだろう？　カタログを作った印刷屋にあたってみるのは？

「それはまずい」とペリクール氏は言った。「印刷屋であれこれ嗅ぎまわれば、すぐに噂が広まる。印刷を頼んだ客、会社とたどって詐欺事件に行きついたら、大騒ぎになる」

印刷屋がだめなら、残るは銀行だ。

〈愛国の記念〉はたしかに客からの支払いを受け取っているが、集めた資金がどこの銀行に払いこまれたかを調べるには、時間もかかるし許可も得ねばならない。プラデルにはどうにもならないところだ。

結局また、ここに戻ってしまう。郵便局に張りこむか、あきらめるかだ。

プラデルは自分のやり方に従い、ペリクール氏の言いつけを破ることにした。そしてアベス通りのロンド兄弟印刷店にむかった。

タクシーのなかで彼は、義父から渡された〈愛国の記念〉のカタログをあらためてめくった……ペリクール氏の反応は、詐欺に引っかかった百戦錬磨の実業家というだけではないようだ。個人的な問題が絡んでいる。でもそれは、何なのだろう？

タクシーはクリニャンクール通りで、しばらく足止めを食っていた。プラデルはカタログを閉じた。どことなく感心する気持ちもあった。おれが捜しているのは、老練な詐欺師たちだろう。組織化された、経験豊かな集団だ。おれに勝ち目はほとんどない。こっちは手がかりもなければ、時間も限られているのだから。彼は犯人の見事な手際に、感嘆せずにはおれなかった。このカタログなんて、傑作と言ってもいいくらいだ。この使命を無事果たせるかに命がかかっているという緊張感がなければ、笑みが漏れたことだろう。その代わり、彼は自分に言い聞かせた。これはおれとやつらとの一騎打ちだ。必要とあらば手榴弾だろうが、マスタードガスや機関銃だろうが、詐欺団にお見舞いしてやる。くぐれるネズミの穴ひとつあれば、皆殺しにしてやるからな。彼は腹筋や胸筋に力がこもり、口もとが引き締まるのを感じた……

そうとも、おれに万にひとつのチャンスをくれ。そうしたら、おまえらの命はないぞ。

40

「彼は少し気分が悪いようだから」とアルベールは、ホテル・リュテシアの従業員たちに答えた。ウジェーヌさんのようすがわからず、みんな心配していた。この二日間、姿を見せないし、用事を言いつけることもない。気前のいいチップに慣れていたので、急にもらえなくなったのも残念だった。

医者を呼ぶ必要はない、とアルベールは言った。それでも医者がやって来ると、アルベールはドアを細めにあけた。すみません、大丈夫です、今、休んでいますから。そしてすぐにまたドアを閉めた。

エドゥアールはなかなかよくならなかった。眠りが浅く、食べたものはすべて吐いてしまう。喉はふいごのような音を立て続け、熱はさがらなかった。しばらく時間がかかりそうだ。出発できるだろうか、とアルベールは思った。何だってヘロインなんかやったんだ？　大量に摂取したのかどうかはわからない。アルベールはヘロインのことなど、皆目知らなかったから。もし量が足りなくて、何日もかかる道のりの途中、エドゥアールが禁断症状を起こしたら、どうなってしまうだろう？　アルベールは船に乗るのが初めてだったので、船酔いも心配だった。もしぼくがエドゥアールの世話をできなかったら、誰にやってもらえばいいんだ？

エドゥアールは眠っているか、アルベールが食べさせたものを吐いているとき以外は、じっと動かずに天井を見つめていた。起きるのは、トイレに行くときだけだった。アルベールは注意深く見張った。「内側から鍵をかけるなよ。何かあっても、助けられないからな」まったく、トイレのなかまで……

アルベールはもう、どこから手をつけたらいいのかわからなかった。

日曜日はまるまる一日、友の看病に費した。エドゥアールはほとんど横になったままだった。汗びっしょりで、激しい痙攣と喘ぎが続いている。アルベールは部屋と浴室を行ったり来たりしては下着を替えたり、卵黄入りホットミルクや肉のブイヨン、フルーツジュースを注文したりした。夕方になると、エドゥアールはヘロインを欲しがった。

「お願いだ、助けると思って」と彼は、熱に浮かされたように書いた。

友の状態が不安だったし、出発日が迫って焦っていたこともあり、アルベールはついつい受け入れてしまった。しかし、すぐに後悔した。ヘロインなんか、どう扱ったらいいのかわからない。彼はまたしても、抜き差しならないはめに陥った……

エドゥアールは興奮と過労で手つきがおぼつかなかったが、それでも慣れているのはひと目でわかった。アルベールはもう一度裏切られたような気がして、心が傷ついた。それでも彼は助手役を演じて、注射器を取ったり、火縄式ライターのドラムをかしゃかしゃと回転させたりした……

それは二人の関係が始まったころに、とてもよく似た光景だった。ホテル・リュテシアの豪華なスイートルームは、もう二年以上前に敗血症で瀕死のエドゥアールがパリの病院に移送されるのを待っていた軍隊病院とはまるで違うけれど、当時も二人はひとつの病室でともに暮らしていた。アルベールは父親のように、なにくれとなくエドゥアールの世話を焼いた。彼はエドゥアールの依存、絶望や悲嘆を、うしろめたさから、不器用に、寛大に受けとめようとした。彼らはお互い、昔のことを思い出していた。それが元気を呼びさますものなのか、不安を掻きたてるものかはわからないが。なんだかベルトのバックルが腰をひとまわりし、前に戻ってかちっとはまるみたいだった。

注射をすると、たちまちエドゥアールは体を揺らし始めた。まるで誰かが背中をたたきながら、髪の毛をつかんで頭をうしろに引っぱっているかのように……けれどもそれは、いっときしか続かなかった。エドゥアールは横むきに寝ると、心地よい無気力のなかに入っていった。充足感が戻ったのが、顔の表情から見てとれた。アルベールは腕をぶらぶらさせながら、エドゥアールが眠りこむのを眺めた。いつもの悲観的な考え方が、頭のなかで大きく膨らみ始めた。銀行からお金を横領し、予約販売詐欺でひと儲けしようなんて、うまく行きっこないと思っていた。たとえそれが成功したところで、フランスを離れられやしないだろう。どうすればこんなぼろぼろの友を連れて、列車でマルセイユまで行ったあと、人目につかずに何日間も船に乗っていられるというんだ？　おまけにポリーヌのこともある。それがまた、つねに悩みの種だった。本当のことを言うか？　黙って逃げるか？　でも、彼女を失うんだぞ。戦争のあいだも、孤独の試練が続いた。けれどあんなもの、復員したあとの時期に比べれば物の数ではない。まさに地獄の苦しみだ。いっそみずから刑務所に入り、ひと思いに終わらせようかと、何度思ったことだろう。

それでもエドゥアールが眠っているあいだに、やるべきことはやっておこうと、アルベールは夕方近くになってフロントに降り、ラリヴィエールさんは十四日の正午にチェックアウトすると確認したのだった。

「〝確認〟とおっしゃるのは？」とフロント係はたずねた。

厳《いかめ》しい顔をした、長身の男だった。戦地で砲弾の破片が頭の脇にあたったとかで、耳が片方欠けている。あと数センチ近かったら、エドゥアールのような顔になっていただろうが、彼はもう少しついていた。それでも眼鏡の右のツルは、絆創膏で張りつけねばならなかった。絆創膏の色とそろいの肩章は、破片が頭に入ったときの傷痕をうまく隠していた。アルベールはこんな噂を思い出した。取り出せなかった砲弾の破片が頭に入ったまま暮らしている兵士がいるというのだ。直接出会ったという話は、聞いたことがないけれど。もしかしたらこのフロント係は、そんな生ける屍のひとりかもしれない。だとしても、被害はあまり大きくなかったようだ。上流階級と貧乏人を見分ける能力は、損なわれていなかったから。彼はほんの少しふくれっ面をして見せた。アルベールが何を言おうと、どんなにぱりっとしたスーツを着て、ピカピカの靴をはいていても、庶民らしさが出てしまう。動作や口調からわかるのだろう。もしかしたら、制服を着ている者にはつい畏《かしこ》まってしまう習性からかもしれない。たとえ相手が、フロント係だろうと。

「それではウジェーヌ様は、ここを引きはらうと？」

アルベールはあらためて確認した。つまりエドゥアールは、出発を予定していなかったってことだ。出発する気など、初めからなかったのだろうか？

「いや、そのつもりだったさ」目覚めたエドゥアールにたずねると、彼はそう書いた。

字は震えていたけれど、充分読めた。

「もちろん、十四日に出発だ」

「でも、まったく準備をしていないじゃないか……」とアルベールはさらに言った。「スーツケースもなければ服もない……」

エドゥアールはおでこをぴしゃりとたたいた。ああ、うっかりしてた……

アルベールと二人きりのときは、ほとんどいつも仮面はつけていなかった。喉や荒れた胃の臭いが、すさまじいこともあった。

時間がたつにつれ、エドゥアールは徐々に回復してきた。食べ物も摂れるようになった。月曜日にはまだ、長時間立ってはいられなかったけれど、体調の改善にははっきりとした手ごたえが感じられた。アルベールは外出するとき、ヘロインやモルヒネの残り、注射器などをしまっていこうかと思ったが、それは難しそうだった。エドゥアールがうんと言わないだろうし、アルベールにはもう気力がなかった。まだ残っているわずかな力はすべて出発の期待に注ぎこみ、時間を指折り数えた。

エドゥアールが何も準備していなかったので、むかいの〈ボン・マルシェ〉に服を買いに行った。

服装の趣味には自信がないアルベールは、店員にたずねることにした。三十歳くらいの男で、アルベールを頭のてっぺんから爪先までじろりと見まわした。とても〝シック〟なものを、とアルベールは言った。

「お探しなのは、どういった種類の〝シック〟で？」

店員はアルベールがどう答えるか興味津々らしく、ぐっと身をのり出して顔を真正面から見つめた。

「ええと」とアルベールは口ごもった。「シックというのは、つまり……」

「はい？」

アルベールは言葉を探した……でも〝シック〟は〝シック〟だ。それ以外の言葉で表現できるなんて、考えたこともなかった。彼は右手のマネキン人形を指さした。帽子からコート、靴まですべてそろっている。

「これなんかシックだと思うんですが……」

「よくわかりました」と店員は言った。

そして注意深くすべて脱がせると、カウンターのうえに並べ、巨匠の絵画を鑑賞するみたいに一メートルほどさがってじっくり眺めた。

「お客様はたいへんよい趣味をされてますね」

店員はほかのネクタイやシャツもすすめた。アルベールは迷っているふりをしてから、すべて買った。店員がひとまとめに包んでいるのを見ながら、彼はほっとため息をついた。

「それから……もう一着スーツが要るのだけれど」と彼は言った。「現地用に……」

「現地用ですか。わかりました」店員は包みに紐をかけ終えると、そう言った。「現地というのは、どちらですか？」

アルベールは行先を教えたくなかった。とんでもない。ここはうまくごまかさなくては。

「植民地です」彼は言った。

「なるほど……」

店員はにわかに興味を示した。彼も昔、植民地でひと旗あげたいと思い、計画を練ったことがあるのかもしれない。

「それでは、どのような種類のスーツがいいでしょうね？」

アルベールが抱いている植民地のイメージは、絵葉書や伝聞、雑誌の写真から得たもので、まったく統一性がなかった。

「むこうで着るのにちょうどいいような……」

店員はわかりましたというように、口もとにしわを寄せた。お客様のご要望にぴったりのものがございます。ただしこちらのスーツは、マネキン人形には着せておりません。この上着、布地を触ってみてくださいこちらがズボンです。これ以上エレガントかつ機能的な服はありませんよ。そして決め手は帽子です。

「本当に？」とアルベールはたずねた。

店員はきっぱりと断言した。男の身だしなみは、帽子で決まると。アルベールはてっきり靴だと思っていたが、ともかくすすめられた品をすべて買った。店員は満面の笑みだった。植民地の話をしたせいか、スーツがそろいで二着売れたせいかはわからない。ともかく彼には、どこか肉食獣を思わせるところがあった。銀行の上役にも、そんな感じがする者がいた。アルベールにはそれが不快だった。危うく口に出しそうになったけれど、ここはホテルの真ん前だ。余計なことは言わないほうがいい。あと二日で出発なのだから、今までの努力を台無しにする失敗を犯さないようにしなければ。

アルベールはさらに革のトランクと、そろいの新しいスーツケースを二つ買った。ひとつは現金を運ぶため、もうひとつは馬の首を入れた帽子箱を入れるためだ。買ったものはすべてホテルに届けさせた。

彼は最後に女性むきのきれいな箱をひとつ選び、なかに四万フランを詰めた。そして友人が目を覚ます前にセーヴル通りの郵便局へ行き、ベルモン夫人に送った。これはルイーズが〝大きくなったときのための〟ものです、と書き添えた。ぼくもエドゥアールもあなたを信頼し、〝お嬢さんがそれを受け取る歳になるまで、大事に保管しておいていただけるよう〟お願いいたしますと。

エドゥアールは荷物が届くと、服を見て満足そうにうなずき、親指を宙にあげた。ブラヴォー、完璧だ。いや、なに、どうってことないさ、とアルベールは思った。それから彼は、ポリーヌに会いに行った。

彼はタクシーのなかで、言うべきことをざっとおさらいした。そして心を決め、胸ふくらませて目的地に着いた。彼女にありのままを説明しよう。今度こそ、逃げるのはやめだ。今日は七月十二日。無事に生きていられれば、十四日に出発する。話すなら、今しかない。彼の決意は気休めの呪文みたいなものだった。心の奥ではそんな告白できるわけないと、わかっていたから。

今までずっと決心をつけかねていた理由について、もう一度考えてみた。すべてはどうしても乗り越えがたいモラルの問題に帰着した。

ポリーヌはカトリックの信仰に厚い、つつましい人々のあいだで育った。両親ともに工員だが、こうした貧しい階層の人々ほど、徳や正直さについて口やかましいものだ。

その晩、彼女はとりわけ魅力的だった。アルベールが買ってあげた帽子が、三角形の優雅な顔と、明るい無邪気な笑みを際立たせている。

アルベールは困惑げで、いつにも増して無口だ、とポリーヌは思った。何か話したいことがあるのに、言いだしかねているらしい。彼女はうっとりするような、甘美なひとときをすごしていた。きっとプロポーズをしたいのに、なかなか口に出す決心がつかないんだわ。アルベールは内気なだけではなく、少し臆病だから。とってもやさしくて、いい人だけど、こちらからうまく話を進めないと、いつまでたってもそのままだ。

今のところは、そんなアルベールのまわりくどい話も心地よかった。だって、求められているからこそだもの。彼のアプローチや自分自身の欲望に負けてしまったことも、後悔していなかった。ポリーヌは軽くふるまっていたけれど、これは真剣なつき合いなんだとよくわかっていた。何日も前から、彼は妙にもったいぶっている。ポリーヌはそれを見ていると、顔には出さずとも嬉しくなった。

その晩も（二人はコメルス通りの小さなレストランで、夕食をともにしていた）、アルベールは重々しい顔でこう話し出した。

「実は、銀行の仕事があまり面白くなくて。別の仕事をしたほうがいいんじゃないかと思っているんだ……」

たしかに、子供が三人も四人もいたら、そうはいかないわ、とポリーヌは思った。新しいことに取り組むなら、若いうちじゃないと。

「あら、そう」と彼女はわざとぞんざいに答え、前菜を運んできたウェイターにちらりと目をやった。「どんなことを？」

「ええと……それはわからないけれど……」

彼って質問はじっくり検討するのに、答えは決して考えないみたい。

「商売でも始めようかと」とアルベールは言ってみた。

ポリーヌは顔を紅潮させた。商売……大成功するかも。例えば……〈ポリーヌ・マイヤール、パリ製高級装身具の店〉。

「へえ……」と彼女は答えた。「何の商売？」

いいえ、もっと堅実なほうがいいわ。〈マイヤールの店。食料品、雑貨、ワイン、リキュール〉とか。

「そうだな……」

いつもこうなんだわ、とポリーヌは思った。アルベールは自分の考えを守るけれど、わたしは彼の考えについていけない……

「商売っていうより……むしろ事業かな」

身近にあるものしか理解できないポリーヌには、事業がいかなるものなのか、いっそうわけがわからなかった。

「どんな事業を？」

「外国産の木材なんかどうかな」

ポリーヌは手をとめた。ねぎのドレッシング和えを突き刺したフォークが、口の数センチ手前で揺れている。

「何に使う木材？」

アルベールはすぐに方向転換した。

「さもなけりゃ、バニラやコーヒー、カカオなんかでも……」

ポリーヌは大きくうなずいた。話がよく理解できないとき、彼女はいつもそうするのだった。〈ポリーヌ・マイヤール。バニラとカカオの店〉。これってどうなの？　そんなものに、誰が関心を持つかしら？

まずかったかな、とアルベールは思った。

「まだ思案中さ……」

こうやってあれこれ考えているうちに、話はいつの間にかあらぬ方向へむかい、思っていたことは口に出せずじまいだった。ポリーヌがぼくの手をすり抜けていく。彼は後悔に苛まれた。今すぐ席を立って、出発したかった。埋もれてしまいたかった。

ああ、埋もれてしまいたい……

結局行きつく先は、いつもそこなんだ。

一九二〇年三月

41

七月十三日から始まった一連の出来事は、漸進《ぜんしん》的に拡大する爆発状況の好例として、花火師や爆発物処理官の学校で授業プログラムに取りあげてもいいようなものだった。

朝の六時半ごろ、《プティ・ジュルナル》紙が店頭に並んだとき、それは一面に載っているとはいえ、まだ慎重なもの言いの囲み記事にすぎなかった。タイトルは断定を避けているものの、大きな展開を予感させた。

偽の追悼記念碑……

国家的な大事件となるか?

ほんの三十行ほどだけれど、まわりの記事はどれも、ぱっとしないものばかりだった。〝スパ会議、長びくも結論出ず〟やら、戦争の総括〝ヨーロッパ全土で三千五百万人の戦死者〟やら。〝七月十四日の革命記念日プログラム〟についても、すでにさんざん聞かされている。過去の革命記念日とはまったく違う、一大イヴェントになるだろうと。そうしたなかでこの記事は、人目を引くものだった。書かれている内容はといえば、実は何もなきに等しい。そこがこの記事の力だった。大衆が存分に想像力を膨らませる余地が残されている。詳細はいまだ不明だが、全国の市町村が追悼記念碑を注文したと思しき会社は、実在しないものかもしれないと言われている。これほど用心深い記事も珍しいだろう。

アンリ・ドルネー＝プラデルは、真っ先にこの記事を読んだひとりだった。彼はタクシーを降りると、印刷屋の店があくのを待ちながら（まだ朝の七時前だった）《プティ・ジュルナル》紙を買い、この記事を見つけたのだった。彼は怒りのあまり、新聞を道路の側溝に投げ捨てかけたが、どうにか気を落ち着けた。そして何度も読み返し、一語一句吟味した。まだ時間は残されている。しかし、ほんのわずかだ。そう思うとほっとすると同時に、怒りが何倍にも膨らんだ。

作業着姿の工員が、印刷店のドアの鍵をあけた。プラデルはそのあとを追って声をかけ、〈愛国の記念〉のカタログを差し出した。これはおたくで印刷したものですよね？　注文したのは誰か、わかりますか？　いや、おれはここの主人じゃないんでね。

「ほら、来ました。あれが社長です」

三十歳くらいの男で、弁当箱を抱えている。先代社長の娘と結婚した職工長あがり、といったところだろう。手には丸めた《プティ・ジュルナル》紙を持っているが、さいわいまだひらいていないようだ。工員たちは皆、感心したようにプラデルを見つめていた。〝上流の紳士〟らしさが全身からにじみでている。金に糸目はつけないが、注文にはうるさいお客という感じだ。だからプラデルが、ちょっとお話をと言うと、さあどうぞと社長は愛想よく答え、客を通す事務所のガラスドアを指さしたのだった。そのあいだに、植字工や印刷工は仕事にかかった。

工員たちはちらちらとこちらを見ている。プラデルは体で隠しながら、二百フラン札を二枚出して社長の机に置いた。

工員たちからは、客の背中しか見えなかった。物腰は落ち着いている。けれども客は、ほどなく引きあげていった。話は長くかからなかった。これはいい兆《きざ》しではない。注文は取れなかったのだろう。ところが工員たちのところに戻ってきた社長は、満足そうな顔をしていた。仕事を取りそこなうのが大嫌いな男なのに、いったいこれはどうしたことだろう？　彼は四百フランをもらって、いまだ夢心地だった。そのお客さんの名前は知りませんと、説明しただけなのに。背は中くらい、神経質そうでしたね。いらいらしているっていうか、気が立っているっていうか。注文のときに半額を現金で払い、残りは引き渡しの前日に払っていきました。商品をどこへ運んだかはわかりません。運送屋が包みを受け取りに来ましたから。片腕で荷車を引くんですから、大した力持ちですよ。

「このあたりの者でしょう」

プラデルが聞き出せたのはそれだけだった。運送屋の男は知り合いではないが、前にも見かけたことがあるという。片腕の男など、今どき珍しくはないけれど、運送屋をしている者はあまりいないはずだ。

「いやまあ、すぐ近くの者ってわけではないでしょうが」と印刷屋は言った。「でも、そんなに遠くから来たはずありません……」

七時十五分だった。

ラブルダンは息を切らせて玄関ホールに入ると、ペリクール氏の前に立った。顔は真っ青で、今にも脳卒中を起こしそうだ。

「総裁《プレジダン》、総裁《プレジダン》（挨拶も抜きだった）、わたしじゃありません。わたしは無関係なんです」

彼は《プティ・ジュルナル》紙を、まるで火がついているみたいに恐る恐る差し出した。

「ああ、もうおしまいだ、総裁《プレジダン》。でも、誓ってわたしは……」

おまえの誓いに、どんな意味があるっていうんだ。

ラブルダンは泣き出さんばかりだった。

ペリクール氏は新聞をひったくると、書斎にこもってしまった。玄関ホールに残されたラブルダンは、途方に暮れた。帰ったほうがいいだろうか、まだすべきことがあるだろうか？ つねづねペリクール氏に、こう言われていたじゃないか。〝ラブルダン、独断で行動を起こしてはいけない。人の指示を待つんだ……〟と。

そこで彼は客間に腰かけ、命令を待つことにした。メイドがやって来た。この前、胸を触った、褐色の髪の魅力的なメイドだ。彼女は離れて立つと、何かお持ちしましょうかとたずねた。

「コーヒーを」ラブルダンは無気力に答えた。

もう何の意欲もなかった。

ペリクール氏は記事を読み返した。今夜か明日にでも、大騒動が持ちあがるだろう。彼は新聞を机に投げ出した。怒りはなかった。もう遅すぎる。新たに悪い知らせが入るたび、じわじわと追いつめられていくかのようだった。彼は肩を落とし、背中を丸めた。なんだか体全体が、縮んでしまったようだった。

椅子にすわると、逆さむきに新聞を眺めた。あの記事から発する火花だけで、導火線に火がつくには充分だ。

当然のことながら、他紙の記者たちも《プティ・ジュルナル》紙の記事を読んで、さっそく行動を起こしただろう。《ゴーロワ》、《アントランジジャン》、《ル・タン》、《エコー・ド・パリ》といった新聞社の連中がタクシーを呼び、取材の電話をかけまくっているはずだ。問い合わせを受けた行政当局がまだ沈黙を守っているのは、何か胡散臭いものを感じさせた。みんながみんな、臨戦態勢を整えて待ちかまえている。ひとたび火が出れば、戦いの利は前哨に待機していた者にあるのだから。

昨日、エドゥアールは〈ボン・マルシェ〉の豪華な包みをあけ、アルベールが買ってきた驚くべき品々を薄紙の下から見つけたとき、歓喜の叫びをあげた。ひと目見て気に入った。カーキ色をしたひざ丈の半ズボンにベージュのシャツ。ベルトには、絵で見るカウボーイの上着みたいな縁飾りがついている。アイボリーの長靴下、茶色の革ジャケット、レースシューズ。つばびろ帽子は、強い日差しにやられないための用心だろう。どれもポケットがたくさんついていて、わくわくするほどだ。おまけにサファリジャケットときたら、仮装舞踏会にでも着て行けそうなものだった。あとは弾薬入れと一メートル四十センチの銃があれば、たちまちタルタラン（ドーデの小説に登場するホラ吹きの冒険家）に変身だ。エドゥアールはさっそく身に着けると、鏡の前に立ってうっとりと眺め、嬉しそうにうめいた。

リュテシアの従業員が、レモンにシャンパン、野菜のブイヨンという注文の品を運んできたときも、

一九二〇年三月

彼は信じがたいかっこうのままだった。

エドゥアールはサファリジャケット姿でモルヒネを注射した。モルヒネ、ヘロイン、モルヒネと続けたらどんなことになるかはわからない。体には最悪だろうが、かまうものか。すぐに気分がよくなった。リラックスして、落ち着いてくる。

彼はトランクをふり返った。世界旅行する人が使うような、特大のトランクだ。それから窓をあけはなち、イル＝ド＝フランス県の空に抱く情熱をふくらませた。こんなにすばらしい空はめったにない、と彼は思っていた。ずっとパリの町を愛していた。離れていたのは戦争のあいだだけ。ほかの場所で暮らそうなんて、考えたこともなかった。今日は、なんだか不思議な気分だ。きっと麻薬のせいだろう。すべてが非現実で、不確かだった。目に見えるものは、本当の世界ではない。思考は宙を舞い、どんなくわだても蜃気楼のようだ。ここは夢のなか、自分でない誰かの物語のなかなんだ。

そして、明日は存在しない。


ここ最近のアルベールは、そのことばかり考えていたわけではないけれど、やはり感嘆せずにはおれなかった。だってそうだろう。想像して欲しい。ポリーヌがベッドに腰かけている。平らなお腹に穿たれた、形のいい魅力的なおへそ。雪のように白い、まん丸の乳房。感涙にむせぶほど優美な、淡いピンク色の乳輪。すっかり位置がずれてしまった、小さな金の十字架……本人が放心状態で意識していないだけに、いっそう胸を打つ光景だ。髪はまだ乱れたままだった。さっきまで彼女はベッドのなかで、アルベールのうえに覆いかぶさっていたから。「戦闘開始！」と彼女は笑って叫んだ。そして誰よりも勇猛果敢に、真正面からアルベールを攻撃し、楽々と勝利を収めたのだった。アルベールが降伏するのに時間はかからなかった。彼は嬉々として打ち負かされ、敗北を認めた。

二人がベッドのなかでこんなにゆっくりできた日は、今までほとんどなかった。ほんの二、三度だろう。ポリーヌの勤務日程はいつも厳しいものだったけれど、今日は時間が取れた。アルベールは〝休み中〟ということになっていた。「銀行は七月十四日にむけて休息日をくれるんだ」とアルベールは説明した。ポリーヌが今までずっと住みこみのメイドとして働いてこなければ、銀行はいろんな休みをくれるものだとびっくりしただろう。ずいぶん寛大な雇い主ね、彼女は思った。

アルベールはミルクパンと新聞を取りに、下におりた。家主は〝温かい飲み物のためだけ〟ならレンジを使っていいと言っていたので、コーヒーを淹れることはできた。

ポリーヌは素っ裸のままコーヒーを飲んだ。一戦交えた興奮で、まだ体が輝いている。彼女は新聞をくしゃくしゃとひらいて、明日の革命記念日に行われる催し物のプログラムを念入りに調べた。「〝主要な記念建造物および公共建築の旗飾りとイリュミネーション〟ですって。きれいでしょうね……」

アルベールはひげを剃り終えるところだった。ポリーヌは口ひげをはやした男が好きだったけれど――当時は珍しくもなかったが――ざらざらした頬は嫌いだった。やすりでこすられているみたいだわ、と彼女は言っていた。

「朝早く出ないといけないわね」とポリーヌは、新聞に身をのり出して言った。「閲兵式は八時に始まるし、ヴァンセンヌはすぐそこってわけじゃないから……」

アルベールは鏡に映るポリーヌを眺めた。ヴィーナスのように美しく、怖いもの知らずの若さにあふれている。二人でパレードに行こうか、と彼は思った。そのあとポリーヌは仕事へ戻って、彼女とは永遠にお別れだ。

「砲兵隊による祝砲が、廃兵院《アンヴァリッド》とヴァレリヤンの丘で放たれるわ」ポリーヌはコーヒーをひと口飲みながらつけ加えた。

彼女はぼくを捜すだろう。ここへ来てたずねても、いいえ、マイヤールさんを見かけた者は誰もいませんという答えが返ってくるだけだ。彼女はわけがわからず、悲嘆に暮れるだろう。どうしてぼくが突然いなくなってしまったのか、あらゆる理由を想像する。ぼくが嘘をついていたなんて考えたくない、ありえないと思う。そして、もっと芝居じみた結論に達するかもしれない。誘拐されたとか、どこかで殺されたとか。死体はセーヌ川に放りこまれ、もう決して見つからないわ。ポリーヌはいつまでも癒やされないだろう。

「ああ、ついてないわ……」と彼女は言った。「〝以下の劇場で午後一時から、無料公演が開催される。オペラ座、コメディ＝フランセーズ、オペラ＝コミック座、オデオン座、ポルト＝サン＝マルタン劇場……〟。午後一時じゃ、ちょうど勤務時間が始まったところだわ」

謎の失踪っていうのは悪くないな、とアルベールは思った。秘密めいた、ロマンチックな役どころだ。詐欺師なんていう不道徳な現実よりずっといい。

「〝ダンスパーティー、ナシオン広場〟。わたしの勤務時間は午後十時半までだから、着いたころにはほとんど終わっているわね……」

あまり残念そうな口調ではなかった。ポリーヌがベッドに腰かけ、パンをかじっているようすを見ていたら、アルベールは疑問が湧いてきた。彼女は本当にいつまでも癒やされないだろうか？　いや、あの見事な胸や食欲旺盛な口、楽天的な表情を見ればわかる……彼女は苦しむだろうけれど、それはきっとひとときのことだ。ぼくはあきらめきれる男なんだ。アルベールはしばらく、そんな考えにふけった。

「まあ」とポリーヌは、突然声をあげた。「なんてひどい話かしら……とんでもないわ」

アルベールは思わずふり返ったひょうしに、あごを切ってしまった。

「どうしたって?」

彼はそうたずねながらタオルを捜した。こんなところに切り傷をこしらえたら、かなり血が出るぞ。止血剤はあったかな?

「まあ聞いて」とポリーヌは続けた。「追悼記念碑を売った人たちがいるんだけど……(彼女は信じられないとばかりに顔をあげた)、それが〝偽の〟記念碑だったんですって」

「えっ、何だって?」アルベールはベッドのほうをむいた。

「そうなのよ、ありもしない記念碑だったのよ」と言って、ポリーヌは新聞のうえに身をのり出した。

「あらやだ、血が出てるじゃない。血だらけよ」

「見せて、見せてくれ」とアルベールは叫んだ。

「でも……」

ポリーヌはアルベールの反応に驚いて、新聞を手渡した。そうだわ、彼は戦争に行ったんだもの。友達もたくさん亡くしたでしょうね。だからこんな詐欺に手を染める人がいると知って、憤慨しているんだわ。でも、あんなにかっかするなんて。アルベールが何度も記事を読み返しているあいだ、彼女はあごの血を拭ってあげた。

「落ち着きなさいよ。そんなに興奮するとよくないわよ」

一九二〇年三月

プラデルは一日中、走りまわった。ラマルク通りの十六番か十三番に運送屋がいると聞いて行ってみたけれど、どちらにもそれらしき者は見あたらなかった。彼は何度もタクシーに乗った。荷車で荷物を運んでいる男かい。だったらコーランクール通りの先だな、という者もいた。けれどもそこは、もう店じまいしていた。

プラデルは角のカフェに入った。午前十時だった。片腕で荷車を引いている男？　配達係ってことかい？　いや、誰にも心当たりはなかった。彼は通りの偶数番地側を下った。必要とあれば、奇数番地側ものぼろう。そんなふうにしてすべての通りをしらみつぶしにすれば、いつか見つかるはずだ。

「片腕で荷物を運んでいるって？　そりゃたいへんだろう。たしかなのか？」

十一時ごろ、ダレモン通りでひとつ手がかりがあった。オルドネル通りの角の石炭商が、荷車を持っているというのだ。それが片腕かどうかは、わからなかったけれど。通りをくまなく歩くには、一時間以上かかった。北墓地の角で出会った男が、自信たっぷりにこう言った。

「もちろん知ってるさ。変なやつでね。デュエム通りの四十四番に住んでいる。いとこの家の隣なんだ」

けれども、デュエム通り四十四番はもうなかった。建物は工事中だ。その男が今どこに住んでいるのかは、誰も知らなかった。しかも腕は、しっかり二本あったということだ。

アルベールはすきま風のように、エドゥアールのスイートルームに駆けこんだ。

「おい、これを読んでみろ」彼はそう叫んで、なかなか目を覚まさないエドゥアールの前にしわくちャの新聞をふりかざした。

もう朝の十一時じゃないか。そのときアルベールは、ナイトテーブルのうえに注射器と空《から》のアンプルがあるのに気づいた。そうか、こんなに夢うつつなのは寝不足だからじゃないな。もう二年近くエドゥアールの世話を続けてきたおかげで、わずかな服用量か重大な事態を招くほどかは、ひと目で見分けがつくようになっていた。エドゥアールが体を震わせるようすからして、今回は快適な量、つまりひどい禁断症状を和らげるくらいらしい。ぼくとルイーズがあんなに心配するほど大量摂取をしたあとだというのに、どれだけやれば気がすむんだ？

「大丈夫か？」アルベールは心配げにたずねた。

〈ボン・マルシェ〉で買った植民地風の服なんか、どうして着ているのだろう？　パリではまったく場違いで、むしろ滑稽なくらいなのに。

エドゥアールは、水中から浮かびあがったみたいに顔を動かした。麻薬のせいだろうか、顔の傷口がいつもより赤いような気がする。喉の奥も緋色で、カラメルを煮たてたように絶えず泡に覆われていた。エドゥアールが大声で叫ぶと、大量の唾が噴き出した。しぶきがかからないよう、うしろにさがらねばならないほどだった。

アルベールには、たずねている余裕などなかった。緊急事態だ。ほら、この新聞。

「読んでみろ！」

エドゥアールは体を起こして読んだ。そしていっきに目覚めると、新聞を宙に放り投げて「ラアアア！」と叫んだ。それはエドゥアールのなかで、歓喜の表現だった。

「お、おい」アルベールは口ごもった。「わかってるのか？　ばれちまったんだぞ。ぼくたちの居場所も、すぐにわかってしまう」

エドゥアールはベッドから飛びおりると、丸テーブルに近寄った。ワインクーラーからシャンパンのボトルをつかみ取り、喉にどくどくと注ぎこむ。お腹を押さえて激しくむせこみながらも、彼はラアアアと叫んで踊りまくった。

夫婦のあいだでも起きることだが、ときおり二人の役割は逆転した。エドゥアールは友が恐慌をきたしているのに気づくと、筆談ノートを取ってこう書いた。

「心配するな。出発するから」

こいつには責任感ってものがないんだ。アルベールはそう思って、新聞をふりかざした。

「よく読め。くそったれ《ボン・デュー》」

するとエドゥアールは、神様《ボン・デュー》を冒瀆するなとでもいうように、何度も十字を切った。彼のお気に入りの冗談だ。

「何もばれちゃいない」エドゥアールは鉛筆をつかんで、そう書いた。

アルベールはためらったが、たしかにそうだと認めざるをえなかった。記事はとても曖昧だ。

「かもしれないが、これからは時間との闘いだ」

アルベールは、戦争前にラ・シパルの自転車競技場で見た光景を思い出した。選手たちがひとかたまりになって走っている。誰が誰の前なのか、もうわからないくらいだ。今、ぼくとエドゥアールは、狼に背中を嚙みつかれないよう、出来るだけ速く走らねばならないんだ。

「出発しなければ。何を待っているんだ？」

何週間も言い続けたことだ。どうして待っているんだ？　エドゥアールは目標の百万フランを達成したじゃないか。だったら、何を？

「船を待っているんだ」とエドゥアールは書いた。

明々白々なことなのに、アルベールはそこに頭がまわらなかった。今すぐマルセイユにむけて出発したからといって、船が二日早く港を出るわけではない。

「切符を変更しよう」アルベールは言った。「行先を変えるんだ」

「かえって目立つだけだ……」エドゥアールはそう指摘した。

よく考えれば、それも明らかだった。警察が犯人を追い始めたり、新聞がこの事件をでかでかと扱い出したら、船会社の担当者に切符の変更を申し出るのは危険かもしれない。〝トリポリに行く予定でしたが、もう少し早いコナクリ行きがあれば、そちらのほうがいいんです。差額は現金で払いますから〟なんて言えるだろうか？

それにポリーヌのこともある……

アルベールは突然、青ざめた。

もし真実を打ち明けたら、取り乱した彼女はぼくのことを警察に通報するのでは？「なんてひどい話かしら……とんでもないわ」と言ってたじゃないか。

ホテル・リュテシアのスイートルームは、いっきに静まり返った。あっちでもこっちでも、ぼくは罠にかかってしまった、とアルベールは思った。

エドゥアールはその肩にやさしく手をかけると、自分のほうに抱き寄せた。かわいそうなアルベール、とでもいうように。

アベス通りの印刷店の社長は、昼休みに新聞をひらいた。一本目の煙草を吸いながら弁当箱を温めているとき、囲み記事を読んでぎょっとした。

明け方早々にやって来たあの男、そして今度は新聞記事。ちくしょうめ、店の信用がガタ落ちになりかねないぞ。このカタログを印刷したのは、おれなんだから……おれまで悪党どもの仲間だ、共犯者だと思われかねない。彼は煙草をもみ消すと、レンジの火をとめ上着を着て、監督役の工員を呼んだ。今日は先に帰らねばならない、明日は革命記念日の休みだから、また木曜日に。

プラデルは、あいかわらず根気よくタクシーを乗り継いだ。頭がかっかして、質問する口調もだんだんぶっきらぼうになり、そのぶん得られる答えも少なくなった。そこで彼は苦労して、柄にもなく愛想よくした。午後二時ごろ、ポトー通りを調べ、ラマルク通りに戻ってからオルセル通り、ルトール通りへとむかい、十フラン、二十フランとチップを配って歩いた。モン＝セニ通りで会った女には、三十フランをはずんだ。彼女はきっぱりとした口調で、あなたがお探しなのはパジョルさんだと言った。クワズヴォクス通りに住んでますよと。ずいぶんと手間取ってしまった。もう午後三時半だった。

その間にも《プティ・ジュルナル》紙の記事の影響は、徐々に広がり始めていた。あちこちで電話が飛び交った。おい、新聞は持ってるか？　午後になると、地方の読者から編集部に電話が入り始めた。実は記念碑の予約をしている者なんですが、記事に書かれているのはわたしたちのことではないかと思いまして。騙されているのかもしれないと、心配になったんです。

《プティ・ジュルナル》紙は壁にフランス地図を貼り、電話をかけてきた町や村に色のついたピンを刺した。アルザス、ブルゴーニュ、ブルターニュ、フランシュ＝コンテ、サン＝ヴィジエ＝ド＝ピエルラ、ヴィルフランシュ、ポンティエ＝シュール＝ガロンヌ。なんとオルレアンの高校まであった……

午後五時、ようやくある市役所から、〈愛国の記念〉と印刷店の所番地を聞き出すことができた（それまでは、誰も答えたがらなかった。ラブルダンと同じで、役人はみんな縮みあがっていたのだ）。

さっそくルーヴル通り五十二番に行って、仰天した。会社なんかありはしない。最初の新聞記者がアベス通りに駆けつけたのは午後六時半で、店はもう閉まっていた。

その日の夕刊にも、新たな事実はあまり書かれていなかったが、すでにわかったことをもとに、朝刊よりも断定的な口調になった。

そこには確信ありげに、こう書かれていた。

悪徳商人、偽の追悼記念碑を売る。
詐欺事件の全貌は、いまだわからず。

さらに数時間の調査、電話連絡、質問、応答を続けた結果、ほかの新聞も夕刊の記事はさらにきっぱりとした口調になった。

記念碑事件。踏みにじられた英雄たちの思い出。

数千人もの一般予約者たちが、
あくどい詐欺師に騙される。

偽の追悼記念碑販売スキャンダル。
被害者は何人?

思い出を汚す、恥ずべき事件。
巧妙な詐欺師グループ、
架空の追悼記念碑数百個を売る。

追悼記念碑をめぐるスキャンダル。
政府の説明が求められる。

一九二〇年三月

頼まれた新聞を持って、フロアボーイが部屋にむかうと、ウジェーヌさんは大仰な植民地風の服を着ていた。なんと羽までつけている。

「どういうことなんだ、羽までっていうのは?」フロアボーイがエレベータから出るなり、みんながたずねた。

「ああ、そう」と若者は気を持たせるようにゆっくりと言った。「だから、羽をつけていたんだ」

彼は手に五十フラン札を握っていた。ひとっ走りしたお代ってわけだ。皆そのお札に目が釘づけになったけれど、羽の話も気になった。

「天使の翼みたいなのを、背中にくっつけていたんだ。大きな緑色の羽を二つね。とても大きいのを」

想像しようとしても、むずかしかった。

「ぼくが思うに」とフロアボーイは続けた。「羽箒をばらして作ったんだろう。羽根をすべて貼り合わせて」

皆が若者を羨ましがったのは、羽の話だけが理由ではない。ウジェーヌさんが明日の昼に発つという噂が急速に広がり始めたときに、五十フランを手に入れたからだった。失うものの大きさを、誰もが思い描いていた。あんな客はめったにいない。長いホテル勤めのあいだに、ひとり出会うか出会わないかだ。同僚の誰それがどれくらい稼いだか、みんな心のうちで計算していた。こんなことなら、もらったチップは共同で積み立てることにしておけばよかったと、不満たらたらだった。そして互いの目のなかに、後悔や不満の色を読み取った……どこへ行くのかはわからないけれど、ウジェーヌさんは出発するまでにあと何回、用事を言いつけるだろう？　それを引き受けるのは、いったい誰になるだろう？

エドゥアールはわくわくしながら、むさぼるように新聞を読んだ。おれたちは再び英雄になったぞ、と彼は心のなかで繰り返した。

今ごろアルベールも、同じように新聞を読んでいることだろう。まったく逆のことを考えながら。

新聞社はもう、〈愛国の記念〉の名前はつかんでいる。やつらがいくら憤慨して見せ、眉をひそめて書きたてても、巧妙で大胆な手口を認めることになるんだ（〝並はずれた詐欺事件〟と言っているじゃないか)。詐欺の詳細については、まだこれから調べることになる。それには銀行まで遡らねばならないだろう。けれども革命記念日の七月十四日に手続きをして、帳簿調べにかかる者なんかいるわけない。警察は十五日の夜明けから捜査にかかろうと待ちかまえているだろうが、そのころおれとアルベールはもう遠くへ行っている。

遠くに、とエドゥアールは繰り返した。新聞社や警察が、一九一八年に行方不明になった二人の兵士ウジェーヌ・ラリヴィエールとルイ・エヴァールにたどりつくころには……中東をまわり終えているだろう。

新聞紙が床を一面覆っていた。刷りあがったばかりの〈愛国の記念〉のカタログが、かつて床を覆ったように。

エドゥアールは急に疲れを感じた。体が熱い。薬から覚めて、現実に戻ったとき襲ってくる突然の発作だった。

彼は植民地風の上着を脱いだ。天使の翼がはずれ、床に落ちた。

運送屋はココと名のっていた。ヴェルダンの戦いで失った片腕を補うため、彼は特製の装着帯を用意した。それを胸から両肩に巻きつけ、荷車の前に取りつけた木の棒につなぐのだ。国から決まった手当しかもらえない多くの傷痍軍人が、驚くべき発明の才を発揮した。巧みに工夫されたいざり車、手足の代わりになるよう木や鉄、革で作ったさまざまな家庭用装置。創意にあふれた退役傷痍軍人がたくさんいるのに、ほとんどが仕事につけないのはもったいないではないか。

というわけでココは、装着帯をつけて荷車を引いていた。頭を低くし、体を少し斜めにした姿は、荷を引く馬や牛を思わせた。カルポー通りとマルカデ通りの角で、プラデルは彼を見つけた。通りから通り、あっちの方向こっちの方向と一日中歩きまわり、ガセネタのためにひと財産つぎこんでしまった。だからココを見つけたときは、ついに運をつかんだとわかった。おれは絶対に負けないと、このときほど強く感じたことはなかった。

ペリクールのじいさんが執着しているこの記念碑事件に、猟犬が群がろうとしているが（プラデルはすでに夕刊も読んでいた）、おれはほかの誰よりもリードしている。あの頑固じじいに充分な情報を持ち帰り、約束どおり大臣への働きかけをさせられるだろう。そうすればものの数分で、おれのツケもすべて帳消しだ。

もうすぐまっさらな体に戻る。名誉を回復して新たな出発をしよう。すでに手に入れたものもある。サルヴィエールの屋敷は完璧に修復中だし、銀行口座は国債の吸引ポンプ役を演じ続けている。この事件には手加減なく、全力を注ごう。成功まであと少し。アンリ・ドルネー＝プラデルの腕前を思い知らせてやるからな。

プラデルはポケットに手を入れ、五十フラン札をつかんだ。けれどもココが顔をあげるのを見て、別のポケットに手を移した。二十フラン札や小銭が入っているほうに。小銭を数枚で、同じ結果が得られるだろうから。彼は右手をズボンのポケットに突っこみ、小銭をじゃらじゃらさせると、質問をした。アベス通りの印刷店から、カタログの束を運んだことがあるな？　ええ、そういえば、とココは答えた。どこで荷を降ろした？　四フランいただきましょうか。プラデルは運送屋の手に四フランを握らせた。ココはどぎまぎしながら礼を言った。

どういたしましてだ、とプラデルは、ペール小路にむかうタクシーのなかで思った。

ココが言っていたとおり、脇に木の柵を巡らせた大きな家が見えた。荷車は階段の下まで近づけねばなりませんでした。本当に覚えているのかって、おっしゃるんですか。前にも腰かけを運んだことがありますからね。あの腰かけのこと、何て呼んでたかな……ともかく腰かけです。もう何カ月も前ですけど。でもそのときは、手伝ってくれる者がいたんでね。ところがカタログのほうは、どんな中身かは知らないけれど……ココは字がよく読めなかった。だから苦労して荷車を引いているのだ。

プラデルはここで待っているようにタクシーの運転手に言い、十フラン札を渡した。運転手は喜んでいた。いくらでも待ちますとも、大将。

プラデルは柵の戸をあけて中庭を抜け、階段の下に着いた。うえを眺めたけれど周囲には誰もいなかった。思いきって階段をあがってみる。注意深く、用心して。この瞬間、彼は手榴弾を持っていたらよかったとつくづく思った。でも、そこまでする必要もないだろう。ドアをあけると、部屋はからっぽだった。誰も住んでいない、と言ったほうがいい。埃や食器を見ればわかる。きれいに片づいているが、住人のいない家具つき部屋特有の、がらんとした雰囲気が漂っていた。

突然、背後で物音がした。プラデルはふり返って、ドアに走り寄った。コンコンコンと乾いた音を立て、少女が階段を駆けおり逃げていく。背中しか見えなかった。何歳くらいだろう？　子供の歳はさっぱり見当がつかなかった……

部屋に戻ると、ものはすべて床に放り出し、上から下までくまなく調べたけれど、紙一枚見つからなかった。しかし〈愛国の記念〉のカタログが一冊、戸棚ががたつかないよう下に挿しこんであった。

プラデルはにやりとした。おれの恩赦が大股で近づいて来るぞ。

彼は急いで階段をおりると、柵に沿ってぐるりとまわり、母屋の呼び鈴を押した。一回、二回。手に持ったカタログのページをしわくちゃにする。苛立ってるな。とても苛立ってる。ようやくドアがあき、年齢不詳の女が顔を出した。とても悲しげな表情で、ただ黙っている。プラデルはカタログを見せて中庭の奥を指さし、あそこの住人を捜しているのですがと言った。彼はお金を出した。今度の相手はココではない。直感的に五十フラン札にした。女はそれを見つめたまま、手を伸ばそうともしなかった。話が理解できているのか、疑いたくなるほどだ。けれどもプラデルは確信していた。やがて女が札を受け取ると、彼は質問を繰り返した。

再びコンコンコンと、小さな足音がした。右をふり返ると、少女が通りのむこうに走っていく。プラデルは女に微笑みかけた。年齢不詳でまったくしゃべらない、どこを見ているのかもわからない、生気のない女に。どうも、失礼します。女はお札をポケットに入れた。今日はすっかりもの入りだった。プラデルは待たせてあったタクシーに戻った。大将、今度はどちらへ？

百メートルほど先のラメー通りに、タクシーや辻馬車がとまっていた。少女が慣れたようすで運転手に話しかけ、お金を出している。あんな子供がひとりでタクシーに乗るなんて、ちょっとおかしいぞ。でも、すぐにぴんときた。彼女はお金を持っている。追いかけっこの始まりだ。さあ、行け。少女が乗ると、タクシーは走り出した。

コーランクール通り、クリシー広場、サン＝ラザール。マドレーヌ寺院は迂回した。革命記念日の飾りつけが、すっかり施されている。国の英雄として、プラデルも楽しみにしていた。コンコルド橋のうえで、近くにある廃兵院《アンヴァリッド》のことを思った。明日、あそこから祝砲が放たれるのだった。でも今は、少女の乗ったタクシーから目を離さないようにしなくては。タクシーはサン＝ジェルマン大通りに近づいてから、サン＝ペール通りをのぼった。プラデルは心のなかで躍りあがった。千フラン賭けてもいい、少女の行先は、ホテル・リュテシアだ。

どうも、大将。プラデルは運転手に、ココの倍もチップをはずんだ。嬉しいと気前がよくなるものだ。

少女はここでも慣れているらしく、何のためらいもなかった。タクシー代を払うと歩道に飛び出す。ホテルのボーイは彼女に一礼した。プラデルは一瞬、考えた。

方法は二つ。

少女が出てくるのを待って捕まえ、どこかの家の前で切り刻んで知りたいことを聞き出す。死骸はセーヌ川に放りこめばいい。新鮮な肉に、魚たちは大喜びだろう。

あるいは、みずから乗りこんで情報を得るかだ。

彼はホテルに入った。

「お名前は……」とフロント係がたずねた。

「ドルネー＝プラデルだ（彼は名刺を渡した）。予約はしていないんだが……」

フロント係は名刺を受け取った。どうしようもなかったんだ、すまないね、というように、プラデルは両手を広げた。わかるだろ、何とかしてくれないか。このとおりさ、ありがとう、恩にきるよ。そんな男の表情を巧みに作った。フロント係にとっていい客とは、彼のように洗練された物腰の客だった……つまりは、金持ちの客ということだ。ここはホテル・リュテシアなんだから。

「問題はないと思いますが……（フロント係は名刺を見た）ドルネー＝プラデル様。ところで……お部屋は一般室、それともスイートで？」

貴族と使用人のあいだには、つねに妥協点が存在する。

「スイートを」とプラデルは答えた。

もちろんでございますね。フロント係は甘い声でささやいた。しかしみずからの仕事は、よく心得ている。彼は黙って五十フラン札をポケットにしまった。

42

一九二〇年三月

　翌朝は早くも七時から、ヴァンセンヌ方面にむかう地下鉄、市街電車、バスは人でいっぱいになった。ドメニル大通り沿いにも、長い車列が続いた。タクシー、辻馬車、遊覧バス。そのあいだを縫うようにして、自転車が走っていく。歩行者は足を速めた。本人たちは気づかずとも、傍《はた》から見ればアルベールとポリーヌのようすは、とても奇妙だったろう。男は不満か心配事でもあるのか、頑《かたく》なに下をむいて歩いている。女は空に目をむけ、練兵場のうえでゆっくりと揺れる係留飛行船の観察に余念がなかった。

「さあ、もっと急いで」ポリーヌはやさしく急かした。「始まっちゃうわよ」

　もっともそれはさほど意味のない、ただのおしゃべりだった。いずれにせよ観覧席は、とっくに埋まっている。

「まったくもう、みんな何時に着いたのかしらね」とポリーヌは、感心したように言った。

　特別部隊や訓練部隊、植民地部隊が待ちきれないようにざわめきながら、順番に並んでいるのが見えた。そのうしろは砲兵隊と騎兵隊だ。もう遠くしか場所が空いていなかったので、抜け目のない露天商たちはあとから来た観客に木箱を貸し出した。そのうえに乗って、眺めればいいというわけだ。値段は一フランから二フランだったが、ポリーヌは二人で一フラン五十にさせた。

ヴァンセンヌの森にはすでに陽光が射していた。女たちの衣装や軍服の彩《いろど》りが、高官たちのフロックコートやシルクハットのなかに浮き出ている。おそらくは想像力のなせる業《わざ》だろうが、お偉方たちはこころなしか心配そうに見えた。いや、なかには実際そういう者もいたはずだ。みんな朝一番で、《ゴーロワ》紙や《プティ・ジュルナル》紙を読んでいたから。追悼記念碑の事件に誰もが動揺していた。それが全国民的な祝日に勃発したのは、偶然の産物ではないだろう。いうなれば予兆、挑戦のようなものだ。〝辱《はずかし》められたフランス〟と題した新聞もあれば、〝われらが輝かしき死者たちへの侮辱〟といっそう声高に、でかでかとした文字で叫ぶ新聞もあった。すでに事態は明らかだった。厚かましくも〈愛国の記念〉と名のる会社が数百の記念碑を売った予約金を持って、姿をくらませてしまったのだ。被害額は百万とも二百万とも言われているが、たしかなところは誰にもわからなかった。噂は噂を呼び、ますます大きく広がった。人々はパレードを待ちながら、出所の怪しげな話を伝え合った。これは〝ドイツ人どもの仕業〟さ、間違いないね、と言う者もそんなことはないと応ずる者も、よく知らないことに変わりはなかった。でも詐欺師たちは、一千万フラン以上を持ってとんずらしたらしいぞ。

「ねえ、聞いた？　一千万フランですってよ」とポリーヌはアルベールに言った。

「ぼくが思うに、ずいぶん誇張しているよ」とアルベールは答えたけれど、あまり小さな声だったので、ポリーヌにはほとんど聞こえなかった。

早くも責任問題が取り沙汰されていた。フランスでは毎度のことだが、それだけではない。この事件には政府も〝巻きこまれて〟いたからだ。《ユマニテ》紙はそれを的確に指摘していた。〝追悼記念碑建立にあたっては、ほとんどの場合、きわめてわずかな額ではあるが助成金という形で、国の参加も求められていた。だとすれば、上層部の者たちが誰も知らなかったと信じられるだろうか？〟

「ともかく」とポリーヌのうしろにいる男が言った。「こんなことをやってのけるからには、よほどのプロにちがいないな」

大金を奪ったのは許せないと、もちろんみんな思っていたけれど、いささか感嘆しないではいられなかった。なんて大胆な手口なんだ！

「たしかに」とポリーヌは言った。「すごい連中だわね。それは認めなくちゃ」

アルベールは具合が悪くなりそうだった。

「どうかしたの？」ポリーヌは彼の頰に手をあてててたずねた。「楽しくない？　軍隊を見たので、嫌な思い出がよみがえったのね？」

「ああ、そうなんだ」とアルベールは答えた。

やれやれ、と彼は思った。共和国衛兵隊が演奏する『サンブル＝エ＝ムーズ』が高らかに鳴り響き始め、行進を率いているベルドゥラ将軍が、高級将校たちに囲まれたペタン元帥に剣を掲げて挨拶をした。やれやれ、一千万フランなんて、冗談じゃない。その十分の一の金額で、ぼくは最後に首をちょん切られるんだ。

今は八時。十二時半にリヨン駅でエドゥアールと待ち合わせをしている（「遅れるなよ」とアルベールは念を押した。「さもないと、ぼくは心配のあまり……」）。マルセイユ行きの列車は午後一時の出発だ。ポリーヌはひとり残され、ぼくはポリーヌを失う。それが代償ってわけか？

大観衆の拍手のもと、理工科学校生、トリコロールの羽根飾りを帽子につけた陸軍士官学校生、共和国衛兵隊、消防隊が行進していく。そのあとにはホライゾン・ブルーの軍服を着た兵士たちが、人々の喝采を浴びながら続いた。皆、口々に「フランス万歳」と叫んでいる。

廃兵院《アンヴァリッド》で高らかに祝砲が放たれたとき、エドゥアールは鏡の前に立っていた。喉の奥の粘液部分が赤紫色になっているのが、しばらく前から不安だった。なんだか疲れていた。今朝も新聞を読んだけれど、昨日ほどの喜びは得られなかった。高揚感はたちまち古びてしまう。おれの喉は歳のわりにぼろぼろだ。

これで歳を取ったら、どんな顔になるのだろう？　頬や口のまわりにはぽっかり穴があいているので、しわがよるとすれば額だけだ。易《やす》きに就《つ》いて流れを変える川のように、行き場を失ったしわが額に集まってくるところを想像したらおかしかった。練兵場みたいなしわだらけのおでこの下に、赤紫色の穴が穿《うが》たれている。それが老人になったおれの顔だ。

彼は時計を見た。午前九時。ぐったり疲れている。客室係の女がベッドのうえに、植民地風の服をひとそろい、広げていった。ぺしゃんこになった死体が、大の字になっているかのようだ。

「これを着ていかれるんですか？」と客室係はいぶかしげにたずねた。

この客が何をしても、いまさら驚かないけれど、背中に大きな緑の翼を縫いつけた植民地風の上着はさすがに……

「外へ行くのに？」彼女は呆気にとられてたしかめた。

エドゥアールはうなずいて、客室係の手にしわくちゃのお札を握らせた。

一九二〇年三月

「それでは」と彼女は続けた。「フロアボーイにトランクを取りに来るよう伝えておきますね」

荷物は前もって十一時ごろに運びだし、列車に積みこむことになっていた。エドゥアールは古びた背嚢だけ、手もとに持っておくことにした。そこにわずかな私物が詰めこんである。大事なものを持っていくのは、アルベールの役目だった。きみが失くすんじゃないか、心配なんでね、と彼は言っていた。

友のことを思うと心が慰められた。不思議な誇りすら感じた。二人が知り合って初めて、自分が親でアルベールが子供になったような気がした。結局アルベールは、ただの子供にすぎないじゃないか。心配性で、いつもびくびくとして、何かあればすぐにあわてふためいて。昨日、突然やって来たルイーズもそうだった。あの子に会えて、本当に嬉しかった。

彼女は息を切らせて駆けつけた。

うちに男が来たの。エドゥアールは身をのり出した。話してごらん。

あなたを捜してたわ。部屋を調べて、質問をしていった。もちろん、何も教えなかったけれど。ひとりだけよ。ええ、タクシーで来たわ。エドゥアールはルイーズの頬を撫で、人さし指で唇のまわりをなぞった。ありがとう、よく知らせてくれた。帰りなさい、もう遅いから。できれば額にキスをしてあげたかった。ルイーズもそう思っていた。彼女は肩をすくめると、少したらめってから帰る決心をした。

ひとりでタクシーに乗って来たのなら、警官ではない。ライバルを出し抜いた新聞記者だろう。住所はつきとめた。それから？　名前がわからなければ、何ができるだろう？　たとえ、名前がわかっても？　ペンションにいるアルベールと、ここにいるおれをどうやって見つけるというんだ？　それに列車は、あと数時間で出るのだし。

少しだけにしておこう、とエドゥアールは思った。今日はヘロインでなく、モルヒネをほんの少しだけだ。頭をはっきりさせておかなければ。従業員に礼を言って、フロント係に挨拶し、タクシーに乗って駅へ行く。列車でアルベールと合流し、それから……喜ばしい驚きが訪れるだろう。アルベールは自分の切符しか見せなかったけれど、エドゥアールは荷物を調べたので、切符がもう一枚あるのを知っていた。切符はルイ・エヴァール夫妻名義で発行されていた。

なるほど、それじゃあ、恋人がいるんだな。エドゥアールはずっと前から、そうではないかと思っていた。どうしてアルベールは、ここまで秘密にするんだろう？　ガキなんだよ、あいつは。

エドゥアールは注射の準備をした。これで気持ちが落ち着く。軽く、心地よくなる。注意深く量を加減した。ベッドに横たわり、顔にあいた穴のまわりを人さし指でゆっくりとなぞる。植民地風の服とおれは、並んだ二つの死体のようだ、と彼は思った。ひとつはぺしゃんこ、もうひとつは穴のあいた死体だ。


株式相場は朝夕、丹念に目を通すし、経済記事もところどころ拾い読みはするものの、ペリクール氏はそれ以外、新聞を読まなかった。ほかの人々が代わりに読んで報告書を作ったり、必要なニュースを知らせたりしてくれる。今回だけ例外にしたくなかった。

玄関ホールの食器台にのせた《ゴーロワ》紙の見出しが目に入った。放っておけ。すぐに大騒ぎになることはわかっていた。わざわざ読まなくても、何が書いてあるかくらい予想がつく。

娘婿に調べさせたのも無駄だった。どうせ、もう遅すぎる。ところが、そうでもなかったらしい。

こうして今、二人はむきあっているのだから。午前十時。黙って辱めを受けよう、苦しみを耐え忍ばねば。やつがどんなに雪辱を願っているか、よくわかろうというものだ、とペリクール氏は思った。下劣な男だが、有能だ。それは認めよう。もしあいつが……

ペリクール氏は自分から何もたずねず、ただ彼の前で腕組みをした。必要な時間は待つが、何もたずねない。その代わり、相手が聞きたい話はした。

「電話で大臣と話した。きみの問題についてね」

プラデルはこんな話し合いになるとは、想像していなかった。まあ、いい。大事なのはつけを帳消しにすることだ。

「事態は深刻だ、と大臣は言っていた」とペリクール氏は続けた。「わたしが聞いたところでも……たしかにとても深刻だ」

ペリクールのやつ、値段をせりあげようとしているのだろうか？　とプラデルは思った。おれにもっと調べさせようと、交渉するつもりか？

「お捜しの男は見つけました」とプラデルは言った。

「何者だ？」

反応がすばやかったな。いい兆候だ。

「お友達の大臣は、わたしの〝深刻な〟件について、何と言っていたんですか？」

二人の男は、しばらく沈黙を保った。

「解決は難しいだろうと……それはそうだ……報告書は回覧されていて、もはや秘密ではなくなっている……」

ここであきらめるわけにはいかないぞ、とプラデルは思った。いざとなったら命がけだ。

「解決は難しいということは、〝解決不能〟というわけではないのですね？」

「その男はどこにいる？」とペリクール氏はたずねた。

「パリです。今のところは」

そこでプラデルは言葉を切り、爪に目をやった。

「たしかにその男なのかね？」

「間違いありません」

プラデルはリュテシアのバーで夜をすごした。マドレーヌに知らせるのはためらった。なに、必要ない。あいつだって、あとを追いかけまわしはしないから。

最初の情報はバーテンダーから得られた。あのお客さんの話で、みんな持ちきりですからね。ウジェーヌさんは二週間ほど前にいらしたんです。噂はすぐに広まり、ほかのことはみんな、かすんでしまうくらいでした。革命記念日の催し物のことまでも。まあ、話題独占ってところです。バーテンダーは恨みがましく言った。「でも、あのお客さんは会った者にしかチップを渡さないんです。シャンパンを注文したって、チップをもらうのは運んでいった者だけで、用意した者には何にもなしです。気が利かないっていうか、紳士じゃありませんね、わたしに言わせれば。もしかして、お客さん、お友達じゃありませんよね？　ああ、女の子のことも、噂になっています。でも、ここには来ませんから。バーは子供の来るところじゃありません」

翌朝、七時に起きると、ほかの従業員たちにもたずねた。朝食を運んできたフロアボーイ、客室係の女。新聞を持ってこさせたり、ほかにも機会があるごとに。話はすべて合致していた。たしかにその客は、ずいぶん堂々とふるまっているようだ。捕まりっこないという自信があるのだろう。

少女は昨晩も来たという。プラデルが追ってきた少女と、外見もぴったり一致した。彼女が会いに来るのは、いつも同じ客だった。

「男はパリを離れます」とプラデルは言った。

「行先は？」ペリクール氏がたずねる。

「おそらく国を出るつもりでしょう。正午に発ちます」

彼はしばらく間をおいて、話の先を相手に想像させた。

「いいんですかね、この機を逃すと再び見つけるのは困難になりますよ」

やけに居丈高じゃないか。こいつらみたいな連中だけが使う口調だ。言葉づかいについて、ペリクール氏は別にうるさいほうではなかったが、娘をやった男がこんな話し方をするのを聞いて、少なからずショックを受けた。

窓の下から軍歌が響いて、二人はしばらく待たねばならなかった。パレードのあとをついていく人々がいるのだろう、子供たちの歓声や爆竹の音も聞こえた。

静寂が戻ると、ペリクール氏はそろそろ話を切りあげることにした。

「大臣には話をしよう……」

「いつです？」

「わたしが知りたいことを、きみが話ししだい」

「男の名前あるいは偽名は、ウジェーヌ・ラリヴィエール。ホテル・リュテシアに泊まっています……」

ここはひとつ詳しい話をして、しっかり見返りをもらうことにしよう。プラデルはそう思って、大尽《だいじん》暮らしをするこの男の奇行について語った。おかしな仮面をかぶっていて、誰にも素顔を見せないこと。室内楽団を呼んだこと。チップの大盤振る舞いをしていること。麻薬をやっているらしいこと。昨晩、客室係の女は、植民地風の服を見たというが、とりわけトランクは……

「なに、羽だって？」とペリクール氏はさえぎった。

「ええ、緑の羽、翼です」

ペリクール氏はこの種の犯罪者に関する予備知識をもとに、詐欺事件の犯人像を思い描いていた。しかしそれは、娘婿が語る男の姿とは似ても似つかない。プラデルはペリクール氏が疑っているらしいと気づいた。

「男は贅沢三昧をしています。湯水のように金を使い、気前のいいところを見せています」うまいぞ。お金の話をすれば、老いぼれの気はそっちにむかう。室内楽団や天使の羽のことは忘れて、金の問題に戻ろう。盗んだ金を使いまくる男、これなら義父のような人間にもわかりやすい。

「その男に会ったのかね？」

ああ、そこは残念なところだった。どう答えたらいいだろう？　同じホテルにいたのだし、部屋番号も四十番だとわかっていた。最初はそいつの顔を見てやりたいと思った。相手はひとりなのだから、簡単に捕まえられる。ドアをノックして、男があけたところで床に倒し、ベルトで腕を縛って……でも、それから？

要するにペリクール氏は何を望んでいるのだろう？　犯人を警察に引き渡すことか？　いったいどういうつもりなのか、ペリクール氏から何も聞かされていないので、プラデルはそのままクールセル大通りの屋敷に帰ってきたのだった。

「男は正午にリュテシアを出ます。逮捕させる時間はありますよ」

逮捕させようなんて考えたことはない。ペリクール氏はただ、その男を見つけたいだけだった。犯人がみんなのものになってしまうくらいなら、逃亡を助けたいくらいだった。派手な逮捕劇、いつまでも続く予審、そして裁判が頭に浮かんだ……

「わかった」

ペリクール氏からすれば、これで話は終わりということなのだろう。けれどもプラデルは立ち去ろうとしなかった。それどころか脚を何度も組みなおし、ずっと居すわるつもりだという意思表示をした。この働きに見合う報酬をもらうまでは、てこでも動きませんからねと。

ペリクール氏は受話器を取ると、年金省の大臣につなぐよう交換手に言った。自宅だろうと、省だろうと、どこでもかまわんから、連絡してくれ。至急話がしたいんだ。

重苦しい沈黙のなかを、待たねばならなかった。

ようやく電話が鳴った。

「いいだろう」ペリクール氏はゆっくりと言った。「戻りしだい、すぐに電話するように伝えてくれ。ああ、大至急だ」

それから、プラデルにむかってこう言った。

「大臣はヴァンセンヌのパレードに行っている。自宅に戻るのは一時間後になる」

一時間もここでこうして待っているなんて、耐えきれそうになかった。プラデルは立ちあがった。

二人は今まで、握手をしたことがなかった。その日も、互いに相手の力を測るように、最後にもう一度にらみ合って別れた。

娘婿の足音が遠ざかっていく。ペリクール氏は腰かけて窓の外を見た。雲ひとつない青空だった。

プラデルは妻の部屋に寄るべきかどうか考えた。

いや、毎回そうはしていられるか。


トランペットの音が鳴り響き、騎兵隊がもくもくと砂埃を舞いあげた。そのあとには、トラクターで大砲を引いた重々しい砲兵隊の行進が続く。機関砲や装甲車、戦車は、まるで小さな動く要塞だ。午前十時にすべてが終わった。パレードは花火のあとにも感じるような、満足感と空しさの混じった奇妙な印象を残した。群衆はゆっくりと、静かに引きあげていった。子供たちだけは、ようやく走りまわれるようになって喜んでいたけれど。

ポリーヌは歩きながらアルベールの腕を握りしめた。

「どこへ行けばタクシーが見つかるかな？」とアルベールは虚ろな声で言った。

二人はいったんペンションに戻り、ポリーヌはそこで着がえてから仕事にむかうことになっていた。

「ねえ、ずいぶん使っちゃったから、地下鉄で行きましょう。時間はあるんでしょ？」


ペリクール氏は大臣の電話を待っていた。電話が鳴ったのは、十一時近くだった。

「ああ、申しわけない」

けれども大臣の声は、申しわけながっている男のものではなかった。何日も前からこの電話を恐れていた。今までかかってこなかったのが、驚きなくらいだ。遅かれ早かれペリクール氏は、娘婿のために何とかして欲しいと言ってくるだろう。そうしないはずがない。

そうなると、とてもことが厄介だ。大臣はペリクール氏に多大な恩義をこうむっていたけれど、今回ばかりは役に立てそうにない。墓地の一件はもう自分の手を離れてしまった。首相までもが重大な関心を持っている。今さら、どうしろっていうんだ……

「娘婿のことなんだが」とペリクール氏は切り出した。

「ああ、残念ながら……」

「深刻なのか？」

「最悪だ。何しろ……被疑者認定がなされている」

「ほお、そこまで？」

「ああ。国との契約違反に作業ミスの隠蔽、窃盗、不正売買、贈賄未遂。こんなにそろったんじゃ、処置なしだ」

「しかたないな」

「どういう意味なんだ、しかたないっていうのは？」

大臣はわけがわからなかった。

「どれくらい酷い状況なのかを知りたかっただけだ」

「まずもって、大事件になるのは間違いない。おまけに今、あちこちから問題が出ている。追悼記念碑の件もそうさ。世も末だと、きみも思うだろ……わたしだって、何とかしてやりたいとは思うんだが……」

「何もしなくていい」

大臣は耳を疑った……何もだって？

「状況確認をしたかった、それだけだから」とペリクール氏は繰り返した。「娘のことは対処のしようがある。だがドルネー＝プラデル君については、司法に任せるさ。それが一番だ」

それから彼は、意味深い言葉を続けた。

「みんなにとって一番いいんだ」

大臣からすれば、これほど労せずして窮地を脱することができたのは、まさに奇跡だった。

ペリクール氏は電話を切った。たった今、何のためらいもなく娘婿に死刑を宣告した。けれども彼はただ、マドレーヌに知らせるべきだろうかと思っただけだった。

懐中時計をたしかめる。娘に話すのはあとにしよう。

彼は車の準備をするように命じた。

「運転手はいらない。自分で運転するから」

午前十一時半。ポリーヌはまだ閲兵式や音楽、祝砲、エンジンの音の興奮にうっとりと浸っていた。たった今、ペンションに戻ってきたところだ。

「それにしても」と彼女は帽子を脱ぎながら言った。「あんな木の箱に一フランも取るなんて」

アルベールは部屋の真ん中で、まだ立ちすくんでいた。

「あらまあ、具合でも悪いの？　顔色が悪いわよ」

「ぼくなんだ」とアルベールは答えた。

それからベッドに腰かけ、こわばった表情でポリーヌを見つめた。ああ、とうとう言ってしまった。

でもなんだって突然、心が決まったのだろう？　このあと、どう続ければいいんだ？　言葉は彼の意志とは関係なく、勝手に口から飛び出した。誰か別の人間が発したかのように。

ポリーヌはまだ帽子を持ったまま、彼を見つめている。

「何の話？　何がぼくなのよ？」

アルベールは調子が悪そうだった。ポリーヌはコートを掛けると、彼に近寄った。顔が真っ蒼だ。いつも病気なんだから。彼女はアルベールの額に手をあてた。やっぱり、熱があるわ。

「寒気がする？」とポリーヌはたずねた。

「ポリーヌ、ぼくは行く。ここを発つつもりだ」

彼は怯えたような口調で言った。ポリーヌははっとした。じゃあ、病気じゃなかったんだわ。

「ここを発つって……」ポリーヌは今にも泣きそうになりながら繰り返した。「どういうこと、発つっていうのは？　わたしを置いていくの？」

アルベールはベッドの足もとから新聞を拾うと、ひらいたままになっている記念碑事件の面を彼女の前に突き出した。

「これはぼくなんだ」彼は繰り返した。

ポリーヌが理解するまで、さらに数秒かかった。それから、恐怖がこみあげてきた。

「そんな……」

アルベールは立ちあがって、整理だんすの引き出しをあけた。船の切符を取り出し、彼女のぶんを差し出す。

「いっしょに来てくれるかい？」

ポリーヌは口をぽかんとあけ、目を見ひらいていた。まるでマネキン人形のガラス玉の目だ。彼女は切符を眺め、それから新聞を眺めた。驚きから抜け出せないまま。

「そんな……」と彼女は繰り返した。

アルベールは最後の手段に出た。体を屈めてベッドの下からスーツケースを引っぱり出し、掛け布団のうえにおいてふたをあける。なかには、小分けにして縛ったお札がぎっしりと詰まっていた。

ポリーヌは叫び声をあげた。

「マルセイユ行きの列車は一時間後に出る」とアルベールは言った。

大金持ちになるか、住みこみのメイドを続けるかを選ぶのに、たっぷり三秒は使うことができた。けれどもポリーヌは、そのうち一秒しか使わなかった。

もちろんお金でいっぱいのスーツケースもあったけれど、奇妙なことに彼女が心を決めたのは、青いインクで〝一等船室〟と書かれた切符のためだった。一等の切符と、それがあらわすすべてのものの……

ポリーヌはスーツケースのふたをひと押しで閉めると、コートを取りに走った。

ペリクール氏にとって、記念碑の一件は終わったことだった。だから、どうしてリュテシアへむかったのか、自分でもわからなかった。ホテルに入る気も、その男と会って話をする気もなかった。もちろん男を警察に突き出そうとか、逃亡をじゃましようなんてまったく思っていない。そう、彼は人生で初めて、負けを認めたのだ。

わたしは完膚なきまでに叩きのめされた。

奇妙なことにペリクール氏は、ほとんど安堵していた。負けるときもある。それが人間だ。あるいは、何か結末をつけようとしたのかもしれない。彼には結末が必要だった。彼はリュテシアにむかった。借用証書にサインをしたような気持ちだった。思いきらねばならないことだし、ほかにどうしようもないのだから。

見送りの人垣とは言わないまでも――大きなホテルでは、そんなことをしないから――ほとんどそれに近かった。ウジェーヌさんの世話をした従業員一同が、一階に勢ぞろいした。彼は奇怪なうめき声をあげながら、エレベータから出てきた。植民地風の上着を着て、背中には羽根で作った天使の翼がついている。今はそれがはっきりと見えた。

顔にかぶっているのは、今まで従業員たちを楽しませたおかしな仮面ではなく、とてもよくできているが、凍りついたような表情の〈普通の男〉の仮面だった。ホテルにやって来たときにも、それをつけていた。

こんな光景は、二度と見られないだろう。カメラマンに来てもらえばよかったと、フロント係は後悔した。稀代のお大尽ウジェーヌさんがお札を配ると、皆口々に「ありがとうございます、ウジェーヌさん」、「またいつか」と言った。みんなにお札をくれるなんて、まるで聖人様のようだ。だからなんだな、あの翼は。でも、どうして緑色なんだろうと、誰しも思っていた。

それにしても翼なんて、おかしなことを考えるものだ。ペリクール氏は、娘婿の話を思い出していた。サン＝ジェルマン大通りは、車や辻馬車が数台走っているだけだった。すばらしい天気だ。娘婿は〝奇行〟とか言っていた。翼はもちろんのこと、室内楽団の話もしていたな。ペリクール氏は気が楽になった。なるほど、負けた理由がこれでわかった。勝てるわけはなかったんだ。敵の住む世界は、わたしの世界とまったく違っていたのだから。理解のつかないものが相手では、勝負にならない。

理解できないものは、ただそのまま受け入れるしかない。リュテシアの従業員たちも、ウジェーヌさんがもたらす天の恵みをポケットに滑りこませながら、そんな悟りをひらいたのだろう。背嚢を背負ったウジェーヌさんはあいかわらずうめきながら、大通りにむかってひらいた大きなドアのほうへ、膝を高くあげ大股で歩いていった。

なにもこんなふうに、のこのこ出かけてこなくてもよかったんだ、とペリクール氏は思った。どうしてだろう、まったくつまらない気まぐれを起こしたものだ。さっさと引き返したほうがいいな。もうラスパーユ大通りだから、リュテシアの前を通りすぎたところですぐに右折し、帰ることにしよう。終わりにするんだ。そう決めたら、気が楽になった。

リュテシアのフロント係も、この馬鹿騒ぎを早く終わらせなくてはと思っていた。ほかの客たちだって、〝マナーがなってない〟、ホテルのロビーでカーニヴァルだなんてと眉をひそめているだろう。あんなにお金をばらまいたら、従業員たちが物乞いみたいじゃないか。ホテルの品位に関わるからな、さあもう行ってくれ。

ウジェーヌさんもそれを感じとったのだろう、ぴたりと足をとめた。捕食動物がいることに気づいた獲物のように。不格好に手足を曲げた姿勢は、平然とした表情のまま麻痺したように変わらない仮面の顔とちぐはぐだった。

突然、彼は腕をまっすぐ前にあげると、動作に合わせてラアアアルルルと朗々たる叫び声をあげ、ロビーの隅を指さした。そこではひとりの掃除婦が、ローテーブルの埃を払い終えるところだった。

彼は掃除婦めがけて突進した。掃除婦は恐怖に襲われた。植民地風の服を着て、緑の大きな羽をつけた男が、表情ひとつ変えずにむかって来るのだから。〝ほんとうに怖かったわ。でも、すぐにみんな大笑いした。だって……あたしの箒が欲しかったんだから——箒だって？——そう、言ったとおりよ〟たしかにウジェーヌさんは箒をひったくると、その柄をカービン銃みたいに肩にかつぎ、あいかわらず雄叫びをあげ、軍隊の行進よろしく歩調を取って歩き始めた。どこからか、行進曲が聞こえてくるような気がするほどだった。

こうしてエドゥアールは大きな翼を羽ばたかせ、いちにいちにと足をあげてホテル・リュテシアのドアを抜け、陽光が降り注ぐ歩道に出たのだった。

左をむくと、交差点にむかって猛スピードで走ってくる車が見えた。彼は箒を宙に投げ、突進した。ホテルの前に小さな人だかりができているのに気づいたとき、ペリクール氏はアクセルを踏みこんだところだった。そしてちょうど入口の正面にさしかかった瞬間、エドゥアールが飛び出してきた。ペリクール氏が見たものは、目の前に飛び立つ天使の姿ではなかった（そんなふうに想像する人もいるかもしれないが）。エドゥアールは片脚を引きずっていたので、本当に飛びあがることなどできなかったから。彼は車道の真ん中に立ち、むかって来る車の前で腕を大きく広げて空を見あげ、宙に舞いあがろうとした。でも、それだけだ。

いや、それだけとは言い切れない。

ペリクール氏が止まるのは無理だったろう。しかし、ブレーキをかける間はあったはずだ。けれども彼は、忽然《こつぜん》とあらわれた驚くべきもののせいで頭が麻痺し、反応することができなかった。驚くべきものとは植民地風の服を着た天使ではなく、息子エドゥアールの顔だった。まるでデスマスクのように動かない、昔のままの顔。しかし細めたその目には、驚愕の表情があった。

車は真正面から若者にぶつかった。

鈍い、不気味な音がした。

そのときである、天使が本当に飛びあがったのは。

エドゥアールは宙に撥ね飛ばされた。失速する飛行機のような、不格好な飛び方だったが、ほんの一秒間、みんなはっきり見たのだった。空に目をむけ、腕を大きく広げ、彼の体が上昇しようとするのを。けれどもすぐに落下して、彼は車道にたたきつけられ、歩道の角で頭を強く打った。それで終わりだった。


アルベールとポリーヌは正午直前に列車に乗った。二人は席についた最初の乗客だった。ポリーヌが次々に発する質問に、アルベールは短く答えた。

彼の話を聞いていると、現実はそんなものかと拍子抜けがした。

ポリーヌは目の前の荷物棚に置いたスーツケースを、ときおりちらちらと見やった。

アルベールは馬の首を入れた大きな帽子箱を膝にのせ、大事そうに抱えていた。

「その友達っていうのは、どういう人なの？」とポリーヌは、待ちきれない思いでたずねた。

「だから友達さ……」とアルベールは曖昧に答えた。

エドゥアールのことを説明する気力が、もう残っていなかった。わかってくれよ。きみを不安がらせたくないんだ。今ここできみが逃げ出し、ひとりにされたら大変だ。力がすっかり抜けてしまい、体中くたくただ。告白したあとは、タクシー、駅、切符、ポーター、車掌、すべてポリーヌが引き受けてくれた。できることならアルベールは、今すぐ眠りたいくらいだった。

時がすぎた。

ほかの乗客もやって来て、列車はいっぱいになった。スーツケースが行き交い、窓からトランクが引っぱりあげられる。子供たちの歓声、出発の熱気。友達、夫や妻、両親がホームから忠告をしている。ああ、この席だ、すみません、ちょっといいですか。

アルベールはあけ放した窓の脇にすわって顔を外に出し、列車の後方を眺めていた。主人が来るのを今か今かと待っている犬のように。

斜めに通路を抜けようとして、じゃまだとばかりに彼を押す者もいた。コンパートメントはいっぱいになった。残っている席はひとつだけ。なかなかやって来ない友達の席だ。

ほどなく出発の時刻だ。もうエドゥアールは来ないとわかって、アルベールは悲しみに打ちのめされた。

ポリーヌはそんな彼の気持ちを察し、そっと寄り添って手を握ってあげた。

車掌がホームに沿って歩きながら、もうすぐ出発なので列車から離れてくださいと叫ぶと、アルベールはうなだれて泣き始めた。どうしても涙がとまらなかった。

胸が張り裂けそうだった。

のちにマイヤール夫人はこう語るだろう。「アルベールは植民地へ行きたいって言ったんです。ええ、わたしもそれでよかったと思ってます。でも、こっちにいたころと同じように、むこうの人たちの前でもめそめそしていたんじゃ、ひと旗あげるなんて無理でしょうね。間違いありませんよ。でもまあ、そこがアルベールらしいところだわ。しかたないでしょう、そういう子なんだから」

エピローグ

翌々日の一九二〇年七月十六日、朝の八時、アンリ・ドルネー=プラデルは義父が最後の一手を打ったことを知った。チェックメイトだ。できれば義父を殺してやりたかった。

訊問は自宅で行われた。彼にかけられた嫌疑の重大性から、司法当局はすみやかに仮拘禁の処置をとった。プラデルが拘置所から出られるのは、裁判のときだけだった。裁判は一九二三年三月に始まり、懲役五年の判決がくだされた。そのうち実刑は三年だったので、裁判が終わったときにはすでに自由の身になっていたが、財産はなくしていた。

マドレーヌはその間、離婚を勝ち取っていた。父親の人脈が、迅速な離婚成立に一役買った。

サルヴィエールの屋敷は没収され、プラデルの固有財産はすべて供託に付された。判決のあと、過払い金の返済、罰金、裁判費用を天引きすると、財産はほとんどなくなったが、それでもわずかな額は残った。国はプラデルの返還要求に、いっさい耳を貸さなかった。やむなく彼は一九二六年、訴訟を起こしたが、手もとに残ったわずかな財産を浪費しただけで、訴えが認められることはなかった。

彼は一生貧乏暮らしを強いられ、一九六一年、七十一歳で孤独のうちに死んだ。

サルヴィエールの屋敷は児童養護施設の管理下にある団体に委ねられ、孤児院に改修されて、一九七三年まで存続した。その年、はっきり言ってここに記すのも忌まわしいスキャンダル事件に揺れたあげく、閉鎖されたのだ。屋敷を使い続けるには、かなり改修が必要だろう。そこで地所は、会議や講演会を企画する会社に売却された。一九八七年十月、〈戦争という商売、一九一四年〜一九一八年〉と題された興味深い歴史週間が催されたのは、この屋敷においてだった。

マドレーヌは一九二〇年十月一日に男児を出産した。当時は、生まれた子供に戦死した家族の名が好んでつけられたが、彼女は息子をエドゥアールと名づけるのは拒んだ。「ただでさえ父親は問題が多いのだから、これ以上トラブルの種は蒔《ま》きたくないわ」というのが彼女の言いぶんだった。

ペリクール氏は黙っていた。あの事件があってから、彼は多くのことに理解を示すようになった。マドレーヌの息子が父親と緊密な関係を持つことはなかったし、裁判費用を出してやることもなかった。ただわずかな額の年金給付と、年に一回会いに行くことに同意しただけだ。息子が父親の死体を見つけたのは、一九六一年、年に一度の訪問をしたときだった。プラデルは死後二週間が経っていた。

ペリクール氏がエドゥアールの死について、法的な責任を問われることはなかった。目撃者たちの証言は、若者がみずから車に飛びこんだということで一致していたから。それだけに、信じがたい、驚くべき偶然の一致をどうとらえたらいいのかがわからなかった。

ペリクール氏は、このドラマチックな結末にいたる状況を何度も反芻した。人生で初めて、息子をしっかり抱きしめたいと思っていた何カ月ものあいだ、エドゥアールは生きていたのだとわかって、彼は絶望のどん底に沈んだ。

年に四回も運転しない彼の車に、エドゥアールが死を決意して飛びこむまでには、さまざまな偶然性が複雑に絡み合っている。それを思うとペリクール氏は唖然となった。だが明らかな事実は、認めねばならないだろう。とても説明しがたいことだけれど、つまるところ、ここには偶然の一致などひとつもない。これは悲劇なのだ。何らかの結末は必然的に訪れる。結末はずっと昔から、書きこまれているのだから。

ペリクール氏は息子の遺体を引き取り、家族の墓に埋葬させた。そして石板に、〈エドゥアール・ペリクール　一八九五～一九二〇〉と彫らせた。

彼は詐取された予約者たち全員にお金を返した。奇妙なことに、詐欺で集めた金額は百二十万フランのはずなのに、百四十三万フラン分の領収証が集まった。小才の利くやつはどこにでもいるらしい。けれどもペリクール氏は、黙ってすべて支払った。

彼は徐々に仕事をやめ、事業から手を引いた。多くのものを売却して、娘と孫の名義で投資をした。ペリクール氏はエドゥアールの目を思い出して、残された人生をすごした。息子が車に撥ね飛ばされる瞬間、まっすぐにこちらを見つめたあの目をどう表現したらいいのか、いつもずっと考えていた。そう、あそこには喜びがあった。それに安堵感も。しかし、もっと別の何かがあったような気がする。

ある日、ついに言葉がひらめいた。感謝。

単なる想像の産物だと、人は言うかもしれない。しかしそんな考えがいったん頭に浮かんだら、ふり払うにはもう……

ペリクール氏がこの言葉を思いついたのは、一九二七年二月のある日、食事のときだった。彼は食卓を立つと、いつものようにマドレーヌの額にキスをした。そして自室にあがり、横になってそのまま息を引き取った。

アルベールとポリーヌはトリポリに着き、それからベイルートに落ち着いた。発展を約束された大レバノンの中心地だ。アルベール・マイヤールには国際手配状が出された。ルイ・エヴァール名義の身分証は、三万フランで簡単に手に入った。けれどもポリーヌは、高すぎると思った。

彼女は交渉して二万四千にさせた。

ベルモン夫人は死んだあと、ペール小路の自宅を娘に残した。手入れが悪かったせいで、価値はだいぶ下がっていた。けれどもルイーズは公証人から、大金を受け取った。母親が娘の名義で行っていた株取引の詳細を、一サンチームの果てまで正確に記したノートもいっしょにあった。その元手は、アルベールとエドゥアールがそれぞれ彼女に残したお金だったとわかった（ひとりは四万フラン、もうひとりは六万フランだった）。

ルイーズの運命はあまり華々しいものではなかった。少なくとも四〇年代の初め、再び見いだされるときまでは。

残るはジョゼフ・メルランだ。彼のことはもはや、誰も考えていなかった。

きっとあなたがたもそうだろう。

心配ご無用、ジョゼフ・メルランの人生では、いつものことだから。人々は彼を毛嫌いし、姿を消したとたん忘れてしまう。彼について何か蒸し返されるとき、決まってそれは悪い思い出だった。彼はアンリ・ドルネー＝プラデルから渡されたお札を、紙の粘着テープで大きなノートの用紙に、ひと晩かけて貼りつけた。お札の一枚一枚が、彼の人生、彼の挫折のかけらだった。しかしそれは、あなたがたもよくご存じのとおりだ。

プラデルの有罪判決にひと役買ったあの爆弾報告書を書きあげたあと、メルランは休眠に入った。仕事は終わろうとしている。人生もだ、と彼は思っていた。しかし、それは間違いだった。

メルランは一九二一年一月二十九日に退職をした。それまでずっと、あちこちの部署を渡り歩いてきたけれど、墓地の視察とその報告書で彼が政府に与えた一撃は、いくら本当のことだとはいえ、許されるものではなかった。なんというスキャンダル。その昔、悪しき知らせを運んできた者を罰するときは、つぶてを打ったという。その代わりにメルランは、毎朝決まった時間に役所に出かけた。同僚たちは皆、こう自問するのだった。十年分の給料に値する金を目の前にして、おれだったらいったいどうしただろうかと。そしてますますメルランを嫌悪するのだった。せめて二十フランでも取っておき、大きな木底靴をワックスで磨くか、インクの染みだらけの上着を洗濯するか、入れ歯を新調すればいいものをと。

こうしてメルランは一九二一年一月二十九日、定年退職となった。彼の役職からすれば年金の額など、ポリーヌがペリクール家でもらう給料と大差ない。

メルランは宝の山をあきらめたあの晩のことを、長いあいだ何度も思い返した。大言壮語は好きではないが、あれはなにも見栄を張ったのではなく道徳を守りたいがためだった。彼は退職してからも、掘り出された兵士たちの事件が気がかりだった。引退して初めて、世の中のことに関心を持ち、新聞も読み始めた。アンリ・ドルネー＝プラデルが逮捕されたことを知り、〝死の悪徳商人〟と騒がれる者たちの訴訟について逐一追うことができたのも、新聞記事のおかげだった。自分の供述が法廷で取りあげられているのを読むと、とても嬉しかった。もっとも裁判官は彼に対しほとんど敬意を表しないし、新聞記者たちもこの陰気な証人が好きではなかった。証言は聞き取りにくいし、裁判所前の階段でインタビューしようとしても、無愛想に彼らを押しのけるだけだから。

やがて新たな事件が起きれば、人々の関心も薄れていく。

あとに残るのは追悼、死者、栄誉。それに祖国。いかなる義務心からか、メルランは日刊紙をいく種類も読み続けていた。毎朝、すべて買うだけのお金がないので、図書館やカフェ、ホテルのロビーなどいろいろな場所をまわって、なるべくただで読むようにした。こうして一九二五年九月、彼はとある新聞で見つけた求人広告に応募したのだった。サン＝ソヴールの戦没者追悼墓地で、管理人を募集している。彼は面接へ行き、職歴表を見せて採用された。

それから何年ものあいだ、サン＝ソヴール墓地へ行った者は、天気がいい日も悪い日も、雨で重くなった土に突き立てたシャベルを木底靴で踏みつけ、せっせと花壇や通路の手入れをしているメルランの姿をきっと目にしたことだろう。

二〇一二年十月　クールブヴォワにて

終わりに……

ここに謝辞を捧げる方々は、〝史実〟に基づいたこの小説が含む虚構について、いかなる責任もない。それはわたしひとりが引き受けるべきものである。

追悼記念碑詐欺は、わたしの知る限りフィクションである。慰霊碑に関するアントワーヌ・プロストの有名な論文（1）を読んで、わたしはそれを思いついた。しかしアンリ・ドルネー＝プラデルが行った不正行為については、大部分が一九二二年に起きた〈兵士の遺体発掘事件〉から想を得ている。この事件については、ベアトリクス・ポ＝エイリエスのすぐれた二冊の著作（2）（3）において紹介、分析されている。つまりいっぽうは事実で、もういっぽうは虚構だが、それが逆になることもありえただろう。

わたしはアネット・ベッケル、ステファーヌ・オードゥアン＝ルゾー、ジャン＝ジャック・ベッケル、フレデリック・ルソーによる研究も参照した。彼らの視座と分析は、とても示唆に富むものだった。

わたしがとりわけ恩恵を得たのは、もちろんのことブリューノ・カバーヌと彼のすばらしい著作

『喪に服した勝利』（4）である。

『天国でまた会おう』は、アンリ・バルビュス、モーリス・ジュヌヴォア、ジュール・ロマンからガブリエル・シュヴァリエまで、第一次大戦後の小説作品にも負うところが大きい。とりわけわたしに役立ったのは、ロラン・ドルジェレスの『死者の目覚め』（5）と、J・ヴァルミ＝ヴァイスの『ユリシーズの帰還』（6）の二作である。

フランス国立図書館のデータベース〈ガリカ〉（7）も貴重な助力となった。美術作品についてはフランス国立図書館の司書の方々にも、心から感謝したい。こうした手助けがなかったなら、この本を無事書きあげられたかどうか、わからないほどだ。

〈アルカード〉、建築物については文化省の〈メリメ〉（8）といったデータベースも活用した。また

アラン・シュバールにもまた、負うところが大きい（9）。慰霊碑に関する彼の熱心な調査は、とても役に立った。快く力を貸してくれた彼に感謝を。

執筆のあいだわたしの力になってくれた人々にも、もちろん多大な感謝をしなければならない。ジャン＝クロード・アノルは、第一印象を語って励ましてくれた。ヴェロニック・ジラールは、重要部分のチェックを快く引き受けてくれた。ジェラール・オベールには的確な読みに基づく友情に満ちたアドバイスをもらい、ティエリー・ビラールは再度快く、丹念に作品を読んでくれた。友人のナタリー・ジャンサーヌとベルナール・ジャンサーヌ夫妻も、時間を惜しまずこの作品につきあってくれた。彼らの分析と指摘は常に豊かで、特筆するに値する。それはパスカリーヌも同じだ。

この作品には、さまざまな作家から借用した部分がいくつもある。エミール・アジャール、ルイ・アラゴン、ジェラルド・オベール、ミシェル・オーディアール、ホメロス、オノレ・ド・バルザック、

イングマール・ベルイマン、ジョルジュ・ベルナノス、スティーヴン・クレイン、ジャン＝ルイ・キュルティス、ドニ・ディドロ、ジャン＝ルイ・エジーヌ、ガブリエル・ガルシア＝マルケス、ヴィクトル・ユゴー、カズオ・イシグロ、カーソン・マッカラーズ、ジュール・ミシュレ、アントニオ・ムーニョス・モリーナ、アントワーヌ＝フランソワ・プレヴォ、マルセル・プルースト、パトリック・ランボー、ラ・ロシュフーコーなどなど。

彼らにはこうした借用を、オマージュだと受け取っていただければと思う。

ジョゼフ・メルランはルイ・ギユーの芝居の登場人物クリピュールから、アントナプロスはカーソン・マッカラーズの『心は孤独な狩人』に登場する同名の人物からインスピレーションを受け、自由に作りあげたものである。これら二人の作家に対する、わが敬愛のあらわれとして。

アルバン・ミシェル社のスタッフにも、深甚なる謝意をあらわさねばならない。本来ならば全員の名前をあげるべきところだが、その筆頭にある友人のピエール・シピオンに代表してもらうことにしよう。

わたしがもっとも深く思いを馳せるのは、心ならずもこの小説に題名を提供することになった、あの不幸なジャン・ブランシャールであることはご理解いただけるだろう。彼は一九一四年十二月四日に裏切り者として銃殺刑に処され、一九二一年一月二十九日に名誉を回復した。

そしてわたしの思いはより広く、第一次大戦で亡くなったすべての国々の人びとへとむかっている。

（1）「慰霊碑。共和国の信仰？　市民の信仰？　愛国の信仰？」、ピエール・ノラ編『記憶の場所』第一巻所収、パリ、ガリマール社刊、一九八四年。

（2）一九二〇年代、フランスの新聞による兵士の遺体発掘事件の告発、ヘルヴェ＝クトー・ベガリ監修『メディアと戦争』、パリ、エコノミカ社刊、二〇〇五年。
（3）「棺桶の市場」（一九一八～一九二四）、『軍隊の歴史研究論集』所収、二〇〇一年。
（4）『喪に服した勝利』、スイユ社刊、叢書「歴史の世界」二〇〇四年。
（5）『死者の目覚め』、アルバン・ミシェル社刊、パリ、一九二三年。
（6）『ユリシーズの帰還』、アルバン・ミシェル社刊、パリ、一九二一年。
（7）http://www.gallica.bnf.fr/
（8）http://www.culture.gouv.fr/culture/inventai/patrimoine/
（9）http://www.monumentsauxmorts.fr

訳者あとがき

ピエール・ルメートルはわが国でこの一年、もっとも読まれた外国人作家のひとりと言っても過言ではないだろう。『その女アレックス』(文春文庫)は二転、三転する驚愕の展開によって読者を唸らせ、昨年度の各種年間ベストテンのトップを総なめにして、翻訳小説としては近年稀に見る大ヒットとなった。その勢いに乗って、すでに単行本で出ていた『死のドレスを花婿に』も文庫化され(文春文庫)、これまた好評を博している。

本書『天国でまた会おう』は、そのルメートルが初めてミステリというフィールドを離れて書いた小説である。しかもフランスでもっとも権威ある文学賞であるゴンクール賞を受賞したとくれば、外国文学ファンには見逃せない一作に違いない。『その女アレックス』や『死のドレスを花婿に』のような〝意外性〟を前面に押し出した作品ではないものの、息詰まるような緊張感をはらんだ場面を随所に挟みながら繰り広げられる物語は、いかにもルメートルらしい面白さにあふれている。本国フランスでは、しばしば〝冒険小説〟と呼ばれているのもうなずけるのではないか。

とはいえ主人公のアルベール・マイヤールは、いわゆる冒険小説のヒーローとはほど遠い、平凡を絵に描いたような若者だ。気弱で優柔不断で、いつも泣きべそをかいたような顔をしている。口やかましい母親のもとを逃れるようにして軍隊に志願した彼は、第一次大戦の前線で四年間にわたる過酷な戦争を生きのびた。ところが、休戦協定の締結がようやく目前に迫った一九一八年十一月二日、彼の運命を大きく変える出来事が起きる。ことの起こりは上官であるアンリ・ドルネー＝プラデル中尉の悪事に、偶然気づいてしまったこと。ドルネー＝プラデルは戦争を立身出世のチャンスだととらえ、そのためにはどんなに汚い手段を使うことも厭わない徹底した卑劣漢だ。こうしてアルベールの身に、次々と危機一髪が訪れる。生き埋めにされたり、裏切り者の汚名を着せられたり、さらには軍の書類偽造や墓荒らしに手を染め、ギリシャ人の巨漢と大立ちまわりまで演じるはめに陥ったあげく、ついにはフランス中を巻きこむ一大詐欺事件にまで加担するという、いっぷう変わった〝冒険小説〟なのである。

　第一次大戦の開戦百周年を前にして書かれたこの小説には（特に意識していなかったと、ルメートル自身は言っているが）、戦争という国を挙げての愚行に対する批判と皮肉が満ちている。それを体現しているのが、もうひとりの重要な登場人物エドゥアール・ペリクールだ。裕福な実業家のひとり息子に生まれ、画才に恵まれた天才肌のエドゥアールは、戦死した兵士は英雄としてもてはやすくせして、生きて帰った復員兵には冷たい戦後のフランス社会を、永遠の反逆児として醒めた目で眺めている。彼がたくらむ前代未聞の詐欺事件は、そうした社会に放つ痛烈な一矢なのだ。ともすれば重くなりがちなテーマだろうし、アルベール、エドゥアール、ドルネー＝プラデルの三人が演じるドラマは悲惨でおぞましいことばかりだが、作者の筆遣いはときにユーモラスで（ルメートルのことだからして、かなりブラックユーモア的でもあるけれど）、読後感は思いのほか爽快だ。そんなところからも、ルメートルの新境地がうかがえる一作である。

タイトルの由来は冒頭のエピグラフや作者のあとがきにもあるように、第一次大戦で独仏の戦いが始まって数カ月後の一九一四年十二月、敵前逃亡の汚名を着せられ（実際には上官からの退却命令が出ていた）、見せしめとして銃殺刑に処されたフランス軍兵士ジャン・ブランシャールが妻に残した言葉から取っている。〈ヴァングレの殉死者たち〉と呼ばれるこの事件では、ほかにも五名のフランス軍兵士が殺されたという。

本書の原作は二〇一三年八月にフランスで刊行されるやたちまち大評判となり、新聞や雑誌の書評でもいっせいに取りあげられた。そのなかからいくつかを紹介しておこう。

『天国でまた会おう』には、あふれんばかりの文才があらわれている。ルメートルの言葉は生き生きとして抑制が利き、独創的だ。まさに注目に値する、驚くべき小説《フィクション》である。

――《リール》

悲劇的な、そして波瀾万丈の物語。読者の心をとらえて放さない、感動的な一大絵巻。

――《エル》

今すぐ『天国でまた会おう』を読みたまえ。まさしく傑作だ。大衆性と文学性を両立させた作品、一般読者のゴンクール賞アレルギーを解消してくれる作品である。

心を打つ大作。恐怖、禍々《まがまが》しさ、情感、荘厳、卑しさ、そして滑稽さまでもが、ここでは見事にひとつになっている。

――《レ・ゼコー》

――《ル・ポワン》

好評を博し、売れ行きも上々、そして文学賞の審査員の心をつかむこと。作家なら誰しも抱く夢だ。ピエール・ルメートルは『天国でまた会おう』でそれをやってのけた。

――《ル・フィガロ》

最後になりましたが、本書の翻訳にあたっては早川書房の皆さまにたいへんお世話になりました。心から感謝します。

二〇一五年九月

＊本書は、二〇一五年十月に単行本と文庫二分冊、同時に刊行されました。

訳者略歴　1955年生，早稲田大学文学部卒，中央大学大学院修士課程修了，フランス文学翻訳家，中央大学講師　訳書『殺す手紙』ポール・アルテ，『ルパン、最後の恋』モーリス・ルブラン，『オマル』ロラン・ジュヌフォール（以上早川書房刊）他多数

天国《てんごく》でまた会《あ》おう

2015年10月10日　初版印刷
2015年10月15日　初版発行

著者　ピエール・ルメートル
訳者　平岡《ひらおか》　敦《あつし》
発行者　早川　浩
発行所　株式会社早川書房
東京都千代田区神田多町2－2
電話　03－3252－3111（大代表）
振替　00160－3－47799
http://www.hayakawa-online.co.jp

印刷所　三松堂株式会社
製本所　大口製本印刷株式会社

Printed and bound in Japan

ISBN978-4-15-209571-8 C0097